BESTSELLER

Nora Roberts, la autora número 1 en ventas de *The New York Times* y «la escritora favorita de Estados Unidos», como la describió la revista *The New Yorker*, comentó en una ocasión: «Yo no escribo sobre Cenicientas que esperan sentadas a que venga a salvarlas su príncipe azul. Ellas se bastan y se sobran para salir adelante solas. El "príncipe" es como la paga extra, un complemento, algo más..., pero no la única respuesta a sus problemas». Más de quinientos millones de ejemplares impresos de sus libros avalan la complicidad que Nora Roberts consigue establecer con mujeres de todo el mundo.

Su éxito es incuestionable; quienes la leen una vez repiten. Sabe hablar a las mujeres de hoy sobre sí mismas y sus historias llegan a un público femenino muy amplio porque son mucho más que novelas románticas. Nora Roberts ha escrito más de 215 libros que se han publicado en 34 países. Se venden unas 27 novelas suyas cada minuto y 60 han llegado al codiciado número 1 de *The New York Times* en la primera semana de ventas.

Para más información, visita la página web de la autora:
www.noraroberts.com

También puedes seguir a Nora Roberts en Facebook o en Instagram:
[f] Nora Roberts
[◎] noraroberts author

NORA ROBERTS

La elección

El Legado del Dragón
Libro 3

Traducción de
Pilar Ramírez Tello

DEBOLS!LLO

Papel certificado por el Forest Stewardship Council®

Título original: *The Choice*

Primera edición en Debolsillo: julio de 2025

Printed in Spain – Impreso en España

ISBN: 978-84-663-7335-7
Depósito legal: B-8.852-2025

Impreso en Black Print CPI Ibérica
Sant Andreu de la Barca (Barcelona)

P 373357

Para Griffin, nuestro niño mágico

PRIMERA PARTE

PÉRDIDA

*Dale palabras a la tristeza; la pena
que no habla susurra al corazón
desbordado, que por fuerza estalla.*

WILLIAM SHAKESPEARE

*La tierra sintió la herida, y la naturaleza, entre suspiros que
le brotaron de los cimientos y recorrieron todas sus obras,
presa del infortunio, anunció que todo estaba perdido.*

JOHN MILTON

PRÓLOGO

A lo largo de los siglos, los mundos del hombre a menudo se creen únicos. Aquellos que creen y aceptan que no están solos en la inmensidad tienden a considerarse superiores a los demás seres con los que la comparten.

Se equivocan, por supuesto, ya que los mundos del hombre no son ni únicos ni superiores. Simplemente son.

En esos mundos que giran unos sobre otros, algunos pregonan la paz mientras tocan tambores de guerra. Que toquen esos tambores con un hambre insaciable de poder sobre los demás, de tierras, de recursos y riquezas en nombre de su deidad preferida rara vez se percibe como equivocado, ni siquiera como irónico.

Simplemente es.

En algunos mundos, la guerra es la deidad, y su culto es sangriento y feroz.

Hay mundos en los que grandes ciudades se alzan sobre las arenas doradas, otros en los que los palacios refulgen bajo el azul intenso de las profundidades marinas. Y otros que luchan por una vida que es poco más que una chispa en la oscuridad.

Ya se dediquen a trepar las montañas más altas o a nadar por los océanos, ya vivan en ciudades magníficas o se arracimen alrededor de una fogata en el bosque, ya toquen los tambores o mezan la cuna, todos comparten un objetivo común.

Ser.

En uno de estos mundos, en tiempos de antaño, existían los humanos, las criaturas feéricas y los dioses. En este mundo crecían las ciudades y los palacios, los lagos y los bosques. Las montañas se alzaban hacia el cielo; los océanos eran profundos. Durante un tiempo al margen del tiempo, la magia brillaba bajo el sol y bajo la luna.

Llegaron las guerras, como siempre llegan. En algunas prosperó la codicia. Y en otras, la sed de poder nunca se saciaba, ni siquiera cuando la sangre de los vencidos seguía caliente en su garganta. Un dios oscuro, enloquecido de poder, bebió con ansia de humanos, feéricos y más, y lo expulsaron del mundo.

Pero no fue el final.

A medida que giraba la rueda del tiempo, como debe de ser, las serpientes de la sospecha y del miedo se colaron en la armonía entre humanos, dioses y feéricos. Para algunos, el progreso a cualquier precio sustituyó al vínculo entre la magia y el hombre, y el culto a la acumulación ocupó el lugar antes dedicado a la adoración a los dioses.

Y así llegó el momento de la elección, de alejarse de la magia o preservarla, de abandonar a los antiguos dioses o respetarlos. Tras tomar su decisión, las criaturas feéricas abandonaron los mundos de los humanos y la sospecha y el miedo que los quemaba en la hoguera, que los cazaba en el bosque, que los condenaba al hacha.

Así nació Talamh, un mundo hijo de otro mundo.

Los más sabios, los de miras más amplias, crearon portales para cruzar entre los mundos, ya que, según las leyes de Talamh, todos podían decidir irse o quedarse. Allí, en la tierra de colinas verdes, montañas altas y bosques y mares profundos, la magia floreció y, dirigidos por su líder —un líder elegido y que elige serlo—, la paz se mantuvo.

Pero no fue el final.

El dios oscuro tramaba en su mundo oscuro, y reunió a un ejército de demonios y condenados. Con el tiempo, con sangre, acumuló el poder suficiente para cruzar el portal y entrar en Talamh. Allí cortejó a una bruja joven, una elegida que escogía ser *taoiseach*, y la cegó con amor y mentiras. Ella le dio un hijo y, en secreto, mientras la madre yacía en un sueño encantado, él bebía del poder del bebé, noche tras noche.

Sin embargo, el amor de una madre encierra una magia poderosa, así que la joven despertó de su sueño forzado. Al despertar, condujo un ejército contra el dios, lo expulsó y selló el portal. Cuando terminó, no se consideraba digna del puesto de *taoiseach*, así que lanzó la espada de vuelta al *Lough na Fírinne* y entregó el bastón a la persona que sacó la espada del agua.

De nuevo se mantuvo la paz, y en paz creció su hijo, entre las colinas verdes y los bosques profundos de Talamh. Un día, con orgullo y tristeza, lo vio sacar la espada del lago y ocupar su lugar como *taoiseach*.

Con él siguieron en paz; se hizo justicia con sabiduría y compasión. Las cosechas crecieron y la magia prosperó.

Quiso el destino que conociera y se enamorara de una mujer, hija de los hombres. Ambos eligieron cruzar el portal para vivir en Talamh y allí, del amor y de la alegría, nació un bebé, su hija. La magia brillaba con intensidad en su interior y, durante tres años, no conoció nada más que el amor de los que la rodeaban.

Pero el dios oscuro no había saciado su sed y su ira no había hecho más que aumentar. De nuevo amasó su poder a través de sacrificios de sangre y magia negra, ayudado por una bruja que le dio la espalda a la luz para volverse hacia la oscuridad.

El dios robó a la niña y la encerró en una jaula de cristal bajo las aguas, cerca del portal. Mientras su padre, su abuela y todos los guerreros de Talamh volaban con sus alas o a lomos de sus dragones para salvarla, ella, que solo había conocido el amor, conoció el miedo.

Y ese miedo en un ser tan brillante estalló en una ira tan salvaje como la del dios. Y su poder floreció con ella y golpeó al dios que era de su propia sangre, de su familia.

Rompió la jaula cuando los feéricos atacaban al dios y a sus fuerzas. De nuevo lo expulsaron y abandonaron bajo las ruinas de su castillo negro.

Su madre, humana en su miedo, transformó ese miedo en prejuicio, y ese prejuicio contaminó su amor, de modo que exigió llevarse a la niña al mundo de los hombres, que le borraran la memoria de la magia, de Talamh y de todos los que allí moraban.

Por amor a la niña y a la madre, el padre le concedió su deseo y se las llevó por el portal para vivir con ellas en el mundo humano, aunque regresaba a Talamh por amor y por deber siempre que podía.

Sin embargo, aunque el amor del padre por su hija nunca disminuyó, el amor entre la hija de los hombres y el hijo de los feéricos no logró sobrevivir, y los esfuerzos del padre por vivir en ambos mundos hicieron mella en su corazón.

De nuevo, el dios amenazó a Talamh y a los mundos más allá de este. Y, de nuevo, los seres feéricos, dirigidos por el *taoiseach*, se defendieron. Los feéricos lo hicieron retroceder, pero, con su magia oscura, con su espada negra, el dios mató al hijo que había engendrado.

Así que, otra vez, llegó el momento del luto y de una nueva elección.

Un joven que lloraba al *taoiseach* tanto como había llorado a su propio padre sacó la espada del lago y tomó el bastón.

Mientras el chico se convertía en hombre, un hombre que ocupaba la Silla de la Justicia en la Capital o que ayudaba a su hermano y a su hermana en su granja del valle, mientras sobrevolaba Talamh en su dragón y entrenaba para la batalla que todos sabían que estaba por llegar, la hija vivía en el mundo de los hombres.

Allí, con el miedo y el rencor de su madre, aprendió a dar un paso atrás y nunca adelante, a mirar abajo en vez de arriba, a entrelazar las manos en vez de alzarlas al cielo. Vivió una vida tranquila que le proporcionaba pocas alegrías y en la que no existía la magia. Su única luz era un amigo, hermano en todo salvo en la sangre, y un hombre que era como una madre para ella.

Soñaba a veces con algo más y distinto, pero a menudo sus sueños eran borrosos y oscuros. Y en su corazón albergaba la tristeza por un padre que, según creía, la había abandonado.

Un día, una puerta se abrió para ella. Esta mujer, a la que habían enseñado con tanta severidad a no arriesgarse, a no dar un paso adelante, a no aspirar a nada, cruzó el océano para viajar a Irlanda con la esperanza de encontrar a su padre y encontrarse a sí misma. Durante sus viajes se enamoró de aquel lugar, del verde, de la niebla y de las colinas.

En una casita junto a una bahía exploró los sueños de algo más e intentó alcanzarlos, a la vez que se buscaba en su interior. Un día se tropezó con un árbol en lo más profundo del bosque; el árbol parecía crecer de una roca. Trepó por sus ramas, que eran largas y gruesas. Y salió del mundo que conocía para entrar en el mundo en el que había nacido.

Su magia se despertó, al igual que sus recuerdos, ayudada por la abuela que la quería y la añoraba, por el hada que había sido su amiga de la infancia y por el chico —ahora un hombre— que había sacado la espada del lago.

Supo de la muerte de su padre, y lo lloró. Del sacrificio de su abuela, y la quiso. Descubrió sus poderes y la alegría que le aportaban. Y, aunque tenía miedo, descubrió cuál era su lugar en Talamh y la amenaza del dios oscuro que quería su sangre, así que entrenó para luchar con la magia, con la espada y con los puños.

A medida que las semanas se transformaban en meses, ella,

como su padre, vivió entre dos mundos. En la casita perseguía sus sueños; en Talamh, perfeccionaba sus poderes y entrenaba para la batalla.

Se permitió amar al que había jurado lealtad a Talamh y halló el valor cuyo símbolo lucía en la muñeca. Aceptó con alborozo las maravillas de las criaturas feéricas, de las hadas aladas, de la asombrosa velocidad de los elfos, de la transformación de los cambiaformas, y mucho más.

Cuando el mal llegó a Talamh y los amenazó a todos, usó puños, espada y magia contra él. Mató a quienes llegaron para destruir la luz y se enfrentó con esa luz a la magia más oscura.

Así se convirtió en lo que había nacido para ser.

Pero no fue el final.

1

Después de lo que llegó a conocerse como la Batalla del Portal Oscuro, Breen se quedó tres semanas en la Capital. Los primeros días fueron los más dolorosos de su vida, pues los dedicó a ayudar a sanar a los heridos y a sacar a los muertos de los campos de batalla empapados en sangre y ceniza.

Abrazó a Morena, su amiga más antigua, mientras esta lloraba sin parar la pérdida de su hermano. Hizo lo que pudo por consolar a los padres de Phelin, a su esposa embarazada, a su hermano, a la familia de su hermano e incluso a sus abuelos, aunque su propia tristeza la desgarraba por dentro. Hacía poco que había recuperado su recuerdo, se había reencontrado con él después de tantos años y ahora lo perdía para siempre, muerto defendiendo Talamh contra las fuerzas desatadas por su abuelo.

Permaneció al lado de las familias en la Partida, agarrada a la mano izquierda de Morena mientras Harken le sostenía la derecha. La tristeza de su amiga la arrollaba como un maremoto mientras las cenizas de Phelin y de tantos otros volaban de vuelta sobre el mar para introducirse en las urnas que sujetaban sus seres queridos. Abrazó con fuerza a Morena antes de que Harken y ella regresaran al valle. Y, consciente de su tristeza, observó a Finola y a Seamus darse la mano, desplegar las alas y seguirlos poco después.

Como Keegan estaba ocupado con reuniones del consejo y patrullas, ella se dedicó a visitar a los dolientes hasta estar tan llena de tristeza que no entendía cómo no se había ahogado con las lágrimas. Al cabo de la primera semana obligó a Marco a volver a la Casa de las Hadas. Él cuadró la mandíbula bajo la perilla bien recortada.

—Me quedo con mi chica —se obcecó.

Como esperaba aquella respuesta, se había preparado para ella. Mientras estaban en el puente bajo el castillo, observando a su perro de aguas irlandés, Botarate, nadar y salpicar agua, se enganchó del brazo de Marco. Pensó que era su mejor amigo, el que siempre había permanecido a su lado y siempre lo haría; y el que lo había demostrado saltando a otro mundo con ella.

—Tu chica está bien.

—Qué va. Estás hecha polvo, Breen; te estás cargando con demasiado.

—Todo el mundo lo está haciendo, Marco. Tú...

—He ayudado, claro.

El joven miró hacia el otro lado del puente, donde un grupo de personas entrenaba con espadas, puños y arcos. Y recordó la sangre y los cadáveres sembrados por aquel mismo terreno.

Nunca lo olvidaría.

—He ayudado —repitió—, pero tú te cargas más que nadie, y lo haces aquí —aclaró, dándose un golpecito en el corazón.

—Odran es quien hizo esto, todo esto, para llegar hasta mí. No es culpa mía —añadió antes de que pudiera rebatírselo—. Ni mía, ni de mi padre, ni de mi madre, ni de la yaya. Es toda suya. Sin embargo, eso no cambia el hecho de que haya muerto tanta gente porque Odran me quiere a mí, lo que soy, lo que tengo. Así que, si puedo mitigar un poco el dolor, aunque solo sea cargando con él un momento, lo haré.

Él se desenganchó de su brazo y usó ambos para acercársela.

—Y por eso me quedo —concluyó.

—Por eso te pido que vuelvas —dijo Breen, que levantó una mano para acariciarle la mejilla y lo miró a los ojos castaños, tan oscuros y preocupados—. Yo también quiero volver, pero siento la necesidad de quedarme un poco más. El problema es que eso significa que no puedo estar al lado de Morena, Finola y Seamus. Son como parte de mi familia, Marco, y no estoy prestándoles mi apoyo.

—Lo hacías, y saben que estás aquí por la madre y el padre de Phelin, por su mujer y su hermano.

—En gran medida, por eso necesito quedarme. Ve, Marco, ayuda en mi nombre a Morena y a los demás. Por el valle. Hemos perdido a muchos. Regresa con Brian.

—En primer lugar, Brian se marcha mañana al puñetero amanecer y se dirige al oeste con su dragón. De ninguna de las maneras pienso volver a volar en un dragón en lo que me queda de vida.

Eso le arrancó una sonrisa a su amiga.

—Podría prepararte una poción calmante.

—¡Vaya, qué buena idea! —exclamó él con sorna—. Así volaré en dragón, pero primero me colocaré. Va a ser que no.

—¿Y si vas a caballo? Keegan va a enviar a Brian y algunas tropas al oeste, y parte lo harán a caballo. Te gusta montar. Venga, si lo haces mejor que yo; lo que me cabrea un poco. Así me quitarías una preocupación de encima. Te juro por Dios que es verdad.

—Deja que te vea la cara. —La atrapó entre sus manos, la miró a los ojos y suspiró—. Mierda, es verdad. No me gusta dejarte sola.

—Lo sé, sé que te estoy pidiendo algo muy difícil. Pero me quedo con Keegan y mi feroz perro.

Botarate se subió al puente de un salto y se sacudió con alegría. El agua voló por todas partes; le brillaban los ojos. Sin embargo, Breen recordaba cómo había irrumpido en el campo de batalla; recordaba la sangre que le manchaba el hocico y la furia del guerrero en aquellos ojos tan felices.

—Y —añadió— resulta que soy una bruja bastante poderosa.

—«Bastante poderosa» es quedarse corta. Me iré, aunque tienes que prometerme que me enviarás un mensaje. Uno al día, Breen; esa es mi condición. Mándame, yo qué sé, un halcón o algo.

—Ayer estuve en la tienda de Ninia Colconnan y te compré un espejo mágico.

—¿Un qué?

—Es un medio para hablar contigo. Además, es bonito. Considéralo como una especie de videoconferencia por Zoom. Te enseñaré cómo funciona. —Metió las manos en los rizos de su melena pelirroja—. Me quitas un peso de encima, en serio. También es más práctico. Si Sally y Derrick intentan ponerse en contacto con nosotros y no nos encuentran, van a preocuparse.

Había calculado que le resultaría útil usar a Sally, a quien ambos consideraban una madre, para darle el empujoncito final.

—Sí. —Marco hundió las manos en los bolsillos—. Sí, he estado pensando en eso.

—Así puedes solucionarlo, llámalos a Filadelfia por videoconferencia cuando vuelvas. Y —añadió pinchándole la barriga con un dedo— ponte de nuevo a trabajar de una vez, por mí.

Breen se agachó para pasar las manos por encima de Botarate y secarlo hasta que los tirabuzones morados recuperaron su aspecto mullido.

—¿Y tú? Sé que no puedes estar escribiendo mucho —dijo Marco.

—Un poco. —Le dio un tironcito cariñoso a la barba de perro de Botarate antes de levantarse—. No he sido capaz de trabajar en la siguiente aventura de Botarate, ahora mismo no puedo escribir cosas alegres. Pero sí estoy trabajando en el segundo borrador de la novela adulta. Ahora comprendo mejor las escenas de batalla.

—Ay, Breen.

Ella se apoyó en Marco. Siempre podía apoyarse en él.

—No pasa nada. Ya hemos hablado del tema. Luchamos contra seres malvados y los matamos. —Le lanzó una mirada gris y dura, y cuadró los hombros—. Cuando llegue el momento, lo haré otra vez. Y otra vez, hasta que esto se termine.

Entonces se ablandó y apretó las manos de su amigo.

—Venga, te ayudaré a hacer la maleta y te daré una clase sobre espejos mágicos.

Envuelta en la niebla del amanecer, lo observó marchar. Su Marco, urbanita de pies a cabeza, montaba en la silla como si hubiera nacido en una. La yegua, juguetona, bailaba bajo él, y lo oyó reírse cuando salió al trote con los guerreros, en dirección oeste. Sobre ellos, un trío de dragones relucientes como gemas a la luz del alba volaban con sus jinetes por aquel cielo gris de noviembre. Un par de hadas aladas los seguían.

La batalla y la sangre regresarían, librada y derramada por culpa del dios caído, Odran. Su abuelo. Sin embargo, Marco estaría a salvo, tan a salvo como podría estarlo cualquiera en una tierra dedicada a la paz y amenazada por un dios decidido a traer la guerra. Y su amigo, el mejor ser humano que hubiera existido nunca, estaría con el hombre a quien amaba. Por ahora, era la mejor situación posible.

—Estará más que bien —le aseguró Keegan, que, a su lado, observaba perderse entre la niebla a los que había enviado al oeste—. Y has hecho bien al animarlo a marcharse.

—Lo sé. Y sé que ayudará a consolar al valle. Es importante.

—Sí que lo es. Tú también ayudarías en ese sentido. Quiero que te quedes por… varias razones, pero sé que allí cumplirías un cometido e igualmente encontrarías consuelo.

—No estoy lista para ese consuelo.

Breen examinó a aquel hombre, a aquel brujo, a aquel guerrero al que había llegado a amar, a desear, a necesitar hasta extremos casi insoportables. Fuerte por fuera y por dentro, con el pelo oscuro alborotado y la trenza de guerrero. Y vio tanto fatiga como rabia en la profundidad de sus ojos verdes.

—Tú tampoco —le dijo.

—No, tampoco. Ni de lejos.

—Y con Odran encerrado de nuevo, aquí y ahora ya no queda nadie contra quien luchar —sentenció Breen.

Él le dedicó una mirada larga y fría.

—Desear la guerra es desear la muerte. Esas no son nuestras costumbres.

—No es eso lo que estoy diciendo, Keegan. Hay que entrenarse para la guerra porque Talamh y el resto de los mundos necesitan protección y defensa. Tú me lo enseñaste, a las malas, tirándome de culo durante los entrenamientos y dejándome dolorida más veces de las que prefiero contar.

Keegan se encogió de hombros y miró hacia uno de los campos de entrenamiento.

—Últimamente no es tan fácil derribarte.

—Porque te contienes. Odio reconocer que siempre lo has hecho. Nunca seré un gran espadachín; bueno, espadachina; ni una Robin Hood con el arco.

—Esas historias son buenas. Las de Robin Hood. Y no, no lo serás.

—Ahora sí que no te has contenido —repuso ella.

Keegan sonrió un poco y se enrolló en el dedo uno de los rizos de Breen.

—¿Por qué mentir cuando la verdad está tan clara? Eres mejor que antes.

—Lo que no es decir mucho.

—Eres mejor que antes después de ser mejor que antes. Tu magia es… formidable. Es y siempre será tu mejor arma. ¿Y esto?

—Le levantó la mano, le giró la muñeca y le recorrió con un dedo el tatuaje—. *Misneach*. Valor, y el tuyo es tan espectacular como tu magia.

—No siempre.

—De sobra. Has alejado a Marco y te has negado ese consuelo por el bien de los demás. Eso es valor. Irías con él, pero te quedas porque necesito que te quedes.

—Por varias razones.

—Por varias razones.

Los más pequeños salieron al campo de entrenamiento, algunos aleteando, otros con velocidad élfica y otros todavía bostezando para espantar el sueño. Breen se percató de que no era día lectivo, ya que Talamh siempre daba prioridad a la educación. Miró a Botarate y sus ojos suplicantes.

—Adelante.

El perro salió disparado mientras ladraba de júbilo.

—No me has preguntado por ellas —comentó Keegan—, por las razones.

—Crees que estaré más segura aquí contigo. Shana intentó matarme dos veces y ahora es suya. Es de Odran.

—Todos los portales están protegidos. No puede cruzarlos. No puede hacerte daño.

—No me va a matar.

Él entornó los ojos.

—¿Lo has visto?

Breen negó con la cabeza.

—Sé que no le voy a dar esa satisfacción. Y está Yseult. Me ha atacado dos veces, no para matarme porque, a diferencia de Shana, no está, como dice Marco, loca de remate, sino para incapacitarme lo suficiente como para conducirme hasta Odran. La primera vez habría tenido éxito de no ser por ti. La segunda fue justo ahí. —Se volvió para señalar—. Me encargué de ella. Pero dejé que mis emociones, mi rabia y mi necesidad de hacerle daño y castigarla, se interpusieran en mi camino, y no logré destruirla. No volveré a cometer el mismo error.

—Te has vuelto implacable, *ma bandia*.

¿Implacable? No estaba segura. Pero estaba decidida. Resuelta.

—Me consideré una persona corriente, o incluso inferior, durante mucho tiempo. Ahora sé lo que soy, lo que tengo, y lo utilizaré. Que te preocupes por mí te impide concentrarte en lo que precisas hacer. Deberías parar.

Como ella, Keegan observaba a los niños alinearse para el entrenamiento. Todos pequeños, pensó, con una mezcla de orgullo y rencor. Y, tras apoyar la mano en la empuñadura de la espada, recordó que, tiempo atrás, él había sido igual y había hecho lo mismo.

—¿Crees que la única razón por la que quiero que te quedes es porque me preocupo por ti?

—Es un factor, pero aquí también soy útil, y eres consciente de eso.

—Sí, es verdad. Me has ayudado a curar a los heridos y has ofrecido consuelo con tus visitas a los dolientes. Todavía lo haces. Y cargas con parte de su dolor. Se te nota.

—Muchas gracias. Voy a empezar a usar hechizos de glamour.

—Eres preciosa.

Lo dijo de forma tan natural, como si no fuera más que un hecho de la vida, que Breen sintió un absurdo escalofrío de placer.

—Incluso cuando estás cansada —siguió diciendo Keegan— y demasiado pálida, y te veo toda esa tristeza encima.

—A ti te pasa lo mismo. Sí, eres el *taoiseach*; sí, es tu deber, pero es más que eso. Tú también los lloras, Keegan.

—No me quites eso. —Le agarró la mano antes de que Breen pudiera ponérsela sobre el corazón—. Ni una pizca. Lo necesito, igual que necesito la rabia y la sangre fría. Sé que ayudaste con los fallecidos, que es algo que preferiría que no hubieras tenido que vivir nunca.

—También es mi gente. Soy tan talamhesa como estadounidense. Seguramente más, en el fondo.

—Y, aun así, habría preferido que no lo vivieras. Has enviado a Marco de vuelta y, por ahora, no te puedo ofrecer la misma compañía aquí, en un lugar que no es tu hogar, como puede serlo Irlanda o el valle. Apenas he tenido tiempo para hacer otra cosa contigo que no sea dormir o el amor, y ha habido más sueño que sexo, siento decir. Creo que esta conversación, aquí y ahora, es la más larga que hemos mantenido desde la batalla.

—Eres el *taoiseach*, tienes reuniones del consejo y juicios. Sé que has hablado con todos los heridos, con todos los que han perdido a alguien. Lo sé porque me lo cuentan. Hay reparaciones, entrenamientos y ni me imagino qué más. ¿Crees que espero que pases más tiempo conmigo cuando tienes tantas otras cosas que hacer y en las que pensar?

Keegan la miró como siempre hacía, con el alma en los ojos. Después apartó la vista de nuevo, y observó el campo de entrenamiento y el pueblo.

—No, no lo esperas, y puede que por eso desee poder dártelo. Todavía eres un misterio para mí, Breen Siobhan. Y también es otro misterio todo lo que siento por ti. No siempre me gusta.

Eso la hizo sonreír de nuevo.

—Lo cual es algo que me has dejado muy claro.

—Te necesito aquí por todas las razones que has mencionado —dijo Keegan—. Sí, por todo eso, pero además por mí. No es algo que tenga que gustarme, pero… te lo estoy explicando lo mejor que puedo.

A Breen, aquellas palabras le llegaron muy hondo; saber que lo estaba intentando.

—Cada vez se te da mejor. El explicarte —le aclaró Breen—. Nunca vas a ser un experto, pero creo que, con la práctica, podrías llegar a ser lo bastante competente.

Keegan esbozó un amago de sonrisa.

—Esa ha sido una pulla muy certera.

—Eso me parecía. Me gusta que me necesiten. —Recorrió con los dedos la trenza de guerrero que recorría el lateral de la cabeza del *taoiseach*—. Me he pasado mucho tiempo sin que nadie me necesitara. Marco, sí, y Sally y Derrick. Aunque eso es distinto. Así que, ahora mismo, el sueño, el sexo y todo lo demás que consigamos encajar en nuestro tiempo me parece suficiente.

—Y ahora mismo no me queda más tiempo. Una puñetera reunión del consejo.

—No pasa nada. Dentro de poco me toca bajar a entrenar. El puñetero tiro con arco.

—Me dicen que ya no eres tan lamentable como antes.

—Cierra el pico. Ve a ser el líder del mundo.

Keegan le puso las manos bajo los codos y la levantó para mantenerla de puntillas. La besó y siguió besándola mientras la bruma matutina se levantaba y la luz del sol empezaba a bañarlo todo.

—Llévate a Botarate, ¿de acuerdo? Y a alguien, a Kiara, a Brigid o a quien quieras, si vas a la ciudad o de visita.

—Deja de preocuparte.

—Me preocuparía menos si hicieras lo que te digo —insistió él.

—Está bien. Preocúpate menos. Voy por mi arco y a ser menos lamentable. También creo que me lo voy a pasar mejor que tú.

—No me cabe duda. Mantén cerca al perro —repitió él antes de alejarse por el puente hacia el castillo, donde la bandera ondeaba a media asta.

Se mantenía ocupada un día tras otro, entrenando y ayudando con el dolor —tanto de forma mágica como práctica—, y pasaba todo el tiempo posible con la familia de Phelin. También era su familia, pensó, ya que cada vez recuperaba más recuerdos de sus primeros tres años de vida. Las enormes manos de Flynn lanzándola en el aire para que chillara, Sinead glaseando galletas, ella corriendo por los campos con Morena, y tramando aventuras con Seamus y Phelin. Con ellos se sentía tan en casa como en la granja en la que había nacido. Sin embargo, fue Flynn, el guerrero, el miembro del consejo, el padre, quien finalmente rompió la tensa cuerda con la que había estado conteniendo su tristeza.

Ella quería aire y tranquilidad, así que, después de concederse dos horas por la mañana temprano para trabajar en su libro —con la esperanza de poder dedicarle otras dos por la noche—, se llevó a Botarate de paseo. No sería más que un rato, un lapso robado, tal como ella lo veía, para no hacer nada. Después trabajaría con Rowan —miembro del consejo y parte de las sabias— y con unas cuantas brujas jóvenes en pociones y amuletos. Seguirían reponiendo las reservas empleadas después de la batalla. La magia no era cuestión de un abracadabra y ya está, sino de esfuerzo, habilidad, práctica e intención.

También encontraría hueco para ayudar con los cultivos destruidos durante el enfrentamiento. Esperaba convencer a Sinead y Noreen para que fueran a trabajar con ella, y que así les diera el aire y el sol, aunque fuera solo una hora. Después de eso le tocaba entrenamiento, la parte más odiosa del día. Lucha con espada y cuerpo a cuerpo era la tortura de esa tarde, y ya casi podía verse los moratones.

Era sorprendente lo ocupada que estaba, lo rápido que un día se transformaba en el siguiente. Aunque el castillo no dejaba de fascinarla, aunque el salvaje rumor del mar no dejaba de entusiasmarla, echaba de menos su preciosa casa del otro lado, echaba de menos la granja al oeste de Talamh, a sus amigos de allí, a su abuela. Y, para sí, reconocía que también echaba de menos la satisfacción que le reportaba la rutina que seguía desde que se marchó de Filadelfia, hacía ya tantos meses. Sin embargo, allí la necesitaban, por el momento, y había llegado a comprender que el mero hecho de verla realizar sus tareas diarias servía para que los habitantes de la Capital sintieran esperanza, después de tanta pérdida.

Dejó que Botarate jugara en el agua, bajo el puente, y, a través de su vínculo con él, supo que, aunque aquello lo hacía feliz, echaba de menos su bahía, echaba de menos correr por el campo con los hijos de Aisling y jugar con Mab, la lobera irlandesa que los cuidaba. Cuando el perro salió del agua para sacudirse, ella lo secó con un gesto. El viento de noviembre soplaba con brío, y olía a mar y tierra revuelta. Vio a algunas personas trabajando en los huertos de las colinas y los campos, intentando devolverles la vida a los cultivos de invierno. Había trabajado con otras sabias para sanar el suelo quemado y ensangrentado, y ahora contemplaba el fruto de su trabajo en las calabazas naranjas, los calabacines amarillos y los tonos verdes de la col rizada y del repollo.

Las flores y las hierbas aromáticas estaban de nuevo en su esplendor. Vio paja nueva en los tejados de las casas, niños que jugaban en los patios, gente en el pueblo mirando en los puestos y las tiendas, humo brotando de las chimeneas. La vida y la luz eran tozudas, pensó. Tenían que florecer y brillar contra la oscuridad, y lo harían. Nadie las apagaría como una vela, sino que su llama ardería para siempre. Ella formaba parte de eso y haría lo que fuera preciso para mantener aquel fuego encendido.

Botarate brincaba delante de ella y se metió bajo las ramas colgantes de un sauce. Lo siguió y se encontró a Flynn sentado en un banco de piedra, con la cabeza del perro en la rodilla. No le hacía falta atisbar la tristeza de aquel hombre, ya que la percibía como una losa sobre el corazón. Aun así, sonrió al reconocerla y le dio unas palmaditas a Botarate en el copete rizado.

—Este perro es un tesoro.

—Sí que lo es.

—Y pronto será famoso en el mundo entero, gracias a las canciones y las historias. Desde este banco se ve mucho. La aldea y su ajetreo, los campos y las colinas, la sombra de las montañas, y, si prestas atención, se oye el redoble del mar detrás de ti. Tu yaya colocó aquí este banco antes de que yo naciera. La vi aquí sentada muchas veces con tu padre, pensando y buscando la paz. Y allí —añadió señalando algo, así que Breen se le acercó más—, en esa casa, vivía una chica por la que me moría de amor en mi desbocada juventud. Antes de Sinead, claro, porque esa mujer me puso un candado irrompible en el corazón. Pero el anhelo por aquella muchacha fue real mientras duró, y su recuerdo, inofensivo y dulce.

—¿Dónde está ahora esa chica?

—Se casó con un granjero y tuvieron tres hijos…, no, cuatro, creo. Están en las tierras medias, y vienen por aquí para comerciar y hacer trueques. Siéntate un momento conmigo. Necesitaba tomar aire fresco un rato.

Breen vaciló, pero el instinto le dijo que precisaba la compañía tanto como el aire. Cuando se sentó y Flynn le puso una mano sobre la suya, supo que había acertado.

—Cuando tu padre y yo éramos pequeños, en el valle, yo anhelaba la Capital, su bullicio. No tenía madera de granjero, como Eian o mi padre. Tampoco era tan listo como mi progenitor, que tenía un don para construir cosas. Estaba la música, claro. Ah, por eso Eian y yo permanecíamos unidos como siameses. Y me encantaba tocar en los pubs, aquí y al otro lado. Eian, Kavan, Brian y yo… Siempre han sido mis hermanos. Pero ansiaba la vida del soldado, esa es la verdad. Criar una familia con Sinead en el valle fue precioso, una época de alegría y también de paz. Durante un tiempo. —Se volvió para mirarla—. Tu madre hizo feliz a tu padre. Tienes que saberlo.

—Lo sé.

«Durante un tiempo», pensó para sí.

—Pero tú, conejito rojo, tú eras el latido de su corazón, la luz de su alma. Cuando Odran te robó… Un hombre menos fuerte que él se habría vuelto loco y habría permitido que esa locura lo gobernara. Eian era un gran hombre, así que puso freno a su corazón y empleó su mente, su poder y su fuerza. Como hiciste tú, que eras poco más que un bebé. Como hiciste tú —murmuró Flynn.

—Tu madre me trajo de vuelta a casa, volando, y Sinead me acunó y me cantó. Ahora lo recuerdo con toda claridad, lo segura que consiguieron que volviera a sentirme después del miedo que había pasado. Cuando regresé, la yaya me ayudó a ver en el fuego cómo había luchado mi padre aquella noche y cómo había luchado ella. Y… contigo, con tus grandes alas y tu espada. Luchaste por mí, por él. Por Talamh.

—Fue una noche horrenda y brutal, pero deseaba ser guerrero, y habría muerto por ti, por él y por Talamh. Era mi elección. Pero sobreviví. Esa noche perdimos a Kavan.

—Lo sé.

—Era como un hermano para mí. Luego cayó Brian y después Eian. Sus muertes, las muertes de mis hermanos, se llevaron parte de mí, como debe de ocurrir con la muerte. A pesar de todo, yo seguí vivo, seguí siendo un guerrero, un marido, un padre y también un abuelo, mientras aprendía a vivir sin esos trozos que me arrebataba la muerte. A los muertos se los honra viviendo, esforzándose y plantando cara.

—Lo sé.

Ambos miraron al frente. Un conejo, gris como los ojos de Breen, saltaba por un campo, camino de una hilera de coles.

—Es la primera vez que pierdo a alguien cercano. Creía que mi padre me había abandonado, sin más —dijo ella.

—No lo habría hecho jamás.

—Ahora lo sé, y también sé que honráis a los seres queridos fallecidos viviendo, esforzándoos y plantando cara.

—Me siento en el consejo, y allí hago lo que puedo por ser sabio y honrado. Lucho contra lo que nos ataca. Ahora, Breen, ahora abrazo a mi esposa, a la esposa de mi chico, a su hermano, a su hermana y a mis padres. Estos brazos tienen que ser fuertes por ellos, porque esos trozos se pierden en su interior.

»Pero mi niño, el hijo que sostuve en mis manos cuando dio su primer aliento, ya no está. Y el hijo que espera a nacer nunca conocerá a su padre. Su mujer nunca sentirá de nuevo sus brazos rodeándola. Su madre nunca volverá a oír su voz ni a verle la cara. Esas partes han desaparecido y no sé cómo vivir sin ellas.

Breen no tenía palabras de consuelo, así que se limitó a abrazarlo. No podía mitigar su pena, no había poder en el mundo capaz de hacerlo. Sin embargo, permitió que entrara dentro, sintió aquel dolor arrollador para, al menos, compartirlo con él.

—Eres un guerrero —dijo al fin—. Un marido, un padre y un abuelo. Le plantarás cara. Todas esas partes que te robó la muerte están llenas de la luz de las personas que has perdido. La luz de Phelin está dentro de ti y siempre lo estará. —Las lágrimas pugnaban por salir, pero ella no pensaba consentírselo—. Puedo sentir su luz en ti, y la de mi padre. —Se retiró lo suficiente como para ponerle una mano en el corazón y, mirándolo a los ojos, le transmitió sus sentimientos—. Es tan brillante que ni siquiera la muerte es capaz de atenuarla.

Flynn le apoyó la cabeza en el hombro y suspiró una vez.

—Habría estado muy orgulloso de ti.

—Su luz también está dentro de mí —repuso ella.

Flynn levantó la cabeza y le acarició el pelo.

—Lo veo en ti y eso me consuela. Eres un consuelo para mí. —Le dio un beso en la frente—. Doy las gracias al poder que decidiera ponerme aquí, en este momento, y a ti conmigo, conejito rojo —murmuró antes de darle otro beso y dejarla sola bajo el sauce.

Y sola tuvo ganas de temblar bajo el peso de aquella tristeza compartida; simplemente ceder. Pero no allí, donde alguien podría encontrarla o verla. Salió de aquel lugar, se alejó de las ramas y llamó a su dragón. Sí, sí, por Dios, necesitaba aire, distancia y desahogarse.

Cuando aterrizó Lonrach, montó sobre su lomo rojo de puntas doradas.

—Espera —le dijo a Botarate antes de que pudiera subirse corriendo con ella—. Espera un momento.

Y salió disparada con Lonrach. Voló deprisa y alto, con el pelo y la capa al viento. El aire descendió de temperatura al subir cada vez más arriba, a través de las nubes y de la humedad que contenían. Cuando Talamh se extendió bajo ella, convertida por la distancia en el juguete de un niño, Breen gritó. Gritó una y otra vez la rabia que estaba tan estrechamente unida a su tristeza. Sintió que el aire vibraba con ella, oyó que el trueno retumbaba con ella, vio que el relámpago la atravesaba. Y le dio igual.

Aquello era para ella y solo para ella, por cada gota de sangre derramada, por cada lágrima, por toda la pérdida. La oscuridad y la luz, facetas gemelas de su rabia, chocaron de tal modo que el cielo se arremolinó y tembló, que las nubes se rompieron y lloraron. Alzó los brazos con las manos cerradas en un puño y le dio la bienvenida a la tormenta.

—¡Yo te condenaré! —gritó—. Juro por todos los dioses, por mi padre, por Phelin y por todos que te daré muerte.

Bajó con Lonrach cada vez más, enseñándole adónde tenía que ir, el lugar que no había logrado visitar desde aquel maldito día. Cuando aterrizaron en el bosque, con los árboles azotados por el viento y la lluvia cayendo sin parar, desmontó de un salto para colocarse frente al árbol de las serpientes. Su sangre había abierto aquel portal y, a través de él, el infierno había llegado a Talamh; ella, su abuela y Tarryn lo habían cerrado con la suya.

Reunió poder, más y más poder, alzó el rostro a la tormenta y se fundió con ella. Y permaneció allí, encendida como un fuego, tanto dentro como fuera de sí misma.

—Escúchame, Odran el Maldito; escúchame y tiembla. Soy Breen Siobhan O'Ceallaigh. Soy hija de las hadas, de los hombres y de los dioses. Soy la luz y la oscuridad, la esperanza y la desesperación, la paz y la destrucción. Soy la llave, el puente, la respuesta. Y, con todo lo que soy, acabaré contigo. Te hervirá la sangre en las venas, te arderá la carne, y todos los mundos oirán tus gritos de miedo y de dolor. Escúchame, Odran, igual que los dioses te expulsaron antaño, yo te reduciré a cenizas, y ni el mismo infierno las querrá. Y no serás nada. Ese es mi juramento. Ese es mi destino.

De las manos alzadas brotaba luz, y sus ojos eran tan oscuros y feroces como la tormenta.

—Breen. Breen, aléjate de ahí.

Volvió la cabeza de golpe, y el poder con ella. Keegan tuvo que bloquearlo con ambas manos para no caer.

—Da un paso atrás —repitió él—. ¿Quieres arriesgarte a abrirlo con tu furia?

—No se abrirá. Pero me oye.

—Pues ya has dicho lo que tenías que decir. Ahora retrocede.

Como Breen estaba demasiado cerca del árbol y emitía poder —una oleada tras otra de fuerza mágica—, él se le aproximó. Cuando la tomó del brazo, la descarga lo estremeció hasta los huesos, pero la apartó del árbol. Botarate esperaba, mojado y gimiendo, mientras Breen miraba a los ojos a Keegan, que rebosaba poder y furia.

—¿Crees que puedes detenerme?

—Si debo hacerlo... —El joven se colocó entre el portal y ella, y vio que parte de su genio se transformaba en desconcierto—. Tienes que soltarla ya.

—¿El qué? ¿Soltar el qué?

—Has traído la tormenta. Ahora suéltala.

—Ay, Dios mío. —Breen se llevó una mano a la cara, estremecida—. Lo siento. Lo siento. —Temblando, se dejó caer en el suelo—. Lo siento mucho.

El viento se cortó de golpe; la lluvia cesó. El poder que vibraba en el aire empezó a disiparse.

—No tenías que haber venido aquí tú sola —empezó a decir Keegan, pero ella se hizo un ovillo y se echó a llorar.

Tras vaciarse de rabia, solo le quedaban lágrimas.

Keegan se agachó a su lado, y Botarate corrió hacia ella y se puso a gimotear.

—Vale, ya pasó —dijo el joven mientras le acariciaba el pelo, la espalda y los hombros para calentarla y secarla. Después la abrazó e intentó encontrar las palabras adecuadas, pero lo único que le salía era—: Vale, ya pasó.

—Lo siento.

—Ya lo has dicho. Ha terminado. Llora si lo precisas, hasta que termine también.

—He estado un rato con Flynn y... Ya no podía aguantarlo más. No podía seguir guardándomelo dentro. Necesitaba...

—Gritarles a los dioses.

Cuando Breen levantó la cabeza, él agachó la suya.

—Supongo que te habrán oído hasta en el extremo occidental.

—Ay, qué estúpida soy. —Se tapó la cara con las manos—. No debería... Asusté a todo el mundo cuando...

—¿Asustar? Mujer, somos talamheses, no papanatas sin carácter; no nos asustamos cuando una de los nuestros libera su poder. Y un poder como el tuyo, bueno, es para celebrarlo. Eso sí, la tormenta ha sido un poco excesiva; la gente se va a pasar algún tiempo persiguiendo la ropa que ha salido volando de los tendederos y demás.

—Lo...

—No lo digas otra vez, por los dioses; es agotador. Me prometiste que no vendrías aquí tú sola.

—No pretendía hacerlo. —Tras otro sollozo, sacudió la cabeza—. Quiero decir que no pensaba hacerlo. Creo que me he vuelto un poco loca durante un momento.

—Durante una puñetera hora, como mínimo. Me ha costado encontrarte y me habría costado más sin este de aquí. —Acarició a Botarate—. Vino a buscarme. Estaba a punto de dar contigo cuando los cielos se abrieron. Supongo que estarás cansada después de descargar tanta energía y unos cuantos litros de lágrimas. Podemos partir por la mañana, en vez de esta tarde.

—¿Partir? ¿Adónde?

—Al valle.

Se levantó y le ofreció una mano para ayudarla a ponerse en pie.

—No. —Breen se levantó deprisa—. Keegan, necesitaba desahogarme o, por lo menos… —Miró de nuevo el portal—. Necesitaba hacérselo saber. Pero no puedes enviarme de vuelta solo porque haya tenido un… episodio.

—¿Así se llama? Es mi primera experiencia con ovejas que vuelan.

—Ay, Dios.

—No les ha pasado nada. Y, aunque es bien cierto que preferiría hacerte regresar (y soy el *taoiseach*, así que podría hacerlo), me requieren en otra parte y ya he dedicado a la Capital todo el tiempo que le debía. Por ahora. Vendrás conmigo porque lo necesito y estoy muy seguro de que tú también.

—Sí. —Se arrimó y le apoyó la cabeza en el hombro—. Sí, lo necesito. ¿Podemos irnos ya?

—Podemos. Después de limpiarnos un poco, tienes tiempo de despedirte y reunir lo que tengas que llevarte. Y no me importaría que avisaras a Marco por el espejo mágico para que nos preparase algo. Sus albóndigas no me vendrían nada mal esta noche.

—Vale —respondió Breen, exhalando—. Deja que haga un glamour para que no se note que he estado llorando.

—No —le dijo Keegan, y le cogió la mano—. Te han oído lamentarte, deja que lo vean. Deja que te vean. Y que sepas que Odran no tiene absolutamente nada que hacer, ni en el cielo ni en el infierno, contra la mujer que he visto aquí, ardiendo como mil velas. Nada que hacer. Y ahora vámonos. No hay tiempo que perder.

2

Se despidió de todos, y metió en la bolsa de viaje mensajes de la madre de Morena y de la de Keegan para sus hijas. Cuando se sentó en el amplio lomo de Lonrach con Botarate, pensó en el apresurado vuelo a la Capital, en la urgencia y el miedo que la habían enviado al este. Ahora volaba de vuelta a casa, aunque cambiada para siempre.

Conocía lo que se extendía bajo ella, a la sombra de las alas de Lonrach. Conocía las verdes colinas y los fértiles valles, el aroma de los bosques tupidos, la majestad de los picos montañosos. Las aldeas, casas y cuevas, y a todos los que las habitaban.

Allí, bajo las nubes, un caballo y su jinete iban al galope, y una mujer con capa llevaba una cesta al brazo. Había un ciervo tan regio como un rey en la linde del bosque y una mujer en la orilla de un arroyo, con el sedal en el agua y un bebé envuelto en un arrullo y tumbado en una manta, a su lado.

Habría troles trabajando en las minas de las cuevas, en lo más profundo de las montañas, y niños en las aulas, aburridos de las clases y soñando con aventuras. Los granjeros vigilarían su cosecha de invierno y afilarían los arados; las madres acostarían a los más pequeños para que se echaran la siesta. Y los guerreros entrenarían sin parar para perfeccionar todas y cada una de sus habilidades, y proteger así las colinas y los valles, las montañas y los arroyos, y a todos los que allí moraban.

Ahora ella también formaba parte de todo eso, porque, hasta entonces, a pesar de la magia, de la sangre compartida y del conocimiento, no había sido del todo cierto. Porque ahora había luchado, matado y sangrado por Talamh.

Miró a Keegan, tan alerta, tan intenso. Un hombre impaciente que, de algún modo, contaba con un pozo infinito de paciencia. Un hombre duro que, en esencia, era pura bondad. Una contradicción viviente. Al final llegó a la conclusión de que encajaba, porque Keegan lucharía, mataría y sangraría por el objetivo más vital de su mundo: la paz.

Acercó a Lonrach un poco más a Cróga, su cabalgadura, para poder hablar con él por encima del ruido del viento.

—¿Qué pasará ahora?

Él la miró, aunque brevemente, antes de seguir examinando la tierra, el aire y el mar lejano.

—Entrenarás para el combate y con la magia, como antes.

—No, me refiero a ahora.

—Eso es ahora, mañana y pasado mañana. Tenemos tiempo, pero no podemos desperdiciarlo. Aunque Odran ha perdido más que nosotros, él no se dedicará a llorar a sus muertos, ya que los demonios y las criaturas oscuras que envió a destruirnos no significan nada para él. Pero ha perdido poder.

—Tiene que reunirlo de nuevo. Podría tardar semanas, meses o incluso años.

—Años no. Esta vez no —dijo Keegan.

—Porque estoy aquí.

—Cree estar muy cerca de conseguirte, de arrebatarte cuanto eres. Eres la llave, el puente, la hija de hombres, hadas y dioses que tiene lo que él ansía. Cree estar muy cerca de conseguir cuanto quiere y de vengarse de los mundos. —Keegan la miró de nuevo—. Pero se equivoca. Está más lejos que nunca.

—¿Por qué?

—Por todo lo que eres. Ahora, ¿quieres que vayamos al valle o a tu casa? Te llevaré donde quieras ir antes de partir al sur.

—¿Te vas al sur?

—Tengo deberes a los que no podía atender mientras me necesitaran en la Capital. Mahon se ha estado encargando de las reparaciones por allí, de la demolición de la Casa de los Rezos y de la construcción del monumento conmemorativo.

—Entonces quiero ir al sur.

—Llevas varias semanas sin pasar por casa.

—Igual que tú. No, no soy la *taoiseach* —añadió antes de que él la interrumpiera—, pero me pediste que los dejara ver mi pena. Que dejara que me vieran. ¿Te referías solo a los habitantes de la Capital?

Keegan guardó silencio un momento y se limitó a observarla. Entonces asintió y viró al sur.

—Será agradable cambiar a un clima más cálido —comentó como si nada.

—No te digo que no, pero me gusta el frío. Me gusta ver lo que les hace a los árboles. El verde de los pinos parece más intenso con los colores que brotan de los robles, los castaños y los arces. La luz cambia y las noches son largas. Los ciervos se cubren con sus abrigos de invierno. No esperaba ver aquí el otoño, ni el invierno, que se acerca tan deprisa. No cuando llegué a Irlanda, ni cuando crucé el portal a Talamh por primera vez.

Breen señaló a un par de jinetes de dragón que surcaban el cielo, más al norte.

—Son nuestros —dijo Keegan—. Patrullan.

—Nuestros. Odran no tiene dragones —repuso ella, que acababa de caer en la cuenta.

—No. No puede atraerlos a su bando ni esclavizarlos, como hace con algunos seres feéricos. Son puros.

—¿Y si convierte a su jinete?

—Los dragones no se doblegarán, ni siquiera por su jinete. Lo lloran y, a menudo, se mueren de pena. Si Odran esclaviza a un jinete contra su voluntad, lo esperan.

Keegan acarició las suaves escamas de Cróga.

—Los destruiría a todos si pudiera porque nunca serán suyos. Ahí —añadió, señalando—. El sur y su mar.

Todavía estaba lejos, pero Breen vio que las aguas más azules del mundo se alargaban hacia la eternidad, delimitadas por unas playas de color dorado. Había hadas volando, ovejas en los pastos, colinas verdes que se elevaban y ondulaban hacia el sol, y bosques tupidos que se extendían más allá de la arena.

En una colina, sobre las playas y la aldea, vio un dolmen enorme, blanco como la cal.

—¿Es ese el monumento?

Él lo sobrevoló en círculos para examinarlo por todas partes. Y, sí, recordó.

—Aquí se irguió durante muchos años la Casa de los Rezos, concedida a los píos después de que muchos de los de su fe… En realidad, no creo que *fe* sea la palabra correcta, ya que no fue por eso por lo que torturaron, persiguieron y mataron. Pero se les concedió este lugar en un tratado y ellos juraron dedicarse a las buenas obras. Toric y los suyos utilizaron este regalo, este perdón, para traicionarnos a todos. No tendrán una segunda oportunidad, hemos derribado la casa que tanta maldad albergaba y hemos consagrado el suelo en el que se levantaba. El dolmen representa el sacrificio de los caídos, que entregaron la vida por protegernos a todos.

—Es precioso —dijo Breen. «Y triste», pensó. Como si la tristeza estuviera grabada en la piedra—. Es todo precioso: el mar, las playas, la aldea… Lo que vimos en el fuego de Samhain fue duro, brutal y valeroso. Os vi luchar a Mahon, a Sedric, a ti y a todos los demás. Ahora vuelve a ser precioso.

—Talamh sigue en pie porque debe hacerlo.

Guio a Cróga hasta la colina, desmontó de un salto y esperó a que Botarate hiciera lo mismo antes de ofrecerle una mano a Breen. Ella la aceptó y, aunque se le formó un nudo en el estómago, desmontó y bajó de un salto.

—Dejaremos que vuelen un rato y que encuentren un lugar para descansar. Volverán cuando los necesitemos.

—Él también. Adelante —le dijo ella a Botarate, que estaba dando brincos sin moverse del sitio.

El perro salió disparado colina abajo, cruzó la playa y se zambulló en el agua. Una sirena joven salió del agua con una carcajada y volvió a meterse para jugar con él.

—Siempre encuentra la diversión allá donde vaya —comentó Breen antes de volverse hacia el dolmen—. Es poderoso, un símbolo poderoso. Reverente. —Apoyó una mano en una de las patas del monumento, que eran más altas que dos hombres juntos—. Y cálido a la luz del sol.

Después dio un paso atrás al ver que Mahon volaba hacia ellos; la mano derecha de Keegan, que también era su cuñado, plegó las alas al aterrizar.

—Bienvenidos. Y qué oportunos. Hemos colocado la cubierta esta misma mañana.

—Buen trabajo —respondió Keegan—. ¿Cómo van las obras?

—Casi todo terminado. Mallo y Rory soltaron algunas palabras malsonantes cuando les robaste a Nila. —Sonrió y se acarició la barba caoba—. No las repetiré. Pero han obrado milagros, la verdad, han conseguido que el trabajo avance sin contratiempos. Como vas a comprobar por ti mismo, la aldea florece de nuevo y los que vienen de vacaciones la disfrutan tanto como ese perro de ahí abajo.

Mahon apoyó una mano en la piedra, como Breen había hecho antes.

—Y esto les recuerda por qué pueden hacerlo.

—Aquí ya no queda nada ni de Toric ni de los suyos —dijo Breen—. Aquí, donde la tierra es fértil y verde de nuevo, y el dolmen se alza para venerar y recordar a los valientes, a los inocentes. Y en pie permanecerá para siempre, como en pie permanecen las hadas.

Atrapada por la magia, por lo que se agitaba en su interior, caminó entre las dos patas del dolmen para colocarse bajo la cubierta.

—Pero, cuando miren hacia esta colina, cuando caminen por la verde hierba, debe haber algo más que tristeza. Debe haber…

Dejó la frase en el aire, levantó una mano y sacudió la cabeza.

—No, deja que llegue —le exigió Keegan—. ¿Qué ves?

—Primero, lo percibo. Poder, blanco, brillante y fuerte, que vive en las piedras, en el suelo bajo ellas. Siento el aire y el sol en la piel, su calor. Cuando cae la noche, las lunas gemelas se elevan por encima del gran monumento a los valientes, los perdidos y los inocentes. En eso consisten la fe y el honor genuinos.

»Allí hay árboles, tres, que florecen en primavera como florece la esperanza, aunque el viento sacuda sus flores y las extienda por el suelo. Brindan fruto en verano, puesto que en eso consiste la abundancia, y el color estalla en sus hojas cuando la rueda da paso al otoño, puesto que en eso consiste el ciclo. Así, mientras caen bailando por el aire, la rueda gira y gira hasta que vuelven a florecer.

—Fue un poco más allá—. El estanque, con su agua clara como el cristal, para que todo el que beba se sienta en paz. Y, sobre la gran piedra, el fuego eterno, en cuyas llamas viven la fuerza y la determinación. Para que todo el que mire hacia este lugar o camine por la verde hierba contemple los cuatro elementos unidos y entrelazados por la magia. Para que todo el que acuda honre a los valientes y los inocentes, y sienta renovada su esperanza al saber que la muerte no es solo un final, ya que la vida, el amor y la luz se renuevan.

—Se estremeció una única vez y se pasó las manos por el pelo—. Eso ha sido… mucho. Lo siento, no pretendía…

Dejó la frase inconclusa cuando Keegan levantó la mano para que parara.

—Así lo haremos. Mahon, necesitamos a unas cuantas hadas que se pongan a trabajar con los árboles, árboles frutales; a un mampostero para construir el estanque y a unas brujas para llenarlo. Envía también a un elfo, si no te importa, con un caldero de cobre. Cuando lo tengas todo, vuelve a casa con tu mujer y tus hijos. Si me paso por el valle antes que tú, Aisling me va a dar una patada en el culo, y prefiero evitarlo.

—Será un placer. ¿Os veré pronto por allí?

—Por la mañana, si no antes.

Mahon se volvió hacia Breen y le dio un beso en la mejilla.

—Yo no veo lo que tú, pero estoy deseando hacerlo.

Cuando se marchó, Breen entrelazó los dedos.

—Keegan, si me he excedido…

—¿Acaso he dicho yo eso? Lo que digo es que has acertado por completo, y lo arreglaremos.

—Pero esto es lo que tú querías, lo que viste.

Keegan examinó el dolmen, las austeras piedras blancas. Sí, era verdad, había visto las piedras y nada más.

—Vi a través de la tristeza y la ira. Levantamos las piedras ahí porque yo estaba en lo cierto. Pero no basta, y en eso estás en lo cierto tú. Sin esperanza, la tristeza pierde la fuerza para seguir viviendo, luchando y resistiendo. Las hadas traerán los árboles, tendremos un estanque y tú convertirás el fuego en un fuego eterno.

—Nunca he… No sé bien si sabré hacerlo.

—Lo sabes y lo harás. Al fin y al cabo es tu visión. Aun en la oscuridad habrá luz. Nos aferraremos a eso.

Cuando el chico trajo el caldero, grande y tan reluciente que refulgía a la luz del sol, Keegan lo hizo volar cada vez más alto hasta colocarlo en la parte central de la piedra que coronaba el conjunto.

—Bien hecho —le dijo al muchacho—. Has elegido bien.

—Mahon dijo que tenía que ser grande —repuso el chico, sonriente—. ¿Puedo quedarme a mirar, *taoiseach*?

—Por supuesto —respondió él—. Espera —añadió al lanzar una ojeada colina abajo—. Corre y ve a decirles a todos que vengan a mirar. Que vean cómo el *taoiseach* y la hija de las hadas encienden el fuego eterno en este espacio de conmemoración.

Con un silbido, el muchacho salió disparado.

—Genial, ahora tendré público.

—Breen Siobhan —repuso Keegan, claramente impaciente—, te preocupas por lo pequeño. Has venido a que te vean, y con toda la razón del mundo. Ahora te verán. Y los que sean testigos de esto no lo olvidarán nunca. Quienes sean testigos de esto se lo contarán a los niños que todavía no han nacido. Y cuantos acudan recordarán que el *taoiseach* y la hija de las hadas se alzaron en nombre de los valientes, los inocentes y todos los demás. Nos alzamos, como hicieron ellos, contra la oscuridad. Y trajimos la luz.

—Esto se te da bien —murmuró ella—. A veces se me olvida lo bien que se te da. Ser *taoiseach*, me refiero.

—Es cuestión de sentido común.

—No, es cuestión de liderazgo. —Sonrió a Botarate, que, como si lo supiera, había subido corriendo la colina—. Además, si la fastidio, te echaré la culpa.

La gente se reunió más abajo. Breen los vio salir de las tiendas y las casas, hacer una pausa en su trabajo para mirar hacia la colina. Parejas y familias que paseaban por la playa o jugaban con las olas ahora los observaban. Las sirenas salieron a la superficie y se quedaron allí flotando, o se deslizaron con movimientos sinuosos sobre las rocas.

Los hombres se subían a hombros a los más pequeños; las mujeres se apoyaban en las caderas a los bebés. Breen oía lo que pensaban: «Observa, observa con atención. Y recuerda».

—Dame la mano —le ordenó Keegan—. Tus nervios no tienen razón de ser, hija de Eian O'Ceallaigh. Deja que se alce, deja que salga. Di las palabras. Las palabras están dentro de ti.

Y lo estaban, por supuesto que lo estaban. Sintió el poder que emanaba de él hacia ella, de ella hacia él. Se fundía, se unía, se multiplicaba. Y las palabras llegaron.

—Invocamos este poder, tan antiguo como el aliento, para honrar a vivos y muertos. De chispa a llama, de llama a fuego, para quemar, arder e inspirar. Porque esta deuda no la vamos a olvidar.

—Aquí está la luz que guía —siguió diciendo Keegan—, que arderá con fuerza noche y día. Eterna, en el cielo se interna. Ni el agua ni el viento ni la historia apagarán la llama aquí encendida para honrar su memoria.

Con el poder soplándole dentro como un huracán, ella, como Keegan, alzó la mano libre hacia el caldero y lo dejó volar.

—Enciéndete —recitaron juntos—, arde sin merma, luz eterna.

La luz se elevó, dorada, pura y fuerte, formando torres de llamas sin humo. Y su terrible belleza hizo que se le saltaran las lágrimas.

—Arde para siempre, para que todos lo puedan ver —dijeron—. Tal es nuestra orden, así debe ser.

Más abajo, en las playas, y en los umbrales de casas y tiendas, todos irrumpieron en vítores.

—Ahora nada de lágrimas —le dijo Keegan mientras le apretaba la mano—. No es momento para llorar, sino para honrar. Un momento de fuerza, no de lágrimas. Vuélvete hacia ellos y enséñales quién eres.

Ella contuvo las lágrimas como pudo e hizo lo que le pedía. Keegan levantó la espada y los de abajo rugieron cuando el metal afilado de Cosantoir refulgió tanto como el fuego que ardía tras ellos.

—¡Por los valerosos y los inocentes! —gritó él—. ¡Por Talamh y por todos!

—No sé qué hacer ahora —dijo Breen.

—Porque ya está hecho. —Envainó la espada—. Llama a tu dragón. Ha llegado la hora de volver a casa.

Siguieron vitoreándolos cuando sobrevolaron la playa y emprendieron el camino de regreso. Ella volvió la vista atrás, al fuego que había salido de ella. No, no lo olvidaría.

Primero acudió a Marg y, aunque el aire era frío, la puerta de vivo color azul de su casa estaba abierta para ella. Botarate dejó escapar un ladrido alegre y corrió adentro. Cuando Breen lo siguió, se encontró a Marg en la cocina, preparando ya una golosina para el perro. El fuego crepitaba, el hervidor echaba humo sobre el fuego y el aroma a pan y bollos calientes impregnaba el aire.

Todas sus emociones brotaron a la vez, enredadas en su interior. Breen pensó: «Estoy en casa». Y corrió a los brazos de Marg.

—Ea, ea —le dijo ella mientras la abrazaba con fuerza.

—Te he echado de menos. Me alegro muchísimo de verte.

—Y yo de verte a ti. Aunque observo que han pasado más cosas. —Marg se apartó para examinar el rostro de su nieta—. Cuéntaselo todo a tu yaya. Ven a sentarte. Tomaremos té con galletas de jengibre, y me lo cuentas.

—No me he fijado, o no demasiado, hasta que he llegado aquí. Han pasado tantas cosas… Aquel día, la lucha, la sangre, Phelin y lo demás. A veces es como si se mezclara todo y se emborronara, mientras que otras lo veo claro y corta como el cristal. Y después, todo lo que ha sucedido después. Yaya, no sé cómo la gente sigue adelante. Pero lo hace. Lo hace, a pesar de saber que tendrá que pasar de nuevo por todo ello.

—Siéntate y deja que te mime un poco. —Marg calentó con las manos la tetera—. Cuando perdí a mi hijo, cuando cayó Eian, no sabía cómo podría continuar. Tú estabas al otro lado, no me recordabas, y mi niño había muerto a manos de su propio padre.

¿Cómo iba a vivir? ¿Cómo iba a caminar, hablar, dormir o comer? Pero lo hice.

Breen se sentó y observó a su abuela colocar las galletas de jengibre en un plato. Se había recogido el pelo en un moño alto, y llevaba pantalones, un jersey verde y unas botas, por lo que Breen supo que había estado trabajando en el huerto.

—Eres fuerte —le dijo.

—No lo era —respondió Marg—. Estaba rota, tanto de corazón como de espíritu, y casi también de mente. Me corté el pelo —murmuró, recordando—. Un corte radical. Por la noche vagaba por el bosque, por la bahía, por donde fuera, siempre sin rumbo. Sedric pensaba que yo no me daba cuenta de que me seguía, en su forma de gato, por si lo necesitaba. Nunca hablamos de ello. Él también estaba de luto. Eian era como un hijo para él. Durante un tiempo no fui capaz de compartir mi tristeza con Sedric; no quería. Me negaba a reconocer que la tristeza compartida era más llevadera para ambos, el padre y la madre de Eian. Fui egoísta con mi pena.

—Yaya.

—Lo necesitaba, durante un tiempo. Necesitaba ser egoísta y deambular. Cada persona necesita lo que necesita —dijo mientras llevaba la tetera y las tazas a la mesa—. Y Sedric, paciente, esperó a que acudiera a él, a que le permitiera acudir a mí. Con el tiempo, lo hice. Así que caminamos juntos, hablamos, comimos y dormimos. Vivimos.

—Me alegro de que os tuvierais el uno al otro.

—Es el amor de mi vida y el amor más allá de esta vida que tenemos. Ahora cuéntame.

Mientras tomaban té con galletas, Breen habló de intentar ofrecer consuelo, de ayudar a devolverle la vida a los campos quemados, de sentarse con Flynn y de la tormenta posterior.

—Creo… que no estaba preparada, que no estaba capacitada para todo eso. Cuando vuelvo la vista atrás, veo que llevaba una vida protegida y simple. No, no era feliz, en realidad, pero me levantaba por la mañana y me iba al trabajo, llegaba a casa, corregía trabajos o preparaba las clases. Tenía a Marco, a Sally y a Derrick, y podía confundirme con el paisaje, cosa que hacía. Pasaba desapercibida.

—Y aquí no estás protegida y las cosas no son tan sencillas. Se fijan en ti y te admiran. ¿Eres feliz, *mo stór*?

—Sí. —Breen se apretó los ojos y después dejó caer las manos—. Sí, a pesar de todo lo que ha sucedido y de todo lo que podría suceder, hacía tiempo que no era tan feliz. Tengo mucho. —Le cogió la mano a su abuela—. Te tengo a ti. Y tengo lo que está dentro de mí y me proporciona tanta alegría. Sin embargo, lo que hice en la Capital esta mañana… Madre mía, fue esta misma mañana —se percató de repente—. Eso fue imprudente. Dejé que lo que llevo dentro tomara las riendas. No lo controlé.

—Cada persona necesita lo que necesita —repitió Marg—. ¿Hubo algún herido?

—No, pero…

—Ah —la silenció Marg levantando un dedo—. ¿Confías en mí?

—Por completo, en todo.

—Entonces confía en lo que te digo. Lo que tienes y lo que eres es un peligro para la oscuridad y para los que amenazan a otros, para nadie más. Lo sé, ya que eres de mi sangre. Eres de mi hijo.

—Parte de mí es suya, de Odran.

—Como lo era parte de Eian. Se equivoca contigo, se equivoca al pensar que puede usar esa parte. Es esa parte, *mo stór*, la que acabará con él. ¿Eso te preocupa?, ¿que puedas hacer daño a los demás?

—No me preocupaba hasta esta mañana. Fue como con Toric en el juicio, algo incontenible. El calor, la fuerza…

—Te asusta un poco.

—Sí.

—Debería. El poder es algo salvaje y, si la persona se vuelve hacia la oscuridad, ese poder la consume. Por otro lado, si lo atas demasiado corto, se debilita y mengua. Practicaremos y trabajaremos, pero, al final, debes encontrar tu propio camino.

Todos los nudos del interior de Breen se soltaron.

—Esta es una de las razones por las que te echaba de menos, porque me mantienes centrada. Y por eso también echaba de menos el valle. El mero hecho de regresar aquí me calma. La Capital es preciosa y está llena de vida, pero…

—No es tu hogar.

—No es mi hogar. Ahora he visto el sur, y también es bello, bullicioso y tranquilo a la vez, pero… Ah, casi se me olvida. El monumento.

—Sedric y yo fuimos al sur hace un par de días. Keegan envió un halcón para pedirme que fuera a ayudar con el montaje del dolmen, ya que él todavía no podía abandonar la Capital. Es precioso, un crudo recordatorio de lo que se perdió y lo que se derrotó.

—Sí —respondió Breen, apartándose el pelo—. Puede que haya cometido un error y que debiera haber permanecido bello y crudo.

—¿A qué te refieres?

—Cuando estuvimos allí, Keegan y yo, sentí, vi… algo distinto. Algo más.

—¿Qué más viste?

—Vi… ¿Te lo puedo mostrar?, ¿en el fuego?

Breen se puso en pie y se acercó a la chimenea, alargó las manos y esperó a que Marg se la uniese.

—Esto es lo que vi.

Primero, la primavera, con los árboles repletos de flores rosas y blancas, el estanquito junto a la pata del dolmen —en cuyas aguas se reflejaban la piedra y la luz— y el fuego dorado. Después, las flores cayendo al suelo y los frutos brotando, creciendo, madurando; las hojas que se volvían rojas y doradas antes de caer, y las ramas desnudas y a la espera.

Y, mientras sucedía todo ello, el fuego dorado ardía.

Marg se llevó una mano a la boca, con los ojos llenos de lágrimas.

—¿Esto es lo que viste?

—Con absoluta claridad, yaya. Keegan y yo encendimos el fuego antes de irnos y…

Su abuela se limitó a volverse hacia ella y abrazarla.

—Esta visión nació tanto de la compasión y del amor como del poder. Esta es la herencia de tu padre, porque creo de todo corazón que él habría visto lo mismo.

—¿De verdad?

—Sí. Y bendito sea Keegan por ser lo bastante sabio como para saberlo. Fue sabio cuando derribó esa casa malvada y colocó las piedras en su lugar, la fuerza. Más sabio aún cuando te hizo caso y añadió la luz. Menudo día has tenido.

—Es como si hubiera sido una semana entera.

—Entonces te acompañaré al Árbol de la Bienvenida y así podrás cruzar a tu casa.

—No he visto ni a Morena ni a Finola ni a Seamus.

—Mañana tendrás tiempo de sobra. Tómate esta noche. —Marg fue a recoger su capa y la de Breen del perchero—. Duerme bien y dedica la mañana a tu escritura. Cada persona necesita lo que necesita —añadió mientras se ponía la capa.

Cuando subía los escaloncitos de piedra que daban al árbol y se giró para despedirse de Marg con un gesto de la mano, Breen no pudo negar que sentía esa necesidad. La granja estaba detrás de ella y veía a la luz del crepúsculo el humo que brotaba por la chimenea. Le encantaba estar allí, le encantaba la sensación del aire y el aspecto de la tierra, pero necesitaba lo que la esperaba al otro lado. Así que pasó por encima de las enormes ramas torcidas, sobrevoló la roca suave y entró en Irlanda.

Botarate otra vez la adelantó dando saltitos, con la fina cola agitándose como un metrónomo, sin preocuparse por las frías gotitas de agua que caían del cielo plomizo. A Breen tampoco le molestó la llovizna cuando dirigió la cara hacia ella, antes de seguir andando. El aire olía a tierra mojada, a pinos empapados. En vez de su habitual rodeo para remojarse en un arroyo o correr adelante y atrás, Botarate se fue directo hacia el camino.

—Estás deseando volver a casa, ¿eh? —Él la miró, entre botes de su copete—. O puede que sea porque yo lo estoy. En cualquier caso, llegaremos enseguida.

Breen dejó escapar un suspiro y respiró hondo.

—¿Lo hueles? Humo de turba, la bahía, la hierba mojada.

Cuando salieron del bosque, vio todo eso: el humo de turba, la bahía, la hierba mojada, sus plantas y sus flores. Y la casa, el tejado de paja, los robustos muros de piedra, el encantador patio, las luces en las ventanas. Y, como la primera vez que lo contempló, se sintió plena. Era todo lo que siempre había deseado.

Botarate no corrió a la bahía, sino a la puerta. Y ladró. Antes de que Breen llegara, Marco —con sus maravillosas trenzas recogidas atrás y un paño de cocina al hombro— abrió la puerta. Se oía música. El joven se rio cuando el perro alzó las patas delanteras para bailar.

—Has aprendido movimientos nuevos, ¿eh? Mete dentro tu culo bailongo y sal de la lluvia. ¡Ahí está mi Breen!

—¡Marco!

Habría volado hacia él, de haber podido, pero se conformó con correr un poco y saltar a sus brazos. Él la levantó en el aire y la giró para retirarla de la lluvia antes de darle un beso muy ruidoso.

—Keegan envió tus cosas hace un rato. Tengo las albóndigas calentándose en la salsa de tomate porque a tu hombre le gustan.

—No es mi hombre, exactamente.

—Por favor —repuso él antes de plantarle otro beso—. Estaba pendiente de tu llegada. Brian volverá pronto a casa y, cuando Keegan y él estén aquí, comenzará el banquete. Pero, mientras tanto, te tengo solo para mí.

Marco le quitó la capa, la lanzó a su percha y volvió a abrazarla para dar otra vuelta con ella.

—Me encanta este lugar. A cualquiera le gustaría. Pero no es lo mismo cuando mi chica no está.

—Lo he echado de menos, y a ti, y a todo y a todos.

—Te he colocado el portátil en su sitio por si quieres trabajar cuando te levantes, antes de que lo haga cualquier otra persona civilizada, y tus publicaciones en el blog van muy bien. Hablaremos de todo eso más tarde. Deja que le ponga de comer a este perrito de aquí y después nos sentamos con una buena copa de vino.

—Ay, sí. Adelante.

Lo rodeó con sus brazos y pensó: «Mi casa. Esta es mi casa». Aunque considerar que dos mundos distintos eran su hogar debería haber sido todo un misterio, no lo era. Para ella, era un regalo.

3

Se despertó antes del alba y se encontró sola. Permaneció tumbada un instante, a la luz titilante del fuego, disfrutando de aquel momento reconfortante entre la noche y el día.

Por la noche, Keegan había dormido a su lado y Botarate se había acurrucado en su camita. Y durante la velada, que se había alargado antes de acostarse, habían compartido comida con Marco y Brian, y también una conversación que no se centraba en la guerra, ni en la batalla, ni en prepararse para ellas. Todo había girado en torno a la música, la compañía y las risas.

Y, a la luz centelleante del fuego, Keegan y ella habían saciado su necesidad y su deseo antes de dormirse.

Breen sabía que se trataba de un interludio y, para ella, la esperanza de lo que podría ser el futuro. Pero ese futuro solo sería posible si batallaban, se preparaban para luchar y ganaban la guerra. Así que se levantó y se puso su ropa de gimnasia. Entrenaría el cuerpo y, luego, se sentaría a su escritorio y entrenaría la mente con el trabajo. Después, de nuevo, cruzaría a Talamh para practicar su magia, ver a Morena y a los demás, y adiestrarse con Keegan para enfrentarse a las batallas que estaban por llegar.

Sin embargo, antes de todo eso: café.

Cuando bajaba las escaleras oyó el murmullo de unas voces

masculinas y olió a beicon. A beicon quemado. Encontró a Keegan y Brian en la cocina, con una sartén achicharrada al fuego, mientras Botarate se entretenía mordisqueando un cuenco de pienso.

—¿Problemas? —les preguntó, y se fue directa a la cafetera.

—Esta cocina es… —Keegan la miró con el ceño fruncido—. Complicada.

—Se nos ocurrió preparar el desayuno por turnos —explicó Brian, alto, musculoso y con un brillo travieso en los ojos azules—. Como Keegan eligió el primero, hemos tenido algunos contratiempos.

Después de coger una taza, Breen señaló con la cabeza la pila de huevos revueltos, más marrones que amarillos por haberlos cocinado demasiado en la sartén abrasada.

—Ya veo. Bueno, le aconsejaría seguir entrenando y practicando para que este esfuerzo tan lamentable llegue a ser pasable.

—Ja —respondió Keegan, que echó beicon y un montoncito de huevos revueltos encima de una tostada—. Está bueno —afirmó, y empezó a comer.

—Que te aproveche.

Breen se dirigió a la puerta y, al abrirla, Botarate salió disparado. Mientras el perro corría hacia la bahía, ella salió al frío de la mañana y la pálida luz del alba.

La niebla, fina como una gasa, cubría las aguas grises de la bahía. Se arrastraba con pies ligeros por la hierba verde y húmeda. Breen inhaló el aroma a romero, a la especia de la clavellina, a la vainilla del heliotropo. Las bonitas bolas rojas de las bayas brillaban en el acebo, y un rosal, desafiante, exhibía sus flores del color del sol de verano en un aire que susurraba invierno.

Se quedó de pie para beberse el café mientras observaba a su perro chapotear y los latigazos del agua rasgar la niebla a medida que el sol pujaba sin cesar a través de las nubes.

Hubo un tiempo en que las mañanas eran momento de prisas. Café para llevar y esperar al autobús para ir a un trabajo que no quería y para el que no se sentía apta. Le gustaba su pequeño trocito de Filadelfia, su color y su ambiente, pero ¿lo demás? Sombras grises, donde ella era la más gris de todas.

Ahora tenía esto, algo con lo que antes no se había atrevido ni a soñar. Tenía un trabajo que le encantaba y un objetivo. Incluso cuando ese objetivo la abrumaba, cuando la asustaba, era suyo y solo suyo. Igual que el hombre que estaba a su lado, pensó cuando Keegan salió al patio; al menos, por el momento.

—Sé que Brian y tú no hablabais de quemar el beicon cuando he bajado —le dijo Breen.

—No estaba quemado, sino muy crujiente.

—Ya. En fin, me alegro de que anoche pudiéramos charlar de algo que no fuera Odran, la guerra y todo lo demás. Pero sé que tienes que repasar planes y obligaciones con tus guerreros, como Brian.

—Y ya está hecho —respondió él sin más—. Vas a dedicar la mañana a trabajar en tus historias y yo le echaré una mano a Harken en la granja antes de atender otros temas. Ahora el sol se pone temprano, por lo que te quiero en el campo de entrenamiento una hora antes de que lo haga.

—De acuerdo.

Keegan miró hacia atrás cuando salió Brian.

—Que tengas buen día, Breen.

—Igualmente, Brian.

—Una hora antes de la puesta de sol —repitió Keegan—. No llegues tarde.

El *taoiseach* empezó a cruzar el terreno herboso, pero se detuvo y regresó con ella. A Breen le pareció que tenía un aspecto ligeramente feroz cuando la rodeó con un brazo, la atrajo hacia él y la besó.

—No llegues tarde —dijo de nuevo, y se fue.

La joven sonrió para sí y siguió observando el despertar del día.

Le sentó bien hasta límites insospechados sudar con su rutina de ejercicios. Y quizá, solo quizá, se enorgulleció al ver que tenía los tríceps más marcados. Puede que no llegara al nivel experto ni con la espada ni con el arco, pero estaba claro que la práctica constante tenía sus beneficios. ¿Y la ducha de después? Gloria pura.

Se vistió para salir y, armada con una Coca-Cola, se acomodó en el despacho. Tras encender el portátil, respiró hondo y miró a Botarate, que se había tumbado en la cama.

—Te toca —le dijo.

Apenas había tocado la siguiente historia de Botarate desde la batalla. Simplemente no le quedaban fuerzas para hacerlo. Sin embargo, ahora que había regresado, con el perro en la cama y en su casa, se zambulló de lleno. Y encontró la alegría.

Cuando salió a la superficie, había perdido la noción del tiempo. Botarate ya no estaba acurrucado en la cama y le llegó el olor de algo maravilloso. Salió del despacho y vio que Marco había colocado su portátil en la mesa en la que trabajaba; se encontraba delante del fuego de la cocina, que a él, evidentemente, no le resultaba complicada, echándole vino blanco a una gran olla.

—¿Qué es ese olor tan fantástico?

—¡Hola, cielo! Estabas muy metida en el trabajo. Botarate acaba de salir otra vez. ¿Has comido algo? Bajé sobre las nueve y vi que estabas superconcentrada. Parece que has seguido así hasta ahora.

—Sí, la verdad es que sí. Te dije que en la Capital pude trabajar en la novela para adultos, pero que no conseguía meterme en la siguiente aventura de Botarate.

Se acercó al frigorífico para sacar otra Coca-Cola, su recompensa del día.

—Y hoy, ¡pum! ¡Madre mía, cómo me lo he pasado! —Dio una vueltecita—. Ha fluido todo como si solo tuviera que activar un interruptor. Supongo que es eso lo que he hecho.

—Me alegra oírlo, aunque eso me diga que no has comido nada. Te haré un sándwich.

—Puedo prepararmelo yo, pero ¿por qué no puedo probar lo que tienes en esa olla? ¿Qué tienes en esa olla? Huele igual que me siento, de maravilla.

—No puedes porque todavía tiene que hervir un rato a fuego lento. Vas a hacer tu flus para que siga así cuando nos vayamos. Porque vamos a cruzar, ¿no?

—Sí, claro, pero ¿qué hora es? —Se quedó boquiabierta al ver el reloj que había encima de la cocina—. Mierda, debería haber parado hace media hora. ¡Tengo que irme!

—Llegaremos a tiempo. Si haces tu magia, yo te preparo un sándwich para el camino.

—Y ¿exactamente para qué voy a emplear mi magia?

—Esta mañana me he levantado muy francés —le explicó Marco mientras cortaba el pan—. Así que, *parlez-vou*, he preparado un par de *baguettes* y estoy haciendo un pollo *en cocotte*.

—¿Qué es un pollo *en cocotte*?

Breen levantó la tapa de la olla. Dentro vio unos rollizos trozos de pollo con un delicado tono tostado, patatas cortadas gruesas, zanahorias, apio y cebolla. El aroma... La única palabra que se le ocurría para describirlo era *orgásmico*.

—Dios mío, pero... ¿esto es legal?

—Lo es en Francia. Encontré la receta la semana pasada y pensaba prepararla para darte la bienvenida, pero Keegan quería albóndigas. Así que para esta noche.

—Eres asombroso, Marco.

—Sí que lo soy.

Le dio un sándwich de jamón york y gouda ahumado en pan integral. Después se pusieron las botas y las chaquetas, Breen se enrolló una bufanda al cuello, y salieron.

Tras colocarse una gorra sobre las trenzas, Marco sacó el móvil.

—Me lo he traído para hacer algunas fotos para el blog antes de cruzar al lado donde no funciona. ¿Seguro que no hay forma de solucionar eso?

—Eligieron la magia, Marco.

—Sí, sí, ya lo sé. En fin.

Hizo una pausa para sacar una foto de la casa, otra de la bahía y después, cuando Botarate se sentó en la linde del bosque con la cabeza ladeada, una del perro.

—Este fin de semana voy a buscar un árbol de Navidad.

—Navidad —repitió ella.

—Está al caer. Compraremos luces y adornos, toda la pesca. Vamos a hacerlo como debe ser.

—Me encantaría. Papel de regalo y cintas… ¡Tengo que comprar regalos! Ah, y tenemos que ayudar a preparar una boda de Navidad.

—No te lo dije anoche porque estábamos de celebración —dijo Marco—, pero Morena ha cambiado de idea y ahora quiere esperar a casarse en primavera, o incluso en verano.

—¿Qué? ¿Por qué? Aaah. —No tuvo que esperar a la respuesta de Marco—. Phelin. Perder a su hermano fue muy doloroso. Ojalá hubiera podido pasar más tiempo a su lado después, pero ella tenía que regresar al valle; la necesitaban aquí, necesitaba estar aquí, con Finola y Seamus.

—Finola me pidió que hablara con ella…, con Morena sobre eso. —Se detuvo a tomar más fotos del bosque—. Me dijo que lo había intentado, pero que nuestra chica le sale con evasivas. Como a mí. Quizá puedas intentarlo tú.

—Lo haré. De todos modos, si de verdad no está lista y necesita más tiempo, Harken lo comprenderá. Nadie lo entiende mejor. Tantearé el terreno cuando la vea.

Al llegar al árbol Marco se guardó el móvil.

—Te daré algo de espacio —le dijo a su amiga—. A veces, una chica solo necesita a otra chica, ¿no?

Juntos pasaron de un mundo al otro.

El sol brillaba con tanta fuerza que el cielo rodeaba la tierra con un abrazo azul intenso. El verde y oro de los campos resplandecía detrás de sus cercas de piedra. Como no sentían ningún interés por los recién llegados, las ovejas, con sus abrigos de lana, siguieron pastando.

Breen vio a Harken y a Morena en un carro, detrás de uno de sus robustos caballos.

—Están trayendo turba de los páramos —comprendió la joven—. Ya la han cortado y secado, y ahora la guardan para el invierno.

—Finola dice que Morena se pasa con ellos casi todas las mañanas, haciendo cosas de la casa y demás, y después se queda aquí casi todas las tardes, trabajando con Harken. De vez en cuando sale con ese halcón suyo, pero sobre todo…

—Trabaja. —Breen asintió—. Aunque pensaba ir directamente a casa de la yaya, primero pasaré un rato con Morena.

—¿Qué te parece si voy a decirle a la yaya lo que ocurre? Así estarás más tranquila.

—Sí, gracias.

Cruzaron el campito y treparon por la cerca.

—Dile a la yaya que iré en cuanto pueda… o si puedo. Quiero ver qué necesita Morena.

—Entendido.

Cuando llegaron a la carretera, Marco empezó a descender por ella y Breen la cruzó para dirigirse a la granja. Botarate la miró, ella asintió, y él corrió hacia el carro mientras ladraba para saludar. Con sus ladridos espantó a tres pájaros, que salieron lanzados hacia el cielo como flechas azules.

Morena la vio y la saludó con la mano. Breen vio que Harken le daba un beso y un codazo a su amiga. Después, Morena se bajó del carro y acarició un poco a Botarate, que estaba exultante, antes de correr a reunirse con Breen.

—Harken me dijo que habías vuelto. Esperaba poder verte.

Y, cuando Morena la abrazó, Breen sintió alegría, alivio y tristeza.

—Me alegro mucho de estar de vuelta. La Capital es, bueno, la Capital, pero el valle…

—Es el valle —terminó su amiga por ella—. Y has sido muy oportuna, porque me has librado de apilar turba. ¿Quieres entrar y tomar un té?

—Me he pasado casi todo el día sentada, trabajando. Me encantaría dar un paseo, si te apetece.

—No me vendría mal. —Se agachó de nuevo para rascar a Botarate—. Y seguro que a este le apetece zambullirse en la bahía.

—Hace más calor de lo que esperaba —comentó Breen cuando empezaron a caminar.

—Hoy pega fuerte el sol, pero Harken dice que mañana soplará un viento frío. —Se echó a la espalda su trenza del color del sol—. Aunque también es posible que me lo dijera para sacarme a cargar turba.

—¿Dónde está Amish?

—Ah, se ha ido a cazar. —Después de echarse la gorra hacia atrás, Morena miró al cielo, donde su halcón a menudo la sobrevolaba en círculos—. De manera que hoy has estado trabajando en tus historias.

—En la siguiente sobre Botarate y, cuando acabé, Marco me informó de que vamos a poner un árbol de Navidad y decorarlo todo este fin de semana. Mi primera Navidad en Irlanda y aquí. Voy a estar ocupada —dijo Breen, como si nada—. Como Aisling dijo que daría a luz por Yule, en vez de en febrero, puede que ya tenga el bebé para entonces, y también celebremos tu boda con Harken.

—Creo que voy a esperar a la primavera para la boda, o puede que al verano.

—Ah, ¿sí?

—Como has dicho, está Yule y la llegada del bebé, y es una época muy ocupada. Primero quería que fuera en primavera, así que me parece… No puedo pedirle a mi familia que celebre nada en un momento como este, Breen. ¿Cómo voy a hacerlo en semejante situación? A Harken no le importa esperar.

—Se le da bien —coincidió Breen—. Y solo quiere que seas feliz. Eso es amor. Nunca te presiona. Pero yo sí.

—Ay, ojalá no lo hicieras.

—Solo te presiono para que me escuches porque, hagas lo que hagas, te apoyaré. Eres mi amiga más antigua y estaré a tu lado para lo que me necesites. Te olvidé durante mucho tiempo. Luego lo recordé todo. Me había olvidado de Phelin y de tu familia. Luego lo recordé todo. Cuando los volví a ver, regresaron los recuerdos; los recuerdos de tu familia, que también era la mía. Ellos son mi familia.

Botarate las adelantó para meterse en el agua mientras ellas salían de la carretera y entraban en la playa.

—Para nosotros significó mucho que te quedaras después. Que pasaras tanto tiempo, todos los días, según mi madre, con ellos. Reconozco que me habría gustado que estuvieras aquí, pero me alegro mucho de que te quedaras.

—Estábamos todos donde teníamos que estar —repuso Breen.

Morena cerró los ojos y dejó que el aire le refrescara el rostro.

—Phelin era el mejor de todos nosotros. Adoro a mi familia, a cada uno de sus miembros, pero, cuando lo pienso, él era el mejor. Amable, gracioso y leal. Un bromista, sí, pero nunca se reía de nadie. Quería muchísimo a su mujer y estaba deseando ser padre. Ahora, ya no está. Sé que dio la vida por Talamh, por nosotros, por todos. Y eso lo respeto, te lo juro.

—Lo sé. Pero eso no hace que duela menos.

—¿Crees que pasará alguna vez? ¿Que alguna vez dolerá menos?

Breen le tendió la mano y se acercó al agua.

—Creía que mi padre me había abandonado, que no me quería lo suficiente como para permanecer conmigo. Y eso dolía, era una herida muy profunda. Cuando vine aquí y supe que había muerto, y el cómo y el porqué, dolió también, muchísimo. A pesar de que había venido aquí para descubrir lo sucedido, me dolió.

»Ahora, con el tiempo, sigue doliendo, pero de otra forma. Y, cuando lo recuerdo a él y recuerdo los momentos que pasamos juntos, soy capaz de alegrarme un poco. Eso te ocurrirá con Phelin. Creo que, con el tiempo, esa alegría mitigará casi todo el dolor.

—Me había despedido de amigos y vecinos en la Partida, pero nunca de alguien tan cercano. Empezar mi vida con Harken y pedirle a mi familia que acuda a bailar y compartir ese momento me parece egoísta.

—Ahí es donde te equivocas. Antes de decirte por qué, te repetiré que estoy contigo decidas lo que decidas que necesitas o quieres. Pero he compartido mucho tiempo con tu familia estos días, y sé lo que significa para ella que Harken y tú comencéis vuestra vida juntos. Tu madre me preguntó al respecto y se aferraba a ello.

—Es lo que debe hacer una madre, pero...

—Y Noreen y tu hermano, igual. Ayudaría con su pena ver cómo empieza una vida, esta parte de tu vida. Y, sobre todo, tu padre necesita ver a su hija feliz el día de su boda. Que sea en primavera, si quieres, o en verano o dentro de un año. O en el solsticio. Nos traerá la luz, Morena, y todos necesitan la luz.

Con los ojos empañados de lágrimas, Morena miró a Breen a la cara.

—¿Estás segura de lo que dices?

—Si no, no te lo diría. Si no estás lista para hacerlo, espera. Pero no esperes por ellos, ni creas que debes hacerlo.

—La yaya dice que habla con mi madre todos los días por el espejo y que charlan sobre la boda, las flores, el vestido y… Dice que no le va a contar nada a mi madre acerca de que voy a retrasar la fecha, que de eso debo encargarme yo. Dice que a mi madre le alivia la pena hablar de la boda y que no quiere quitárselo, así que tengo que hacerlo yo.

—Y no lo has hecho.

Morena suspiró y se limpió las lágrimas de los ojos antes de que llegaran a caer.

—No lo he hecho, no. Me digo que voy a hacerlo. Me lo repito todos los días, pero no lo hago, y ella sigue adelante con todo el engorro de los preparativos.

—Porque le alivia la pena —dijo Breen.

Morena suspiró y apoyó la cabeza en el hombro de Breen.

—No quiero esperar. Por eso la cambié de la primavera al solsticio, porque no quiero esperar.

—Pues no lo hagas. Phelin está en la luz. Sé que lo crees.

—Lo creo.

—Así que estará allí el día de tu boda. Me pasé mucho tiempo retrasando el momento de decir lo que quería, de confiar en ser capaz de conseguirlo. Tú no eres así, Morena. Ya tienes lo que quieres. Esto no es más que la promesa de mantenerlo, respetarlo y amar.

—Tú eres lo que necesitaba. —Morena se volvió hacia su amiga y la abrazó de nuevo—. Eres justo lo que necesitaba aquí y ahora.

—Pues ve a contárselo a Harken.

—Lo haré. Luego iré a ver a mi yaya para que hablemos con mi madre sobre las cosas de la boda hasta que me pongan la cabeza como un bombo.

—Y después será mejor que te pases por mi casa, te bebas una copa de vino y nos lo cuentes a Marco y a mí.

—Ten por seguro que lo haré. Gracias. —Apretó con fuerza

la mano de Breen—. Te juro que me has quitado un peso del corazón. Luego iré a por esa copa de vino.

Echó a correr. Breen oyó la llamada del halcón en el cielo. Lo vio volar en círculos antes de aterrizar en el brazo de Morena. Mientras tanto, ella, con Botarate, fue a la casa de Marg, donde se encontró a su abuela podando las rosas marchitas en el jardín delantero.

—Entra —le dijo Marg a Botarate— y pídele una golosina a Sedric. —El perro obedeció, y ella se volvió hacia Breen y se echó hacia atrás el ala del sombrero—. Marco y él están ahí dentro, tan absortos en preparar tartas de manzana que se diría que intentan resolver todos los misterios de los mundos.

—Y tú has escapado al jardín.

—Y tanto. ¿Por qué no nos vamos las dos y nos encerramos una hora o así en el taller?

—Esperaba que pudiéramos hacerlo. Sé que llego un poco más tarde de lo normal.

—¿Cómo está nuestra Morena?

—La boda sigue adelante.

—Vaya, eso sí que es una buena noticia. —Marg apretó la mano de Breen mientras se dirigían al arroyo y al puentecito que lo cruzaba—. Necesitaba que la tranquilizaras, eso le dije a Finola, que estaba muy preocupada por el asunto. Ahora es el momento de la felicidad y la esperanza. Lloramos y honramos a los que hemos perdido, a todos, pero, si no volvemos la vista hacia la felicidad y la esperanza, menoscabamos su sacrificio, ¿verdad?

—La esperanza da fuerza, y la promesa que se harán Morena y Harken, bueno, es una promesa para todos, en realidad. Seguimos adelante.

—Cuánto has crecido desde la primera vez que apareciste en mi puerta, *mo stór*.

Breen contempló el taller, acurrucado entre los árboles, bordeado por ríos de flores.

—Enséñame más, yaya.

—Me has superado con creces en más de un sentido.

—Pero no en todos, no lo bastante. Enséñame más.

Marg asintió y levantó una mano para abrir la puerta del taller.

—Eso haré —respondió.

Se pasaron una hora en el taller y casi el mismo tiempo en el bosque.

—Eres el aire y el aire eres tú. Te sostiene y lo sostienes. La brisa, el aliento, la vida que concede.

Marg entrelazó los dedos sobre el corazón mientras Breen flotaba unos centímetros por encima del suelo, con los ojos cerrados y las manos en forma de copa, como sustentando el aire.

—La tierra te libera y espera tu regreso —dijo Marg—. Confía en que el aire te sostendrá como lo hace la tierra.

Breen se sentía… ingrávida. Notaba el cuerpo y la piel, oía el latido de su corazón. Se sentía en calma, con la mente en calma, y como si el aire que tenía debajo, encima y alrededor la invitara a entrar.

Y sostuvo el viento, no solo en las manos o en la mente, sino en toda ella.

—¡Coño!

La exclamación de Marco acabó con el momento. Breen cayó de golpe y tuvo que extender los brazos para mantener el equilibrio.

—Lo siento, hala. ¿He sido yo? Lo siento mucho —dijo Marco, que seguía boquiabierto mientras abrazaba un plato con una tarta de manzana cubierta por un paño de cocina. Sedric sonreía a su lado.

—Tía, estabas flotando, como el Doctor Strange.

—Levitación. Si puedo hacer levitar un objeto, también puedo hacerlo conmigo. Al parecer —dijo Breen, que volvía la vista hacia Marg—. He perdido la concentración y el control.

—Lo has hecho bien, y eso es más que suficiente.

—¿Qué has sentido? —preguntó Marco—. Cuando estabas flotando.

—Como si formara parte de algo. No, de todo. Y ¿ahora? Es como si me hubiera tomado dos chupitos de un tequila excelente. Tarta de manzana. La huelo, aunque es algo más. Es casi como si la saboreara. Todo resulta más nítido, más claro. Te veo el gato en los ojos —le dijo a Sedric—. ¿Por qué no lo veía antes? Lo tienes en los ojos.

—Somos uno.

—Ahora suéltalo. Libera el aire igual que la tierra te liberó a ti. Es suficiente para una primera vez.

Breen asintió, cerró de nuevo los ojos, extendió las manos y lo soltó.

—Puede que ahora me venga bien un chupito de tequila.

—Con un paseo acabarás de recuperarte. Keegan te estará esperando —dijo Marg.

—Claro, y la humillación que me espera con él terminará de bajarme a la tierra. Gracias, yaya. Sedric, ojalá hubiéramos tenido un ratito para hablar.

—Habrá más, y hoy todos hemos empleado bien nuestro tiempo.

Sus ojos se encontraron con los de Marg por encima del hombro de Breen cuando esta lo besó en la mejilla.

—Volveremos mañana —le aseguró Breen.

Cuando se alejaron, con el perro delante, Sedric se acercó a Marg y le puso una mano en el brazo.

—Le has dado un regalo.

—No, ella es el regalo. Estaba preparada para ayudarla, para que lo probara un poco, pero no me necesitaba. O solo me necesitaba como guía o como ancla. Será capaz de guiarse por sí misma antes de acabar y no habrá nada ni nadie que la ancle.

—Pero todavía te necesita. Estos jovenzuelos nos agotan. Ven, vamos a sentarnos junto al fuego con un whisky en la mano.

Ella lo rodeó con un brazo.

—Sí, eso es justo lo que necesito.

Marco acribilló de preguntas a Breen de camino a la granja: ¿cómo lo había hecho?, ¿cómo se sentía?, ¿podría hacerlo de nuevo? A ella no le importaba. Aunque ya no cabalgaba a lomos del aire, sí que seguía disfrutando de la agradable sensación del poder manifestado.

—No quiero probarlo sin la yaya presente —le explicó a Marco—. No estoy segura de saber controlarlo sola.

—¡Vaya!, ¿quieres decir que podrías salir volando o algo así?

—Bueno, ahora que lo dices, puede. Básicamente, quiero practicarlo más. Todo. Menos esto —añadió cuando vio a Keegan colocando dianas en el campo de entrenamiento, junto a la granja.

—Cada vez eres mejor con el arco —dijo Marco—. A mí todavía se me da de pena.

—Tienes razón. Se te da más de pena que a mí. Mira, ahí están Aisling y los niños.

—Esa chica no tiene barriguita de embarazada. Tiene barrigón.

—Te aconsejo que no se lo menciones.

—¿Es que te parezco tonto? —le preguntó Marco.

Botarate echó a correr, saltó por encima de la cerca de piedra y se puso a bailar en círculos alrededor de la perra loba antes de rodar por el suelo para jugar con los niños. Lo único que oía Breen mientras Aisling se les acercaba lentamente con una mano en el barrigón era felicidad.

—*Fáilte! Míle fáilte!* —los saludó al abrazarlos.

Breen se fijó en que estaba un poco pálida por culpa del cansancio. Sin embargo, incluso su palidez resplandecía gracias a la luz que crecía en su interior.

—Estás estupenda —le dijo.

—Ay, estoy como una vaca…, si esa vaca se hubiera comido

a otra, claro. Y, mientras tanto, el bebé está empeñado en salir de aquí a patadas.

—Te veo resplandeciente —le dijo Marco, y eso le iluminó la sonrisa.

—Se acerca el momento de llevar al bebé en brazos en vez de dentro, y eso me hace feliz. Y, además, has hecho feliz a mi hermano, Breen.

Cuando Breen miró hacia Keegan, que estaba preparando la clase de tiro con arco, Aisling negó con la cabeza.

—Ese no. Harken. Lleva cantando mientras trabaja desde que Morena habló contigo. Por tanto, tal y como yo lo veo tendremos una boda y un nacimiento seguidos. Y los dos aquí, en la granja.

—¿La boda será aquí? —preguntó Breen.

—Eso ha dicho ella después de cambiar de opinión varias veces. Está claro que la casa de su abuela es una preciosidad, pero en este sitio disponemos de más espacio. Y será su hogar cuando vivan juntos. Así que será aquí.

—Y ahí llega el novio cantarín.

Breen fue la que lo oyó primero, esa voz que escuchó una vez en sueños, antes de que Harken saliera de la granja. Cantaba en talamhés, pero no necesitaba entender las palabras para traducir su felicidad.

Al verlos, cambió de dirección para acercarse a saludarlos, y Breen se fijó de nuevo en lo mucho y lo poco, a la vez, que se parecían los hermanos. El mismo pelo oscuro rebelde, pero con una gorra de granjero en el caso de Harken, en vez de la trenza de guerrero de Keegan. Cuerpo musculoso y esbelto en ambos casos, pero Harken llevaba guantes de trabajo en el bolsillo, en vez de una espada al costado. Los dos eran guapos, con rostros angulosos, pero el de Keegan solía llevar la sombra de una barba de dos días, mientras que Harken iba afeitado siempre.

Harken se fue directo a Breen y le dio un besazo en la boca, a lo que ella reaccionó con risas, sorprendida.

—Ahora puedo asegurar sin lugar a duda que Morena es una mujer muy afortunada.

—Ah, claro que lo es. Adoro a mis hermanas —siguió diciendo él—. A esta de aquí, por supuesto. Y a Maura y a Noreen, que son como hermanas para mí, igual que tú eres como una hermana para Morena. Pero hoy, Breen Siobhan Kelly, eres mi hermana favorita. —Se volvió y la rodeó con un brazo mientras Keegan se les acercaba—. Hoy Breen es mi hermana favorita, *mo dheartháir*, así que no seas demasiado duro con ella si no quieres vértelas conmigo.

—Me arriesgaré —respondió Keegan.

—Con el trabajo que me cuesta que mis dos críos no se maten, será mejor que me los lleve de aquí antes de que vean a sus tíos haciendo el tonto —dijo Aisling—. Gracias por la turba, Harken. Mahon está apilándola detrás de la granja. Te guardaré un plato de comida, si lo quieres, y otro para Morena; de todos modos, voy a darles de comer pronto a mis gamberros.

—Te lo agradezco, pero no es necesario.

—Anda, ve a sentarte —le ordenó Keegan a su hermana—. Estás más grande que la vaca de concurso de Harken.

Aisling le dio un puñetazo en la barriga que solo sirvió para hacerlo sonreír.

—Ven a verme cuando tengas un hueco —le dijo a Breen antes de esbozar una dulce sonrisa dedicada a Marco—. Y tú también, por supuesto. Sacaremos a Botarate a jugar un rato con los niños, porque él siempre es bienvenido. Pero tú no —añadió mientras hundía un dedo en la barriga de Keegan.

Aisling llamó a sus niños y se alejó.

—¡Si los hombres tuviéramos que encargarnos de hacer más personas, seríamos menos! —le gritó Keegan a su hermana.

Eso la hizo reír y volverse para mirarlo con ojos chispeantes.

—Bien esquivado —comentó Marco.

—Bueno, así se sentará, ¿verdad? Venga, ve a por tu arco, Breen. Harken trabajará con Marco.

—¿Por qué no venís Morena y tú a casa para cenar con nosotros? —le preguntó Marco a Harken—. Tenemos tarta de manzana.

Keegan se giró para escudriñar a Marco.

—Eso es soborno, hermano.

—Ojalá se me hubiera ocurrido a mí —masculló Breen mientras recogía el arco.

4

Regresar a la rutina fue como volver a ponerse unas zapatillas de casa calentitas. Sabía que no duraría, pero, por el momento, ningún sueño la perseguía por la noche y ninguna amenaza acechaba a la vuelta de cada esquina. Regresarían, todo regresaría, así que se entregó a la rutina y a todo lo positivo. Y ¿había algo más positivo que ayudar a su amiga a elegir vestido de novia?

—Tengo tres —le explicó Morena—. Mi madre me los envió por dragón porque no ha habido manera de convencerla de lo contrario. Lo cierto es que no confía en mí y teme que me ponga lo primero que encuentre en mi armario. Cosa que no haría, porque soy consciente de que es importante y ¿acaso no quiero tener un aspecto estupendo en un día como ese?

—Eres su única hija —comentó Breen—. Me sorprende que no te haya enviado una docena.

—Si la dejo, lo habría hecho, o solo uno, porque así se aseguraría de que no tuviera que preocuparme por el asunto.

—Tómate esto —le dijo Marco, ofreciéndole una copa de champán— y ponte uno. ¿Necesitas ayuda?

—No, quiero que lo veáis los dos a la vez. Y sed completamente sinceros. —Le dio un trago al champán, respiró y bebió por segunda vez—. Vale, allá vamos.

Se fue hacia el dormitorio de abajo, donde había dejado las opciones.

—¿Seguro que Keegan y Brian no van a volver pronto?

—Keegan me dijo que a medianoche como mínimo —le dijo Breen desde la otra habitación—. Estamos solos.

—Esto es divertido, ¿eh? —comentó Marco antes de pasarle una copa a Breen.

—Es genial.

Si alguna vez llegaba el día, ¿cómo reaccionaría su madre ante una boda? ¿Asistiría? Y ¿querría ella que asistiera? No tenía respuesta para ninguna de las preguntas.

—Vale, pues aquí llega el primero —anunció Morena—. Sinceridad absoluta.

Al entrar en el cuarto, Breen suspiró. El vestido era tan blanco como la nieve recién caída, con una falda de vuelo que se dividía en capas vaporosas y un corpiño ajustado que brillaba como los diamantes al sol.

—Es impresionante. Estás impresionante.

—Da una vuelta, chica —le pidió Marco moviendo el dedo.

El corpiño tenía un escote pronunciado en uve a la espalda, y la falda simplemente flotaba como nubes de gasa.

—Tu madre sabe de vestidos de novia. ¿Cómo te sientes con este? —le preguntó Marco.

—Bueno, es imposible no sentirse guapa con esto, ¿verdad? A no ser que seas idiota. Así que me siento guapa, sí, pero como otra persona.

Breen miró a Marco, y ambos asintieron.

—Es más Capital que valle —dijo Breen—. Es precioso y estás preciosa con él.

—El vestido resplandece, nena, pero tú no resplandeces con él. No te está diciendo que es tuyo.

—¿Entonces puedo decir que no y no convertirme en una mema desagradecida? ¿Breen?

—Por supuesto. Debo confesar que es uno de los vestidos de novia más bonitos que he visto en mi vida, pero… no es tu vestido de novia.

—Gracias a los dioses, porque os juro que no creo que Harken me reconociera con esto.

—Vamos a ver el número dos —repuso Marco con un gesto para que se fuera.

Mientras Morena se apresuraba a buscar el siguiente, Marco alzó la copa en dirección a Breen. Ella le dio un toquecito con la suya.

—¿Y si no le encaja ninguno? —preguntó Breen en voz baja.

—Entonces tendremos que ponernos a trabajar para encontrarle el adecuado.

—Solo quedan un par de semanas.

—Cariño, en un mundo lleno de hadas, brujas y demás, creo que seremos capaces de dar con el vestido correcto. Como tú con tus disfraces de Halloween.

—Pero eso son ilusiones. Esto tiene que ser real.

—Igual que el tuyo. Vas a estar a su lado.

—No puedo preocuparme por mi vestido hasta que ella tenga el suyo.

—Vale —dijo Morena—. Aquí va el siguiente.

La joven salió envuelta en suave terciopelo color crema. Las líneas rectas y sencillas resultaban majestuosas.

Breen suspiró de nuevo.

—Pareces una reina. Una reina de las hadas. El brillo en la cintura y en el dobladillo es precioso, y el escote te resalta los hombros.

—Es elegante de principio a fin —coincidió Marco.

—¿Pero?

—No es tu vestido —respondieron los dos a la vez.

—Esto es exasperante —dijo Morena al acercarse para echarse más champán en la copa—. Si pudiéramos decir, simplemente, que nos aceptamos el uno al otro, y después montar una buena fiesta... Bueno, pedí sinceridad, así que me probaré el último.

Y salió de nuevo.

—Vale, necesitamos un plan por si el último no funciona —dijo Breen, que se paseaba por el cuarto—. Puedo hablar de ello con la yaya, buscar a la persona correcta para diseñárselo y hacernos una idea mejor de lo que quiere Morena de verdad, porque todavía no nos lo ha dicho. Tendremos que actuar deprisa, Marco, pero lo conseguiremos.

—En Irlanda hay bodas continuamente, ¿no? Podemos echar un vistazo en algunas tiendas de vestidos de novia.

—Es una idea. Una buena idea. Una excursión a Galway, quizá. Tiene que haber...

—Este es el último de los que ha enviado mi madre —anunció Morena.

Breen se volvió hacia ella. Y se tapó la boca para reprimir la exclamación.

—Oh —fue lo único que le salió—. Oh.

El vestido flotaba alrededor de Morena, era de un tono violeta pálido, muy pálido, con bordados de plata, y le llegaba justo por encima de los tobillos, como una nube de seda.

Marco se llevó los nudillos a los ojos e hizo un gesto a la joven para que diera una vuelta completa. Al hacerlo, la falda subía y bajaba. Unas cintas plateadas le cruzaban la espalda descubierta hasta llegar al lazo de la cintura, con los dos extremos colgando a los lados.

—Cancela esa excursión —le dijo Marco, sonriente—. Este es tu vestido.

—Estás perfecta —anunció Breen mientras se secaba las lágrimas—. Estás absolutamente perfecta. Es como tus alas. Es tuyo. Eres tú. Es perfecto.

—¿Estáis seguros? Porque ¡es que me encanta! No quería decirlo porque sé que no es tan espléndido como el primero ni tan elegante como el segundo, pero me siento como una novia. Me siento yo. Me siento como Morena Mac an Ghaill de novia.

—Porque este es tu vestido —le aseguró Breen, suspirando y secándose más lágrimas.

—Las botas del mismo color —decretó Marco—. Con algo de brillo.

—¡Sí! ¡Voy a estar fantástica! Marco, necesito que me peines, por favor; dime que sí. Quiero la cabeza cubierta de trenzas y una corona de flores encima. Dime que sí.

—¿Qui-quieres que te peine yo? ¡El día de tu boda! Tengo que sentarme. —Literalmente, se tambaleó—. Necesito más champán, pero debo tomar asiento.

—¿Eso significa que lo va a hacer?

—Significa que lo va a hacer —confirmó Breen—. ¡Más champán!

—Voy a quitarme esto antes de derramarme algo encima. Después os emborracharé a los dos.

Diciembre soplaba con su frío aliento, de modo que los árboles temblaban y el agua de la bahía se agitaba. Extendía un fino encaje de escarcha que crujía bajo las botas y conseguía que los cascos de los caballos tintinearan como campanas sobre las carreteras endurecidas.

En la Casa de las Hadas reinaba la Navidad. Brian le llevó a Marco un árbol de la zona alta, y allí lo tenían, cubierto de luces brillantes y repleto de adornos. Breen hizo un trueque con Aisling y colgó de la repisa de la chimenea los cuatro calcetines tejidos en colores brillantes. Cuando Keegan comentó que los calcetines navideños eran para los niños, Breen afirmó, rotunda, que todo el mundo se volvía un poco niño en Navidad.

El aire olía a pino y al horneado incesante de Marco.

En Talamh encontró lo mismo: el brillo de las luces, los árboles cargados, los calcetines a la espera de regalos. Y más: la tradición feérica de las campanitas de plata colgadas de las ramas y los postes, y la adición élfica de los manojos de frutos secos y bayas como banquete y regalo para la vida silvestre.

Después de una época de tristeza, la felicidad impregnaba el ambiente. Breen no dejó de trabajar, escribiendo, entrenando y practicando la magia. También hizo regalos en el taller de Marg, y otros los compró o trocó en Talamh.

Así que, cuando volvieron lo sueños, fueron un sobresalto, un golpe de oscuridad entre tanta luz.

Vio a Yseult en su propio taller. Tenía mechones grises en el pelo rojo oscuro y se movía despacio, rígida. Aun dormida, Breen sintió cierta satisfacción porque era obra suya. Y, aun dormida, sintió la picazón de la magia negra, oyó el silbido de la serpiente de dos cabezas mientras la bruja la ordeñaba, mientras el veneno caía, denso y gris como una babosa, en un cuenco. Una vez hubo terminado, la bruja dejó la serpiente en una cesta con un par de ratones temblorosos. La serpiente atacó una y otra vez mientras los ratones chillaban. Después los devoró.

—Descansa ahora, querida.

Yseult cruzó la habitación, que estaba iluminada por cien velas, hasta llegar a unas jaulas apiladas. Breen vio crías de ciervo, conejo, cabra, cordero y, para su horror, un niño. Un niño humano, comprobó cuando la bruja lo sacó de una jaula, de no más de tres años.

El niño no gritó ni se defendió, sino que se limitó a observarlo todo con ojos inexpresivos. Breen se dio cuenta de que estaba hechizado; se le rompió el corazón. Después Yseult cogió un *athame*, y el corazón de Breen se detuvo. La bruja pasó la hoja por la palma de la mano del niño y le dejó un corte profundo donde las cicatrices de otros cortes le marcaban la piel. La sangre se derramó en el cuenco. Luego giró al niño para que sus lágrimas siguieran el mismo camino.

Como si fuera un bote de hierbas aromáticas, Yseult dejó de nuevo al niño en su jaula.

Después eligió un pájaro, lo abrió y le sacó el corazón; lo añadió al cuenco. Siguió con el resto de los ingredientes: belladona, cristales negros, acónito, tres dientecitos afilados como cuchillas. Cuando alzó los brazos, Breen la oyó jadear de dolor. Tuvo que inclinarse, blanca como la cal, para recuperar el aliento. Al enderezarse, tenía los ojos negros como el ónice.

—Pagarás una y otra vez, perra mestiza.

Con el rostro pétreo alzó de nuevo los brazos.

—Dioses de los oscuros y los malditos, ¡escuchadme! Concededme a mí, sirviente de Odran, vuestra fuerza. Imbuidme de vuestro poder, negro y terrible. Con esta poción le robaré la voluntad. A la hija del hijo del dios impío golpearé con la poción que esta noche preparo.

»Sangre y lágrimas de un niño humano, el corazón de un gorrión atrapado en el llano, dientes de un cachorro de demonio para cortar y morder, cristales oscuros molidos para apagar su poder. Hierbas para asfixiarla y al filo de la muerte llevarla. La leche de la serpiente con dos cabezas duerme, pero con este hechizo es lo que más duele.

»Ahora el fuego arde, ahora el humo vence. Hierve, bulle, gira y se arremolina. Y, con una vuelta más, la luz dejará de brillar. Este será su final.

Entre el humo que nublaba la habitación, el gris de su pelo empezó a desvanecerse. Y el dolor que le había torcido el gesto se transformó en poder.

—Por la gloria de Odran y en el nombre de Odran este hechizo está completo y de la hija del hijo será la condena. Y con su fin, la victoria será plena. Tal es nuestra orden, así debe ser.

Sin aliento, mientras se disipaba el humo, Yseult apoyó una mano en la mesa de trabajo. Sin embargo, un júbilo aterrador le iluminaba los ojos.

—¡Qué hedor tan horrendo!

Se giró al oír la voz y levantó una mano.

—Quédate ahí, no te acerques al humo.

Shana estaba en el umbral, elegante y resplandeciente con su vestido dorado. La melena de plata le caía en tirabuzones intrincados, aunque le dejaba las orejas despejadas para lucir unos rubíes enormes.

—Voy donde me place, bruja. Cuidado con tu tono al hablarme, si no quieres que Odran te castigue. De nuevo. Eres débil, apenas sirves para nada. —Shana, sonriente, se puso a jugar con uno de sus rizos—. Te torturará si se lo pido. Le has fallado. Yo no.

Dio otro paso hacia el interior de la casa, pero Yseult empujó el aire para retenerla. Cuando la furia estalló, Shana siseó como la serpiente.

—¡Cómo te atreves!

—Me atrevo por proteger a la criatura que llevas dentro. A la criatura de Odran. El humo es tóxico y, aunque puede que a ti no te haga daño, se lo podría hacer a ella. Comparte sangre con Breen O'Ceallaigh. —Yseult sonrió—. Si le haces daño a la criatura, Odran no estará contento contigo.

Shana se encogió de hombros, aunque retrocedió.

—Siempre podemos hacer una nueva. He demostrado ser fértil, no como otras.

—Niña estúpida. Yo le di tres hijos, y absorbió el poder de los tres, como hará con lo que llevas dentro. Y, con su poder, con su sangre, atravesó el portal para hacer el hijo con Mairghread y, de nuevo, para llevarse a la hija. Yo le he despejado el camino, año tras año.

—Solo para fallarle, año tras año. —Shana se limitó a agitar una mano cuajada de anillos—. Yo no lo haré, y reinaré a su lado cuando reduzca Talamh a cenizas. Pero, por ahora, tengo una tarea para ti. No deseo parecer gorda y andar como un pato mientras el hijo de Odran crece en mi interior. Me harás un hechizo para evitarlo.

—Será solo una ilusión. Si hago algo más, podría dañar a la criatura.

—¡Pues hazlo así! —la cortó Shana—. Y date prisa.

—Mañana, pues. Ven a mí mañana.

—Ven tú a mí. Soy la consorte de Odran. Tú no eres más que su bruja.

—Como desees.

La sonrisa apacible desapareció al alejarse Shana.

—A Odran le puedo encontrar una docena como tú, niña desagradecida. Te juro que el primer aliento del bebé será el último tuyo.

De nuevo, la habitación se llenó de humo. Y Breen despertó.

A la luz del fuego, Keegan se sentó a su lado, en la cama. Botarate, con las patas delanteras sobre el edredón, la miraba.

—Cuéntamelo.

—Dame un minuto —respondió ella.

—No parecías angustiada, así que no he intentado despertarte ni unirme a ti. Era un sueño de observación.

—De todos modos, necesito un minuto. Sé que es imposible olvidar lo oscuros, malvados y terribles que son, pero me parece que sí que se me había olvidado un poco.

—Coge —dijo Keegan, extendiendo la mano. Un segundo después sostenía en ella un vaso de agua—. Bebe un poco. Tómate ese minuto.

—Gracias.

Se sentó en la cama y bebió. Cuando la vio estremecerse, Keegan agitó una mano en dirección al fuego para avivarlo.

—He visto a Yseult en lo que debe de ser su taller. No está recuperada del todo y… eso me hizo sentir bien. Hace un año no habría sido capaz de sentirme bien por el sufrimiento de alguien, fuera quien fuera. Pero ahora sí.

—Hace un año no conocías a nadie de la calaña de Yseult.

—Cierto. —Y esa verdad consiguió borrar cualquier peque-ña punzada de culpa que le quedara—. Es casi peor que Odran. Nació en la luz, se entrenó en la luz y tomó la decisión delibera-da de entregarse a, bueno, la oscuridad. Estaba preparando una poción, un veneno. Para mí.

—¿Te refieres a que es específicamente para ti?

—Sí. —Bebió más agua—. Muy específicamente. Hace un año nadie tramaba contra mi vida… o, por lo menos, no tenía ni puñetera idea de que alguien lo hiciera. Otra cosa para la lista.

—¿Has visto todos los ingredientes que ha usado para pre-pararla?

—Creo que sí. Llevaba veneno de una de esas horribles ser-pientes.

—¿Serpientes del sueño?

—Sí. Y, por Dios, Keegan, tiene jaulas. Animales jóvenes; crías, en realidad. Y un niño. Un niño humano. —Entonces Breen se echó a llorar en silencio mientras hablaba—. Tiene dos o tres años y está en estado catatónico. Le hizo un corte y vi que tenía cicatrices de otros cortes anteriores. Mezcló su sangre con el veneno, después sus lágrimas. Un gorrión, muy pequeño. Lo abrió en canal y le sacó el corazón.

Tras secarse las lágrimas con el dorso de la mano, le enumeró el resto de los ingredientes.

—¿Qué palabras empleó? ¿Las oíste?

—Lo oí todo. Era como ver una obra de teatro desde el asien-to central de la primera fila.

Keegan rodó para salir de la cama y coger uno de los cuader-nos de Breen y un bolígrafo.

—Escríbelo todo, todas las palabras, tal y como las recuerdes.

—¿Por qué? Era magia negra y nosotros nunca…

—No seas mema. Para un hechizo de bloqueo. Si sabemos lo que ha hecho, podemos contrarrestarlo.

—Ah, como un antídoto.

—No, los antídotos se usan después. Aquí... —La impaciencia le rebosaba por los poros, aunque se esforzó por dar con la palabra correcta—. Inmunidad. ¿Lo entiendes? Conjuramos inmunidad para ese veneno.

—Vale, eso es fantástico. Y reconfortante. —Empezó a escribir—. No parecía verme ni percibirme, eso lo sé. Puede que quizá sea porque todavía no se ha recuperado del todo. Recobró parte de su fuerza durante el hechizo, pero después la perdió. Sufre, y está amargada y enfadada. Ahora no es solo por Odran. Quiere hacérmelo pagar.

—Pues la vas a decepcionar.

Breen levantó la vista y le sonrió.

—Ese es el plan. Y no es solo a mí a quien... —Se detuvo y se volvió hacia él—. Shana entró en la habitación justo cuando Yseult terminaba el veneno. Keegan, Shana está embarazada de Odran.

—Lo siento por la criatura.

—No te sorprende. —Se dio cuenta Breen—. ¿Por qué no?

—¿Acaso creías que Odran le había pedido a Yseult que le llevara a Shana para que le fregara los suelos o le removiera la comida?

—No, pero creía que había sido para sacarle información. Su padre estuvo en el consejo y ella se acostó contigo. Sabía... sabe cosas.

—Sí, eso también lo querría, por supuesto. Añade a eso que es joven, bella y seguro que madura para plantar su semilla. Cuando llegue el momento, le dará un semidiós.

—Y tú sabes por qué. No tengo que contarte que drena a sus propios bebés, los sacrifica, los asesina para conseguir poder. Yseult le dio tres. Tú lo sabías.

—No sabía cuántos le había dado Yseult —respondió Keegan—, pero, lógicamente, tenía que probarse así ante él. —Como comprendía que no dormirían más, se levantó para ponerse unos pantalones—. Enviaba espías al mundo de Odran de vez en cuando, como también hacía tu padre, como hacían los que lo precedieron. —Se pasó la mano por el pelo antes de ir a buscar la camisa—. Estás pensando que por qué no buscamos el modo de salvarlos, de salvar a esos inocentes.

—Bebés, Keegan. Tiene que haber un modo. Además de aumentar su poder con ellos, de debilitar los sellos del portal con su sangre, son bebés.

—La persona que ostentaba el cargo de *taoiseach* antes de tu padre perdió a tres guerreros en un rescate similar. Dos, ambos heridos, trajeron a tres bebés por la cascada. En nuestro mundo duraron menos de una hora. Los marca al nacer, para que no puedan sobrevivir al viaje. Mueren allí, asesinados, o aquí, por culpa de su marca. Aun así, Eian lo intentó en su momento. Íbamos a contrarrestar la marca, a deshacer la maldición antes de cruzar con un niño. Envió a una bruja, Rowan, para que se hiciera pasar por niñera, pero, cuando la mujer empezó a deshacer la maldición, el bebé murió en sus brazos. Rowan se sienta ahora en el consejo y sigue siendo incapaz de hablar de aquel momento y de su tristeza.

A Breen se le revolvía tanto el estómago como el alma, pero se obligó a ponerse en pie.

—Cometió un error con mi padre. No marcó a su hijo, no lo consideró necesario. Y, cuanto más fingía ser marido y padre, más posibilidades tenía de concebir otro hijo con la yaya… Otro vaso del que beber.

—Sí, ahora lo ves con absoluta claridad. No cometerá de nuevo el mismo error.

—¿Por qué no me marcó cuando me tuvo?

Keegan se dio un toquecito con el dedo en la sien.

—Usa la cabeza, mujer. Tú no procedes de su semilla.

—De acuerdo, proceder del mismo linaje no basta para esta clase de infanticidio. No puedes salvarlos y sé que eso te pesa.

—Creemos que con su muerte se rompería la maldición y se eliminaría la marca, pero no podemos saberlo hasta que lo sepamos.

—A ella le daba igual. A Shana. —Breen cogió una goma para recogerse el pelo—. Creo que, aunque Yseult le entregara por voluntad propia a sus bebés, sintió algo. Le costó, no sé si me entiendes. No vaciló en pagar el precio, pero le costó. A Shana no. —Miró a los ojos al reflejo de Keegan en el espejo—. El embarazo le otorga cierto estatus y lo está disfrutando. La criatura no significa nada para ella, salvo eso. Ya ha dicho que siempre puede hacer otra. Lo que le preocupa es su aspecto. Le ha ordenado a Yseult que cree una ilusión para que no parezca gorda, literalmente.

—Bueno, eso le encaja a la perfección.

—Presumió de matar a Loren. No te estoy diciendo todo esto para castigarte por haber mantenido una relación con ella.

Keegan negó con la cabeza y le puso una mano en el hombro, aunque solo un instante.

—Le tenía cariño. No negaré que era casi todo por el sexo, pero le tenía cariño o, al menos, le tenía cariño a la parte de ella que me mostraba. Era consciente de sus defectos, pensaba que de sobra. Ahí fue donde me equivoqué, ya que no eran simplemente defectos, sino fallas profundas en su interior. Lamento no haber visto lo que debería haberme quedado claro.

—No creo que estuviera tan claro, más allá de que el sexo y la belleza pueden nublar la razón. Algo se rompió en su interior, y todos esos desgarros dentro de ella, suavizados por su encanto y su belleza, mataron a la persona por la que sentías algo. Si te hubiera convencido de casarte con ella...

Keegan dejó escapar una carcajada triste.

—Te prometo que eso nunca habría pasado. Le tenía cariño, pero nada más.

Porque le pareció importante, Breen se volvió hacia él.

—Ella creía que sí. Lo que digo es que, de haber conseguido amasar más poder gracias a ti, habría abusado de él y habría estallado. Con ella no tenías forma de ganar, Keegan.

Él lo meditó mientras se colocaba la espada.

—Estás en lo cierto, y eso me demuestra que las mujeres son un puñetero misterio dos de cada tres veces. —Se acercó a ella para cogerle la cara entre las manos y besarla—. Hoy vamos a comenzar el día temprano. Me pregunto si estarías dispuesta a usar una parte del tuyo para preparar el desayuno, dado que a mí se me da tan mal.

—Y los hombres son más simples que el mecanismo de un chupete dos de cada tres veces.

—Cierto. Si nos das comida, sexo y una pinta, somos felices.

—Ojalá fuera cierto. Pero puedo prepararte unos huevos revueltos antes de hacer mi rutina de ejercicio.

—Te lo agradezco. —Recogió el papel en el que Breen había escrito el hechizo y se lo guardó en el bolsillo—. Estoy pensando que te lo agradecería aún más si consiguieras hacer esas tortitas que hace Marco, las que llevan arándanos dentro.

Levantó la vista para mirarlo mientras salían del dormitorio.

—Con eso tentaríamos los dos a la suerte y, créeme, no me lo agradecerías nada, a no ser que te guste el sabor de la masa gomosa.

—Me conformaré con los huevos.

Preparó suficientes para que Brian pudiera comer cuando bajara y consiguió no quemar el beicon antes de salir con su taza de café para ver a Botarate jugar en la bahía, bajo las últimas estrellas.

Aunque el contenido del sueño la había dejado alterada, haberlo tenido le daba ánimos. Había observado sin que la detectaran y había conseguido información vital. Podía repetirlo, prepararse primero, observar, escuchar y aprender. A través de Yseult, decidió. Ella era ahora el eslabón más débil.

«Quieres envenenarme, ¿no? Quieres envenenarme para tirarme a los pies de Odran, indefensa y vencida, ¿verdad? Y quieres usar la sangre de un niño para hacerlo. Traidora débil y malvada, veremos quién se las paga a quién».

Conforme se disipaba la noche, oyó las primeras notas de una alondra. El aliento le formaba nubecillas mientras la escarcha se partía bajo sus pies. Justo cuando iba a abrir la puerta para entrar, Keegan y Brian salieron.

—Sí que os habéis acabado deprisa el desayuno —comentó.

—Ha bajado bien.

—Como me tocaba a mí —dijo Brian—, te doy el doble de gracias.

—La familia de Morena viene hoy de la Capital —comentó Keegan—. Mi madre y Minga los acompañan.

—Será bonito verlos a todos —repuso Breen.

Keegan miró hacia los primeros rayos de sol y asintió.

—Sí. Hoy no te alejes mucho de Marco y del perro, hasta que conjuremos la inmunidad.

—De acuerdo. Hablaré de ello con la yaya cuando cruce.

—Voy ahora a verla. No —dijo antes de que ella pudiera preguntar—, nos has dado todo lo necesario. Haz lo de siempre y cruza después. Puede que Marg también quiera que intervenga mi madre. —Se inclinó para besarla—. No llegues tarde al entrenamiento.

Mientras se alejaban rumbo al bosque, Botarate corrió a despedirse de ellos, dejándolo todo empapado de agua.

—Hoy tienes que protegerla bien —le dijo Keegan mientras lo frotaba con brío para secarlo.

—Puedo quedarme —se ofreció Brian al entrar en el bosque— o enviar a alguien.

—Solo servirá para enojarla. No tiene ni un pelo de tonta, irá con cuidado. Pero enviaré un halcón a mi madre y le pediré que venga directamente con un jinete de dragón. Cuanto antes contrarrestemos el veneno, mejor.

—No permitiremos que nada ni nadie cruce los portales.

Sin embargo, Keegan se limitó a negar con la cabeza.

—Existen otros portales en otros mundos. Si está decidida a encontrar una forma de llegar hasta aquí o de enviar a un asesino, lo hará. Puede que tarde, pero lo hará.

—Pero Breen ha dicho que Yseult estaba débil.

—Sí, y que lanzar el hechizo la fortaleció durante ese tiempo. Yo, en su lugar, usaría el poder que me quedara para abrir una ventana. Se necesita poder y fuerza para abrir un portal temporal, pero invertiría en ello, en uno de los mundos sin proteger. Enviaría el veneno con un asesino que pudiera moverse de mundo en mundo.

—Y, aun así, cualquier asesino tendría que superar a nuestros guardias —repuso Brian.

—Podría probar a atacarla a este lado. Marg tiene un hechizo de protección muy potente que rodea la casa, pero podría intentarlo. ¿En el nuestro? Lo mejor sería un cambiaformas. Un búho que cruzara al amparo de la noche, un perro que se abriera paso bajo la nieve del norte.

—Es como lo haría yo. O como lo intentaría.

Cuando llegaron al árbol, Keegan se colgó de una rama.

—O el asesino ya está en Talamh y a Yseult solo le falta encontrar el modo de hacerle llegar el veneno.

—Alguien que ya vive entre nosotros —dijo Brian, que cruzó a Talamh con Keegan.

—En nuestro mundo ya hay más de uno —comentó el *taoiseach* mientras contemplaba el valle, los tonos verdes y dorados que despertaban bajo la suave luz del alba—. Y haremos que se arrepientan antes de que acabe todo esto.

5

Keegan fue antes de todo a ver a Harken. Lo encontró en la cocina, ya vestido para trabajar mientras se servía una taza de té lo bastante fuerte como para lanzar volando a su vaca de concurso.

—Bueno, justo a tiempo para el ordeño de la mañana.

—Pues no, lo siento. Tengo que hablar con Marg, pero quería verte primero.

—Hay problemas.

—Alguien quiere que los haya. Breen ha tenido un sueño, un sueño de observación, en el que ha visto a Yseult preparar una poción y un hechizo. Según dice Breen, todavía no está curada.

—Mejor sería que estuviera muerta —repuso Harken, y le dio un trago al té.

—Por el honor de nuestro padre, ese día llegará. Breen lo ha escrito todo, los ingredientes con que lo ha compuesto y las palabras que ha pronunciado.

Le entregó el papel a Harken, así que este dejó su té y lo leyó. Se le endureció el gesto y los ojos se le volvieron de hielo azul.

—Como la bruja malvada de los cuentos, le gusta usar a los niños.

—Es un arquetipo, ¿verdad? —dijo Keegan—. Bien puede ser que ella y las de su calaña sean la base de esas historias.

—Está urdiendo magia negra, de la más negra que hay.

—Eso ya lo veo, hermano.

—Necesitas un escudo contra ella. Uno que vaya hacia dentro, además de alrededor. Aisling...

—Sé que es una superstición —lo interrumpió Keegan—, pero no quiero que participe en algo tan oscuro cuando le queda tan poco para dar a luz.

—No, superstición o no, estás en lo cierto. Una poción y un hechizo de protección, estoy pensando. Para el interior y el exterior, y las palabras para alimentarlos a ambos. Ella es más fuerte que Yseult, a Breen, me refiero, así que Yseult ha ideado un hechizo malévolo y profundo para golpearla —dijo Harken.

—No para matarla, sino para algo peor. Una muerte en vida, siempre transida de dolor, para que Odran pueda beber de ella hasta dejarla seca. ¿El dolor? Esa es la venganza de Yseult.

—Tendrá un plan para utilizarlo.

—Sí, y creo que pronto —repuso Keegan—. ¿Qué mejor momento para atacar que en una ocasión alegre? El solsticio y Yule, una boda, un nacimiento. —Recuperó el papel—. Shana está embarazada del hijo de Odran.

—Ah, lo siento —dijo Harken, ablandando el gesto—. No por ella, no soy tan comprensivo. Intentó hechizarte y le hizo daño a una amiga. Intentó matar a Breen y casi mató a un niño. Mató al hombre que la amaba. Es responsable de sus elecciones.

—Así es, y pagará un precio terrible por ellas. Por ahora, nos encargamos de lo que podemos. Enviaré un halcón para pedirle a nuestra madre que venga en dragón para ayudar con los escudos.

—Lo haré yo. Amish está cerca. Morena sigue dormida, pero el halcón acudirá cuando lo llame y llevará el mensaje.

—Bien. Iré a hablar con Marg. Volveré en cuanto pueda.

Cuando Keegan salió, Harken se sentó a escribir el mensaje. Luego recogió la taza de té medio fría para llamar al halcón antes de ponerse a ordeñar.

Keegan se pasó una hora con Marg, después llamó a Cróga y voló para negociar con los troles, ya que necesitaba unos cuantos ingredientes para la inmunidad. Cuando regresó, se encontró a su madre sentada a la mesa de la cocina de Marg mientras las dos analizaban los detalles.

—Sí que te has dado prisa —comentó Keegan.

—Sí. —Tarryn alzó el rostro para que su hijo le diera un beso de bienvenida—. Y te confieso que casi se me había olvidado lo emocionante que es volar en dragón. ¿Has conseguido lo que te ha pedido Marg?

—Sí, y no han aceptado nada a cambio.

Tarryn dejó escapar una carcajada de sorpresa y se echó hacia atrás en la silla.

—¿Los troles no han querido negociar?

—Eso es. Sul no quería ni oír hablar del tema. Nada a cambio de cualquier cosa necesaria para mantener a salvo a la hija de las hadas.

—Breen los dejó impresionados —dijo Marg, sonriente—. ¿Cómo está Sul?

—Muy bien, según dice y según parece. Ya se le... —Se puso las manos sobre la barriga—. Me preguntó si Breen podría pasarse a verla si tiene tiempo.

—Lo hará —dijo Marg—. Y la necesitamos para esto.

—¿Para ayudar a preparar su protección?

—Más poder —confirmó Tarryn—. Más luz. También os necesitaremos a Harken y a ti. Y otras dos personas de tu elección. Pero a Aisling no.

—No, Aisling no. Y, cuando esto acabe, los siete irán a las ruinas, donde caminan los espíritus, atrapados. Ha llegado la hora de liberarlos, de enviarlos a la luz o a la oscuridad.

—No es la bienvenida que me habría gustado darte —le dijo Keegan a su madre.

—Pero estoy en casa —repuso ella cuando le cogió la mano—. Y, cuando termines con esto, aprovecharemos este instante de felicidad.

—¿A qué hora queréis celebrar el aquelarre? Y ¿dónde?

—Queremos hacerlo a la luz, así que una hora antes de que se ponga el sol. —Marg consultó a Tarryn, que asintió—. Y sé que es la hora a la que entrenas con ella, pero es el momento adecuado.

—Ya lo recuperará—dijo Keegan.

—Seguro que te asegurarás de ello. ¿Te parece bien en la bahía, Tarryn, a cielo abierto?

—Sí, a cielo abierto, con los elementos del agua, de la luz, de la tierra debajo, del aire alrededor y del fuego que encendamos. Iré a ver a Aisling y a los niños. —Tras darle una palmadita en la mano a Marg, Tarryn se levantó—. Volveré para ayudarte con las preparaciones. Y no te preocupes, tu chica estará a salvo.

—Estoy tan segura de ello como segura estoy de conocerte.

—Keegan, camina conmigo antes de partir a atender tus obligaciones.

Él la ayudó a ponerse la capa y, ya que estaban allí mismo, tomó una galleta del plato.

—Un día soleado —comentó Tarryn al salir—. Frío y luminoso, como debe ser. No te preguntaré cómo van los planes de la boda, porque sé que no estarás informado al respecto.

—Algo informado estoy.

—Pues cuéntaselo a tu madre —repuso ella tras enganchársele del brazo.

—Harken se pasa todo el día y parte de la noche cantando como una urraca. Y, Morena, por otro lado, que jamás se ha preocupado por esas cosas, ahora está pensando todo el día en botas, horquillas para el pelo y demás. Si me quedo el tiempo suficiente con ellos, me calientan la cabeza con el tema. Habrá música, y Marco tendrá un papel en eso. También en el asunto de la comida.

—Se ha convertido en parte del valle.

—Marco es un buen hombre. ¿Y la familia de Morena?

—Esta boda es un regalo de los dioses, te lo juro. Siguen tristes, pero esta unión es un bálsamo. También lo es para mí, porque sé lo feliz que será mi hijo con la mujer a la que quiere, a la que yo también quiero. Igual que tú.

—Toda la vida ha sido como una hermana para mí, y esto solo sirve para hacerlo oficial. Te agradezco que hayas venido tan deprisa, mamá. Ahora debo preguntártelo, ¿estás segura de querer meterte en todo esto a la vez? Los espíritus han caminado y gemido por ese lugar maldito desde hace tiempo.

—Y podrían haber caminado entre nosotros y haber arrebatado vidas en Samhain si Breen no hubiera pasado por la tumba de su padre aquel día, cuando percibió lo que percibió. Lo sellamos, sí, aunque con un sello que no estaba pensado para durar mucho más. Tenía intención de ponerme con ello en el solsticio, pero ahora hay una boda. Así que lo hacemos y se acabó. A no ser que desees otra cosa, *taoiseach*.

—No, es mejor dejarlo resuelto, tienes razón. Debo irme. —Le dio un beso en cada mejilla a su madre, descubrió que no le bastaba con eso y la abrazó con fuerza—. Elegiré a dos personas más antes de hacer todo lo demás.

Llamó a Cróga, ya que pensaba comprobar el extremo occidental, y salió volando. Tarryn siguió su camino, y se detuvo con las manos en las caderas y una sonrisa en los labios cuando vio a su nieto mayor trotando por el potrero sobre su caballo de cumpleaños.

«Buena postura —pensó—. Buena de verdad». Y allí estaba su hija, observándolo, con una mano en el bebé que esperaba y la otra sobre el hombro del hijo que se encontraba a su lado.

En la silla, Finian vio a su abuela y agitó con energía la mano.

—¡Yaya, yaya, yaya! Mírame, yaya.

«Vaya que si te estoy mirando», pensó ella.

Kavan dejó escapar un aullido, se apartó de Aisling, echó a correr y después a volar con sus alitas.

«¡Qué pronto! —pensó Tarryn, que se llevó una mano a la boca—. Qué rápido crecen».

Extendió los brazos para que volara hasta ellos.

Aisling tenía las mejillas bañadas en lágrimas.

—Es la primera vez que vuela, que vuela de verdad. Ay, mamá, es su primera vez.

—Pero no será la última —dijo Tarryn mientras cubría de besos la cara del crío y lo llevaba hacia el potrero—. No será la última, no, ni tampoco el último trote alegre de tu hermano. No es más que el principio, mis dulces niños. Y os juro por todos los dioses que protegeré ese futuro para vosotros.

Cuando Breen entró en Talamh con Marco y Botarate, vio la llegada. Los caballos y los dragones, las hadas y los jinetes de la Capital. Pensó en la primera vez que los había visto venir y en sus nervios por conocer a la madre de Keegan y al resto. Ahora que reconocía los distintos rostros, la cosa era muy distinta.

Vio a Tarryn sostener las riendas de un caballo mientras Minga desmontaba y a Flynn ayudar a bajar de lomos de un dragón a la viuda de su hijo y a su bebé.

—Mira, ahí está Hugh —dijo Marco, que levantó la mano para saludar—. Me pregunto cómo le irá a su mujer por el norte.

—Ve a preguntarle.

—Mejor esperaré a que algunos de esos dragonazos sigan su camino.

—Gallina —le dijo Breen.

—¡Co, co, co!

Entre risas, Breen lo dejó allí y trepó el muro para saludar a Sinead.

—Bienvenida al valle —le dijo, y le dio un abrazo.

—Te hemos echado de menos, aunque no haya pasado mucho tiempo. Y mira a esta —añadió mientras acercaba a Morena con un brazo—. Ya resplandece como la novia que está a punto de ser.

—Mamá... —protestó Morena.

—Bueno, es la verdad, ¿no? Y aquí está el afortunado novio.

Sinead extendió ambos brazos para rodear a Harken.

—El hombre más afortunado que haya existido jamás —coincidió él—. Y bienvenida seas, madre. Seguro que Noreen está un poco cansada después del viaje. Hemos preparado té y también vuestras habitaciones, por si quieres llevártela dentro con el bebé y ayudarla a instalarse.

—Tienes buen corazón y sentido común. Voy a hacer lo que dices. Esa muchacha es un tesoro.

Como Harken vio que se le empañaban los ojos al decirlo, la besó de nuevo.

—Lo es, para todos nosotros. Como tú.

—Iré contigo —se ofreció Breen.

—En realidad, te necesitan en otra parte. Pero espero poder pedírselo a Marco... —Harken miró hacia él y le hizo un gesto, a lo que Marco respondió con una sonrisa avergonzada y un encogimiento de hombros—. Todavía le dan miedo los dragones, ¿no? Iré a buscarlo. Morena, te encargas tú de instalar a la familia, ¿verdad?

—Sí, por supuesto. Esta noche celebraremos un festín —siguió diciendo mientras se llevaba a Sinead—. Si Marco está dispuesto.

Flynn, con Seamus, Maura y los niños, se acercó a abrazar a Breen. Mientras ella los saludaba, se fijó en que Harken parecía mantener una conversación importante con Marco. Y, a pesar de los dragones, su amigo pasó por encima de la pequeña cerca de piedra.

—Nos vamos a aprovechar de Marco para que nos prepare uno de sus famosos banquetes —dijo Harken mientras le daba un puñetazo amistoso en el hombro al otro joven—. Finola viene de camino para ayudar y seguro que Sinead también interviene.

—A Marco no le importa en absoluto cocinar —dijo Breen, pero notaba que había algo más—. ¿Qué está pasando?

—Te necesitan en otra parte. Ah, aquí llega mi madre.

—Benditos los ojos, Breen Siobhan, y lo mismo contigo, Marco. Me cuentan que esta noche vamos a disfrutar de tu genialidad culinaria.

Como aquella mujer siempre lo deslumbraba, Marco le tomó la mano y se la besó.

—Qué bella eres.

—Ay, ojalá te vinieras a vivir al castillo para que pudieras decirme lo mismo todos los días. Más tarde tenemos que buscar un momento para pegar la hebra, pero ahora mismo se requiere mi presencia en otro sitio.

—Parece que es contagioso —murmuró Breen.

—Sí que lo es. Ven conmigo. —Tarryn le dio una palmada en la espalda antes de acariciar a Botarate, que estaba muy emocionado—. Será mejor que salgamos ya.

—Me gustaría mucho saber qué pasa.

—Ha llegado la hora de la magia —le dijo la mujer cuando sus dragones alzaron el vuelo con un barrido de alas—. De la luz brillante. Tu sueño, mi querida niña. Marg y yo hemos averiguado qué necesitamos para contrarrestar a Yseult.

Breen volvió la vista atrás y vio que Marco seguía allí, observándola alejarse.

—No queríais que Marco viniese conmigo.

—Sería bienvenido, por supuesto, como siempre lo es en cualquier parte de Talamh. Pero está mejor en la granja, manteniendo ocupados a Sinead y al resto de la familia.

—Morena lo sabe —añadió Harken—. Nos ha parecido que preocupar a los demás no resolvía nada. Por ahora, que disfruten de este momento sin nada que lo perturbe.

—Sí, de acuerdo, sí. Y Noreen parecía cansada de verdad. ¿Qué necesitáis que haga?

—Seremos siete —le dijo Tarryn, y se lo explicó.

Al acercarse a la casa de Marg, Breen se detuvo.

—¿Queréis hacer las dos cosas, una detrás de la otra? ¿Primero la inmunidad, el escudo o lo que sea para mí y después liberar y consagrar la antigua Casa de los Rezos de los píos?

Tarryn arqueó una ceja, imperiosa.

—¿No nos crees capaces?

—Es que… se trata de dos hechizos importantes. El mío podría esperar. Tengo cuidado, y ya la vencí una vez, así que…

—No, y te hablo como la madre del *taoiseach* y como su mano derecha. El sueño fue una advertencia, y hay que atenderla sin dilación. Te estás arriesgando al aceptar tu deber y tu destino, y juramos protegerte en todo lo posible.

»Hemos pensado en hacer lo segundo porque estaremos reunidos, habremos invocado los poderes y los sostendremos, y eso nos hará más fuertes. Lo propongo porque puede que Yseult intente en el solsticio lo que tenía planeado para Samhain. Mi hijo tendrá su boda, mi hija tendrá a su bebé y no habrá oscuridad que se interponga. No lo permitiré.

Harken le dio un beso en lo alto de la cabeza.

—Será mejor que obedezcas, *deirfiúr*. Cuando dice que no permitirá algo, no hay más que añadir.

Breen obedeció.

Con el sol todavía en el cielo, caminó de la casa a la bahía. Ahora comprendía el hechizo y su papel en él. Y confiaba en que el aquelarre que Tarryn y Keegan habían elegido resistiría. Vio a los niños a los que llamaba la Panda de los Seis jugando con una pelota roja y palos en un campo en barbecho, y a una cierva ocultarse entre los árboles con su cervatillo despeluchado. En el saliente de la montaña, los troles regresaban a casa después de un día en la mina. En una casa cercana, cristales y campanas relucían en los árboles, a la espera de Yule. Cosas corrientes, pensó Breen, de una tarde fresca de diciembre. Pero lo que iban a hacer en la playa, cerca de las olas que lamían la bahía, no sería corriente.

Con la brisa entrelazándose en su pelo, Marg se colocó al lado de Breen y esperó.

—Esto es para ti —le dijo Tarryn a Marg, y Keegan asintió.

—Esto es para ti.

Tras asentir también, Marg dio otro paso adelante.

—Os agradezco que nos prestéis vuestro poder y vuestra fe, que traigáis aquí vuestra luz para luchar contra la oscuridad. Esta hija de las hadas es querida por todos nosotros, pero más para mí, por ser la hija de mi hijo. Os lo agradezco a todos los que estáis presentes.

Rowan, de la Capital, dio un paso adelante.

—Somos siete, y aquí somos uno.

Todos y cada uno de ellos hizo y dijo lo mismo. Y todos y cada uno de ellos dejó la vela que sostenía en la playa de lutita para formar un círculo. En corro, invocaron a los guardianes del este, del oeste, del norte y del sur. Al entrar en el círculo, las velas se encendieron. Al encenderse, Breen sintió que el poder empezaba a latir en su interior, a su alrededor. Keegan colocó una piedra en el centro.

—Y aquí está la piedra, extraída de las cuevas profundas y sagrada para la tribu de los troles —dijo—. Una ofrenda de fuerza.

Tarryn dejó junto a la piedra un caldero de cobre martillado.

—Y aquí está el caldero forjado por su tribu para los rituales más importantes. Una ofrenda de intención.

Harken colocó tres cristales blancos y un puñado de polvo de hadas en la piedra, al lado del caldero.

—Y aquí está el polvo y los cristales, entregados por los *sidhe*, ofrendas de luz.

—Y aquí está la rama de un pino y tres bellotas del Bosque Tranquilo y la tribu de los elfos. Una ofrenda de vida.

Rowan los dejó donde debía.

—Y aquí están las plumas y la piel de la tribu de los cambia-formas. Una ofrenda de espíritu.

—Y aquí están las tres conchas y las perlas de su interior, pre-ciadas para la tribu de las sirenas —dijo Tarryn al depositarlas en el lugar que les correspondía—. Una ofrenda de fe.

De nuevo, Keegan dio un paso adelante y colocó una pie-dra roja.

—Y aquí está el corazón de dragón, depositado por mi mano de guerrero. Una ofrenda de lealtad.

—Y aquí —dijeron los siete juntos— estamos nosotros, de las sabias, ofreciendo nuestro poder, sagrado y preciado, otorgado para conectarnos. Una ofrenda de unidad.

Cuando Breen dio un paso adelante, lo que brotaba del círcu-lo le palpitó en la piel, le latió bajo ella.

—Soy la hija de las hadas, la hija del hombre, la hija de los dioses. Soy de Talamh y el puente al mundo del otro lado. Soy hija y sierva de la luz. Bajo la luz os pido protección contra la ma-gia oscura conjurada contra mí por la que corrompe el arte y el don. No lo pido por mi vida, sino para poder defendernos con-tra la oscuridad y traer la paz a los mundos. Si este es mi lugar, mi objetivo y mi destino, me uno a este grupo de siete, de siete que son uno, para lanzar este hechizo.

Mientras hablaba, la piedra bajo el caldero se convirtió en lla-mas. El viento se alzó y se arremolinó en torno a ella, pero la pie-dra de fuego y las velas siguieron ardiendo con fuerza.

—Dioses de la luz —los invocó Marg—, sed testigos de nues-tra fe, una de siete que son uno, para que lo que aquí hagamos no pueda deshacerse.

—Ni por magia nacida de la oscuridad —dijo Tarryn, que, sin vacilar, metió la mano en las llamas para sacar una ofrenda de la piedra y echarla al caldero.

—Ni por nadie que lleve la marca de Odran —añadió Kee-gan al hacer lo mismo.

Y, por turnos, dijeron las palabras y metieron la mano en el fuego.

La energía estaba tan caliente y era tan fuerte en su interior que Breen creyó convertirse en la llama al introducir la mano en ella. Pero no sintió que se quemaba, solo su poder abrasador.

—Tierra, aire, agua y fuego para proteger a vuestra modesta hija del riesgo. Se agita y hierve para conjurar un escudo contra el veneno revelado mientras duerme. En este momento y en este lugar, mi fe os puedo garantizar. Defendemos la luz; luchamos contra la oscuridad. Una de siete y siete que son uno, tribu por tribu, hasta que no quede ninguno. Todo Talamh os invoca como un solo ser. Tal es vuestra orden, así debe ser.

Se oyó un trueno. Las llamas le subieron por los brazos y la envolvieron en oro, rojo y azul. Sintió su calor como un abrazo, tan fuerte que la dejó sin aliento. Mil voces le cantaban en los oídos. De repente, las voces murieron y la piedra volvió a ser una piedra. Pero el poder seguía latiendo en su interior. Keegan tomó una copa y, tras levantar el caldero, vertió el líquido —que era de un verde espeluznante, como el lago, como el río junto a la cascada— en ella.

—Bebe, hija. Esto también es fe.

Ella tomó la copa y, mirándolo a los ojos, bebió.

—Y esta es la voluntad de los dioses —dijo Marg—. Lo que está hecho, no se podrá deshacer.

—Y así cerramos el círculo y nos llevamos el poder reunido al siguiente. —Tarryn tocó a Breen en el hombro—. Lo has hecho más que bien.

—Ha sido una sensación… indescriptible. —No como ser una de siete, sino una de todos, de todo—. El sol se ha puesto.

—Hemos tardado un poquito.

—No me lo ha parecido.

Se llevó una mano al pelo y se dio cuenta de que se le había salido de la goma.

—Me gusta cuando lo llevas suelto —le dijo Keegan al darle la mano—. Vamos, llama a tu dragón. Iremos en ellos a terminar el trabajo. ¿A qué sabía? La poción, me refiero.

—A poder. Eso no es un sabor, en realidad, pero…

—Es una buena respuesta.

El poder le fluía por las venas mientras volaban de la orilla de la bahía a las ruinas. A la luz de las medias lunas, las piedras se alzaban grises y desgastadas, aunque eran de una belleza espeluznante, a su manera. Las lunas gemelas navegaban por un cielo en el que habían despertado las estrellas, que brillaban con una fría luz blanca por encima de las lápidas, las flores, la hierba alta del cementerio, el círculo de piedras de lo alto de la colina y la lanza de la torre redonda. Y el punto donde los píos que se volvieron oscuros por culpa de su fanatismo torturaron, atormentaron y sacrificaron a las criaturas feéricas.

Breen estaba en la cuesta, de cara a las piedras que Tarryn y ella habían sellado con magia, con su sangre y, para que fueran tres, con la sangre de la pata de Botarate. A su lado, el perro dejó escapar un gruñido grave, de advertencia. Ella le puso la mano en la cabeza para calmarlo, pero Botarate temblaba.

—Lugar sagrado, tiempo atrás —dijo Tarryn—. Un lugar para la oración y las buenas obras, para el intelecto y la compasión, pero todo se malogró para dedicarse a los prejuicios y la brutalidad en nombre de la falsa fe y el falso dios.

—Y en nombre de la falsa fe y un falso dios obraron magia negra para darles a los espíritus de sangre forma y voz, y con ello, de nuevo, la luz destruir. Pero no volverá a ocurrir —siguió diciendo Marg—. Eso dijeron las hadas tiempo atrás y los siete, esta noche, lo vuelven a asegurar.

—Será sagrada de nuevo —Keegan tenía una mano en la empuñadura de la espada—. Aquí no arrasaremos con las piedras, sino que las limpiaremos, limpiaremos el suelo que las sustenta, el aire que las avienta, y dejaremos este lugar en pie, tal como estaba escrito, para recordarnos la corrupción de la oscuridad. Los siete, esta noche, lo vuelven a asegurar.

—Hemos venido a liberar a los espíritus que aquí se encerraron —dijo Harken, que estaba al lado de Keegan, flanqueando a su madre—. Según la vida que llevaron, irán a la luz o a la oscuridad. Los siete, esta noche, lo vuelven a asegurar.

—Y poniendo de testigo a este corazón puro, cuya sangre se unió a la mía y a la de la madre del *taoiseach* para sellar el conjuro, el hechizo hemos venido a limpiar. Los siete, esta noche, lo vuelven a asegurar.

Breen acarició a Botarate una última vez y le pidió que se sentara, que se quedara allí mientras ella, con los demás, formaba el círculo.

Los oyó, oyó los gemidos de los atormentados, los aullidos y los rugidos de los torturadores. Y todos ellos, todos los atrapados dentro, golpeaban y empujaban el sello. En la colina, dentro del círculo, los siete se dieron la mano, unieron sus voces y sumaron su poder. Un poder que temblaba dentro de Breen al pronunciar las palabras.

—La luz esta noche traemos para iluminar con ella a los muertos. Espíritus oscuros atrapados dentro, cosechad la oscuridad que sembrasteis con cada aliento. Grandes son vuestros pecados, este es el destino que os ha tocado.

»Almas inocentes, aquí acaba vuestra condena y, tras la pena, a la luz los siete envían a los torturados y asesinados. Esta noche, con la luz, vuestra desgracia se ha terminado.

Y la luz bajó por la colina, cubrió el suelo, se deslizó por encima de las piedras hasta que brillaron tanto como la luna. La luz respiraba y cantaba y, en la colina más alta, el círculo de piedra cantaba con ella.

Con el viento azotándole la capa, Marg alzó la voz, fuerte y clara.

—Lo que cerró la magia, que ahora se abra. Dejemos que el sello se parta. Liberemos así a las almas a la luz o a la llama.

Cuando las antiguas puertas se abrieron de golpe, cuando la tierra tembló y los gritos rasgaron el aire, Keegan desenvainó la espada.

—Soy el *taoiseach* y este es el juicio. Acercaos a recibir la paz o el suplicio. —Las llamas envolvieron a Cosantoir y la volvieron roja como la sangre cuando Keegan apuntó con ella a las ruinas—. Tras liberaros de este mundo, no os volveremos a ver. Tal es nuestra orden, así debe ser.

Salieron en tromba de las ruinas, tan bellos como horribles. Solo formas, blancas y oscuras. Las blancas se elevaron, y Breen sintió su desesperado alivio, incluso su alegría al partir de las ruinas hacia el círculo de piedra. Las oscuras corrían o se arrastraban entre chillidos y aullidos, sin rastro de humanidad, mientras se convertían en fuego; a continuación, en cenizas, y luego, en nada en absoluto.

El círculo de piedra cantaba una melodía de bienvenida en la colina alta y, abajo, el fuego ardía. Y, como una estatua, Keegan permanecía allí, en pie, con la espada del *taoiseach* alzada y en llamas.

Más tarde, un silencio tan ensordecedor como un trueno.

—Ya está hecho —anunció Keegan, y envainó la espada.

Los rituales de limpieza y purificación llevaban tiempo, pero, después del enorme estallido de poder, a Breen el trabajo subsiguiente le pareció fácil y amable. Por primera vez entró en las ruinas y paseó entre los grandes muros de piedra, con sus pilares y sus tumbas, sus escaleras de caracol y sus altares.

—Todavía los percibo.

—No son más que ecos —le explicó Keegan—. Recuerdos, nada más. Lo que caminaba por aquí, tanto lo luminoso como lo oscuro, ya no está, mientras que las piedras permanecen. Y aquí seguirán, para que no lo olvidemos.

—He visto… a algunos de los espíritus que subieron al círculo, y eran muy pequeños, Keegan. Niños. Y me pareció…, me pareció ver la forma de una mujer con un bebé en brazos. ¿Qué puede llevar a alguien a torturar y matar niños?

—El poder es lo que nos impulsa a todos —respondió él sin más—. Para bien o para mal. Ahora descansan porque nosotros teníamos poder. No lo olvides.

¿Cómo iba a olvidarlo tras haber sentido el poder dentro de ella como si fuera algo vivo?

—Voy a tomarme un momento. Mi padre.

Cuando salió, se dio cuenta de que podía oler la hierba de nuevo, las flores y el aire fresco. Con Botarate a su lado, se acercó a la tumba de su padre.

—¿Alguna vez pensaste que estaría aquí algún día, que ayudaría a hacer esto? Ojalá lo supiera. Pero estabas ahí para darles la bienvenida a los que hemos liberado. Lo percibí y lo sigo percibiendo; me sentí cerca de ti.

Observó a Marg caminar por la hierba, entre las lápidas, y la esperó.

—¿Tú lo sentiste, yaya?

—Sí que lo sentí. Y sentí lo orgulloso que estaba de ti, *mo stór*, como orgullosa estoy yo también.

—Nunca había participado en algo tan trascendental. Esta noche había aquí mucha bondad, mucho amor y cariño. Sé que tenemos que luchar con espadas y flechas, sé que la violencia es necesaria, pero es esa bondad lo que ganará al final. Estoy absolutamente convencida de ello. Aunque sé que suena ingenuo.

—No, es la verdad. Ahora ve a disfrutar de la comida que ha preparado Marco. Seguro que es una maravilla.

—¿No vienes conmigo?

—Me voy a mi casa, por Sedric, que me espera, y por el whisky que me tomaré junto al fuego. Esta noche quiero a mi hombre, su consuelo y su bondad.

—Entonces os veré a los dos mañana.

—Que la luz te bendiga, Breen Siobhan.

—Que la luz te bendiga, yaya —respondió ella mientras el dragón de Marg bajaba volando a la carretera.

Después se volvió y vio a Keegan, con su abrigo de cuero al viento, acercarse a ella. No sabía si era adecuado decir que era su hombre, pero también lo necesitaba esa noche. Su consuelo y su bondad.

6

La mañana del solsticio amaneció fría y reluciente. En la Casa de las Hadas, Marco se había levantado temprano y estaba ocupado en la cocina, creando lo que llamaba su *Brunch* Espectacular del Día de la Boda. Breen optó por no interponerse en su camino, pero, en vez de su rutina habitual, se dedicó a hacer una limpieza a fondo.

Esa mañana serían los anfitriones de la novia, su madre, su abuela, sus cuñadas y su suegra, Marg y Minga, y allí tomarían el *brunch*, se peinarían, se vestirían, beberían vino y cualquier otra cosa que les diera tiempo a hacer. Por tanto, quería que la casa resplandeciera, por dentro y por fuera, y quería flores por todas partes, dentro y fuera. Nunca habían tenido a tantas personas a la vez en la casa... y reconocía que el grupo de la Capital la ponía nerviosa.

Todo tenía que quedar perfecto, ya que era la boda de su amiga más antigua y el hogar que le había regalado Marg. Marco —el único varón permitido, junto con Botarate— llevaba horas trabajando en la cocina, así que tenía que estar pensando lo mismo. En un momento dado asomó la cabeza fuera lo justo para echar un vistazo por encima de los fuegos de la cocina a la mesa que Breen acababa de preparar.

—Por la sagrada Martha Stewart, Breen, parece sacado de una puñetera revista.

Ella dio un paso atrás para examinar el centro de mesa, que era un cuenco de cristal transparente lleno de flores y hierbas sobre un lecho de cristales, las velitas flotantes colocadas estratégicamente, las copas de champán y los vasos de agua, el arcoíris multicolor de servilletas enrolladas de forma artística —no había sido fácil— sobre los platos blancos como la nieve.

—¿No es demasiado?

—Niña, que es una boda. Nada es demasiado. —Salió de la cocina y miró hacia el salón—. Vale, estoy impresionado.

—Pero ¿no es demasiado? ¿No hay demasiadas flores? ¿Me he pasado con las flores?

—Es como un jardín, y es todo eso y más. Y, tía, todo brilla. Tienes la chimenea encendida, las velas también, flores por todas partes y los cojines mullidos. Y el árbol de Navidad con sus luces. Mañana de chicas total. Es un privilegio poder formar parte de esto. —Le pasó un brazo por encima de los hombros—. Y justo a tiempo, porque aquí llegan las damas. Voy a empezar a servir mimosas.

Breen salió a recibirlas y Tarryn se detuvo para contemplar la casa.

—No podría ser más bonita. Y ¡mira los jardines! Llenos de flores incluso en diciembre.

—Tienes unas vistas preciosas, ¿no? —comentó Sinead con las manos unidas, observando la bahía—. Unas vistas preciosas para un día precioso. Y el perro más dulce del mundo. —Se agachó para darle un beso a Botarate en el hocico; el perro movía tanto el rabo que parecía que se le desprendería.

—Entrad, bienvenidas.

Entraron charlando, voces alegres con mucho que decir.

—Mimosas para mis damas —anunció Marco mientras las repartía—. Y, para las que llevan bebé a bordo, un especial de boda.

—Un brindis por la novia —empezó Tarryn.

—Dejad que yo haga el primer brindis, ¿vale? —Morena alzó su copa—. Por las mejores amigas y la mejor familia que se pueda tener, porque mis amigas son familia y viceversa. Gracias por preparar un día inolvidable. *Sláinte!*

Bebieron, charlaron un poco más, y después llevaron las galas de boda a los dormitorios que Breen había asignado y dejaron al bebé dormido en la cama.

—Es preciosa, Noreen.

—Y dulce como un ángel. —Noreen se apartó unos pasos de la cama y se volvió hacia Breen—. Tiene los ojos de su padre, mi Brenna. Lo veo en ella y eso me consuela. Lo echo muchísimo de menos, todos los días, pero me consuela verlo en los ojos de nuestra hija. Y hoy llevo conmigo su felicidad por su hermana. —Miró a su alrededor—. Es muy amable por tu parte cedernos todo el día esta habitación, que es en la que cuentas tus historias.

—Es nuestra primera fiesta de verdad. Espero que vengas con apetito.

—De no haberlo traído, seguro que lo encontraba con los buenos aromas que flotan por el aire.

—Ven a sentarte, vamos a comer.

Disfrutaron de *fritattas* con calabaza, beicon caramelizado, diminutos bollitos de miel, bayas con nata, tostadas francesas al horno y mucho más.

—Dime cómo voy a caber ahora en mi vestido de novia, Marco —suspiró Morena—. Eres un mago de la cocina.

—Lo es y, por tanto, tiene prohibido lavar un solo plato. —Finola lo amenazó con el dedo—. Aquí hay manos de sobra para encargarse de todo esto, pero el cocinero y la novia están perdonados.

—Apoyo la moción —dijo Morena alzando la copa.

—Si estás segura, me llevaré a Morena arriba para empezar a peinarla.

—Ah, ¿ya? Ay, sí, por favor. Ponme guapa, Marco.

—No es ningún reto porque ya lo eres.

Eso se ganó un coro de «oooh» mientras Marco se llevaba a la novia. Cuando, en el dormitorio cercano, el bebé dejó escapar un gemido, Maura detuvo a Noreen con un gesto. Se levantó, alta y oscura, con la trenza de guerrera colgándole del pelo corto y peinado hacia atrás, y la espada corta al costado.

—Voy a por ella y te la traigo. Aunque primero la achucharé un poco.

—Probablemente necesitará que la cambien.

—Seguro que recuerdo cómo se hace.

—Me ha ganado por la mano —dijo Sinead, que negó con la cabeza—. La achucharé cuando esté cambiada y alimentada. Ahora, tú, Aisling, hazle compañía a Noreen. Id las dos con mi preciosa nieta a sentaros junto al fuego mientras ordenamos todo esto.

Como mujeres bien acostumbradas a esa tarea, se encargaron de las bandejas, los cuencos, los platos, las ollas y las sartenes. Breen puso música baja para darle una melodía a sus voces y se rio cuando Finola y Marg ejecutaron un breve paso de baile irlandés.

—¡No sabía que supierais ese baile! Tenéis que enseñarme.

—Claro que sí. Se te ve tan feliz como a nuestra novia.

—Nunca he tenido nada de esto. —Dejó otra botella de champán en el cubo de hielo de la mesa y miró a su alrededor—. Tenemos amigos en Filadelfia, pero… nunca he reunido en mi casa a un grupo de mujeres queridas. Las flores, las velas, un árbol de Navidad y un bebé mamando junto al fuego. Mi amiga arriba, y mi amigo peinándola para su boda.

—Morena nunca olvidará que le regalaste este momento, esta reunión —dijo Tarryn—. Bueno —añadió dando una palmada—, a nuestros puestos de combate, señoras. Ha llegado la hora de engalanarnos y acicalarnos.

Oyó risas cuando condujo a la madre y a la abuela de la novia, y a la madre del novio, a su dormitorio. Morena estaba sentada en un taburete alto, de espaldas al espejo, mientras Marco, de pie, le añadía meticulosamente más trenzas a su pelo dorado. Con el pelo trenzaba también una fina cinta plateada con campanitas.

—Madre mía.

—¿Eso es bueno o malo? No me deja verlo —dijo Morena.

—Es increíblemente bueno —le aseguró Breen mientras Sinead agitaba la mano delante de la cara.

—¡Mi niña! Otra vez voy a llorar. Todavía no está terminado y ya estás radiante. Minga nos peinó a Tarryn y a mí esta mañana, y confieso que me preocupaba que no estuvieras a la altura, Marco. Pero has conseguido que mi niña sea la novia más bella de todos los mundos.

—Mamá...

—Ay, déjame que hoy llore y balbucee. Tarryn, ¿podrías darme un poco de glamour que me aguante con tanto lloriqueo?

Minga entró cargada con una maleta.

—Para tu pelo, Breen, si quieres.

—Eso sería genial —respondió ella—. Nunca sé cómo arreglármelo.

—Pues, para no saberlo, lo haces muy bien. ¿No tienes nada en mente?

—La verdad es que no.

—Bueno, entonces, enséñame tu vestido y si confías en mí, nos ponemos a ello.

Como la melena de Minga le caía suelta formando unos rizos oscuros perfectos, Breen confió en ella. Más adelante pensaría en aquel momento como en un caos perfumado. Pelo y glamours o utensilios de maquillaje, mujeres desnudándose sin darle importancia mientras Marco seguía trabajando.

Minga la peinó dejándole unos cuantos rizos abiertos alrededor de la cara y el resto recogido con un par de pasadores de flores; después se alejó con su maletín para retocarle el peinado a cualquiera que lo necesitara.

Finalmente, Marco dio un paso atrás y dejó escapar un suspiro enorme.

—Vale, ya puedes mirar. Espero que te guste. Tienes un montón de pelo, nena.

—¡Por fin! Morena se giró en el taburete y se llevó las manos a las mejillas.

—¡Por todos los dioses, Marco!

—¿Eso es bueno o malo?

Docenas de trenzas le llovían sobre la espalda, relucientes gracias a la fina cinta de plata. Las distintas capas eran como una cascada de luz solar.

—Es justo lo que quería. No, no, es más. —Se levantó de un salto, lo rodeó con los brazos y después se apartó de un brinco para ponerse a dar vueltas—. ¡Mira cómo se mueven! Gracias, mil gracias. Espera, tengo algo para ti. —Se sacó del bolsillo una cajita—. Un regalo de la novia. Espero que te guste y que te lo pongas.

—Es… un arpa, como la que me regaló Breen. Como mi tatuaje. Un broche de arpa. No tenías por qué… A la mierda, me alegro de que lo hayas hecho. Me encanta y voy a salir de aquí ahora mismo para ponerme guapísimo y darle el toque final al conjunto con el broche.

Miró a su alrededor y después se fijó en Breen. Lucía un vestido de terciopelo morado intenso que le llegaba casi hasta los tobillos. Tanto el dobladillo como los anchos puños de las mangas largas brillaban.

—Vaya, tú ya te has puesto guapísima. Todas lo estáis. Tendré que emplearme a fondo para estar a la altura.

Cuando salió a toda prisa, Morena sacó una segunda caja.

—Un regalo de la novia —le dijo a Breen—. Acompañado por mil gracias por organizar este día en tu casa con tantas personas queridas.

En el interior, Breen encontró un colgante circular con el símbolo del dragón dentro.

—Es precioso.

—Se me ocurrió que podrías llevarlo con el corazón de dragón, el anillo de tu padre, en tu cadena. Eres una jinete.

—Lo haré. —Se desenganchó la cadena y añadió el colgante—. Y lo luciré con orgullo. Pero hoy también ha sido un regalo para mí.

—Antes de que empecemos todas a llorar otra vez —intervino Tarryn—, vamos a vestir a la novia.

Hubo más lágrimas mientras las mujeres ayudaban a Morena, y unas cuantas más cuando Sinead añadió la corona de flores que Finola y ella le habían hecho a la novia. Y más aún, junto con exclamaciones de asombro, cuando la novia bajó las escaleras. Botarate, ataviado con un collar de flores, movió el rabo para dar su aprobación.

Como en Talamh no habría fotos, Breen había colocado su tablet en la mesa del patio y el grupo, Botarate incluido, se reunió, y mezclaron poder y tecnología para inmortalizar el momento. Juntos cruzaron el bosque hacia Talamh.

—Ahora, Breen esperará contigo mientras nosotras cruzamos —dijo Sinead, y acarició la mejilla de Morena—. Nos aseguraremos de que Harken esté donde tiene que estar para que no lo veas hasta que tu padre y yo te guiemos hasta él. Te quiero muchísimo, mi niña.

—Y yo a ti.

Cuando entraron, Botarate miró a Breen.

—Ve con la yaya y Marco. No tardaremos.

—Está pasando de verdad. Dentro de un instante estaré casada.

—¿Estás nerviosa?

—Ni pizca. Venga, vamos a cruzar ya, Breen, que empiece todo. Estoy deseándolo.

—Dos minutos. Se lo prometí a tu madre cuando me advirtió que me dirías justo lo que acabas de decirme.

—Me conoce demasiado bien. ¿Te conté que le voy a regalar un cachorro a Harken para Yule? Un perro de aguas, como Botarate. Bueno, no hay ninguno como Botarate, pero del primo de su madre. Una chica con unos ojos muy dulces.

—No me lo habías contado. Le va a encantar.

—Lo sé. Han sucedido tantas cosas que se me ha olvidado contártelo. Dioses, ¿han pasado ya los dos minutos?

—Casi. Ahora mismo estás tan llena de luz que me sorprende que no ilumines el bosque entero.

—Estoy a punto de estallar.

—Vale, suficiente. Iremos despacio para compensarlo.

Le habían explicado lo que se iba a encontrar, pero, aun así, se quedó sin aliento. Columnas de velas blancas, tan altas como una persona, formaban un sendero alfombrado de flores que rodeaba la casa. Arriba, en aquel cielo azul surcado por las relucientes vetas rosadas de entrada la tarde, las hadas volaban y dejaban caer una lluvia de polvo brillante. Los dragones las acompañaban y la saludaron con un aullido cuando Morena extendió las alas y voló hacia sus padres. Flynn besó a su hija en ambas mejillas y Sinead le entregó un ramo de flores y hierbas. Y volvió a llorar.

—Que la más brillante de las luces te bendiga, hermana —le dijo Breen, y empezó a caminar hacia el sendero.

La música empezó en cuanto puso un pie en él. Todo se llenó de los acordes de las flautas y las arpas, mientras el polvo de hadas le caía en el pelo. Al final del camino, con las colinas y los campos detrás, con las puntas nevadas de las montañas a lo lejos, Harken esperaba al lado de Keegan y de su madre. Los hombres vestían jubones y cuero, y camisas blancas, mientras que Tarryn iba de un suave color plata mate.

Al sonreír a Harken, que solo tenía ojos para la mujer que caminaba tras ella, flanqueada por sus padres, Breen se dio cuenta de que nunca lo había visto con otra ropa que no fuera la de trabajo. Se colocó al lado de Keegan. Al otro lado, Tarryn les estrechó las manos a sus dos hijos durante un segundo. Después los soltó.

—Soy la madre de Harken y, como tal, te doy la bienvenida, Morena, como hija mía.

—Somos la madre y el padre de Morena y, como tales, te damos la bienvenida, Harken, como hijo nuestro.

—Con amor me acerco a vosotros, madre, padres, esposa —dijo Harken al ofrecerle una mano a Morena.

—Con amor me acerco a vosotros, madre, esposo.

Morena le dio la mano a Harken y, juntos, se colocaron bajo un cenador de flores y se pusieron frente a frente.

—Allá vamos —murmuró Morena.

Harken se rio y la atrajo hacia sí para besarla.

—¡Eso es para después!

—Métete en tus asuntos, Seamus —le respondió Morena a su hermano sin apartar la mirada de los ojos de Harken—. ¿Tienes algo que decirme, Harken? —añadió después.

—Pues sí, y también tengo que entregarte esto. —Se sacó un anillo del bolsillo—. Este anillo, un círculo eterno. ¿Lo aceptarás de mí y a mí con él, Morena? Te he querido siempre y, aquí y ahora, delante de todos, prometo quererte durante toda nuestra vida y más allá de ella. De todos los mundos, tú eres lo único que deseo, y te prometo atesorar tu forma de ser en los días soleados y en las noches oscuras. Te doy todo lo que soy y seré, y tomaré todo lo que eres y serás, si así lo deseas. Sé mía, como yo soy tuyo.

—Lo seré. Ay, porras, a ti se te dan mejor estas cosas. Se me ha olvidado lo que quería decir, después de tanta práctica.

Esperó a que acabaran las risas para sacar el anillo que tenía guardado en el ramo.

—Vale, allá va. Este anillo, un círculo eterno. ¿Lo aceptarás de mí y a mí con él, Harken? Te quiero desde que tengo uso de razón, y había momentos en que eso no me hacía ninguna gracia. No sé por qué, porque nunca he sido tan feliz como en este preciso momento. Has sido paciente conmigo, lo que ha hecho que te quiera todavía más. Te prometo todo lo que tú me has prometido. No te prometeré encargarme de todas las comidas, ya que a ti se te da mejor, pero trabajaré esta tierra a tu lado y me ocuparé de todo lo que esté en ella.

—Creo que será lo mejor para los dos —repuso él.

—Eso es todo. Prometo poner a prueba esa paciencia tuya, porque no podré evitarlo, pero te querré, Harken, pase lo que pase. También tú eres lo único que deseo, y te daré todo lo que soy y seré, y aceptaré todo lo que eres, si quieres. Sé mío, como yo soy tuya.

—Te acepto, Morena.

Keegan se situó debajo del cenador para envolver con un cordón blanco sus manos unidas.

—Hermano, hermana, aquí os unís como marido y mujer. Una promesa de amor y unidad. Que la más brillante de las luces os bendiga a vosotros y a todos los que nazcan de esta unión.

Se besaron entre los vítores de los reunidos y de nuevo se besaron antes de volverse hacia los asistentes y alzar las manos unidas.

—Soy su mujer.

—Soy su marido.

Morena se rio cuando Harken la cogió en volandas y giró con ella. Y así se pasó al banquete y a la música, a las copas y los brindis. Las antorchas y las velas ardieron con fuerza mientras la noche se alargaba sin fin. Breen vio a Morena y a Harken iniciar su primer baile antes de que se les unieran los demás. Algunas personas se sentaban a las mesas que rodeaban las llamas del fuego del solsticio y otras se metieron dentro para tomarse un whisky junto a la chimenea o mecer a un bebé hasta dormirlo.

Cuando las lunas comenzaron su viaje, se hizo el silencio.

—Por favor, no me digas que tenemos que dar discursos —dijo Breen, levemente aterrada, mientras se agarraba al brazo de Keegan—. Nadie me había dicho nada de un discurso.

—No. Mira —respondió él, señalando al oeste.

Una luz fría y blanca que salía del extremo occidental se extendió por el cielo.

—La Danza de Fin —recordó Breen.

—Sí, como te conté, las lunas dan su luz a las piedras para marcar el solsticio de invierno, la noche más larga. Ahora escucha.

Gracias al silencio, oyó a las piedras cantar suavemente, a pesar de estar a varios kilómetros de distancia. Y la canción, como el batir de las alas de los ángeles, se extendía como la luz al responder todos los círculos de piedra de Talamh. Cantaban una canción de paz y promesa.

Marco se le acercó y le tendió la mano. Cuando Breen lo miró, vio que tenía los ojos empañados y maravillados, y notó que ella misma también lloraba. «Por esto es por lo que luchamos —pensó, con el corazón henchido de emoción—. Para que estas dos personas puedan prometerse amor y repartirlo. Y por la luz, por la canción, por la maravilla, por la belleza». Y ella formaba parte de todo eso, parte de la maravilla y de la canción. El fuego del solsticio ardía, las antorchas y las velas iluminaban. El tiempo se detuvo un instante y todo Talamh permaneció unido. Poco a poco, la luz del oeste perdió fuerza y la canción terminó.

—Así gira la rueda en la noche más larga —dijo Keegan al mirarla—. La primera vez que lo ves en Talamh.

—Sí, la primera vez que lo veo en cualquier parte. ¿Qué hacemos ahora?

—Ahora, bueno, pues bailar.

La música sonó de nuevo, así que bailaron y bailaron. Y observó, encantada, a Sedric y a su abuela bailar al energético modo irlandés. Bebió vino, tanto como para cantar un par de duetos con Marco antes de volver a bailar con el pequeño Kavan en la cadera, mientras el niño aullaba al ritmo de la música. Botarate bailaba sobre las patas traseras para entretener a los críos... y para ganarse más sobras de las que un perro es capaz de comer. Llegado cierto punto, como la noche se alargaba, Breen se dejó caer en una silla junto al fuego, al lado de Aisling.

—Mi primera boda en Talamh. Dudo que las que vengan después estén a la altura. ¿Siempre tienen este nivel alucinante de alegría?

—Bueno, una boda es un compromiso seguido de una buena fiesta. El trabajo para hacerlo funcionar viene después, en el matrimonio. Y el de Harken y Morena funcionará. A veces reñirán, como nos ocurre a todos, se querrán una y otra vez, y volverán a reñir. Pero funcionará. —Sonriente, se acarició en círculos el vientre abultado—. Me pregunto si podrías hacerme un favor.

—Por supuesto.

—¿Podrías ir a buscar a Mahon? Está ahí fuera, dejándose los pies en la pista de baile con Mina y los demás, y trae también a mi madre, si no te importa.

—Claro. ¿Hay algún problema?

—No, ninguno. Es que ha llegado la hora.

—La hora de... ¡Ah! No te muevas, voy...

—Espera —dijo Aisling levantando una mano—. Quédate conmigo para este. Bloquéalo, que voy a cogerte la mano. Bloquea.

Breen no lo bloqueó a tiempo, así que sintió cómo crecía la contracción. El dolor y la presión la sorprendieron tanto que subió el escudo instintivamente mientras Aisling se agarraba a su mano y respiraba.

—Estás de parto. ¿Cuánto tiempo...? ¿Qué distancia...? No sé bien ni lo que pregunto, no tengo ni idea. Iré a por Mahon.

—Espera otro segundo. Empezaron cuando cruzamos.

Y ahora va en serio. Ya, ya pasó, por ahora. También necesito a Marg, que será la comadrona.

—Voy a buscarlos.

—Ah, y pregunta a Keegan si puede cuidar de los niños, ¿vale? Todavía les quedan un par de horas de fiesta antes de caer rendidos.

—Cuidaremos de ellos, no te preocupes. No te preocupes por nada.

—Ah, no, no estoy nada preocupada. —Aisling se rio mientras se echaba el pelo hacia atrás—. Es mi tercera vez, al fin y al cabo. Sé lo que toca.

Preocupada de sobra por ambas, Breen se levantó de un salto y echó a correr entre la gente que bailaba para llegar hasta Mahon.

—Aisling. Aisling dice que ha llegado la hora. El bebé, la hora del bebé.

—¿En serio? —preguntó él, y esbozó una sonrisa de oreja a oreja—. Iré a por mi madre y a por Marg.

—No, ve con ella. Yo las buscaré y me ocuparé de los niños. Tú vete de una vez.

—Gracias.

Cuando se fue a reunirse con Aisling, Breen salió corriendo, con Botarate pisándole los talones. Localizó a Tarryn cargada con otras dos jarras de vino en dirección a la mesa del banquete.

—Aisling, el bebé. Dice que es la hora.

—¿En serio? Ay, qué maravilla. Y allí está Mahon, llevándola en el dragón a casa. ¿Podrías ocuparte de las jarras para que yo los acompañe?

—Sí, sí. Y yo buscaré a Marg y cuidaremos de los niños. Tú deberías irte ya. Estaba teniendo contracciones.

—Al fin y el cabo, es la única forma de parir un bebé. —Tarryn dejó escapar un suspiro bajo y miró a su alrededor—. Nuevas vidas que empiezan. Harken y Morena comienzan la suya, y damos la bienvenida a otro bebé al mundo. —Le dejó las jarras a Breen antes de marcharse—. Un solsticio fantástico.

Breen se pegó las jarras al pecho y miró a Botarate.

—Busca a la yaya. Búscame a la abuela.

Como había visto a Keegan con una jarra de cerveza y un grupo de hombres, fue derecha a por él.

—Tu hermana va a tener al bebé.

—¿En serio? —Le quitó las jarras a Breen y las dejó en la mesa—. Menuda noche para los O'Broin.

—Y va a ser ahora mismo o dentro de muy poco. Tengo que encontrar a Marg y hay que cuidar de los niños. —Sintió que el pánico la atenazaba—. ¡No sé dónde están!

—Por aquí andarán —repuso él, tranquilo—. Finian está con Liam y algunos otros, se los ha llevado al establo para presumir de caballo, y Kavan… —Dejó la frase en el aire y miró a su alrededor—. Ah, allí, sentado en el regazo de Sedric, comiendo tarta.

—Gracias a Dios. Tengo que encontrar a la yaya. ¡Cuida de ellos, Keegan!

Cuando salió corriendo, él negó con la cabeza y siguió bebiendo cerveza. Con aspecto de estar muy satisfecho de sí mismo, Botarate trotó hacia ella, con Marg a su lado.

—Aisling… —dijo Breen.

—Ah, estaba esperando que me lo dijera.

—Mahon la ha llevado a casa. Tarryn también ha ido para allá.

—Haré lo mismo. ¿Se lo puedes decir a Sedric? Y si quiere acostarse antes de que llegue, dile que lo haga, que no sé cuándo terminaré.

Un poco desquiciada, Breen corrió hacia Sedric.

—¿Dónde está Kavan? Estaba aquí hace un segundo.

—El chaval me ha abandonado por una bonita muchacha de pelo claro.

Señaló con la cabeza al niño, que batía las alas mientras bailaba con la novia.

—Vale, bien. Aisling va a dar a luz al bebé, así que la yaya se ha ido con ella.

—Un bebé del solsticio. Es señal de buena suerte.

Ella lo miró, pasmada.

—Todo el mundo se comporta como si no fuera nada.

—Las hadas son criaturas de la naturaleza y el parto es algo natural, al fin y al cabo.

—Has hablado como un hombre —repuso Breen.

Entre risas, él se levantó y le besó la mejilla.

—No te diré que no, pero sí que es algo natural. —Le puso una mano en el hombro, miró hacia la casa, donde las luces brillaban en las ventanas y el humo se elevaba hacia el cielo nocturno—. Lo que está pasando ahí es vida, luz y promesa. Al final de la labor, porque es una labor, habrá alegría. Ahora voy a buscar otra jarra de cerveza para brindar por última vez por la novia y el novio antes de irme a casa. ¿Te tomas una?

—No. No, gracias. Tengo que cuidar de Kavan y Finian.

—Eres un sol. Como ellos. No dejes que el pequeño te convenza para comer más tarta. Acabará doliéndole la barriga.

—Nada de tarta. Entendido. Mierda, ahí va. Botarate, síguelo, no lo pierdas de vista.

—Mab también anda por aquí —le recordó Sedric cuando el perro salió corriendo—. La lobera es una niñera estupenda. No te preocupes.

Le dio una palmadita en el hombro y se fue. Antes de poder correr detrás del niño —y todavía tenía que encontrar a su hermano mayor—, Morena la interceptó.

—¿Y por qué no estás bailando en mi boda?

—Estaba bailando, pero Aisling está de parto y tengo que cuidar de los niños y…

—¿Va a tener al bebé? ¿Lo has oído, Harken? —Le hizo un gesto—. Tu hermana…, nuestra hermana —se corrigió— nos va a robar el protagonismo teniendo al bebé.

—Nuestra Aisling no se deja vencer fácilmente.

—Tengo que reunir a los niños para vigilarlos —dijo Breen.

—Se lo están pasando bien —le respondió Harken—. Mira, ahí está Finian, saliendo de los establos con Liam… Y a Liam se le dan bien los críos. Te puedo ir diciendo que Kavan empieza a cansarse, aunque él crea que no. Dentro de una hora estará dormido en el regazo de alguien.

—Deja que te sirva una copa de vino —dijo Morena.

—Cuando los tenga localizados a los dos —repuso Breen, que dio media vuelta y estuvo a punto de chocarse con Marco.

—Ha llegado el momento de cantar otra canción —le dijo su amigo—. Tenemos peticiones.

—No puedo. Estoy intentando cuidar de los niños de Aisling porque ella va a tener al bebé.

—Vale, después… ¡Qué! ¿Ahora? ¿El bebé? ¿Ahora?

—¡Por fin! —exclamó ella, alzando las manos—. Una reacción normal. Intento mantener la calma, pero nadie se pone de los nervios, ni siquiera un poquito, y eso hace que me cueste más mantenerla.

—¿Deberíamos hacer algo? ¿Hay alguien hirviendo agua?

—No lo sé. La yaya se encuentra con ella. —Y, curiosamente, la reacción de Marco la calmó de nuevo—. La yaya, Tarryn y Mahon están con ella. No pasa nada. —Dejó escapar el aire—. No pasa nada de nada. Solo tengo que cuidar de los niños y… Vale, ahí está Finian. Keegan lo lleva en hombros. Y ahora está recogiendo a Kavan, así que por fin están contenidos. Necesito ocuparme de ellos.

—Voy a contárselo a Brian. Enviaremos buenas vibraciones. Eso es bueno, ¿no?

—Claro, como tú veas.

Se fue hacia Keegan.

—No están nada cansados —le dijo Keegan cuando la cabeza de Kavan le cayó sobre el hombro; Finian hacía grandes esfuerzos por no cerrar los ojos.

—¡No estamos cansados!

—Ya lo veo —respondió Breen, que se echó a Kavan al hombro.

—Mamá dijo que podíamos quedarnos todo lo que quisiéramos porque todos nos hemos casado. Y ahora viene el bebé.

—¿Y cómo sabes eso? —le preguntó Keegan a Finian.

—Porque… —Se le cerraron los ojos y apoyó la mejilla en la cabeza de Keegan—. Antes de medianoche, y puedo quedarme despierto para darle la bienvenida.

—Os llevaremos a casa —dijo Keegan, que se lo quitó de encima para cogerlo en brazos.

—No sé cuánto falta para la medianoche, pero no va a aguantar. Ya está dormido —comentó Breen.

—No falta ni una hora a este lado de la noche. Ya le dará la bienvenida por la mañana.

Los llevaron a cuestas al interior y, con Keegan delante, se dirigieron a la habitación que compartían. Cuando los tumbaron en sus camas, Keegan se enderezó.

—Voy a quitarles las chaquetas y las botas. Habría que decirle a Aisling que ya los tenemos acostados.

—De acuerdo. ¿Deberíamos quedarnos después con ellos?

—No hace falta. Están profundamente dormidos. Pero que Mahon y ella sepan que sus niños están sanos y salvos, en la cama.

Salió del cuarto y recorrió un pasillito siguiendo el sonido de las voces y la luz titilante del fuego. Y se paró en seco en el umbral abierto. Aisling, con los ojos vidriosos por el dolor y la concentración, estaba sentada en la cama, desnuda, con Mahon detrás de ella, Marg entre sus rodillas subidas y Tarryn cogiéndola de la mano.

—Muy bien, cielo —le dijo Marg—, reúne toda la fuerza que puedas y empuja.

Aisling tomó aire y empujó.

—Así se hace, mi niña valiente —la animó Tarryn, dándole un beso en la mano.

—Un poco más, solo un poco más. Eso está bien, muy bien. Para, para ahora, y respira.

Cuando Aisling cerró los ojos y se apoyó en Mahon, Tarryn le limpió el sudor de la cara con un trapo. Breen empezó a retroceder y Tarryn la llamó para que entrara.

—No, ven, ven, dale la otra mano. Ya queda muy poco.

—Alabados sean los dioses —masculló Mahon antes de besarle el hombro a su mujer—. Eres una guerrera, mi amor.

Aisling se aferró a la mano de Breen.

—No me quites nada de dolor, ¿me entiendes? Es para mí. Es mío. Eso sí, te voy a apretar bien la mano. Y ahora, Marg, ¡tengo que empujar!

—De acuerdo, danos uno fuerte. Más, así —dijo mientras Aisling apretaba los dientes y empujaba—. Jadea un poco, aguanta. La cabeza sale con el siguiente.

En ese momento, Keegan se asomó a la puerta. Dijo simplemente «no» y volvió a salir.

—Típico —dijo Aisling, apoyándose otra vez en Mahon—. Dioses, dioses, vale, otro.

Breen observó, pasmada, cómo la cabeza del bebé —cubierta de pelo oscuro, con largas pestañas— se deslizaba hacia el exterior.

—¡Jadea! Aguanta, aguanta.

—Mira esa cara. ¿Lo ves, Aisling?

—La cara de Mahon, y su pelo. Dioses, dioses, el resto quiere salir, y ya.

—Empuja a tu bebé al mundo y a la luz, madre —le dijo Marg, que colocó las manos en la cabeza para girarla con cuidado mientras Aisling empujaba.

Cuando aparecieron los hombros y el torso, aquella nueva vida dejó escapar un chillido.

—Ni siquiera ha esperado a que el mundo lo sepa.

El bebé llegó a la vida y a la luz en las manos de Marg, agitando el puño.

—Un varón guapo y sano —anunció Marg mientras le limpiaba la cara y se la besaba—. Con un buen par de pulmones.

—Está claro que lo mío es hacer varones, varones guapos y maravillosos. Mahon, nuestro hijo.

Él lloraba mientras apretaba la mejilla contra la de su mujer.

—Un guerrero. Mi amor, mi corazón, mi vida. Gracias por nuestro hijo.

Sentada sobre los talones, Marg se secaba la frente con el dorso de la mano.

—Tú cortarás el cordón, Tarryn.

—Por supuesto. Con esto naces del amor y eres bienvenido con alegría.

Cortó el cordón con luz, levantó en alto al bebé y le dio un beso en la frente antes de dejarlo en brazos de Aisling.

—Te estábamos esperando, mi niño, mi amor. —Lo besó y se lo acercó a su padre para que hiciera lo mismo—. Y aquí estás, por fin. Eres Kelly. —Sonrió a Breen, que la miraba pasmada y con los ojos llorosos—. En honor a quien fue como mi padre cuando el mío acudió a la llamada de los dioses. ¿Le darás un beso de bienvenida, Breen?

—Bienvenido a Talamh y a todos los mundos, Kelly.

«Por esto —pensó Breen cuando se agachó para acercar los labios a aquella mejilla tan suave—. Por esto luchamos. Por esto ganaremos».

7

A Breen le encantaba cómo celebraban la Navidad las hadas. Para Talamh, era una época de alegría y comunidad, de reuniones y regalos, y, como siempre, de luz. La víspera de Navidad, desde la puesta de sol hasta el alba, todos los árboles brillaban, tanto dentro como fuera de las casas. Familiares y amistades intercambiaban regalos, y los calcetines de los pequeños se llenaban de sorpresitas. En el valle, muchos se reunían al caer el sol para compartir su alegría y beber sidra caliente con especias mientras los representantes de cada tribu iluminaban el Árbol de la Bienvenida con sus cantos.

Sin embargo, en su primera Navidad en Talamh y en Irlanda, no podía dejar a un lado a su familia del otro lado del mar. En la Casa de las Hadas, con Marco, se sentaron con el árbol de fondo y charlaron con Sally y Derrick a través de la pantalla. En Filadelfia, sus amigos llevaban gorros de Papá Noel con purpurina. Detrás de ellos, el árbol —uno de los seis que habían montado en su casa— resplandecía y refulgía desde su base de alfombra roja hasta su estrella en forma de bola de discoteca. Brindaron juntos en la distancia.

—Os echamos de menos, chicos —les dijo Marco mientras se apretujaba aún más contra Breen—. Es la primera Navidad desde hace siglos que no nos vemos en Sally's.

—Deseadle feliz Navidad a todo el mundo de nuestra parte —añadió Breen—. ¡Y mandadnos fotos!

—Lo haremos —le prometió Sally—. Nos encantó la de la fiesta prenupcial de tu blog. Tienes que decirle a tu abuela que nos pase el secreto de su fuente de la eterna juventud. Es la vencedora absoluta del premio a la abuela más despampanante.

—Se lo diré de tu parte. La veremos dentro de un rato para... el encendido del árbol de Navidad. —Decidió que era la mejor forma de explicarlo—. Es una tradición de por aquí.

—¿Cómo te va con el libro, Breen? —le preguntó Derrick—. El de fantasía para adultos. Ya sabes que me encanta la fantasía.

—Bastante bien, creo. Espero.

—Su agente quiere que le envíe los capítulos que ya tiene revisados.

Breen le dio un codazo a Marco.

—Todavía no está listo —se quejó.

—A mí tampoco me deja leerlo —comentó Marco.

—Todavía no está listo —insistió Breen—. Marco ha estado trabajando en su música, pero no quiere enviar nada.

—*Touché* —repuso él, y se encogió de hombros—. Todavía no está lista.

—Ay, nuestros niños —dijo Sally, mirando a Derrick, mientras dejaba escapar un suspiro exagerado.

Se pasaron una hora charlando alegremente y abriendo regalos. Marco posó con su abrigo largo de cuero marrón chocolate.

—¡No me lo puedo creer! Esto es una pasada absoluta.

—Breen nos dijo que te gustaba el de Keegan.

—Y tanto. ¡Pienso dormir con él!

—Es muy sexy —comentó Sally—. Seguro que a tu guapo artista también le gusta.

—Espera a que me vea —dijo Marco.

—¡Yo todavía no me creo lo de mis botas! —Breen dio una vuelta para lucirlas; eran de cuero negro, hasta la rodilla, con cordones en el lateral para camuflar la cremallera—. Son increíbles. Me siento como una general.

—Una pero que muy atractiva —le dijo Derrick—. Mira a nuestro bombón, Sally. Se nos ha hecho mayor.

—Nena, estamos espectaculares —repuso Marco tras rodearle la cintura con el brazo y posar—. Vamos a estrenarlo todo esta noche.

—Estoy contigo —dijo Breen, y se dejó caer en el sofá—. Os toca. Es de nosotros dos para vosotros dos.

—Estaba deseándolo —respondió Derrick, que arrancó el papel de regalo mientras Sally hacía una mueca.

—Ya sabes que eso me mata —se quejó Sally—. Con lo que se tarda en envolverlo bien, en dejarlo bonito, y vas y lo arrancas como si fueras un crío de tres años.

—Todo el mundo tiene tres años en Navidad.

Breen se rio.

—Es lo que dije yo, y esperamos que lo importante sea lo que hay dentro.

De la robusta caja de transporte sacaron una caja más pequeña. Estaba tan pulida que brillaba como un espejo, y era de cedro con bisagras de cobre y un cierre muy ornamentado. En la tapa había un grabado precioso, cuidadosamente pintado en cobre, de sus nombres dentro de un símbolo del infinito. Iba a juego con los que estaban grabados en sus alianzas.

—Es una maravilla —dijo Sally mientras recorría sus nombres con un dedo—. El trabajo artesanal… Es simplemente deslumbrante.

—Sedric, ya os he hablado de él, nos ayudó a diseñarlo, y Seamus, que es un artesano asombroso, la fabricó. Es una caja para guardar los recuerdos y… algo más. Para saber qué más, tenéis que abrirla.

Cuando lo hicieron, a Sally se le escapó una risa llorosa. Sonaba música.

—Es la canción de nuestra boda. Elegimos un clásico —dijo, volviéndose hacia Derrick para besarlo—. *I got you, babe*. Siempre a tu lado, cielo.

—Y yo al tuyo.

—Para que este hombre cante conmigo, o lo emborracho mucho o le pongo esta canción.

—Es que canto como un trombón deprimido —se justificó Derrick, y se aclaró la garganta—. Es una preciosidad, niños. En serio.

—Y todavía queda lo mejor: el que toca la canción es Marco.

—¡Venga ya! ¿Qué maravilla es esta? ¿Cómo lo habéis hecho? —preguntó Sally.

—Digamos que ha sido magia —respondió Breen.

Porque lo había sido.

Por supuesto, era la noche ideal para la magia, pensaba Breen mientras cruzaba a Talamh con Marco y Botarate. Ante la insistencia de su amigo, el perro llevaba un gorro de Papá Noel. Breen, sorprendida, descubrió que a Botarate le encantaba. Cuando llegaron, la gente ya había empezado a reunirse en la carretera, en los campos, en los muros bajos de piedra. Algunos tocaban, por supuesto, mientras otros pasaban tazas de sidra caliente. Morena los saludó con un abrazo y un silbido.

—Pero mira cómo venís. Sí, tu gorro es el más festivo —añadió, asintiendo en dirección a Botarate para darle su aprobación antes de que el perro saliera corriendo para jugar con los críos que pululaban por allí—. Y menudo abrigo. Suave como el culito de un bebé —anunció después de acariciarlo—. Pero, de todo lo que veo, debo reconocer que envidio esas botas.

—¿Y quién no? Feliz Navidad… o Bendita Noche de las Luces.

—Las dos cosas valen. Bueno, vamos a por una taza de sidra, que el sol se pondrá pronto.

—Primero quiero ver al bebé —dijo Breen.

Se abrió paso entre la multitud, encantada de reconocer tantas caras y conocer a tantas personas por su nombre. Encontró a Tarryn al lado de Aisling, con el bebé en brazos dentro de su arrullo.

—Bendita Noche de las Luces para ti, también, Breen Siobhan, y feliz Navidad. Te veo las ganas en los ojos —añadió Tarryn, y le ofreció el bebé.

—Gracias. —Breen inhaló el aroma del bebé y lo cogió en brazos—. Sí que te pareces a tu papá. Cuando te salgan las alas, verdes como las colinas, volarás por tierra y mar, y tu voz se alzará en una canción de pura dicha. —Parpadeó y levantó la vista—. Lo siento, es que…

—No, no, me ha encantado oírlo. Le vi la luz de los *sidhe*, pero no el resto. Tendrá aptitudes musicales. —Aisling recorrió la mejilla de Kelly con un dedo—. Eso me agrada.

—De acuerdo, entonces pásamelo. —Finola, con una capa de intenso color rojo cereza y botas a juego, se acercó con brío—. Tengo que practicar, ya que espero que Morena y Harken no me hagan esperar tanto con los bebés como con la boda. Ah, los bebés nuevos huelen a magia.

—Sus hermanos no opinan lo mismo cuando toca cambiarle los pañales —dijo Aisling, que miró a su alrededor y vio a los niños jugando bajo la atenta mirada de Mab—. Ah, Bridie le ha puesto las zarpas encima a Marg y seguro que le está calentando la cabeza con sus últimas quejas. Breen, ve a salvar a tu yaya; puedes decirle que estoy preguntando por ella. Las madres recientes tenemos algunas ventajas.

—Ahora mismo voy.

Intercambió saludos por el camino y sintió que se le levantaba el ánimo al ver que el sol iba dejando caer sus colores por el cielo. Pronto, pensó, los árboles se encenderían y las voces se alzarían en amor y unidad por el cielo frío y claro.

—Feliz Navidad, Breen Siobhan.

Se detuvo y sonrió a la mujer. Era joven y guapa, llevaba el pelo castaño claro recogido en una trenza gruesa y le resultaba vagamente familiar. Intentó dar con el nombre, pero no lo consiguió.

—Es el saludo de tu lado —añadió la joven.

—Del otro lado, sí —repuso ella, puesto que ambos lados eran suyos—. Y Bendita Noche de las Luces para ti.

—Cait. Caitlyn Connelly, dirías tú, de la casa cerca de las ruinas.

En ese momento encajó las piezas.

—Sí, te he visto por allí cuando visito a mi padre.

—Yo también te he visto. ¿Por qué no te tomas una taza de sidra? El sol está a punto de esconderse.

—Gracias.

—Entonces, un brindis, por Talamh, en esta noche tan alegre.

La taza estuvo a punto de tocarle los labios antes de que Breen lo viera, lo percibiera y lo supiera. Empezó a volcar la taza, pero enseguida percibió y supo más. Había llegado el momento y el lugar de poner la fe a prueba. Así que bebió y vio que una sonrisa cruel se reflejaba en los ojos de Cait. Después de darle un buen trago, Breen bajó la taza.

—¿De verdad tenías que elegir una noche como esta para hacer su oscuro trabajo y, encima, aquí, con tantas personas congregadas en paz y armonía? ¿Con los niños jugando? ¿Harías eso con mi muerte que no es muerte?

—Llegará con dolor y nadie te salvará.

Botarate corrió al lado de Breen y gruñó, pero ella mantuvo los ojos clavados en los de Cait.

—No llegará en absoluto y tú te enfrentarás a un juicio por deshonrar tus dones. ¡Quieta! —exclamó levantando la mano y lanzándole una magia que desconocía poseer.

Dejó a la elfa paralizada antes de que pudiera huir. Con los ojos ardiendo de furia, Cait forcejeaba para liberarse.

—¿Por qué no caes?

—Porque mi luz apaga la oscuridad de Yseult y siempre lo hará. Has traicionado a tu gente, Cait Connelly.

—Odran es mi dios y el dios de todo lo que existe. Recuperará el poder que te concedió y reducirá a cenizas este mundo y a todos los que viven en él.

La gente había empezado a murmurar, y algunas personas se aproximaban. Breen tenía la respiración acelerada, aunque no por el veneno, sino por la rabia, por la pena. Allí, en aquella noche de luz y bondad, Odran proyectaba su sombra oscura sobre ellos.

—No os acerquéis, por favor. Mantened a los niños alejados y llamad al *taoiseach*.

—Está aquí —dijo Keegan, colocándose a su lado—. ¿Qué ocurre?

—El veneno de Yseult. Es una adoradora de Odran.

—Te crearon para él. Él te hizo —escupió Cait—. Y él te tendrá.

—Te conozco —dijo Keegan—, pero ahora te veo y sé la verdad.

—Odran, dios de la oscuridad, dios de todo lo que existe, la dejará seca, y, cuando Talamh sea cenizas, bañará la tierra con tu sangre.

—Duerme —ordenó Keegan, y la mujer cayó al suelo—. Tienes que liberarla para que puedan llevársela de aquí. —Se volvió y les hizo un gesto a dos personas con trenzas de guerrero antes de agacharse para sacar un frasco del bolsillo de Cait—. Algo tan pequeño… —murmuró antes de levantarse—. También voy a necesitar la taza —le dijo a Breen—. Lleváosla y vigiladla, porque pretendía envenenar a la hija con una poción del sueño, siguiendo las órdenes de Odran.

Sus palabras no arrancaron murmullos, sino gritos de indignación y sorpresa.

—Después del rito —siguió diciendo Keegan—, trasladarla en dragón a la Capital, junto con estas pruebas, y que la encierren a la espera de juicio. —Le dio la mano a Breen y alzó la voz por encima de las de los demás—. Será juzgada por nuestras leyes. Pero no esta noche. Este acto oscuro no atenuará la luz, no silenciará las campanas. —Señaló al oeste, por donde se ponía el sol—. Talamh brillará en la Noche de las Luces. Ven conmigo —le susurró a Breen—. ¿Dónde está mi sobrino? —preguntó en voz alta—. ¿Dónde está Finian, hijo de Mahon y de Aisling?

—Estoy aquí —respondió el niño, con los ojos muy abiertos, al ver que la gente se apartaba para dejar pasar a Keegan.

—Aquí hay un hijo de las hadas, un hijo de Talamh. —Se subió a Finian a hombros—. Levantad a vuestros jóvenes para que vean nuestra luz. Para que ellos y todos los demás vean a este hijo de Talamh enviar la primera luz al Árbol de la Bienvenida.

Finian se agachó para susurrarle al oído:

—Solo lo he hecho con una vela, con mamá, y pocas veces.

—Recuerda que lo que estás enviando es luz, no fuego. Está dentro de ti, brillante como el día. Pero, si necesitas ayuda, la tendrás. Envía la luz, muchacho, solo una.

Finian se enderezó, miró hacia su familia y después al Árbol de la Bienvenida.

—Que..., que esta luz que esta noche prendo brille con fuerza...

—Por todo lo que es justo y bueno —le recordó Keegan.

—Por todo lo que es justo y bueno.

La mano que Finian levantó para señalar el árbol temblaba un poco. Sin embargo, una luz diminuta titiló en una de las ramas, después se enderezó y lució con fuerza.

—¿Te sabes el resto? —le preguntó su tío.

—Creo que sí, pero...

—Dilo conmigo, Fin, y con fuerza, para que todos lo oigan.

Juntos, recitaron:

—Ahora, todos los que pisan esta tierra, todas las criaturas que nadan por las aguas y que por los cielos vuelan, enviad la luz que la noche encierra. Para que los árboles brillen con la alegría que es vuestra y mía, hasta que el sol el cielo ilumine y esta noche se termine.

El árbol se llenó de luz, igual que el bosque, los huertos, los castaños solitarios y los robles en los campos. Las voces se alzaron para entonar una melodía de paz, alegría y hermandad. Mientras la música fluía a su alrededor, Breen pensó que no había ningún lugar en los mundos tan bello y puro como Talamh en Nochebuena.

—*Maith thú*. —Keegan bajó a Finian y lo lanzó en el aire antes de dejarlo en el suelo—. Muy bien hecho. Te has ganado un paseo en dragón.

—¿Ahora?

Empezó a decir que no, pero se lo pensó mejor.

—Si es ahora, Kavan también tendrá su paseo.

—No me importa.

—Llama a tu dragón —le dijo Keegan a Breen—. Tú llevarás a Kavan.

—Ah, ¿s-sí?

—Ve a buscar a tu hermano —le dijo el *taoiseach* al niño—. Que nos vean a los dos y la luz que vamos a derramar por el cielo. Que Odran e Yseult la perciban y sepan que han fracasado. Será nuestro regalo para Talamh y una puñetera patada en las pelotas para Odran.

Con Botarate y Kavan con ella, a lomos de Lonrach, voló junto a Cróga. Kavan aullaba y balbuceaba mientras levantaba los brazos y agitaba las manos en el aire, haciendo llover polvo de hadas. Keegan hizo un movimiento con el brazo y un arcoíris blanco recorrió el cielo. Breen lo imitó. Abajo, Talamh resplandecía con innumerables puntos de luz.

Como el incidente con Caitlyn Connelly le había hecho perder la afición a la sidra, Breen se limitó al vino durante el intercambio de regalos en la Casa de las Hadas. Aunque había visto algunos de los bocetos rápidos de Brian y su talento, el cuadro que le regaló, en el que se veía la bahía al amanecer, la dejó sin aliento.

—Es precioso, tiene todos los colores y la niebla. Incluso has pintado a Botarate chapoteando en el agua.

—Me pareció que te gustaba ese momento del día, el alba, y quería ofrecértelo para darte las gracias por abrirme tu casa.

—También es la casa de Marco, pero ¿esto? —Levantó la vista hacia donde Marco y él se acurrucaban en uno de los grandes sillones, junto al fuego.

«Como niños —pensó—. Como amantes».

—Con esto voy a ser egoísta —decidió—. Lo colgaré en la habitación en la que escribo. Será una inspiración constante.

Se levantó para darle un beso antes de entregarle un paquete.

—Ahora que tengo esto, puede que mi regalo te parezca un poco interesado.

Lo abrió y descubrió un maletín con lápices, pinturas, tizas, un bloc de dibujo y dos lienzos pequeños.

—Es fantástico —dijo Brian.

—Supuse que te vendría bien contar con algo de material a mano en casa.

—Es genial, en serio.

Breen escogió otro paquete y se lo entregó a Keegan.

—Feliz Navidad.

—Gracias.

Como Derrick, arrancó el elegante lazo y destrozó el papel de regalo. Había preparado el regalo con sumo cuidado: la cinta de cuero y la piedra central, la labradorita que había tallado con magia para darle la forma de un dragón en pleno vuelo.

—Sé que no sueles llevar…

—Esto sí que lo llevaré —la interrumpió él—. Es Cróga.

—Sedric y la yaya me ayudaron mucho con él.

—Es bastante parecido y significa mucho para mí. —Se colocó la pulsera y retorció los extremos para asegurarlos—. A él también le gustará. Bueno, ahora te toca a ti. —Se levantó y sacó una bolsa larga de tela de detrás del árbol—. No se me da bien envolver.

—Pero así tengo una bolsa bonita.

Desató el cordón y sacó una espada envainada.

—Eso va a escalar muchos puestos en la lista de regalos originales —comentó Marco con una risita antes de tomar otro trago de sidra caliente.

Breen, a la que también le hacía gracia, acarició con el dedo los grabados de la funda.

—Es preciosa, muy intrincada.

—Y tuve algo de ayuda con el diseño, gracias a Brian y a Sedric. Tienes los símbolos de las criaturas feéricas, están representadas todas las tribus, el símbolo del hombre y el de la diosa.

—Y las lunas gemelas de Talamh —añadió ella mientras las recorría con el dedo—. Ay, y un trébol, por Irlanda. —Encantada, examinó los símbolos—. Marco, está la Campana de la Libertad, con su grieta y todo, por Filadelfia.

—Vale, con eso se ha ganado un punto.

—La manzana —le dijo Keegan— es por Nueva York, ya que tienes negocios allí, y el dragón, porque eres una jinete. Necesitas una espada propia, no una prestada. La tradición dicta que las espadas se hereden cuando llegue el momento, pero la de tu padre es demasiado pesada para ti. Esta está forjada a medida de tu mano y de tu brazo, de tu altura.

Breen cogió la empuñadura y notó la diferencia. Era un poco más pequeña que la que usaba para entrenar y, cuando la desenvainó, también se percató de la ligera variación de peso.

—Cuidado, chica, que le vas a sacar a alguien un ojo —dijo Marco.

Pero ella solo estaba pendiente de la espada y la palabra grabada en ella: MISNEACH.

—Gracias. —Envainó la espada y besó a Keegan—. Significa mucho para mí.

Más tarde, cuando el fuego se consumía, subieron al dormitorio. Ella se sentó para quitarse las botas.

—Eso es útil, ¿verdad? —comentó Keegan cuando tiró de la cremallera oculta—. Así es más fácil ponérselas y quitárselas. Son... provocativas.

—Ah, ¿sí? —preguntó ella, levantando la vista.

—Como bien sabes. Hacen que uno se pregunte qué aspecto tendrías llevándolas puestas... y con poco más encima.

—Marco decretó que tenía que llevarlas con una camisa grande de hombre. Puede que lo intente con alguna de las tuyas.

—Sería digno de ver, no me cabe duda. —Caminó hasta la ventana y volvió—. Breen, sé que el día de Navidad es importante para ti, pero tengo que ir a la Capital para encargarme del juicio de esa mujer. No puede esperar.

—Ah. Sí, tienes razón. Nos iremos por la mañana.

—No hace falta que vengas. Tenemos el frasco, la taza y sus propias palabras inculpatorias. Y lo cierto es que no lo va a negar, ya que se enorgullece de su intento.

—Sí, ¿verdad? —murmuró Breen.

—¿Por qué te bebiste el veneno? ¿Por qué te arriesgaste si lo sabías?

—Estuve a punto de no hacerlo. —Se levantó para guardar las botas—. Hasta que me di cuenta de que necesitaba tener confianza. En ti, en Marg, en el aquelarre, en la magia y en la luz. Y tenía que confiar en lo que sentía dentro, en que fuera más fuerte que Yseult. Y creer en lo que me he convertido. Así que hice esa elección.

—Yo te habría detenido, y eso habría estado mal. Sin embargo, lo volvería a hacer de presentarse de nuevo la oportunidad.

—No puedo representar el papel que me toque representar contra Odran, por Talamh y los demás mundos, si no creo.

—Tienes razón, y aun así…

—¿Me estás diciendo que no es preciso que vaya mañana porque crees que aquí estoy más segura?

—No, en absoluto. Y si, al final, te necesitamos, te avisaré con un halcón y esperaré que acudas. Cait tiene una familia, ¿sabes? Y alguien que esperaba comprometerse con ella. Ahora, les ha roto el corazón a todos. Nunca sabré cómo Odran consiguió convertirla a su causa. Nunca sabré con certeza cómo es posible convertirnos.

Keegan sufría, era evidente. Por la pérdida de uno de los suyos, por lo que tenía que hacer para corregir esa pérdida.

—La vas a desterrar, y eso te pesa.

—Su hermana, Janna, llevaba una trenza de guerrera y acudió desde el valle a la Batalla del Portal Oscuro. Y allí dio la vida. Ahora, su familia ha perdido a dos hijas por culpa de Odran, y una de ellas carga con la responsabilidad de la muerte de su hermana. ¿Cuánto le contó Janna a Cait sobre patrullas, estrategias y planes, como suelen hacer las hermanas? ¿Cuánta información pasó Cait a Odran y hasta qué punto sirvió para facilitar la muerte de su hermana? —Keegan negó con la cabeza—. No me pesará mucho.

Pero sí le pesaría, dijera lo que dijera, y ella lo sabía.

—¿Irá su familia a la Capital para el juicio?

—Les di tiempo para verla y hablar con ella antes de que se la llevaran al este. Aisling necesita más tiempo con nuestra madre, y nuestra madre necesita más tiempo con Aisling y los niños. Me veré en la obligación de permanecer en la Capital hasta final de año como mínimo.

—Tienes obligaciones, Keegan. Lo entiendo. ¿Debes marcharte esta noche?

—Quiero pasar esta noche contigo, lo que queda de ella.

Quiero acostarme contigo. —Se sacó el jersey y lo tiró al suelo—. Quiero sentirte debajo de mí, encima de mí, a mi alrededor. —Le pasó las manos por el pelo—. Me gusta suelto. Me gusta que haya tanto. Me gusta verlo un poco alborotado.

Breen pensó en que antes se pasaba un tiempo que le parecía eterno alisándose ese pelo rebelde, cubriendo el rojo con marrón porque su madre le había metido en la cabeza que necesitaba camuflarse, desaparecer.

Nunca más.

Se le enganchó del cuello y le rodeó la cintura con las piernas. Y fue a por sus labios.

—Te quiero encima de mí y debajo de mí. Te quiero dentro de mí. Las noches todavía son largas —dijo mientras le mordisqueaba el cuello—. Aprovecharemos lo que queda de esta. Nos aprovecharemos bien.

Lo agarró del pelo para volver a acercar su boca a la de ella.

El deseo era tan apremiante que estuvo a punto de tirarlo al suelo. El sabor de Breen, de repente tan potente, tan fuerte, tan intenso, solo servía para que la deseara más. Con una única cosa en mente, la desnudó, se desnudó él y, piel caliente contra piel caliente, la apretó contra la pared. Le clavó los dedos en las caderas y no pensó en los moratones que podría dejarle al entrar en ella. Con sus jadeos, Breen alimentaba el fuego que le ardía dentro y lo impulsaba a penetrarla más, hasta el fondo. Mirándola a los ojos, vio que el gris se oscurecía, vio cada estremecimiento de placer en ellos. Las piernas de Breen, que eran cadenas de terciopelo, le apretaban la cintura, mientras que sus caderas se movían contra él.

Breen no podía hacer más que sujetarse a Keegan, envueltos ambos en un remolino de aire caliente. En la chimenea, las ascuas ardieron de nuevo y las llamas rugieron. Todas las velas de la habitación se encendieron de golpe. Cuando respiraba, lo respiraba a él. Y lo que la llenaba, el poder, la necesidad, era abrasador, excitante. Peligroso.

Se entregó a él, corrió a encontrarse con él, a llenarse de él, a impregnarse de todas aquellas sensaciones eléctricas. El fuego y la llama le recorrían el cuerpo. Keegan ahogó su grito con los labios y se dio un festín con ellos mientras el cuerpo de Breen temblaba, mientras se quedaba sin fuerzas. La embistió una última vez hasta vaciarse.

Y, a pesar de quedarse vacío, siguió llenándola.

Aunque los músculos se le habían vuelto de agua, Breen se quedó aferrada a él. El corazón le latía tan deprisa que temió que se oyera en todos los mundos. Al intentar volver a respirar, vio a Botarate en su cama junto al fuego, hecho un ovillo y dándoles la espalda adrede.

—Hemos encendido todas las velas y el fuego sigue rugiendo. Y creo que hemos avergonzado al perro —comentó.

—Estás preciosa a la luz del fuego, a la luz de las velas. Y el perro aprenderá a vivir con ello. —Keegan le metió la cara entre el pelo—. Te aseguro que este no era el plan.

—¿Tenías un plan?

—Pensaba tomármelo con calma, con tiempo. Me has seducido, así que es culpa tuya, ¿no?

Ah, a Breen le encantaba la idea de ser capaz de seducirlo.

—No hemos gastado mucha noche. Todavía queda tiempo de sobra para poner tu plan en práctica.

Keegan la movió para poder mirarla.

—Sé de dónde vienes, pero a menudo me pregunto qué curva del camino te envió hasta mí.

—A veces yo me pregunto qué te puso a ti en mi camino. Después llego a la conclusión de que no necesito saberlo porque así estoy bien.

—Estoy mejor de lo que he estado nunca y, aun así, me lo sigo preguntando. Pero, como parece que ambos estamos en el mismo camino, deja que te enseñe mi plan.

8

Como necesitaba tomarse un tiempo y el contacto con su caballo, Keegan montó en Merlín para viajar a la Capital. Partió antes del alba, antes incluso de que Harken empezara con sus tareas diarias, y, con Cróga sobrevolándolo, salió al galope por la fría oscuridad. Anhelaba la soledad y la velocidad, sentirse acompañado tan solo por el sonido de los cascos del semental sobre la carretera de tierra compacta. En el silencio podía pensar.

Odran había encontrado el modo de colar la poción de Yseult en Talamh y ponerla en manos de una de sus adoradoras. Aunque los portales estaban bien vigilados, seguían siendo vulnerables. Podría haber enviado un cuervo o a un cambiaformas en su estado animal. Incluso la misma Yseult podría haber hechizado a los guardias el tiempo justo para infiltrarse como una serpiente y volver a marcharse. Eran capaces de resistirse a un ejército, y lo harían, pero un espía o un mensajero solitario suponía un reto diferente. Al fin y al cabo, él mismo enviaba espías al mundo de Odran.

A pesar de que en la Batalla del Portal Oscuro habían debilitado sus defensas, la victoria completa seguía eludiéndolos. Y, si contemplaba el largo río de la historia, veía que seguiría eludiéndolos hasta que Odran muriera. Debilitarlo no bastaba; contenerlo solo serviría para darles una tregua. No terminaría, no podría terminar hasta que acabasen con Odran.

Y solo Breen podía acabar con él.

La espada del *taoiseach* y todo lo que representaba no podía asestar el golpe, o al menos no si la blandía él. Bien sabían los dioses que Eian la había blandido con decisión y habilidad, pero había fracasado y entregado la vida en el intento. Todas las canciones y los relatos de aquel largo río de la historia cargaban ese peso sobre los hombros de la hija de las hadas, y nada que él hiciera cambiaría eso. Y ahora, como la amaba a pesar de haberse prometido no hacerlo, temía por ella. Y el miedo nublaba un juicio que tendría que haber permanecido nítido. Le estremecía el corazón, cuando el corazón debía permanecer firme, y lo inquietaba cuando debía mostrarse frío y sereno.

Así que cabalgó al galope hacia los primeros rayos de luz del este hasta que la distancia con ella, con el otro lado, incluso con el valle, le permitió recuperar la claridad y la firmeza, la frialdad y la serenidad. A su alrededor, cuando frenó el paso para ir al trote, la tierra comenzó a despertar. Las luces de las casas y las granjas; los animales que se desperezaban en los campos; los pájaros y sus coros al alba. Vio la luz del sol naciente reflejarse en la nieve que escarchaba las altas montañas y la niebla que se alzaba de los arroyos y cubría como una cortina las profundidades de los bosques. Un ciervo de seis puntas, majestuoso con su pelaje de invierno, vadeaba la bruma mientras levantaba la cabeza para olisquear el aire. Cuando cruzó el arroyo, una pequeña manada lo siguió, deslizándose en silencio a través de la cortina. Un par de halcones se llamaban entre sí mientras sobrevolaban el cielo en busca del desayuno. Un zorro rojo corría por el campo en dirección a las sombras del bosque y su madriguera, tras haber terminado con su trabajo nocturno.

Keegan pensaba a menudo que aquellos pequeños detalles

mágicos eran tan esenciales para la vida, para la buena vida, como el respirar.

Vio a un niño arrastrar los pies detrás de su padre, camino de un granero, todavía medio dormido, sin duda, para encargarse de sus tareas. Después, a una mujer envuelta en azul que daba de comer a sus pollos, con la cesta para los huevos todavía vacía y colgada del hombro. Un potro palomino al que habían sacado del establo retozaba en el campo con una alegría contagiosa. A Keegan le llegó el fuerte olor del humo de turba, oyó una voz de mujer cantar —algo desentonada— mientras trabajaba, el mugido del ganado, el suspiro del viento.

Había acertado al hacer el viaje a caballo. A lomos de Cróga, veía todo Talamh, pero, a lomos de Merlín, seguía formando parte de él. Y así había logrado recordar que, a pesar de sus miedos, esto era lo que defendía, esto era por lo que luchaba. Daría su vida por ello, si se lo pedían.

Se inclinó sobre Merlín y le acarició el cuello robusto.

—¿Listo?

A modo de respuesta, el caballo salió al galope.

Aunque no había enviado ningún halcón y había entrado en la Capital sin escolta, salieron a saludarlo de viva voz, llevándose la mano a la gorra o levantando la mano. Los niños, sin obligaciones escolares hasta que empezara el nuevo año, se arremolinaron a su alrededor, y los que se habían reunido en torno al pozo, tanto para sacar agua como para cotillear, hicieron una pausa al verlo.

Localizó al sobrino de Morena, Bran, cuando el niño corrió hacia él. Después de cruzar el puente, Keegan frenó a Merlín para que fuera al paso.

—Dijeron que vendrías, pero no sabíamos con certeza si sería hoy. Vi a Cróga, así que he salido a esperarte.

—¿A mí o a mi dragón?

Bran agachó la cabeza, pero no logró ocultar la sonrisa.

—A ambos, y también al semental, al ver que no montabas el dragón. Puedo llevarlo a los establos y darle una buena limpieza. Se lo ha ganado después de un camino tan largo.

—Ah, ¿sí?

—Por supuesto —respondió Bran, siempre dispuesto, mientras trotaba junto al caballo—. Y traedle agua y todo lo demás.

—Y ¿cuál sería el pago por tus servicios?

—Un servicio así al *taoiseach* no necesita de pago. —Pero levantó la mirada, esperanzado, para mirar a Keegan—. Y Merlín ha sudado mucho.

—Los dos hemos sudado mucho, a pesar del aire frío. —Tras desmontar, le pasó las riendas al niño—. Cuida bien de él, ya que se ha ganado todo eso y, además, una zanahoria. Tendrás tu paseo en Cróga…, si tu madre o tu padre dan su permiso.

—¡No dirán que no!

—Seguramente, pero tienes que preguntárselo de todos modos. ¿Cómo va la familia, Bran? ¿Cómo vas tú?

Bran acarició la mejilla de Merlín.

—Mi tío era valiente y honrado, y sé que ahora está en la luz, pero… echo de menos su risa.

—Yo también. —Keegan le puso una mano en la cabeza—. Y todos.

—Estamos tristes y, a veces, me duele la barriga cuando pienso en él y en que no voy a volver a verlo. Pero mi madre dice que, cuando miras las estrellas y ves una que brilla más fuerte, ese es él. Sé que es una historia y ya está, pero…

—Es una buena historia, y cierta, ya que cuando miras a esa estrella piensas en él. Eso lo convierte en cierto. Cróga vendrá cuando lo llames.

Bran abrió los ojos como platos.

—¿Cuando yo lo llame?

—Estará pendiente porque yo se lo diré. Cuida bien de mi caballo, pide permiso y el dragón acudirá a tu llamada.

—¡Lo cuidaré bien, lo prometo! —Salió corriendo hacia los establos, se volvió y, caminando de espaldas, esbozó una sonrisa enorme—. Esta mañana he entrenado con mi madre, porque no hay colegio. He entrenado mucho, *taoiseach*, y estaré preparado para ocupar mi puesto contra Odran y la oscuridad que amenaza Talamh.

—Dioses, por favor —murmuró Keegan cuando Bran se alejó con Merlín—, por favor, dioses y diosas, que nunca tenga que hacerlo.

Dejó atrás la fuente y siguió hacia el castillo, con su estandarte al viento. E intentó, como hacía siempre, no sentirse confinado en cuanto cruzó sus puertas. Pasó un rato en sus aposentos para lavarse y cambiarse antes de reunirse con los miembros del consejo y con las personas que tenían quejas o peticiones, esperanzas o ideas. Y antes de acabar el día, después de comer con la familia de Morena —que ahora también era la suya—, supo que tendría que quedarse más de un par de días.

Su madre necesitaba tiempo con Aisling y los niños, y se lo había ganado con creces. Así que se encerró para celebrar más reuniones, tomó decisiones sobre el día a día y se encargó de las tareas rutinarias que solía dejar en las manos, más que capaces y mucho más pacientes, de Tarryn. Aunque se negaba a enviar a buscar a Mahon, ya que un padre reciente también necesita su tiempo, debatió con guerreros y eruditos en la Sala de Mapas. Usó su propio taller, conjuró hechizos y mezcló pociones en busca de una visión que lo ayudara a mantener a salvo Talamh, al resto de los mundos y a todos los que allí vivían. El último día del año convocó el juicio.

—La sala está llena —le dijo Flynn—, tal como esperábamos. Muchos esperan ver a Breen y, sin duda, ver cómo se alza, como ocurrió el día del juicio de Toric de los píos.

—Van a sufrir una decepción. No es necesario que venga —dijo Keegan, como ya había dicho antes—. Tú mismo fuiste testigo, y nadie dudaría de tu palabra. He traído a otros que vieron lo mismo. Y lo que es más, Flynn: ella no lo va a negar. Se enorgullece de su intento.

—He hablado con ella, como me has pedido, así que sé que estás en lo cierto. Aun así lamentarán no verla aquí. No me avergüenza reconocer que yo también lo lamento un poco. Breen es un prodigio.

—Sí que lo es. —Y los últimos días había intentado con todas sus fuerzas no pensar en ella, aunque con poco éxito—. Que traigan a la prisionera para que todos puedan escuchar lo sucedido —añadió tras coger el bastón.

La sala, tan llena como había anunciado Flynn, guardó silencio al entrar Keegan. Jóvenes, viejos y personas de todas las edades ocupaban los asientos. Cuando se sentó en la Silla de la Justicia, notó que su peso le caía sobre los hombros. Allí, sintiera lo que sintiera, al margen de la ira que hirviera en sus entrañas, debía mantener la sangre fría y la mente clara. Allí, el deber no dejaba sitio para nada más.

Los murmullos comenzaron cuando Flynn accedió con la prisionera. «Qué joven», pensó Keegan. Una joven bonita de una buena familia que, los dioses lo ayudaran, parecía encantada con tanta atención. ¿Qué podía haberse retorcido en su interior para obrar el mal de forma tan despreocupada? Habían contenido sus dones élficos, pero, al ver el rostro entusiasmado de la chica, se preguntó si los habría usado para escapar del juicio. Y concluyó que no.

—Caitlyn O'Conghaile, se te acusa de traición contra Talamh, contra todos los que moran aquí. Se te acusa de actuar contra tus derechos de nacimiento y nuestras leyes para cumplir las órdenes de Odran. Se te acusa de intentar envenenar a Breen O'Ceallaigh con una poción preparada con magia oscura que la habría dejado al borde de la muerte. Y así pensabas entregársela a Odran para que la destruyera. ¿Qué respondes ante las acusaciones?

—Soy la sierva de Odran el Magnífico. —Estaba radiante y hablaba con fervor—. Su deseo es ley. No hay más ley que la ley de Odran, no hay más camino que su camino.

En los asientos, su madre ocultó el rostro en el hombro de su marido, estremecida por el llanto.

—¿No niegas las acusaciones?

—¿Por qué iba a hacerlo? No eres nada para mí, con tu estúpido bastón y tu débil espada. Odran podría reducirte a cenizas con tan solo pensarlo.

—Todavía no lo ha hecho.

—Todo a su tiempo —repuso Cait.

—Aunque lo reconoces todo y no niegas nada, escucharemos el relato de un testigo. Flynn Mac an Ghaill, ¿hablarás ante nosotros?

—Lo haré. La víspera de Yule, cuando muchos se reunieron en el valle para compartir canciones, camaradería y celebración, fui testigo de cómo esta mujer le ofrecía a Breen O'Ceallaigh una taza en gesto de amistad. Te vi a ti, *taoiseach*, dirigirte a toda prisa hacia ellas, alarmado, cuando Breen vaciló, cuando bebió. Vi, como lo vieron todos, y oí, como lo oyeron todos, la sorpresa de la acusada, que exigía que Breen cayera, su rabia al comprobar que la luz de Breen era más fuerte que la magia oscura de la taza.

—¡Fue culpa de la bruja, no mía! ¡La magia de la bruja era débil!

—¿De quién hablas? —le preguntó Keegan a Cait.

—¡De Yseult! Ella fracasó y pagará por ello. Yo hice lo que se me ordenó, pero fue ella la que fracasó, ¡no yo! Y así se lo diré a Odran.

—¿Cómo sabes que la poción procedía de Yseult?

—Bueno, ella me la envió, ¿no? —Cait negó con la cabeza,

asqueada—. A través del portal, por cuervo, y Odran habló conmigo en sueños y me prometió que me daría todo lo que deseara si me encargaba de la tarea.

—¿Cómo sabes que era Odran y no simplemente un sueño? ¿Cómo conoces su cara y su voz?

Como si hablara con un crío, Cait se llevó las manos a las caderas.

—Pues porque he estado frente a él, claro. En su mundo, en el castillo negro que brilla, cuajado de gemas, donde oí el trueno que retumba cuando él lo invoca y el mar que hierve a su antojo.

—¿Qué portal? Y ¿cómo lo cruzaste?

La joven suspiró.

—Vuestros guardias y vuestras mentes débiles… Torian me ayudó a cruzar. Yo estaba todo el rato desenterrando patatas, recogiendo coles. —Su voz se tornó cantarina cuando volvió la vista para dedicarle una sonrisa desdeñosa a su afligida familia—. Dando de comer a los pollos. Siempre lo mismo, hasta que llegó Torian y me dijo que había más, y me lo enseñó; me llevó volando por los portales, uno a uno, para mostrármelo. Y llegamos hasta Odran, que me bendijo y me prometió mucho más, y que sería la mujer de Torian cuando Odran gobernara, no la de cualquier bobalicón de Talamh. Pero tú lo mataste.

—¿A quién maté?

—¡A Torian, cabrón! Cuando él volaba, fuerte y valiente, y agarró a la bruja mestiza de la tumba de su débil padre, cuando ella no podía hacer nada más que dar patraditas y gritar. Le cortaste la cabeza, y yo te maldije. Tu dragón redujo al suyo a cenizas, y yo lo maldije. Te maldigo ahora.

El hada oscura, recordó Keegan, contra la que había luchado cuando conoció a Breen.

—¿Torian estaba contigo cuando vio a Breen junto a la tumba de su padre?

—Conmigo, y se nos habría recompensado por entregarla.

Si él te hubiera matado, ya habría acabado todo esto. Mi intención era vengarlo y servir a Odran, pero la bruja tenía poca magia, muy poca. Me había comprometido con Torian. Estoy comprometida con Odran, y ahora pagarás, Keegan O'Broin. Todos pagaréis. —Se volvió para mirar a su familia y a todos los presentes—. Seréis esclavos y sacrificios, y yo bailaré al son de vuestros gritos.

—¡Basta! *Taoiseach*, te lo suplico, ya basta —dijo la madre de Cait, cayendo de rodillas.

—Sí, ya basta. Caitlyn O'Conghaile, te has condenado con tus palabras y tus acciones, en las que no ha habido coacción. Has roto una confianza sagrada. Has roto leyes sagradas.

—Escupo en vuestras leyes.

Y lo hizo, literalmente, en el suelo, a los pies de Keegan, lo que provocó que los presentes dejaran escapar gritos ahogados.

—Se te destierra al Mundo Oscuro, donde quedarás encerrada de por vida. Ese es el juicio.

Dejó caer el bastón.

—Te aplastará y me liberará, y todos a los que has enviado a ese lugar se alzarán contra vosotros.

—Has traicionado a tu familia, a unas personas que te querían y te cuidaban. Ahora no siento por ti nada más que lástima. Llevadla al dolmen. —Sintiendo esa lástima, dejó caer de nuevo el bastón y se puso en pie—. Ya está hecho.

—¡Sangraréis y arderéis! —gritó Cait mientras Flynn la sacaba a rastras de la sala—. Odran dejará seca a la hija de las hadas y gobernará.

Sin prestarle atención, Keegan se dirigió a la madre de Cait y la ayudó a levantarse.

—No es culpa tuya, tu familia es inocente.

—Es mi hija.

—Ya no, y lo siento mucho, *máthair*. Él se llevó a tu hija, y te juro por todo lo que soy que pagará por ello. Os pido que no acudáis al dolmen, que mejor os reunáis con vuestra familia. Regresad al valle, iré a veros en cuanto pueda.

—Estaba perdida —lloró su madre—. Estaba perdida.

—Sí, estaba perdida. Lamento contigo esta pérdida. —Señaló a dos jinetes de dragón—. Llevadlos a casa. Aseguraos de que lleguen sanos y salvos.

Y después usaría el espejo para hablar con su madre, para que los recibiera y los consolara. No obstante, antes regresó a la silla. No se sentó, sino que permaneció en pie mientras la familia abandonaba la sala.

—Aquí no hay culpables —insistió—. Si alguien enciende una vela esta noche, que sea para esos corazones rotos y afligidos. Id ahora con vuestras familias, con vuestros seres queridos, y dad las gracias por ellos. El juicio ha concluido.

Había cumplido con su deber, había enviado a la mujer insolente a un mundo de oscuridad y tristeza. Después llamó a Cróga y voló por las alturas, por encima de las nubes, donde podía simplemente ser, donde no veía nada más que el sorprendente color azul y la capa blanca debajo.

Había deseado ser guerrero, pensó, y había entrenado con orgullo y determinación. Se habría sentido orgulloso trabajando la tierra con Harken, aunque no con tanta determinación como su hermano. El destino le había entregado la espada y el bastón, así que los portaría y defendería todo lo que representaban hasta el día de su muerte. Sin embargo, en jornadas como aquella deseaba con todo su corazón una vida más sencilla. Anhelaba volar al oeste, a casa, al valle y, no podía negarlo, con Breen. Simplemente sumergirse en ella y olvidarse de todo lo demás por una bendita hora. Mientras cabalgaba por aquel aire tan ralo y frío, oyó la voz de Breen, clara como el agua a través del silencio.

Para ambos, nuestra elección ha resultado ser deber. Pero estoy aquí, y esperaré. Eso también es una elección, pero no un de-

ber. Te quiero. Eso me asusta y también me fortalece, pero, en
cualquier caso, te quiero. Así que aquí estoy, y esperaré.

—Dioses, que me hable ahora, que me diga esas palabras ahora... O no —decidió, ya que bien podría ser su propia mente la que las conjurara—. Vamos a bajar, Cróga. Todavía no hemos terminado con las obligaciones de hoy.

La comida y la celebración con los que se acababa y empezaba el año eran una obligación. No podía librarse de ellos. Se sentó a la larga mesa, presidiendo la sala de banquetes. Comió, bebió cerveza y mantuvo conversaciones que olvidó casi por completo cinco minutos después. Bailó por obligación. La hija de Minga, Kiara, le ofreció una mano.

—Estás encantadora, como siempre —le dijo él.

Ella sonrió y sacudió un poco la cabeza, de modo que los rizos negros y los lazos de terciopelo que le caían en cascada desde lo alto de la cabeza le bailaron tanto como las personas que los rodeaban.

—Para agradecerte el cumplido, te rogaría que saliéramos al aire fresco, en vez de bailar.

—Ahora te debo una docena de cumplidos.

—Le dije a Aiden que te ayudaría a escapar unos minutos.

—¿Eres feliz con él? —le preguntó Keegan cuando salieron a un balcón engalanado con luces de colores para la celebración.

—Mucho. Creía que solo sería un flirteo, pero me ha robado el corazón. Y yo tengo el suyo. —Miró hacia la fogata, que ardía con un brillo dorado—. Ahora todo es distinto para mí. Sé lo que es el amor, cosa que antes no sabía, creo. No esta clase de amor. Pensaba... Hoy he estado en el juicio.

—Sí.

—Al mirarla y escucharla, pensaba... que es como Shana. Me pasé la vida creyendo que conocía a Shana, y la quería como si fuéramos hermanas de sangre. Creía que ella sentía lo mismo por mí. Pero no, en realidad no. Como la chica del juicio, que no quería a su propia familia.

—Odran la corrompió.

—Sí, sí, pero ¿no tiene que haber algo dentro de ellas, algo que está dentro de Shana, que las impulse a abrirse así a él?

—Creo que sí. No todos estamos hechos de la misma manera, Kiara.

—Yo antes pensaba que sí; por dentro, me refiero. Sí, algunos ríen más o lloran más o hablan más. Yo soy del último grupo.

—Nunca —repuso él, besándole los nudillos.

Y eso la hizo reír.

—Creía que, en el fondo, de corazón y de espíritu, todos éramos buenos. Somos criaturas feéricas o, como mi madre, simplemente buenas. Pero ahora sé que no es así y, como lo sé, las palabras que hoy le has dedicado a su familia también me llegaron a mí.

—¿A ti?

—La culpa, que no existe. Me sentía culpable por Shana, por haberla ayudado en sus tejemanejes. Parecían inofensivos y divertidos, aunque, en realidad, no lo eran en absoluto. Ella no es inofensiva.

—Eso no es culpa tuya.

—No, es cierto, y hoy me ha quedado claro. Sus padres no son culpables. Es cierto que la mimaron, pero fue por amor. Lo cierto es que nunca fue mi amiga, nunca me quiso. Solo le resultaba útil. —Se volvió hacia Keegan y le cogió las manos—. Te digo esto, Keegan, para que tengas cuidado y estés alerta. Te hará daño, si puede. A ti más que a nadie. Hará todo lo que pueda para que sufras, para que sufran Breen y tu familia. Atacará todo lo que ames. Es algo que descubrí en ella demasiado tarde, pero lo vi con claridad.

—Igual que yo, demasiado tarde. Te diré lo mismo, Kiara: ten cuidado, estate alerta.

—Lo haré. ¿Volverá pronto mi madre a casa?

—Solo unos días más y estará aquí, te lo prometo.

—Mi padre y yo la echamos de menos. Bueno, ya te he entretenido lo suficiente. ¿Le darás recuerdos a Breen cuando la veas?

—Lo haré, por supuesto. Sé que el valle no es tu hogar, pero eres bienvenida en el mío cuando quieras. —Le dio un beso y la hizo sonreír—. Ahora ve a bailar, que ese vestido rojo tan bonito está hecho para eso.

—Así es. Ya es casi medianoche, e iré a buscar a Aiden. Feliz año nuevo, *taoiseach*.

—Igualmente.

En vez de volver al interior, a la música y al baile, Keegan se acercó a la fogata. Por encima de su alegre crepitar, oyó las voces que cantaban y celebraban. «Como debe ser», pensó. Se uniría a ellos, como debía, pero primero se tomaría unos minutos para disfrutar en soledad del último aliento del año.

En el cielo, las estrellas brillaban con un frío invernal y las lunas colgaban de la negrura como faros que regalaban su luz a todo Talamh. El mar iba y venía, iba y venía, con su propia canción. Dentro de las llamas doradas, el centro del fuego brillaba tan rojo como un corazón de dragón. Y allí, aun sin darse cuenta de haber mirado, la vio.

Llevaba un vestido del color de las esmeraldas, uno que le dejaba prácticamente las piernas al aire y que resplandecía como el polvo de hadas. Los zapatos, de purpurina dorada, tenían unos tacones altos y delgados como agujas. Nunca la había visto vestir algo tan… provocativo. Cantaba con Marg y, ah, también con Harken. Aunque no lo oía, por cómo se le iluminaba el rostro, sabía que sería una melodía alegre. Se había dejado suelta la gloriosa melena, de modo que aquellos rizos tan maravillosos le caían sobre la espalda, como a él le gustaba. Vio a su hermana bailar con Mahon, y a su madre marcando el ritmo mientras se reía. Se imaginó la música en la granja, los pisotones en el suelo y las voces que entonaban lo bastante alto como para que los espíritus largo tiempo perdidos se les unieran. Todo aquello lo reconfortaba tanto como el calor del fuego. Aun así anhelaba estar en casa, con su familia, con la mujer del vestido verde brillante. Pero siguió observando y sonriendo, y compartió por un momento su felicidad.

Entonces la canción terminó, al igual que el año, y se imaginó los vítores en el valle, como un eco de los que oía en la Capital, una forma de dar la bienvenida al nacimiento del nuevo año. En ese momento, ella miró y lo vio. A través del humo y las llamas, se miraron a los ojos. Cuando Breen sonrió, lo hizo por él. Se llevó dos dedos a los labios y después los alargó hacia Keegan. Y él, que nunca se había tenido por una persona sentimental, hizo lo mismo.

Sobre él, el cielo estalló cuando las hadas dispararon y los bañaron con vivas gemas de luz. En el castillo, en la aldea de más abajo y por toda la tierra sonaron las campanas.

Pero Keegan solo la veía a ella.

Entonces Marco la cogió en volandas, la hizo girar y la besó.

La visión se disipó en una nube de humo.

Se quedó un momento más junto al fuego y después regresó a seguir cumpliendo con su deber. Otro par de brindis, otro par de bailes, se prometió, antes de buscar la paz y la tranquilidad de sus aposentos. Seamus, el hermano del difunto Phelin, se reunió con él en la terraza y le ofreció una jarra de cerveza.

—Gracias, pero ¿por qué no estás besando a tu mujer?

—Lo he hecho, y con ganas. Ahora está bailando con mi padre. Así que bienvenido al nuevo año, *taoiseach*.

—Bienvenido al nuevo año.

—Algunos te están buscando por ahí dentro.

—Ah, sí —dijo Keegan, y bebió—. Por supuesto.

—He brindado con mi *taoiseach* y ahora hablaré con mi amigo. Vete a casa, Keegan.

—¿Ya quieres librarte de mí?

—A mi amigo de toda la vida le diré que ya has hecho todo lo que tenías que hacer aquí, por ahora, y que ya llegará el momento de que hagas más. Vete a casa, al valle, a tu granja, con tu familia, con tu mujer. Protegeremos la Capital y Talamh por ti.

—Sé que lo haréis —respondió, tras otro trago de la cerveza—. Aunque ella no es lo que se dice mía.

Seamus negó con la cabeza, alzó la jarra y le dio un buen trago.

—*Mo dheartháir*, puedes decirlo, puede que incluso te lo creas, pero eso no cambia la verdad. En fin, lo que te estoy diciendo es que te tomes todo el tiempo que necesites. Has dado y seguirás haciéndolo. Cuando perdimos a Phelin, que los dioses lo tengan en su gloria, nos ofreciste tu hombro, tu mano y tu corazón.

—También era mi amigo. De toda la vida, como tú.

—Lo sé. Así que les diste a todos lo que necesitaban. Plantamos cara cuando fue necesario, luchamos y resistimos. Lo haremos de nuevo. El juicio de hoy ha sido, bueno, un deber de mierda, pero lo has hecho bien. Y has terminado, Keegan. ¿Has visto tu hogar en el fuego?

—Sí, y con eso aguantaré otro par de días. Tres, creo, por las condenadas reuniones y la puñetera diplomacia. Pero, aparte de esa boñiga apestosa, necesito tu consejo de nuevo, y el de tu padre y otras personas que conozco y en las que confío, sobre lo que la traidora nos contó en el juicio. Hay mucho que analizar. —Volvió la vista hacia el fuego—. Hay otros como ella, mentes pequeñas y débiles, corazones codiciosos o, simplemente, personas con necesidades malignas ocultas. Tenemos que arrancarlos de raíz, Seamus, aunque los dioses saben que no disfruto enviando a nadie a la oscuridad eterna.

Tras un momento de silencio, Seamus respondió.

—Aquel día salté al lago contigo y te envidié, te envidié muchísimo cuando sacaste la espada, sobre todo al ver cómo brillaba a la luz del sol. Pero no era más que la inocencia de la juventud en mis ojos. —Le puso una mano en el hombro a Keegan—. Ahora, por todos los dioses, no te envidio ni por el bastón ni por la espada. Arrancaremos esas raíces podridas, *taoiseach* y cuando dejes caer el bastón en su juicio, lo harás con honor.

—Habrá familias que los lloren, como la de Shana, como la de Cait.

—Es cierto, pero la culpa es de los que traicionaron a sus familias y a las hadas.

—Sí, así que nos reuniremos. No mañana, ya que muchos tendrán resaca y se arrepentirán considerablemente de haber bebido demasiado esta noche. Eso sí que lo envidio —confesó al darse cuenta—. Creo que me gustaría emborracharme a conciencia.

—No tienes más que pedirlo —dijo Seamus, que volvió a darle una palmada firme en el hombro— y me uniré a ti en el empeño.

—Esta noche no —respondió Keegan, entre risas—. Mañana debo encargarme de las obligaciones del Primer Día, entre otras cosas. Te tomaré la palabra pronto, no te quepa duda. Ahora me quedan dos bailes más en el cuerpo antes de poder escapar.

—Bridie Mag Aoidh está deseando conseguir uno de ellos.

—¿Es la del pelo rubio rojizo y la risita extraña?

—Esa es su hermana, Maveen. Bridie es la rubia con voz de tubería oxidada.

—Ay, dioses, tiene unos pies que parecen botes de remos y los utiliza con bastante torpeza.

Seamus le dio otra palmada en el hombro mientras regresaban a la música y las voces.

—Como ya te he dicho, no te envidio en absoluto.

9

os vientos de enero soplaban fríos y húmedos. Breen se pasaba las mañanas del nuevo año guarecida en su despacho. Escribía en el blog y a continuación alternaba entre la segunda aventura de Botarate y la novela de fantasía adulta. Estaba segura —y le encantaba esa sensación— de que tendría listo el libro del perro para primavera.

Por otro lado, dudaba de la novela de fantasía cada vez que se sentaba con ella, aunque luego se sumergía en la historia hasta que llegaba la hora de cambiar el chip y cruzar a Talamh. Y allí ocupaba sus tardes con magia y entrenamiento, con vuelos con Lonrach y paseos con el fiel Chico. Por las noches disfrutaba de su casa con Marco y, a menudo, con Brian. A veces se iba un par de horas a su cuarto a trabajar un poco más, mientras Botarate dormía junto al fuego. No podía decir que sus noches fueran solitarias, a pesar de que se le hacían largas y echaba de menos saber que Keegan dormía a su lado.

Se tomó un tiempo para ella, visitaba a Aisling y a sus niños, a Finola y a Seamus, paseaba con Morena y contemplaba el vuelo del halcón. Pensaba en su futuro, e incluso dejó de obsesionarse con Odran y la guerra, y meditó sobre cómo podría ser su vida después.

Después.

Al final de la primera semana del nuevo año salió a pasear por las ruinas con Marg, Tarryn y Minga. Pensó que allí seguían los ecos, pero no la oscuridad.

—Seguirá en pie —dijo Tarryn—. Como una especie de monumento conmemorativo. Lo que se olvida tiende a repetirse con demasiada frecuencia, creo. Así que recordaremos lo que se hizo aquí en nombre de la fe y recordaremos no permitir que vuelva a suceder. —Aquella mujer con botas altas y el pelo dorado recogido en una coleta sencilla que le caía por la espalda dio una vuelta completa—. A partir de ahora, más caminarán por aquí y recordarán.

—En mi mundo, la historia habla —comentó Minga, vestida con pantalones anchos, desde una columnata—. Y habla de un tiempo en el que los gobernantes y los gobernados eran juzgados por el color de su piel. —Recorrió la piel dorada del dorso de una mano con los dedos de la otra—. Un color estudió y se alzó, llegó a poseer la tierra y todas las riquezas que deseaba; otro cultivó la tierra y pagó una parte a los gobernantes; otro cosió, produjo y construyó, y otro trabajó como esclavo. Y así, año tras año, esa era la ley y la costumbre. —Subió por la curva de escalones de piedra y miró a través de una abertura—. Entonces, muchos, de todos los colores, dijeron que no, basta. Compartimos sangre y corazón, mundo y tierra. Hubo guerras y derramamiento de sangre por todo Largus. Sangre roja, la misma bajo la piel. Así que las leyes y las costumbres cambiaron. Algunos aprendieron y recordaron, mientras que otros nunca lo hacen. —Bajó de los escalones—. Creo que, en todos los mundos, todos los que puedan deben aprender, recordar y plantarles cara a los que nunca lo hacen.

—Y por eso, *mo dheirfiúr*, estás en el consejo —dijo Tarryn, que le dio la mano y seguidamente se volvió—. ¿Qué percibes aquí, Breen?

—Trazas de tristeza por las maldades cometidas, pero aire limpio. Y... alivio de que se haya acabado.

—Los espíritus que liberamos a la luz y a la oscuridad se han embarcado en su siguiente viaje —añadió Marg—. Como debe ser. Y si vuelve a llegar su momento, serán nuevos, y ese viaje ofrece muchas opciones. —Sonrió, asintió y le dio la mano a Breen y a Minga mientras Tarryn cogía la otra mano de Breen—. Hicimos un buen trabajo, un trabajo justo y bueno. El trabajo de la luz. Benditos sean todos en este nuevo viaje, en este nuevo año.

Botarate salió trotando delante de ellas y las mujeres lo siguieron, juntas. Keegan estaba montado a lomos del gran semental negro, que iba cortando la alta hierba del cementerio. Breen se preguntó por qué no lo había percibido ni sabido antes. El corazón le dio un brinco y, aunque pudiera parecer una tontería, el día se le iluminó de repente. El *taoiseach* desmontó y dejó a Merlín pastando con las otras monturas. Después se agachó para saludar al alegre perrito. El viento invernal le alborotaba el pelo y le agitaba el abrigo mientras caminaba entre las lápidas.

En primer lugar saludó a su madre como era debido, con un beso que ella no tardó en convertir en un rápido abrazo.

—Bienvenido a casa, *mo chroí*. Has llegado pronto.

—Las carreteras están duras y secas durante todo el camino hasta el oeste.

Le dio un beso a Marg y otro a Minga antes de mirar a Breen.

—Ay —dijo Tarryn, volviendo la vista al cielo—. Dale un beso a la chica, por el amor de los dioses, pedazo de bobo.

—A sus órdenes.

La levantó del suelo y Breen se sintió como la heroína de todas las novelas románticas que había leído. Después, el mundo empezó a dar vueltas cuando la besó en los labios.

—Bien hecho —aprobó su madre—. Y ahora, Breen, me despido de ti hasta la siguiente ocasión. —Atrapó las mejillas de la joven entre sus manos y le dio un beso.

—¿Te vas?

—Ha llegado el momento.

—Deaglan y Bria esperan en la granja con sus dragones para llevaros de vuelta —le dijo Keegan a su madre mientras la abrazaba—. Aisling me maldecirá por alejarte de ella.

—En absoluto, lo entenderá perfectamente. Y tenemos el fuego y el espejo hasta que vuelva de visita.

—Cuídate, y tú también, Minga —añadió Breen—. Dale recuerdos a Kiara de mi parte.

—Lo haré.

—Os acompañaré para despediros —dijo Marg a la vez que estrechaba la mano de Breen—. Y a ti te veré mañana.

Breen se quedó con Keegan mientras las demás montaban, y vio sus capas volar cuando salieron al galope. Botarate corrió detrás de ellas y se despidió a ladridos. Después volvió deprisa.

—No sabía que venías ni que ellas se iban.

—Esperaba haber llegado ayer, e incluso el día anterior, pero he tardado más. Había… circunstancias.

—No tienes que explicármelo.

Keegan dejó escapar un ruidito de frustración.

—¿Cómo voy a saber eso aquí? —preguntó mientras se daba un toquecito en la cabeza—. ¿Cómo voy a saber qué debo explicar y qué no?

Ella se limitó a sonreír.

—¿Por qué no te digo simplemente que estoy muy contenta de verte? Luego puedes volver a besarme.

—Eso me vale.

La levantó en volandas de nuevo, ella le rodeó el cuello con los brazos y volvieron a besarse. Después, sin apartar la frente de la de Breen, la abrazó un poco más.

—¿Has tenido tiempo de ver a tu padre?

—Sí, antes de entrar en las ruinas. Están limpias, Keegan. Siguen siendo tristes, pero están limpias. ¿Quieres dar un paseo por ellas o tomarte un tiempo con tu padre y el mío?

—Hoy no.

Miró a lo lejos, más allá de la carretera, más allá del campo, hacia la casa.

—Ah, los Connelly. Tienes que ir a verlos.

—Ya he ido, antes de venir aquí. Me dijeron que te pasaste con mi madre. Están agradecidos. Y yo también.

La soltó.

—¿Quieres pasear un rato? Necesito descansar de caballo un poco.

—Me apetece andar —respondió ella, y le dio una palmada en la cabeza a Botarate—. Y a él también.

Fueron hacia los caballos, los sujetaron por las riendas y se alejaron de las piedras.

—Te vi en Nochevieja —dijo Breen—. Justo a medianoche.

—Sí. Salí fuera un momento, me acerqué a la fogata, y ahí estabas. Parecía una buena fiesta.

—Lo fue.

—No había visto antes ese vestido.

—Fue un regalo de despedida de Sally y Derrick, cuando viajamos a Irlanda por primera vez. Marco no aceptaba un no por respuesta. «Chica, si no te pones ese vestidazo en Nochevieja, ¿cuándo te lo vas a poner?». —Levantó la cabeza para mirarlo—. ¿No te gustó?

—Me gustó bastante. La poca tela que tenía, me gustó toda.

—La celebración en la Capital tuvo que ser maravillosa.

Él se encogió de hombros, aceptó el palo que le había llevado Botarate y se lo lanzó con fuerza.

—Divertida, para la mayoría. Bailé más de lo que quería y bebí menos. Kiara te manda recuerdos.

—¿Cómo está?

—Está bien, de verdad. Creo que la juzgué a ella tan mal

como a Shana. Y puede que lo hiciera por culpa de Shana. Veía a Kiara como a alguien dulce, sí, y bastante tonta. Es dulce, efectivamente, pero no tonta. Pletórica de vida, le rebosa.

Pensó en la joven, con su bonito vestido rojo y los lazos al viento. Llena de vida y de una fuerza sorprendente.

—Lo que Shana rompió dentro de ella se ha recuperado y ahora es más fuerte —añadió. Lanzó el palo por segunda vez y caminó un momento en silencio—. Cuando me fui, creía que sería por unos días, una semana, a lo sumo. Y que regresaría a la Capital después de unos cuantos días en casa para que mi madre pudiera pasar más tiempo con Aisling y los niños. Pero…

—Las circunstancias.

—Te las contaré. No para explicar, solo para contar.

—Vale.

—Algunos no son más que lo… pequeño, lo necesario —dijo Keegan—. La puñetera política y la diplomacia. —Lanzó el palo con más fuerza, como si lo que tirara fueran esas dos cosas—. Mi madre maneja esos asuntos con guante de seda. Yo tengo que trabajar más para lograrlo. No hace falta hablar de eso. Es lo que es. Y las reuniones con eruditos, guerreros y entrenadores…, teníamos que preparar o perfeccionar estrategias. Lo que te contaré es lo que sucedió en el juicio, ya que debes saberlo.

—No negó nada ni suplicó piedad.

Keegan frunció el ceño al mirarla.

—¿Ya lo sabías?

—Se lo vi aquella noche. El fervor. Como Toric. No tan abiertamente violento, creo, pero ahí estaba —explicó Breen.

—Estás en lo cierto. Y se sentía orgullosa de sus actos. Y despreciaba a su familia, sin ninguna vergüenza. Despreciaba Talamh, pero el desdén por su familia era tal que casi pude oír el corazón de su madre al romperse.

Breen le dio la mano y Botarate, con el palo entre los dientes, se puso a su lado para seguirles el ritmo.

—Pero con ese orgullo, con ese fervor, como tú has dicho, con ese desprecio, nos contó mucho. Más de lo que yo creía ser capaz de sonsacarle, ella nos lo facilitó de buen grado. Yseult envió la poción con un cuervo, así que haremos lo que podamos para estar pendientes.

—¿Cómo la adoctrinó Odran? —preguntó Breen—. ¿Cómo la convirtió? ¿Cómo la encontró y supo que podía hacerlo?

—Creo que Yseult, con múltiples disfraces, ha cruzado muchas veces a lo largo de los años. Además de los exploradores y los espías. Nadie que tenga intención de hacer daño puede cruzar por el Árbol de la Bienvenida; ese es el único portal infranqueable. Usamos protección —explicó—. Pero la protección puede desgastarse, como el mar al batir contra la orilla a lo largo del tiempo, con magia, determinación e intención.

—Como la brecha bajo la cascada.

—Sí. Y así buscan a los débiles, los descontentos, los enfadados. A saber. Esta muchacha dijo que había ido al mundo de Odran.

—¿Él la llevó?

—Eso decía, y su orgullo al respecto parecía genuino. La atrajo con promesas de riquezas y más, con un amante. El hada oscura que intentó secuestrarte el día que Marg te llevó a la tumba de tu padre.

—Ese…

Breen se estremeció al recordar cómo la había arrastrado por el aire, la doble conmoción al ver a Keegan, espada en mano, a lomos de su dragón. La caída al suelo y, después, la cabeza cortada que rodó por la tierra.

—Fue hace meses —murmuró.

—Lleva más tiempo con ellos, sin duda. Él te vio y la dejó para ir a por ti.

—Tú lo mataste —dijo Breen—. Culpa mía, culpa tuya; eso también se ha estado cociendo dentro de ella. Y avisó a Odran. De modo que él sabía que yo estaba aquí y avisó a Yseult. Pero…

—Se calló y se volvió hacia él—. Tiene que haber más como ella y el de Samhain, más como Toric y los píos que estaban con él.

—También aciertas en eso. Así que tardé más con todo. Ahora los estamos buscando, localizaremos a quienes piensan traicionar a sus tribus y a sus familias. Y cuando los tengamos, los usaremos o los desterraremos, como mejor nos venga.

—Hay que usarlos. Como contraespionaje, creo. Les daremos información falsa o la información que quieres que sepan.

—Sí. —Sin dejar de caminar, la miró con aire meditabundo—. Lo has captado muy deprisa y me has ahorrado la explicación.

—Eso no significa que no sea una mierda —masculló ella—. Saber que hay personas a las que has jurado proteger, por las que has luchado, por las que mi padre y el tuyo han muerto, que lo traicionarían todo por un dios gilipollas que les cortaría el cuello para sacrificarlos sin pensárselo dos veces. Y ¿por qué? —Al despertarse su ira, levantó una mano de la que brotaron chispas diminutas—. ¿Porque quieren más poder cuando ya han recibido tanto? ¿Más riquezas cuando viven en lo más parecido que existe a un paraíso? ¿O porque los atrae adorar la crueldad que representa Odran?

—Es normal que eso te enfurezca —respondió él al cabo de un momento.

—Y tanto que sí. Los seres feéricos son pacíficos, generosos, alegres. Lo sé porque lo siento dentro de mí. Formo parte de ello. Somos valientes y leales. Con nuestros defectos, claro, como cualquier ser vivo, pero ¿elegir eso antes que esto? —Respiró hondo—. Algunos aprenden y recuerdan —dijo, acordándose de las palabras de Minga—. Otros, nunca lo harán.

—Ahí lo tienes, en… —Levantó una mano y agitó los dedos.

Y, de alguna manera, ella lo entendió y, al entenderlo, se calmó de nuevo.

—En resumidas cuentas.

—Eso, sí. Hasta los dioses cometen errores, y él cometió uno con Cait. Eligió a una persona que estaba demasiado enfadada para ser lista. Encontraremos a otras. —Keegan la miró con atención—. Me resulta extraño haber paseado y hablado, y no estar enfadado con lo hablado. La mayor parte del tiempo eres una persona muy sensata, Breen Siobhan.

—¿La mayor parte del tiempo?

—La mayor parte —repitió—. Me reconfortó veros a todos en el fuego. Sobre todo a ti. No oía la canción que cantabas, pero sentí el placer. ¿Me habías visto antes de eso?

—¿En Nochevieja?

—Después del juicio, después de enviar a la chica al Mundo Oscuro y encerrarla allí. Volé por encima de las nubes, con Cróga. ¿Me viste, hablaste conmigo?

—No. ¿Por qué me lo preguntas?

—Te oí. Me hablaste, igual que en el lago, hace tantos años. Te oí, pero no te vi.

—Yo no... ¿Qué te dije?

—Me dijiste... —Keegan vaciló y respondió sin contar demasiado—. Me dijiste que, para las personas como nosotros, la elección a menudo es deber. Me dijiste lo que necesitaba escuchar en ese momento y en ese lugar. O me imaginé que lo hacías.

—Siempre elegirás el deber. Eres así.

—¿Y tú?

—Creo y espero haber llegado a ser así. ¿Solo te dije eso?

Keegan se encogió de hombros y, aunque sabía que eludía la respuesta, se dijo que ya había hablado más que de sobra.

—Me dijiste lo que necesitaba escuchar. Ahora cabalguemos y veamos cómo vas con el galope.

Le iba bien, aunque, como siempre, Keegan fue parco en elogios. Breen vio a Morena con los dos niños mayores, enseñándoles el arte de la cetrería, mientras el nuevo cachorro de Harken, que se llamaba Cielo, saltaba y daba vueltas alrededor de la estoica Mab.

—Bienvenido a casa —saludó Morena a Keegan—. Tu hermano está en el granero haciendo lo que hace siempre y Mahon está de patrulla. Le estoy dando a Aisling un descanso con el bebé y me estoy entreteniendo con los niños.

Se agachó para acariciar a Botarate, que se alejó corriendo para jugar y saltar con el cachorro. Breen oyó en su mente el ligero suspiro de alivio de Mab.

—También intento escapar de lo que sea que esté haciendo Harken en el granero —confesó Morena—. Además de cuidar del cachorro, que rara vez se aparta de su dueño. Nos hemos despedido de Tarryn y de Minga. Y ¿después? Bueno, Marco ha reunido a mi yaya y a la tuya, Breen, y a Sedric. Están haciendo una competición de repostería en el otro lado. No me han invitado a acompañarlos.

—¿Por qué no te invito yo a probar el resultado?

—Acepto.

—Ya que estaba, ¿creéis que Marco habrá pensado también en preparar la comida? —preguntó Keegan.

—Siempre está pensando en preparar comida. Puso una olla con algo al fuego antes de cruzar a este lado —dijo Breen.

—Estoy deseando probarlo, si es que me lo piden.

—Te he echado de menos —repuso ella, sin más.

—Bien —dijo él, también sin más, antes de alejarse.

—Ahora, Botarate tiene dos novias —comentó Breen.

—Esa Cielo es un torbellino. Y, efectivamente, es un cielo, porque incluso estoy considerando la posibilidad de perdonarla por haberme hecho un agujero en uno de mis mejores calcetines. Puede que perdone a Harken por comentar que no lo habría hecho si yo no los hubiera dejado en el suelo. Cosa que yo no habría hecho de no haber tenido que desnudarme a toda prisa para revolcarme con él, así que...

—Y esto es la vida de casada.

—Estoy atesorando cada momento, la verdad. ¡Así se hace, Fin! ¡Buen trabajo! Ahora deja que pruebe tu hermano.

Breen vio al niño ayudar a su hermano pequeño con el guante, mientras Kavan bailaba sin moverse del sitio, tan encantado que sus alitas empezaron a batir. Y al perro de Breen, también encantado, rodando por la hierba con el incansable cachorro.

«Es simplemente perfecto», pensó ella mientras Kavan, sin dejar de bailar, levantaba la mano enguantada. El halcón planeó hacia él con sus largas alas, que plegó antes de aterrizar. El brazo del niño bajó unos centímetros por culpa del peso, pero aguantó y se volvió hacia Morena con una sonrisa capaz de iluminar el mundo entero.

—Bien hecho, chaval, buen trabajo.

—A Amish le hace gracia.

Morena asintió.

—Lo has percibido bien. Bueno, ahora mira esto.

Hizo un gesto mientras Kavan, antes de que nadie le dijera nada, levantaba el brazo para que el halcón volara. Después salió corriendo detrás de su hermano, voló hasta quedar fuera de su alcance y, mientras se reía, en el aire, levantó el brazo para llamar a Amish.

—Eso todavía no se lo había enseñado —dijo Morena cuando Amish volvió a posarse en silencio en el brazo del niño—. Y no pensaba hacerlo hasta dentro de un año o más.

—Es algo innato. —Al fijarse en la escena que se desarrollaba ante ella, Breen vio otra—. Ambos volarán juntos un día, Kavan con sus alas, Finian sobre su dragón, y, en los brazos, llevarán los halcones que nacerán del tuyo.

—¿Lo ves? ¿Lo sabes?

—Durante un segundo, con absoluta claridad. —Un segundo que le había dejado el corazón acelerado al abrirse—. No se lo digas. Creo…, creo que algunas cosas deben llegar sin más.

—Entonces no lo haré. —Morena se echó la gorra hacia atrás y observó a los niños—. Pero, ya que lo sé, dedicaré más tiempo a entrenarlos para lo que está por llegar.

—Breen Siobhan.

Breen se volvió y, más por suerte que por destreza, cogió al vuelo la espada sin envainar que le había lanzado Keegan.

—Defiéndete —le ordenó él, y la mató antes de que ella pudiera adoptar la postura.

—Voy a irme bien lejos —decidió Morena.

—No estaba preparada.

—Y ahora estás muerta, porque siempre debes estar preparada. Levanta tu espada, mujer. Defiéndete.

Esta vez, el acero chocó contra el acero y el estruendo hizo temblar el aire invernal. Keegan y los enemigos que conjuraba para que lucharan contra ella eran implacables. Hadas oscuras, perros demoniacos, elfos enloquecidos que no dejaban de brotar de la nada. Evidentemente era lo bastante entretenido como para que Harken saliera del granero y se acercara a mirar con Morena y Finian; el cachorro, agotado al fin, se le metió entre las piernas, mientras que Kavan acabó en brazos, sentado en su cadera.

En cierto momento, cuando el sudor ya le entraba en los ojos, Mahon voló hacia ellos y aterrizó para unirse al público. A pesar de que los espectadores la animaban con entusiasmo, no resultó de gran ayuda. Breen perdió la cuenta de las veces que la habían alcanzado. Luchó con la espada, con la magia, con los puños y con los pies. Aunque las hojas no podían cortar ni rajar, aunque los colmillos no pinchaban ni las zarpas rasgaban la piel, sí que escocía bastante.

Para cuando cayó el crepúsculo, le dolía todo el cuerpo. Mientras estaba allí, jadeando, con la espada bajada, empuñándola en un brazo con el que temía no ser capaz ya de levantar ni un puñado de plumas, Keegan envainó la suya.

—Estás desentrenada —dictaminó.

—Entreno todos los puñeteros días.

—Con esta gente —repuso él, señalando a su público—. Y ellos te lo ponen demasiado fácil, eso está claro.

—¡La has enfrentado a cinco a la vez! —le gritó Aisling, que se había unido a los demás con el bebé envuelto en un pañuelo.

—Ella es el gran premio, ¿no? Y si encuentran la oportunidad de separarla de los demás y rodearla, lo harán. Si la mimamos, no mejorará.

—Mimarla, y una caca de la vaca —protestó Harken—. Ha entrenado con ganas.

—No lo bastante. Mañana lo hará mejor.

—Bah, vete a la porra, Keegan. Breen, entra en casa —la invitó Aisling—. Caliéntate junto al fuego y te prepararé algo para aliviarte los dolores.

—Estoy bien, pero gracias. —El orgullo no le permitía dejarse «mimar»—. Tengo que volver a casa.

—Has hecho un buen trabajo con el hombre oso y el demonio con colmillos.

—Gracias, Mahon. —Le devolvió la espada a Keegan con un gesto brusco—. Buenas noches a todos. Vamos, Botarate.

Empezó a cruzar la carretera mientras rezaba para ser capaz de pasar por encima del último muro sin gemir en voz alta. Keegan se le acercó por detrás y, sin mediar palabra, la pasó por encima del muro.

—Ahora deberías entrenar con tu propia espada. Tienes que empezar a llevarla encima cuando cruces a Talamh.

—No soy una guerrera —respondió ella, aunque tuvo que apretar los dientes para subir los escalones que llevaban al árbol y obligar a sus piernas a levantarse para pasar por encima de la rama baja—. No tengo que ir por ahí pavoneándome con una espada.

Keegan cruzó con ella y, juntos, salieron a la niebla.

—Tenemos raíces podridas que todavía no hemos arrancado, Breen. Ir armada no es pavonearse.

—Estoy armada. —Levantó una mano y sostuvo una bola de fuego. Después la aplastó y la extinguió—. Siempre.

—Vale, pero la espada añade protección. —Se detuvo y, en la penumbra, la cogió por los hombros—. Te regalé la espada porque te la has ganado. En nuestra tradición, no es un asunto baladí forjar una espada para alguien y entregársela.

—Y te lo agradezco, en serio, pero…

—No me estás entendiendo. No te la habría dado si no te la hubieras ganado. Eso habría sido un desprecio tanto para la espada como para ti, y también para mí, ya puestos. Has entrenado, y no, nunca serás una experta con la espada, pero sigues trabajando. Luchaste con valor en una batalla. Así que no, no eres una guerrera, no por decisión propia, pero aguantas y luchas, entrenas y lo intentas. Te has ganado la espada, una hecha para tu mano, una con tu marca. Solo te pido que la lleves.

Le calmó los dolores mientras hablaba y, a pesar de su orgullo y de que todavía sentía algo de rencor, no pudo resistirse al alivio.

—No me han mimado. No son tan duros conmigo como tú, pero ¿quién lo es? Eso no quiere decir que me mimen, en absoluto.

—Lo vemos de forma distinta. Creo que Mahon estaba en lo cierto. Has manejado bastante bien al cambiaformas.

Ella lo miró directamente a los ojos mientras Botarate, sentado, los miraba por turnos.

—Me lo dices porque quieres comida y sexo.

—Por supuesto que lo quiero y que pienso conseguirlo. Aun así, te digo que has manejado bastante bien al cambiaformas.

Ella decidió aceptar el cumplido.

—No tengo cinturón para la espada —comentó.

—Tráela mañana. Te haré uno —dicho lo cual, bajó las manos hasta las caderas de Breen—. Conozco tu talla.

Un poco apaciguada, la joven siguió andando. Cuando empezaba a lanzar algo de luz para alumbrar el camino, Botarate dejó escapar un ladrido de felicidad y echó a correr. Por el camino bailaban ya unas luces, seguidas de voces. Oyó a Marg.

—Qué perro tan bueno, eres el mejor. ¿Dónde está nuestra chica?

Los vio salir de la niebla, con las lucecitas parpadeando a su alrededor. Botarate brincaba con orgullo al lado de Marg, mientras que Finola reía y Sedric caminaba justo detrás de ellas. Todos llevaban cestas, y el aroma seductor de su contenido flotaba por el aire. A Breen le pareció que eran como adolescentes atolondrados camino de una fiesta.

—Os habéis perdido una tarde fantástica —les dijo Finola.

Una con mucho vino, a no ser que Breen se equivocara.

—¿Quién ha ganado? —les preguntó.

—Lo dejamos en empate —respondió Sedric, muy serio—. Después de mucho debate y discusión, y tras haber probado los artículos en sí.

—De hecho, hemos probado tanto que es posible que no cenemos. Y, aun así —añadió Marg levantando su cesta—, tenemos de sobra para calmar las ansias de azúcar de medio valle.

—No me negaría a colaborar en eso —dijo Keegan.

—Y seguro que lo harás cuando llegues a casa —repuso Finola, pinchándole con un dedo en el pecho—. Vamos a dejar una parte en la granja, y otra para Aisling y los niños.

—Tienes un poco de harina justo aquí —dijo Keegan antes de darle un beso en la mejilla.

—Ay, eres astuto. —Entre risas, metió la mano en la cesta—. Te has ganado una galleta, pero ni una migaja más.

—Reserva los dulces —le aconsejó Sedric—, porque Marco tiene en la olla una cosa que llama pozole. También lo hemos probado.

—Picante —comentó Finola, arqueando las cejas— como el cocinero. Tengo aquí un plato para mi Seamus, que le encanta el picante.

—Y con el picante y el dulce nos hemos bebido como una cuba de vino —dijo Marg, que apoyó la cabeza en Sedric—. Lo hemos pasado de maravilla. Ahora, largaos, que hace mucha humedad, y procurad pasarlo también de maravilla.

Cuando siguieron bajando por el sendero, Keegan los observó.

—Parecen todos algo chispos, y contentos de estarlo.

—¿Chispos?

—Bebidos. Un poco. —Le dio un bocado a la galleta—. Y, pese a todo, son unos dioses con el horno.

Cuando le ofreció la mitad a Breen, ella negó con la cabeza.

—Esperaré. Ya he probado el pozole de Marco, así que eso va primero.

—¿Y qué es eso del pozole?

—Algo increíble —le aseguró ella.

En cuanto entraron en la casa, en los aromas, Keegan supo que le había dicho la verdad.

—Bueno, Marco, parece que has vuelto a conseguirlo.

—¡Bienvenido!

Con el paño de cocina al hombro, Marco salió de la cocina para darle un buen abrazo a Keegan.

—Cuidado, hermano, que estoy empapado.

—Pues quítate el abrigo. Y tú también, Breen. ¿Vino o cerveza?

—Lo que tengas más a mano —respondió Keegan.

—Tengo un vino que va bien con el pozole, así que empieza por eso. Espero que tengas hambre.

—Si no la tuviera, lo que sea que se esté cociendo ahí me abriría el apetito. Y también hay tarta, por lo que veo.

—Rellena de manzana y pasas. Además he probado a hacer un flan, por el pozole. No quería competir con el *shortcake* de Sedric porque el suyo es el mejor, pero nos ha dejado un poco, y también tenemos un trozo de la tarta de nata de Finola y de los pasteles de bayas de la yaya. Y más. Madre mía, ha sido un día estupendo.

Sin dejar de parlotear, sirvió el vino mientras Breen llenaba los cuencos de agua y de comida para Botarate.

—Vamos a repetirlo todos los meses, como una liguilla. En casa de la yaya, en casa de Finola y aquí.

—Esto es vino *sidhe* —dijo Keegan tras el primer trago.

—Lo ha traído Finola, me dijo que pegaba con todo.

—En eso está en lo cierto. No hay vino mejor en todo Talamh.

—No hace falta que me lo digas. Nos hemos bebido dos botellas mientras estábamos con el horno. Puede que me salgan alas. Me lo he pasado genial.

Breen preparó la mesa mientras hablaban y bebían. Observó a Keegan apoyado en el mostrador, que se reía al ver cómo Marco les narraba el gran concurso de repostería. Sonaba la música, como suponía que habría sonado durante toda la tarde. Botarate se acurrucó junto al fuego para echar una siesta y ella encendió las velas.

Compartirían una comida y, seguramente, se atiborrarían de tarta. Después, Keegan y ella compartirían cama y, cuando regresara de su trabajo, Brian la compartiría con Marco. A pesar del entrenamiento y de las innumerables derrotas sufridas en él, tenía que reconocer que había sido un día estupendo. Como Morena, atesoraría cada momento.

10

Llovió durante cinco días enteros, y el agua cayó, mojó y lo empapó todo a ambos lados del portal. Las carreteras se transformaron en lodo; las bahías se tornaron del mismo gris plomizo del cielo. Y el verde resplandecía como esmeraldas pulidas.

Keegan cabalgaba o volaba todos los días, a pesar de la lluvia, para comprobar los portales del oeste al este y vuelta a empezar. Dedicaba tiempo a Harken y a la granja siempre que lo tenía, y hablaba con su madre todos los días a través del espejo. La búsqueda de los espías y exploradores de Odran no cesaba.

Aunque Breen habría preferido cobijarse en casa con su trabajo, la música de Marco y el aroma de la magia culinaria que él conjuraba en la cocina, Keegan la obligaba a entrenar todos los días. Cada noche llegaba a casa arrastrando los pies, mojada, embarrada y amoratada. Llevaba la espada encima y casi se había acostumbrado a ella.

El primer día que un trocito de cielo azul se abrió paso entre el gris, abandonó su despacho y entró en la zona de trabajo de Marco. Cogió una Coca-Cola, dejó que Botarate saliera a correr por la bahía y se sentó. Como Marco levantó un dedo, esperó.

—Dame otro minuto —le dijo su amigo—. La entrada del blog de esta mañana ha sido oro puro, por cierto.

Ella no respondió nada; se limitó a mirarlo mientras trabajaba. Llevaba las largas trenzas recogidas atrás y el jersey rojo que le había tejido Finola. Las deportivas negras de caña alta se movían siguiendo una melodía interna, mientras que los ágiles dedos de Marco volaban sobre el teclado.

—Y ya está. Ya he subido tus publicaciones diarias a las redes. Estoy pensando que estaría bien si pudieran traerse a Cielo un día de estos. Así les haría fotos a Botarate y a ella, porque seguro que vas a añadirla a una de sus aventuras más pronto que tarde.

—Me conoces demasiado bien y es una idea estupenda. No podría hacer esto sin ti, Marco Polo.

—Tía, podrías escribir los libros y el blog, pero no serías una estrella de Twitter —respondió él mientras levantaba el vaso alto de agua con gas.

—Pues tú vas a hacer un libro de cocina.

—Ah, ¿sí? —dijo Marco.

—Ya has leído los comentarios del blog, todo el mundo pide la receta cada vez que menciono algo que has cocinado. Puedo ayudarte, no con la cocina, pero sí con el texto y las fotos, y ya le he preguntado qué le parece a mi agente.

—Ostras, Breen. —El joven se restregó la cara—. Ya sabes cómo cocino yo. Pruebo esto, pruebo aquello, qué pinta tiene, cómo huele, todo eso.

—Y así es como deberías hacerlo, y Carlee está de acuerdo. No quiero que sea trabajo…, más carga de trabajo para ti. Pero creo que te divertirías. Tú piénsalo.

—Supongo que podría pensármelo, pero…

—Sin peros. Piénsalo. En fin, un par de cosas más, si tienes un momento.

—Nos queda poco para salir —comentó Marco.

—Lo sé, pero, primero, tengo que contarte un par de cosas. El libro de Botarate debería estar listo dentro de unas seis u ocho semanas. Puede. Estoy bastante segura. Espero.

—Eso es genial.

—Y tengo una idea que puedo esbozar, me parece, para el tercero. Y, sí, meteré a Cielo.

—¡Lo sabía! —exclamó, moviendo los hombros arriba y abajo—. Tienes que dejar que lea ya el que estás terminando. Puedo dejar caer algunas pistas en las redes sociales. Nada importante, porque todavía estamos plantando la primera semilla y hay que dejar que germine antes de plantar la segunda.

—Ay, qué mono estás cuando hablas como la gente del sector.

—Me gusta. Nunca me había planteado ganarme la vida así, pero me gusta.

—Se nota, y eso es bueno, porque me lleva a otra de las cosas que quería contarte. Creo y, de nuevo, espero, que quizá a primeros de abril podríamos tomarnos un par de días. Y sorprender a Sally en su cumpleaños.

—¿Ir a Filadelfia? —preguntó Marco, casi con los ojos fuera de las órbitas.

—Para empezar, sí. Para ver a Sally y a Derrick. Y yo visitaré a mi madre.

—Iré contigo —le dijo él, y le cogió la mano.

—No, no pasará nada, estaré lista. Después viajaremos a Nueva York en tren.

Los ojos de Marco volvieron a abrirse como platos y, esta vez, también se le abrió la boca.

—¿Qué? ¿A Nueva York? ¿Me tomas el pelo?

—Ya va siendo hora de que conozcas a las personas con las que has estado trabajando y de que ellas te conozcan a ti. Y, por supuesto, si tuviéramos el concepto básico de tu libro de cocina único y fabuloso…

—En abril. —Se levantó y se puso a caminar en círculos—. Me estás asustando un poco, Breen.

—Sí —le recordó ella—. Podríamos abrir el portal al apartamento y llegar por esa ruta, porque Keegan tiene allí a una de las hadas. Y yo quiero conocerla a ella también. Así ahorramos tiempo, pasaríamos un día con Sally y Derrick, y un día en Nueva York. Todo depende de...

—La guerra y la paz.

—Si me necesitan aquí, no puedo irme, ni siquiera un par de días. Primero quería decírtelo a ti. Después tengo que hablar con Keegan y con la yaya. Pero antes quería ver qué te parecía. Y también deberías contárselo a Brian, a ver qué opina él.

—Sí, sí. Ya.

—Aunque ha estado todo muy tranquilo, no será siempre así —siguió Breen—. Me inclinaría por irnos ahora mismo, mientras podamos, pero me da la sensación de que no es el momento oportuno. Y no sé si es porque no lo es o porque primero quiero terminar el libro.

—Cuando digas que nos vamos, nos vamos. A Brian le parecerá bien. Todos tenemos nuestro trabajo, ¿no? Este es el tuyo y el mío. Ahora me surge una pregunta.

—Quería contarte algo más —dijo Breen.

—Yo primero. ¿Cómo va el libro grande? ¿Cuándo vas a enviar ese?

—No está listo.

—Llevo escuchando lo mismo mucho tiempo. —Marco levantó una mano antes de que Breen pudiera hablar—. Y sé, como lo sabes tú, que Carlee te ha estado lanzando indirectas a su amable manera para que le envíes una parte. ¿Cuándo lo vas a hacer? Lánzate ya, cielo.

Esta vez fue ella la que se levantó y se paseó por la habitación.

—Estoy tan nerviosa que resulta ridículo, Marco. Creía que no volvería a sentirme así. No tengo tanto miedo con el segundo juvenil, pero porque es territorio conocido y, la verdad, me divierte mucho. Pero el otro... Ni siquiera consigo decidirme por un título.

—¿Cómo se llama ahora?

—Bueno, esta semana es *Magia de luz, magia de oscuridad*. Pero quizá…

—Es potente. Déjalo así. Y dame a leer algo de lo que viene detrás. El primer capítulo. No, los dos primeros. Deja que los lea esta noche.

—No está… —Dejó escapar el aire entre dientes cuando Marco la apuntó con un dedo—. Dame dos semanas más. Te dejaré leer eso dentro de dos semanas.

Él se levantó, extendió el brazo y torció el meñique.

—Promesa de meñiques.

—¡Mierda! —exclamó Breen, y de nuevo bufó, pero enganchó su meñique con el de Marco—. Dos semanas más.

—Está decidido. Ahora vamos. Puede que en Talamh también se haya despejado. Échale la magia al estofado, por fa.

—¿Eso es? Huele genial. Pero tenía que contarte otra cosa.

—Cuéntamelo por el camino.

Ella se colocó la espada, a la que no se había acostumbrado del todo, y cogió una chaqueta y una bufanda.

—Hace más calor —dijo cuando salieron—. Sigue siendo invierno, pero ya empiezan a subir las temperaturas.

Cuando Botarate se les acercó, lo secó y se paró un momento.

—La bahía está azul pálido, en vez de gris, y todo huele a fresco, a limpio.

Le dio la mano a Marco y se la apretó antes de dirigirse al bosque.

—¿Habéis hablado Brian y tú de después? —le preguntó a su amigo—. ¿Después de todo esto?

—Sí, y estaremos los dos juntos. Sea donde sea, pero creo que será aquí. No al otro lado, en Talamh, al menos para vivir. Necesito mi puñetera banda ancha y duchas de agua caliente. Necesito un lavavajillas, joder. Pero tú estás aquí y sé que vas a quedarte. ¿Verdad? Creo que lo supe la primera vez que te vi en la casa. Lloraste. Lloraste porque era justo lo que querías.

—Sí.

—Tenemos a Sally y a Derrick en Filadelfia, y a mi hermana. Pero podemos ir de visita. El resto de mi familia… Debo aceptar que nunca me aceptarán. Y tampoco aceptarán nunca a Brian. Así que hemos hablado sobre buscarnos un sitio a este lado, cerca de ti, cerca de Talamh, donde ahora tengo a tantas personas queridas.

—¿Serías feliz aquí, en Irlanda?

—Me encanta desde que la vi por primera vez. No me imaginaba que viviría aquí, aunque tampoco me imaginaba que encontraría a Brian. Él es mi mundo y yo soy el suyo.

—Es precioso verlo, Marco. Sentirlo y saberlo.

—A primera vista —dijo él, y suspiró de felicidad—. No creía en ello, hasta que me pasó a mí. Por el lado práctico, ya sabes, siempre que tenga conexión, puedo trabajar desde cualquier parte. —Le dio un apretón en la mano a Breen—. Y, hasta que llegue ese momento, estoy contigo.

—Lo sé y te quiero por ello. Y, si estás seguro del resto, se me había ocurrido que podría pedirle a la yaya que ampliara la casa.

—Breen.

—Tú escúchame. Los dos tendríais vuestro propio espacio. O, si te parece mejor, y creo que te lo parecerá, hay terreno de sobra para construir otra casa. Para Brian y para ti. Seríamos vecinos.

—Vecinos —murmuró él.

—Podrías tener tu propio caballo al otro lado, y Harken lo alojaría en la granja. Seguro. Te encanta montar y podrías tener uno propio. Podrías diseñar tu cocina y la reina de todas las duchas. Podrías tener un estudio de música para tocar y escribir.

Marco se detuvo en el camino y la abrazó.

—Te quiero, Breen.

—Y yo a ti, Marco. Di que sí, por favor. Si te quedas, quédate cerca, cerca de mí, cerca de Talamh.

—No puedo decir que sí antes de hablarlo con Brian, pero es justo lo que quiero. Ahora te voy a llorar encima.

—Es justo lo que quiero yo también. —Le besó la mejilla mojada y lo abrazó con fuerza—. Ya resolveremos el resto, Marco. Llegaremos a ese después y tendremos justo lo que queremos.

Encontraron a Marg con Sedric fuera, junto a la puerta de la cocina. Los dos llevaban pantalones y jerséis; a Sedric le brillaba el pelo plateado, mientras que Marg llevaba la gloriosa melena roja recogida bajo un gorro de lana. Cuando se acercaron para unirse a ellos, Breen vio una olla enorme echando humo sobre una fogata y a la pareja cortando a dados una montaña de manzanas sobre una mesa de trabajo.

—Eh, bienvenidos. Breen, *mo stór*, entra y dale a nuestro chico su galleta, que tengo las manos ocupadas.

—¿Salsa de manzana? —preguntó Marco mientras Breen iba a por el tarro de galletas.

—Vino de manzana —respondió Sedric—. Mi primo pequeño trajo las manzanas para hacer un trueque y me ha parecido que era una buena forma de gastarlas.

—¿Sí? —Marco le echó un vistazo a la olla y vio algo que parecía agua—. ¿Cómo lo hacéis? No puede ser solo hervirlas y ya está.

—Es más que eso, da bastante trabajo, ahora que la lluvia por fin nos ha dado tregua.

Breen sacó la galleta. Botarate decidió que el mejor sitio para comérsela era debajo de la mesa, a los pies de Marg.

—¿Necesitáis ayuda?

—Ya casi hemos terminado con las manzanas, pero se agradece la compañía.

—Eso es una especie de fermentador, ¿no? —preguntó Marco, que se había acercado a otra olla que tenía una espita en la parte de abajo.

—Efectivamente. Pero mira que eres listo.

—Colocaremos las manzanas en esa bolsa de filtro —le explicó Sedric—, las apretaremos bien fuerte y las meteremos en el fermentador, después va el agua hirviendo y agua para enfriarlo. Y hay que dejarlo todo un tiempo antes de ponerse con la ciencia.

—Y, después de la ciencia, y un poco de magia, viene la paciencia. Un buen vino tarda su tiempo.

Tras meter las manzanas cortadas en la bolsa, Sedric las puso en el fermentador.

—Deja que vaya a por unos guantes para cargar con esa olla gigante —se ofreció el joven—. Tiene que pesar.

—No es necesario. Apártate un poco, Marco.

Tras decirlo, Marg levantó las manos hacia la olla, y un arco de agua hirviendo recorrió la distancia entre recipiente y recipiente.

—Puedes llenar ese cubo en el pozo —le señaló Sedric—. Y así habrás colaborado en la preparación.

—Y, en cuanto Marco añada el agua fría, nosotras nos iremos al taller y dejamos a los hombres a lo suyo.

—Primero me gustaría hablar contigo sobre un par de cosas —repuso Breen—. Justo después de recuperarme de la conmoción y la gracia que me va a hacer ver a Marco llenar un cubo de agua en un pozo. En realidad está bien, porque supongo que no será la última vez. Va a quedarse en Irlanda. Brian y él lo han hablado y después (voy a llamarlo simplemente «después») vivirán al otro lado, en Irlanda, para que Brian pueda ir de un lado al otro con facilidad.

—Cuánto me alegra oírlo, ni te lo imaginas. Es lo que esperábamos, ¿verdad? —dijo Marg mientras buscaba la mano de Sedric.

—Cierto. Venga, vecino, échala poco a poco. —Sedric supervisaba y asentía con la cabeza mientras Marco vertía el agua del cubo—. Y eso es todo, por ahora.

—Iba a dar un paseo a caballo —dijo Marco—. ¿Puedo volver dentro de una hora o dos para ver qué toca hacer?

—A mí tampoco me importaría dar un paseo —repuso Sedric—. Vamos los dos y luego, lo que toque.

—Me alegro de que Brian y tú os quedéis por aquí —dijo Marg, cogiendo el rostro de Marco entre sus manos—. Es bueno saber que te veré a menudo y que estarás cerca de Breen, ya que mi nieta no podría tener un amigo mejor.

—Me gustaría que fuera muy cerca. ¿Os parecería bien que añadiéramos una casa para Marco y Brian junto a la bahía, cerca de la Casa de las Hadas?

—La mejor idea que he oído en mi vida. ¿Verdad, Sedric?

—Si he oído alguna mejor, no me acuerdo.

—Es tu terreno, *mo stór*, puedes hacer con él lo que quieras.

—No tendría ni el terreno ni la casa de no ser por ti.

—Ay, qué bien lo vamos a pasar construyéndola; que esté lo bastante próxima para que seáis amigos y vecinos, pero lo bastante lejos como para que todos conserven su intimidad. Pondremos a Seamus con ello, tiene ese don. Tú hablarás con él, Marco, sobre lo que Brian y tú queréis en vuestro hogar, y créeme cuando te digo que Finola tendrá mucho que decir al respecto. Y este también.

—Opiniones, por supuesto, pero siempre las correctas —repuso Sedric con energía—. La cocina será el corazón de la casa, sin duda. Necesitarás un lugar para tu música y otro para el arte de Brian y demás.

—Se me está formando otro nudo en la garganta —dijo Marco, restregándose los ojos—. Tengo que decir algo antes de ponerme a balbucear. En Filadelfia, Sally y Derrick son mi familia porque mi familia de verdad, salvo por mi hermana, bueno... Soy gay, y eso a ellos no les vale.

—Lo siento por ellos —murmuró Marg—. Y espero que algún día se abra el candado de su corazón.

—No cuentes con ello. El tema es que aquí tengo familia. Vosotros dos sois la familia de Breen, pero también la mía. Eso es lo que siento. Os quiero mucho.

—Y nosotros a ti. Ven aquí, tesoro —dijo Marg mientras lo abrazaba—. *Garmhac*. Nieto. Eso eres para nosotros. Ahora vete a la granja con tu abuelo para sacar los caballos y daros un paseo.

—Vale. Parece que será otro gran día —repuso Marco.

—Cierto, sí, y habrá que aprovecharlos todos.

Breen los vio marcharse.

—Para él y para mí significa mucho hacer esto.

—El amor no cuesta nada —respondió su abuela—. Me sorprenden los que no pueden sentirlo o los que no quieren ni darlo ni recibirlo. En fin, nosotros tenemos más que de sobra, ¿a que sí? —añadió, dirigiéndose a Botarate, cuando el perro se le pegó a las piernas.

—Quería hablar contigo de otra cosa —empezó a decir Breen cuando se metieron entre los árboles, de camino al taller—. Quería tomarme unos días libres con Marco, puede que en abril. Un día en Filadelfia, otro en Nueva York.

—Para ver a tu madre elegida y por negocios.

—Sí. No me iré si se me necesita aquí, si las cosas no están... tan tranquilas como ahora. Sé que todo esto es más importante.

—Tu familia del otro lado y tu trabajo son importantes, y por supuesto que debes ir. ¿Por qué esperar hasta la primavera?

—Es el cumpleaños de Sally, y también por el libro. Quiero terminar el segundo de Botarate.

Al oír su nombre, el perro se acercó moviendo el rabo, aunque después saltó al arroyo para chapotear.

—Por supuesto. Me gustaría darte un regalo para él cuando vayas. Te bridó amor cuando yo no podía. —En el puente, Marg se detuvo un momento, como solía hacer—. Ahora dime lo que sientes.

—Siento los árboles, descansando antes de la primavera, mientras la tierra reposa. Y… cuatro ciervos con tres crías. De un año. Esperarán a que Botarate esté dentro para salir a beber. Hay un dragón con su jinete que vuelan hacia el este desde el extremo occidental. Y Lonrach, que está con tu Dilis cerca del lago. Y… —Contuvo el aliento—. Yaya —dijo mientras buscaba la mano de Marg—. Odran. Sangre. Magia de sangre. No veo dónde, solo lo percibo. Profunda y oscura. No en la cascada. No lo veo.

—¿Te percibe él a ti?

—Creo que… no.

—Mantén la cortina cerrada, *mo stór*.

—Me cuesta. Ahora es más fuerte. Siento su rabia, y eso lo alimenta tanto como la sangre.

—Retrocede, aléjate de él.

—Necesito verlo.

—Retrocede y mira. Estoy contigo. La cortina está cerrada para él. Retrocede y mira.

Sintió que la luz de Marg fortalecía la suya y, de repente, notó que Botarate también estaba a su lado. Los sintió a ambos, se vio con ellos, como a través de un cristal. Aunque el impulso de dar un paso adelante era fuerte, retrocedió. Y a través de la cortina, fina pero firme, lo vio todo.

Odran estaba desnudo en un círculo de velas negras. Tenía una pequeña cicatriz en el pecho, sobre el corazón. El humo y los cánticos flotaban en el aire, cada vez más fuertes, y, a lo lejos, oía las olas estrellarse con rabia contra las rocas. En un altar de piedra yacía el sacrificio, desnuda como su dios, con la piel manchada de sangre. Breen no sintió miedo en ella, solo un horrendo entusiasmo. Odran la montó, y los cánticos subieron de volumen, se volvieron más oscuros, mientras él la poseía con una brutalidad que hizo que la mano de Breen temblara en la de Marg.

—Sé fuerte —le dijo su abuela sin usar la voz—. No te muevas.

Y, a través de él, vio lo que parecían ser zarpas, zarpas que atravesaban la carne del hada y derramaban su sangre sobre la piedra. El hada gritó, pero no de dolor, sino de júbilo. Cuando Odran acabó, ella se quedó tumbada, mirándolo a los ojos; los del dios emitían un brillo rojo.

—Me entrego a tu gloria, Odran el Único. Te entrego mi cuerpo, mi vida, mi alma.

—Y yo los tomo.

Le cortó el cuello con una uña y, mientras los cánticos se tornaban ensordecedores, bebió. Breen percibió alegría, una alegría exultante, y entonces vio a Shana fuera del círculo, vestida de dorado, cargada de joyas, aplaudiendo. Vio lo que se retorcía en su interior. Y vio que la cortina temblaba.

—¡Basta! —gritó Marg—. Contrólalo. Regresa. Ya basta.

—Se ha ido. Se ha ido. Necesito sentarme.

—Dentro. Te has quedado pálida y fría. Apóyate en mí.

Agitó una mano para abrir la puerta del taller y, de nuevo, para encender el fuego de la chimenea.

—Siéntate —dijo Marg, que cargaba con todo el peso de Breen—. Te prepararé una poción para calentarte y calmarte.

—¿Lo has visto? Dios, ¿lo has visto? Estabas allí conmigo. Botarate y tú. Os veía.

—He visto algo a través de ti, pero creo que no todo. Venga, siéntate aquí, junto al fuego. Estás temblando.

Marg le echó una manta encima y Botarate le apoyó la cabeza en la rodilla.

—Estoy bien. —Pero el frío, el frío la calaba hasta los huesos—. Es que ha sido… demasiado. Podría haber atravesado la cortina, yaya. Creo que podría haberla atravesado para intentar detenerlo.

—¿Podrías haber ido a un sitio al que yo no podría seguirte, sola, para enfrentarte a tantos? No lo habrías detenido, *mo stór*. Toma, bebe.

Le entregó a Breen una taza calentada con sus propias manos.

—Al final, vi a Shana. ¿La has visto tú?

—No. La cortina se estaba abriendo y tenía que sujetarla por ti. ¿Qué pasa con ella?

—Lo que lleva dentro, yaya, no está bien. Lo que Odran le ha metido dentro, el bebé… Es oscuro como él, retorcido como ella, y no está creciendo… bien, no sé cómo explicarlo. Deformado, de algún modo. No lo sé.

—Ella hizo su elección, Breen.

—Lo sé. —Bebió de la taza y notó que se le pasaba lo peor del frío—. La *sidhe* del altar, ¿la has visto?

—Sí.

—Quería que le hiciera todo eso. Se sentía honrada, emocionada. Cuando estaba sobre ella, dentro de ella, ¿viste lo que era Odran?

—Sé lo que es.

—No, no, ¿le has visto los ojos, las zarpas?

Marg se quedó sin aliento un instante.

—No, no lo he visto.

—No es solo un dios, yaya, no es solo un dios. También es demonio. Lo he visto, lo he sentido. —Se le llenaron los ojos de lágrimas al mirar a los de Marg—. Es en parte demonio, así que también lo soy yo.

—¿Estás segura de eso?

—Sí. Ay, yaya, si esa parte de mí se convierte…

—No seas tonta. —Que le respondiera tan deprisa y sin dudar la dejó sin palabras—. Te equivocas si piensas que todos los demonios son oscuros y malvados. Como cualquier otra cosa, es una elección. Muchos se unen a la oscuridad, pero tú no lo has hecho nunca y nunca lo harás.

—¿Lo sabías, entonces?

—No antes de esto, y creo que tú lo temías, así que lo habías escondido bien. Deja que te diga una cosa y ten por seguro que es tan cierta como mi amor por ti. Esto te hace más fuerte. Te hace más poderosa. Y, recuerda, si lo has heredado tú, lo has heredado de tu padre. ¿Cambia eso quien era?

—No. ¿Crees que él lo sabía?

—Creo que no, igual que no lo sabrías tú de no haber visto lo que debáis ver para que supiéramos todo esto. ¿Te abrirás para mí ahora y me permitirás mirar? Te enviaría a Harken, que tiene más habilidad para ello, pero eres mía, así que con eso basta.

El frío se había convertido en hielo, y el hielo le cubría el vientre.

—Si es malo, tienes que decírmelo —le pidió Breen—. Debemos encontrar la manera de reprimirlo.

—Dame las manos. —Marg le quitó la taza y la dejó a un lado—. Dame las manos y ábrete.

—Prométemelo primero.

—Te lo prometo. Jamás te mentiría.

Breen puso las manos en las de Marg.

—Creo que tienes que ayudarme. No estoy segura de poder hacerlo.

—Puedes, pero te ayudaré. Mírame, mírame solo a mí, como yo te miro solo a ti —dijo la yaya—. Ábrete a la persona que te quiere. Ah, eso es, así se hace.

Breen sintió que se perdía por la voz de Marg.

—Ahí está mi niña, ahí está mi amor. Cuánta luz. Muchísima. Fuerza, un valor todavía reciente, un poder que sigue creciendo, un gran corazón. Y bravura.

—¿Es malo? ¿Es malo?

—Luz brillante por todas partes. No hay nada dentro de ti que debas temer. Igual que este perro tan dulce que te mira con arrobo no debe temer al perro demoniaco del que procede.

—Se me había olvidado. —Con un inmenso alivio se agachó para abrazar a Botarate—. Mi demonio de agua. Se me había olvidado. Tenemos algo en común.

—Y, solo por eso, se ha ganado otra galleta.

Marg se levantó y fue a por el tarro, lo que hizo que Botarate meneara el rabo de nuevo.

—Cuéntale todo esto a Keegan, ya que le será muy útil. Pero, primero, vamos a hacer magia luminosa para contrarrestar la oscuridad.

Breen asintió y se levantó.

—Sí, tengo que practicar. No creo que esta tranquilidad dure mucho más.

—Escúchame, mi niña, hija de mi hijo, luz de mi corazón. Escúchame y créeme: Odran no es rival para ti. Lo sé con absoluta certeza.

—Quiero creerlo. —Breen se puso en pie con dificultad y dejó escapar un largo suspiro—. Vamos a asegurarnos de eso. Vamos a hacer luz.

Botarate empezó bailando sobre las patas traseras para conseguir su galleta.

SEGUNDA PARTE

VIDA

La vida es una llama pura, y nosotros vivimos
gracias al sol invisible de nuestro interior.

Sir Thomas Browne

El único propósito de la vida es ser lo que somos
y convertirnos en lo que somos capaces de ser.

Robert Louis Stevenson

11

Después de dejar a su abuela, Breen llamó a su dragón y, con Botarate, voló hacia el oeste por encima del mar. Se había calmado —Marg se había asegurado de ello—, pero necesitaba volar, la comunión con Lonrach y con la alegría desmedida de Botarate. Regresó volando en círculos, por encima de las colinas y del campamento de los troles. Siguiendo un impulso, bajó con Lonrach y aterrizó a las afueras del campamento.

Los niños dejaron de jugar; los que estaban alrededor del fuego o trabajando se detuvieron también. En vez de desmontar o dejar que Botarate bajara corriendo, recordó las formalidades.

—Saludos a todos. Hoy no he venido a comerciar, pero espero ser bienvenida.

Vio que Sul —alta, con brazos como arietes y el vientre ya prominente bajo la camisa y los pantalones bastos— se levantaba.

—Eres bienvenida, hija de los O'Ceallaigh, hija de las hadas, guerrera de la Batalla del Portal Oscuro. —Ladeó la cabeza, de modo que la trenza se le bamboleó—. Y también lo es tu perro. Hemos oído las historias sobre Botarate, el valiente y leal.

—Gracias. —Breen desmontó y le dijo al perro que permaneciera a su lado, puesto que era lo más correcto—. Saludos, Sul, madre de los troles, y Loga y todos los tuyos. —Mientras cruzaba el campamento hacia las cabañas de piedra, Breen miró a Botarate—. Le gustaría saludar a los pequeños. Tienen permiso para tocarlo, así que os pedimos permiso para que él haga lo mismo.

—Concedido. —Después, Sul alargó una mano para agarrar el antebrazo de Breen—. Loga está en las minas. Puedo enviar a buscarlo si deseas hablar con él.

Los niños y los no tan niños rodearon a Botarate para acariciarlo y reírse.

—He venido para verte a ti en concreto. Para ver cómo estabas. Dale las gracias a Loga de mi parte, por favor. Sé que él y otros de tu tribu viajaron a la batalla para luchar cuando más los necesitábamos.

—No es necesario dar las gracias. Somos de Talamh. ¡Vino para la hija! —gritó, y, consciente de su deber, Breen se sentó en el suelo, a la entrada de la casa de Sul—. Es muy amable por tu parte venir, hacer tiempo para verme.

—Veo que se ha curado bien tu quemadura.

—Con tu ayuda.

Breen aceptó la copa.

—Y, por lo demás, ¿cómo te encuentras?

—Fuerte y bien, y también este regalo de criatura, aunque me ha obligado a dejar el hidromiel. Tienes mi permiso —dijo Sul.

—Gracias. —Breen alargó la mano y la puso sobre Sul y el bebé. Después cerró los ojos y suspiró—. Fuerte, sano y luminoso. Tenía mis razones para querer ver a una criatura fuerte, sana y luminosa dentro de su madre.

Volvió la vista atrás hacia Botarate, que corría sin parar detrás de los palos que los críos se turnaban (más o menos) para lanzarle.

—Y para ver rostros jóvenes y felices. No puedo quedarme mucho. Tengo trabajo. Pero, cuando vuelva, traeré dulces para intercambiar.

—Aquí siempre eres bienvenida —repuso Sul, sonriente—. Y también lo son los dulces.

Se sentía mejor al marcharse, así que voló a la granja una hora antes de lo previsto. Primero se fijó en los blancos colocados cerca de la zona boscosa de detrás de la casa. Keegan tenía preparado un entrenamiento de tiro con arco, cosa que le parecía un pelín preferible a la espada. Pero, al aterrizar, no vio a nadie. Harken no estaba en el campo, Morena y los niños no se encontraban fuera jugando y tampoco veía a Keegan. Tras desmontar, acarició las escamas de Lonrach y prestó atención al silencio.

Algunos caballos pastaban, aunque no había ninguno en el potrero. Oyó ovejas, vacas y, al aguzar más el oído, la berrea de los cerdos y el bullicio de las gallinas. Pensó en la primera vez que había entrado en Talamh… o, para ser más exactos, en la primera vez que había caído allí. El silencio era parecido, aunque se le había sumado el canturreo de Harken, que aquel día caminaba detrás de un arado tirado por un caballo. Se percató de que apenas había pasado un año de aquello, aunque parecía toda una vida. De hecho, era su vida, mientras que la de Filadelfia nunca se lo había parecido. Pasara lo que pasara con esa vida, no se arrepentiría, ya que le había dado lo que buscaba cuando le puso título a su blog: encontrarse a sí misma.

—Y mucho más —murmuró con una mano apoyada en el copete descarado de su perro, y la otra, en las suaves escamas de su dragón.

Pegó un momento la mejilla al cuello sinuoso de Lonrach. Breen percibió que pensaba volar a la cima de la montaña, al Nido del Dragón. Si lo necesitaba de vuelta, no tenía más que llamarlo.

—Iríamos contigo, si pudiéramos.

Sin embargo, dio un paso atrás. El dragón giró la cabeza y clavó los relucientes ojos ámbar en los de Breen. Después alzó el vuelo y, como una gema roja contra el cielo azul, atravesó las capas de nubes.

—Vale, pues vamos a los establos.

Se alejó de la casa, caminando por la hierba tupida, mullida y todavía húmeda tras los días de lluvia. Al acercarse, vio que las puertas de los establos estaban abiertas y oyó a alguien cantar dentro. Supuso que sería Harken, que a menudo cantaba mientras trabajaba, pero, incluso antes de llegar a las puertas, supo que se trataba de Keegan, que canturreaba en talamhés, en voz baja y dulce.

Breen olió el heno, el estiércol, el sudor, el cuero, y sintió la satisfacción de la yegua preñada, Eryn, que estaba adormilada en una de las casillas. Sintió el placer de Merlín, dos casillas más abajo. Y el sigilo de un par de gatitos, que esperaban a que un ratón se atreviera a correr hacia el grano caído que anhelaba. Por desgracia, Keegan dejó de cantar cuando Botarate la adelantó a toda prisa.

—Has venido de visita, ¿eh? —saludó al perro con una alegría poco habitual en él—. Y en el momento oportuno, ya que acabamos de llegar de un recorrido a caballo bastante duro.

Estaba de pie, con las piernas abiertas, las botas y los pantalones embarrados, y el abrigo largo, también salpicado de lodo, tirado sobre la puerta abierta de la casilla. El pelo, alborotado por el viento, le caía sobre el cuello de la camisa mientras cepillaba el flanco de Merlín. Parecía feliz, un hombre encantado con el barro y el trabajo.

—Veo que has traído a tu dueña. Llegas temprano, por una vez.

No quería acabar con su evidente alegría y satisfacción, así que lo pospuso unos minutos.

—¿Qué canción era esa?

—Ah, una que habla de un corazón roto por culpa de una mujer de cabellos rubios. Deberías aprender el idioma. Quizá Marg pueda enseñarte, ya que yo carezco de la paciencia suficiente.

—He aprendido un poco. *Brisfaidh me di magairl.*

Él se detuvo y se apoyó en Merlín. Esbozó una leve sonrisa.

—Eso hace que me pregunte qué he hecho últimamente para merecer que me des una patada en las pelotas. Has destrozado la pronunciación, pero el significado queda claro.

—Me lo dijo Morena. Es útil.

—Bueno, no se puede hablar de verdad un idioma hasta que conoces las palabrotas y los insultos, ¿no? Ahora querrás tu zanahoria, ¿verdad? —le dijo a Merlín. Sacó una de un cubo y se la ofreció—. También te has ganado una siesta.

Mientras recogía el abrigo y daba un paso atrás, Botarate salió disparado detrás de los dos gatos.

—Te arrepentirás, *mo chara*, como te pongan las zarpas encima —lo avisó Keegan.

—*Mo chara*. Amigo mío. He aprendido algo más que palabrotas e insultos. —Y le hizo gracia comprobar que, al final, el ratón había conseguido hacerse con el grano—. ¿Adónde has ido?

—Por aquí, por allá, más allá y de regreso. —Se puso el abrigo embarrado y cerró la puerta de la casilla—. A las tierras medias para echarle un vistazo al espía que hemos descubierto en una agradable casita junto a un arroyo.

—¿Has encontrado a uno? —le preguntó ella tras agarrarlo del brazo—. ¿Estás seguro?

—Lo estoy después de haberlo visto en persona, además del altar a Odran que tenía escondido detrás de una puerta cerrada. Es del otro lado, cerca de tu zona. Llegó de la tierra de Alabama hace casi doce años. Había conocido a una mujer, una elfa llamada Minia, que lo quería, así que vino con ella y le dimos la bienvenida. —Se detuvo junto a la yegua, la miró a los ojos, le acarició la mejilla, sacó una manzana de otro cubo y la partió por la mitad con su cuchillo—. Tenían dos hijos, me cuentan, antes de que ella se los llevara y lo abandonara. Él se volvió arisco y demasiado vago para trabajar.

Le dio la mitad de la manzana al caballo y le ofreció la otra mitad a Breen. Como ella negó con la cabeza, Keegan le dio un bocado y se dirigió a las puertas del establo.

—Al parecer fueron la amargura y la soledad, puesto que no tenía mucho trato con sus vecinos, las que lo empujaron hacia Odran.

—¿Cómo lo has encontrado?

Keegan cerró las puertas.

—Uwin, el padre de Shana, le dijo a uno de los exploradores que echáramos un vistazo por allí. Ellos lo hicieron y vieron al hombre enviar un cuervo y recibir otro. Es Odran el que usa cuervos, como nosotros utilizamos halcones.

—Sí, lo sé.

—El destino es un camino sinuoso —comentó él mientras miraba hacia las colinas—. Si Uwin no hubiera sido tan permisivo, tan confiado, y no le hubiera contado los asuntos del consejo a Shana, de modo que le resultara útil a Odran, y si ella no hubiera intentado hacernos a ti y a mí lo que nos hizo, yo no los habría sacado de la Capital. Y mi madre no les habría encontrado una casa tan cerca de ese hombre como para despertar las sospechas de Uwin.

—Lo llevarás a juicio.

—Sí.

—Destierro.

—Puede.

—¿Qué, si no?

—Si no hay duda de su traición, puede que sea el Mundo Oscuro. Por otro lado, como todavía no sabemos si ha ejercido violencia contra alguien, puede que simplemente lo enviemos de vuelta a su mundo, aunque hechizado para que no recuerde.

—Como yo.

—Un poco —respondió Keegan—, pero de modo que no encuentre la forma de volver. Talamh le estaría prohibido, sea cual sea el dictamen. Podría haber regresado allí cuando se sintió insatisfecho aquí. Sin embargo, en vez de eso, decidió seguir un camino que habría destruido a sus propios hijos. Que su mujer se fuera y se llevara a sus hijos ya es un asunto serio de por sí.

—Divorcio. Es la primera vez que lo oigo a este lado.

—No es exactamente lo mismo. —El *taoiseach* frunció el ceño y se encogió de hombros—. No con leyes, juicios y demás, ya que es algo personal, íntimo y del corazón. Los seres feéricos no se toman a la ligera el compromiso ni su fin. Hablé con ella en persona y, aunque ya no lo amaba, lloraba por el padre de sus hijos. Lloraba, aunque me dijo, y otros confirmaron, que llevaba cuatro años negándose a ver a sus hijos.

—¿Cuándo te vas?

—Mañana, pero dejaré un margen de tiempo para que, si alguien sabe más, dé un paso adelante, así que me quedaré unos días en la Capital. —La miró—. Eso no tengo que explicártelo, ¿no?

—No.

—Bueno, pues voy a por los arcos y las fechas, a ver si te acercas algo a las dianas.

—Keegan, he venido temprano por un motivo.

—Porque necesitas practicar más, eso está claro.

—No. He tenido una visión. He visto a Odran en su mundo. Tengo que contártelo… No.

—¿No me lo vas a contar?

—Tengo que contárselo al consejo. El que hicimos aquí. El consejo del valle, dijiste. No sé dónde están los demás.

—Harken y Morena están volteando la turba. Mahon, de patrulla. Es probable que Aisling esté en la casa, ya que los niños andaban por ahí cuando llegué. Si me dices…

—Sería más sencillo decírselo a todos de una vez. Puedo ir a por Sedric y la yaya.

Keegan clavó su mirada verde e intensa en los ojos de Breen.

—¿Tan importante es?

—Sí, creo que es muy importante.

—Pues ve a por Marg, Sedric y Aisling, que yo llamaré a Cróga y reuniré al resto.

Tardaron, pero de nuevo se encontraron reunidos en torno a la gran mesa de la granja. Como Marco había regresado, esperando asistir a una sesión de entrenamiento, mantuvo a los críos ocupados con juegos y perros. Aisling dejó al bebé en la sala y se plantó allí, con las manos en las caderas.

—Habéis dejado todo lleno de barro, tanto vosotros, los hombres, como tú, Morena. Tengo un crío de tres años que sabe comportarse mejor.

—Lo limpiaremos otra vez. Por todos los demonios, Aisling, siéntate —le dijo Keegan mientras le retiraba la silla—. Tenemos cosas más importantes de las que hablar que un poco de barro en el suelo.

Ella cruzó los brazos y le lanzó una mirada asesina, pero se sentó.

—Tú nos has convocado, Breen, dinos por qué.

—De acuerdo. —Breen entrelazó los dedos de las manos bajo la mesa—. He tenido una visión.

Lo contó sin más preámbulos; los detalles seguían tan claros como entonces.

—Será mejor que se lo refieras al consejo de la Capital —concluyó.

—Eso haré.

—Quiero preguntar algo antes de que sigamos con esto. Sé que se supone que no debemos hablar de los asuntos del consejo con nadie, pero quiero contarle a Marco lo que he visto. No me parece bien ocultárselo.

—Tengo algo que decir al respecto —intervino Morena antes de que nadie se le adelantase—. Tenemos a Minga en el consejo de la Capital. No es feérica, ni de Talamh, al menos de nacimiento, pero es leal. Marco ha demostrado ser tan leal como el que más, así que se merece saberlo.

—Sí —coincidió Harken, y todos lo imitaron.

—Os lo agradezco. No lo sabía. No sabía lo de su parte demoniaca ni lo de la mía. La yaya miró y me dijo que no llevo ninguna oscuridad dentro, que no todos los demonios son oscuros. Yo no sé lo suficiente, pero ella lo comprobó. Harken puede mirar ahora, para que todo el mundo esté seguro.

—Aquí nadie duda ni de la palabra de Marg ni de la tuya —le dijo Harken—. Y no me hace falta mirar para saberlo.

—Basta de tonterías —dijo Aisling, que cogió la mano de Breen—. Ni una más.

—Eres el *taoiseach*, el responsable de todos —insistió Breen.

Keegan se limitó a levantar una mano.

—¿No has oído a mi hermana? ¿Es que te parezco un sandio?

—No sé qué es eso.

—Es peor que un bobo —intervino Morena—. Y, a decir verdad, todos sabemos que puedes ser bastante sandio cuando quieres, pero no esta vez. Olvídate del tema un momento, Breen, para que podamos ir a lo importante del asunto, porque no recuerdo ninguna historia que cuente que Odran tiene sangre de demonio.

—Pero eso explica muchas cosas, ¿no? —comentó Keegan, mirando a Breen mientras hablaba—. No es que los dioses no puedan volverse oscuros, claro. Otros lo han hecho, aunque Odran es el peor. Y no lo mataron por sus pecados, sino que lo expulsaron.

—La sangre de demonio —coincidió Mahon—. Así que nunca fue del todo uno de ellos. No se dignaron a matarlo. Eso es peor que la muerte, que te consideren tan insignificante y te echen.

—Así que la rabia, la amargura y la sed de poder y venganza crecieron —dijo Marg, que había cogido su taza de té, pero se limitaba a mirarla—. Desea regir todos los mundos y, quizá, algún día, enfrentarse a los mismos dioses que lo consideraron inferior a ellos.

—Pero hay otros semidioses, ¿no? —preguntó Breen.

—Bueno, muchísimos —respondió alegremente Harken—, al menos si las canciones y las historias son ciertas. Pero él rompió sus leyes y la paz entre los dioses y las criaturas feéricas. Sacrificios de sangre, de hadas, hombres y dioses, para despertar la oscuridad, para alimentarse de ella.

—Para alzarse por encima de ellos —concluyó Keegan—. Y regir todos los mundos, incluso el de los dioses. Ha ocultado esa parte de sí mismo, puede que se avergüence de ella. O que no desee que los que lo adoran o siguen sepan que no es puro.

—Ambas opciones parecen acertadas. —Morena frunció el ceño y miró a Breen—. ¿Y solo viste al demonio, las señales de que estaba ahí, cuando mantenía relaciones sexuales con la ofrenda?

—Sí. Sus manos eran zarpas y se las clavó. La mujer sangraba. Los ojos de Odran se pusieron rojos, y los dientes se le alargaron y afilaron. —Cerró los ojos para recordarlo—. No fue una violación. Ella formaba parte de ello, y creo... creo que lo vio o lo sintió, pero le dio igual. Si los demás, los que observaban, lo vieron, no les importó. O más bien... —Rememoró y miró en su interior—. Más bien era como si estuvieran borrachos o hipnotizados. El humo, la sangre, los gritos, los cánticos... Estaban frenéticos y, cuando él la mató, cuando le cortó el cuello y bebió su sangre, como un animal alimentándose, repitieron su nombre una y otra vez. Y ella aplaudió, como si fuera una actuación.

—¿Ella? —preguntó Keegan.

—Shana. Keegan, lo que lleva dentro no está creciendo bien. Está deforme y enfermo, y es muy oscuro. No es una criatura inocente.

—Siento oírlo, ya que la criatura no ha tenido elección. Shana sí.

—Odran estaba encantado cuando nació Eian. —Marg dejó el té a un lado—. Ahora me pregunto a cuántos intentó traer al mundo antes y desde entonces, pero resultaron no salir bien, no estar sanos, ni ser inocentes. —Se volvió hacia Breen—. Esa vida que ayudó a crear junto a mí, esa que pensaba usar y destruir, será su perdición a través de ti, *mo stór*.

—Hablaré con el consejo, y no solo eso, también con los eruditos, cuando vaya a la Capital —dijo Keegan—. Veremos si alguien ha oído hablar alguna vez de esto, aunque sea solo de pasada, y cómo podemos usarlo.

—Dorcas, la vieja madre.

Keegan lanzó una mirada incómoda a Marg.

—Dioses, Marg, esa mujer habla hasta debajo del agua y te atiborra de infusión de hierba mora hasta que te duelen los dientes.

—Cierto, he sufrido ambas cosas, pero nadie recuerda más de lo acontecido en la noche de los tiempos que Madre Dorcas.

—Y yo que esperaba que con dejarla a gustito en una casa bonita con su manada de gatos me libraría de ella. A la mierda, hablaré con Dorcas, tienes razón. Si hay alguien que lo sepa, es ella. —La mera idea hizo que se restregase toda la cara—. De acuerdo. Sabemos más que antes y sabremos aún más. Has dicho que esto no era junto al portal de las cataratas, ¿no?

—No. No reconocí el lugar. Estaba oscuro, pero solo porque él invocaba la oscuridad. Sé que estaba sucediendo mientras lo veía. Había algunos árboles y oía el mar. Fogatas, velas, humo, el altar... de piedra, de piedra negra, con velas negras alrededor del círculo. —Ladeó la cabeza y entornó los ojos al internarse en el recuerdo—. El humo. ¿Había algo en el humo? Como la niebla, la niebla de Yseult. Podía olerlo. No caí en eso, yaya, era tan visual que no se me ocurrió. Podía oler algo... ¿demasiado dulce? Como fruta demasiado madura, casi, pero no. La niebla, a eso me recordaba. No me había dado cuenta.

—Así que necesita eso —comentó Marg—. Necesita la magia de Yseult para mantenerlos en ese estado.

—Y quizá por eso la víctima del sacrificio estuviera tan dispuesta —concluyó Keegan—. Sus elecciones no bastan para él. Y su poder no basta para ellos, no por sí solo. Todavía necesita a su bruja.

—Vosotras sois muchas, y ella, solo una —señaló Morena—. Y, aunque más sabias hayan acudido a él, ella es la más poderosa.

—Le ha fallado, pero no la ha matado. Porque la necesita —dijo Breen—. Todavía la necesita.

—Como ella es su sierva más ferviente, volverá a intentar llevarle lo que desea. Y fracasará de nuevo —añadió Keegan con absoluta certeza—. Su final llegará con el de Odran, si no antes. —Miró hacia la ventana y encendió las velas con una mano, ya que el sol se acercaba al crepúsculo—. Hemos perdido la hora de entrenamiento, así que, ya que estamos aquí, os contaré que hemos encontrado a un espía en las tierras medias.

Se lo contó todo antes de levantarse.

—Ahora —dijo—, espero que Marco tenga una comida pensada.

—Te lo puedo asegurar, aunque antes me gustaría ir a hablar con él y contarle todo esto.

—De acuerdo. Brian debería estar pronto de vuelta. Lo esperaré.

—Te lo agradezco —le dijo Breen.

—Tengo que regresar a la Capital, encargarme de un espía y de su juicio. Dejaré puestas las dianas, Harken, y espero que Morena o tú podáis entrenar a Breen mañana.

—Yo me encargo —se ofreció Morena—. Y también de Marco, no le vendrá mal practicar. Cuando veas a mi familia, dales un abrazo de mi parte.

—Por supuesto. Imagino que pasaré allí unos cuantos días. No tantos como la última vez —dijo, mirando a Breen mientras lo hacía—, pero unos cuantos.

—Llévate a Mahon —intervino Aisling, agitando una mano—. Sé que has preferido que se mantenga a mi lado las últimas semanas, y te lo agradezco, pero estamos todos bien y él debería acompañarte en este viaje.

—Tiene razón. Estaba a punto de decir lo mismo —dijo Mahon.

—No os lo discutiré, ya que me vendrá bien tu ayuda. Al alba, pues. Tres o cuatro días —le dijo Keegan a Aisling—. No más.

—Iré a por Kelly, y tú, Breen, libera a Marco de nuestros vándalos. Diles que su padre y yo estamos de camino. Buen viaje.

Se acercó a Keegan y le dio un beso en la mejilla.

—Gracias a todos por hacer tiempo para la reunión. —Breen apoyó una mano en el hombro de Marg—. Os veo mañana.

Fue a por su chaqueta y al salir vio a Marco, con Kavan a la espalda, bailando como un lunático la melodía demencial que Finian tocaba con la armónica que Marco le había regalado por su cumpleaños. Breen se preguntó si Marco y Brian formarían una familia algún día. ¿Buscarían a una criatura que necesitara amor y esa familia? Eso esperaba.

—Marco tiene que irse ya a casa —les dijo.

—Pero ¡me está enseñando a tocar!

—Sigue practicando. —Marco le alborotó el pelo al niño antes de dejar a Kavan en el suelo—. Y pronto te daré otra clase. Se te da bien, chaval.

—Doy fe —corroboró Breen—. Vuestros papás están a punto de salir. Mañana nos vemos otra vez.

—Me inventaré otra canción.

—Estoy deseando escucharla. Vamos, Botarate.

El perro corrió una vez alrededor de los niños, tumbó al cachorro y le dio unos cuantos lametones amorosos a Mab antes de salir disparado.

—Nunca se quedan sin energía —comentó Marco—. Ni los

niños ni los perros. Te mantienen alerta. Y seguro que duermo como un tronco esta noche. Oye, ¿no viene Keegan?

—Sí, dentro de un momento.

Cruzaron campo, carretera y campo, y subieron los escalones, donde los esperaba Botarate.

—¿No me vas a preguntar de qué hemos hablado? —le dijo Breen a su amigo.

—Sé que es un asunto supersecreto.

Ella le dio la mano para cruzar de un mundo al otro.

—Esta vez, no tanto, y puedo decirte que han atrapado a uno de los espías de Odran y lo van a llevar a juicio.

—¿En serio? Qué rapidez, ¿no?

—Uno de esos giros del destino, supongo. Vivía en las tierras medias, cerca de donde viven ahora los padres de Shana. El padre de Shana dio la voz de alarma. Vino aquí desde nuestro lado, Marco. Hace años llegó de Estados Unidos y le dieron la bienvenida. Y ahora les hace esto.

Se lo explicó a grandes rasgos.

—Tiene hijos y todo. —Entre la tristeza y el asco, Marco negó con la cabeza—. Si alguien va a ser un cabrón, Breen, no importa una mierda dónde empieza, sino dónde acaba.

—Pues donde ya te digo que no va a acabar es en Talamh. Keegan tiene que volver al este unos días. Debo contarte más cosas, aunque me va a costar un poco más.

—¿Tanto como para necesitar una copa de vino?

—Ay, eso estaría bien. Cuando estaba con la yaya esta tarde, tuve una visión.

—¿Mala? ¿Estás bien?

—Mala, pero estoy bien.

Cuando salieron del bosque, se detuvo para contemplar la casa. Su casa.

—Un día, dentro de poco, Brian y tú deberíais elegir un sitio para construir.

—Todavía no se lo he contado. ¿Keegan ha dado el visto bueno?

—Con todo lo demás, no he tenido ocasión de contárselo. Se lo diremos a los dos esta noche. En fin, lo de la visión.

Empezó a relatárselo de camino a casa y siguió mientras encendía el fuego y las velas, y Marco servía el vino. Se lo bebieron sentados frente a la chimenea y terminó de contárselo.

—No es solo que sea malvado —concluyó Marco—, sino que es un asqueroso hijo de puta. Y ¿le chupó la sangre del cuello? ¿Como un vampiro?

—Más o menos. No se lo mordió ni usó los colmillos. Le rebanó el cuello con una zarpa y bebió de la… fuente.

—Así que no es como una especie de dios vampiro, lo que tampoco tendría mucho sentido porque eso lo convertiría en un muerto viviente, y no lo es, ¿no?

—No, no, está vivo. Pero tiene sangre de demonio dentro, Marco. Eso significa que yo también la tengo.

—Sí, claro, ya lo entiendo. Hay toda clase de demonios. Antes pensaba que solo salían en las historias chulas de ficción, pero supongo que esas historias tienen que venir de alguna parte. Así que su parte demoniaca quiere beber sangre. Tú no.

—¡No! Puaj.

—Lo que te estoy diciendo —siguió Marco mientras gesticulaba con la copa en la mano— es que ni siquiera eres capaz de comerte un filete poco hecho. Y menos un tartar.

—Porque puaj.

—En eso te equivocas, y mucho, pero lo que te digo es que su parte demoniaca lo quiere o lo necesita, y la tuya no. Porque a él le gusta. —Marco levantó un dedo—. A ese psicópata de Odran le pone eso. Y ya sabes lo que decía Spike.

—¿El Spike de Buffy?

Él le lanzó una mirada muy seria.

—Solo hay un Spike, nena. La sangre es vida. La sangre lo es todo, tiene que ser la sangre y tal. ¿Sabes por qué?

—¿Porque Spike es un vampiro?

—Sí y no. Porque, cuando Odran le roba la sangre a alguien, le está robando la vida. Porque esa es la vida de Odran, su mierda de psicópata, su poder y, ya sabes, su ritual. Y, además, es todo un espectáculo. Un puñetero espectáculo para su público, Breen.

Ella lo miró y se echó hacia atrás en el asiento.

—Joder, Marco Olsen. Tienes…, tienes toda la razón del mundo. Eso es. Es justo eso. La necesita por todas esas razones y tiene que hacerlo delante de un público, delante de su secta, para que le sigan siendo leales, para impresionarlos y excitarlos.

—Pero, como has dicho tú, oculta al demonio para que solo vean al dios. Algunos de sus seguidores son demonios, así que, si les deja ver que es casi uno de ellos…

—Eso lo empequeñece. —Breen le dio un puñetazo suave en el hombro a Marco—. Lo has clavado.

Con cara de estar muy satisfecho de sí mismo, empezó a menear los hombros.

—Tengo talento.

—Y tanto. ¿Cómo es que no te preocupa ni un poquito que yo sea, en parte, un demonio?

—Puede que porque crucé a otro mundo contigo o porque estoy enamorado hasta las trancas de un tío al que le salen alas y monta en un puñetero dragón, o puede que porque has encendido ese fuego sin una cerilla. Cosas por el estilo. Pero, sobre todo, ¿sabes por qué? —Se volvió hacia ella, le cogió la barbilla y se la movió un poco a un lado y al otro—. ¿Quién te conoce mejor que yo?

—Nadie. Nadie en ningún mundo.

—Mi mejor amiga es una demonio bruja. O probablemente sea una bruja demoniaca, porque tienes más de bruja que de demonio.

—También tengo parte de *sidhe* y parte humana.

—Es mucha tela para una sola persona —dijo Marco mientras

se daba palmaditas en una rodilla para que Botarate apoyara la cabeza en ella—. Y tienes el mejor perro demoniaco del universo.

—Que ha esperado pacientemente a que terminara de contarte todo esto antes de cenar. Me ocuparé de eso y pondré la mesa.

—Genial. Quiero preparar algunos bollos para acompañar el asado.

Se levantó con ella y, al presentir lo que iba a suceder, Botarate corrió a la cocina para sentarse junto a sus cuencos.

—Hacemos un buen equipo —comentó Breen.

—Siempre ha sido así y siempre lo será.

12

Vio partir a Keegan antes del alba y observó a Botarate darse su primer baño del día mientras la luz empezaba a despuntar por el este. Se imaginó a Keegan volando en su dragón hacia el sol. Lo echaría de menos, pero debía reconocer que la práctica de tiro con arco sería mucho más agradable con el toque amable de Morena. Envuelta en su capa, con el pijama debajo, se tomaba un café, iluminada por los primeros rayos de sol que jugaban sobre la bruma que subía en espiral desde la bahía. Oyó que se abría la puerta de casa y, al volver la vista atrás, comprobó que se trataba de Brian. Como hacía siempre que se cruzaban por las mañanas, le llevaba una tostada.

—Gracias —le dijo Breen.

—Tengo que trabajar temprano los próximos días, pero quería hablar un momento contigo.

—Claro.

—Anoche no lograba dar con las palabras correctas. Todavía me faltan. Por la oferta de la casa.

—¿No la quieres? —preguntó ella, preocupada.

—Sí que la quiero —respondió él a toda prisa—. La queremos. Es la respuesta a todo para ambos. No consigo encontrar las palabras adecuadas para darte las gracias. Por hacer esto por él.

—No solo es por él y por ti, también es por mí. En la misma medida.

—Lo sé. —Dejó escapar el aliento, que rápidamente se transformó en parte de la niebla—. Y saberlo hace que el regalo sea aún mejor, así que no logro acertar con las palabras.

—Creo que todas las que has dicho ya son suficientes. —Y la ayudaban a empezar la mañana con alegría—. Todos vamos a vivir en dos mundos, y eso requiere un equilibrio complicado. Pero, a la vez, podemos tener lo mejor de ambos mundos. Después.

—Iría a cualquier parte con Marco. Que pueda ser aquí es otro regalo. Quiero presentárselo a mi familia. Ya han oído hablar de él, por supuesto. Les he contado que he conocido a la persona idónea, así que quieren verlo. Y, cuando lo conozcan, le pediré que se comprometa conmigo, y yo con él.

Ella levantó las dos manos y empujó con ellas el aire de la mañana.

—¡Espera, espera! ¿Quieres casarte con él? Ay, Dios mío, Dios mío. —Dio dos vueltas y tiró el café por el suelo—. Ahora soy yo la que no encuentra las palabras adecuadas. ¡Ay, sí!

Con el corazón en la mirada, Brian sonrió.

—Lo apruebas. Temía que pensaras que iba demasiado deprisa.

—A la porra con eso. No puedo decírselo yo, ¿verdad? Mierda, mierda, no puedo fastidiaros el gran momento. Dame un segundo. —Le pasó la taza de café medio vacía y se puso a dar más vueltas—. Vale, boca cerrada. —Hizo el gesto de cerrarse los labios con una cremallera—. Candado echado. Ni una palabra. Lo juro por todo lo que sea necesario.

—Quería tu aprobación porque eres su familia.

—Te la doy sellada y todo. Una aprobación gigantesca de grande. Envuelta en papel de regalo y con un lazo reluciente. Ay, pero… Sally y Derrick, y la hermana de Marco. Querrán estar presentes en la boda.

—Creo que debemos esperar a después, como tú dices. Sería lo mejor. Decir los votos en Talamh y en este mundo.

—¿Marco va a tener dos bodas?

Después de abrazar a Brian, dio un paso atrás para ponerse a bailar sin moverse del sitio.

—Vale, eso ya es lo más. Si alguien se merece dos bodas, ese es Marco. Maldita sea, ¿por qué no aprendí nunca a hacer volteretas laterales? Ahora mismo estoy haciendo unas volteretas laterales mentales perfectas.

—Me haces muy feliz, Breen Siobhan —murmuró Brian.

—¡Dos bodas para Marco! Y, mientras tanto, estaréis comprometidos. Sé lo importante que es eso para las criaturas feéricas. Y te juro que significará mucho para Marco.

—Y tú, Breen Siobhan, vuelves a ser el puente que estará ahí para los dos.

—Que no te quepa duda. Estoy muy contenta. —Emocionada, agitó las manos en el aire—. Vale, mierda. Se va a dar cuenta, pero le diré que el libro va muy bien y por eso estoy así. Dime que se lo vas a preguntar pronto, que no quiero estallar.

—Tengo que pedirle al *taoiseach* que me dé el tiempo que necesito. Marco no quiere volar en mi Héroe. Cuando intenté convencerlo, me dijo… —Brian ladeó la cabeza e imitó un acento estadounidense tan parecido al de Marco que Breen se partió de risa—. «¡Tío! Te quiero más que a mis pelotas, pero va a ser que no. Ni de coña, nunca, no».

—Qué bien lo haces.

—Y pretendo seguir haciéndolo. Así que un día para ir, un día para volver y dos días en casa de mi familia. Aunque me preocupa dejarte tanto tiempo aquí sola.

—Tío —dijo ella, y eso lo hizo reír—, viví aquí sola casi todo el verano pasado y no me sucedió nada. Pide el tiempo que necesites y marchaos. —A continuación se apretó con los dedos los párpados, llorosa—. Brian, conozco a Marco desde que éramos pequeños. Es romántico hasta la médula. Lo que más deseaba en el mundo era querer a alguien que lo quisiera. Contigo lo ha conseguido. Pide ese tiempo y marchaos.

—Hablaré con Keegan cuando vuelva de la Capital. Tengo que irme, el deber me llama.

—Has conseguido que empiece la mañana con energía. Y eso es bueno. —Recuperó su taza—. Luego te veo. Y…

De nuevo se cerró los labios con la cremallera invisible. Después llamó a Botarate para proseguir con su mañana.

Mantuvo la boca cerrada, aunque tuvo que emplear toda su fuerza de voluntad. Permanecer ocupada la ayudaba, así que añadió más horas de escritura por las noches, mientras Keegan se encargaba de sus obligaciones en la Capital. Cuando Mahon regresó tres días después sin Keegan, a ella la mataba la impaciencia. Cuanto antes volviera al valle, antes podría Brian pedirle esos días de permiso. Y antes podría ella abrir la boca para dejar escapar un grito de enhorabuena. Sin embargo, las obligaciones siguieron siendo obligaciones, y así transcurrieron tres días más.

Seamus le enseñó a plantar semillas en semilleros, preparados para la primavera. Morena le dio clases de cetrería, mientras que Marco las evitó diligentemente, y practicó la magia con Marg sin saltarse un solo día. Las visiones la rehuían, pero no se quejaba. Mientras se mantuvieran la cortina y las fronteras, podía prepararse, podía mejorar, ganar en fuerza e inteligencia.

Una agradable tarde en la que la lluvia se contuvo y las temperaturas subieron, cabalgaba con Marco. Él iba en una montura nueva, una preciosa yegua pinta con marcas blancas y negras, y zancadas altas que, según Marco, era puro nervio.

—Harken la llama Álainn porque significa 'bonita', y está claro que lo es.

—Y lo sabe. Ahora mismo está pensando que parece todavía más bonita cuando tú estás sobre la silla.

—¿En serio? ¿Qué crees tú? —Levantó la barbilla y posó para ella—. ¿Somos la caña o qué?

—Lo sois. Tiene un buen tamaño para ti y, mientras comprendas que espera que la complazcan tanto como complacer, os llevaréis bien.

—¿Quién no iba a querer complacer a una chica tan guapa? —Se inclinó para acariciarle el cuello—. Empiezo a tomarme en serio lo de tener mi propio caballo y, cuando se lo comenté a Harken, me dijo que debería montar con ella unos días, ver si encajamos. Me da la impresión de que lo hacemos y, si es así, haré un trueque. Pero no sé qué puedo tener yo que Harken quiera o necesite.

—¿Me tomas el pelo? Primero podrías ayudarlo en la granja. No sé bien cómo funciona ni cuándo es, pero la siembra de primavera está a punto de empezar. Y también cocinar. Él se encarga de casi todo eso y Morena se ocupa un par de noches a la semana, pero ¿y si preparases más raciones cuando haces la comida y también añadieras para ellos cuando horneas algo?

—Bueno, la verdad es que ya lo hago de vez en cuando. Somos amigos y vecinos, ya sabes.

—Así es como funciona.

Ya casi enamorado del todo de la yegua, la volvió a acariciar.

—Parece muy sencillo. Breen, ¿recuerdas cómo nos preocupábamos de llegar a final de mes todos los puñeteros meses? Ahora tenemos todo lo que deseamos, y solo hay que vivir, compartir y hacer lo que más nos gusta.

—Todavía no has tratado con los troles —repuso ella, pero lo dijo entre risas y, al levantar la vista, vio a algunos de los mineros en su tiempo de descanso, en los salientes de la montaña—. Son duros de pelar con los trueques.

—Siempre puedo hacer más galletas. ¿Qué te parece si vamos

hasta la cascada? Sedric y yo fuimos una vez, y me gustaría volver a verla.

—¿Ver la cascada o ver a Brian?

—Las dos cosas. Hasta que llegamos a Irlanda, no había visto nunca una cascada de verdad, y nunca había visto una como esta, en ninguna parte.

—Es única —coincidió Breen.

Se lo notó en la voz, así que la miró rápidamente.

—Si te da malas vibraciones, no hace falta que vayamos.

—No. Bueno, sí —se corrigió—, me da todo tipo de vibraciones. Deberíamos ir. Debería ir hacia las vibraciones, no evitarlas.

—Siempre lo has llevado dentro —le dijo Marco mientras le daba un toquecito en la muñeca, sobre el tatuaje—. Solo tenías que encontrarlo.

«El valor», pensó Breen. Tenía que recordarse todos los días que debía aferrarse a él. Envió a Botarate una mirada, una sugerencia. Y el perro salió corriendo delante de ellos.

—¿Y si vemos lo que esa chica tan guapa puede hacer contra Chico en una carrera?

Antes de que Marco pudiera responder, puso el caballo al galope. «Quién se lo iba a imaginar», se dijo. Los dos volando sobre sus caballos, con el viento contra la piel y el sol brillando con ganas para calentar el suelo helado por el invierno. Vio a Botarate meterse por su atajo del bosque. Oyó la llamada de una urraca justo antes de que un par de ellas se les cruzaran por el cielo.

Dos significa alegría.

Llegaron hasta el bosque casi a la par.

—Has salido con ventaja —se quejó Marco.

—Chico y yo nos hemos contenido un poco para que nos pudierais alcanzar.

—Puede —dijo Marco mientras acariciaba de nuevo a la yegua, y Breen percibió su amor—. Pero mi chica sabe moverse.

—Le gustan las manzanas.

—¿Sí? Le buscaré una.

Caminaron junto a los caballos entre los árboles, y los árboles cambiaron. La luz pasó de brillante a suave y verde, una especie de latido que brotaba de la corteza y las piedras cubiertas de musgo. El rugido de la cascada hacía vibrar el aire, y el río, de un verde tan sobrecogedor como la luz, se deslizaba por su lecho.

—Es un lugar espeluznante, pero en el buen sentido. —Marco, con los ojos muy abiertos y embelesado, miraba a su alrededor—. También me da vibraciones, pero como cuando me siento a ver una buena película de miedo.

«Aquí no hay ninguna película», pensó Breen. Cuando era una niña, Odran la había atrapado en una jaula de cristal en aquel río. Yseult la había atraído hasta allí con la niebla narcótica. Aun así, allí había visto a Lonrach por primera vez en un sueño y también había participado en el sellado del portal bajo la catarata, aunque a regañadientes.

Su belleza era innegable, la luz que entraba a través del dosel arbóreo, la vida y el liquen de los troncos nodriza repartidos por allí, el árbol caído que formaba una especie de puente natural sobre el río que los elfos y las demás criaturas que vivían en la zona podían usar para cruzar. Las ardillas y los pájaros hacían sus nidos en los tupidos árboles. Los ciervos acudían a beber, y los zorros y los búhos, a cazar. Los percibía, sentía el latido de su corazón, el latido del corazón de los árboles, de la tierra, del río. Todo estaba conectado, todo formaba parte del conjunto, como ella. Y la magia rebosaba por todas partes. Un ciervo salió de entre los árboles y se convirtió en una mujer.

—Buen día, Breen O'Ceallaigh y Marco.

—¡Hola, Mary Kate! Me has dado un buen susto.

Ella se echó hacia atrás las trenzas color roble oscuro, tanto la que tenía sobre el hombro como la de guerrera, y le sonrió.

—Ay, Marco, querido. Soy Mary Kate, tanto con dos piernas

como con cuatro patas. Tu perro ya está en la cascada, así que sabíamos que veníais, Breen. Está nadando como un pez.

—Entonces ¿va todo bien?

—Sí. Está siendo un día largo y tranquilo, así que se agradece la visita. Os adelantaré, y avisaré a Brian y a los demás de que estáis de camino.

Regresó a su forma de ciervo con la misma facilidad con la que cualquier persona se pondría los zapatos y salió corriendo.

—No me acostumbraré nunca —dijo Marco negando con la cabeza—. Siempre me va a sobresaltar.

—Eso no es malo —decidió Breen—. Así nunca perderás ese sentido de la maravilla. Adelántate, aprovecha para estar un rato con Brian. —Breen desmontó—. Yo voy a dar un paseo.

—¿Estás segura? Si es por los malos recuerdos…

—No son todos malos, y tengo ganas de caminar un poco. Mary Kate no es la única que patrulla el bosque. No me pasará nada.

—Si estás segura… Pero quédate cerca de la orilla del río, ¿vale? Si quieres explorar, ven a por mí y vamos juntos.

—Solo un paseo junto al agua.

Cuando Marco se alejó trotando, ella escuchó el estruendo del agua al caer, al estrellarse contra más agua; el batir de las alas de los pájaros en el aire, y el mero susurro de los pies élficos de patrulla en lo más profundo del bosque.

Caminó junto a Chico siguiendo las curvas del río, tomándose su tiempo, obedeciendo a un instinto que no comprendía. Un momento para estar a solas, para sentir, para mirar. Y a solas, sintiendo la vida que la rodeaba, miró. Y vio el brillo en el agua verde. Al acercarse descubrió la cadena de oro reluciente con su piedra de color rojo intenso. La había visto antes, ahora lo recordaba, en sueños, antes de ir a Irlanda, antes de Talamh. Y… el día del juicio, en el retrato de su abuela. La yaya lucía ese colgante que brillaba y la llamaba desde debajo del agua verde transparente. Pretendía preguntarle a Marg por ella, ¿por qué no lo había hecho? Porque se le había olvidado.

Se arrodilló y metió la mano en el agua. Desde el exterior parecía encontrarse cerca, pero se dio cuenta de que quedaba fuera de su alcance. ¿Cómo podía estar allí, lanzando sus destellos, si en el retrato Breen lo había visto colgado del cuello de su abuela? ¿Lo habría perdido? Tenía que llegar hasta él, sacarlo del agua, devolvérselo a la yaya. Era valioso. Lo sabía, sabía que era importante, que significaba algo. Sin embargo, al aproximarse más, al meter más la mano, resbaló, y tuvo que echarse hacia atrás como pudo para no caer al agua. No podía zambullirse, allí no, no, y menos sola. No donde se había hecho sangre en las manos de tanto golpear la jaula, no donde había llorado llamando a su padre.

Con el corazón acelerado, volvió a meter la mano, temblorosa. Intentó concentrar su voluntad, su poder, para atraer el colgante hacia ella, para levantarlo y sacarlo del agua. Pero la cadena seguía brillando y esperando.

—Iré a por Marco. Tiene los brazos más largos.

Retrocedió a rastras y se levantó. Tras coger de nuevo las riendas de Chico, caminó hacia el sonido de la cascada. Entonces oyó voces y sintió la alegría de Botarate cuando un alma generosa le lanzó un trozo de queso. Las grandes aguas blancas caían desde gran altura, formaban espuma y hervían, para después extenderse por el sereno color verde del río. Los *pixies* revoloteaban por la zona menos profunda de rocas pulidas y varios colores. Había guardias a ambos lados de la cascada, y más todavía en las dos orillas del río.

La bonita yegua de Marco pastaba mientras él charlaba con Brian y Mary Kate, sentado en un tocón. Breen fue a llamarlo para pedirle que regresara con ella a la curva en la que el colgante quedaba fuera de su alcance, pero algo le llamó la atención. Lo vio como una sombra, arriba, al borde de la catarata. Como si el agua se abriera un poco y después se cerrara de nuevo. Entonces una sombra brotó de la sombra. Y apareció el pájaro, el cuervo que volaba por el cielo.

—¡Brian! —gritó mientras alzaba la mano.

Cuando el joven miró hacia donde le señalaba, se levantó de un salto.

—¡Duncan! —gritó a su vez.

En la otra orilla, un hombre que apenas era un niño, con una mata de pelo rubio pajizo y una trenza que todavía no le llegaba a la oreja, cruzó los brazos. Y se transformó en halcón.

—¡Síguelo! No lo interceptes.

—No lo he visto —le dijo un elfo a Brian, balbuceante—. Juro por todos los dioses que estaba pendiente de que apareciera una brecha. Y también Gwain, a mi lado.

—No lo he visto —le confesó Brian a Breen, que corría a reunirse con él—. Cuando me has avisado y lo has señalado, durante un momento, solo un momento, no lo he visto. Solo veía el cielo, árboles. Después el pájaro, que ya volaba. ¿Ha cruzado?

—Era como una sombra, apenas una ondulación al borde de la cascada. Creo que es… Tengo que acercarme más.

—Las rocas están mojadas y resbaladizas. Si confías en mí, te acercaré yo.

—Confío en ti, y me gustaría que me acompañaras, pero creo que debo… —Cerró los ojos—. Debo ir sola. Frente a frente, luz contra oscuridad. Poder contra poder. El de ella contra el mío.

Mientras hablaba, empezó a despegarse del suelo. Despacio, luchando contra el miedo a caer, se elevó. Marco se levantó de un salto.

—Ay, Dios, mierda. Sube con ella.

—Nunca la he visto hacer nada parecido.

Ya se había elevado medio metro, luego, medio metro más, y lo sentía dentro, golpeándola como agua contra agua. Se le empapó la cara y la ropa mientras el poder la inundaba. Tan fuerte era el trueno de su interior que ahogaba el rugido de la cascada.

—No es más que una ondulación, una pequeña grieta, abierta y cerrada, cerrada y abierta. —Ahora tenía los ojos abiertos y concentrados, y flotaba seis metros por encima del río—. Su magia, sangrienta y negra, la ha abierto, la ha cerrado. Pequeña y en la sombra, en la sombra y oculta. Veo la niebla aquí, la veo. Muy fina. Lo justo y suficiente para cegar. Veo, veo, veo. Y ella no ve, todavía no.

—No lo veo —dijo Brian desde abajo.

—Veo, veo, veo. Luz en la oscuridad. Su oscuridad. La oscuridad de Odran. Puedo cerrarla igual que cierro el puño.

Cuando levantó el brazo, cerró el puño, y Brian podría haber jurado que oyó un chasquido. Con la mirada todavía oscura e intensa, Breen sonrió.

—Ahora, bruja, pregúntate por qué tu magia ha fallado. Cómo se ha sellado la grieta para no volver a abrirse jamás. Pregúntatelo y teme. Teme el día en el que te aplastaré. —Abrió la mano y la cerró de nuevo—. En el que os aplastaré a ti y a tu dios bañado en sangre. *Ar shaol m'athar, swear mé é.*

Cuando se le pusieron los ojos en blanco y echó la cabeza hacia atrás, Brian la atrapó.

—No me dejes caer al agua.

—Te tengo. —La llevó en brazos, volando, hasta la orilla—. ¡Traed agua!

—Estoy bien. Solo me he mareado un segundo y he perdido la concentración.

—Bebe un poco —le dijo Marco, que le puso un odre de agua en los labios—. En este momento eres la chica blanca más blanca que he visto en mi vida. Y ¿cómo narices se te ha olvidado contarme que podías volar?

—No puedo. No lo he hecho. Es como levitar y, además, hasta hoy solo me había elevado unos centímetros del suelo. Con la yaya al lado. ¿Te acuerdas?

—Pues esta vez han sido un montón de centímetros más. Tienes que dejar de darme estos sustos, chica. Y a este muchacho también.

Breen rodeó a Botarate con un brazo y lo apretó suavemente contra ella.

—Lo sentía, ahí arriba. Tenía que acercarme. —Al darse cuenta de que Brian todavía la tenía en brazos, le puso una mano en el pecho—. Estoy bien, lo prometo. Te doy las gracias de corazón por no dejarme caer.

—¿Lo recuerdas? —le preguntó él cuando la dejó en el suelo con sumo cuidado.

—Sí. Tenía que concentrarme a fondo. Sentía más…, quiero decir, más que ahora. Y percibí su hechizo. Sabía que podía romperlo y cerrar la grieta.

—Así que lo hiciste, con esto —dijo Brian, que le cogió la mano y se la cerró—. Y en las palabras que decías había mucho poder y una especie de música. Brillabas como el sol y tus ojos eran como lunas nuevas. Y cuando sonreíste...

—¿Sonreí? De esa parte no me acuerdo.

—Sonreíste como un soldado al ganar la batalla. Y hablaste en talamhés.

—Ah, ¿sí? —Se apartó el pelo mojado—. Me sé unas cuantas palabras.

—*Ar shaol m'athar, swear mé é.*

—Esas no las conozco. ¿Qué significa?

—En tu idioma, dijiste que aplastarías a la bruja y a su dios. Después pronunciaste esas palabras. Significa: «Por la vida de mi padre, te lo juro».

—No lo recuerdo, pero, si las dije, las dije en serio.

—No me cabía duda.

—Te llevaré a casa, hoy nada de tontadas de entrenamiento —dijo Marco, rodeándola con un brazo—. Te voy a poner junto al fuego y no quiero que me vengas con insolencias.

—Será mejor que le hagas caso —intervino Brian.

—Duncan está de vuelta —comentó Breen, pero se apoyó en Marco y mantuvo una mano sobre Botarate al alzar la vista.

El halcón bailó a través de los árboles, bajó en picado para cruzar el río y aterrizó en su forma de hombre.

—He seguido al cuervo hasta el campamento de los troles y, allí, hasta la cabaña a la que llevó un pergamino. El que vive en la cabaña se llama Thar. Con el pergamino, el cuervo traía un cuchillo. Vi marcas en élfico. Y el trol leyó el pergamino en voz alta, como para aprendérselo de memoria. Decía que debía usar el cuchillo contra Loga de los troles y dejárselo dentro. Dejárselo y afirmar que había visto a un elfo atacarlo y huir. El elfo es Argo, del valle.

—Mara, llama a tu dragón y avisa de todo esto al *taoiseach*. Dile que salgo ahora mismo para el campamento de los troles.

—Voy contigo. Marco —añadió Breen antes de que pudiera protestar—, allí me conocen, confían en mí. Cuento con la amistad de Sul, y eso podría ser importante en este caso.

—Debo llevarme a uno de los suyos —dijo Brian—, así que, sí, sería de ayuda. Tendrás que confiar en mí, Marco.

—Maldita sea. Vale, de acuerdo. Esperaremos en la granja. Iré allí con Botarate y los caballos.

Brian se volvió hacia él para besarlo.

—Te la devolveré sana y salva —le prometió.

—Volved los dos sanos y salvos —repuso Marco.

—Te tengo —anunció Brian y, tras cogerla en brazos, voló.

—Sé que eres el guerrero y uno de los lugartenientes de Keegan, pero te voy a pedir que me dejes hablar a mí o, al menos, intentarlo, cuando lleguemos.

—Lo haré, pero, si ese Thar intenta hacerte daño a ti o a quien sea, lo detendré. Si intenta huir, lo detendré. Si algún trol pone objeciones, lo detendré.

—Debemos pedir permiso para...

—No va a haber ceremonias —repuso Brian con aire sombrío—. Y tendrán que aceptarlo.

Voló directamente hasta el campamento de los troles. Todo el mundo se puso en pie. Los niños dejaron de jugar, otros dejaron de cocinar, de beber o de martillear. Absolutamente nadie parecía aprobar su llegada.

—Nos disculpamos por la intrusión —empezó a decir Breen—. Debemos tratar un asunto urgente con Loga. Por favor, es una emergencia.

Sul subía por el camino que, según recordaba Breen, conducía a los establos y, más allá, a las cuevas. Se detuvo, con las manos en las caderas, y miró a Brian, muy seria.

—Estas no son formas.

—Es urgente —repitió Breen—. ¿Dónde está Loga, por favor? Su vida corre peligro.

—¿Por qué dices semejante cosa? Lo he dejado hace menos de diez minutos, cuando ha terminado con su trueque.

—¿Dónde está el trol llamado Thar? —preguntó Brian.

—¿Y por qué iba eso a ser asunto tuyo, *sidhe*?

—Pretende matar a Loga. Sul, te lo juro. Recibió un cuervo de Odran y un cuchillo con marcas élficas.

—¿Llamas asesino a mi hijo? —preguntó una mujer que se abría paso entre la gente—. Mientes y ya no eres bienvenida.

Sul se volvió hacia ella.

—Yo diré quién es bienvenido y quién no. Dinos dónde está Thar para que podamos acabar con esto.

—¡Lo he visto bajar hacia las cuevas! —gritó un niño.

—Lo habría visto —repuso Sul.

—Ma, te digo que lo he visto irse para allá antes de que llegaran.

—¿Loga está en las cuevas?

Sul asintió, mirando a Breen.

—O, a estas alturas, estará ya volviendo.

Sul dio media vuelta y salió corriendo. Se movía deprisa para estar embarazada de varios meses. Breen era más rápida y la adelantó, y Brian las sobrevolaba. Otros corrieron detrás de ellas mientras los cuernos daban la alarma. Al doblar una curva del camino, Breen vio al trol de rostro oscuro y pelo rojo alborotado abalanzarse sobre Loga y clavarle un cuchillo en el costado.

Sin dejar de correr, Breen soltó su poder y lanzó al atacante por los aires. Cuando Brian bajó en picado y lo cogió para subirlo en volandas, el cuchillo se le cayó de la mano. Breen llegó hasta Loga, de cuyo costado manaba sangre, y le puso una mano en la herida. Desde arriba, Thar gritaba y maldecía, y Loga, apenas consciente, miraba a Breen con los ojos vidriosos de dolor y sorpresa.

—No te he dado permiso —dijo con voz ahogada.

—Por favor, padre de los troles, concédelo.

—Solo es… es un arañazo.

—Concédelo para que pueda curar el arañazo y tranquilizarme.

—Concédelo —dijo Sul, que se dejó caer de rodillas junto a él, le cogió la mano y se la llevó al vientre—. Viejo estúpido y cabezota, siente esta vida que me patalea dentro y concédelo.

—Lo hago. Para calmar los nervios femeninos —añadió antes de desmayarse.

—Suéltame, cabrón *sidhe*. ¡Este está compinchado con el elfo asesino que ha atacado a Loga! —gritó Thar—. ¡Lo ha dejado escapar!

Detrás de ellos, más de un trol preparó una flecha en el arco.

—Miente —dijo Breen, dirigiendo una mirada rápida a Sul—. Lo he visto usar el cuchillo. Lo juro.

—No lo he visto. Cura a mi hombre.

La trol se volvió hacia los que estaban detrás, listos para luchar, atacar y defender.

—¡Quietos todos! La hija de los O'Ceallaigh acusa a Thar de traición.

—¡Miente! ¡Miente! ¿Aceptarás la palabra de esta forastera, de este engendro de los humanos, antes que la de uno de los tuyos? Te digo que el elfo Argo mató a Loga. Ahí está su cuchillo, todavía ensangrentado.

—No está muerto —afirmó Breen alzando la voz por encima de los gritos, de los murmullos—. No morirá.

Después se aisló de todo, de las voces, de la furia, de la rabia y del miedo. Aquello no era un arañazo, no, aunque tampoco era tan profundo como temía. Pero sí lo bastante. Y ya había perdido mucha sangre. Dolía, cómo dolía, aquella lucha por curar carne y músculo, por ralentizar el flujo de la sangre. Loga se agitó bajo sus manos, defendiéndose del dolor y del calor ardiente que ella le introducía en el cuerpo.

—Le estás haciendo daño —espetó Sul.

—Lo siento, lo siento —repuso Breen, insegura, y se retiró un poco—. Si envías a por Aisling o mi abuela…

—Hazle daño si es lo que necesitas para salvarle la vida. Haz lo que tengas que hacer. —Le agarró el brazo, feroz—. Y deja de dudar.

—No le des más porrazos, mujer —consiguió susurrar Loga, con los ojos todavía cerrados y la respiración irregular—. Es un arañazo.

—Cierra la boca ya —respondió ella mientras una lágrima le caía por la cara—. Le daré porrazos a quien se los tenga que dar.

—Se está cerrando. Tengo que… Es lento. No soy tan buena como… Madre mía, cuánto músculo.

—¿Acaso crees que elegiría a un debilucho como pareja?, ¿como padre de mis hijos?

—¿Quién eligió a quién? —Loga abrió los ojos, entre parpadeos, y miró a los de Sul—. Ya basta de toqueteos.

—Un minuto más. Si no, se volverá a abrir. Eres fuerte, lo que habría matado a cualquiera para ti no es más que un arañazo. Pero, aun así, ha sido un buen arañazo. Has perdido mucha sangre y necesitas una poción y, Sul, un ungüento para la herida. No llevo nada encima.

—Tenemos medicinas. Dinos cuáles.

—Apartaos, apartaos de una vez. ¿Creéis que me voy a quedar aquí tumbado, en el suelo?

Loga retiró de un empujón a las mujeres y se levantó. Había perdido el color, además de la sangre, pero plantó los pies en el suelo, y miró a Brian y a Thar.

—Bájalo, *sidhe*.

—Lo llevaremos a la Capital para un juicio. Esa es la ley, la ley de todas las criaturas feéricas.

—¿Crees que no conozco la ley? —Miró a su tribu, a los que habían salido corriendo de la aldea, a los que habían bajado de las minas ante la voz de alarma—. Conocemos la ley y la respetamos. Bajad las armas, puñado de bobos. Tendrá su juicio, tenlo por seguro, y aquí nadie te detendrá. Pero primero tengo que decirle unas cuantas cosas. Estoy en mi derecho.

—Así es, sí.

Brian lo bajó, aunque no lo soltó en ningún momento.

—Me has apuñalado, ¿eh, Thar? Después de comer junto a mi fuego, ¿eh? Después de compartir mi comida, mi bebida, ¿apuñalas al padre?

—Tú no eres mi padre. Mi padre está muerto, murió luchando por esa —dijo, y escupió a los pies de Breen.

—Y un gran guerrero que era, valiente y leal. —Sul volvió la vista atrás y le hizo un gesto a algunas de las mujeres para que consolaran a la madre de Thar, que lloraba desconsolada—. Lo deshonras con tu comportamiento y avergüenzas a la mujer que te trajo a este mundo.

—Loga es débil, todos los que lo seguís y obedecéis al *taoiseach* sois débiles. ¿Qué logramos a cambio, salvo cabañas de piedra, después de deslomarnos en las cuevas y las minas? Cuando llegue Odran, y llegará, lideraré a los fuertes, y los débiles me suplicarán piedad.

—Llévalo al juicio y dile al *taoiseach* que asistiré. Ya no forma parte de la tribu. Se decida lo que se decida en el juicio de la

Capital, lo destierro de este campamento y de la tribu. A partir de este día, ya no lo conocemos.

—Se lo diré. Llamaré a mi dragón y me lo llevaré. Breen...

—Vete. Llamaré a Lonrach. Primero tengo que buscar la poción y el ungüento. Volveré con Lonrach en cuanto acabe.

—Tanto aquí como en todo Talamh, está bajo nuestra protección —le dijo Loga a Brian—. Te doy mi palabra.

Ataron a Thar con una cuerda y, cuando Héroe se acercó, Brian voló hasta él.

—Le diré a Marco que volverás pronto —dijo antes de partir al este.

—Tú, ven a las cuevas —le dijo Loga a Breen—. Te pagaremos por curar mi arañazo.

—No. He curado a un amigo. No aceptaré trueque ni pago por curar a un amigo.

Él entornó los párpados para mirarla, y ella temió haberlos insultado a él y al resto. Su preocupación aumentó cuando Loga sacó su cuchillo.

—¿Me das la mano?

Cruzando mentalmente los dedos, lo hizo. El trol se cortó la palma de la mano y después hizo lo propio con la de Breen. A continuación le dio tal apretón de manos que la joven esbozó una mueca de dolor.

—Ahora compartimos sangre. ¡Sed todos testigos! La hija de los O'Ceallaigh comparte sangre con la tribu. A partir de hoy es una de nosotros. Es la hija de los troles y será bienvenida siempre que quiera, sin permiso. Esa es mi decisión.

—Es un honor —dijo Breen.

—Y tanto —repuso él, sonriente—. Ahora termina de una vez con tus toqueteos para calmar los nervios y tómate una cerveza. Ah, no, lo que te gusta es el vino, ¿verdad? Cerveza para mí.

Breen consiguió que se bebiera la poción y eligió el ungüento. Cuando llamó a Lonrach, una joven se le acercó.

—Soy Narl, la hija mayor de Loga y Sul.

—Tienes los ojos de tu madre.

Narl le ofreció una fina banda de oro repujado tachonada de corazones de dragón.

—Es un regalo de todos los hijos de Loga y Sul, y del que está por llegar, de sus hijos y de todos los que llegarán detrás de ellos. No es ni un pago ni un trueque, sino un regalo. Un agradecimiento.

—Es precioso.

—Llévalo a la batalla. Así —dijo al ponérselo a Breen en la cabeza—. Te servirá de protección y de advertencia, la advertencia de que por las venas de la persona que lo lleva corre la sangre de los troles, aunque no luzca trenza. —Narl asintió y dio un paso atrás—. Ahora somos hermanas, así que, cuando luches, sé feroz. Cuando te alces, no cedas.

—Atesoraré el regalo y lo luciré con orgullo. Con orgullo de trol —añadió, lo que le arrancó una sonrisa a Narl.

13

En el vuelo del campamento de los troles a la granja, Breen se estiró sobre el cuello de Lonrach y cerró los ojos. Lo soltó todo, relajó los músculos y dejó que la mente se le emborronase. Era la herida más profunda que había curado, así que se había quedado seca. Se había lavado la sangre de Loga —muchísima sangre— de las manos, pero todavía la olía.

Sintió el azote del viento y un momento de humedad al atravesar una nube, pero se quedó como estaba. Es probable que se hubiera encontrado más cansada alguna vez, pero, en aquel momento, no recordaba cuándo. Confiando en que Lonrach no la dejaría caer, se quedó medio dormida hasta que notó que descendía. Cuando se deslizó por el lomo del dragón para bajar, Marco salió a toda prisa de la casa, con Morena y Botarate pegados a sus talones.

—Brian pasó volando, literalmente, por aquí, y nos dijo desde el aire que estabas de camino. Eso fue hace un rato. Chica, estábamos a punto de enviar una partida de búsqueda.

Breen notaba la lengua dormida, apenas era capaz de moverla para formar palabras.

—He tardado un poco.

—Oye, llevas una corona... o diadema —se corrigió— de Wonder Woman.

—Con grabados en la lengua de los troles —añadió Morena, fascinada—. Solo se les permite llevarlas a los miembros de su tribu.

—Ahora soy una trol honoraria.

Empezó a darle vueltas la cabeza al agacharse para acariciar a Botarate, que gemía a sus pies.

—Ahí hay una historia que quiero escuchar, pero ahora no, creo. —Morena cogió a su amiga del brazo para que no cayera—. Pareces hecha polvo. Entra a sentarte. Te daremos comida y té.

—La verdad es que solo quiero irme a casa, irme a casa y tumbarme unos minutos. Ha sido difícil.

—Ya me doy cuenta. Llévala a casa, Marco, y dale algo de comer, si puedes. ¿Quieres que te ayude?

—Ya me encargo yo —respondió él mientras rodeaba la cintura de Breen con un brazo—. Nosotros la cuidamos, ¿verdad, Botarate? Morena, remueve ese estofado de vez en cuando y, cuando Harken y tú os lo vayáis a comer, lo acompañas como te dije.

—Déjalo en mis manos, ya que tú has hecho el resto. Y descansa, Breen. Mañana hablamos.

—Mañana.

En vez de adelantarse como una bala, Botarate permaneció al lado de Breen mientras cruzaban por el Árbol de la Bienvenida. Marco la levantó para subir los escalones, las ramas y la roca, y llegaron a Irlanda.

—Brian me ha dicho que le has salvado la vida a Loga. Es el trol jefe, ¿no?

—Sí, pero no diría que le he salvado la vida. Estaba herido y necesitaba atención, pero es muy fuerte. El dolor era atroz, Marco, y apenas se inmutó, ni siquiera al despertarse.

—Tú también lo has sentido en parte, ¿no? El dolor, me refiero. ¿No funciona así?

—Me asustó. Había mucha sangre. Tenía las manos empapadas —murmuró, apoyada en él—. Y temía que no fuera suficiente. Todavía estaba un poco afectada por lo de la catarata, pero…

—Has hecho lo que tenías que hacer.

—Casi llegamos tarde. Si Brian no nos hubiera llevado tan deprisa, ese trol habría apuñalado de nuevo a Thar y lo habría dejado desangrándose. Y quizá el resto de la tribu habría creído sus palabras.

—No ha pasado. Brian y tú os habéis asegurado de ello. ¿Por qué a un elfo? ¿Por qué echarle la culpa a él?

Se sentía como en un sueño, envuelta en el aire helado, oyendo el borboteo del arroyo.

—Argo y Loga se pelearon hace unos días por un trueque. Se insultaron, llegaron a las manos. Al parecer, ocurre de vez en cuando, nadie se lo toma en serio. Así que le iba bien como chivo expiatorio. Sul cree, y estoy de acuerdo con ella, que Thar envió un cuervo para contarle todo eso a Odran. Es todo muy retorcido, Marco.

—Sí. —«Ya casi en casa», pensaba él una y otra vez, y, aunque estaba muerto de preocupación, procuraba parecer alegre—. Y has obtenido una corona trol.

—Tengo que lucirla en la batalla para demostrar que soy una trol feroz.

—Ajá.

Cuando salieron de los árboles, Marco la cogió en brazos y la llevó así el resto del camino.

—Solo necesito dormir.

—Eso es lo que vas a hacer.

La metió dentro y la tumbó en el sofá, donde Botarate y ella podían vigilarla. Se agachó para encender el fuego, pero, antes de poder hacerlo, la turba chisporroteó y se encendió. Breen sonrió.

—Todavía lo tengo —murmuró antes de cerrar los ojos y quedarse dormida.

—Sí, mi niña, todavía lo tienes.

Le puso una almohada debajo de la cabeza y le quitó la diadema con sumo cuidado. Luego le echó una manta encima. Botarate se sentó para hacer el primer turno de guardia.

—Buen chico. Mientras tú la vigilas, yo iré a preparar algo para que tenga una buena comida cuando despierte.

Después de observarla un momento más, le apartó el pelo de la cara.

—Toda esa magia te da mucho, pero también te lo quita.

Cuando despertó, el fuego estaba bajo, la intensidad de las lámparas también, y las velas titilaban. Se oía música, tan cálida y suave como la iluminación. Olía maravillosamente bien, y ese olor, mezclado con el fuego de turba y la cera de las velas, le recordó a su estómago que no había comido desde el desayuno. Pegado a su cuello encontró el corderito de peluche que Botarate se llevaba siempre a la hora de dormir. Marco, con un halo de luz sobre la cabeza, estaba sentado en una silla, con los pies sobre la mesita de centro y un libro en la mano. Botarate, acurrucado junto al fuego, dormitaba, pero, al despertarse ella, abrió los ojos. Agitó el rabo mientras se desenroscaba para acercársele a saltitos y lamerle la cara.

—¡Y aquí está! Corazón, te apagaste como una bombilla y ahí te quedaste.

Breen se sentó, e intentó estirarse y acariciar con la nariz a Botarate a la vez.

—¿Cuánto tiempo llevo dormida?

Marco recogió su móvil de la mesa para mirar la hora.

—Cuatro horas.

—¿Cuatro horas enteras? Eso es una siesta al cuadrado.

—Lo necesitabas. Nos tenías preocupados, chica. Harken y Morena se pasaron por aquí una hora después de que te durmieras, para ver cómo estabas, y Harken dijo que dormir era lo mejor que podías hacer. Supongo que tenía razón, porque ahora vuelves a ser la Breen rosadita de siempre.

—Siento haberos preocupado. La verdad es que ahora me siento genial. Hambrienta pero genial. ¿Qué es eso que hace que la casa huela a gloria?

—Ternera a la *bourguignon*, al estilo de Marco. Ya casi está lista. Supuse que te iría bien algo de carne roja. Como Brian cree que no estará de vuelta esta noche, solo estamos, tú, yo y nuestro amigo peludo. Quédate ahí.

Señalándola a ella, y no al perro, se levantó para ir a la cocina. Cuando volvía con un plato de su famosa charcutería, abrió la puerta y lanzó un trozo de carne afuera, para que Botarate saliera corriendo a por él.

—No ha querido irse de tu lado en todo el tiempo que has estado dormida —le dijo Marco—. Fue arriba a por su corderito y te lo puso ahí cuando vine a leer, pero ya está. Es el mejor perro de la historia.

—Tengo los mejores amigos de la historia.

—Quédate ahí —repitió él, y fue a por vino y copas—. Vamos a sentarnos aquí y tomarnos una copa de vino mientras calmas un poco el hambre con lo que hay en esa bandeja. Así le damos tiempo a la cena para terminar de hacerse mientras me cuentas qué ha pasado con los troles.

Ella cogió con los dedos algo de picar y lo engulló.

—Qué rico, madre mía. Bien, vamos a empezar diciendo que me alegro de que Brian estuviera conmigo. No sé cómo me las habría apañado sin él. En cuanto a Thar, era un poco como esa chica, Cait Connelly. Amargado.

Bebió de la copa de vino y le contó la historia.

En la Capital, Keegan comía con Brian en sus aposentos.

—Me has dado la excusa perfecta para comer en paz, en vez

de en el salón de banquetes. Aunque traer al trol signifique que no podré volver al valle hasta dentro de un par de días más.

—Siento esa parte.

—Serás testigo en el juicio, aunque esperaremos a que llegue Loga. ¿Crees que está lo bastante bien como para viajar?

—Estaba en pie, sin ayuda, cuando me fui. No creo que la herida fuera mortal, la que el asesino de Odran logró asestarle antes de que Breen lo detuviera. Y vaya que si lo detuvo, lo lanzó a dos metros de distancia. Así pude agarrarlo y alzarlo en el aire para que no escapara. —Bajó un bocado de costillar de cordero con un trago de cerveza—. Breen estaba en lo cierto, Keegan, cuando dijo que confiarían en ella. Sul lo hizo. Si no, puede que me hubiera encontrado esquivando flechas de trol.

—El padre de Thar luchó con Eian contra Odran y cayó, como cayó Eian. Lo recuerdo, aunque no lo conocía bien. Así que recuerdo que Thar estaba en el lago y se zambulló el día que saqué la espada.

—Y espera arrebatártela.

Aunque Keegan esbozó una sonrisa, no le hacía nada de gracia.

—Bueno, ahora tendrá que seguir esperando, ¿no? Solo hay una sentencia para el intento de arrebatar una vida. Podrás decir lo que tengas que decir, igual que Loga y todo aquel al que Loga traiga. Como el mismo Thar.

—Ya llevamos tres, bueno, cuatro si contamos a la de Samhain, además de Toric y los suyos. ¿Cuántos más como ellos vivirán entre nosotros?

—Espero que no muchos. Me dijiste que el cuervo vino a través del portal.

—Fui directo desde el campamento a la Capital —respondió Brian—. Necesitabas estar al corriente del intento de asesinato. Breen fue la que vio el cuervo, así que Duncan lo siguió y se enteró de todo.

—¿Cómo es que ella lo vio y vosotros no?

—Yseult, nos dijo.

Mientras Brian se lo contaba, Keegan se levantó, paseó, abrió las puertas para que entrara el aire y se sentó de nuevo. Volvió a beber.

—Nunca he visto a nadie hacer lo que hizo ella. Bueno, a nadie sin alas —matizó Brian—. ¿Puedes hacerlo tú?

—Nunca lo he intentado. Con concentración, es bastante sencillo elevarse unos centímetros, puede que medio metro. Pero es más bien como entregarse al aire. Fundirse con el elemento, más que intención. Haría falta poder, voluntad e intención.

—Y su forma de hablar, Keegan. Rebosaba poder, voluntad e intención, como dices. Dentro y fuera de ella a la vez, si es que eso tiene sentido.

—Bastante —respondió el *taoiseach*, que ya lo había visto antes.

—Cuando dijo las últimas palabras en talamhés, te juro que me vibraron dentro. Y te confieso aquí y ahora que, de haber estado dirigidas a mí, habría tenido miedo.

Misneach fue lo que le vino a la mente a Keegan. Significaba tanto 'valor' como 'espíritu'. Ella tenía ambas cosas.

—Y la brecha está sellada. Comprobaremos todas las demás por si aparece ese tipo de grieta. Una que se abre y se cierra.

—Incluso a su lado, en el aire, no vi lo que veía ella.

—Es la magia de Yseult, pero, sabiéndolo, estaré sobre aviso. No cerraremos las otras, si las hay. —Al ver que Brian asentía, arqueó una ceja—. Piensas lo mismo que yo.

—Si las cerramos, no podrán enviar cuervos y no podremos seguirlos, como hizo hoy Duncan.

—Sí. —Keegan bebió de su cerveza y reflexionó un momento—. Podríamos evitar que el mensaje llegara al espía, al menos por ese medio, pero nos costaría más encontrar al traidor. O detener un plan como el de arrebatarle la vida a Loga y culpar a otro de asesinato. Odran espera que nos volvamos unos contra otros, eso está claro. Lo que me dice que no está seguro de ser capaz de derrotar a los feéricos si permanecemos unidos.

—Permaneceremos unidos.

—Eso haremos, sí. —Keegan alzó la jarra para brindar—. Por uno y por todos.

Más tarde, entrada la noche, a solas, el *taoiseach* se paseaba por sus aposentos. Pensó en llamar a Cróga, en volar para salir de su confinamiento, pero se conocía y sabía que, una vez a lomos de Cróga, volaría al oeste. Volaría al valle y atravesaría el portal. Para llegar hasta ella. Y aunque lo deseaba, aunque lo deseaba más que nada en el mundo, le recordaba demasiado a lo que había hecho con Shana. Una forma de rascarse la comezón, de satisfacer una necesidad. Mutua, sí, pero… No volaría hasta Breen para pasar un par de horas con ella, por el placer de un revolcón, por el consuelo de su cuerpo bajo el de él o a su lado, dormida. Ella significaba más que eso y, aunque ese tema era un enredo todavía sin resolver, significaba más que eso.

Así que se paseó por sus aposentos como un felino en una jaula y pensó en la reunión del consejo que había convocado para la mañana siguiente, en el juicio que tendría lugar cuando llegara Loga, en las patrullas, en el entrenamiento y en todo lo demás. Por curiosidad, se quedó quieto, cerró los ojos y se dejó llevar por el semitrance que exigía la levitación.

Dirigió su concentración al interior y después al exterior.

Él era el aire; el aire era él.

Dejó que el calor entrara y el frío saliera.

Dentro y fuera, a su alrededor y bajo él.

Se sintió elevarse un par de centímetros. Subió los brazos, con las palmas hacia arriba.

Otro par de centímetros, y uno más al derramarse y retraerse por completo.

Abrió los ojos y se encontró a la altura de los candelabros

de la repisa de la chimenea, así que siguió empujando y se elevó otros treinta centímetros.

Aunque la mente permanecía clara, el corazón se le escapaba del pecho y le costaba respirar, como si subiera una carga muy pesada por una colina muy empinada y alta. El sudor se escurría por su espalda mientras se esforzaba por mantener la concentración. Sin embargo, la perdió y cayó desde una altura de casi dos metros. Al aterrizar se quedó en cuclillas hasta que recuperó el aliento.

—Mierda. Esto te deja sin energía. Lo practicaremos hasta tenerlo más controlado. Podría resultar útil.

Se sirvió agua, en vez de cerveza, y bebió con ganas. Breen tenía sangre *sidhe*, pensó, pero él también. La próxima vez que lo intentara, haría todo lo posible por usar esa parte de su sangre y ver adónde lo llevaba. Se desnudó y se tumbó en la cama con el mural de Talamh en el techo. Encontró el valle en él y lo echó tanto de menos que sintió un dolor físico. Siguió el dibujo hasta el Árbol de la Bienvenida pintado sobre él en pleno verde estival. Se imaginó cruzándolo hasta llegar a la casa de Breen. ¿Estaría ya dormida? Seguro que dormía con el buen perro junto al fuego, porque era tarde. Pensó en cómo dormía, con el pelo suelto sobre la almohada; en que, si la luz de la luna entraba por la ventana, le iluminaría el rostro. Con eso en mente, se relajó.

Y de repente ella estaba allí. No en su cama, durmiendo, sino en pie, a su lado.

—Estoy soñando —dijo ella—. ¿Tú también?

—Estoy despierto. Pensaba en ti.

—Yo estoy soñando y soñé contigo. ¿Estoy aquí?

Keegan se sentó. Ella llevaba puestos los pantalones y la camiseta amplia con la que a menudo dormía. Sin duda, no era la típica fantasía. Y la deseaba tanto como seguir respirando.

—¿Estoy aquí? —repitió ella, y le puso una mano en el pecho a Keegan—. Te siento. Siento el latido de tu corazón. Debo de estar aquí. ¿Notas mi mano?

—Sí —respondió, y la cubrió con la suya—. Si esto es un sueño, no lo desperdiciemos. No podía dejar de pensar en ti, Breen Siobhan.

Ella se arrodilló en la cama, a su lado, y se abrazó a su cuello.

—Enséñame lo que podemos hacer en sueños.

Sus labios se encontraron, buscando el calor, el sabor, la promesa ya ofrecida. Y, con el beso, el sueño se alargó y siguió su curso. Pegados, cuerpo contra cuerpo, se entregaron a él, se entregaron el uno al otro, mientras el fuego perdía fuerza y las lunas gemelas proyectaban su luz a través de la oscuridad.

Entre murmullos, Keegan le quitó la camiseta, de modo que se quedaron piel contra piel, carne cálida contra carne cálida. Le acarició la espalda y le olió el pelo. Todo allí, todo real, todo para él. Se permitió saborearla más, recorrerle con los labios el rostro, el cuello, los hombros, para después beberse su suspiro cuando sus bocas volvieron a encontrarse. Sus pechos, tan suaves, tan firmes, bajo sus manos. Su discreto suspiro de placer cuando la tocaba, allá donde fuera. La dulzura de sus labios cuando rozaban los de él y allí se demoraban.

Todo para él.

Ella se movió y se colocó encima. Durante un momento se dedicó a disfrutar de aquel cuerpo duro de guerrero bajo el suyo. Todo la excitaba: su forma, su fuerza, el aroma de su piel. Notó el latido de su corazón dentro del de ella, y volvió a moverse para besarlo. Se permitió tomar más. Despacio, flotando en el sueño, lo tocó con manos y labios. Hombros anchos, músculos tensos, mandíbula firme bajo la basta barba incipiente. Una piel sorprendentemente suave cubriendo aquel cuerpo tan poderoso, disciplinado sin piedad.

Todo para ella.

Mientras exploraba, notó en el corazón que el latido de Keegan se aceleraba. Aunque las manos del *taoiseach* calmaban y seducían, ella notaba dentro lo mucho que la deseaba. La deseaba, pero esperaba, y nada podría haberla excitado más que eso.

Con tan solo un pensamiento, apartó la franela antes de montarlo a horcajadas. Le vio los ojos a la luz de la luna, vio cómo la miraba. Solo a ella. Le levantó las manos, las llevó hasta sus pechos, hasta su corazón. Y lo introdujo en ella, despacio, despacio, despacio, mientras le temblaban tanto el aliento como el cuerpo. Lo mantuvo allí, los mantuvo a ambos, saturados de sensaciones.

Y él siguió esperando.

Cuando Breen empezó a moverse, a ondularse, fluida como el agua, se adueñó de él. A Keegan le dolía el cuerpo, le ardía la sangre, y el placer lo inundaba todo. Hechizado, embrujado, la observaba, la melena roja enredada convertida en fuego a la luz fracturada de la noche. Los ojos de Breen, clavados en los suyos, oscurecidos de poder.

Breen alzó los brazos y echó la cabeza atrás mientras lo poseía como nadie lo había hecho nunca, como desconocía que nadie pudiera hacerlo. La luz brillaba a su alrededor, un sueño dentro de un sueño. Se llevó a Keegan con ella, más allá de necesidades y deseos, más allá de ellos mismos.

Era más que sexo, era una comunión en la que él sentía el placer de ella igual que el suyo propio. Se elevaba con ella, y sintió, en su interior, el tan ansiado y largo alivio final.

Cuando Breen se recorrió el cuerpo con las manos, él se enderezó. Tras enredar las manos en su pelo, pegó los labios a los de Breen. Ella respondió rodeándolo con sus brazos sin dejar de mover las caderas, volviéndolo loco, hundido en ella.

Palabras delirantes brotaron de los labios de Keegan, palabras que ella no conocía, palabras que la mente nublada del *taoiseach* apenas comprendía. Entonces, por fin, por fin, llegó al límite, al borde del abismo. Cuando sintió que caía, fue como caer en ella. Se echó hacia atrás, abrazándola, mientras ella volvía a ponerse encima.

—Sé que tenemos que despertarnos —dijo Breen suspirando—, pero preferiría no hacerlo.

Keegan, de nuevo, le enredó las manos en el pelo. Allí sentía la paz, una paz profunda que solo ella sabía infundirle.

—¿Has lanzado un hechizo para traer el sueño?

—No —respondió ella, levantando la cabeza—. No, yo no haría…

—Te lo habría agradecido. Estaba pensando en ti, como te he dicho. Pensaba en ti.

—Creía que volverías para pasar unas horas conmigo, así.

—¿Para acostarme contigo? ¿Como hacía con Shana? No. —Se enroscó un rizo en los dedos, lo soltó y repitió el movimiento—. Tú no eres Shana. No te pareces en nada a Shana.

Sonriendo, Breen inclinó la cabeza.

—Desde que te conozco, es lo más romántico que me has dicho.

—Entonces tu idea del romance es muy extraña.

—Puede. Aun así. —Se volvió para mirar al fuego—. ¿Has oído eso?

—¿El qué?

—Pues… Ah, es Botarate. —Miró de nuevo a Keegan—. Vuelve pronto.

—Espera.

Pero Breen desapareció y él se quedó con el fuego bajo y el mural de Talamh sobre su cabeza.

El juicio tardó dos días en celebrarse, pasaron dos días hasta que Keegan pudo escuchar las palabras, apasionadas pero claras, de Loga; apasionadas y amargas, de Thar, el asesino. Dos días antes de volver a bajar el bastón para decretar su destierro. Cuando terminó, después de que se abriera el portal al Mundo Oscuro y se cerrase de nuevo, se reunió con Loga en la aldea, en El Gato Sonriente.

—Ya he hecho un trueque por la cerveza, así que puedes beber hasta reventar.

—Muchas gracias —respondió Keegan al unirse a él en la mesa resistente y llena de marcas, donde ya lo esperaba una jarra de peltre—. Espero que me quite el mal sabor del juicio.

—Cuando sacaste la espada elegiste una pesada carga, ¿verdad? —dijo Loga, serio, mientras bebía de su jarra. El trol llevaba un casco y una pechera brillantes y sin abolladuras, como muestra de respeto por la solemnidad de aquel día. En el rostro ancho y arrugado se le marcaban unas ojeras muy oscuras—. Conozco a Thar desde que tomó su primer aliento. En cierto momento pensé que mi Narl y él se comprometerían, pero ella le había echado el ojo a Neill. «¿Narl y Neill?», le decía yo. —El trol puso los ojos en blanco y Keegan se rio—. Aun así es un buen compañero y un buen padre para sus hijos. Y saben los dioses, como lo sé yo ahora, que Thar le habría roto el corazón como se lo ha roto a su madre.

—No ha asistido al juicio.

—No quería. Sul me dice que se pasa las noches llorando, pero que no pronuncia su nombre a la luz del día. Lo tenía delante de las narices, te digo, y no lo vi venir. Sin embargo, ahora, cuando vuelvo la vista atrás, sí, ahí estaba, claro como el agua.

—La chica, Caitlyn O'Conghaile, tenía padres, un hermano y una hermana. No es que compartieran campamento, compartían casa. Tenía un hombre que la amaba. Nadie se dio cuenta. Algunas personas ocultan muy bien su verdadera personalidad.

—¿Cuántos más crees que habrá? Todos los troles de Talamh se unirán a esta caza.

—No sé decirte. —Alguien empezó a tocar una flauta y la gente la acompañó con palmas—. Esa es la cruda verdad.

—Sin la hija de los O'Ceallaigh, no nos habríamos enterado de lo de Thar y yo estaría muerto. Ella es la clave, no cabe duda. No quiso aceptar ningún pago por curar mi arañazo. —Siguió rumiando sobre el tema—. Eso me hace estar en deuda con ella. No estoy acostumbrado. —Entonces se encogió de hombros y bebió otro trago—. Sul dice que si la criatura que lleva sale niña, le pondrá el nombre de Breen. Discutir con una mujer suele dar más dolor de cabeza que una noche bebiendo cerveza mala. Pero, como discutas con una mujer embarazada, acabas con las pelotas azules de un patadón.

—Como mi hermana ha tenido tres, no te lo discuto. ¿Sul está bien? No ha venido contigo.

—El embarazo se encuentra demasiado avanzado para un viaje tan largo, y arriesgué las pelotas al decírselo, porque quería venir. Pero, a pesar de lo furiosa que estaba con todo el asunto, es una mujer sensata. Aunque tuve que traerme a tres conmigo para que dejara de darme la lata, la compañía viene bien para el viaje.

—Tus acompañantes y tú cenaréis conmigo esta noche, y tendréis alojamiento en el castillo hasta que regreséis al oeste.

—Aceptaremos la comida, pero no somos de los que duermen en castillos. Acamparemos fuera y regresaremos cuando despunte el alba.

Miró a su alrededor, donde una mandolina se había unido a la flauta y el aire olía a carne especiada y pan fresco.

—Hacía tiempo que no pasaba por la Capital. Le falta altura, para mi gusto, y hay demasiada gente dentro, pero en este sitio sirven buena cerveza. No es mi primer juicio, aunque sí el primero que te veo sosteniendo el bastón. Lo manejas bastante bien y haces honor a tu padre, a quien conocía. Era capaz con la música y con la espada, Kavan O'Broin.

—Es verdad.

—Pues pidamos otra ronda —dijo Loga mientras le hacía un gesto a la camarera— y alcemos la jarra en su honor.

14

Un día en el que la lluvia iba y venía, Breen fue con Botarate de la casa de Marg a la granja. Aquella mañana se había despedido de Marco y Brian, que se iban de viaje para conocer a la familia.

—Ya debe de haber llegado, o casi —le dijo a Botarate—. ¡Qué nervioso estaba! ¡Cuántas veces ha cambiado de idea sobre lo que ponerse y lo que meter en la maleta! Perdí la cuenta. Y esta noche, o puede que mañana, Brian se declarará.

A su lado, el perro meneó el cuerpo entero para mostrarle su entusiasmo.

—¡Yo estoy igual! Pero tenemos que mantener la boca cerrada, ¿eh? Se lo prometimos a Brian. Gracias a Dios que ya no queda mucho. Parece que esta noche estaremos solos tú y yo. —Se agachó para alborotarle el copete—. ¿Qué me dices? ¿Palomitas y película? Nos ponemos cómodos y…

Dejó de hablar cuando Botarate se puso a bailotear, dejó escapar un ladrido de alegría y salió corriendo. Breen esperaba ver a los hijos de Aisling en el campo, y allí estaban. Con Keegan. Y, se fijó, con las dianas para los arcos. Mientras miraba, Harken salió del granero con el cachorro dando brincos a su lado. Cielo y Botarate corrieron el uno hacia el otro como si llevaran semanas sin verse, en vez de horas. Mientras jugaban y los niños corrían para unirse a ellos, Keegan se volvió hacia Breen.

—Ya lo tiene todo preparado —dijo Harken al cruzarse con ella—. Apenas ha aterrizado y ya se ha puesto al lío.

—Ya veo. ¿Acaba de llegar?

—Hace menos de una hora. Está cansado. No lo dice, pero es evidente. Puede que tengas que hacer acopio de paciencia, porque se pone muy irritable cuando está cansado.

—En fin.

—Me quitaré de en medio —dijo Harken, dándole una palmada en el hombro—. Morena le está echando una mano a Finola y a Seamus en su casa, y Finola se ha apiadado de nosotros y nos va a traer un pedazo de su pollo asado y unas cuantas cosas más. Así tengo excusa para entrar a lavarme. —Se restregó una mancha de grasa de los pantalones—. Buena suerte.

—Gracias.

Saludó a los niños con la mano mientras se acercaba a Keegan.

—Llegas tarde —le dijo él a modo de saludo.

—Brian creía que no llegarías hasta mañana o pasado mañana, así que pensaba trabajar con Aisling en mis dotes curativas.

—Tus dotes bastaron para curar a Loga.

—No estoy segura de haber podido curar más de una herida, y ese trol es más duro que el toro de concurso de Harken.

—Tus dotes son suficientes en ese terreno, así que Aisling puede esperar otro día. Con el arco necesitas más práctica.

Cansado, se recordó Breen, porque lo veía igual que lo había visto Harken. Aun así…

—¿Cómo sabes que necesito más práctica? Llevas una semana entera fuera.

—Vale, pues hazme una demostración.

Le pasó el carcaj con las flechas y, cuando ella se lo colocó, un arco.

—Tenía trabajo —dijo Keegan, que se metió las manos en los

bolsillos del abrigo, algo irritado, como le había advertido Harken—. Habría vuelto antes, de haber podido.

—Lo sé.

Cuando Breen fue a sacar una flecha del carcaj, Keegan le cogió el rostro entre las manos y la besó en los labios. Después la miró a la cara.

—¿Estuviste allí o el sueño fue solo mío?

—Estuve allí.

Keegan apoyó la frente en la de Breen.

—De acuerdo. —Dio un paso atrás—. De acuerdo, entonces enséñame tus grandes dotes para el tiro con arco.

Ella colocó la flecha, adoptó la postura correcta y tiró de la cuerda con delicadeza, despacio. Cuando soltó la flecha, rozó el anillo exterior del blanco.

—No he dicho que tuviera grandes dotes —murmuró.

—Pero, por todas las diosas benditas, tienes ojos. Úsalos.

—A mis ojos no les pasa nada. Y tú me estás… agobiando.

Le hizo un gesto para que se alejara y volvió a intentarlo. Pero acertó en el otro borde del blanco.

—He visto a niñas de ocho años hacerlo en su primer intento. El brazo firme, mujer. Corrige la postura.

Breen tuvo que recordarse que lo había echado de menos, que deseaba que volviera. Probó con otras seis flechas y consiguió acertar dos veces en un punto entre el borde de la diana y el centro.

—Ahórrate lo que ibas a decir —lo avisó ella—. Me sale mejor con Morena. Pregúntaselo. Esto es por ti.

—Por mí, ¿eh?

—Es porque estás ahí, fulminándome con la mirada.

—Seguro que el que vaya a atacarte esbozará la más dulce de las sonrisas mientras te derriba.

No necesitaría un puñetero arco para detener a su atacante, pensó ella. Tenía otros métodos. Y, de repente, se le encendió la bombilla. Otros métodos.

Respiró hondo varias veces para calmarse y colocó otra flecha. Pensó en la punta, pensó en el centro.

Diana.

Miró con cara de satisfacción a Keegan, que fruncía el ceño.

—Fulmina eso, *mo chara*.

—Cualquiera puede tener un momento de suerte. Hazlo otra vez.

Lo hizo, y una tercera, clavando todas las flechas, una tras otra, en el centro del blanco. Como estaba divirtiéndose, fue a por una cuarta, pero Keegan la detuvo.

—Estás usando poder.

—Y funciona. No sé por qué no se me había ocurrido antes. ¿Por qué no me lo dijiste?

—Nunca he… Porque ese no es el camino. Es…

—¿Qué? ¿Hacer trampa? Puede que en una caza lo sea, o en una competición. No es justo. Pero todo vale en la guerra, ¿no? Si me estoy defendiendo de otra persona, ¿por qué no usar todas las armas a mi disposición?

Se daba cuenta de que lo había desconcertado.

—Porque ese no es el camino —repitió.

—Y tú no eres el mandaloriano. Funciona.

Dio un paso a un lado para colocarse frente al siguiente blanco y sacó otra flecha. Esta vez no se molestó con el arco, la sostuvo y la envió a la diana.

Justo en el centro.

Detrás de ella, los niños la vitoreaban. Se volvió para dedicarles un saludo teatral y vio que Harken había salido y estaba con los críos, sonriente.

—No aprenderás esa habilidad si dependes de la magia —le discutió Keegan.

—Pues practicaré sin ella, pero sé lo que puedo hacer en caso necesario. A veces, *taoiseach*, hay que tomar otro camino.

Usó otra diana para tirar con poder y otra para hacerlo sin él.

Sin él, al final de la sesión, había mejorado. Ligeramente. ¿Con poder? Decidió que ni Ojo de Halcón, el de los Vengadores, lo habría hecho mejor.

—Tienes suerte —le dijo a Keegan cuando se dirigían a la casa, llegado el crepúsculo.

—Ah, ¿sí?

—Marco preparó jambalaya anoche y sobró un poco.

—No lo he probado nunca. ¿Está bueno?

—Está buenísimo. Me alegro de que le concedieras unos días a Brian para presentar a Marco a su familia.

—Se ha ganado cada hora de ese tiempo libre. Creo que se comprometerán.

Breen estuvo a punto de tropezarse con una rama al entrar en Irlanda.

—¿Por qué dices eso?

—Brian lo lleva a conocer a su familia, y de un modo muy significativo. Estaba nervioso, y Brian no es de los que se ponen nerviosos. Así que seguramente se comprometerán.

—¡Gracias a Dios! Si ya sabes tanto, no creo que tenga que seguir con la boca cerrada.

—¿Con la boca cerrada?

—Me pidió mi aprobación. Brian. ¡Fue un detalle muy bonito! —Al recordarlo, se llevó las manos al corazón—. Le prometí que no se lo contaría a nadie, y preferiría pasarme otras seis horas lanzando flechas antes que tener que guardarme de nuevo el secreto. Se lo va a pedir. Puede que esta noche. Y celebrarán dos bodas. —Encantada, se enganchó del brazo de Keegan mientras Botarate corría de un lado a otro—. Una aquí…, bueno, en Talamh, y otra en Filadelfia, para Sally, Derrick y la hermana de Marco.

—¿Y sus padres? Me refiero a los de Marco.

—No. No, no vendrían. Se lo voy a pedir. No se lo diré a Marco, pero iré a hablar con su madre. Pero no vendrán.

—Entonces los que tienen un problema son ellos.

—Da igual. La celebraremos en Sally's. Sé que es lo que prefiere Marco. Y allí estarán todas las personas que lo quieren. Ay, va a ser genial. Vendrás, ¿verdad? ¿Asistirás a las dos? —Como veía que vacilaba, insistió—. Será después. Cuando acabe todo esto. Tardemos lo que tardemos, esa boda, por lo menos, será después.

—Me gustaría asistir.

—Me vale.

—Harás planes, algunos, cuando vayas en primavera —dijo Keegan.

—Tenlo por seguro. —Salieron del bosque y Botarate corrió a toda velocidad hacia la bahía—. Te agradezco que no me hayas puesto objeciones.

—Tienes tu familia y tu trabajo.

—Sí, pero no me iré si me necesitáis aquí.

—Ya lo has dicho antes.

En la casa lanzó el abrigo de Keegan a la percha y se quitó la chaqueta para hacer lo mismo.

—Podemos tomar un poco de vino… o una cerveza para ti, si lo prefieres, mientras caliento las sobras.

Apenas hubo dicho aquellas palabras, él la levantó del suelo.

—Eso puede esperar. Enciende el fuego, *mo bandia*. Aquí. —Se detuvo junto al sofá del salón—. No hace falta ir más lejos.

—Me vale.

—Habría regresado antes, de haber podido.

—Lo sé.

Que así fuera era lo único que necesitaba saber, pensó mientras Keegan la tumbaba en el sofá.

Esa misma noche, algo más tarde, Marco estaba sentado en una colina, envuelto en una manta con Brian, bebiendo vino espumoso de los *sidhe*. Un fuego ardía en un círculo de piedras y las lunas —dos mitades que se imaginaba fundiéndose para formar una enorme bola blanca— competían en luminosidad con las estrellas. Brian había sugerido un pícnic de medianoche y Marco suponía que había una primera vez para todo.

—Me cae muy bien tu familia.

—Ya te quieren.

—Y a ti te quieren muchísimo. Y me han hecho sentir bienvenido. A los dos minutos de llegar se me olvidó estar nervioso. A los diez fue como si los conociera de toda la vida.

Se volvió y rozó los labios de Brian con los suyos.

—Y tú, tan encantador como siempre, te los has ganado en un segundo. Primero le dijiste a mi padre que ahora ves de quién he heredado la belleza, y a mi madre que ahora ves de quién he heredado la inteligencia. Has sido muy astuto.

—Lo he dicho como lo he visto, así que no ha sido nada difícil. —Inclinó la cabeza hacia la de Brian, observó cómo se fundía la niebla de sus alientos y se apartó de nuevo—. Ahora estoy aquí sentado, contigo, en un pícnic de medianoche, con el cielo cuajado de estrellas y lunas. Contemplo desde esta colina el lugar en el que naciste, en el que creciste, y el árbol que trepaste para atiborrarte de manzanas verdes hasta que te dio un dolor de barriga tremebundo.

—Ay, mi madre y sus historias.

Más feliz que nunca, Marco se acercó más a Brian.

—Estoy deseando escuchar todas las demás. Igual que estoy deseando que conozcas a Sally y a Derrick en persona, en vez de por videoconferencia. Te van a adorar, Brian, como te adoro yo. Son mi verdadera familia, junto con Breen y mi hermana.

—¿Y habrá historias?

—Oh, sí.

—Es importante conocer a la familia, formar parte de ella y de su historia. Y, para mí, ver la sonrisa en los ojos de mi madre cuando te ha conocido y la forma en que me miró después, tan clara: «Sí, por supuesto. Entiendo que te hayas enamorado de él».

—Ella ya sabía por qué me he enamorado de ti.

—Bueno, claro. ¿Cómo es eso que dices? ¿Imposible no enamorarse de mí?

Entre risas, Marco sirvió más vino para los dos.

—También es importante crear una familia —dijo Brian—. Encontrar a la persona que amas y con la que te ves en los años venideros. Y, así, la tuya se convierte en parte de ese conjunto, de esa historia. —Cogió la mano de Marco y se la llevó a los labios—. Forma esa familia conmigo, Marco, conviértete en parte de ese conjunto y de esa historia conmigo. ¿Te comprometerás conmigo aquí, donde nací, y te llevarás mi compromiso contigo?

Marco se quedó sin aliento y todo pareció detenerse. La noche, el aire, el mundo y todos los mundos más allá de aquel.

—¿Me estás…?, ¿me estás pidiendo que me case contigo?

—Sí, y ahora todos los nervios que sentía me parecen estúpidos, ya que pedírtelo ha sido lo más sencillo del universo. —Tras girar la mano de Marco, Brian le besó el centro de la palma—. Prometo quererte y estar a tu lado, y empezar contigo una vida que te haga feliz. Sé que puede parecer precipitado, pero…

—No, no, no lo es. Brian Kelly, mi guerrero *sidhe*, mi amor, mi amigo. Es como si te llevara esperando toda la vida, y esa noche, junto a la bahía, todo encajó en su sitio. Eres mi hombre y siempre lo serás.

Lo besó con todo lo que era, sabiendo que era lo correcto, que la felicidad ya había comenzado.

—Entonces ¿lo harás? ¿Lo harás? —le preguntó Brian mientras se comía a besos la cara de Marco.

—Te lo iba a pedir yo a ti. Tío, abrázame un momento; estoy temblando. Después de conocer a tu familia, pensaba hablar con Breen. —Abrazado a Brian, aferrado a él, Marco cerró los ojos—.

Ella es mi estrella polar, ¿sabes? Quería preguntarle cómo pedírtelo para que fuera algo especial.

Brian se apartó un poco para cogerle el rostro entre las manos. Y vio todo su mundo, toda su vida, en aquellos ojos tan bonitos.

—¿Me lo ibas a pedir?

—Toda la vida he querido a alguien que me amara como me amas tú, he querido amar a alguien como te amo a ti. Quería pedirte que te casaras conmigo, pero te me has adelantado.

—Dime: «Sí, Brian. Me comprometo contigo».

—Sí, Brian. Me comprometo contigo.

—Y yo te digo: Sí, Marco, me casaré contigo.

El beso selló la promesa y fue un primer paso de amor hacia el futuro.

—Te encontré —murmuró Marco—. Te encontré. Solo tenía que entrar en otro mundo, y ahí estabas.

Aquella tarde, que trajo más lluvia consigo, Breen salió de su despacho y de su trabajo. Dejó la puerta abierta para Botarate, ya que, con lluvia o sin ella, quería correr, y después se metió en la cocina en busca de una Coca-Cola. Tendría que volver a acostumbrarse, se recordó. Al silencio y la soledad, a no encontrarse con Marco trabajando en la mesa o cocinando en la cocina. Su amigo tendría su propia cocina y su propia mesa dentro de poco. Y estaba contenta por él, por que tuviera un hogar propio con la persona a la que amaba.

Se acercó a las puertas para contemplar cómo la lluvia —y Botarate— agitaban el agua de la bahía. Le encantaba aquello, ya fuera bajo la lluvia, bajo el sol o en cualquier otro estado intermedio. Lo había visto en verano, en otoño y, ahora, en invierno. En cuestión de semanas estaría allí, exactamente igual que en ese momento, y vería llegar la primavera. Pero no había prisa, pensó. En primavera volvería a cruzar el portal, aunque a Filadelfia. A pesar de que deseaba ver a Sally y a Derrick, la primavera también significaba enfrentarse otra vez a su madre, y al hecho de que no podía seguir retrasando la entrega del libro.

«O es lo bastante bueno o no lo es, Breen —se dijo—. En cualquier caso, lo has escrito, y eso es más de lo que nunca te creíste capaz de hacer».

Si no era lo bastante bueno, intentaría mejorarlo.

«Como he mejorado yo. —Giró la muñeca—. *Misneach*, y no lo olvides».

Allí tenía una vida, al igual que en Talamh. Y en ambas se sentía productiva y feliz. Estaba más que dispuesta a conservar esa vida, esa productividad y esa felicidad.

Lo único que tenía que hacer para asegurarse era derrotar a un dios.

A la mañana siguiente, mientras continuaba lloviendo, siguió las recetas de Marco al pie de la letra…, tal y como él las había escrito. Al menos, para el pan italiano tenía unas cantidades muy específicas. La salsa de tomate para la lasaña que pensaba preparar para su cena casera de bienvenida demostró ser más problemática.

—Lo he visto hacerla cientos de veces —le dijo a Botarate, que estaba sentado en el suelo observándola cortar hierbas—. Y no puede ser que vuelva a casa después de comprometerse, porque sé que se ha comprometido, y tenga que ponerse a hacer la cena.

Añadió las hierbas, removió el contenido de la olla y se resistió a la tentación de hacer un hechizo que convirtiera su salsa en la de Marco.

—En realidad, no es hacer trampa, pero podría salir mal.

Destapó la masa de pan que había dividido con sumo cuidado en trozos con forma de balón de fútbol para el leudado final. Vio que los dos trozos, de algún modo, se habían fundido en una masa gorda e hinchada que se dividía un poco en la parte de arriba.

—¡Mierda, mierda, mierda! ¿Por qué? Lo arreglaremos.

Empezó a usar los dedos, pero de repente se le ocurrió que podrían desinflarse como si fueran globos.

—No es hacer trampa —insistió mientras colocaba las manos por encima de la masa, sin tocarla, y la separaba con cuidado, despacio—. He hecho todo el trabajo sin atajos, así que no es hacer trampa.

La metió en el horno, encima de un cuenco con un poco de agua que ya echaba vapor…, por razones que no comprendía, pero es lo que Marco había puesto en la receta. Puso el temporizador y cruzó los dedos.

—Ahora, a limpiar.

Y, madre mía, la que había liado.

Cuando terminó con los platos y sacó el pan —que tenía bastante buen aspecto—, dejó escapar un enorme suspiro.

—¡Esto es agotador! ¿Cómo le puede gustar hacerlo todo el rato? Vamos a salir de aquí de una puñetera vez, Botarate.

Cogió su impermeable y se colocó la capucha. Después del calor y del terror de la cocina, el fresco y la humedad eran una bendición. La lluvia —si es que estaba lloviendo en Talamh— podría retrasar el viaje de Marco. Justo cuando lo pensaba, su amigo apareció por el camino.

—¡Marco Polo!

Botarate y ella salieron corriendo a recibirlo. Ella lo abrazó, mientras que el perro se puso a saltar.

—Precisamente estaba pensando que quizá tardaras unas horas más por culpa de la lluvia.

—En Talamh brilla el sol. Aquí está lloviendo a cántaros.

La apretó con fuerza antes de apartarse. Y, al verle los ojos brillantes, Breen se puso a brincar como Botarate.

—Cuenta, cuenta, cuenta.

—Brian me dijo que te lo había contado. Y no me has dicho ni media.

—Me moría por decírtelo. Ahora, cuenta, ¡cuéntamelo todo! ¿Cómo te lo pidió? ¿Dónde? ¿Cuándo?

—¿No quieres saber si le he dicho que sí?

—Como si fueras a decirle que no...

—Deja que meta la bolsa en casa y vuelvo a Talamh contigo.

Breen agitó una mano y la bolsa desapareció.

—Está en tu cuarto. Hecho. Habla antes de que estalle.

—Pícnic de medianoche.

—¡Ay, ay, ay! —dijo ella, marcando cada exclamación dándose una palmada en el pecho.

Él se lo contó mientras caminaban, mientras las lágrimas de Breen caían como las gotas de lluvia.

—Es todo precioso, romántico y perfecto. Como sois Brian y tú.

—Su madre lloró como lo estás haciendo tú, de felicidad. Son supergeniales, Breen. Yo también lloré un poco cuando me dijo que la llamara mamá. Si quería.

—Ya me cae bien.

—Brian me dijo que le habías dicho que yo querría dos bodas, una aquí y otra en Sally's. Sí que me conoces, nena.

—Como nadie.

—Estamos pensando en septiembre para la de aquí, que es la época en la que nos conocimos, como un aniversario.

—Y seguimos con el romanticismo.

—Su madre quiere una gran celebración.

—Como decía, ya me cae bien.

—¡Y a mí! —dijo Marco—. Por como habla de ello, sería un poco como la de Morena y Harken. Una gran boda feérica. Para la de Sally's, ya veremos si la hacemos antes o después de eso. Aunque después, ¿no? La verdad es que Brian no debería marcharse hasta después. Así que quizá más bien en noviembre, o ya en enero.

—¿Sabes qué? Antes estaba pensando en que tengo más de lo que había imaginado nunca, en que mi vida es grande y buena, y en que, si pudiera, retrasaría lo otro. Pero ¿ahora? Ahora lo que quiero es que ese después llegue ya de una vez.

—Da igual cuándo sea, Breen. —Mientras hablaba, irradiaba luz, y eso hizo que a Breen se le empañaran de nuevo los ojos—. Estamos comprometidos. Brian le pidió a su hermano que lo acompañara en la boda de aquí, y pensaba pedirle a Keegan que lo hiciera, que lo acompañara en la boda de Sally's. Tú estarás a mi lado en ambas, ¿verdad?

Mientras seguía lloviendo, se volvió hacia él, lo abrazó y lloró.

—Vamos —le dijo él, besándole el pelo—. Vamos al sol. Cuando regresemos, haremos una videoconferencia con Sally y Derrick.

—¡Sí!

—Volveré un poco antes —dijo Marco mientras cruzaban por el árbol—. Podrías ayudarme a conseguir pescado, quizá. Puedo preparar pescado con patatas fritas.

—Pues no. Me he encargado yo de la cena.

Pasmado, la miró y apenas se fijó en el cambio de la lluvia al sol.

—¿Que has hecho qué?

—Estoy preparando lasaña. Y he hecho pan italiano, flipa.

—Ahora soy yo el que va a llorar.

—Puede que llores cuando lo pruebes, pero, si no ha salido bien, miente.

Le dio la mano para bajar los escalones. Botarate los esperaba junto al muro.

—Qué día más bonito. Es un día absolutamente perfecto. Ahora vamos a dar a conocer la noticia.

Después de pasar un rato maravilloso de celebración y magia con Marg, siguió de buen humor, a pesar de caminar hacia la tortura de entrenamiento que Keegan le tendría preparado en la granja. Sin duda, Marco lo había celebrado en la granja y en casa de Finola. Y lo celebrarían de nuevo en casa, cuando se los uniera Brian.

—Ha sido un día muy bueno, Botarate. Como el inicio de un nuevo capítulo en un libro que estás deseando leer. Qué ganas de ver la cara de Sally cuando se lo contemos.

Animada por la imagen, siguió su camino. Un poco más adelante, una nube gris se arremolinaba en la carretera. La nube adoptó una forma: un hada, un hada oscura, con alas ribeteadas en negro. Al reconocer al espectro, maldijo a Keegan y sacó la espada como pudo.

—Breen Siobhan O'Ceallaigh, soy de Odran, dios de todo lo que existe.

—Sí, sí, sí.

A su lado, Botarate dejó escapar un gruñido grave y feroz.

—A través de mis ojos, él ve; a través de mi boca, él habla.

—Muy astuto —masculló Breen—. Muy astuto y taimado, *taoiseach*.

Empezó a lanzar su poder en vez de atacar con la espada, pero la voz llegó. Y la voz era de Odran.

—Te queda poca arena en el reloj y, cuando caiga el último grano, todo esto arderá. Arderá y sangrará. ¿Quieres que te enseñe cómo, ahora mismo, con este perro estúpido?

—¡No! Siéntate —le ordenó a Botarate, al que envió tal empujón de fuerza que cayó de culo. Y ella se colocó delante de él—. No lo vas a tocar.

—Podría perdonarle la vida a él y a unos cuantos más, los que tú elijas, si vienes conmigo.

—No perdonarás nada ni a nadie. La muerte es lo único que conoces. Y nunca iré contigo.

—Esta elección se acaba igual que los granos de arena. Cruza el portal del árbol de las serpientes. Rompe el sello y ven antes de que cambien las lunas o todo arderá y sangrará. Todos maldecirán tu nombre mientras arden y sangran. Ven y te sentarás a mi lado, como mi nieta más preciada. Aliméntame con tu poder y vive, sintiéndote honrada por ese regalo. Niégate y te arrebataré todo lo que eres. Vivirás lo justo para ver morir los mundos que tanto aprecias.

Sabía cómo infundir miedo, eso no podía negarlo. Pero ella no se dejaría intimidar.

—Me amenazas a través de un fantasma, de una ilusión. Tu poder es débil y apesta a desesperación, Odran. Esto es lo que elijo.

Cuando atacó al espectro, el acero chocó contra el acero. Vio la furia en sus ojos, los ojos de Odran, y algo parecido al placer. Antes de poder bloquearlo, la otra hoja le acertó en el brazo y cortó carne. El dolor y la sorpresa le arrancaron un grito mientras retrocedía, tambaleándose. Botarate, demasiado furioso para obedecer, saltó. Y atravesó al espectro.

—Tu sangre. Mi poder es fuerte y el tuyo, débil. Ahora, mira cómo muere por ti este chucho.

—¡No!

Cuando Botarate atacó de nuevo y el espectro alzó la espada, Breen disparó fuego; un infierno que brotó de ella a través de chispas gemelas de miedo y rabia. Mientras el espectro ardía, cayó de rodillas sobre el suelo manchado con su propia sangre.

—¡Elige! —atronaba la voz, a la vez que el suelo temblaba bajo ella—. Vida o muerte.

Hasta que lo único que quedó fueron cenizas ardientes.

—¡No! ¡No te acerques!

Entre gemidos, Botarate se acercó a Breen y le dio con el hocico. Ella se sujetaba el brazo herido.

—Sal, necesitamos sal. No puedo pensar. Quizá sea la conmoción. Tengo que levantarme, levantarme. No puedo desmayarme. Tengo que curar esto. No puedo pensar.

Oyó el caballo que se acercaba a toda prisa y se puso en pie como pudo.

«Defiéndete».

Y entonces vio a Keegan, que montaba a pelo sobre Merlín.

—Sal —repitió, y cayó de nuevo de rodillas.

Keegan bajó del caballo antes de que se detuviera y se hincó de rodillas a su lado.

—Sal. Sal en la ceniza.

—Estás sangrando. Dioses, es un corte profundo. Quédate quieta, deja que primero haga lo que pueda.

—Creía… ¡Mierda, eso quema!

—Lo sé, lo sé. Tengo que detener la hemorragia. Le dejaremos el resto a Aisling. Permanece quieta, mujer valiente, deja que haga lo que pueda.

Ella cerró los ojos y agachó la cabeza.

—Creía que tú habías enviado al espectro, un ataque por sorpresa para entrenar. Estaba cabreada. Ya basta, ¿no? Es peor que el corte.

—Casi.

—Tenemos que echar sal en la ceniza —insistió Breen—. Puede que venga alguien. Si uno de los niños…

—Nos encargaremos de ello. Aquí viene Harken.

—¿Cómo lo has sabido? ¿Cómo has sabido que te necesitaba?

—Ese puto cabrón gritaba tan fuerte que podría haber despertado a los muertos. Mira, ahí llegan también Marg y Sedric, cabalgando a lomos de Igraine. ¡Harken! Ve a por sal para esa ceniza apestosa. Tendremos que recogerla y enterrarla en las Cuevas Amargas.

—Deja que la vea primero.

Como Keegan, saltó del caballo y, con manos cuidadosas, le sujetó el brazo herido.

—¿Era muy grave? —Y se limitó a asentir cuando Keegan lo

miró—. Lo has hecho bien, entonces. Marg le echará un vistazo, así que ya puedes parar.

—Sí, por favor.

—*Mo stór, mo stór* —dijo la yaya al arrodillarse a su lado.

—Estoy bien.

Mejor desde que Keegan había parado, pensó. Aunque cómo le palpitaba el brazo…

—Lo enviaré yo misma al infierno por esto. ¿Ha sido Odran?

—No exactamente.

—He detenido la hemorragia —dijo Keegan—, pero necesita más.

—Sí, sí, y eso era lo primero. Aisling y yo nos encargaremos del resto.

—La sal, Harken, y dile a Aisling que la necesitamos.

—Yo la subiré —dijo Sedric—. No, cariño, no intentes levantarte sola todavía —añadió mientras la cogía en brazos—. Me quedaré aquí hasta que quitemos la sal, para que nadie se acerque a la ceniza.

Antes de dejarla sobre el semental, frente a Keegan, Sedric le dio un beso.

—Ahora estás en buenas manos, no te preocupes ni una pizca.

—Botarate… —dijo ella.

—Vamos detrás —le prometió Marg antes de montar en Igraine.

—Te tengo.

Merlín salió al galope, y el movimiento le revolvió el estómago.

—Creía que lo habías enviado tú —le dijo a Keegan.

—Ya me lo has dicho, y habría sido una gran idea.

—Entonces lo supe. Iba a matar a Botarate solo para hacerme daño.

—Seguro que es más duro de lo que Odran cree. Ese perro es un campeón.

A ella le pesaba mucho la cabeza, se le caía hacia atrás.

—Me dijo que veía con los ojos de Odran y que hablaba con su boca. Y lo hizo.

—Una magia potente, lo bastante potente para eso y para que la espada cortara.

—¿Qué ha pasado? ¿Qué ha pasado? He oído que… —Marco acarició el rostro de Breen cuando Keegan llegó a la casa—. No sabía dónde ir a buscarla.

—Métela en casa, hermano. Está herida, pero ya se está curando. Llévala dentro, y Marg y Aisling se encargarán del resto.

—Vale, bien. No pasa nada, cielo. Marco está aquí.

—Adentro y túmbala —le ordenó Aisling desde la puerta de la granja—. Ponla en el diván, Marco, y llévate al bebé.

Después de ponerle en las manos a Kelly, que no dejaba de gemir, Aisling se sacó del bolsillo unas horquillas para recogerse la coleta.

—El bebé está inquieto, Marco. Dale un paseo, muévelo. Quiere su cena, pero tendrá que esperar un poco. Vamos a quitarle la chaqueta a Breen, y también el jersey, para ver cómo va eso, ¿de acuerdo? Keegan, la poción; la botella azul, la chata con el tapón amarillo. Siete gotas en dos dedos de whisky.

—No me gusta el whisky —se quejó Breen.

—Te lo vas a beber, te guste o no. Aquí está Marg. Mejor vas tú a por la poción, ¿verdad?, para que Keegan no meta la pata.

—No iba a meter la pata.

—Sé útil y sostenle la mano mientras veo esto. Ah, ese condenado cabrón. Marco, ¿puedes salir un momento y decirles a los niños que he dicho que más les vale quedarse fuera si no quieren cargársela?

—Ojalá supiera dar órdenes como tú —dijo Breen, que esbozó una sonrisa débil antes de cerrar los ojos—. La general Hannigan.

Ella le cogió la otra mano.

—Cuando los hombres te superan en número, aprendes. Keegan, ve a por una vela.

—¿Le cojo la mano o voy a por una vela?

—¡Haz las dos cosas! Y, Breen, vas a mirar la vela, la llama. Mira la luz. Esto te va a doler un poco.

—Ya me duele.

—Un poco más. Ahora, mira la vela, la luz. Dentro de la luz, mira la luz. Siéntela. Sé la luz. En la luz hay calor. Y ese calor calma.

Breen sintió el dolor mientras Aisling trabajaba, pero fue algo lejano, como en un sueño. Oyó la voz de su abuela unirse a la de Aisling, las dos tan tranquilizadoras como la llama de la vela. Tranquila, quieta, mientras flotaba con sus voces. En una, dos, tres ocasiones, tuvo que contener el aliento por culpa del dolor, que después volvía a disminuir.

—Ahora, bébete esto; buena chica. Hasta el fondo.

—Me quema la garganta. Y está amargo.

—La poción es más bien amarga —coincidió Aisling, que se limpió el dorso ensangrentado de la mano en la frente—. Pero funciona bien. Ahora quédate quieta un momentito.

Breen se concentró en el rostro de Aisling y en el de Marg, y vio que las dos sudaban del esfuerzo.

—Duele lo que has hecho. Absorber el dolor te ha dolido.

—La curación es un don —dijo Aisling con voz enérgica al ponerse en pie—. Pero se cobra su precio, aunque es un precio que se paga con gusto.

—Tengo que atender a mi caballo —dijo Keegan, que se levantó y salió.

—Está muy cabreado —comentó Aisling.

—Sé que está enfadado conmigo, pero… —empezó a decir Breen.

—No contigo. —Como si fuera uno de sus niños, Aisling le dio un toquecito en la cabeza—. No seas tonta. Ven aquí, Kelly, ven… Pásamelo, Marco.

Una vez que lo tuvo en brazos, se abrió la camisa y se puso la boquita hambrienta al pecho.

—Cuando hayas descansado un poco y a Keegan se le haya pasado el genio, beberemos algo menos amargo juntos y nos contarás qué demonios ha pasado.

15

Breen se enteró de que Morena había llegado volando a la granja justo cuando Marco salía para avisar a los niños de que se quedaran fuera. Una vez segura de que Breen estaba en buenas manos, se había ido volando con Harken para encargarse de la ceniza. Finola y Seamus también habían acudido corriendo. Al parecer, medio valle o más había corrido a defender a quien hubiera que defender.

Breen estaba ya sentada a la mesa grande, con el brazo curado y sin cicatriz alguna —aunque Aisling le advirtió que le palpitaría un poco durante un par de días—, al lado de sus seres más queridos. La mayoría bebía whisky o té con un buen chorro de whisky, pero ella aceptó, agradecida, una copa de vino, que bebía despacio mientras les contaba la historia.

—Ha sido muy atrevido por su parte —comentó Sedric—. Atrevido y temerario.

—Es ambas cosas. Los que espían para él le contarían que usas espectros en tu entrenamiento —añadió Marg—. Así que lo usó para su plan. Muy astuto, por no decir otra cosa.

—Intenta negociar contigo —comentó Morena—. Haz esto, si no quieres que haga esto otro. Pero, de poder hacer eso otro, lo haría.

—Quería asustarme y hacerme daño. Ha conseguido las dos cosas, así que misión cumplida. Aunque me parece que de verdad cree que puede tentarme con promesas, no solo con amenazas.

—Lo consigue con muchos.

Breen miró a Keegan.

—Podría haberme matado, creo, pero no me quiere muerta. No hasta que obtenga lo que desea de mí. Sin embargo, no ha podido llevarme con él ni quitarme lo que ansía. No a través del espectro. Sé que no he sido tan buena con la espada como debería, y puede que, en parte, fuera porque en realidad creía que no podía hacerme daño.

—Hay que tratar todas las armas con respeto.

—Lección aprendidísima. Él no. Aprende, quiero decir, o está demasiado pagado de sí mismo como para aprender. Cuando era profesora, a veces tenía estudiantes así. De los que no pagaban ningún precio por no saberse las lecciones, así que no aprendían de sus errores ni de sus malas notas.

—Niños con mal comportamiento —dijo Marco—. Él no es un niño.

—Y, aun así, durante toda su existencia, se ha dedicado a perseguir lo mismo y fracasar en el intento.

—Es la definición misma de la demencia —repuso Marco, y se encogió de hombros—. Un psicópata, como ya he dicho.

—Nunca antes ha tenido como objetivo un premio como tú —dijo Keegan, que presidía la mesa, dándole vueltas al vaso de whisky—. Como eres nuestra clave, también eres la suya, y lo sabe bien. Lo convierte en una elección, falsa, pero elección al fin y al cabo. Y hoy ha derramado tu sangre para demostrarte lo que podría costarte elegir ponerte contra él.

—Está hecho de mentiras —dijo Harken en voz baja—. Esta elección que ofrece es solo otra mentira más.

—No soy un guerrero. —Con el pelo apelmazado, ya que se había quitado la gorra de trabajo para sentarse a la mesa, Seamus miró a su alrededor—. Ni tampoco recae sobre mí el peso de las reflexiones importantes, a diferencia de la mayoría de los aquí presentes. Pero me pregunto por qué Odran ha hablado a través de su espectro, de un *sidhe* oscuro, según dices, querida Breen. ¿Por qué no una ilusión de sí mismo? ¿No sería algo más poderoso y temible?

—Es una buena pregunta, ¿verdad? —repuso Mahon, que se giró para mirarlos desde su puesto en la ventana, donde había estado observando a sus niños y a los perros.

—Me pregunto si alguien con más conocimientos sobre el tema puede contestarla.

—Sigue estando fuera de su alcance —dijo Marg sin más—. Y del de Yseult. Se sienta en su castillo negro, incapaz todavía de cruzar. Y estoy pensando, y es una buena pregunta, Seamus, que el espectro no era solo un espectro.

—No lo entiendo —dijo Marco, desconcertado, dejando caer los hombros—. Pero, bueno, mirad, yo no entiendo casi nada de estas cosas. Breen está bien, así que puedo salir para encargarme de los niños, si queréis.

—De acuerdo. —Mahon echó un último vistazo por la ventana antes de regresar a la mesa—. Están con Mab y Botarate, y tienen al cachorro feroz para vigilarlos, además de a Liam. Es un buen chico ese Liam. Tienes un sitio en nuestra mesa, Marco.

—Lo que le enviaron a Breen es ahora cenizas con sal y ya está enterrado —le recordó Morena—. Soy de los *sidhe*, pero conozco lo bastante del arte para comprender que lo que vino a por ella necesitaba de una gran concentración de poder, por así decirlo. Ella lo destruyó y, al destruirlo, hizo añicos ese poder. ¿Es más o menos eso?

—Es así, sí. —Keegan siguió dándoles vueltas a su vaso—. Y no, Odran no tiene el poder necesario, todavía, para cruzar. Lo que quería, más bien, era enviar un arma que pudiera cortar carne y derramar sangre, y lo ha hecho. Un espectro por sí solo no puede.

—Pues ahora soy yo la que no lo entiende, porque está claro que lo hizo —dijo Breen, colocándose una mano sobre la herida curada.

—Pues estudia más y mejor —repuso Keegan.

Sus palabras fueron como un puñetazo para ella. Antes de poder devolvérselo, intervino Harken.

—Ha tenido meses, no años, para aprender. Haría falta una fusión —explicó—. Eso me parece a mí. El *sidhe* al que te enfrentaste era real, pero estaba en el lado de Odran. Un hechizo potente, un hechizo de sangre, para formar el espectro con esa imagen aquí, cosa que solo es posible si el *sidhe* nació en este mundo. Para fusionarse, el *sidhe* se convierte en un recipiente que Odran llena.

—¿Y la espada? —preguntó Breen.

Finola tapó la mano de Marg con la suya para ofrecerle su apoyo, y Marg giró la mano de su amiga para entrelazar los dedos con ella.

—También debe de ser de aquí. Y hace falta otro hechizo para darle el poder de hacer daño. Sigue siendo una ilusión, pero una capaz de matar. Tenía que enviarte un mensaje, *mo stór*, y darte una lección con él.

—Mensaje recibido; lección aprendida. Botarate lo atravesó cuando intentó protegerme. Sin embargo, cuando lo ataqué con mi espada y chocó contra la suya, noté el impacto. Oí el ruido del metal. Después de que me cortara, empleé fuego, ardió. ¿Cómo...? —Entonces lo entendió—. El *sidhe*, el de carne y hueso, en el mundo de Odran. Lo maté. Lo quemé vivo...

—Por fin fuiste lo bastante sensata como para hacer lo que deberías haber hecho desde el principio —la interrumpió Keegan—. Utilizaste el poder, además de la espada, contra un enemigo que blandía ambas armas.

—Tu propia sangre se unió a lo que usaste contra él —añadió Sedric en un tono más amable—. Odran sabía que, si te valías de tu poder, el espectro ardería y, con él, su anfitrión. Esa vida no significa nada para él.

—Quería observarte, examinarte —dijo Keegan—, no solo entregar un mensaje y darte una lección. No tiene tu sangre, ya que la espada manchada con ella ardería como ardió la mano que la empuñaba. Eso le habrá supuesto una decepción.

—Mi sangre. Vale, lo entiendo. Para usarla en un hechizo, para sumar esa pizca de mi poder al suyo. Conseguir eso le habría merecido la pena, fuera cual fuera el coste. Y, de acuerdo, observarme, examinarme, aunque eso va en ambos sentidos. Yo también lo vi a él.

»Podría haber atacado cuando Botarate se abalanzó sobre él... y lo atravesó. No lo hizo porque no se lo esperaba, porque estaba concentrado en mí. Y necesitaba que me enfrentara a él, espada contra espada, porque, sí, es mucho mejor que yo con ella. Y quería mi sangre. La desea, pero también la necesita.

—Si se me permite otra pregunta, ¿cómo sabía dónde encontrarte y cuándo? —preguntó Seamus.

—No me vendría mal alguien que planteara ese tipo de preguntas en el consejo —comentó Keegan.

Seamus se rio.

—Oh, no, para mí ni consejos ni Capital, ni siquiera por ti, hijo mío. Solo soy una persona curiosa.

—Rutinas —respondió Marco, que se encogió de hombros cuando todos lo miraron—. Ya sabéis, como cuando los polis dicen que la mujer salía a correr todas las mañanas por la misma ruta o que el hombre sacaba a pasear al perro alrededor de la manzana todas las noches sobre las siete. Así que el malo investiga su rutina. Breen suele ir caminando a la granja desde la casa de la yaya casi todos los días sobre esa hora, ¿no?

—Así es. Y cruza contigo y con el perro más o menos a la misma hora todos los días. Y el entrenamiento —añadió Keegan—, ahí también hay una rutina. Así que no estaba tan preparada como debiera porque se ha acostumbrado demasiado a eso. Cosa que va a cambiar, evidentemente. En cuanto al resto, también lo cambiaremos. Unos días entrenarás primero, otros trabajarás con Marg. No seguiremos ninguna rutina.

—Destruir el patrón. Vale, pero coincidimos en que hacer lo que ha hecho hoy le ha costado mucho. No creo que lo repita.

—Siempre habrá un anfitrión a mano, dispuesto o no —le dijo Marg—. Mejor ir con cuidado.

—Entonces, mañana empezamos con el entrenamiento. Te la llevaré cuando acabemos —le dijo Keegan a Marg al ponerse en pie—. Ahora iremos al otro lado. Va a oscurecer y amenaza lluvia.

Tenía razón con la lluvia, claro. El viento sopló y, con él, trajo las primeras gotas justo cuando Breen salía. Vio a Aisling y a Mahon recoger a sus niños, y a Liam irse corriendo sobre dos piernas que se convirtieron en cuatro patas. Y Marg, ágil como una adolescente, montó en su yegua, mientras que Sedric se transformaba en gato para saltar a su lado.

—Te ayudaré a hacer la comida, Morena, mientras tu padre le echa una mano a Harken con el ordeño y demás. Se avecina una noche pasada por agua. —Finola abrazó a Breen y le susurró al oído—: Ten mucho cuidado, cariño.

—Lo tendré.

Flanqueada por Marco y Keegan, anduvo bajo la lluvia, que arreciaba, y pensó en que había cruzado aquel mismo árbol en dirección contraria pocas horas antes. Y, del mismo modo que al pasar de Irlanda a Talamh, salió a un cielo despejado. Fresco, tirando a húmedo, pero sin lluvia. A pesar de tener cosas que decir, guardó silencio durante el camino de vuelta.

—¿Estás bien, Breen? —le preguntó Marco, cogiéndola de la mano.

—Perfectamente —respondió, aunque el brazo le palpitaba un poco, como le había advertido Aisling.

—Me has asustado.

—Yo también me he asustado, pero él es el que ha acabado reducido a cenizas... O al menos su espectro y su recipiente. Y vas a dejar de preocuparte porque esta noche toca celebración —añadió, lanzando rayitos de luz—. No vas a poner un pie en la cocina, quiero que subas para darte la ducha que llevas deseando desde que volviste. Después vas a deshacer la maleta, porque sé que te pone de los nervios no hacerlo, y, cuando llegue Brian, nos comeremos la cena que he preparado.

Cuando salieron del bosque, miró a Botarate, que se había quedado a su lado en vez de correr a la bahía.

—Y tú, deja también de preocuparte. Vete a nadar. Vamos.

Se alejó corriendo, aunque volvió la vista atrás varias veces para asegurarse antes de saltar al agua.

—Algo huele bien —dijo Marco en cuanto entraron en casa.

—No —se plantó ella para bloquearle el paso, cruzando los brazos—. Ni un pie en la cocina.

—Solo iba a...

—No. Solo vas a subir.

—Qué mandona.

El joven lanzó una mirada ansiosa a la cocina, pero obedeció.

—Tú puedes encender el fuego —le dijo a Keegan mientras se quitaba la chaqueta, la que su abuela había limpiado de sangre y remendado—. Después me puedes explicar por qué te ha parecido necesario atacarme de esa manera.

Entró en la cocina; Keegan agitó una mano en dirección al fuego y la siguió.

—¿A qué te refieres?

—A que por fin hice lo que tendría que haber hecho desde el principio. Lo hice lo mejor que pude.

Sacó una olla y la metió con gesto brusco en el fregadero para llenarla de agua para la pasta.

—Pero no lo hiciste, y no hacerlo lo mejor que puedes le permitió rajarte de aquí a aquí.

Le pasó un dedo poco amable desde el codo hasta el hombro.

—Me mantuve firme, luché. Quemé vivo a alguien. ¿Qué otra cosa se supone que debería haber hecho?

—Defenderte por todos los medios posibles. —Cogió una botella de vino abierta, la que había usado Breen para preparar la salsa, y le llenó una copa casi hasta el borde antes de sacar una cerveza para él—. Dime cómo es posible que salieras indemne de una batalla en la que muchos de ambos bandos cayeron, pero que hoy te enfrentaras a un solo enemigo y mancharas el suelo con tu sangre.

—Porque él es un dios, joder —respondió ella, agarrando la copa para darle un buen trago.

—Igual que tú.

—No es lo mismo. Lo sabes, ¡lo sabes! En mí está mezclado con todo lo demás.

—Te daba miedo.

—Pues claro que me daba miedo. Me lo sigue dando.

—No es algo de lo que avergonzarse —dijo Keegan—. El problema es que pensaste en tu miedo, en tu preocupación, en tus dudas, y no actuaste.

—Actué.

—No con lo que llevas dentro, con tu arma más precisa. ¿Qué me dijiste cuando clavaste las flechas en el centro de la diana?

—¿Qué me dijiste tú a mí? —contraatacó ella, paseándose por la habitación, enfadada.

—Y ahora te digo que me equivocaba. Y te digo que la culpa, al menos parte de la culpa, de lo que ha sucedido hoy es mía.

Eso hizo que se detuviera un momento.

—¿Y eso?

—Soy el responsable de tu entrenamiento y te he encontrado sangrando en el suelo. Lo que te ha enviado no debería haber bastado para herirte, no así, pero… Así que no he hecho bien mi trabajo.

—No digas idioteces —repuso ella, y fue a sacar la olla del fregadero, pero Keegan la apartó a un lado y la sacó él.

—¿Dónde la pongo?

—Adivina —respondió ella, mirándolo.

Keegan se encogió de hombros y la dejó sobre uno de los fuegos. Echó sal al agua, como hacía Marco, y lo encendió. Breen se apretó los párpados con los dedos y cogió de nuevo la copa.

—Si se te diera mejor todavía el entrenamiento, yo acabaría azul y negra de la cabeza a los pies todos los puñeteros días. No, no, lo estoy diciendo al revés. Antes acababa así todos los puñeteros días. Ahora se me da mejor evitarlo gracias al entrenamiento. Y estudio, Keegan. Estudio magia con la misma dedicación con la que entreno.

—Quizá me haya pasado.

—¿Quizá? —Breen suspiró de nuevo y removió la salsa de la olla. Y sí que olía bien, jo—. Si no sé lo suficiente sobre la magia negra, estudiaré más y mejor.

—Me equivoqué al decir eso. Estaba enfadado por lo que había sucedido.

Ella pasó junto a él para sacar el queso con el que rellenar la lasaña.

—Diría que no te equivocaste del todo.

Keegan le dio un trago a su cerveza.

—No del todo, no.

—Estaba distraída, pensando en Marco y en Brian, y hacía un día precioso. No puedo vivir con los nervios de punta cada minuto del día, Keegan. Nadie puede. Ni siquiera tú. Pero... —Se volvió de nuevo hacia él—. Pensé demasiado. Cuando le vi los ojos, cuando oí su voz... Pensé demasiado cuando debería haberme enfrentado a su poder con el mío. Di por sentado que era un espectro y que no podía hacerme daño de verdad.

—Aun así te pusiste delante del perro, según has contado. Ahí sí actuaste.

—Tienes razón. Fue por instinto. Y fue por instinto y por la conmoción por lo que usé mi poder después de que me hiriera. No me engañaron sus mentiras, pero ¿la ilusión? Bueno, un truco es un truco, y ese era muy bueno. Me lo tragué.

—Tendrá otros trucos, otras formas de intentarlo.

—Sin embargo, lo vi. Lo vi y sentí una especie de desesperación, además de la codicia, del orgullo y del ansia. Él no sabe lo que veo. Cuando me mira, Keegan, ve su premio, como dijiste. La clave, el poder que desea. Pero no me ve a mí, solo lo justo para conocer algunos puntos débiles. Como Botarate.

Al percibir que el perro estaba en la puerta, agitó una mano para abrírsela.

—Sécalo, ¿vale? Odran sabe que amo, pero no entiende el amor —siguió diciendo—. Para él, no es más que un punto débil que puede aprovechar.

Después de secar al perro, Keegan le llenó los cuencos. Ella metió la pasta en el agua hirviendo.

—Pero no es un punto débil, o no solo —añadió Breen—. Es fuerza, es una razón. Si hoy he cometido un error, bueno, también soy humana. Vas a tener que aguantarte.

—Tu parte humana te convierte en lo que eres. No es un defecto, sino otro punto fuerte. Otro poder. Otro don. —Le apoyó las manos en los hombros mientras ella trabajaba—. Tenía tu sangre en las manos, Breen. Y por sentirla, por verla, puede que yo también pensara demasiado.

—Te diría que bien está lo que bien acaba, pero todavía no ha acabado.

—Por esta noche, sí. —La giró hacia él—. Tómate un momento, bébete tu vino y cuéntame qué puedo hacer para ayudarte con lo que sea que estés haciendo aquí.

—¿Sabes hacer lasaña?

—No, pero me gusta comerla.

—Entonces estamos igual. Puedes remover esa pasta para que no se pegue. —Cuando él agitó un dedo en el aire para hacerlo, ella puso cara de fastidio—. Así no. Bueno, qué leches, así vale. Puedes preparar la ensalada.

—Ah, ¿sí?

—Te iré dando instrucciones. Eso sí que sé hacerlo. Y también voy a saber hacer esta comida. —Fue a por un colador y una cazuela de barro—. Después le devolveré esta cocina a Marco hasta que se me olvide.

Lo tenía todo bajo control cuando bajó Marco, así que lo señaló con un dedo.

—No entres.

—Solo iba a servirme una copa de vino mientras esperaba esta comida tan estupenda.

—Keegan te lo lleva. No entres.

Aunque Keegan lo miraba con algo de compasión, le sirvió el vino y se lo pasó.

—No insistas, hermano. Esta noche es mejor dejar que se salga con la suya.

—Huele genial —dijo Marco, aunque no dejaba de pasearse por el comedor. Antes de que Breen pudiera regañarlo, se le iluminó el rostro—. Ahí está Brian.

Ella paró lo justo para ver a la pareja de prometidos saludarse con un beso apasionado.

—Breen está cocinando.

—Ya veo —dijo Brian al acercarse a ella, sonriente—. ¿Ya has recuperado todas tus facultades?

—¿Que esté cocinando significa que estoy mal de la cabeza?

—No, claro. Se ha corrido la voz por todas partes sobre el ataque de Odran. ¿Cómo va la curación?

—Muy bien, gracias.

—Oímos sus bramidos. Me sorprende que no lo oyeran en el extremo septentrional. No podía abandonar mi puesto, pero envié a Duncan, que regresó con varios testimonios que decían que, a pesar de estar herida, habías reducido a cenizas al espectro anfitrión, que habías derrotado al dios y lo habías enviado con el rabo entre las piernas a su mundo con la advertencia de que el siguiente que ardería sería él.

—No fue exactamente a…

—Mara ya ha empezado a componer una canción sobre ello. *La balada de Breen y el espectro.*

No estaba segura de si lo que acababa de oír era la risa reprimida de Keegan, pero se le parecía mucho.

—En realidad, no…

—Pero sí, así fue —dijo Keegan, sirviéndoles vino a todos—. O prácticamente. Además, las hadas necesitan sus canciones y sus historias. Así que un brindis por Breen Siobhan y su victoria en el campo de batalla y, esperemos, en la cocina.

—Ja —dijo ella, y cruzó mentalmente los dedos mientras sacaba la lasaña del horno.

—Eso tiene una pinta… —empezó a decir Marco, no sin cierto asombro—. Perfecta.

—De lo contrario, habríamos tenido que comer a la luz de las velas. —Cuando sacó un cuchillo largo, Marco dejó escapar un ruidito—. ¿Qué?

—Tienes que dejarla reposar un momento. Si no, se derramará por todas partes.

—Ah. Claro. Se me había olvidado. Nos comeremos la ensalada, mientras.

—La he hecho yo —les informó Keegan—. Quiero mi reconocimiento. —Llevó la ensaladera a la mesa—. Así que sentaos, aunque antes haremos otro brindis. Por los amigos, por estos hombres a los que tanto respeto y quiero. Que la felicidad os rodee, la satisfacción cierre vuestra puerta, y los dioses os bendigan ahora y por siempre jamás.

—Voy a llorar otra vez. Todo esto significa mucho para mí, la comida, el brindis… —Marco alzó la copa—. Pero, sobre todo, los amigos. *Sláinte.*

Breen no dudaba de la ensalada, que, en realidad, no era cocinar, pero contuvo el aliento cuando Marco probó el pan. La miró entornando los párpados.

—Chica, ¿dónde te habías escondido?

—Funcionó —dijo ella, y por fin se atrevió a probarlo—. ¡Funcionó! Tiene que leudar tres veces. ¿Por qué no basta con una?

—Química. Es un gesto precioso que hayas hecho todo esto por Brian y por mí.

—No todos los días se comprometen mi mejor amigo y mi primo.

Se levantó para ir a por la prueba definitiva y llevó la lasaña a la mesa para servirla.

—¿Está bien tu familia, Brian? —le preguntó Keegan—. ¿Contentos por ti?

—Todo bien, y no podrían estar más contentos. Se enamoraron de Marco tanto como yo.

—Es mutuo, y, tío, las historias que me ha contado su madre.

—Oh, no, no sigas por ahí.

—Tengo que hacerlo —repuso Marco.

Probaron la lasaña entre risas.

—Está muy buena, Breen. Buenísima —dijo Marco.

Ella asintió, encantada, mientras comía.

—No llega a tu nivel, pero está buena. No la he quemado y no he tenido que sacar una pizza congelada.

—Marco, creo, tiene su propia magia en la cocina —comentó Keegan, sirviéndose más—. Aun así, de no haber probado la suya, diría que esta es la mejor que he comido en mi vida.

—Ese es un gran cumplido y lo acepto.

—La comida es amor —dijo Brian, que alzó de nuevo la copa para chocarla con la de Breen—. Y el tuyo lo saboreo con cada bocado.

—Ahora sí que voy a llorar.

16

Breen entrenó, estudió y practicó mientras los vientos de febrero soplaban y la lluvia caía. Fiel a su palabra, Keegan cambió su rutina. Y, fiel a su palabra, siguió siendo implacable. La hizo luchar contra espectros en el bosque, con el lodo tirándole de las botas. Disparó flechas montada a lomos de su dragón, usó la espada a lomos de su caballo, y corrió lo que le parecieron varios kilómetros cargada con el carcaj, el arco y la espada. Después, Keegan la llevó a la base de una colina rocosa, al norte del valle. Y señaló arriba.

—Trepa.

—¿Quieres que escale una puñetera montaña? No sé escalar. No tengo arnés.

—Arriba hay enemigos. Tienen prisioneros, niños pequeños —añadió, y ella puso cara de fastidio—. ¿Te quedarías aquí y los abandonarías a su suerte? Los sacrificarán si no encuentras el modo de subir a la cima y derrotar al enemigo.

—Tonterías. ¿Por qué no puedo llamar a mi dragón, volar hasta ahí arriba y rociarlos de fuego?

—Porque el entrenamiento no consiste en eso. Debes llegar arriba tú sola, con lo que tengas.

—¿Y si me caigo y me despachurro?

—No te caigas —respondió él, encogiéndose de hombros.

—No te caigas —masculló ella—. Claro, pues ya está. ¿Por qué no se me habrá ocurrido antes?

Levantó una mano, en busca de un asidero, y después un pie. Tardó unos quince minutos, con los dedos ya pelados, en subir un metro.

—Para cuando llegues arriba, ya habrán asado a los niños y se los habrán comido. Y se habrán zampado a los bebés diminutos que gimotean de postre.

—¡Cállate de una vez!

Levantó un brazo, forzando los músculos, y no reprimió el grito cuando resbaló un poco. Para qué.

—Ahora ya saben que estás subiendo, así que cuidado con las flechas que te van a lanzar y con las hadas que bajarán volando para cortarte las manos con la espada.

Breen se limitó a apretar la cara contra la roca y respirar. Después, con los dientes apretados, consiguió subir otro metro. El sudor le caía por la espalda y por la cara, se le metía en los ojos, le cubría las manos, y sopló entre dientes cuando vio que los dedos le sangraban un poco.

Se dio cuenta de que tendría que haberse negado. No podía obligarla. Sin embargo, como siempre, le siguió el juego. Y ahora estaba atrapada en la cara de una puñetera montaña. Al mirar abajo, se agarró a las rocas como un lagarto, con el corazón latiéndole como loco en la cabeza. Si caía, quizá no estuviera lo bastante alto como para despachurrarse, pero sin duda se rompería algo.

Probablemente el cuello.

—Quizá se trate de bebés malcriados y desagradables. Puede que sean todos como un niño que tenía en clase, Trevor Kuhn. Un niñato miserable…

La roca a la que se aferraba cedió, al igual que ella. Sintió la conmoción de caer de espaldas, el rugido del aire y de la impotencia. Entonces empezó a flotar, y se aferró al aire igual que se había agarrado a las rocas.

—Y ahí está.

Sorprendida, vio que Keegan flotaba hacia ella hasta quedar a la misma altura.

—¿Tú… tú también puedes hacerlo?

—He estado practicando.

—¿Por qué no me has dicho que lo hiciera así?

—Te he dicho que llegaras arriba con todo lo que tuvieras —le recordó él—. Has elegido el modo difícil, y seguramente ese proceso ha sido bueno para ti. Pero, al resbalarte, has usado lo que tenías.

—Me sangran los dedos y me he raspado el codo dos veces.

—Se curarán. Pero aquí sigues, quejándote, mientras los niños gritan pidiendo ayuda.

Breen levantó la vista.

—Está muy alto. Nunca he subido tan alto.

—Ni yo, la verdad. Pero ahora lo vamos a hacer los dos.

Le dio las manos.

—Chupa mucha energía.

—Es un precio que hay que pagar, pero es menor si respiras el aire y le pides que te lleve.

Subieron ambos, pasaron junto a cabras con cuernos torcidos que hacían equilibrios sobre los salientes, y junto a los nidos de los halcones y las águilas. Vio una cueva baja y se preguntó quién tendría allí su madriguera. Sintió una extraña emoción al deslizarse entre la fina capa de nubes. Cuando llegaron a la cima, aterrizaron en una meseta rocosa; una frecuentada por las cabras de las montañas, a juzgar por los excrementos.

—¿Cuánto hemos subido? ¿Quince metros?

—Más bien veinte. Creo que basta para la primera vez.

—No me siento tan mareada como cuando lo hice en la cascada, supongo que porque entonces confluyeron varias cosas.

Había algo… en el agua, en el río. Algo que no podía asir con la mano y que ahora su memoria no alcanzaba. Se encogió de hombros y lo dejó estar.

—Pero me deja agotada —añadió—. A pesar de lo increíbles que son las vistas, me podría echar una siesta ahora mismo.

—Permanece alerta. Defiéndete —le dijo Keegan.

Más tarde pensaría que se había convertido en el perro de Pávlov. Keegan decía «defiéndete» y ella sacaba la espada. Y, supuso después, esa era la idea. Sin embargo, en aquel momento estaba demasiado ocupada luchando contra espectros como para ponerse a pensar. Hadas oscuras, un cambiaformas que se convirtió en una especie de puma, dos perros demoniacos y una bruja que lanzaba fuego. Se sorprendió al ver que luchaba junto a Keegan, espalda contra espalda.

—Hemos llegado juntos —le dijo él—, así que luchamos juntos. En la batalla sabes quién lucha contigo y quién contra ti. Agáchate —añadió, y la sorprendió dando una voltereta sobre su espalda para aterrizar de pie y acabar de un solo golpe con los dos espectros que quedaban—. Bueno, listo.

A modo de respuesta, ella se tumbó sobre las rocas y cerró los ojos.

—Estás tumbada en la mierda de las cabras.

—Me da igual. Me duele todo. Me escuecen los dedos, me arden los pulmones. Has dicho que estaba listo, así que hemos salvado a los pobres niños inocentes y a los diminutos y adorables bebés. Voy a tumbarme aquí mismo unos minutos.

Keegan se agachó a su lado.

—¿Y si hay más enemigos escondidos detrás de esas rocas?

—Tú te encargas de ellos. ¿Cómo vamos a bajar de la montaña a esos niños imaginarios?

—Es más una colina que una montaña, y llamaríamos a los dragones para que los llevaran volando a casa, sanos y salvos.

—Bien, pues piensa que estoy haciendo eso mientras tú acabas con los últimos enemigos.

Abrió los ojos y lo miró. Le pareció que a Keegan le faltaba un poco el aliento, aunque quizá lo viera porque era lo que quería ver.

—Dime que hemos acabado el entrenamiento por hoy.

—Bueno, todavía tenemos que bajar y volver a caballo al valle. Pero, después de eso, se acabó.

—Aleluya. Quiero darme la ducha más larga del mundo, beberme un litro de vino y zamparme el filete que Marco ha dejado marinando.

—Entonces será mejor que te levantes. —Keegan se alzó, le ofreció una mano y tiró de ella—. Lo has hecho bien. Has mejorado. Poco, sí, muy poco con la espada, pero has mejorado.

—Intento pensar menos y actuar más. Nunca seré una guerrera…

—Una guerrera entrena. Una guerrera lucha, arriesga la vida para proteger, para defender. Tú has hecho todo eso y lo seguirás haciendo. Te has ganado la trenza, si la quieres.

Se quedó mirándolo, pasmada. La embargó la emoción, seguida de un entusiasmo rápido e inesperado. Se dejó llevar por él mientras se volvía para contemplar el paisaje de Talamh, las colinas onduladas, el verde y el marrón, el dorado y el azul. «Breen Siobhan Kelly —pensó—, guerrera de las hadas».

—Son unas palabras que no esperaba oír nunca de ti.

—Son unas palabras que no esperaba decirte cuando empezamos. Sin embargo, llevas meses entrenando. Cuando fallas, lo intentas de nuevo. Te quejas, no cabe duda, pero sigues intentándolo. Has luchado y sangrado, y sigues empuñando la espada. ¿Qué es un guerrero si no?

—Me siento… sorprendentemente halagada. Pero no, no luciré la trenza. Cuando todo esto termine, espero poder colgar la espada… en un sitio de honor, por supuesto. Y creo que un guerrero nunca hace eso.

—Tú eliges.

—Te decepciono.

—No, en absoluto, te lo prometo. Vamos. —Le cogió las manos de nuevo, le besó los dedos y se los curó—. Bajaremos como hemos subido.

—Me has dicho que has practicado. —Con una confianza absoluta, Breen se acercó al borde y dio un paso al vacío—. No habías levitado antes.

—Unos centímetros, como es capaz de hacer la mayoría. Pero pensé en lo que me dijiste. Llevo dentro todas las tribus feéricas. Así que invoqué mi parte *sidhe* y mi parte sabia, como siempre, ya que es la dominante. —Bajaron flotando a través de las nubes, por el aire. Parte del aire—. Al principio no llegaba al metro de altura y me quedaba agotado, lo reconozco. Después seguí subiendo y me cansaba menos. Me gusta contar con esta habilidad, y puede que nunca se me hubiera ocurrido cultivarla de no haberme dicho tú lo que me dijiste.

—A mí también me gusta —repuso ella cuando sus pies tocaron al fin el suelo—. Aunque prefiero surcar el cielo con un dragón debajo o permanecer en tierra firme. Supongo que empezarás a probar otras habilidades de otras tribus.

—Ah, bueno… —dijo, mirando hacia los árboles del oeste, y echó a correr.

En pocos segundos lo perdió entre los árboles y regresó como un rayo a su lado. Breen dejó escapar una carcajada de sorpresa y alegría.

—¡Qué rápido!

—No tanto como un elfo, pero el doble que antes de probar de esta forma. Tú también eres rápida, aunque no tanto como esto —añadió mientras iban hacia los caballos—. Pero rápida y resistente. Eso es por esos saltitos que das todas las mañanas, aparte de lo que te otorgaron las parcas.

—Cardio, y no es solo dar saltitos.

—Me gusta mirarte cuando lo haces, sobre todo con esos trocitos de ropa que te pones. Y, además, es un buen entrenamiento.

Breen sonrió y montó.

—¿Puedes convertirte en árbol… o supongo que es más bien introducirte en uno?

—No será por no haberlo intentado. Pero sí lo percibo, y la piedra y la tierra, de un modo que antes no podía. O no se me había ocurrido probar.

—¿Cambiaformas?

—Esta que ves es mi única forma.

—Y es una buena forma.

Eso le arrancó una sonrisa a Keegan.

—Es el dragón el que me llama, como pasa contigo. Ahora he descubierto que, con práctica y esfuerzo, yo puedo llamarlos. No solo a Cróga, aunque eso es distinto. Eso es…

—Más íntimo. Compartís corazón y mente.

—Eso sí, pero ahora puedo llamar a los otros, a los dragones que no están vinculados a nadie, y acuden a mi llamada. Creo que es por la sangre de los cambiaformas. A pesar de no poder adoptar su forma, sí puedo ser uno de ellos, en cierto modo. Te agradezco mucho que me dieras esa idea.

—Me encantaría verte llamarlos.

—Podemos encontrar un hueco cuando quieras.

—Me encantaría. Eso nos deja con los troles y las sirenas.

—En cuanto a las sirenas, prefiero esperar a un tiempo más cálido para tantear las aguas, por así decirlo, y ver qué pasa. También prefiero conservar mis piernas. Y creo que lo que viene con la sangre trol es la fuerza. Si me concentro, puedo levantar y cargar con más peso. Por ahora, solo un poco más. Aunque… —La miró mientras cruzaban el bosque hacia la carretera—. Se dice que los troles son incansables en lo tocante al apareamiento. Dicen que se recuperan tan deprisa que ni siquiera se nota la pausa.

—Ah, ¿sí?

—Eso cuentan las historias y las canciones picantes que las

acompañan. Es probable que no sea más que fanfarronería, pero creo que lo más inteligente sería comprobarlo lo antes posible.

—Me parece razonable. Supongo que, leal como soy a las hadas, debería ayudarte con esa práctica.

—Te lo agradecería, sobre todo si te lavas primero, porque, *mo bandia*, hueles a cabra.

Cuando Breen se olisqueó, hizo una mueca, y Keegan se rio y puso el semental al galope. La breve esperanza de librarse de parte del aroma con el enérgico paseo de vuelta a casa, Morena se la destrozó por completo.

—Hueles como Finnegan, el cabrero, al que se le olvida lavarse dos de cada tres veces.

—Voy a ducharme lo antes posible. ¿Dónde está Botarate? Supongo que con Marco, porque los dejé juntos.

—Y juntos acaban de cruzar al otro lado hace un momento. Algo que tenía que ver con unas patatas, y Keegan dijo que hoy llegarías un poco más tarde porque ibais a entrenar fuera del valle.

Para echarles una mano, Morena se sacó un limpiacascos del bolsillo, se agachó junto a la pata de Chico y empezó a rascar mientras Breen lo desensillaba.

—Quería que luchara para salvar a unos niños imaginarios de las malvadas zarpas de un enemigo que quería asarlos y comérselos.

—Dudo que se molestaran en asarlos primero, esos puñeteros diablos.

Mientras cepillaban al caballo capón, Breen le contó en qué había consistido el entrenamiento del día.

—Debías de estar muy cansada para tumbarte sobre la caca de cabra. Los dos habéis subido a mucha altura. ¿Solo podéis ir arriba y abajo? Vamos, que si habéis intentado ir adelante y atrás, una vez que estáis arriba.

—La verdad es que no lo sé. Supone mucho esfuerzo subir. Bajar, por lo que sea, no tanto.

—Me parece que sí podrías y, si pudieras, es casi como volar. Cuando eras pequeña te morías por tener alas. —Morena cepilló con energía el pelo del caballo—. Podía elevarte un poco del suelo, un momentito, y te encantaba. Mi madre te fabricó unas alas de mentira con alambre y…

—De tela verde brillante —recordó Breen—. Con los bordes azules. Como una mariposa. Corría por el campo y fingía volar contigo.

—Entonces, Phelin… —Morena dejó la frase a la mitad y apoyó la mejilla en el cuello de Chico.

—Era un bromista —dijo Breen en voz baja.

—Lo era, sí que lo era. Pero no pretendía hacerte llorar cuando bromeó con tus alas de mentira.

—Pensaba que me enfadaría y se la devolvería. Cuando vio que había herido mis sentimientos, me cogió en brazos y me llevó volando por todas partes. Dijo que yo era una *sidhe* honoraria. Y que, siempre que quisiera volar, él me llevaría.

—Es un buen recuerdo. —Morena asintió y siguió acicalando al caballo—. Un buen recuerdo, porque él era bueno. La tristeza va y viene, y justo ayer descubrí a mi yaya llorando y a mi abuelo abrazándola. Había empezado con la limpieza de primavera y encontró un dibujo que le había hecho Phelin cuando era pequeñito. —Suspiró y dejó el cepillo—. Pero hay muchos buenos recuerdos.

Breen rodeó el caballo.

—Huelo a caca de cabra, pero te voy a abrazar.

Morena le devolvió el abrazo.

—Madre mía, cómo apestas.

—Es probable que el aroma a caca vaya acompañado de unas cuantas notas de sudor.

—Ve, ve a lavarte. Yo le doy de comer a Chico. ¡Me llevo a Merlín! —le gritó a Keegan.

—Querrá una zanahoria.

—Como si no lo supiera —repuso Morena, que acarició a Merlín entre las orejas cuando Keegan se lo acercó—. ¿Y el entrenamiento de mañana?

—Empieza a primera hora.

—Claro que sí —masculló Breen.

—Nos vemos entonces, pues. Vamos, chicos, os espera la cena.

La siguieron camino de los establos, mientras una fila de vacas iba detrás de Harken hasta el granero y la sala de ordeño.

—Puedes quedarte y echarle una mano a Harken —dijo Breen—. No me importa volver sola.

—Ya me encargué del ordeño de la mañana y después me tragué las gachas grumosas de Morena. A Harken no parece importarle; las gachas, me refiero. —Con una perplejidad evidente, Keegan se encogió de hombros—. Eso sí que es amor.

—Quería preguntarte si podría o debería negociar con Harken para quedarme con Chico. ¿Estaría dispuesto a un intercambio por el caballo y por alojarlo, alimentarlo y eso?

—¿Es el caballo que quieres tener, no solo para el entrenamiento?

—Estamos acostumbrados el uno al otro. Nos caemos bien y estamos a gusto. Puedo seguir tomándolo prestado si Harken no quiere un trueque, pero…

—Lo eligió para ti porque encajáis, así que te lo regalaría.

—Lo sé, pero me gustaría darle algo a cambio. Aunque no sé el qué.

—No le iría mal un arnés nuevo para el arado, la verdad. He perdido la cuenta de las veces que ha remendado y reparado el viejo.

—¿Dónde puedo conseguir uno?

Cruzaron a Irlanda.

—Mañana, como parte del entrenamiento, visitaremos a un elfo conocido por fabricar esas cosas.

—De acuerdo, y ¿qué pasa con la alimentación y el alojamiento?

—No te cobrará nada por eso. Eres como una hermana para Morena, así que también para él. Aceptará el arnés y lo usará, y lo considerará un detalle, más que un trueque. Dentro de nada empieza la siembra de primavera.

—¿Vas a participar?

—Lo que pueda, cuando pueda. Tengo que pasarme pronto por la Capital. Sin embargo, a no ser que surja una emergencia, me quedaré un par de días en un lado y en otro. Puedes acompañarme en alguno de los viajes. Es bueno que te vean por allí.

—Muy bien.

—Sé que tienes tu viaje, así que antes de eso, creo. Un par de días.

—¿Habrá algún juicio?

—De cosas pequeñas. No hemos encontrado más espías de Odran, por ahora. Espero de corazón que no haya más. —Con el rostro ceñudo, se metió las manos en los bolsillos—. Este año he desterrado a más personas que en todos los años que llevo en la silla. Sigue sin gustarme.

—Si te gustara, sería una pena.

Cuando salieron del bosque, la puerta de casa se abrió. Botarate salió corriendo para recibirla, como si llevaran separados meses, en vez de horas.

—Aquí está mi chico. ¿Te has portado bien con Marco?

—Se ha portado estupendamente —dijo Marco desde dentro—. Tengo las patatas en el horno y estoy haciendo a la plancha los espárragos que me ha dado Seamus, para acompañar el filete en cuanto llegue Brian. Vamos… Dios mío de mi vida, ¿a qué huele?

—A cabra, o a lo que sale de ellas, y voy a subir ahora mismo para darme una ducha.

—Bien hecho, pero antes necesito esos capítulos.

—¿Qué?

Se plantó delante de ella.

—Han pasado más de dos semanas. Te he dado margen por lo del ataque del dios psicópata, el cambio en el entrenamiento y demás, pero hicimos una promesa de meñiques, así que quiero los capítulos. Esta noche me los voy a leer en la cama.

—En realidad, preferiría...

Marco puso su cara superseria.

—Promesa de meñiques.

—Mierda —dijo ella, y se metió en su despacho dando zapatazos.

—¿Su libro? —preguntó Keegan—. ¿Qué es una promesa de meñiques? Quiero leerlo.

—No —dijo ella al salir, también dando zapatazos, con una memoria USB.

—¿Por qué él puede y yo no?

—Porque él me puso en un compromiso —respondió Breen, procurando mantener la memoria fuera de su alcance—. Ahora júramelo, Marco Polo. Ni una página más de lo acordado. Hay más ahí dentro, pero te paras al final del segundo capítulo.

—Ay, Breen...

—Promesa de meñiques.

—Vale, vale, vale.

Engancharon los meñiques y Marco le quitó el USB.

—¿Eso es un juramento? —Keegan enganchó sus dos meñiques—. ¿Qué sentido tiene?

—¿Qué sentido tiene cualquier juramento? Es confianza y honor. Dos capítulos —repitió Breen—. Y paras, y nada de leer mientras yo esté por aquí. Me volvería loca.

Tras decirlo, subió las escaleras con Botarate.

—¿Por qué huele a caca de cabra? —preguntó Marco—. Porque es caca de cabra, ¿verdad? Creo que es la primera vez que la huelo.

—Te lo cuento después de convencerla de que me deje leer lo que vas a leer tú.

—Sí, bueno, buena suerte con eso.

Breen se quitó la ropa en el cuarto de baño e intentó no pensar en nada más que en agua caliente y jabón perfumado. Apenas se había puesto bajo los chorros de agua cuando se abrió la puerta de cristal.

—¿En serio? —dijo cuando Keegan se metió con ella.

—Yo también necesito una ducha. —Le recorrió el cuerpo con las manos mientras se pegaba a su espalda—. Y a ti. Es agradable sentir el agua caliente. Y a ti. —Le besó el hombro—. Quiero que hagamos una promesa de meñiques.

—No —respondió ella, aunque se rio por su forma de decirlo—. No y no.

—No confías en mí, crees que carezco de honor.

Ella se volvió hacia él y, mientras el agua corría y el vapor subía, se echó hacia atrás la melena mojada.

—Confío por completo en ti y no conozco a nadie con más honor. Pero no.

—¿Por qué se lo permites a Marco?

—Porque me puso en un compromiso y, antes de que pudiera salir de él, me obligó a prometérselo. Esperaba que se le hubiera olvidado.

—Entonces te pondré en un compromiso. —Se echó en la mano un poco del gel de ducha que Breen había preparado con la ayuda de Marg—. Después, promesa de meñiques.

—No —repitió ella.

Sin embargo, no rechazó lo demás.

Cuando despertó, el fuego ardía bajo y Botarate le daba toquecitos con la cola, lo que era su señal para que se levantara y se pusiera en movimiento. Relajada y satisfecha, lo hizo. Sexo en la ducha, una comida estupenda que no había tenido que preparar y un poco de música antes de una noche de sueño reparador. No podía pedir más. Se puso las botas mientras el perro bailoteaba al lado de la cama.

—Ya voy, ya voy —le dijo, y cogió su bata.

Como acostumbraba, bajó y fue derecha a la puerta, desde la que Botarate salió disparado hacia la bahía, bañado por la luz previa al amanecer. Y ella se fue a buscar café. De camino, avivó el fuego del salón para que ardiera con ganas. Todavía medio dormida, se llevó el café afuera. ¿De verdad olía los primeros atisbos de la primavera? Puede que solo estuviera oliendo lo que deseaba oler, decidió, pero le gustaba de todos modos.

Después pensaba echarles un vistazo a sus plantones y empezar a planear en serio el jardín de flores para cortar del que había hablado con Seamus. Y un huerto, también, pequeño. Quizá se pasara, dado que conseguían todo lo que necesitaban de la granja o de la yaya, pero le pareció que a Marco le gustaría salir a recoger sus propios tomates y pimientos. Además sería divertido. Y le gustaba mucho, muchísimo, hacer aquellos planes para la vida que deseaba.

El sol se despertó por el este mientras se bebía el café y Botarate chapoteaba en la bahía. La niebla se alzó, reflejó los primeros rayos y adoptó un tono plateado con toques de color rosa. Se dio cuenta de que el alba siempre la ponía de buen humor. Florecía todos los días, llena de promesas y posibilidades. Se imaginó a Harken al otro lado, con las tareas de la mañana. O quizá a Keegan encaramado a un taburete de tres patas, ordeñando una vaca. Pagaría por verlo. Pronto, en ambos lados, los padres despertarían a los niños para ir al colegio. La gente se vestiría para ir al trabajo; las familias desayunarían juntas. Las cosas eran casi iguales en todas partes, pensó. Y, a la vez, muy distintas. Como formaba parte de ambos mundos, tenía deberes y placeres en los dos. Cuando Botarate regresó corriendo a su lado, lo secó, se agachó, lo rodeó con un brazo y disfrutó de compartir con él el inicio de un nuevo día.

—Es la hora de mi ejercicio. Tú ya has hecho el tuyo, ¿verdad? Pues ahora me toca a mí, así que tengo que vestirme. Primero, tu desayuno —le prometió, y le dio un beso a aquella cara tan dulce.

Entró y estuvo a punto de acabar en el techo de un brinco cuando vio a Marco sentado junto al fuego, con su portátil.

—¡Joder! ¡Casi me matas del susto! ¿Qué haces despierto al amanecer?

—Leer.

Entonces, Breen lo recordó, dejó escapar un «ah» y se retiró a la cocina a alimentar al perro. Se sirvió una segunda taza de café, pero decidió que, como ahora tenía el estómago revuelto, no podría comerse su tostada habitual.

—Me voy a cambiar para ponerme la ropa de gimnasia.

Marco la miró y señaló el cojín que tenía al lado.

—Siéntate.

—Ay, Dios mío. ¿Tan mal está? No me parecía que estuviera tan mal.

—Para. Siéntate.

—Vale.

Se sentó y se preparó, recordándose que prefería que fuera sincero con ella.

—Puede que comenzara demasiado deprisa. O demasiado despacio. Podría…

—Que pares —repitió Marco. Dejó el portátil a un lado y recogió su taza de café—. He leído los dos diminutos capítulos que me has permitido leer, dos veces. He empezado la tercera vuelta. Tienes que dejarme leer más.

—Si los dos primeros no funcionan…

—¿He dicho yo eso? No seas cansina, Breen. Quiero decirte que estoy levantado a esta hora demencial porque necesito más.

Porque los dos primeros capítulos me han enganchado. Porque es buena, Breen. Es muy buena. Y cierra la boca antes de soltar una estupidez, como que quizá lo diga porque te quiero.

—Me quieres.

—Sí, y, como te quiero, si no fuera buena, te diría algo así como… —Se lo pensó, pasándose un dedo por la perilla—. Ya lo tengo. Te diría: «Tienes ideas interesantes, chica, seguro que puedes arreglarlo y dejarlo perfecto». Algo que te animara, ¿no? Pero no hace falta porque ya es perfecto.

—¿Lo dices en serio?

—Mírame a la cara.

Marco frunció el ceño, cuadró la mandíbula y perdió la sonrisa.

—Es tu cara superseria —dijo Breen.

—Esa misma. Atractiva pero superseria. Vas a dejarme leer más.

—Si de verdad quieres otro capítulo…

—Ajá. —Marco hizo tic-toc con un dedo en el aire—. Tres más, un total de cinco. Es lo justo. Así me haría una idea mejor del mundo que estás construyendo. No es Talamh, aunque incluyes algunos detalles, sino algo más grande, como con otros países, continentes, mares y eso. Cinco capítulos para hacerme una idea del mundo, de los personajes… Sé que hay más.

—Tres más —confesó ella, dejando escapar el aire que había estado conteniendo—. Pero, si no cuadra, me lo dices. Y quiero algo a cambio. Tienes que escribir tres recetas para el libro de cocina; escríbelas a tu modo y después las leo.

—Ya tengo recetas escritas.

—Añade la diversión, Marco, tu encanto. Camélatelos… Ya sabes a qué me refiero. Si no funciona, te lo diré.

Sin decir nada, él le ofreció el meñique. Tras la promesa, Breen se levantó.

—Voy a cambiarme. Ahora sí que necesito el ejercicio.

Cuando regresó, Marco levantó un dedo.

—No me molestes —dijo.

Así que ella entró sin decir nada y eligió una de sus rutinas más duras. Como no consiguió sudar del todo su ansiedad, añadió media hora de yoga. Al salir se encontró con el aroma a beicon.

—Ya que estoy despierto, vas a tomarte un desayuno en condiciones antes de meterte en tu cueva de escritora.

Marco le sirvió en un plato el beicon, tortillas de queso y una pera cocida medio cubierta de miel. Ella se quedó mirando a su amigo mientras luchaba conscientemente contra el impulso de retorcerse las manos. Marco dejó los platos en la mesa, se volvió hacia Breen y la abrazó.

—¿Esto es para amortiguar el golpe?

—Breen estoy muy orgulloso de ti. Cuando me dejaste leer *Las mágicas aventuras de Botarate*, me reí en voz alta. Vi al perro con una claridad absoluta antes incluso de conocerlo. Esta vez… Esta vez ha sido diferente. Oigo tu voz en las palabras, igual que en el otro, pero su… dimensión, creo que esa es la palabra correcta, ¿no? Tiene una dimensión mucho mayor y más rica. Si Mila no lo consigue, me romperá el corazón. —Se apartó—. Chica, creo que lo tienes. No sé qué narices hay que tener para ser una escritora, pero tú lo tienes. Y lo quiero todo.

—Marco…

—No voy a presionarte para que me lo des todo de una vez, pero ten por seguro que te estaré incordiando todos los días para que me ofrezcas otro trocito. Ahora procura escucharme.

—Te escucho.

—Vas a escucharme y vas a confiar en mí. ¿Quién tenía razón sobre lo de escribir un blog?

—Tú.

—¿Quién tenía razón sobre lo de sentarte a hacer lo que siempre habías querido, escribir libros?

—Tú.

—¿Y quién tiene razón cuando te dice que le envíes a Carlee esos cinco capítulos ahora mismo?

—Ay, Marco, todavía no he terminado de pulirlos ni…

—No pretenderás decirme que lo que acabo de leer no está pulido, ¿no?

Al final, Breen se retorció las manos.

—Pensaba volver a repasarlo después de terminar de repasar lo que todavía no he repasado.

—¿Y quién te conoce lo bastante como para saber perfectamente que no es porque necesite más pulido, sino porque te da miedo soltarlo?

Ella dejó escapar un enorme suspiro.

—Tú. Solo iba a tomarme un par de semanas más. Creo.

—Métete ahí y hazlo ahora. Ahora. —Marco puso su cara superseria, lo que le arrancó una carcajada—. Y hazlo deprisa, antes de que se te enfríe el desayuno.

—Si lo hago, tú te tienes que sentar a escribir esas recetas.

—¿Acaso no te lo prometí? Tú lánzate a la piscina y, después de desayunar, me lanzo yo.

17

Pasaron dos días sin noticias de Carlee, así que Breen procuró mantenerse ocupada al máximo para no obsesionarse.

Se obsesionó de todas formas.

Trabajó con Marco en sus recetas, apenas las corrigió. En lo concerniente a cocinar, hablar y escribir sobre cocinar, él tenía lo que había que tener. Cuando llegó la llamada de Nueva York, Breen se llevó el teléfono al despacho mientras Marco le daba los toques finales a la pizza que se iban a comer. Los dos solos, ya que Keegan tenía trabajo en la Capital y se había ido con Brian. Volvió con Marco justo cuando él metía la pizza en el horno.

—Eso va a estar buenísimo.

—Era Carlee —dijo Breen.

—¿Y? —preguntó Marco, que dejó de hacer lo que estaba haciendo para escucharla.

—Le ha gustado. Fiu. Qué alivio. Le ha gustado.

—Porque no es tonta.

Marco abrió los brazos y la envolvió en ellos.

—Es demasiado pronto para celebraciones. Bueno, podemos celebrarlo un poquito —dijo Breen.

—Nunca es demasiado pronto. Voto por abrir el vino de hadas en vez del de la tienda.

—No, no, vamos a limitarnos al de la tienda. Me ha dicho que quería enviárselo a mi correctora y a mi editora (nunca me cansaré de decir eso), siempre que le mande una sinopsis del resto.

—Puedes hacerlo. Es lo que haces. Mira, si quieres llevarte tu trozo de pizza y empezar a trabajar…

—No, tú, yo, Botarate, pizza, vino y una película. Eso es lo que teníamos planeado y es lo que quiero hacer. Le dije que me diera dos semanas más.

—Ay, tía.

—No, no, no. Dos semanas para pulir el resto y enviárselo. Todo. Solo necesito tiempo para asegurarme de que me quede lo mejor posible.

Marco sonrió.

—Esa es mi chica. Suena bien. Y me vas a dar cinco capítulos más esta noche, para que no me sienta tan solo sin Brian en mi cama vacía.

—Ahora sí que necesito ese vino.

—Enseguida —repuso él, y sonrió—. Estoy muy orgulloso de ti, Breen.

—Y yo. Y le he dicho que dentro de dos semanas le vas a enviar una selección de recetas, para que se haga una idea del estilo que buscas.

—Ay, tía —repitió Marco.

Breen se limitó a agitar el meñique.

Se pasó dos semanas concentrada como un láser en el libro antes de cruzar a Talamh para centrarse en la magia y el entrenamiento. Si su vida se repartía entre dos mundos, daría lo mejor de sí misma en ambos. Al cabo de las dos semanas le entregó a Harken el arnés nuevo. Él lo examinó y lo recorrió con las manos como quien acaricia una piedra preciosa.

—Vaya, es bueno. Más que bueno.

—Como él —dijo Breen, apoyando la mejilla en la de Chico—. Pensaba dártelo antes de que empezaras a arar para la primavera, pero el artesano ha sido muy peculiar.

—Ah, sí, así es él. Y este es el arnés que quizá mis hijos usen algún día, y después los suyos. —Lo acarició como si fuera uno de esos niños—. Le has grabado el apellido de nuestra familia.

—Fue idea de Keegan.

—Significa mucho para mí —repuso Harken, que se apartó la gorra de la cara para mirarla—. En realidad, Chico es tuyo desde la primera vez que lo montaste.

—No llamaría a eso montar, al menos la primera vez. Pero sentí esa conexión. Gracias, Harken, por saberlo antes que yo. Siento no poder llevármelo mañana, aunque solo estaremos fuera un par de días.

—Cuidaremos bien de él por ti. Disfruta de la Capital y del vuelo hasta allí. Ya llega la primavera —añadió mirando el campo—. Y las flores.

A la mañana siguiente, cuando partieron, Breen pensó que los granjeros siempre tenían razón. No cabía duda de que el aire era más cálido que en su último viaje al este y que llevaba consigo la promesa de la primavera. Con Botarate copete al viento, voló a lomos de Lonrach, mientras Keegan hacía lo propio con Cróga, a su lado. Al otro lado, Mahon extendió sus alas. Y, abajo, vio a otras personas arando la tierra, removiendo aquel fértil suelo marrón para dejar semillas y plantones. Ella haría lo mismo a su regreso, ahora que el aire y la tierra se calentaban para dar la bienvenida al renacimiento. Tendría tiempo, pensó, y, después de enviar el manuscrito a Nueva York —junto con una muestra del libro de cocina de Marco—, estaba deseando trabajar en eso y en el libro de Botarate. Debía reconocer que lo había enviado todo a última hora de la noche anterior, por lo que, con la diferencia horaria, Carlee no lo vería hasta que amaneciera en Nueva York. También le había dejado el libro entero a Marco mientras dormía. Lo había hecho lo mejor que había sabido, y se decía que debía aparcar ese asunto, olvidarse del tema. Tenía trabajo por delante en Talamh, además de todos los deberes que la esperasen en la Capital.

Cuando Cróga viró al norte por encima de las verdes colinas de las tierras medias, miró a Keegan, aunque él oteaba el lugar hacia donde guiaba al dragón.

—Quiere parar en el portal que hay aquí para echar un vistazo al sitio y a los que hacen guardia —le dijo Mahon—. Es bueno que los vigías os vean al *taoiseach* y a ti.

—Ah.

Se había vestido para el vuelo, no para que la vieran, con mallas y botas, jersey y chaqueta. Aunque se había recogido el pelo, sabía que el viento se lo habría dejado hecho una pena.

Keegan aterrizó en un campo separado del siguiente por una hilera de árboles de ramas largas que, desnudas, lucían la débil bruma del verde que estaba por llegar. Había tres personas con espadas colgadas al costado, una con un carcaj a la espalda. Reconoció a una *sidhe*, un cambiaformas y un elfo.

—Bienvenido, *taoiseach*. —La *sidhe* dio un paso adelante; era una mujer esbelta con pelo corto rubio dorado y trenza de guerrera—. Y a vosotros, hija y Mahon. Aquí todo está en calma.

—Me alegro —respondió Keegan mientras observaba la hilera de árboles.

—Estamos pendientes de la llegada de cuervos o cualquier otra cosa, pero no hemos visto ninguno desde el último.

—Sé que estaréis atentos —repuso Keegan, y se volvió hacia Breen arqueando las cejas.

¿Se suponía que debía decir algo?

—Eh… Talamh y todos los mundos os agradecen vuestro trabajo.

—Para nosotros es un honor.

—¿Cómo está tu hermano, Lisbet? —preguntó Mahon, lo que le arrancó una sonrisa a la *sidhe*.

—Viajando de pub en pub con su voz y su arpa, y feliz como dos marranos en celo.

Keegan procuró hablar con los tres y después se volvió de nuevo hacia Breen.

—¿Ves la sombra de la grieta?

Ahora tocaba examen delante de los guardias. Sin embargo, los nervios desaparecieron rápidamente cuando observó. Sintió el portal, sintió su sello, bien hechizado y cerrado. Y mientras miraba, mientras se abría, vio el leve borrón de una sombra.

—Allí —dijo, señalando una rama desnuda—. Se abrió para el cuervo y el mensaje que llevaba. Se cerró de nuevo. Es del tamaño de mi puño y está bien cerrada. Cuesta abrirla, sangre y poder, y el pago a cambio nunca llegó. Pero siempre tendrán sangre de sobra, así que vigilad, por Talamh y por todos los mundos.

—Eso haremos —murmuró Lisbet—. Trepé por el árbol hasta el punto del que salió el cuervo y apenas vi la sombra cuando me puse de pie sobre la rama, a un palmo de distancia, que se ve desde aquí.

Después volaron al norte, donde el invierno seguía resistiendo con ganas. Keegan repitió el proceso, esta vez con los guardias que vigilaban una colina nevada. Breen vio la sombra en la colina. En todos los portales descubrió una. Intentaba abrirse paso por cada uno de ellos.

—No entiendo de estrategias ni de tácticas militares —dijo, volviéndose hacia Keegan mientras montaba en Lonrach y Botarate saltaba a su lado—, pero sé que cuesta mucho abrir esas grietas en los portales. Abrirlas y cerrarlas para que un cuervo pueda pasar. ¿No bastaría con una o dos? Puede que el pájaro tarde más en llegar adonde vaya y regresar, pero lo haría.

—Yo entiendo las estrategias y las tácticas muy bien —respondió él cuando se elevaron—. Primero, ¿es posible crear esa grieta, apenas una sombra? Magia contra magia y, seguramente, mediante un proceso lento y cuidadoso en ambos lados. Y, donde se abra cada portal, necesitaría la ayuda de sus seguidores.

—Vale, sí, eso lo comprendo, pero...

—Cruzamos para comerciar y viajar, aunque no con tanta facilidad estos últimos meses. Si yo fuera Odran, dedicaría tiempo, y de eso dispone de sobra, para pensarlo bien, para planearlo, para trabajar en la magia. Sí, con uno bastaría para espiar, si ese fuera el objetivo. —Cabalgando sobre el viento, miró hacia el este—. Así que me pregunto lo mismo que me preguntas tú ahora.

—Y ¿cuál es la respuesta?

—Si descubres que puedes crear esa grieta del tamaño de tu puño, como has dicho, usando intención y magia de sangre, seguirías trabajando para hacer una grieta más grande, cada vez más grande. Lo bastante como para que crucen por ella ejércitos, como hicieron en el sur, como hicieron en el árbol de las serpientes.

—¿Para... cruzar todos, todos los portales, a la vez?

—Es lo que haría yo, de tener el tiempo suficiente y ningún problema en derramar la sangre que hiciera falta.

—¿Cómo lo vas a solucionar?

—Como sea necesario. La Capital —añadió, señalando al frente—. Lo hablaremos después.

El castillo seguía sobre su colina, robusto y fuerte, con el estandarte del dragón rojo sobre un campo blanco al viento. Detrás de él, el mar se abalanzaba sobre las rocas, agitado, antes de retirarse para arrojarse de nuevo. Bajo el castillo y sus torres, la aldea bullía de vida, más allá del río y de los puentes que lo cruzaban. La última vez que había estado allí, parte de la tierra seguía chamuscada por la batalla. Ahora se extendía hacia el horizonte, verde y exuberante, o marrón y fértil tras el arado. De las chimeneas de casas y granjas, tiendas y pubs salía humo. En el otro extremo del castillo se alzaba el bosque en el que había empezado la batalla.

Aterrizaron en un campo verde, donde aquel día se había enfrentado a Yseult, la había vencido y había derramado su sangre. Sin embargo, por culpa de su rabia, no había conseguido acabar del todo con ella. Ahora sabía que, por haber deseado el dolor de Yseult más que su fin, la bruja de Odran seguiría usando su magia y sus tretas para provocar más muerte.

El agua se alzaba y caía de la fuente, y, aunque el frío todavía permeaba el aire, las flores crecían. Botarate lanzó una mirada anhelante al río —uno de sus lugares favoritos para nadar—, pero caminó con Breen hacia las enormes puertas del castillo. Cuando se abrieron, Minga salió a saludarlos vestida con mallas marrones y una túnica blanca ceñida con un cinturón de color cobre.

—Bienvenidos, *taoiseach*, Breen y Mahon. —Cogió las manos de Breen y le besó las mejillas—. El aire todavía sopla frío. Os irá bien un fuego. Y bienvenido tú también —añadió, acariciando a Botarate—. Tarryn está mediando en un desacuerdo sin importancia, pero no debería de tardar mucho. Vuestras habitaciones están listas cuando las queráis.

Mientras hablaba, un joven elfo corrió a recoger la bolsa de Breen y desapareció con ella por las escaleras centrales.

—Tengo algunos asuntos que atender y necesito a Mahon para el primero —dijo Keegan, que se volvió hacia Breen—. Esta noche cenaremos con mi madre; una comida tranquila, gracias a los dioses.

—Muy bien. ¿Hay algo que deba hacer?

—Lo habrá. Si te quedas cerca, te buscaré cuando te necesite. Mahon.

Cuando se alejaron, Minga sonrió.

—No es de los que pierden el tiempo. Ven, te acompañaré

arriba. Te serviremos un té y después podrás acomodarte. Y habrá una galleta para ti, por supuesto.

La palabra «galleta» hizo que la cola de Botarate se agitara como un diapasón.

—¿Cómo están Aisling y los niños? Sé que Tarryn cuenta los días hasta poder volver a verlos.

—Están muy bien. Morena les está enseñando cetrería. Bueno, a Kelly no, aunque ese bebé cada día es más adorable.

Subieron las escaleras, que eran la atracción principal del vestíbulo, y que, como sabía Breen, se convertían en una plataforma elevada de piedra en tiempos de guerra y defensa.

—¿Y tu familia?

—Todo bien —respondió Minga—, me alegra poder decir. Está siendo una época tranquila, por ahora, este momento entre el invierno y la primavera. ¿Y Marco? Confieso que fue una gran decepción que no te acompañara en esta visita, sobre todo en la cocina.

—Está comprometido.

—¡Ah, sí, lo había oído! Con Brian Kelly. Brian es un gran hombre. Cuando nos visite de nuevo, lo celebraremos.

Dejó atrás el ala en la que se habían alojado Breen y Marco en su primera visita y siguió hacia los aposentos del *taoiseach*.

—Brigid pidió volver a atenderte. Pensé que te gustaría.

—Sí, gracias. Me gustaría volver a verla.

Minga abrió la puerta.

—Y veo que ya ha encendido el fuego y ha traído algo de comida y bebida. Como también veo que ya tienes visita.

—No podía esperar —dijo Kiara entre risas, corriendo a abrazar a Breen—. Vi los dragones y vine directamente. Por favor, dime que no te importa.

Tenía el mismo color de piel que su madre, dorado intenso, y el mismo cabello negro y tupido. No obstante, en vez de la dignidad tranquila de su madre, Kiara rezumaba una alegría contagiosa.

—Claro que no me importa. Me alegro mucho de verte.

—Entonces os dejo a ello. No te pases con la cháchara, Kiara, que no quiero que se le caigan las orejas de tanto escucharte.

—¡Pero es que tengo mucho que contar! —Riéndose de nuevo, la joven se arrodilló para abrazar a Botarate—. Anda, has crecido, ¿verdad? Y sigues teniendo la misma cara adorable. He estado ayudando a los pequeños, así que llevo puesta mi ropa basta; no he tenido tiempo de cambiarme.

La ropa basta, según la escala de Kiara, consistía en unos pantalones de color ciruela con botas a juego y una camisa suelta de color lavanda. En las orejas lucía pendientes de oro largos.

—Estás preciosa —le dijo Breen, ya que era la verdad—. Me encanta ese peinado.

—¿Sí? —Se pasó la mano por la multitud de trenzas estrechas que le recorrían la coronilla antes de estallar en una nube de rizos—. Quería probar algo nuevo.

—Es maravilloso. Ven, siéntate, tómate un té conmigo. Y a parlar.

Nadie sabía más cotilleos sobre el castillo y la aldea que la hija de Minga. En pocos minutos, gracias a las historias que Kiara disparaba como una metralleta, Breen se había reído tanto que ya no sentía el frío del viaje. Saciado con la galleta prometida, Botarate estaba acurrucado junto al fuego, echándose la siesta.

—Ahora te toca a ti. Quiero saberlo todo sobre el compromiso de Marco y Brian. Quién pidió qué, si es que se hace así, y cómo y cuándo. ¿Lo sabes?

—Lo sé. Brian se lo pidió a Marco, aunque parece que Marco también pensaba hacerlo. Brian lo llevó a casa de su familia para que se conocieran.

—Y se enamoraron de él, claro. No los conozco, pero sí a Brian, y no es tonto, así que su familia no debería serlo.

—No lo son, y se enamoraron. Después de conocerlo y enamorarse de él (sentimiento mutuo), Brian se lo pidió.

—¡No me digas que lo hizo delante de la familia! —Kiara dio un bote y agitó las manos en el aire—. Es tierno, pero no tiene ni pizca de romanticismo, ¿no?

—No, no fue delante de la familia. Estaban los dos solos. En un pícnic a medianoche.

—¡Ay! —Kiara dejó caer la espalda en la silla y se llevó las manos al corazón—. Me derrito. Diles a los dos que estoy muy contenta por ellos y que, si Marco no me invita a la boda, bueno, voy a ser un mar de lágrimas.

—Se lo diré, si me prometes peinarme ese día.

—Estoy deseando ponerle otra vez las manos encima a ese pelo, así que esa promesa no podía ser más fácil. Ahora, prometí también que no me quedaría mucho tiempo, y ya me he pasado, pero tengo algo para ti antes de irme.

Se levantó y se acercó al dormitorio. Regresó con una caja grande.

—Es un regalo que espero que te guste.

—¿Un regalo?

—Ábrelo, ¿vale? Me moría de ganas de dártelo.

Breen le quitó el lazo espolvoreado con polvo de hadas y el papel dorado, y retiró la tapa. Dentro de una espuma de papel encontró cuero del mismo color bronce que el cinturón que lucía Minga.

—¡Hala!

—¡Sácalo! ¡Pruébatelo! Ay, no puedo esperar más.

Como no podía, Kiara sacó el abrigo largo hasta la rodilla y tiró de Breen para ponerla en pie.

—Tiene que servirte. Si no, le daré tal patada en el culo a Daryn que se le incrustará en las pelotas. ¡Te sirve, te sirve! Es perfecto. Corre, mírate en el espejo. ¿Ese color con tu pelo? Es perfecto. Ay, es justo lo que quería para ti y espero que a ti también te guste.

Pasmada, Breen se acercó al espejo y se contempló. El abrigo le llegaba justo por encima de la rodilla, y era de un cuero suave como una caricia, con grandes bolsillos oblicuos y forro de seda color oro antiguo.

—Kiara…

—Es un abrigo digno de una jinete de dragón. Da media vuelta, ¿ves cómo la espalda se ciñe a la cintura? Es femenino también, para realzar tu estupenda figura.

—Es absolutamente impresionante. Pero Kiara…

—No solo me salvaste la vida. —La emoción burbujeante de su voz se tornó queda, y ahí apareció la dignidad tranquila de su madre—. Le diste la vuelta para que yo pudiera cambiarla. Me enseñaste que la verdadera amistad no siempre pide y exige, no miente y usa mientras manipula sentimientos y corazones. Sin ti, y sin Botarate, podría haber muerto aquel día y dejado a mi familia destrozada. Es más, podría haber muerto engañada, tomada por tonta por la persona que yo creía que me quería y se preocupaba por mí.

»Acéptalo, Breen, por favor. Me sentiría muy orgullosa de que vistieras algo que yo he ayudado a crear. Bueno, no participé mucho en la fabricación, la verdad sea dicha, pero le dije a Daryn cómo debía ser y lo importuné hasta que lo consiguió.

—Es el abrigo más bonito que he tenido en mi vida, más bonito de lo que jamás habría podido imaginar.

—¿En serio?

—En serio. Gracias. —Se acercó para abrazarla—. Gracias por este regalo tan asombroso y, lo que es más asombroso aún, por ser mi primera amiga en la Capital cuando me sentía tan extraña y fuera de lugar.

Una vez que se quedó a solas, fue a colgar el abrigo —con suma reverencia— en el armario, donde la veloz elfa ya había guardado las pocas prendas que se había llevado para el viaje. Entonces dio un paso atrás.

—Oye, Botarate, vamos a sacar de paseo esta maravilla de

abrigo. Y, sí, puedes darte un baño. Corto —añadió cuando el perro se levantó de un salto.

Pasearon por los terrenos del castillo y observaron a los que seguían entrenando en el campo de abajo. Miró hacia el bosque. Parte de ella quería entrar y comprobar los portales, pero Keegan le había pedido que se quedara cerca. Así que se acercó al puente y dejó que un perro muy contento se zambullera en el agua. Allí la encontró Keegan, justo cuando Botarate subía a la orilla.

—Todo se alargó más de lo que esperaba, pero siempre ocurre. Venga, vamos a... —Se calló y frunció el ceño. Después pasó un dedo por el abrigo—. ¿De dónde lo has sacado? ¿Has estado en la aldea? ¿Por qué la mayoría de las mujeres estáis siempre pensando en comprar, comprar y volver a comprar?

—«Breen, estás guapísima con ese abrigo». A algunos hombres se les ocurriría decir eso. Y, para responderte, no siempre estoy pensando en comprar, comprar y volver a comprar. No, no he estado en la aldea. Y Kiara me lo ha regalado. Un regalo sorprendente, generoso y considerado.

—Ah, pues ha hecho muy bien. Te pega.

—Me pega.

Breen no pudo más que alzar la mirada al cielo.

—Te diré que el abrigo es precioso, pero que no es más que una cosa y que eres tú la que lo hace destacar.

—Vale, ahora lo has hecho mejor. ¿Adónde vamos? —preguntó mientras él la conducía.

—No perteneces a este consejo y, al que perteneces, no es del todo oficial. Sin embargo, ha llegado el momento de que conozcas a todos los miembros del que sí lo es.

—¿Ahora? —preguntó Breen, nerviosa al instante—. Pero ¿no los he conocido ya?

—No has conocido todavía a Neo, de las sirenas, ni a Nila, la elfa que sustituye a Uwin, ni a Sean, de los cambiaformas, ni a

Bok, de los troles. Los he convocado a la sala del consejo, donde os presentaré, y, como mi madre insiste en que es lo apropiado, habrá aperitivos y cháchara. Así podré aplazar la puñetera reunión del consejo hasta mañana.

—Así que me usas para saltarte una reunión del consejo, ¿no?

—No me la salto. Eso es cosa de niños. Y ya va siendo hora de que los conozcas a todos y ellos a ti.

—Vale. Pero deja que suba a cambiarme primero.

—¿Por qué? Así estás bien. Tienes un abrigo impresionante, ¿no?

—Sí, pero...

—Beberás té, charlarás un rato y dejarás que pasen un momento tranquilo con la hija de las hadas, en vez de verla poniendo de rodillas a un traidor en un juicio o empuñando una espada en el campo de batalla.

Era la primera vez que veía la cámara del consejo, con la chimenea encendida, una mesa larguísima y sillas de respaldo alto. Y a los que se sentarían a ella para aconsejar al *taoiseach*. Le pareció un grupo diverso, en el que cada tribu estaba representada, y al que también pertenecía Minga. Y Tarryn, la madre de Keegan, como su mano derecha.

—Os presento a Breen Siobhan O'Ceallaigh, hija de los O'Ceallaigh, hija de las hadas.

Tarryn, con pantalones estrechos, botas, camisa y chaleco, y el pelo aclarado por el sol recogido en una trenza gruesa, cruzó la sala para darle la mano y besarle la mejilla.

—Bienvenida de nuevo. Siento no haber salido a recibirte. —Se inclinó para un segundo beso—. Llevas el regalo de Kiara —susurró—. Su madre está encantada. —Se apartó un poco y la acompañó—. Los *sidhe* dan la bienvenida a la hija.

—La hija da las gracias a los *sidhe* y... les jura lealtad.

Vio que Tarryn asentía, así que había dicho lo correcto.

—Neo de las sirenas.

El hombre se acercó a ella sobre las dos piernas que usaba en tierra firme.

—Las sirenas dan la bienvenida a la hija.

Saludó del mismo modo a todos los miembros hasta que Minga le estrechó la mano.

—Talamh, que me dio la bienvenida a mí, da la bienvenida a la hija.

—Doy las gracias a Talamh, que me ha dado la bienvenida a mi hogar, y le juro lealtad.

Tenía la impresión de llevar bien la cháchara, ya que, en su mayor parte, era educada y formal…, y Tarryn intervenía sin que se notara.

—Nos reuniremos por la mañana —anunció Keegan—. Gracias a todos.

Breen esperó hasta que él se la llevó a una distancia prudencial.

—No he visto que tú participaras mucho en la conversación.

—Ya me tienen más que visto, ¿no? Querían verte a ti y hablar contigo; ya lo han hecho. Y ahora, gracias a los dioses, disfrutaremos de una comida tranquila, y yo podré beberme de una vez una cerveza.

—Tengo que cambiarme.

—¿A qué viene esta obsesión tuya por cambiarte de ropa todo el puñetero rato? ¿Por qué ponerte algo solo para quitártelo después?

—Si vamos a cenar con tu madre…

—Es una comida familiar. Así vas bien.

—No necesito el abrigo para cenar.

Él le lanzó una mirada de impaciencia.

—Pues te lo quitas.

—Imposible cambiarte —masculló Breen mientras Keegan tiraba de ella para subir por unos escalones de piedra.

—Me cambio todos los días —repuso él mirándose—. Ah, ya

entiendo lo que quieres decir. ¿Por qué iba a cambiar si…? No, eso no es cierto. Te explico muchas más cosas que antes, y eso es un cambio.

—No te molestaste en explicarme que haríamos paradas por el camino para que conociera a la gente y hablara con ella. Ni que me reuniría con el consejo y tendría que hablar con sus miembros. Me habría venido bien un aviso, una advertencia previa.

—No, lo haces mejor sin ella. No tienes tanto tiempo para pensar y preocuparte. —Como Breen no podía decir que se equivocaba, no dijo nada—. Y lo has hecho mejor que bien en ambos casos. Ahora puedes hablar lo mucho o lo poco que quieras, ya estás en familia. —Dobló la esquina al llegar a un arco—. Y te apuesto una bolsa entera de gemas de los troles a que mi madre no se cambia.

18

Breen no habría dicho que aquella habitación era acogedora, pero, al ser bastante más pequeña que la sala para banquetes, por lo menos no la intimidaba. Estaba caldeada gracias al fuego que ardía en la chimenea y, con las velas, tenía su encanto. Aunque en la mesa cabían fácilmente quince personas, habían preparado cuatro servicios. Tanto la mesa como las sillas, el aparador —que era precioso— y los suelos resplandecían. Y olía a naranjas frescas y vainilla.

Keegan se fue derecho a una de las mesas auxiliares, y sirvió vino en una copa y cerveza en una jarra de peltre.

—Los dos nos lo hemos ganado —le dijo al ofrecerle el vino a Breen.

Ella lo aceptó y se acercó a admirar las dos ventanas en arco con vidrieras de colores, ambas con una imagen de un dragón volando. Y los intrincados tapices con paisajes de la tierra, el mar, las aldeas y las granjas.

—Uno por cada tribu de Talamh —le explicó Keegan—. Llevan aquí colgados desde que se construyeron estos muros.

—Pues están como si los hubieran tejido ayer. Los colores son muy vivos. ¿Comí aquí cuando vine de niña al juicio?

—No. Tu madre no quiso. Tu padre le cedió el comedor a mi familia durante esos días. Fue muy amable por su parte, ya que estábamos destrozados y esta sala nos ofrecía confort e intimidad. Y tranquilidad. Quizá hayas estado aquí antes, pero no sabría decirte.

—Es posible. No me resulta familiar, pero puedo imaginarme aquí. Con la yaya, cuando era *taoiseach* y, después, cuando mi padre sacó la espada. Y con tu padre también, porque los dos eran hermanos en todo, salvo en la sangre.

—Sí que lo eran.

Tarryn entró del brazo de Mahon, y Breen se fijó en que Keegan habría ganado su apuesta.

—Ah, qué placer es estar aquí después de todo eso. Bien hecho, Breen. Neo, al que es difícil impresionar o convencer de nada, estaba encantado contigo. Y te diré que ese abrigo te daba el aspecto de una mujer que sabe lo que se hace.

Con una sonrisa de evidente satisfacción, Keegan le dio un trago a la cerveza.

—¿Qué quieres tomar, mamá?

—Imitaré a Breen y me tomaré una copa de vino. Supongo que Mahon estará deseando tomarse una jarra de cerveza.

—Ya me conoces.

—Sí que te conozco. Vamos a sentarnos o nunca nos traerán la comida, y estoy famélica. Me perdí la hora del té porque estaba escuchando a dos bobas que discutían sobre la lana de una oveja a la que todavía no habían esquilado. Ahora tendrán cada una la mitad, y mucho es. —Se sentó y sonrió a Keegan—. Resuelto.

—Tienes más paciencia que un gato y más sabiduría que todos los búhos de Talamh.

—Me dice cosas bonitas para no tener que escuchar tonterías.

—Venga ya, si escucho tonterías continuamente… —repuso Keegan, dejándole delante el vino.

—Vamos, siéntate a mi lado, Breen, y cuéntame noticias del valle. Mahon ha demostrado ser un pozo seco en lo que respecta a Brian, Marco y la futura boda.

Fue una velada tranquila y relajada. La conversación fluía sobre temas de la familia e historias alegres mientras comían pollo asado con patatas y verduras recién traídas de una granja *sidhe*. A gusto, Breen bebió vino y sintió que las tensiones del día iban diluyéndose. Cuando retiraron los platos y les ofrecieron una bandeja llena de pasteles rellenos de crema, Keegan se echó hacia atrás en la silla.

—Siento mucho tener que sacar el tema, pero debemos hablarlo antes de la reunión del consejo de mañana por la mañana.

—Estamos aquí no solo porque somos familia, sino porque defendemos a las hadas, a Talamh y a todos los otros mundos —le recordó su madre—. No evitamos las conversaciones difíciles.

—Entonces os diré que, salvo en el Árbol de la Bienvenida y el árbol de las serpientes, en todos los portales de Talamh hay una sombra, la que deja la grieta abierta por Odran e Yseult, y cualquier otra magia oscura que se cociera en ellos. Y no estaré seguro sobre los dos árboles hasta que Breen les eche un vistazo.

—¿El Árbol de la Bienvenida?

Se encogió de hombros y miró a Breen.

—No creo que sea posible entrar por ahí. La magia que lo protege es más antigua que Talamh y para deshacerla haría falta más de lo que él tiene. Más de lo que tienes tú o cualquier otro.

—Además está la logística —añadió Mahon—. Está fuera de su alcance. Necesitaría una fuerza poderosa en Talamh o en Irlanda, una capaz de atravesar todas las protecciones y empezar a deshacerlas. Y nos habríamos enterado. Pero, en cuanto al árbol de las serpientes, bueno, ya consiguió cruzarlo una vez.

—El sello es más fuerte ahora. —Aun así, Tarryn frunció el ceño al levantarse para servir el té—. ¿Qué me dices del portal al Mundo Oscuro?

—Quiero que Breen lo inspeccione también. ¿Qué hay al otro lado? Ninguno de los desterrados tiene poder allí, pero, si yo fuera Odran, intentaría acceder con todas mis fuerzas. Encontrar el modo de liberar a los que ya han roto leyes sagradas y arrebatado vidas, a los que lo seguían. Así contaría con más soldados.

»Todo esto lo diré mañana en el consejo —añadió—. Y más. Si hace falta tanta sangre y poder a este lado de la balanza —dijo, y levantó una mano para demostrarlo—, ¿de verdad que lo hace solo por conseguir un puñado de espías y algo de información? —Levantó la otra mano bien alto—. Es una tontería gastar tanto para tan poco. Pero ¿y si el objetivo es ensanchar esas grietas y entrar a la vez por todas? —Cambió las manos de posición—. Un pequeño precio a pagar por un ejército que caiga sobre Talamh desde varios puntos distintos. Creo que las grietas, la del sur y la del árbol de las serpientes, eran una especie de ensayo para lo que está por venir.

—¿Es eso posible? —preguntó Tarryn, poniendo una mano en el brazo de Keegan—. ¿Todo lo que estás diciendo, con el poder, la coordinación y la cantidad de personas que supone?

—No sabría decirte, pero sí que derramaría un mar de sangre para intentarlo. Los mundos más allá de los portales. ¿Cuántos de sus habitantes lo seguirían a cambio de riqueza o la sed de matar y conquistar? ¿Cuántos podrían ser verdaderos creyentes, como Toric y los de su calaña? Así que sugiero que actuemos como si pudiera y fuera a hacerlo. Que no nos pille por sorpresa.

—Lucharemos hasta el último aliento, de eso no cabe duda. ¿Cómo quieres que nos preparemos? —le preguntó Mahon.

—Nos moveremos siguiendo una estrategia —respondió Keegan mirando a Breen—. Como en el sur, como no conseguimos hacer aquí hasta que casi fue demasiado tarde. Cambiaremos algunas zonas de entrenamiento y colocaremos a los veteranos y a los novatos cerca de cada portal. Necesitamos que los novatos maduren.

—¿No te referirás a los pequeños, Keegan?

—Mamá —repuso él, aunque la angustia se le veía en la cara—, los mataría o algo peor. Los que sean demasiado pequeños para una espada o un arco, o demasiado mayores, bueno, cuentan con su poder. Ya ha brotado en Finian. Es mejor que aprenda a usar lo que tiene. Lo siento. Ojalá...

—No, no, no lo digas. Tienes razón, por supuesto. Juro por todo lo que soy que llegará el día en el que un niño no sea más que un niño, sin ideas de guerra. Pero ¿y los que no pueden luchar?

—Tendremos refugios para ellos, lo más seguros posible, y escudos de protección alrededor. Me he pasado innumerables horas en la Sala de Mapas repasando todo esto, el dónde y el cómo.

—¿Y si...? Lo siento —empezó a decir Breen—, la verdad es que no sé nada sobre cómo hacer todo esto, pero entiendo que cuentas con el factor sorpresa, como en el sur.

—Sería una ventaja interesante, la misma que él cree tener ahora.

—Pero, si mueves tropas y campos de entrenamiento y él consigue colar a alguno de sus espías o exploradores, se enterará, ¿no?

—Es una buena pregunta para ser alguien que dice no saber nada de tácticas ni estrategia. Lo explicaremos como una renovación. Se cambian rutinas, acercas a algunos a casa, mientras que, a los que necesitan la disciplina que ofrece la distancia, los alejas un poco. En beneficio de las zonas en las que no han tenido tropas ni entrenamiento cerca. Por las costumbres y el comercio, para ayudar con la siembra de primavera, con el ganado.

—Una especie de rotación.

—Más o menos.

Keegan se levantó y alzó ambas manos. En la pared apareció un mural similar al que tenía sobre la cama.

—Aquí está Talamh, y aquí, los portales. Un granjero tiene un campo en reposo, en barbecho por esta temporada. Bueno, pues lo usamos. A esta aldea le vendría bien un poco de ayuda para reparar tejados o muros, lo que sea. Entrenamos allí y, cuando no se entrene, se trabaja. Estos bosques de aquí, aquí y aquí, ¿quién va a notar si acampamos o cazamos en ellos?

—Tropas de refresco en el sur —dijo Mahon, asintiendo mientras examinaba el mapa de Keegan—. Es un buen destino, y así en el extremo septentrional, que no es tan cálido y agradable, se envía a los que necesiten criar callos.

—Y para quienes apenas se han alejado de casa, es una oportunidad para ver mundo —añadió Tarryn—. Así que los movimientos, el aumento de personal en algunas zonas, se disimularían bastante.

—Me pregunto si… —dijo Breen.

—Ay, suéltalo de una vez, mujer —se impacientó Keegan al verla vacilar.

—Sé que quizá suene frívolo, pero ¿y si planeas y anuncias festivales o competiciones? De tiro con arco, carreras, equitación, ese tipo de cosas. —Le vinieron a la cabeza las ferias medievales—. Artesanía, demostraciones de artesanía, juegos para los niños, música. Una en cada zona. Una especie de recompensa por el entrenamiento. Cuando enseñaba, los niños trabajaban con más ganas si creían que iban a obtener algo a cambio o podían presumir de ello. Así parecería que seguís…, que seguimos con nuestra vida, como siempre. O mejor que nunca, pensando en ferias y celebraciones.

—Con que nada de tácticas, ¿no? Eso es una genialidad. Comida, música —especuló Keegan—. Competiciones, condenados malabaristas y todo. Porque no somos más que corderos que van al matadero, ¿no? La Capital, las tierras medias, el extremo septentrional, el valle, el sur, el extremo occidental, los campamentos de los troles, los campamentos de los elfos, etcétera, etcétera.

—Odran lo vería, nos aseguraríamos de ello —añadió Mahon—, que crea que las hadas bailan sin sospechar nada, directas a su muerte.

—Lo detuvimos en el sur y aquí —dijo Tarryn, que asentía mientras observaba el mapa—. La hija ha salido ilesa de todos los intentos de matarla. Con la primavera llegan las flores, la siembra. Entrenamos, por supuesto, como siempre, pero hemos conservado la paz.

—Y con el verano llegan los frutos y la abundancia —siguió Keegan—. Así que celebramos, recompensamos a los más hábiles, bailamos al son de las flautas. Se habrá cumplido un año del regreso de la hija. Así que, festivales por todo Talamh. El Regreso de la Hija.

—Ay, Keegan…

—Es una buena táctica —dijo para interrumpir la protesta automática de Breen, y siguió hablando—. ¿No querría yo, como *taoiseach*, conmemorar ese aniversario? Demuestra confianza. ¿No querría Talamh, después de tanta pérdida y desgracia, celebrar la ocasión con música y danza? Si Odran ataca antes, estaremos preparados. Pero ¿y si espera, y, bueno, yo sin duda lo haría, a que llegue ese momento perfecto en el que poder destruir toda la felicidad? Si espera, acabaremos con esto y con él, por todos los dioses, en el solsticio, cuando la luz es nuestra.

Se fue con Keegan, con Botarate al lado, a primera hora. Entraron en el bosque en el que había luchado, sangrado y asesinado, donde tantos habían caído. Conocía el camino, se dio cuenta de que podría haberlo encontrado a oscuras. Botarate no brincaba ni se apartaba de ella, y Breen sintió que el perro recordaba, como lo hacía ella. Cuando se colocaron frente al árbol que no era un árbol, Botarate no se sentó, sino que permaneció alerta.

—Aquí ya no hay nada que temer —empezó a decir Keegan, pero ella negó con la cabeza.

—Hay todo que temer. Está tan cerca que casi lo oigo respirar.

Keegan le dio la mano.

—No dejes que te atraiga al otro lado, como la última vez. Te tengo. Estás anclada aquí.

—Compartimos una visión del otro lado, de su lado. De él empujando. En primavera o principios de verano.

—Lo recuerdo.

—¿Un augurio? Todavía no lo sé. Pero él sigue trabajando aquí, Keegan, cerca. Esto es como la cascada del valle. Son esenciales para él. Aquí está la sede del poder. Y en el valle concibió a mi padre y nací yo. Y tú. Empezó aquí.

—No veo ninguna sombra. Miro cada vez que vengo al este, pero no veo nada.

—La percibo. Lo percibo a él. Necesita esta… ¿posición? Además, este portal, como la cascada, es directo. No le hace falta cruzar otros mundos ni otros portales para llegar a estos dos. Un mar de sangre, dijiste —murmuró Breen—. Usaría hasta la última gota para abrir esto de nuevo.

—De acuerdo. Nos prepararemos para eso. Necesito que hagas lo mismo con el portal al Mundo Oscuro. Allí tampoco veo ni percibo nada de esto.

—Pero ¿percibes algo? —le preguntó ella mientras la conducía hasta él.

—Percibo la desesperación, la furia, la amargura, la sed de sangre. Y el odio. Lo que está confinado allí, no tiene nada más.

Aun así, el bosque albergaba belleza y la promesa de la primavera. El fuerte aroma a pino; los capullos en las ramas, todavía sin formar, todavía dormidos… La luz y la oscuridad bailaban juntas, y un halcón —de cola roja, veloz— voló a través de ambos, en plena caza. Cuando llegaron al portal y la piedra que lo marcaba, se estremeció. El aire fresco se tornó helado y cortante; la luz menguó tanto que las sombras se agitaban por todas partes. Y en ellas percibió todo lo que le había dicho Keegan y más.

—Retrocede. Aquí —le dijo él, y le puso una mano en el corazón—. No puedes cargarte con su dolor. Y debes saber que cualquiera de ellos te rebanaría el cuello con tal de escapar.

—¿Cuántos?

—Uno es demasiado y hay más de uno. Retrocede, *mo bandia*.

—Se matan entre ellos siempre que pueden. Por diversión.

—Lo sé.

—No volverán a ver la luz del día. —Breen retrocedió—. Él también lo sabe. Todo. Se alimenta de su rabia y de sus miedos. Son mentes débiles, muchas, y las utiliza. Les susurra amenazas y promesas en igual medida. Adoradme, inclinaos ante mí, y un día os concederé vuestra venganza.

—Breen.

Como su voz era más profunda y su mirada, más intensa, Keegan empezó a tirar de ella. Breen se lo sacudió de encima.

—Él gobierna en ese mundo, a su manera. Desde lejos, en su alto castillo. Disfruta con su sufrimiento, se pavonea porque muchos siguen humillándose ante él. Solo ante él. Susurros y amenazas. Susurros y promesas que oyen durante su intranquilo sueño o su rabiosa vigilia. Matad a la siguiente criatura que se os presente y pintad las rocas con su sangre. Cuando llegue el día, lideraré a los que sean dignos de ello, y violaréis y quemaréis por todos los mundos. Conoceréis mi gloria y os bañaréis en sangre. ¡Decid mi nombre! —gritó Breen—. Porque soy Odran, el dios de todo lo que existe. —Cayó de rodillas, mientras Botarate temblaba contra ella. Sin aliento, Breen señaló arriba—. La sombra. Está ahí.

—Aléjate ya.

—Estoy bien. Reina en la oscuridad, Keegan. No vuelvas a abrirlo. Quiere que lo hagas. El portal se ensancha cuando lo haces. Las personas a las que has encontrado y enviado allí después del juicio no son fallos para él. Porque emplea vuestro ritual para ampliar la grieta.

—Entonces no lo haré. —Se arrodilló a su lado y le puso las manos en la cara—. Estás helada. Vámonos ya.

—Tengo que… —Volvió la vista atrás, hacia la piedra—. Ahí están condenados. Algunos se vuelven locos, otros solo existen gracias a su furia. Pero ninguno de ellos, ni uno, se arrepiente. ¿Es esa la palabra? Ninguno. No vuelvas a abrirlo, no mientras exista Odran. Usará el portal y los usará a ellos.

—Te lo prometo. Ahora, por el amor de los dioses, alejémonos de aquí.

La puso en pie medio a rastras y la sacó del claro.

—No puede oírme por encima de ellos. Creo. O, más bien… Los gritos y exabruptos de los condenados son como música para sus oídos. Frena, estoy bien. Es solo por el frío y la maldad que rezuma ese sitio. Estoy bien. No pasa nada.

Se detuvo para acariciar a Botarate, para calentarlo y calmarlo. Y miró a Keegan.

—Los destierros son un castigo escaso. Sé que has tenido más que de sobra en las últimas semanas, pero, a lo largo de la historia, son escasos.

—Cierto.

—Aun así, cada uno de ellos es un momento de júbilo para él. Creo que Marco tiene razón: está loco. Pero también es malvado, y la maldad de los demás es como una golosina. Los dos portales de este bosque conducen a la oscuridad y los dos son más suyos que nuestros.

—Cuando acabe todo esto, limpiaremos y consagraremos el bosque. Destruiremos el árbol de las serpientes.

—No creo que tengas que destruirlo. Creo… Florecerá otra vez, Keegan. Cuando la luz doblegue a la oscuridad, volverá a florecer. Dará fruto. *Réalta milis*.

Keegan se detuvo para mirarla.

—¿Cómo sabes lo que es la *réalta milis*?

—No tengo ni idea. ¿Es muy dulce? Sí, ¿no? Azul como el

cielo, con forma de pera y una estrella blanca en la base cuando está madura. ¿Es real?

—Antes de esto creía que no. Que era algo propio de los mitos, una fruta para los dioses. No existe ningún árbol así en Talamh.

—Puede que llegue a existir.

—Puede. Pero sí que sé una cosa: cuando todo acabe, rezaré a los dioses para no tener que enviar a nadie nunca más al Mundo Oscuro. Por ahora, si hay algún juicio que lo exija, tendrá que esperar. —Le restregó las manos a Breen para calentárselas—. Sé que esto te cuesta, y lo siento. Pero me has dado más información para el consejo. Pospondré la reunión unas horas.

—No. Estoy bien. De verdad. Si vas a hacer todo lo que has planeado, tienes que empezar ya.

Cuando salieron del bosque, bajó la vista hacia el campo de entrenamiento.

—Los pequeños, Keegan. Los niños.

—Los defenderemos. Pero si rompen líneas, Breen, quiero que los pequeños cuenten con los medios necesarios para defenderse. Mira, mira ahí. —La giró para que contemplase la aldea—. Ahí ves la vida; demasiada, para mi gusto, toda amontonada en un mismo sitio. Aquí las personas no se hacen daño. Bueno, sí, hay riñas mezquinas, pero nada grave. Crean, construyen, crían, como esa de ahí, que lleva una vida en su interior mientras la que ya nació se le engancha de la mano por el mercado.

»Ves los carros listos para el trueque, puestos y tiendas que se abren para lo mismo. Los colores de los jerséis, las bufandas, de cosas tan sencillas como calcetines calentitos o tan elaboradas como un cuenco de cristal. Pubs que ofrecen una comida caliente al viajero. Y ahí, el humo de la chimenea del colegio, donde los que enseñan lo calientan para los niños que pronto entrarán arrastrando los pies y deseando que fueran vacaciones, en vez de tener que sentarse a aprender. Y ahí, junto al pozo, sacando agua y repartiendo cotilleos, más vida.

Ella lo vio, como él, y supo que, por mucho que dijera que había demasiada gente, amaba y honraba aquel lugar. Keegan le levantó la cabeza y señaló.

—Dragones y jinetes en un cielo abierto para todos los que vuelan. Esto es tuyo y es mío, Breen, igual que es suyo. Y es demasiado bueno para que Odran se lo lleve. No perderemos nada de esto.

—Consigues que me lo crea.

—Deberías. Eres la llave y el puente, pero aparte de todo eso, y quizá mucho más importante, eres feérica. —La miró a los ojos, y los de Keegan eran profundos y más verdes que las colinas que los rodeaban—. Esta vida es tuya. Más allá del poder que albergas y del deber que conlleva, es una caminata junto al río, un cotilleo junto al pozo, un paseo en un buen caballo. Es una vida bien vivida. Pase lo que pase, es todo eso.

Queriéndolo como lo quería y sabiendo que todo lo que había dicho no era nada más que una de las razones para ello, tomó su rostro entre las manos.

—Fuiste elegido y sigues eligiendo bien, *taoiseach*. Ve a tu reunión. Tenemos un mundo que salvar y una vida que vivir.

—Te buscaré cuando acabe, aunque quizá tarde. Espero por todos los dioses que mañana podamos volver a casa.

Cuando la dejó sola, ella se dio una vuelta y se permitió sentir esa vida. Observó a Botarate nadar en el río y después, con él, cruzó el puente que llevaba a la aldea. Suponía que teniendo en cuenta a lo que estaba acostumbrado Keegan, era, en efecto, un lugar bullicioso. Como siempre, le pareció encantadora y colorida, y disfrutó de la mezcla de voces. Y cuando vio a Kiara con un bebé en la cadera y una cesta del mercado en el brazo, la saludó con la mano y fue hacia ella.

—¿Quién es esta niña tan guapa?

—Ah, esta es Fi, la más pequeña de Katie. Le dije que, como volvería para ayudar con los más chiquitines, me la podía llevar.

¿Vas a comprar algo? Podría tomarme un rato más para acompañarte.

—En realidad…, ¿puedo pedirte un favor?

—Por supuesto.

—¿Podría ir contigo Botarate? Me vendría bien que pasara una hora jugando con los niños y los otros perros.

—Será un placer. ¿Adónde vas entonces?

—Esperaba que pudieras indicarme el camino a la casa de Dorcas. ¿La vieja madre?

—Puedo, pero, dioses, Breen, te hablará hasta dejarte inconsciente o desearás estarlo. Y tiene tantos gatos que tendrás que abrirte paso como si estuvieras en un río de pelo.

—Por eso me gustaría que te llevaras a Botarate. Quiero preguntarle algo a Dorcas.

—Si no lo sabe ella, no lo sabe nadie. Te compadezco. Bueno, mira, ¿ves ese camino que pasa entre esos puestos y tuerce a la izquierda? Ve por ahí, después toma el primer sendero que veas a la derecha, detrás de la casa amarilla. Sigue por ahí hasta el bosque sin salirte del camino. Cuando se bifurque, tuerce a la izquierda y verás la casa de Dorcas. Tiene un aspecto muy acogedor, entre los árboles, y seguramente verás a media docena de gatos por allí tirados. A pesar de ellos, el jardín es muy bonito, y la puerta es de color rojo.

—Gracias, Botarate, vete con Kiara y juega. No tardaré mucho.

—Te retendrá allí hasta el año que viene, si la dejas. Te dará té con galletas —le gritó Kiara cuando ya se iba—. Y las dos cosas son horrendas.

«No será para tanto», pensó Breen. Además era un paseo precioso. Lo único que le había contado Keegan era que había hablado con Dorcas… y lo había sufrido. La mujer no estaba segura de saber algo sobre la sangre demoniaca de Odran, pero había prometido repasar sus libros para buscar respuestas. Quizá hubiera encontrado alguna. Quizá les sirviera para descubrir algún otro modo de luchar contra Odran. En el peor de los casos, se pasaría una hora escuchando los desvaríos de una mujer muy anciana y enfrentándose a una casa llena de gatos.

Le gustaban los gatos.

También le gustó la bonita casa amarilla con la joven del vestido azul y la multitud de chales de colores colgados del tendedero. Le gustó el campo verde lleno de baches en el que un burro gris rechoncho montaba guardia mientras las ovejas formaban una única nube de lana detrás de él.

Siguió las indicaciones de Kiara y tomó el camino que se introducía en el bosque. La luz brillaba con más fuerza con el devenir de la mañana. Sintió la vida del bosque, igual que Keegan le había señalado la vida de la aldea. Un zorro dormido, un conejo marrón que se rascaba la oreja con una veloz pata trasera, un ratón correteando, dos ciervos pastando, un búho cornudo echando la siesta en su madriguera del árbol.

Mientras disfrutaba de los latidos y movimientos del bosque, llegó a la bifurcación. Un arroyo estrecho la bordeaba y tintineaba musicalmente al caer sobre las rocas desgastadas por su fluir constante. Un dragón la sobrevoló, con las alas extendidas y las escamas brillantes como amatistas pulidas. Bajo sus alas volaba un dragón más joven; apenas un polluelo, se fijó, que probaba sus alas. No oía los cantos de los pájaros, pero los percibía en los árboles y en el cielo. Una ardilla listada corría con una bellota bien agarrada en el carrillo. Huía de un gato. No, de dos gatos. Cuatro. Cuatro gatos, concluyó cuando salió de entre los árboles y vio la casa con la puerta roja. Y había tres gatos más acurrucados en el porche diminuto; otro encaramado al borde del tejado de paja, como una gárgola.

Entonces vio a la mujer de vestido gris largo, delantal blanco y chal azul desvaído que sacaba un cubo de agua de un pozo. El pelo, tan gris como el vestido, le caía por la espalda hasta más allá de la cintura, hecho un puro enredo. Tenía los brazos finos como ramitas, pero musculosos, y con ellos levantó el cubo mientras los gatos la rodeaban. Las botas negras acababan en punta y los tacones eran tan rechonchos como el burro que vigilaba el campo. La barbilla, igual de puntiaguda, se le levantó cuando vio a Breen. Unos ojos azules brillaban en un rostro tan arrugado como papel viejo y tan marrón como una bellota.

Lo primero que pensó Breen fue que allí había una historia que tendría que contar en el futuro. Un cuento de hadas clásico con un giro inesperado. La bruja con sus innumerables familiares felinos en su casa del bosque. ¿Embrujada o embrujadora? Tendría que pensárselo.

Cuando Dorcas habló, su voz raspó el aire frío.

—Vaya, vaya, si es la hija de los O'Ceallaigh, y bien bueno que era su padre. Que los dioses lo acompañen en todos sus viajes. —A pesar de tener una voz ronca, también derrochaba fuerza, como sus ojos—. Sin duda, te pareces a él y a Mairghread, sí. Hace demasiado tiempo que no veo a Marg. Espero que siga bien y con Sedric, ese buen gato, a su lado.

—Sí a las dos cosas; gracias, vieja madre. Deja que te ayude con el cubo.

—Tienes brazos más jóvenes que yo, así que no te diré que no. He puesto un hervidor al fuego. Esta mañana notaba un cosquilleo en los dedos. Y encima se cayó la escoba. «Viene visita», les dije a mis amigos peludos. Así que preparé galletas y té para acompañarlas.

Dorcas pasó entre los gatos, que maullaban y ronroneaban. Cargada con el cubo, Breen hizo lo que pudo por no pisar ningún rabo mientras la seguía hacia la puerta roja. La anciana hizo una pausa y llamó con los nudillos tres veces.

—Golpea tres veces para dar la bienvenida como se merece.

—Ah, gracias.

Esquivando gatos, Breen cruzó la puerta roja.

19

A Breen le pareció una casa de muñecas, con sus habitaciones
diminutas y sus muebles a pequeña escala. Y con un toque a
lo Chucky, con la luz tenue que se filtraba a través de las ventanas cubiertas de hierbas colgadas para secar. Piedras, trocitos de
madera, libros y gatos encaramados abarrotaban los estrechos
alféizares. Había más gatos tirados sobre los sillones, como si
fueran mantas vivas, acurrucados en los cojines, entrelazados en
las patas de las sillas desvencijadas. Dos estaban sentados en la
repisa de la chimenea —que era gruesa y estaba pintada con mucho arte—, como estatuas, entre la docena de velas a medio quemar y más libros.

Teniendo en cuenta la cantidad de felinos, Breen había temi-
do que la casa apestara a ellos, pero lo cierto era que olía a hierbas, velas, polvo y, sorprendentemente, al azahar que rebosaba
de un árbol en maceta, que medía menos de treinta centímetros
y que florecía con rabia sobre una repisa, junto a innumerables
libros.

—Deja el cubo ahí, justo ahí. —Dorcas se abrió paso entre los
gatos y entró en una especie de cocina, en la que también ardía
una cocina achaparrada de color negro—. ¿A que preparé galletas esta mañana para la visita que venía? Claro que no sabía que

serías tú, la hija de O'Ceallaigh. Siéntate, siéntate, y nos tomaremos una taza de té mientras charlamos.

«¿Dónde?», fue lo primero que pensó Breen, pero Dorcas agitó un dedo en dirección al gato que estaba tumbado en el cojín de una de las sillitas de madera. El gato atigrado se dejó caer como agua de una taza. Cuando Breen se sentó, el gato le saltó al regazo, dio un par de vueltas mientras la amasaba con las uñas y se acurrucó sobre ella para seguir durmiendo.

—Ese es Rory, y es un gran cazador de ratones, a pesar de pasarse durmiendo día y noche. Los gatos son buena compañía —siguió diciendo mientras medía algo que había sacado de un tarro para echarlo en una tetera marrón abombada, en la que después procedió a verter agua hirviendo—. A mi avanzada edad, me doy cuenta de que son más sensatos que algunos animales de dos piernas. Una palabra amable, una caricia de vez en cuando, comida cuando la necesiten, y nos llevamos todos requetebién.

De otro tarro sacó galletas, casi tan marrones como la tetera. Tintineaban como piedras contra el plato verde oscuro.

—Lo tuyo es un perro, ¿verdad? Un perro de aguas. Es lo que he oído.

—Sí, se...

—Los perros son también buena compaña, aunque les falta la independencia de los gatos. Y su astucia. Admiro mucho la astucia. De eso no gastas mucho, ¿verdad, hija? Aprende la lección del gato y procura cultivarla, porque es una herramienta muy útil.

Dorcas trasladó de una mesa al suelo una pila inestable de libros y al gato que se sentaba sobre ella, y dejó allí el plato de galletas.

—El joven Keegan vino a verme no hace mucho.

—Sí, quería...

—Me cuenta que hay demonio en el dios, así que le digo que sí. Y en ti también. Ahí encontrarás esa astucia, si la necesitas.

Sirvió el té en dos tazas rojas y las llevó a la mesita.

—Gracias. Me preguntaba…

—Le dije al joven Keegan… Ay, y mira que es guapo, y eso que he visto a muchos muchachos guapos en mi vida. Entre ellos, tu padre. Ah, qué voz tenía, además. Me cuentan que tú también la tienes, la voz. Admiro mucho una buena voz. Los gatos me cantan a menudo. Mary, venga, cántanos una.

Un elegante gato negro levantó la cabeza de un cojín y cantó. Más bien aulló, supuso Breen, pero no podía negar que era melodioso y bastante dulce. Al reírse, Dorcas esbozó una sonrisa que le dejó al aire una buena dentadura.

—Si saco mi acordeón, porque ahí empiezan y terminan mis dotes musicales, todos se ponen a ello. Has estado muy bien, Mary, gracias. Tómate una galleta y el té, hija. Quieres saber lo que el joven Keegan esperaba encontrar.

—Me dijo que no lo sabías con certeza, pero que lo investigarías. Le vi…

—Sí, sí, le viste el demonio dentro, durante un ritual oscuro, un sacrificio. Odran también es guapo; lo vi más de una vez cuando Marg era *taoiseach*. Pero su belleza es una mentira. No una máscara, ya que una máscara es para disfrazarse o para un engaño burdo. Su belleza está hecha de mentiras, como todo en él. Oculta a la bestia del interior.

—¿Al demonio? —preguntó Breen con un nudo en la garganta.

—Ah, te preocupa la bestia de tu interior, la oscuridad, una criatura cruel y sedienta de sangre. Los demonios no son así de simples, niña, igual que no lo es ninguna criatura viva. Tú te has manchado de sangre esas manos tan bonitas, tanto curando como en la batalla. ¿Se te ocurrió probarla? ¿Despertó en tu interior la necesidad de consumirla?

—No —respondió ella, sorprendida por la pregunta y, sí, por la astucia que asomaba a los ojos de Dorcas.

Y le dio un bocado a una galleta. Tenía la textura de la grava y sabía a serrín.

—¿Ni un sorbito? ¿Ni siquiera un lametón?

—No.

—Pues ahí lo tienes. Lo que llevas dentro no tiene sed de sangre. Odran ya la tenía antes del demonio. Es un ansia de poder que solo se calma a través de la sangre, robándola, derramándola, bebiéndola.

—¿Antes del demonio? No lo entiendo.

Para limpiarse el serrín de la garganta, Breen bebió del té. Aquello solo sirvió para añadir un sabor a hojas empapadas en agua con lodo.

—He hecho justo lo que me pidió el joven Keegan; incluso si él no fuera tan guapo ni el *taoiseach*, lo habría hecho porque me picó la curiosidad, claro que sí. Desde que nací me he dedicado al estudio, y seguiré haciéndolo hasta mi último aliento. Para lo que no tengo prisa —añadió—, y, con evidente deleite, se comió una galleta.

—¿Has encontrado algo, vieja madre?

—Pues sí, y ha sido justo esta mañana, después de que se cayera la escoba. Así que me puse a hacer las galletas para la compañía que esperaba, sin dejar de pensar: «¿No había algo hace mucho, mucho tiempo?». Una historia. Solo una historia en un viejo libro lleno de ellas. Leyendas, diríamos. Mitos que brotaban de la niebla, con héroes y villanos. Pero notaba un cosquilleo en la cabeza y en los dedos que me decía que quizá, como tantas historias, se basara en algo cierto. —Le dio un trago a su té y se acomodó en la silla—. Y aquí estás preguntándome, por lo que ya no tengo que enviarle un mensaje al joven y guapo Keegan. Y, aunque me agrada tenerte en casa, hija, sigo siendo hembra y mi corazón es tan joven como la primavera. Así pues, siento que no venga a compartir mis galletas. Compartes su cama, ¿no?

—Eh..., sí.

—Ah, ahí debo de sentir una pizca de envidia, ya que veo lo vigoroso que es, además de guapo, esbelto y fuerte. Recuerdo muy bien lo que era un revolcón bueno y enérgico. Tuve de amante a uno de los abuelos del joven Keegan, cuando los dos estábamos en la flor de la vida.

—Ah. ¿Su abuelo?

—No como lo entiendes tú. No sé decirte el parentesco exacto, a no ser que cuente de su abuelo hacia atrás, y contar hacia atrás siempre es triste. Pero era apasionado y estuvimos juntos una noche. Una noche muy larga y placentera. —Dejó escapar una risotada—. Se llamaba Owain, si no me falla la memoria, y me dejó un capullo de rosa antes de regresar al valle. ¿Más té?

—No, gracias, con este tengo. Has descubierto algo sobre el demonio de Odran, ¿no?

—Esta misma mañana, justo al salir el sol, con el cosquilleo en los dedos y la caída de la escoba. Estaba pensando en hacer las galletas para la compañía que venía y mi mente me dice: «Espera, Dorcas, espera. ¿No había una historia que leíste hace mucho tiempo?». En mi infancia, pienso. Así que repasé mis libros más antiguos, porque ya he releído todo lo que se me ocurrió en la biblioteca del gran castillo. Pero este es uno de los míos, pienso, y escrito hace mucho tiempo por alguien antes de que yo naciera. En la lengua antigua. —Se sirvió más té—. Ponte cómoda, hija, termínate la galleta y te contaré la historia del dios y del demonio que lo amaba.

Breen se lo tomó como un requisito previo, por lo que comió y sufrió otro trozo de galleta.

—Tiempo atrás, antes de que Talamh fuera Talamh, cuando los mundos de los dioses, los hombres y las hadas vivían en paz y la magia prosperaba en todos ellos, había una criatura en el mundo de los dioses que se consideraba por encima del resto; por encima de los mundos de los hombres, las hadas y los dioses. Había nacido de la lujuria, sin cuidados y sin cariño. Un apareamiento fruto de la codicia y, a pesar de tener una madre, se trataba de una de los *Tuatha Dé Danann*, y tenía un corazón duro y frío como la piedra. Sin embargo, el niño se lo ablandó, aunque solo para él. Lo crió rodeado de grandes privilegios, lo meció con historias sobre su grandeza y lo convenció de que estaba destinado a gobernar.

Dorcas hizo una pausa para darle un sorbo a su té.

—El bebé mamó la leche de aquel corazón tan duro, y creció audaz y orgulloso. Es algo habitual en los dioses, ¿verdad? Y aunque su madre lo quería a él y solo a él, lo mimaba, lo malcriaba y le concedía todos sus deseos, a él no le bastaba.

»Ella maquinó con él para conseguirle más, pero el dios se impacientó con la presencia continua de su madre. No amaba a la persona que lo había llevado en su vientre y dado a luz; solo sentía sed, sed de poder y de sangre. Ella le concedió ese deseo incluso, incumpliendo para ello las leyes de los hombres, de las hadas y de todos. Aunque bebió de la sangre de humanos y hadas, el dios no sació su sed.

«Odran», pensó Breen, pero no la interrumpió.

—Bueno, pues había un demonio, una hembra, bastante atractiva, a su manera; joven y orgullosa de poder adoptar cualquier forma que eligiera. En ella no había maldad, o eso cuenta la historia, y vivía feliz en su mundo sin hacerle daño a nadie.

»La madre del dios la descubrió, observó el poder de aquella joven demonio y se lo contó al hijo, que también la vio. Era una doncella pura y poderosa, además de joven. El dios entró en el mundo de los demonios, la cortejó y la sedujo. Pero ella, aunque lo amaba, no quería abandonar a su familia. Él se la llevó a la fuerza y, mientras todos se alzaban, indignados por el secuestro de la joven doncella, él, con ayuda de su madre, la ató a un altar y dio comienzo al ritual oscuro.

Dorcas hizo otra pausa para beber y apuntó con la barbilla a Breen.

—Creo que ya has visto ese ritual. La visión que tuviste del dios y del demonio que lleva dentro.

—¿Violó a la joven demonio, la mató y se bebió su sangre?

—Todo eso, sí, todo eso, mientras ella lloraba de amor por él, pidiendo compasión, llamando a su familia, suplicando por su vida. Hasta que ya no pudo llorar más, porque él la consumió. ¿Lo entiendes? Su sangre, su carne, sus huesos, su esencia. Todo. Y la madre del dios, al verlo, al ver cómo se alimentaba de sangre y hueso como una bestia, comprendió, demasiado tarde, lo que había engendrado y criado. Le suplicó que parara. En pleno arrebato irracional mató a su madre y bebió su sangre, derramada por el altar. Bebió la sangre de su madre, la sangre de una diosa, consumió el cuerpo de un demonio y, así, con el ritual, con su sed, con aquel festín que se saltaba todas las leyes, introdujo el demonio en su interior, lo hizo parte de él. Sangre en su sangre, hueso en sus huesos, carne en su carne.

Breen se estremeció porque lo veía. Lo veía con claridad.

—¿Crees que ocurrió todo eso?

—Pues te diré que sí y te contaré el resto. Oyeron los gritos de la joven demonio, hija. Los dioses atravesaron el muro de hechizos y llegaron al lugar secreto donde se había celebrado el ritual. Allí encontraron a la madre muerta, al dios bestial y el sencillo vestido que el dios le había arrancado a la doncella.

»En la historia, dicen que lo mataron allí mismo, donde había obrado su maldad, que la justicia de los dioses cayó sobre él en forma de rayos y fuego. Pero creo que no es cierto. En todas las historias de Odran que conozco hablan sobre la expulsión, después de descubrir que había roto todas las leyes, que había hecho sacrificios de sangre para obtener poder. Que había consumido sangre y, según algunas historias, carne. Humana, feérica y de otros mundos, todo por sus ansias de más poder. Creo que ese es el verdadero final de la primera historia que te he contado. Que yo sepa, no existe ninguna que diga que Odran tiene un antepasado demonio.

—Dices que ella era pura, que no le había hecho daño a nadie, que era joven y buena. Pero lo que yo vi en él…

La anciana la interrumpió agitando un dedo huesudo.

—Eso era la corrupción, la elección, la maldad cometida contra otro ser por mero gusto. La bestia que viste en él es lo que hizo con ella. Y a pesar de que lo desterraron, hija, aquello creó las primeras grietas entre los mundos, erosionó la confianza en aquellos primeros tiempos de unidad. Eso es lo que sé. Igual que sé que, hasta que no sea destruido, ningún mundo está a salvo de su sed. Y tiene sed de ti, hija.

—Lo sé.

—¿Sabes cómo destruirlo?

—Pues… ¿Lo sabes tú?

—Esto viene de mí y, a la vez, no. Las canciones y las historias te invocan y dicen que su final será a manos de la hija. Pero esa es la esperanza. El acto en sí debe proceder de ti y ser tuyo y para ti. El dios mata al dios, y puede que sea el demonio el que libere al demonio. —Sonrió—. Coge otra galleta.

—Gracias, madre, pero debería regresar. Tengo que trasladarle a Keegan todo lo que me has contado.

—Bueno, pues llévate el libro entonces. —Se levantó para abrirse paso entre los gatos que la rodeaban como niños escuchando su historia—. Y, si el *taoiseach* no sabe leer la lengua antigua, debería avergonzarse. Necesito que me lo devuelva —le dijo a Breen mientras sacaba de una pila un libro encuadernado en cuero desgastado—. Asegúrate de ello.

—Lo haré.

Dorcas posó una mano huesuda en la de Breen.

—Mis ojos todavía funcionan bien, así que te veo con claridad. No eres doncella, pero sí lo bastante pura. Usa lo que eres, toma lo que necesites, confía en tus dones. Él solo cuenta con la oscuridad y con los que caminan por ella. Tú cuentas con la oscuridad y con la luz, y las dos te servirán bien.

—Gracias, madre. Cuidaré del libro.

—Procura que sea así.

Breen salió al bendito aire fresco y, agarrada al libro, se dirigió al camino.

—¡Y date un revolcón vigoroso, hija!

Entre risas, Breen volvió la vista atrás. Dorcas estaba en el umbral, con un gato en el hombro y los demás arremolinados a sus pies.

—Lo haré lo mejor que pueda —le respondió a la anciana.

Se llevó el libro, la historia y un millón de impresiones de vuelta al castillo. Antes de poder llamar mentalmente a Botarate, lo vio con Kiara y otras dos personas, además de Sinead, una nidada de niños pequeños y un grupo de perros, jugando a algo parecido al pillapilla por el campo. Cuando se acercaba, Botarate fue a saludarla. Después se puso a correr en círculos a su alrededor hasta que se paró y la miró, con los ojos como platos. Empezó una orgía de olisqueo por sus botas y pantalones.

—Gatos —le dijo Breen—. Seguro que ya los has detectado. Pero ni en tus sueños te imaginarías tantos. —Se agachó para acariciarlo—. Tú siempre serás mi primer amor.

Sinead se le acercó.

—Hemos pasado un día estupendo. Y qué bonito es ver a los chiquitines tan felices.

—¿Estáis jugando al pillapilla?

—Sí, algo parecido. Recuerdo verte jugando a lo mismo con Morena y los demás.

—Ella volaba sobre el círculo de niños sentados cuando yo la perseguía.

—Eso hacía, sí. Y eso me recuerda que tengo algo para ti, si tienes tiempo de venir conmigo a mis aposentos un instante.

—Por supuesto.

Aunque tendría que ser rápido, pensó mientras se pegaba más el libro al cuerpo.

—¿Estabas disfrutando de un momento tranquilo de lectura?

—Ah, ¿esto? No. Tengo que llevárselo a Keegan. Acabo de hablar con Dorcas, es suyo.

—¿Dorcas? Ay, niña, ¿te ha atiborrado de té con galletas mientras te rodeaban los gatos?

—Yo no las llamaría galletas, ni té, pero sí.

—Entonces, como sé que Keegan está con Seamus y con Flynn, tienes tiempo de tomarte un té de verdad con galletas de verdad para quitarte el horroroso sabor de boca.

—No te diré que no. Aunque es una anciana fascinante, Sinead. Y también los gatos. —Bajó la vista mientras caminaban; Botarate seguía olisqueándola—. Creo que mi perro opina lo mismo.

—Dorcas la Erudita es una fuente de información, pero te juro que prefiero seguir desinformada a sufrir sus tés con galletas. Si vuelves por allí, llévate una botella de vino y algunos dulces: galletas, pasteles, tartaletas —le aconsejó mientras entraban y subían las escaleras—. Te lo agradecerá y se sentirá obligada a compartirlo contigo.

—Vaya, ¿por qué no se me habrá ocurrido antes?

—Es una lección que he aprendido después de muchos años. Me cuentan que mañana seguramente volverás al valle. —Sinead enganchó su brazo en el de Breen—. Así que me alegro de poder robarte un poquito de tiempo.

—No es un robo cuando quiero pasarlo contigo.

Entraron en la acogedora sala de estar de Sinead. Era el mayor contraste imaginable con la casa de Dorcas: telas suaves, colores bonitos, cojines blandos. Y ni un gato a la vista. Flores en un trío de jarrones; cristales colgados de las ventanas para proyectar arcoíris.

—Siéntate. Nos tomaremos unas galletas de azúcar y té con miel.

Como recordaba que a Sinead le gustaban esas cosas, la dejó trabajar mientras ella se sentaba y Botarate seguía olisqueándola, tirado a sus pies.

—Esto es muy bonito. Muy de tu estilo.

Sinead se ruborizó de gusto mientras abría una lata.

—Flynn dice que sería capaz de apilar unos cojines sobre otros sin parar. No se equivoca.

Se había recogido el cabello dorado en una trenza larga y gruesa, entrelazada con una cinta de color rosa. Llevaba un vestido de un rosa más oscuro que le llegaba justo por encima de los tobillos, para lucir bien unas botas a juego con la cinta. De las orejas le colgaban cristales, como en las ventanas.

—Siempre llevas una ropa preciosa. Recuerdo pedirte que me peinaras. A mi madre no se le daba bien y, si la yaya no estaba disponible, corría a buscarte. Siempre me sentía muy guapa cuando me peinabas.

—Me encantaba jugar con tu pelo, tan rojo y con tantos rizos. Mi única hija tiene el pelo tan liso como las piedras del río. —Sinead llevó el té y se sentó en un cojín—. ¿Cada vez recuerdas más?

—Como si no lo hubiera olvidado nunca. Con absoluta claridad. Más de lo que creerías posible, teniendo en cuenta mi edad cuando me fui.

—Creo que, por culpa del borrado, ahora regresan con más fuerza. A tu padre le dolió mucho quitarte esos recuerdos, cariño. Te los borró para que no sufrieras.

—Lo sé. Ay, esto está buenísimo. Recuerdo que siempre has hecho unas galletas estupendas.

—No tengo de las que suele comer Botarate, pero no creo que le haga daño comerse una de estas, ¿no?

—Le encantará comerse una.

—Bueno, pues disfrutadlas los dos. Y voy a por lo que tengo para ti.

Felicidad, pensó Breen; aquella habitación rebosaba felicidad. La reconfortaba saber que Sinead sería capaz de encontrar la felicidad después de su pérdida.

—Esta misma mañana hablé con Morena por el espejo y me dijo que te acordabas de esto.

Breen miró y vio las alitas que Sinead llevaba en las manos. Verde brillante con bordes azules. Como una mariposa.

—¡Oh! ¡Mis alas! Las guardaste.

—Claro que sí. Te encantaban y no podías llevártelas al otro lado. Pensé que quizá te gustaría tenerlas ahora. Un recuerdo pequeñito de cuando eras pequeña.

—Nada de pequeñito, en absoluto.

Breen las sostuvo en las manos mientras los recuerdos le llenaban la mente y el corazón.

—Seguro que ya no te sirven, pero, bueno, algún día tendrás hijos propios.

—Recuerdo cuando me las pusiste por primera vez. Me dijiste que fingir era tan bueno como ser, y a menudo, mejor, ya que fingiendo podías hacer lo que te diera la gana. Tenías razón. —Se movió para abrazar a Sinead—. Tengo una madre en Filadelfia. Se llama Sally.

—He oído hablar de ella, y me alegro.

—Tengo a la yaya en el valle. Y a ti aquí. Te tengo aquí, como te tenía antes cuando te necesitaba. ¿Cuántas mujeres pueden decir que tienen tres madres?

—Ay, mi niña. Me vas a hacer llorar.

—Las conservaré como oro en paño. Cuando regrese al valle, voy a pedirle a Seamus que me haga un marco con vitrina para ellas. Y las colgaré en mi casa.

—No son más que un poco de tela vieja y, además, están algo desteñidas.

—Ah, no. No, son puro amor y, para mí, brillan tanto como el sol.

Se pasó una hora con Sinead, después se llevó el libro y las alas a los aposentos de Keegan. Apenas había dejado las alas, con mucho cuidado, en una mesa y abierto por fin el libro para satisfacer su curiosidad, cuando entró el *taoiseach*.

—Estaba buscándote —dijo él.

—He pasado un rato con Sinead. Me dijo que te encontrabas con Seamus y Flynn.

—Sí, después de la interminable reunión del consejo. Ya que estás aquí, me voy a tomar un puñetero descanso para beberme una cerveza. Te sirvo vino, ¿no?

Breen no tenía ni idea de qué hora era, pero decidió que daba igual.

—De acuerdo. Después, si nos sentamos un minuto, te...

—Apenas tengo un minuto, porque debemos irnos mañana de aquí, como sea, y me quedan tareas de sobra para llenar el resto del día y la mitad de la puñetera noche.

—Este minuto lo necesitas, créeme, y va a ser más de uno. He ido a ver a Dorcas.

—¿Dorcas la Erudita? ¿Por qué demonios te has sometido a esa tortura? ¿Es que pretendes pagar por algún pecado mortal?

—Para. No es tan mala. Bueno, su té y sus galletas sí que lo son.

—Te compadezco de corazón. Pero has ido a preguntar por Odran, ¿no? Te dije que no recordaba nada sobre un demonio, que lo estudiaría y que me diría si se le ocurría algo.

—Pues se le ocurrió.

Keegan perdió el tono juguetón y pasó a la impaciencia.

—¿Por qué no me ha enviado un mensaje?

—Ha sido justo esta mañana, después de que le cosquillearan los dedos y se le cayera la escoba.

—Alguien iba a visitarla.

—Y, como esperaba a alguien, preparó galletas, que son horribles, pero recordó una vieja historia de un libro infantil. —Breen se lo enseñó—. Nos lo ha prestado; le he prometido que se lo devolveríamos. Está escrito en la lengua antigua, lo que significa que es anterior al talamhés, ¿no?

—Sí. —Keegan frunció el ceño, se olvidó de la cerveza, abrió el libro y pasó página tras página—. Cuentos para niños.

—Si consideras que las historias de violación, asesinato y gente que bebe sangre son adecuadas para niños, sí.

De nuevo con cara de guasa, la miró.

—¿Cuáles crees tú que son los orígenes de los cuentos de hadas que les contáis a vuestros niños al otro lado?

—Ahí tienes razón —masculló ella, y sirvió la cerveza y el vino—. ¿Sabes leerlo?

—Sí, y lo haré, a pesar de que me va a dar un buen dolor de cabeza. ¿Te habló algo acerca de lo que recordaba?

—Todo.

—Entonces me tomaré más de un minuto, el tiempo que necesites para contármelo. También lo leeré, pero eso me va a costar más. Siéntate. —Cogió la cerveza—. Cuéntame la historia.

No se sentó mientras ella lo relataba de la forma más minuciosa posible, sino que se paseó de un lado a otro. Botarate lo observó durante un rato, pero después fue a estirarse junto al fuego para echarse la siesta. Keegan no la interrumpió ni dijo palabra, ni siquiera cuando ella hacía una pausa para beber o pensaba sobre la siguiente parte.

—Después me dio el libro —concluyó—, para que pudieras leerlo tú mismo.

—Y lo haré. Me pregunto por qué, que yo sepa, nunca he escuchado esta historia antes.

—Me da la impresión de que solo aparece en este libro, que pertenecía a su familia, así que ellos son los únicos que se contaban estos relatos. Puede que sea solo por eso, Keegan.

Él sacudió la cabeza.

—Suena a cierto. Hay muchas historias sobre la madre de Odran, todas distintas. Que un dios lujurioso la robó y abusó de ella, o que ella misma dio a beber una poción a otro dios y le robó su esencia para engendrar a su hijo. Y otras muchas versiones intermedias. Pero ninguna parece tan veraz como esta.

—Pero termina con él ajusticiado.

—Y por eso es un cuento para niños. El castigo por las malas obras, duro y definitivo. Nada de medias tintas. Y lo mataron, ¿no es verdad? Lo expulsaron, lo desterraron y lo despojaron de los lujos de los que disfrutan los dioses. Puede que no sea del todo lo que está escrito en ese libro, pero sí su alma (o su falta de ella). Consumir a una demonio; y encima doncella.

—Siempre es una virgen.

—Bueno, es una cuestión de pureza, aunque resulte injusto. Un secuestro, una violación, un asesinato… Se sabe que los dioses suelen entretenerse con esas cosas de vez en cuando. Pero ¿todo eso junto y, además, comerse a otra criatura? ¿Solo por adquirir más poder? —Negó con la cabeza mientras caminaba de la silla a la ventana y vuelta a empezar—. No, eso es más de lo que podía soportarse, excusarse o castigarse con una reprimenda. Por si fuera poco, lo había hecho para ser más poderoso que los otros dioses. Sí, tenían que responder en consecuencia.

—Vale, tengo que preguntarlo: ¿por qué no lo detienen ahora? O ¿por qué no lo han hecho?

—Por nosotros. —Como si fuera lo más sencillo del mundo, se encogió de hombros—. Ellos ya lo han juzgado. Y ahora nos toca a nosotros juzgarlo por sus crímenes contra el resto. Los mundos se separaron. Puede que Dorcas tenga razón cuando dice que esta fue la semilla de esa separación. Pero el caso es que lo están y, aunque puede que los dioses lo ataquen si nos destruye, será por sus propios motivos. Tú eres la llave, eso es lo único que nos ofrecen.

—Eso es de un cortoplacismo estúpido.

—O de una visión a largo plazo muy astuta.

Ella abrió la boca y la cerró. «Una visión a largo plazo muy astuta», pensó.

—Leeré la historia cuando termine lo que me queda por hacer —dijo Keegan—. Y mañana condenaré a algún pobre mensajero a llevar el libro de vuelta a Dorcas.

—Tu abuelo y ella echaron un polvo.

—¿Que limpiaron juntos?

—No, que fueron amantes, una noche.

Él puso cara de horror genuino.

—¿Mi abuelo?

—En realidad, unos cuantos abuelos más atrás. Un antepasado. Tatara… lo que sea. Cree que se llamaba Owain. Era vigoroso.

Keegan se apretó los párpados con los dedos.

—Invoco a todos los dioses bondadosos para que me libren de esto.

Ella se rio hasta que le dolieron los costados.

—También me dijo que eras guapo y que seguro que igual de vigoroso.

—Benditos sean los dioses.

—Aunque me envidia un poco en ese terreno, nos desea un revolcón vigoroso.

Keegan la miró y dejó escapar el aire.

—Voy a borrar de mi mente esta última parte antes de irme.

Cuando salió, con el mismo paso enérgico con el que había entrado, Breen sonrió. Creía que aquel hombre no se avergonzaba con nada, pero estaba claro que no era así.

20

Durante la comida familiar hablaron de asuntos serios.

—Es un libro infantil —dijo Tarryn mientras examinaba su vino—. Y no aparece en ningún otro, al menos que sepamos o podamos encontrar. Escrito en la lengua antigua. Aun así creo, como tú, Keegan, que suena a cierto. Y lo oigo con claridad.

—Estoy de acuerdo —dijo Mahon, asintiendo con la cabeza—. Existen innumerables historias sobre dioses que abusan de otros dioses, de feéricos, de humanos y demás. Incluso historias sobre asesinatos, por mucho que las disimulen con una guerra o alguna otra justificación.

—Me daba la impresión de que los sacrificios de sangre y el canibalismo eran pasarse de la raya —comentó Breen—, que bastaba con eso para expulsarlo.

—Eso era lo que se contaba —coincidió Breen—, pero tú misma has visto al demonio de su interior. Y dices, y Marg lo confirma, que tiene una marca aquí. —Se llevó un dedo al corazón—. Eso no lo esconde, o no puede hacerlo.

—Creo que no puede hacerlo. Es vanidoso —dijo Keegan—. Tener una marca o una cicatriz es algo contrario a la perfección. Si seguimos con la historia, los dioses lo expulsaron, pero también lo marcaron. La marca de un demonio, la marca de la bestia.

—¿Qué nos dice eso? Es un punto débil. —Pensativa, Tarryn alzó su copa para beber—. No es capaz de ocultar esa marca con su poder, ni siquiera con el de Yseult. ¿Has leído la historia?

—Sí, y puedo decir que es tal y como la ha contado Breen, tal y como se la contaron a ella.

—La leeré antes de devolvérsela a Dorcas.

—Está en la lengua antigua.

Tarryn arqueó mucho las cejas.

—Y ¿quién te enseñó tus primeras palabras en esa lengua? La leeré. ¿Hablarás sobre esto con el consejo?

—No veo forma de evitarlo, pero será por la mañana temprano. Saldremos para el oeste no más tarde del mediodía.

—Me llevaré el libro al consejo y después se lo devolveré a Dorcas —dijo Tarryn.

—Abrirse paso entre los garabatos y tachones de la historia ya es tarea suficiente, mamá. Enviaré a alguien a llevárselo.

—Se lo devolveré yo —insistió ella—. Y le llevaré una cesta de dulces y un buen vino.

—Eso es lo que me dijo Sinead que hiciera —comentó Breen.

Entre risas, Tarryn se volvió hacia ella.

—Como bien hemos aprendido ambas después de soportar demasiadas galletas de Dorcas. Eso le gustará, Keegan, que la mano del *taoiseach* le haga una visita. Es mi deber. Fue muy amable por tu parte ir a visitarla, Breen.

—Mereció la pena, tanto por la historia como por el libro. Y la verdad es que es una persona fascinante.

Sin poder reprimirse, les contó la conexión sexual con el antepasado de Keegan.

—¿En serio? —protestó Keegan cuando su madre estalló en carcajadas—. ¿Estabas enterada?

—¿Cómo iba a estarlo? Fue mucho antes de mi tiempo, diría. Si no recuerdo mal las ramas del árbol genealógico, creo que había algunos Owain tanto en mi parte como en la de tu padre. Así que no sé decirte de qué lado de la familia salió esa… noche tan vigorosa, y seguro que fue hace más de un siglo.

—¿Cuántos años tiene? —preguntó Breen.

—Bueno, es muy reservada al respecto, pero diría que ya lleva bien mediado su segundo siglo. Decidió no tener hijos —le explicó Tarryn mientras Breen seguía patidifusa al pensar que había estado charlando con alguien que quizá tuviera ciento cincuenta años. O más—. Prefiere sus estudios y sus gatos. Sin embargo, es bien sabido que tuvo muchos amantes, así que no me sorprende que haya una conexión familiar.

—Dice que le dejó un capullo de rosa antes de marcharse.

—Encima romántico —suspiró Tarryn, y le dio un toque en el brazo a Keegan—. Aprende.

—Te prometo que si algún día paso una noche vigorosa con Dorcas la Erudita, le dejaré un capullo de rosa.

—Creo que debería… ¿confesar? Bueno, mejor informar —dijo Mahon—, que en mi familia se cuenta que mi abuelo, cuando era joven y todavía lego en la materia del… romance, lo diré así por respeto a la compañía, pasó tres noches enteras con Dorcas la Erudita. En la época de esas lecciones tenía la edad suficiente para ser su abuela, seguramente. Se dice que lo acogió para enseñarle cómo dar placer a una mujer. Según mi abuela, fue una gran profesora.

—Ah, y ¿pasaron esas lecciones de padres a hijos? —le preguntó su suegra.

Mahon sonrió.

—Te responderé que hago todo lo que está en mi mano para que tu hija sea feliz. Sería una indiscreción decir más.

—Bueno, pues alcemos las copas por Dorcas la Erudita, por su larga vida, sus grandes conocimientos y sus estupendas lecciones.

Salieron del valle justo después del mediodía, bajo la llovizna. La lluvia cubría todo Talamh; una niebla por aquí, un aguacero por allá. Los caminos que sobrevolaban, liberados de las zarpas del invierno, estaban deshelados y embarrados, y las tropas e instructores asignados a los nuevos campos caminaban por ellos. Breen, agradecida de poder contar con su abrigo nuevo, examinaba bajo la lluvia los otros portales en busca de sombras, cuando Keegan se desviaba para inspeccionarlos. Cada vez le quedaba más claro que el *taoiseach* había hecho bien en establecer nuevas líneas de defensa.

Al acercarse al valle, el sol asomó entre las nubes e iluminó las gotas de lluvia que seguían cayendo. Apareció un precioso arcoíris sobre las colinas y los campos, sobre el verde y el marrón recién arado. Breen lo tomó como una señal de bienvenida.

La siguiente bienvenida se la dio Morena en cuanto aterrizaron los dragones y Mahon.

—Bienvenidos, viajeros. —Calada hasta los huesos, salió por la cancela de la granja—. Ha estado lloviendo a cántaros hasta hace un momento, así que habéis traído el sol con vosotros. El granjero con el que me casé me ha tenido bajo la lluvia, extendiendo estiércol, que es lo que seguro que oléis con cada aliento.

—Huele a primavera —afirmó Keegan.

—Eso es lo que dicen el granjero y su hermano. ¿Lo has conseguido en la Capital? —preguntó Morena a Breen mientras le tocaba el abrigo—. Creo que es el mejor que he visto en mi vida.

—Es un regalo de Kiara.

—Ah, claro. Tiene ojo para estas cosas. Creo que tus dos niños mayores ya se habrán despertado de la siesta y saldrán corriendo de casa en cualquier momento, Mahon.

—Si ya no necesitas nada más de mí, Keegan, me iré con mi familia.

—Nada hasta mañana. Cuéntale a Aisling lo que hemos descubierto y lo que estamos haciendo. Como miembro del consejo del valle.

—¿Y qué es? —preguntó Morena mientras Mahon salía volando hacia su casa.

—Os lo contaré a Harken y a ti a la vez, en cuanto me deis una cerveza y un sitio seco donde tomarla.

—¿Debería ir a por Sedric y la yaya? —preguntó Breen.

—Están con mi yaya y con Marco —respondió Morena—, celebrando una de sus fiestas de repostería. Como, por desgracia, me toca a mí preparar la cena, cualquier cosa que nos traiga nos vendrá estupendamente.

—Mañana va bien. Tengo otros asuntos que atender por la mañana —siguió diciendo Keegan—, así que el entrenamiento lo dejaremos para más tarde.

—De acuerdo. Me gustaría hablar con Seamus. Tu madre me dio mis alas, Morena. Espero que Seamus les puede fabricar un marco para colgarlas en una de las paredes de casa.

—Ay, eso le encantaría a mi madre. Pues resulta que ahora mismo estará en tu casa. Quería echarle un vistazo a tu jardín.

—Perfecto. Vamos a buscarlo, Botarate. Buena suerte con la cena.

—Ah, fácil es para ti decirlo, que ya sé que Marco tiene que haberte dejado algo maravilloso al fuego. Y yo tendré que cocinar después de pasarme el día extendiendo mierda.

—Te casaste con un granjero.

—Sí, ¿en qué estaría pensando? —Entre risas, se echó el pelo empapado hacia atrás—. Iré a por él, Keegan, y nos tomamos una cerveza todos ya sequitos.

—Iré para allá cuando termine con lo que tengo que hacer —dijo Keegan, mirando hacia el Árbol de la Bienvenida, donde Botarate ya esperaba—. Es probable que Marco llegue antes que yo. Puedes contarle todo esto.

—De acuerdo —respondió Breen—. Lo prefiero.

Keegan se la acercó para besarla y la sorprendió pasándole las manos por encima para calentarla y secarla.

—No tienes por qué estar mojada —le dijo antes de alejarse.

«Tiene sus momentos», pensó ella mientras cruzaba la carretera. Si prestabas atención, tenía sus momentos.

Entró en Irlanda, bañada de sol, y, aunque no olía a estiércol, sí que se intuía la primavera. A pesar de haber pasado pocos días, veía su avance. Los brotes de las hojas habían engordado y algunos empezaban a desenrollarse. Pensó en sus plantones, en los planes para sembrar un huertito entre su casa y la futura casa de Marco y Brian.

Todavía mojado por la lluvia, Botarate se metió en el arroyo y, ya fuera de él, tras mirarla, salió corriendo del bosque. Seamus respondió con un saludo muy alegre a sus ladridos de felicidad.

—Pero qué buen chico eres. Mira esto, que sepas que por aquí no puedes correr y excavar, ¿eh?

Breen dejó el bosque y, sorprendida, vio a Seamus con la gorra ladeada y las manos enguantadas en las caderas, junto a un perfecto cuadrado marrón de tierra recién arada, frente al seto de fucsia que separaba el césped del campo. Mientras se apresuraba para unirse a Botarate y a él, le llegó el olor al estiércol.

Primavera.

—Ay, Seamus, ¡no esperaba que hicieras todo esto!

Él se volvió hacia ella, con los ojos azules alegres y resplandecientes.

—No me irías a negar uno de mis mayores placeres, ¿verdad? Me lo he pasado de maravilla aquí mientras mi casa está llena de reposteros. —Le dio una palmadita en el hombro—. Mira, te cuento. Marco, Brian y yo hemos estado hablando estos días, y hemos pensado que sería bonito tener un seto por allí y hacer una especie de entrada, una pérgola, abierta entre su casa y la tuya. Con el seto, todos tendríais intimidad. Ellos disfrutarían de una preciosa vista de la bahía y de las colinas, con el huertito que querías justo aquí para compartir el trabajo y los frutos. Me dieron permiso, esperando que fuera una sorpresa para ti.

—Lo es. Es perfecto. Es justo donde quería ponerlo. Ni Marco ni yo tenemos experiencia cultivando verduras.

—Tendréis tomates y pimientos, como dijiste. Y podemos añadir patatas, coles, algunas judías crujientes y zanahorias. A pequeña escala, creo.

—Tú me enseñarás cómo hacerlo.

—Claro, encantado. Pero sabes más de lo que crees. Ya lo llevas dentro. Venga, ven a ver tus plantones. Les ha ido bien, y ha llegado el momento de endurecerlos. Se han acabado las heladas. —Miraba al cielo mientras hablaba—. Eso te lo aseguro.

—Te creo.

Seamus le enseñó la línea de cajas llenas de tierra y plantas jóvenes que había dejado junto a la casa.

—Contarán con el cobijo y el calor de la casa mientras se acostumbran y se adaptan al aire libre. Cuando estén listas, las metes en macetas o las plantas, como prefieras.

Breen pasó un rato estupendo hablando con él de jardinería y plantas, mientras Botarate se bañaba en la bahía.

—Has hecho mucho por mí, y ahora te voy a pedir algo más.

—Dime.

Ella metió las manos en su bolsa y sacó las alas, que llevaba cuidadosamente envueltas.

—¡Ah, me acuerdo de ellas! Corrías con ellas por ahí, aleteando.

—Yo también lo recuerdo, y recuerdo lo importantes que eran para mí. Me gustaría enmarcarlas, colgarlas en casa. Es un recuerdo muy bonito.

—Sí, es algo precioso, un recuerdo precioso. Lo que necesitas es un marco con vitrina para que pueda abrirse y verse bien, no pegarles un cristal y dejarlas planas.

—Sí, exacto. Supuse que tú sabrías de qué clase y tamaño hacerlo, y con qué madera.

—Y hacerlo me traerá buenos recuerdos, y también a Finola.

Se quitó los guantes, se restregó las manos para sacudir la tierra que pudiera habérseles pegado y cogió las alas envueltas. Cuando se fue, Breen llevó a Botarate al interior de la casa y respiró hondo para inhalar lo que Marco había dejado en el horno. Encendió el fuego, colgó el abrigo nuevo y suspiró.

—¿Sabes qué te digo, compañero? Que te mereces una golosina después de un largo viaje y yo me merezco una ducha caliente. Después, si todavía estamos solos, aprovecharé para escribir un poco.

Disfrutó de una larga ducha y después de un ligero glamour, en vez de molestarse con el maquillaje. Se recogió el pelo en una coleta y dio por terminada su puesta a punto. Abajo, cogió una Coca-Cola y, dado que seguía estando sola con el perro, se metieron los dos en el despacho.

—Ha llegado el momento de tu aventura —le dijo a Botarate antes de encender el portátil.

Dedicó una hora a plasmar las escenas que ya había escrito mentalmente durante los momentos que había tenido a solas en la Capital. Diversión, algo de drama, muchas travesuras. El sonido del móvil la sacó de golpe de la historia. Durante un instante se quedó mirando aquel cacharro apoyado en su cargador, como si se tratara de un dispositivo extraño y desconocido. Porque casi se había convertido en uno. Se fijó en el nombre y el número que aparecían en pantalla, y vaciló un poco más. ¿Cómo había conseguido olvidar que le había enviado el manuscrito a Carlee? Se restregó el tatuaje de la muñeca y respondió.

—¿Sí?

—Breen, soy Carlee. Espero haberte pillado después de trabajar y antes de la cena.

—Pues sí, lo has conseguido. —Si no tenía en cuenta que pretendía trabajar hasta que alguien entrara por la puerta de casa—. ¿Cómo estás?

—Genial. Y espero que tengas tiempo para hablar de *Magia*.

Breen cerró con fuerza los ojos.

—Claro.

Cuando entró Marco —pavoneándose, en realidad— con una caja que olía a azúcar y a vainilla, ella estaba sentada a la mesa, con una copa de vino en la mano.

—¡Hola, nena! ¡Bienvenida! Tienes que contármelo todo. Deja que le eche un vistazo al horno, primero. He preparado cerdo asado con ajo y romero.

—Hay muchas cosas que contar.

—¡Ya me imagino! Me lo he pasado genial. Hoy tocaba fiesta de repostería en casa de Finola. Te he traído algunas de las galletas de limón de Sedric y más cosas ricas. Marg hizo su magia para que la cena se fuera preparando mientras y, oh, sí, tiene el aspecto y el olor correctos. ¿Y si me sirvo una copa de lo que estás bebiendo y me siento contigo en el salón?

—Me parece perfecto. Marco…

—¡Eh! ¿De dónde has sacado ese abrigo? Joder. —Corrió a la percha—. Esto sí que es un abrigo. Es una pasada, una pasada de verdad. Chica, ¿cómo has sabido elegirlo sin mi ayuda?

—Me lo ha regalado Kiara.

—Ah, claro, se nota su buen gusto. ¡Levanta! Póntelo. Quiero verte.

—¿Puedes sentarte primero?

—Ay, no, cielo; algo va mal.

—No, no. —Breen se levantó y se acercó al sofá—. Tengo muchas cosas raras que contarte, pero voy a ir de la más reciente a la más antigua porque estoy deseando contarte la última. Coge tu vino y siéntate para que pueda organizar mis ideas.

Siguió acariciando a Botarate, que estaba acurrucado a su lado, mientras Marco se servía una copa de vino y se sentaba a su otro lado.

—Díselo a Marco.

—Vale, empezaré por la última. Carlee ha llamado hace un momento.

—Lo ha leído bien deprisa. Venga, dime.

—Empezaré por la última —repitió Breen—. Y la última cosa de la que hemos hablado es de las recetas que le enviaste. Le gustó mucho tu forma de presentarlas, con gracia, y la historia y la música con la que conectabas una con otra.

—Eso fue casi todo cosa tuya.

—No, yo te ayudé con eso, pero eran tus historias y tu música, y es tu estilo. En fin, que se las dio a otra agente de la casa, Yvonne Kramer, porque ella ya ha trabajado con otros tres libros de recetas y, además, cocina de verdad. Según dice Carlee, Yvonne probó tus espaguetis con albóndigas, y fueron un gran éxito. Después hizo tu tarta de compota de manzana. Igual. Yvonne quiere reunirse contigo cuando vayamos a Nueva York.

—¡Coño! —Marco tenía los ojos muy abiertos, casi fuera de las órbitas, y la mandíbula colgando—. ¿No me tomas el pelo?

—Coño, claro que no, Marco. Creo que tienes agente y que quiere ver más.

El joven se levantó y se paseó por la habitación.

—La verdad es que creía que no le interesaría a nadie.

—Marco, ¡no me digas que no quieres hacerlo!

Él se detuvo y se señaló.

—¿Es que tengo cara de idiota?

—No.

Breen sonrió y saltó del sofá para abrazarlo.

—Debo pensar qué más escribir. Tengo el cerebro como… —Hizo el sonido de una descarga eléctrica—. Es que nunca… No sé cómo funciona todo esto.

—Yvonne lo sabe. Es como me decías tú siempre: confía en Carlee. Ahora tú tienes que confiar en Yvonne. Me ha dado su información de contacto y le gustaría que le escribieras mañana.

—Vale, vaya. Debo sentarme otra vez. Un puñetero libro de cocina —dijo al sentarse—. Menudo shock. Tengo que asimilarlo y pienso divertirme con él, Breen. Eso es lo que voy a hacer.

—Tú siempre consigues encontrarle el lado divertido a todo.

—Sigo asimilando. Cuéntame lo siguiente, empezando por lo último.

—Vale. Respiro hondo… A Carlee le gusta el libro. Mi libro.

—¡Te lo dije! —exclamó Marco, dándole pinchacitos con el dedo en el brazo—. ¿A que sí?

—Le gusta mucho, Marco. Dice que seguro que puede venderlo.

—Claro que sí. Entonces ¿por qué estás aquí sentada en vez de bailando?

—Estoy intentando contártelo todo. Me ha dicho que no tenemos por qué ofrecérselo a mi editorial primero porque no es juvenil, no es un libro de Botarate, pero que creía que deberíamos hacerlo. Que es lo correcto para, ya sabes, llevarnos bien.

—¿No es lo que quieres?

—No, no, ella sabe lo que es mejor y, además, me cae bien mi editora, y tú conoces a toda la gente que trabaja contigo, y… Le ha gustado mucho, Marco. Quería que le diera permiso para enviárselo. Se lo he dado.

—Porque no eres idiota.

—Mi cerebro está haciendo lo mismo que hace el tuyo. Y no sé qué pensar.

—Deja que haga una pausa para meditarlo. —Con la cabeza ladeada, levantó un dedo en el aire—. Ah, sí, ya lo tengo. ¿Qué tal: «He escrito un libro buenísimo»? Dos —se corrigió—. Dos de dos.

—Todavía no lo ha vendido, así que no nos adelantemos a los acontecimientos. Pero le ha gustado. Incluso era capaz de hablarme de algunas cosas del libro, así que lo decía en serio. Marco, hace un año todo esto todavía era un sueño. Un sueño que empezó a hacerse realidad cuando descubrí el dinero que mi padre y la yaya me enviaban. Cuando me preguntaste qué quería hacer y te dije que venir aquí, a Irlanda. Y ha sucedido todo muy deprisa. Muchas cosas y muy deprisa.

—¿En serio, querida Breen? —Con el vino en una mano, le acarició el pelo con la otra—. Creo que ese libro lleva bulléndote en la cabeza mucho tiempo. Únicamente necesitabas, ya sabes, descorchar la botella porque el resto ya estaba allí. Solo que también embotellado.

—Podía ver con absoluta claridad el mundo sobre el que escribía, Marco. Se parece mucho a Talamh, lo sé. Quizá algunas partes fueran recuerdos enterrados en mi mente, o deseos. Y todo afloró sin más. No sé si seré capaz de volver a hacerlo, pero…

—Para. En serio. ¿Has escrito un libro sobre este perro tan fantástico?

A modo de respuesta, Botarate meneó el rabo.

—Sí.

—¿Y estás escribiendo otro?

—Sí, va bastante bien.

—¿Y escribes un blog muy bueno y popular casi todos los malditos días?

Ella dejó escapar un enorme suspiro.

—Menos mal que has vuelto a casa.

—¿Bailamos ya?

—No quiero bailar hasta que esté vendido. Vendido de verdad. Entonces bailaremos como locos para celebrar eso y tu magnífico libro de cocina.

—Vale, no lo gafemos. Dejaremos el baile para después.

—Menos mal que has vuelto a casa —repitió Breen—. Ahora soy capaz de respirar de nuevo… Cuando llegué, estaba aquí Seamus. Ha empezado con nuestro huerto.

—¿Qué? ¿En serio? —Se levantó de un salto y se acercó a la ventana—. ¡Mira eso! ¡Seamus es el mejor!

—Va a quedar perfecto, y me encanta la idea de la abertura en las fucsias y el sitio donde vais a poner la casa. Es todo perfecto. Estoy deseándolo. Cuando vi por primera vez esta casa, fue un flechazo; lo que siempre había querido. Pero ni siquiera entonces era capaz de imaginarme el resto. —Agitó los brazos en el aire cuando se levantó para unirse a él en la ventana—. Tenerte a ti aquí, que tú tuvieras a Brian, y que los dos estéis al otro lado del seto. Yo escribiendo libros y con este perro tan excepcional. Conocer Talamh, a la yaya y a todos. Un sitio propio, Marco, una familia, un propósito.

»Y, a veces, como después de hablar con Carlee, soy consciente de todo, vuelvo a sentir ese flechazo que no me deja ni pensar. O empiezo a pensar: ¿será real? ¿O es una especie de sueño extraño? ¿Estoy en coma?

—¿Lo estoy yo también? Porque tengo todo lo que siempre he deseado y más, igual que tú.

—Bueno, si estamos en una especie de coma mutuo, mejor nos quedamos en él. —Breen esbozó por fin una sonrisa y chocó su copa con la de Marco—. Tengo muchas más cosas que contarte, sobre una mujer llamada Dorcas que tiene ciento cincuenta años, como mínimo…

—Venga ya.

—Como mínimo, según Tarryn… Ah, y me cae muy bien la madre de Keegan, Marco. Aunque Keegan y yo no fuéramos, bueno, lo que seamos, sé que me caería bien de todos modos. En fin. —Le dio la mano y regresaron al sofá—. Dorcas la Erudita. Tiene un millón de gatos. Vale, exagero, pero diría que unos cien. Y vive en una casita espeluznante, como de cuento de hadas, en el bosque, cerca de la aldea de la Capital.

—¿Es buena o mala?

—Buena. Rara pero buena. Una erudita respetada, la que mencionó Tarryn cuando hablamos sobre el tema del dios demonio de Odran.

—Vale, vale. Keegan dijo algo sobre unas galletas horrendas.

—Más que horrendas. Saben a serrín, y su té sabe a alquitrán, y casi esperaba que Chucky empezara a reírse en una de las esquinas oscuras de su casita.

Marco la observó con atención.

—¿Y es buena?

—Sí, y, a pesar de todo lo que te he dicho, es muy interesante. El caso es que encontró una historia en uno de los libros que tenía de cuando era pequeña.

—De hace unos ciento cincuenta años.

—Aproximadamente. Te voy a repetir lo que me contó y por qué tanto ella como Keegan y los demás creen que trata sobre Odran y sobre cómo se le metió el demonio dentro.

Cuando iba por la mitad de la historia, Marco levantó una mano, se coló en la cocina y cogió la botella de vino. Cuando Breen terminó, Marco se levantó de nuevo para sacar el asado y dejarlo reposar.

—Estoy intentando que esto no me fastidie la pedazo de cena que estoy preparando. ¿No crees que todo eso de comerse a la chica demonio podría ser una metáfora?

—No, lo siento. Creo que es literal. Una demonio virgen, cómo no, que podía adoptar la forma que deseara. Él quería ese poder, añadir el elemento demoníaco al suyo. No sé si fue la primera criatura que se comió, pero dudo que fuera la última.

—Así que ¿es el Hannibal Lecter de los dioses?

—Solo tú eres capaz de pensar en algo así, Marco. Además, Odran no se molestaría en acompañarlo con un buen Chianti.

—Pero el demonio de su interior es malvado.

—Porque él es malvado, porque él lo corrompió.

—Y esa marca, la cicatriz, ¿qué es?

—Es…, puede que sea una vía de entrada y de salida. Un punto débil.

—¿Una vía de salida para qué? —preguntó él—. ¿Para el demonio? Tendrías un demonio malvado cubierto de tripas de dios malvado. ¿En qué nos ayuda eso?

—¿Sería malvado si lo liberamos? No lo sé, Marco.

Presionó con sus dedos los párpados. Habían pasado de hablar de libros de cocina y editoriales a hablar de demonios.

—Me pregunto si sería como liberar a las almas atrapadas en las ruinas. Algo que estoy destinada a hacer. No puedo saberlo hasta…, hasta que haga lo que se supone que debo hacer, del modo que se suponga que debo hacerlo. —Se apartó el pelo—. Ah, se me olvidaba. Mientras tanto, han conseguido abrir esas grietas en todos los portales del lado de Odran.

—¿Como en el de la cascada?

—Sí, igual. Salvo en el Árbol de la Bienvenida, que está demasiado bien protegido. Y Keegan… Espera, ya viene. Dejaré que él te cuente todo el tema táctico y demás.

—Vale. Si está aquí, Brian no andará lejos. Cenaremos mientras nos lo explica.

Marco se levantó.

—Y tú les contarás lo de tu libro.

—Todavía no está vendido. Y tú les contarás lo de tu libro de cocina.

—Aún no está ni escrito ni vendido. —La apuntó con un dedo—. Hablaremos de eso, de todo. Son buenas noticias, y se las daremos. Tenemos muchas raras, habrá que contar también las buenas.

—De acuerdo —cedió Breen, ya que sabía que, de cualquier manera, la iba a convencer—. Se lo contaré a Keegan.

—¿Contarme el qué? —preguntó Keegan—. Espero que parte de lo que hay que contar sea que Marco nos ha preparado la cena, porque estoy muerto de hambre. Brian llegará para cuando haya terminado de lavarme.

—Pues has tenido suerte —dijo Marco, que estaba colocando el asado en una bandeja y rodeándolo de patatas, zanahorias, apio y cebolla, todo asado con sus hierbas y sus jugos.

—Bueno, eso tiene una pinta asombrosa —dijo Keegan mientras se restregaba las manos en el fregadero—. Si no me hubieran contado que Seamus había empezado con vuestro huerto, lo habría olido. Así que eso no me lo tenéis que contar. ¿Hay más?

—A la agente de Breen le ha encantado su libro. El nuevo —añadió Marco mientras Breen ponía cara de fastidio—. El que le acaba de enviar.

—De acuerdo. —Keegan se secó las manos y miró a Breen—. ¿Es que creías que no le iba a gustar?

—No podía saberlo seguro hasta…

—¿A ti no te gustaba?

—Sí, claro que me gustaba, pero…

—Y se lo dejaste leer a Marco, que tiene buen criterio, y a él le gustó. Parece que te preocupabas por nada, como suelen hacer las mujeres.

—Ah, ¿en serio?

Él se encogió de hombros.

—Ahora no te queda ninguna excusa para no dejarme leerlo. Pero no en la máquina. Me gusta el papel.

—No he…

—Yo te lo imprimiré. Aquí llega Brian —dijo Marco.

Llevó la bandeja a la mesa y esbozó una enorme sonrisa en dirección a Breen, así que ella se la devolvió.

—Marco está escribiendo un libro de cocina y tiene una reunión con una agente de Nueva York que quiere representarlo.

—Bien hecho, Marco. Es muy generoso por tu parte compartir tu talento para la cocina con los demás.

—Todavía tengo que asimilarlo todo. Pero, mientras tanto… —Cuando entró Brian, Marco se iluminó como una bombilla—. Vamos a comer.

TERCERA PARTE

MISNEACH

No es por el juramento que creemos en el hombre, sino por el hombre que creemos en el juramento.

ESQUILO

El valor no es solo una de las virtudes, sino la forma que adoptan todas las virtudes en el momento de ponerlas a prueba; es decir, en el momento de la más pura realidad.

C. S. LEWIS

21

No le sorprendió demasiado encontrarse a Keegan en la cocina mirando con rabia la cafetera a primera hora de la mañana. Aunque la mayoría de los días se marchaba para hacer lo que hiciera antes de que ella abandonara la cama, de vez en cuando empezaba más tarde.

—¿Quieres café? —le preguntó Breen.

—Odio profundamente esta máquina, pero lo necesito.

—Yo me encargo. —Primero dejó salir a Botarate y después se puso con el café—. ¿No te toca ordeñar?

—Me encargué del turno de noche. Y tengo otros asuntos.

—¿No has dormido bien?

—Bastante bien, aunque no lo suficiente. Después de nuestro… revolcón vigoroso —dijo, lo que le arrancó una risita a Breen—, te quedaste dormida en un segundo, así que se me ocurrió leer un poco de tu libro. Gracias a Marco, que no a ti.

—Hummm —respondió ella mientras le pasaba una taza.

—Me quedé leyendo hasta más tarde de lo que pretendía. Ya me había hecho una idea cuando vi los papeles que habías dejado por ahí, pero esto era más, desde el principio. Vi mi hogar en tus descripciones, y lo has pintado con mucha intensidad.

Breen se tomó su tiempo para prepararse el café.

—Lo empecé antes de ver Talamh. O, mejor dicho, antes de volver. Antes de recordar. Lo escribí antes de eso.

—Porque tu corazón lo recordaba.

Ella lo miró.

—Creo que sí —respondió.

—La mujer protagonista, o la que me parece la protagonista, no eres tú.

—¿No? —Intrigada, dejó la pregunta en el aire mientras se acercaba a la puerta. Quería salir a la mañana, a la bahía, a la niebla y a la tenue luz del alba.

—No, y creía que la harías como tú, porque ¿por qué no? Después de todo lo que te ha pasado... Pero no.

La siguió afuera, donde el sol apenas parpadeaba para empezar a despertarse por el este y la bruma se elevaba por encima del agua como una sombra.

—Tiene más fuerza de voluntad de la que tenías tú entonces, al principio. Y está enfadada. Es más joven que tú, creo, todavía se está formando. Está buscando, como buscabas tú, pero ya es consciente de sus poderes. O de lo que vislumbra de ellos, de lo que siente. La persona que le enseña no es Marg ni tampoco yo, ya puestos, sino alguien cínico y viejo. Me cae bien.

—¿Por qué?

—Porque ha visto mucho y aprendido más. Me gusta que le enseñe no porque quiera, sino porque le recuerda cómo era él, lo que siente que ha perdido y lo que todavía puede llegar a ser.

Ella le dio un trago al café.

—Me alegra que lo entiendas y que hayas visto eso en los dos.

—Al fin y al cabo, no soy bobo. Está ahí mismo, en las palabras.

—Eso pretendía.

—Y lo has logrado. Deja de preocuparte. Me fastidia.

Breen no pudo evitar reírse.

—Es distinto. Para ti, con todo el peso que recae sobre tus

hombros, existe la luz y la oscuridad, el bien y el mal, lo que es y lo que no puede ser. Por otro lado, mis historias son algo subjetivo. Y me importa, y mucho, que te haya gustado lo que has leído.

Keegan movió el cuello en círculos.

—Seguro que lo pagaré, porque no he dormido lo suficiente. Tienes un don, Breen, esa es la verdad. Acógelo dentro de ti y respétalo, igual que haces con la magia.

Ella le dio otro sorbo al café.

—Estoy trabajando en ello.

—Pronto te irás a Filadelfia y a Nueva York.

—Pronto. A no ser que me digas que me necesitas aquí.

—Es mejor que vayas y vuelvas. Verás a tu familia, como debe ser. Te encargarás de los negocios que conlleva tu trabajo, lo que está bien, y después regresarás.

—Imagino que no puedes venir con nosotros.

—No, y lo siento.

—No, no lo sientas. Lo entiendo.

—Lo siento. Me cae bien tu Sally, su bar y la música. Sirven buena cerveza. Si pudiera tomarme un día para ir contigo, lo haría.

Breen observó a Botarate, que salió del agua y se sacudió para secarse.

—A él también le caíste bien.

—Sé que a Brian le gustaría muchísimo conocer a la familia de Marco... Me refiero a Sally y a su pareja.

—Derrick.

—Sí. —La miró—. Dejaría que os acompañara si pudiera, pero no es el momento adecuado.

—Lo entiendo perfectamente. Voy a ver a mi madre cuando esté allí.

Keegan guardó silencio un momento y se limitó a contemplar la bruma que se enfrentaba a la luz.

—Entonces siento mucho más no estar allí para ir contigo.

Breen le notó en la voz que lo decía en serio, y eso la conmovió. Aquellos ramalazos de amabilidad suyos siempre lo hacían.

—No, es algo que tengo que hacer yo, y se acabó.

—Vas a usar el portal que conjuré en tu piso. Meabh lo dejará abierto durante ese tiempo.

—No es necesario. He reservado un hotel para pasar la noche e iremos en tren a Nueva York a la mañana siguiente.

—Aun así, lo dejará abierto para vosotros. Puedes usar el portal de Nueva York para volver.

—¿Qué? Espera. ¿Hay un portal en Nueva York?

Él se volvió para mirarla.

—Es una ciudad importante de ese mundo. Cuando estéis listos para volver, Sedric os guiará. Es su don, él puede traeros a través del Árbol de la Bienvenida. ¿Cómo es posible que no sepas estas cosas?

—Quizá porque nadie me las ha contado.

Él resopló y se bebió el resto del café.

—Bueno, ahora te las estoy explicando, ¿no? Irá a buscaros cuando estéis listos.

—Genial. Puedo cancelar los billetes de tren de Nueva York a Filadelfia.

—Estoy pensando en convertir el portal a Filadelfia en algo permanente, para que puedas ir cuando lo necesites. Tengo que hablarlo con el consejo, lo que es un fastidio.

Allí estaban otra vez, pensó Breen. Aquellos ramalazos de amabilidad. Se volvió hacia él y lo abrazó.

—Es un detalle, gracias.

—Es eficiente —repuso Keegan, pero le devolvió el abrazo—. Debo irme, estoy perdiendo la mañana.

—¿Y Brian?

—Tiene la mañana libre, ya que esta noche le toca trabajar. Breen —añadió, sujetándole el rostro entre las manos—, habla tú con Marg y Sedric, yo tengo el día completo.

—Sí, hablaré hoy con ellos, les contaré todo lo que sabemos.

—Bien. No tienes por qué añadir el asunto de Dorcas con mi antepasado.

Breen sonrió e incluso batió las pestañas.

—Puede que no tenga que hacerlo, pero lo haré porque es un tema excelente para pegar la hebra.

—Mierda —dijo él, aunque la besó de todos modos.

Después se alejó camino del bosque y de Talamh sin decir más.

Quizá fuera esa la razón por la que se había enamorado así de él, pensó Breen. Era quien era, sin más. La luz contra la oscuridad, el bien contra el mal. Con la taza de Keegan en la mano, se terminó su café. Y con Botarate al lado, contempló el reluciente amanecer de un nuevo día.

Una vez terminado el trabajo en el ordenador, Breen pasó de un cielo resplandeciente a otro al lado de Marco y Botarate. El de Talamh era de un azul aciano, casi sin nubes, y el sol iluminaba los campos.

—Hace un día espléndido —comentó Marco encantado, y se puso las gafas de sol—. Encima, casi hace calor. Y ahí tenemos algo que no se ve todos los días, salvo que seas nosotros.

Morena, volando, plantaba semillas en un campo recién arado, mientras Harken las tapaba. En otro terreno, unas plantas jóvenes, sembradas en invernadero, brotaban del suelo hacia el azul.

—Han tenido una mañana ocupada.

—Puede que les eche una mano mientras estás en casa de la yaya. Para que me den una clase sobre lo que estamos haciendo en nuestro huerto. Todavía huele bastante fuerte —añadió—. Supongo que acabas por acostumbrarte.

A lo lejos, Aisling y sus niños trabajaban en el huerto de

su cocina, con el bebé sujeto con un pañuelo a la espalda de su madre.

—Diría que Aisling es la que necesita más ayuda. Estos dos parecen llevar un buen ritmo.

—Sí.

Al cruzar la carretera, Botarate ladró para saludar. Todos levantaron las manos para hacer lo propio y los niños gritaron unos saludos que se llevó la brisa.

—Voy a convertirme en Marco el granjero. Luego nos vemos.

—Y se va a divertir —le dijo Breen a Botarate mientras Marco pasaba por encima del muro de piedra—. ¿Quién lo iba a imaginar?

Siguió su camino por la carretera y, sí, encontró algún que otro indicio de que empezaba la primavera en la bruma verde de los árboles y en las pocas flores silvestres que, con valentía, bebían de la luz del sol.

—Ya van a ser cuatro las estaciones que paso aquí, Botarate. Hace casi un año me cambió la vida. Y también la de Marco, al final. Ese viaje en autobús a casa de mi madre para seguir con la ridícula rutina que me imponía: clasificar el correo, abrir todas las puñeteras ventanas, regar las plantas. Fue la primera vez que vi a Sedric. Me puso nerviosa. Dios, era muy infeliz. —Bajó una mano para acariciarle el copete mientras caminaban—. Lo cierto es que no era consciente de lo infeliz que era hasta que me alejé de todo aquello. Hasta que por fin me encontré. Y te encontré, por supuesto.

Cuando él agitó el rabo para darle la razón, ella abrió los brazos como si quisiera abarcar todo lo que tenía, todo lo que sabía, todo lo que sentía.

—Marco tiene razón. Hace un día espléndido.

Tomaron el desvío hacia la casa de Marg y pensó en la primera vez que había recorrido aquel sendero. Todavía estaba un poco mareada después de cruzar dando traspiés el portal, corriendo detrás del cachorrito que luego resultaría ser Botarate. Recordaba la conmoción al reconocer aquello y los nervios cuando su abuela salió por la puerta de la casa.

En aquel momento estaba abierta, dándole la bienvenida. Encantado de aceptarla, Botarate la adelantó a toda prisa. Y Marg salió al umbral. Llevaba el espectacular cabello recogido en un moño, y vestía pantalones bastos y un jersey deshilachado, por lo que Breen supo que había estado trabajando, ya fuera dentro de casa o fuera.

—Hace un día estupendo para la jardinería —le dijo Marg—. Y, justo cuando entramos para tomarnos un té, aparecéis los dos, de vuelta de la Capital.

—Con muchas cosas que contaros.

—Entra y siéntate. Tenemos galletas en abundancia después de la fiesta de ayer. Y también para ti —le dijo a Botarate al agacharse a su lado—. Para ti siempre hay. El abrigo te queda perfectamente, por lo que veo.

—¿Sabías lo del regalo de Kiara?

—Lo consultó conmigo. —Marg le dio la bienvenida con un abrazo y un beso en cada mejilla—. Estás tan radiante como el día.

—Estaba pensando en lo pronto que empieza aquí la primavera o, al menos, empieza antes de lo que estoy acostumbrada. Y, con ella, ya he vivido las cuatro estaciones en Talamh y en Irlanda. Muchas primeras veces para mí, yaya. Así que me siento radiante.

Entró en la cocina, donde Sedric, con unos pantalones amplios, servía el té. Lo saludó como Marg la había saludado a ella. Sedric olía a tierra recién removida y a hierba.

—La primera vez que te vi, en el autobús, me puse nerviosa. Parte de mí debía de reconocerte o tenía una corazonada. Agitaste el viento para que todos los papeles del archivador salieran volando. Para que averiguara lo del dinero que me habían dejado mi padre y la yaya. Mi vida cambió en ese momento.

—No fue tanto por el dinero en sí.

—No vino nada mal. Madre mía, si apenas llegábamos a fin de mes. Pero no, lo más importante fue saber que no me había abandonado sin más. Si solo hubiera sido ese dinero caído, literalmente, del cielo, no habría venido a Irlanda. Sin Irlanda, no habría llegado hasta aquí. Así que me siento radiante, aunque tenga una historia muy oscura que contaros. Es la que me ha contado Dorcas la Erudita.

—¿Has ido a casa de Dorcas? Sedric, vamos a darle a esta niña un poco de té con galletas para quitarle el mal sabor de boca de esa parte de la visita.

Breen se sentó y los dejó prepararlo todo porque sabía que les gustaba hacerlo. En aquella cocina tan acogedora, con las ventanas abiertas al aire y el fuego encendido para mantenerla caliente, les contó la historia, de principio a fin.

—Me asombra no haberla oído antes. ¿Tú la conocías, Sedric?

—Pues el caso es que sí, ahora que lo dices. —El pelo plateado le brilló al inclinar la cabeza para mirarse las manos—. Hace mucho tiempo, cuando era pequeño. Creía que era un cuento para asustar a los niños como yo para que se portaran bien y no se alejaran de casa. No había vuelto a pensar en él desde entonces.

—¿El mismo cuento? —preguntó Marg.

—No exactamente. Hablaba de Odran, porque, incluso en mi juventud, su nombre daba miedo. Pero no de un demonio, por lo que recuerdo. Nos lo contó un viejo padre viajero que pasaba por aquí. En ese cuento nos dijo que Odran había nacido gracias a la magia oscura, del vientre de una mujer que ansiaba un hijo. Y, como en el cuento de Dorcas, lo mimó y malcrió, lo hizo creerse superior, y así creció orgulloso y codicioso, y como tenía la oscuridad dentro desde el vientre, la aceptó con agrado.

»Solo se menciona un demonio porque se cuenta que aprendió de uno, de uno malvado, a adquirir poder bebiendo la sangre de los vivos y el placer de degustar su carne. Según el viejo padre, prefería la carne joven, así que cazaba a los niños que se alejaban demasiado de casa o se negaban a obedecer a sus buenas madres.

»Así se alimentaba en secreto, año tras año, hasta que los demás dioses supieron de sus crímenes gracias a una joven bruja que había escapado de sus garras. Lo desterraron, y la madre, desesperada, se abalanzó detrás de él y acabó estrellándose contra las rocas del Mar Oscuro. —Esbozó la sombra de una sonrisa—. Después de contármelo me pasé varias noches con unas pesadillas horribles, y mi madre me calmaba diciéndome que eran tonterías, nada más que un cuento para asustar a los niños. Así que la creí, pero ahora pienso que quizá hubiera algo de cierto en la historia.

—Hacer todo eso, consumir a otros solo para obtener más poder… —dijo Marg, despacio—. Los dioses a veces son fríos y veleidosos, pero esto no es algo que pudieran perdonar. ¿Que por su culpa se perdiera la confianza entre los mundos y que lo expulsaran, pero lo dejaran con vida después de un crimen tan horrendo? Esa pérdida de confianza no se arreglaría fácilmente, y fue el principio del fin de la unidad de los reinos.

—Es lo que dijo Dorcas, y Keegan estuvo de acuerdo. El principio del fin.

—El demonio que lleva dentro lo convierte en semidiós —puntualizó Sedric—. Como tú, Breen. Él no querrá que se sepa y puede que por eso el cuento sea casi desconocido. Sus poderes se ven menguados por lo que introdujo en su interior. No aumentados, como anhelaba, sino menguados.

—Entonces ¿estamos más igualados así?

Marg negó con la cabeza.

—Nunca lo habéis estado. Tú eres la luz frente a su oscuridad. Puede que la oscuridad intente extinguir la luz, y que quizá la atenúe, o que incluso la apague durante un tiempo. Pero la luz siempre encuentra su camino. Te teme porque lo sabe.

Marg se levantó, se acercó a la ventana y se asomó un poco.

—Ahora creo que beber el poder de mi niño, de mi dulce bebé, no habría sido suficiente. Y pienso en lo que le habría hecho a mi hijo si no me hubiera despertado aquella noche.

—Pero te despertaste —le dijo Sedric, que se apartó de la mesa para ir a abrazarla—. Enviaste a Odran de vuelta a la oscuridad, y Eian creció fuerte y sano. Y su hija está aquí ahora, más fuerte todavía.

—Es un punto débil, yaya, y, sabiéndolo, encontraremos el modo de utilizarlo. Y hay más.

Mientras les contaba las estrategias de Keegan, los planes para emplear la tapadera de los festivales, el objetivo de usar el solsticio, los dos volvieron a la mesa.

—El día más largo —comentó Marg—. La luz más fuerte. Él debe de saberlo tan bien como nosotros, así que es una trampa que necesita de un buen cebo.

—Marg, querida, nos considera idiotas y débiles. Al final, eso es un espejo en el que se ve reflejado. El solsticio siempre se ha celebrado por todo Talamh, pero esta vez tenemos a Breen con nosotros. —Sedric, con ojos brillantes, le dio una palmada en la mano a la joven—. Un año, una forma de celebrar este aniversario. Festivales en su honor, además de la celebración del solsticio. Creo que no podrá resistirse.

—¿Ahora es el cebo, además de la llave? —En cuanto lo dijo, Marg tomó la mano de Sedric—. Perdona. Sé que darías tu vida por ella. Es la debilidad de una abuela.

—No —respondió él, besándole la mano que tenía sobre la suya—. Es su fuerza.

—Tiene que acabar, yaya. Tenemos que acabar con Odran, y puede que este sea el camino o, al menos, el momento. Si nos ataca entrando por todos los portales y no terminamos con él, ¿cuándo lo haremos? —Puso una mano sobre las de sus abuelos—. Si hay más que enseñar, enseñádmelo.

—De acuerdo, sí, llevas razón. Siempre hay más, ¿verdad?

Y si esa historia es cierta, la de la joven demonio, tenemos que ahondar en eso. Nos pondremos a ello.

—Iré a buscar a Keegan —dijo Sedric, levantándose—. A ver si puedo servirle de ayuda.

—Siempre sirves de ayuda. Ten cuidado, *mo chroí.*

Marg se levantó para darle un beso. Cuando Sedric se fue, esta palmoteó la mano a Breen.

—Iremos al taller, pues. Tengo algunas cosas que quizá nos ayuden a recorrer este nuevo camino.

Salieron y, cuando se acercaban al puente, Botarate miró a Breen, esperanzado.

—Venga, ve a bañarte.

Mientras el perro se marchaba corriendo, ella se enganchó del brazo de Marg.

—No te preocupes, yaya. Hace un día demasiado bonito para preocuparse. Exploraremos —decidió—. Y tengo buenas noticias, al menos, lo que podrían llegar a ser buenas noticias, sobre dos temas. ¿Te acuerdas del libro de cocina que empezó a escribir Marco? Pues, en realidad, es algo más que un libro de cocina, porque tiene historias cortitas, anécdotas y música relacionada con cada receta. La agencia de Nueva York está muy interesada.

—¡Ay, qué gran noticia!

—Sí que lo es. Y mi agente ha leído mi libro y le gusta. Cree que puede venderlo.

—¡Vaya! ¡Con la de tiempo que llevas aquí y ahora me lo dices!

—No era tan importante como…

—A la porra. —Marg se detuvo en lo alto del puente y cogió a Breen por los hombros—. Es más que importante. Es la vida, el brillo de la vida. Mi nieta es una escribiente, y nuestro Marco, un cocinero famoso. No podría estar más orgullosa.

Abrazó con fuerza a Breen. En el agua, abajo, Botarate ladraba, giraba y salpicaba por todas partes. Entre risas, Breen lo miró. Y lo vio.

—Está ahí, en el agua.

—¿El qué?

—Justo ahí. ¿No lo ves?

—Solo veo el perro, el agua, el lecho rocoso debajo y los pececitos que nadan. ¿Qué ves tú?

—Es el colgante. El corazón de dragón en una cadena de oro. Reluciente y precioso. Lo había visto antes, pero siempre se me olvidaba preguntarte por él. ¿No lo ves?

—No —respondió Marg en voz baja, sin entonación—. No lo veo.

—En… el retrato, en tu retrato en la Sala de la Justicia. Lo llevabas puesto. Pero lo había visto antes. —Se restregó la sien, intentando aclarar sus remembranzas—. Tuve un sueño. Ahora lo recuerdo. Antes de irme a Irlanda. Soñé que caminaba por una luz verde, la cascada, el río, el musgo. Todo precioso. Y había un colgante en el agua. Quería tirar de él y sacarlo. Seguro que pertenecía a alguien. Pero no llegaba y… y me resbalé. Él me tenía allí encerrada, en una jaula de cristal. No lo sabía, no lo sabía. Me ahogaba. No lograba llegar a la superficie. Entonces Marco me despertó. —Se volvió hacia Marg—. Lo soñé.

—Nunca me habías hablado de ello.

—Se me olvidaba siempre. Es muy raro. —Incluso ahora, le dolía la cabeza al intentar rememorarlo—. Y…, y después, después de venir, lo soñé otra vez, cerca de la cascada, en el río. No lo alcanzaba y empecé a resbalarme. No podía caer dentro. Me daba mucho miedo caer dentro. —Las imágenes le daban vueltas en la cabeza, desconcertantes, inconexas—. Entonces lo vi, y no estaba soñando. Fui a la cascada con Marco, el día que descubrí la sombra. Pero primero volví a ver el colgante en el agua, fuera de mi alcance. Pero… Tú lo llevabas. En el retrato. Es tuyo.

—Ya no, desde hace tiempo. ¿Lo ves aquí, en el arroyo?

—Sí… —Sin embargo, cuando volvió a mirar, no vio nada

más que al perro—. Ya no está. Lo he visto… ¿Qué significa? ¿Lo perdiste? ¿Te lo robaron?

—No. —Marg le dio la espalda y se alejó unos pasos. Después se llevó las manos a la cara—. Siempre piden más. Siempre más.

—¿Quiénes?

—Los dioses, las parcas, los poderes más allá de nuestra comprensión. Siempre más. Creía, o más bien esperaba, que lo que les había dado ya fuera suficiente, pero ahora me reclamaban la exigencia final. Que lo es todo.

—No lo entiendo.

La yaya se volvió hacia ella, envuelta en el cansancio como si fuera una manta.

—Ve a la granja a por tu caballo, *mo stór*. Yo ensillaré a Igraine. Cabalgaremos hasta donde viste el colgante en sueños y despierta. Y, lo veas o no, te diré lo que significa. Por favor, dame un momento para recuperarme y te lo contaré todo.

—De acuerdo. No tardaré. Botarate, quédate con la yaya.

Con la misma claridad con la que había visto el cansancio de su abuela, ahora notaba en su interior una necesidad apremiante, así que corrió de vuelta a la granja. Después, antes de que la vieran, frenó para recorrer andando el resto del camino.

—La yaya quiere dar un paseo a caballo —le dijo a Morena—. Voy a ensillar a Chico.

—¡Sálvame! —le gritó Morena desde el campo arado, juntando las manos—. Llévame contigo.

—Ya casi hemos acabado —le dijo Harken, que se acercó a Morena para bajarle de un tirón la gorra y taparle los ojos con ella—. Otra hora más y la dejaré libre. Irá a buscarte.

Breen llamó a su caballo y, como sabía que estaba distraída, procuró enjaezarlo despacio. Se despidió de los granjeros con un gesto alegre de la mano y salió a medio galope. Marg y Botarate la esperaban al principio del desvío. Breen le dijo al perro adónde iban, para que pudiera tomar uno de sus atajos.

—Empezaré mientras cabalgamos —dijo Marg.

Aun así, ya llevaban medio kilómetro cuando habló de nuevo.

—No tiene nombre, o yo no lo conozco, aunque algunos lo llaman el Manto del Destino y otros, la Cadena del Deber. Se forjó con oro extraído de estas colinas, mientras que la piedra, el corazón, procede del Nido del Dragón. Un verdadero corazón de dragón, el corazón de un gran dragón, algunos dicen que el primero de su especie, que al morir se convirtió en piedra gracias a un hechizo. Es más antiguo que Talamh, se cuenta; un regalo de los dioses para sellar el tratado entre nuestros mundos después de la caída de Odran.

—Tiene poder.

—Un gran poder, y conlleva un alto precio. Las hadas lo metieron en una urna de cristal para honrar el regalo y, como Odran lo codiciaba, como lo codicia todo, lo golpeó desde su mundo. El cristal se rompió y el colgante se perdió. O eso creíamos.

—Tú lo encontraste.

—No fui la primera en hacerlo. Los dioses no estaban contentos con la pérdida, aunque fuera por culpa de Odran. Pasamos por una época de inquietud, hasta que el tratado volvió a respetarse.

»Así que un aquelarre de sabias lanzó un hechizo para hallar el colgante y se decidió que no volvería a guardarse en una urna de cristal. Decretaron que la persona que lo encontrara, que lo sacara del agua, debería lucirlo… si así lo elegía, si se comprometía.

—¿Si se comprometía a qué?

Se internaron con los caballos en el bosque, donde la luz se tornaba verde, como las alfombras de musgo.

—A ser leal a Talamh y a las hadas, a respetar todos los mundos y sus leyes. A defender Talamh y a las hadas tanto en los buenos tiempos como en los malos, llegado el caso. —Cerró los ojos un momento—. Y a entregar la vida por Talamh y las hadas si así se lo demandaban. A entregarla por voluntad propia, en cuanto se lo pidieran.

—¿En cuanto se lo pidieran?

—No en el calor de la batalla, ¿entiendes? Sino en ese momento, en el momento elegido. Toda la vida por encima de una vida, toda la luz por encima de una luz. Quien lo coja, lo saque del agua, lo luzca y después rompa su promesa, perderá todos sus poderes. Se le permitirá conservar la vida que más preciada le resulte, pero todos sus dones, todo lo que es, morirá.

—Tú te comprometiste.

—Sí, y mantuve la promesa. Luché en la batalla, derramé sangre y sangré para defender a las hadas y los mundos. De haber llegado el momento, no habría vacilado. Pero no bastaba; no, no bastaba. Te apartaron de mí y, aun así, seguí haciendo honor a mi promesa.

Marg desmontó y apretó el rostro contra el cuello de Igraine.

—Entonces mi hijo perdió la vida. Mi precioso hijo. Lucí el colgante una última vez, el día que Keegan sacó la espada del lago. Lo llevé para honrar al siguiente *taoiseach*. Y, la noche después de entregarle el bastón, volé por encima del mar en el extremo occidental y lo lancé al agua. —Se enderezó—. Como habían hecho otros antes que yo, ya fuera en ceremonia, por la vida que entregaban voluntariamente, o como hice yo, destrozada por la vida perdida. Breen, pueden pasar varios siglos antes de que vuelva a mostrarse, y eso creí que pasaría cuando lo lancé al mar. Nunca pensé que sería ahora, que serías tú.

—Lo dejaste caer en el mar, pero aquí está.

Señaló el colgante que brillaba bajo las claras aguas verdes.

—No lo veo. No es para mí. Era para mí, una chica más joven que tú que caminaba no por este bosque, sino por otro, y, en el arroyo en el que el perro se ha bañado hoy, lo vi y lo supe. Lo tomé y me comprometí, y, al día siguiente, entré en el lago con los demás y saqué la espada. Se dice que el collar trae consigo el cambio, que aparece en momentos de grandes transformaciones. —Cogió las dos manos de Breen entre las suyas—. Puedes dejarlo donde está. No es algo de lo que avergonzarse. Vivimos como elegimos, y esto es una elección. Yo lo sacaría y volvería a lucirlo si pudiera. Ya he vivido mi vida. La tuya no ha hecho más que empezar.

—Sí, es cierto. Para mí, es como si solo llevara un año viviendo de verdad. He luchado, yaya. He derramado sangre y he sangrado. Pero… fue en el frenesí del momento, cuando había que matar o morir. He jurado proteger Talamh, hacer todo lo que esté en mi mano para derrotar a Odran y traer la paz. Y ¿no basta?

—Puede esperar a otra persona.

Breen negó con la cabeza.

—Antes de venir aquí soñé con él y con el miedo a morir. ¿Lo recordaba de pequeña? ¿Lo lucías entonces?, ¿me contaste la leyenda?

—Lo lucía en la batalla y en las ceremonias, no para prepararle galletas a mi nieta, ni tampoco le contaba esa clase de cuentos.

—Si es mi vida y me niego a entregarla cuando se me exija (si se me exige), lo pierdo todo; lo que soy. No quiero morir. Quiero vivir, escribir y reír. Quiero tener hijos y verlos crecer. Pero no puedo volver a ser menos de lo que soy.

—No serás menos. Ay, *mo stór* tú nunca has sido menos.

—Es más que encender un fuego con un chasquido de los dedos o que lanzar un hechizo. Es formar parte de algo.

Cuando Marg le apretó las manos, Breen percibió el miedo, tanto el propio como el de su abuela.

—Déjalo en el agua y no pierdas nada.

—Es mío —murmuró Breen—. Si no lo sentía así antes, lo siento ahora. Forma parte de mi razón de ser, del motivo por el que estoy aquí, de lo que he venido a hacer. Me da miedo, temo todo eso, así que me apartaba cada vez que se me aparecía, en vez de cogerlo. —Se volvió hacia Marg—. Odran me metió en una jaula dentro de estas aguas. Me habría robado cuanto soy. Y, por eso, durante toda mi vida, se me robó cuanto soy. Así que todo me ha llevado hasta este momento. Sabes que es así. Tú lo elegiste, yaya, te comprometiste; una chica más joven que yo, me has dicho. Con toda la vida por delante. Pero lo aceptaste porque eres así. Yo no puedo ser menos.

Cuando pisó la orilla y miró el colgante, oyó los latidos de su corazón por encima del rugido de la cascada. Era una elección. La elección. Si tenía que dar la vida, si llegaban a ese extremo, por lo menos habría disfrutado de un año sin parangón. Habría vivido.

Oyó gemir a Botarate y a Marg sollozar mientras ella se metía en el agua caminando. Bajó la mano, cogió sin más la cadena dorada y tiró de ella para sacarla, junto a la piedra.

—Juro lealtad a Talamh y a las criaturas feéricas. Me comprometo a respetar todos los mundos y sus leyes. Me comprometo a defender a las criaturas feéricas tanto en los buenos tiempos como en los malos, llegado el caso. Me comprometo a dar la vida voluntariamente por Talamh y por todos sus habitantes, si así me lo pidieran, en cuanto me lo pidan. Toda la vida por encima de una vida. Toda la luz por encima de una luz. —Temblando un poco, alzó el colgante al cielo y, después, se puso la cadena al cuello—. Si rompo alguno de estos votos, perderé mis poderes y mis dones. Y será bien merecido.

Un relámpago atravesó el cielo azul y despejado; lo siguió un trueno, como un rugido. Luego todo quedó en silencio. Breen salió del agua para abrazar a su abuela, que lloraba desconsolada.

—No llores, yaya. Es mío. Me ha esperado desde que unieron la piedra con la cadena. Yo seré la que acabe con todo lo que ha hecho Odran por codicia y sed de poder.

«De una forma u otra», pensó.

22

Regresaron a caballo, pasando de la tenue luz verde al sol reluciente.

—Me gustaría visitar la tumba de tu padre. Un momento allí para las dos, *mo stór*.

—Sí, a mí también me gustaría.

Breen se lo dijo a Botarate, que, en vez de salir corriendo, les siguió el ritmo a los caballos y se mantuvo cerca. La joven sentía el peso del colgante, no solo el del oro y la gema, sino también el del símbolo y del compromiso. ¿Se acostumbraría a él igual que se había acostumbrado (casi) a todo lo demás? Alzó el rostro para disfrutar de la brisa mientras cabalgaban. Pensó que el aire prometía grandes cosas, igual que la tierra, con sus florecillas blancas desperdigadas por los márgenes de la carretera, con el atrevido color amarillo de los ranúnculos que asomaban la cabeza por encima de la hierba del campo. En las colinas, entre el verde intenso de los pinos, vio la tierna capa de la nueva vida.

Se prometió que recordaría aquel día por eso, por todo eso, tanto como por lo que ahora le colgaba del cuello. Vio el antiguo círculo de piedras en la colina y las ruinas que se extendían a su lado, ahora liberadas de la oscuridad. Y vio unas ovejas de cara negra pastando cerca de las ruinas, cosa que antes nunca hacían. Se preguntó si procederían de los campos del otro lado de la carretera, donde una familia había perdido a una hija demasiado débil.

Desmontó y ató a los dos caballos antes de unirse a su abuela junto a la tumba. Las flores que habían plantado con amor y magia el verano anterior estaban en todo su esplendor, y Breen sabía que siempre lo estarían. La alfombra de colores cubría el lugar de último reposo de un hombre que había disfrutado de poco tiempo, pero al que todos recordaban con claridad.

—Está muy orgulloso de ti. Lo percibo. Siento su amor y su orgullo por ti. Cuando tenías pocas horas de vida y tu madre descansaba, me lo encontré contigo en brazos y, aunque dormías plácidamente, él te cantaba. Guardo ese recuerdo de mi hijo y su hija, bañados por la luz. Es una imagen muy vívida, Breen, y oigo su voz fuerte y clara en mi cabeza.

—¿Qué cantaba, yaya?

—Ah, una canción muy antigua y dulce, que habla de paz y de belleza. Una canción sobre Talamh y sobre la luz que brota del amor.

—¿Me la enseñarás alguna vez?

—Sí. —Le tendió la mano a Breen—. Te he ofrecido lágrimas cuando debería haber sido fuerte por ti.

—Yaya, me has enseñado más que nadie sobre la fuerza. Ya me viste mientras crecía. No era fuerte.

—Eras más fuerte de lo que crees.

—Me rendí. Nunca me alcé, no me defendí. Se me olvidó cómo se hacía. Tú me lo recordaste y me diste las herramientas que necesitaba. Este año pasado lo ha sido todo para mí. Ya había decidido defenderlo, luchar por ello. Esto no es más que el siguiente paso —añadió, rodeando la piedra con una mano.

—Te han soltado un gran peso encima —murmuró Marg—. Conozco ese peso.

—Entonces tienes que saber, tienes que creer, que soy capaz de cargar con él. Yaya, me has dicho que lo lanzaste al mar.

—Sí.

—Pero conservas tus poderes.

—Nunca habría roto mi juramento. Nunca. He luchado y lucharé, e incluso moriré, si se me pide. Pero se llevaron a mi hijo cuando podrían haberme cogido a mí. Y, encima, también me quitaron a su hija, que viviría al otro lado, triste. No, no quería lucir más el símbolo. De haber sabido que acabaría en tus manos, lo habría usado durante el resto de mi vida. Malditos sean los dioses; debería haberlo sabido.

—Estaba destinado a mí, ¿verdad? —Breen sintió esa certeza cuando se encontraba en la orilla, mirando el colgante bajo el agua—. Todo esto, todo, tenía que conducirnos a este instante, a que yo llevara el collar y todo lo que representa.

—Ahora creo que sí, que ese era el objetivo. Los dioses son fríos cuando tejen sus pegajosas telarañas.

—También llevo eso dentro, y digo esto con toda la sangre fría de la que soy capaz. Lucharé por vivir, yaya. No romperé mi compromiso, pero lucharé por vivir hasta que llegue ese momento, si llega.

Botarate ya había andado mucho, así que Breen le pidió al perro que montara en Chico con ella. Como lo notaba preocupado, se detuvo junto a la bahía cuando Marg se marchó a casa. Dos sirenas estaban sentadas en las rocas, peinándose, mientras otra media docena de sirenas más pequeñas jugaba en el agua.

—Ve. Quieren jugar contigo, y a mí me gusta mirar. —Se agachó para darle un beso entre los ojos, que expresaban claramente su inquietud—. Yo también necesito un poco de alegría. Vamos a divertirnos. De verdad.

Botarate corrió hacia el agua, donde las sirenas jóvenes le dieron la bienvenida. Mientras lo observaba todo, Breen se inclinó sobre Chico y percibió su satisfacción con la brisa que soplaba del agua.

—¡Hija! —la llamó una de las sirenas, de cabello de oro y fuego—. ¿Podrías acercarte?

Breen se aproximó a la orilla y, siguiendo un impulso, se quitó las botas y se metió en las aguas menos profundas. La que le había hablado tenía unos ojos que parecían pozos verdes, oscuros y profundos.

—Soy Alana, la madre de Ala… y de otras que nadan por aquí. Ala a veces se cuela en tu lado de la bahía para jugar con ese perro tan bueno.

—No lo sabía. No la he visto por allí. Y no sabía que eso fuera posible.

—Tiene cuidado y es tímida. Aunque no con el perro. —Alana sonrió—. El portal también se abre en el mar. Lo protegemos por Talamh y por los demás mundos. Mi hermana, Lyra, se pregunta por qué no nadas.

—No estoy vestida para hacerlo. Y no soy tan resistente como las sirenas en estas aguas tan frías. Me gusta ver a las sirenas más jóvenes nadar y jugar.

—Sienten curiosidad por ti —dijo Lyra, sin dejar de pasarse un peine blanco luminoso por el pelo de ébano—. Como todas nosotras. He hecho trueques con tu amigo, el humano.

—Marco.

—Sí, y es muy muy guapo para ser humano. Hace reír a las pequeñas con sus bromas. Está emparejado con el *sidhe* de ojos azules, que también es guapo.

—Brian. Sí, están comprometidos.

—Le deseo una vida muy feliz. Yo no volveré a comprometerme hasta dentro de mucho tiempo. Las profundidades se cobraron la vida de mi compañero, un fuerte guerrero, en la batalla del sur.

—Siento muchísimo tu pérdida.

—Te lo dice porque vemos que llevas el Manto del Destino. Has jurado dar la vida por Talamh, poner todas las vidas por encima de una, toda la luz por encima de una.

—Sí.

Alana se quitó una pulsera de la muñeca.

—Te enviamos esto.

Sorprendida, Breen vio que la pulsera de Alana y el peine de Lyra flotaban por encima del agua hacia ella. El peine, ahora que lo veía de cerca, tenía gemas diminutas incrustadas en el nácar. La pulsera tenía gemas pulidas de un rosa palidísimo entre unas perlas blancas perfectas.

—Son preciosos. No llevo nada encima que daros a cambio.

—Llevas el collar y te has comprometido. Esta es nuestra forma de darte las gracias. Vivimos bajo la sombra de Odran. Nuestras pequeñas viven bajo esa sombra. Has jurado entregar la vida, si es necesario, para acabar con esa sombra. Eres la hija de las hadas, pero has pasado la vida en el otro lado. Has elegido, y nosotras honramos tu elección.

—Guardaré como un tesoro vuestros regalos de agradecimiento.

Como si supiera que era el momento adecuado, Botarate se le acercó. Ella lo secó, se secó y se calzó las botas.

—Dile a Ala que es tan bienvenida en mi lado de la bahía como en este.

—Y la hija será bienvenida y protegida, tanto fuera como dentro del mar, durante toda su vida.

Cuando cabalgaba hacia la granja, a Breen le pareció, al menos durante unos minutos, que la carga que llevaba ya no era tan pesada. Encontró a Keegan esperándola.

—Llegas tarde. Muy tarde. Marco ya se ha ido a…

Dejó la frase sin terminar mientras ella desmontaba.

—Lo siento. Tenía mis razones.

Keegan rodeó con una mano la gema que le colgaba a Breen del cuello.

—¿Te ha dado Marg esto?

—No, pero me ha explicado lo que es cuando la llevé adonde lo había visto antes. Primero lo vi en sueños.

—Quítatelo. Dámelo a mí.

Ella dio un paso atrás, tanto por la orden como por el tono de enfado.

—Sabes que no puedo —respondió.

—Soy el *taoiseach*. Yo ya me he comprometido, como debería ser. Dámelo, junto con todo lo que significa.

—El *taoiseach*, como me has dicho tú mismo, no es un rey. Lo he sacado del agua, del río en el que Odran me encerró en una jaula de cristal. Lo he elegido por voluntad propia, igual que tú hiciste con la espada. Me he comprometido, como te comprometiste tú. ¿Tan mal piensas de mí como para creer que romperé ese juramento?

Se alejó de ella a grandes zancadas y apoyó las manos en el travesaño superior de la valla del potrero.

—Lo sabía. Lo sabía desde el principio. Y aun así... Y aun así... —Se volvió hacia ella—. No puedo permitir que lo hagas. Te has precipitado. Deberías haberlo consultado primero conmigo. Deberías haberme dicho que lo habías visto en el agua.

—No me acordaba. Siempre lo olvidaba. Creo que me daba miedo y por eso lo bloqueaba. No lo sé, pero, al final, recordé y elegí. No ha sido algo precipitado, Keegan. Creo que era... inevitable.

—Y una mierda. Nada lo es.

—Ah, ¿no? Estoy aquí, Keegan. —Extendió los brazos—. Cuando la primavera llegó a Talamh el año pasado, yo todavía me sentía desdichada, no me atrevía a hacer lo que de verdad quería. Estaba a unos cuantos pasos de distancia de todo ese cambio, pero todavía no era capaz. Ahora estoy aquí. Me has ayudado a despertar. Aquí mismo, en este estúpido campo de entrenamiento. Me has ayudado a convertirme en lo que soy. Yo he sido la que ha tomado sus decisiones durante el camino, y ahora elijo esto. Es mío, Keegan. Si me lo quito y te lo pongo en las manos, seguiría siendo mío, al igual que el compromiso.

En los ojos de Keegan batallaban todas las emociones al mirarla.

—Lo habría enterrado en las profundidades del mar. Las parcas siempre nos están empujando en una y otra dirección.

—Puede. O puede que no sea más que la vida, los cruces en el camino. Cuando vine, sabías que quizá no sobreviviría. Me entrenaste para la lucha porque querías darme una oportunidad, aun sabiendo que la respuesta podría ser la muerte.

—Eso era distinto.

—¿Por qué?

—Porque sí, joder. —La agarró por los hombros, y Breen se preparó para otra andanada de palabrotas. Sin embargo, lo que hizo fue abrazarla con fuerza—. ¿No ves que esto me deja a mí sin elección? Si Odran consigue arrebatarte la vida, ¿qué me queda?

—Talamh. No voy a rendirme, Keegan. Por favor, no te rindas tú.

Él enterró el rostro en su pelo.

—Si mueres, me voy a cabrear mucho.

—Bien, voy a hacer todo lo posible para que no tengas que cabrearte mucho. Esto es una carga, Keegan, pero también tiene poder. Aprenderé a usarlo.

El joven dio un paso atrás.

—Hoy ya es muy tarde para entrenar. Mañana lo harás con más ganas.

Condujo a Chico hacia la puerta del potrero, justo cuando Harken salía con un cubo, de camino al pozo. Algo pasó entre los hermanos, ella lo vio con claridad. Y Harken dejó el cubo a un lado.

—Me ocuparé de Chico.

Pero, primero, se acercó a Breen, le cogió el rostro entre las manos, la miró a los ojos y la besó.

—No hay nada escrito que no pueda cambiarse para leerse de otro modo. ¿Quién mejor que tú para saberlo?

—Vamos —le dijo Keegan, dándole la mano—. Cruzaremos antes de que se haga de noche, por una vez.

Con Botarate delante, Breen empezó a cruzar la carretera, aunque primero volvió la vista atrás para mirar a Harken.

—Respóndeme a algo que no se me había ocurrido preguntar hasta ahora —le dijo después a Keegan—. ¿Alguna de las personas que ha lucido este collar ha vivido una vida larga y feliz?

—Marg sigue viva y bien, como ya sabes.

—Pero perdió a su hijo. No me tomes por tonta, ¿vale?

—Solo conozco a dos personas que rompieron el juramento, según las canciones y las historias. Perdieron sus poderes, sus dones, su honor, y se apagaron poco a poco. Otras personas, como Marg, no perdieron la vida, pero sí otra vida más preciada para ellas que la propia. Y otros cayeron.

—Así que muerte, deshonor o la pérdida de un ser querido. —Cruzó a Irlanda y se sentó en una de las ramas, tan gruesas y largas—. Me voy a tomar un momento.

—Lo que ha dicho Harken es cierto.

—Vale, nos quedaremos con eso. Y ninguno de los que lo llevaron antes que yo tenía sangre de dioses por las venas. Eso debería ser una ventaja.

Keegan fue a sentarse a su lado, pero ella lo detuvo con la mano.

—No, no te pongas amable y compasivo ahora. Esto puede salir de dos maneras; quiero decir, de dos maneras evidentes. La primera es todo esto, desde la caída de Odran hasta ahora, saltando varios eones, hasta la farsa con la que Odran engañó a mi abuela, el nacimiento de mi padre y lo que pasó después. Que mi madre entrara en el pub de Doolin la noche que mi padre, el tuyo, el de Morena y su amigo tocaban. Que ella fuera a Talamh con él y me tuviera a mí. Y todo lo que pasó después, hasta que yo entré en el mismo pub, y todos los pasos y elecciones que siguieron a ese día. Todo eso es una larga, larguísima historia que termina conmigo dando la vida para derrotar a Odran, trayendo la paz a Talamh y salvando los mundos.

—No lo aceptaré.

Breen notaba la garganta en carne viva, como si se hubiera tragado algo dentado. Aun así, hizo lo que pudo por pensar con claridad y frialdad.

—Yo también preferiría que no sucediera, pero he oído decir más de una vez que los dioses son fríos y astutos. Sin embargo, el otro supuesto, el que prefiero, es todo eso que he dicho, y el final sigue siendo así, en gran medida. Salvo porque uso mis ventajas, porque hay sangre de demonio en la mezcla, y empleo lo que soy y lo que me ofrezca este colgante para acabar con él. Y vivo para contarlo. Porque ya hemos tenido sacrificios y muertes de sobra, y a Odran se le ha agotado el tiempo de una puta vez.

—Me gusta mucho más esa versión que la primera.

—Y a mí. —Acarició a Botarate y lo empujó un poco para que volviera a levantarse—. Nunca había pensado en hacerme un tatuaje. No es lo mío, o eso creía. Pero aquel día entré sin titubear en el estudio y me hice este. —Le dio la vuelta a la muñeca—. ¿Por qué elegí «valor»? ¿Por qué elegí la palabra irlandesa, que también resultó ser talamhesa, para «valor»? Puede que parte de mí supiera que lo precisaría para zanjar esto.

—Estarás protegida.

Ella asintió mientras reanudaban el camino.

—¿Lucharías para protegerme?

—Sí, por supuesto.

—Morirías para protegerme a mí y para proteger a Talamh.

—Soy el *taoiseach*…

—La respuesta sería la misma aunque no hubieras sacado la espada del agua. Es quien eres, no solo lo que eres. Morirías por protegerme y por proteger Talamh.

—Sí.

—No me pidas menos. Aunque sea una estupidez, si algo

temo más que morir es ser menos. No le digas nada de esto a Marco. No se lo voy a contar. Se preocuparía demasiado y...

Keegan se detuvo.

—¿Le vas a mentir? ¿A tu amigo, a tu hermano?

—No decir no es lo mismo que mentir. No quiero cargarlo con un estrés semejante.

—¿Lo vas a proteger como si fuera un niño? No es un niño. Es un hombre.

Las palabras le salieron hirientes como látigos, así que Breen dio un paso atrás. Lo había visto enfadado, pero nunca así. No con aquella ira ardiente que no gritaba, sino que cortaba como una cuchilla.

—Keegan...

—Lo vas a tratar como a un hombre, por todos los dioses, y con el respeto que se merece. Lo vas a tratar como el buen hombre que es, si no quieres avergonzarlo y avergonzarte. Lo subestimas y lo haces de menos, cuando sabes mejor que nadie lo que eso duele.

Ella inspiró con dificultad y se restregó la cara con las manos.

—Tienes razón. Odio que tengas razón. De todos modos, esta noche no, ¿vale? Por favor. Creo que no soporto seguir hablando del tema. Y... tengo que hablar con algunas personas en Estados Unidos; he de pensarlo todo bien y hacer algunas llamadas. Es probable que también tenga que enviar algunos correos electrónicos, y puedo encargarme de eso por la mañana, antes de que se levante. Después se lo contaré. Cuando estemos los dos solos. Es mejor si estamos los dos solos. —Se quitó el collar y se lo metió en el bolsillo del abrigo—. Se lo diré mañana, te lo prometo. Se lo contaré todo porque tienes razón; guardármelo es una forma de mentir y, peor aún, lo estaría subestimando. No se merece eso de nadie, y menos de mí.

Respiró hondo cuando vio la casa a través de los árboles.

—¿Puedes mantenerlo ocupado mientras subo a la planta de arriba y hago esas llamadas?

—¿A quién vas a llamar? —preguntó Keegan.

—Si quiero hacer lo que debo hacer, necesito valor y sentido común para prepararme. Tengo mucho dinero; mi padre y la yaya se aseguraron de ello. Necesito arreglar lo que hacer con él; es importante en este lado.

—Arregla todo lo que quieras. Vas a vivir porque no es buena idea cabrearme.

—Es mi razón principal para querer seguir viva.

No sería fácil. Le parecía que las conversaciones que había mantenido la noche anterior —corredor de bolsa, contable, abogado— habían sido tensas; sencillamente porque todo le resultaba muy complicado. Contarle todo a Marco resultaría más tenso y complicado todavía.

Por la mañana leyó los borradores de los documentos legales, hizo algunos cambios y correcciones, añadió algunas cosas, y respondió preguntas y correos. Pensó que, para ser una lega en la materia, lo tenía todo bastante controlado, aunque esperaba pasar por unas cuantas rondas más antes de firmar. Le llevó gran parte de la mañana. Cuando oyó a Marco en la cocina, aguardó un poco más. Se merecía meterse un café en el cuerpo antes de la charla. Finalmente leyó la palabra que llevaba tatuada en la muñeca y enderezó la espalda.

—Hola. ¿Te vas a tomar un descanso tan temprano?

Marco llevaba una sudadera vieja con las mangas cortadas. Breen le vio el tatuaje del arpa en el bíceps. Se había recogido las trenzas sobre la cabeza y caminaba por la cocina con pantalones cortos deportivos y los pies descalzos.

—¿Y si te preparo el desayuno? Tortillas de queso y espinacas, unas tiras de rico beicon irlandés y unas patatas. También tengo unos arándanos muy buenos.

Breen no sabía si sería capaz de comer algo, pero así retrasaba la conversación lo justo para reescribir, de nuevo, en su cabeza lo que pensaba decirle.

—Suena estupendamente.

—Nos metemos dentro un poco de combustible y después nos ponemos a trabajar.

Breen cumplió con su papel de pinche en la cocina, y lo escuchó hablar del inminente viaje a Nueva York y de montar juntos otro par de recetas para la propuesta del libro de cocina. Estaba muy emocionado, y deseaba conocer en persona a la gente con la que había trabajado por correo electrónico, llamadas de teléfono y reuniones de Zoom. No sabía que Breen había comprado entradas —junto a la orquesta— para ir a un musical la noche que llegaran a la ciudad. Se aferraba a esa sorpresa.

—¿Estás nerviosa por el viaje, Breen? Te encuentro muy callada.

—No, no estoy nerviosa. Bueno, puede que un poco, por el libro —dijo, lo cual era cierto.

—No malgastes tus nervios en eso. Salgamos de compras para relajarnos. De compras por Nueva York. Hace casi un año entero que no vamos de compras en serio, y ahora lo haremos en Nueva York, ¡flipa! Vas a comprarte un traje nuevo para reunirte con toda esa gente.

—Ya tengo un traje para eso.

—Pero no uno nuevo. Son las reglas de Marco. Las tiendas estarán abiertas el domingo por la tarde, cuando lleguemos, y vamos a arrasar.

Ella se lo discutió porque así estaban entretenidos antes de sentarse a comer. Después recogió la mesa y lavó los platos —sus reglas—, mientras él abría el portátil y empezaba con su jornada laboral. Aunque Breen sabía que en realidad el perro no quería salir, ella lo urgió a hacerlo. A continuación le puso una mano en el hombro a Marco.

—Debo interrumpirte. Tengo que ir a por algo, enseñártelo y hablar contigo.

Marco apartó el portátil.

—Suenas muy seria.

—Lo sé. Dame un segundo.

Entró en su despacho, donde había dejado el colgante, al lado del orbe de labradorita. Marco, que había cerrado el portátil y sacado dos Coca-Colas del frigorífico, abrió los ojos como platos al ver el collar.

—La hostia. Me cago en la hostia, Breen. Es…, es increíble. Parece antiguo, pero antiguo en plan lujoso.

—Es muy antiguo.

—¿Es tuyo?

—Sí.

—¡Póntelo! Seguro que consigue que ese jersey negro parezca un puñetero vestido para los Oscar.

—Marco —lo frenó ella, poniéndole una mano sobre la suya—. Tengo que hablarte de él, de lo que es, de lo que significa. Necesito que me escuches y me dejes terminar.

La luz de los ojos de su amigo se apagó un poco.

—No me va a gustar, ¿verdad? —preguntó.

—Tú escucha. ¿Recuerdas el día que llegaste a casa, antes de irnos a Irlanda, que tuve una pesadilla?

—Cómo olvidarlo. Creía que estabas sufriendo un ataque o algo.

—Era un sueño. Y era sobre esto.

Se lo contó y, mientras lo hacía, vio que él reprimía la necesidad de interrumpirla. Para protestar. En el rostro le vio reflejadas todas las emociones que iba sintiendo: rabia, miedo, negación, tristeza. Cuando por fin concluyó, Marco se levantó y caminó alrededor de la mesa. Se fue hasta la puerta, la abrió para que entrara el perro, que estaba allí sentado, esperando, triste y paciente. Su amigo entró en la cocina y le sacó una golosina de su tarro.

—Eres el mejor perro del mundo. No te preocupes.

Después volvió, se sentó y miró a Breen a los ojos.

—Dices que podrías haberlo dejado allí, en el río.

—Sí, pero…

—Decir eso es una gilipollez; no podías, no mi Breen. ¿Toda esa mierda sobre elegir? No siempre es verdad. A veces, la mayoría de las veces, estamos hechos de cierto modo y ya está. Puede que tuvieras miedo, ¿quién coño no lo tendría? Pero, a la hora de la verdad, lo recogiste y te lo pusiste. Y es indudable que no lo hiciste porque fuera bonito.

—Marco…

—Cierra el pico un segundo. —Tenía los ojos brillantes por las lágrimas que no derramaba. Y, detrás de esas lágrimas, ardía—. Te he escuchado. Me importa una mierda lo que esté o no escrito, lo que algún dios gilipollas diga o deje de decir. Te conozco. Te tuvieron reprimida durante muchos años, pero tú nunca dejas en la estacada a nadie. Y eso era ya así antes de que supieras la verdad. No te vencerán.

Con la galleta todavía entre los dientes, Botarate se acercó para colocarse al lado de Marco. Meneaba el rabo.

—Tienes que aceptar…

—No tengo que aceptar una mierda ni tú tampoco. Eres una bruja la hostia de poderosa, un ser humano excepcional y todo lo demás. Así que escúchame, chica, y escúchame con atención. Vas a partirle la cara a ese psicópata hijo de puta y, cuando termines, bailaremos encima de su cadáver. Después viviremos felices para el puto siempre jamás. No es que lo crea, es que lo sé. Por tanto, será mejor que lo sepas tú también.

Ella dejó escapar el aire con cuidado.

—Me esperaba cualquier cosa de ti, menos esto.

—Pues eso es otra estupidez, y ya no te permito más. Creo en ti, Breen. Creo en ti.

La joven tardó un momento en recuperarse lo suficiente como para hablar.

—Acabas de decir todo lo que necesitaba escuchar desde que recogí este colgante. Vale, vale. Ganaremos.

—Así me gusta, joder.

—Vale, vale. Necesito un minuto porque tengo que contarte más cosas. Anoche, cuando volví, hablé con el corredor de bolsa y otras cuantas personas más.

—¿Es eso lo que estabas haciendo arriba?

—Tenía que dejarlo todo organizado. Todo el dinero, Marco…

—Venga ya, Breen.

—No, escucha. Llevo pensando en esto desde que lo descubrí. Un testamento… Es algo de sentido común. Apenas he gastado nada, al menos desde que llegué aquí. Y sigue generando beneficios. Ahora, además, tengo el dinero del adelanto del segundo libro de Botarate. Lo he estado usando para pagarte por tu trabajo, pero si tengo suerte y vendo el libro nuevo…

—No es suerte.

—Lo que sea, será más, y después el siguiente libro de Botarate y demás. —Tuvo que hacer una pausa, respirar y pasarse las manos por el pelo—. No me hace falta todo ese dinero. Lo he estado pensando y, después de lo de ayer, he decidido ponerla en marcha. Una especie de fundación. Podría meter una parte ahí, así que necesitaba hablar con personas que sepan cómo funciona eso. También hablaré con Sally, porque es un empresario de éxito y una persona inteligente. No dices nada.

—Porque estoy escuchando.

—Genial. Al principio se me ocurrió que podría montar una beca o una ayuda o lo que sea para escritores, para gente que está como nosotros estábamos antes, que no consigue llegar a fin de mes y que intenta escribir. Entonces pensé que eso era demasiado corto de miras y egoísta. ¿Y si es una persona que quiere dedicarse a la música, al arte, a la ingeniería, a la ciencia o lo que sea? Quizá no pueda permitirse ir a la universidad o tenga dos trabajos, como tú. Así que he metido parte del dinero en esa fundación, y la gente que sabe cómo va eso se encargará del asunto, y espero que Sally también ayude. Podría cambiar una vida, como cambió la mía. Y la tuya. Pase lo que pase, quiero hacerlo. —Intentó sonreír—. Todavía puedo comprarme un traje nuevo en Nueva York.

—Me parece que necesitas una página web.

—Sí, me dijeron algo al respecto, cuando ya esté todo montado y financiado, y tengamos una declaración de objetivos. Y ya empezó a darme vueltas la cabeza.

—Ajá. Necesitas un nombre.

—Se me había ocurrido… «Encuéntrate». No sé si funciona.

—Funciona. Todo funciona. Esa es mi Breen. Eres mi Breen, y ¿todo esto que has estado tramando? No es más que otra de las razones por las que vas a vencer.

—¿No estás enfadado por el testamento? Solo es un tema práctico.

—Como no vas a morir, no me importa. Así te tranquilizas. Ahora ponte eso. Quiero ver cómo te queda.

Cuando lo hizo, lo examinó.

—La piedra brilla más.

—¿Sí? —Breen frunció el ceño y la miró—. A… antes no. Es más brillante.

—Puede que sea porque no me tenías a mí y a este buen perro para recuperar la sensatez. Eres fuerte y seguirás siéndolo. Ahora, dado que vas a empezar a regalar dinero, deberías meterte ahí dentro y ganar más. Solo te quedan unas horas antes de cruzar al otro lado.

Breen se levantó.

—No te lo iba a decir.

—¿Qué? —preguntó él con cara de pasmo absoluto.

—Fue una decisión equivocada, y Keegan estalló cuando le confesé que no pensaba contártelo. Ahora tendré que decirle otra vez que me equivocaba y que él estaba en lo cierto.

Marco se acarició la perilla.

—¿Eso te va a doler?

—Buf, sí, pero ¿sabes qué te digo? Que soy lo bastante fuerte para soportarlo.

23

Breen pensó que iba a ser uno de esos días; un poco más fresco, con lluvia intermitente y entrenamiento bien temprano.

—Pasamos de la espada al arco —le dijo Keegan—. Morena, que está allí con Marco —añadió, haciendo un gesto hacia la diana—, hará lo mismo, pero al revés.

Como Breen los oía reír, ya empezaba a sentirse engañada.

—Parece que se divierten —comentó.

Keegan se encogió de hombros, como siempre.

—Morena está contenta porque le he pedido que trabaje con Marco mientras que Harken y Seamus están en el campo, esquilando ovejas. —Se llevó una mano a la empuñadura de la espada—. Primero conmigo, después con espectros.

—Espera. Antes de empezar con mi tortura diaria, quiero contarte que no tenías del todo razón con Marco, con lo de contárselo.

Aquello lo impacientó, pero Breen ya se había acostumbrado.

—¿En qué me equivocaba?

—Quiero decir que tenías razón, pero fue más que eso, no se enfadó, no como yo esperaba. Se cabreó, dijo que todo era una mierda y demás. Que yo le partiría la cara a Odran. Y que creía en mí.

—Las personas que esperan menos y que esperan que las traten como si fueran menos, a menudo lo consiguen.

—Es una forma de verlo —respondió Breen—. Y me dijo que me pusiera el colgante y, cuando lo hice, la piedra parecía más brillante. Lo sentí. La percibí con más fuerza.

—Ahora no lo llevas.

—No me parecía lo más apropiado para el entrenamiento.

—Póntelo mañana y lo veremos. Ahora defiéndete.

Se mantuvo firme durante unos cinco minutos. Después de que la matara la primera vez, tiró de poder. Le pitaban los oídos con el entrechocar del metal, pero lo hirió dos veces... antes de que volviera a matarla.

—Se te olvidan los pies —le dijo Keegan—. Se te olvida el baile.

Cuando bajó la espada para sermonearla, ella se giró y le propinó una patada. Estuvo a punto de rozarle la mandíbula con el pie antes de seguir con el movimiento y atravesarlo.

Muy satisfactorio.

—Y tú has bajado la guardia.

—Bien hecho.

Keegan conjuró un espectro y dio un paso atrás para observar la postura de Breen. En cuanto derrotó al primero, le envió a dos más. Y cuando acabó con ellos bajo una manta de lluvia, cuando la fatiga la dejaba temblorosa y el brazo de la espada le dolía, le envió a tres más. Con los pulmones forzados y las piernas tambaleantes, sintiendo el escozor de un golpe que le rozó el brazo.

—Arded, cabrones.

Y estallaron en llamas. Entre jadeos, se dejó caer de rodillas. Un perro demoniaco brotó del aire y atacó. Y Botarate se abalanzó sobre él y le clavó los dientes en el cuello. Cuando desapareció, Keegan le lanzó una mirada reprobadora al perro.

—Eso era para ella.

Botarate se limitó a agitar el rabo y correr dando saltitos hasta Breen para lamerle la cara.

—Otra vez —dijo Keegan.

—Te has pasado de tu tiempo.

Con un brazo sobre el perro, Breen vio que Morena y Marco se estaban tomando un descanso. Estaban sentados en la valla del potrero, mordisqueando galletas, mientras la lluvia se alejaba y el sol emitía un débil resplandor a través de las capas de nubes.

—No me iría mal una galleta —añadió.

—Primero, el arco —dijo Keegan, aunque se agachó para ayudarla a ponerse en pie—. Vas a disparar a espectros, en vez de a dianas. Un blanco en movimiento, por así decirlo, que, además, puede defenderse.

Como se sentía empapada, se secó e hizo lo mismo con Botarate.

—Y nada de magia en la primera ronda.

—¿Por qué? —preguntó ella, reprimiendo un gemido que pugnaba por salir.

—Para comprobar habilidad, ritmo, puntería y estrategia.

—Oye, chica, yo siempre tengo que hacerlo así —dijo Marco, saltando la valla.

—Tres blancos en las dianas —añadió Morena, que se unió a ellos mientras se terminaba la galleta—. Y cuando pasamos a los espectros, como quería Keegan, Marco el fantástico derribó a dos de cinco.

—Fantasma.

—Tengo un don, nena. Oye, Keegan, ¿puedo probar una ballesta? Podría ser como Daryl. Ya sabes, el Daryl de *The Walking Dead*.

—¿Eso es una historia? —le preguntó Morena.

—Tía, sí, una pasada. Breen no quiere verla.

—No necesito ver a unos zombis abriéndose camino a mordiscos por la humanidad. Pero podría probar una ballesta. Buffy usaba una.

—Para luchar contra los vampiros. Era la Elegida. —Morena acarició el brazo de su amiga—. Como nuestra Breen.

—Si lo haces tan bien como Marco, ya veremos —dijo Keegan—. Basta de cháchara, que perdemos el día.

Breen puso cara de fastidio y lo siguió. Entonces notó un cosquilleo en la piel, como pinchazos diminutos.

—Espera —dijo, balanceándose en busca del brazo de Keegan—. Algo se acerca. —Cuando él se giró para mirarla y dar un paso hacia ella, la sensación la golpeó como un puño—. Algo ha llegado.

De no haberla cogido Keegan, podría haber acabado de rodillas. El contacto se lo dejó claro y, con la claridad, sintió una puñalada en el corazón.

—¡Los dragones! Los están matando. ¿Lo ves? ¿Lo ves?

—Ahora sí, a través de ti. *Nead na Dragain!* —gritó—. Ve a por Harken, reunid a todos los jinetes que podáis y a cualquiera con alas. Van a por las crías.

—Lonrach —dijo Breen, aterrada, aunque ya lo había llamado con su mente, con su corazón.

Vio primero a Cróga, que era un rayo dorado que se les acercaba desde el oeste. Breen no se deshizo del nudo de la garganta hasta que vio a Lonrach volar hacia ellos por el cielo plomizo. Con ojos feroces, Botarate se montó en el dragón. Y, como sabía que no podría retenerlo, ella montó a su lado. Vio a Amish salir disparado como una bala antes de alzarse ella misma y volar hacia el este.

Debían defenderlos y rezaba por no llegar demasiado tarde. Desenvainó la espada con una mano y la varita con la otra, y, tras perder de vista a Cróga entre las nubes, depositó toda su fe en Lonrach. No veía más que gris. Entonces, el primer dragón cayó del cielo y a ella se le rompió el corazón. Quemado y ensangrentado, atravesó las nubes; perdido, Breen sabía que ya estaba perdido. Bajo ella, Lonrach dejó escapar un grito de furia que otros dragones recogieron y repitieron. Breen cerró los ojos y alzó la espada y la varita.

—Apartaos. Apartaos y desapareced, marchaos al mar.

Las nubes se alejaron una por una, capa por capa. Sin embargo, en vez de encontrar debajo el azul, dieron paso a vetas rojas y negras; fuego y humo en la montaña en la que anidaban los dragones. Por un horrible instante creyó que toda la montaña ardía. Entonces vio bien lo que era: flechas encendidas y lanzas que caían, las hadas oscuras que las lanzaban, dos brujas que disparaban bolas de fuego a lomos de demonios alados.

Montado en Cróga, Keegan voló directo hacia ellas, mientras que, en la montaña, los dragones respondían con su propio fuego para defender a sus pequeños. Breen vio caer otro, derribado por rayos tan afilados como la hoja de una espada. Vio la sangre roja manar de sus heridas abiertas, las quemaduras negras sobre las escamas de color zafiro. Y vio también que Keegan le cortaba la cabeza a un *sidhe* oscuro y que los atacantes se dispersaban.

Todavía demasiado lejos para usar la espada, se imaginó un arco y una flecha de poder. La disparó hacia la bruja y el demonio alado que volaban alrededor de Keegan, dispuestos a atacarlo por detrás. Sus gritos se unieron a los otros, un sonido breve, antes de estallar en cenizas. Y, con un rugido, Lonrach convirtió a otro atacante en una bola de fuego.

Más cayeron a través del humo asfixiante, tanto dragones como enemigos. Breen oyó los rugidos, las llamadas de otros dragones procedentes del este y, detrás de ella, del oeste. Como tenía la vista clavada en Keegan, no se percató del enemigo que volaba desde abajo y la lanza en llamas que pretendía lanzar al vientre de Lonrach. Pero su dragón agitó la cola, desgarró alas y carne, y el *sidhe* de Odran salió disparado hacia la montaña. Banrion, la pareja de Cróga, lo aplastó bajo sus patas antes de bramar.

Lonrach se elevó, y allí, Harken sobre su dragón y Morena con sus alas, atacaron al segundo demonio alado y lo enviaron, junto con la bruja que lo montaba, al altiplano. Los dragones jóvenes y feroces que estaban allí se abalanzaron sobre ellos. Cróga los sobrevoló.

—Dos han huido… hacia el este —les gritó Keegan—. Síguelos a una distancia prudencial —le dijo a Harken—. Averigua adónde van y cómo se nos han colado para hacer esto.

—Déjame a mí —se ofreció Morena, extendiendo las alas—. No me verán, seguro que esperan que los persiga un dragón.

—Levantó un brazo, y Amish aterrizó en él—. Esos cabrones asesinos no nos descubrirán.

—Sí, mejor. Ve.

—Ten cuidado —le pidió Harken mientras le tocaba la mano—. Y vuelve conmigo.

—No nos verán —le aseguró Morena antes de volar hacia el este.

Breen bajó la vista para escudriñar entre el humo, hacia los gritos de dolor. Sangre en abundancia y cadáveres. Algunos de los dragones eran apenas más grandes que su perro. Había muchos quemados, sangrando, inmóviles.

Aterrizó con Lonrach y se bajó de un salto. Llorando, se arrodilló al lado de uno de los cuerpos más jóvenes y le puso las manos encima. Un dragón que sangraba por las heridas del cuello, quemado cerca de la pata trasera, salió cojeando del humo. Y le gruñó.

—Dejadme ayudar. Dejadme intentar ayudar. Por favor. Noto los latidos de su corazón, siento su dolor. Dejadme intentarlo.

Con la madre —porque percibía la rabia de la madre— observándola de cerca, Breen intentó sanar. Heridas de flecha, tres. Mientras, él estaba jugando con sus compañeros de nidada. Las quemaduras dejadas por las flechas habían achicharrado las escamas verdes y azules para dejarlas negras. Reunió todo lo que tenía. Si podía salvar a uno, aunque solo fuera uno, como fuera…

Un dolor agudo y sorprendente. Un aliento caliente sobre la piel que se le metía hasta los huesos. Se dejó ir y, sobrecogida por la tristeza, se internó más de lo que era seguro. Sin embargo, si podía salvar a uno, aunque solo fuera uno… De luz a luz, de corazón a corazón, de poder a poder. Notó que el dragón se movía, lo sintió llorar, y no se diferenciaba mucho de un niño que llama a su madre.

—Espera, espera, por favor, espera. —Aunque tenía los ojos cerrados, sintió que la madre se les acercaba—. Necesito más, un poco más. Noto su corazón, que ahora está fuerte. Tengo su sangre en las manos, pero dentro de él se calienta. Sé que duele, lo sé, lo sé, pero ya casi he terminado.

Echó la cabeza atrás y el aliento le salió de golpe, convertido en un largo suspiro.

—Y te veo a ti, te veo, Comrádaí, el dragón de Finian, volando con él sobre tu lomo, volando por encima de Talamh. —Abrió los ojos y lo miró a los suyos—. Te conozco y conozco a tu jinete. Pero eso todavía está por venir. Ve con tu madre.

El dragón se levantó y su madre lo rodeó con la cola. Cuando miró a Breen, la joven supo lo que albergaba su corazón. Más animada, se puso en pie. Si podía salvar a uno, podía salvar a dos. Entonces vio a Marg con otro joven dragón herido entre los brazos.

—¡Yaya!

—Algunos no tienen solución, pero no todos. Aunque Keegan ha enviado a por más sanadores, me parece que nos va a tocar a nosotras. Los demás llegarán demasiado tarde. Haz lo que puedas, *mo stór*. Todo lo que puedas.

Curó a tres más, abriéndose paso entre la sangre y la ceniza hasta que quedó cubierta de ellas, hasta que su sabor se le pegó a la garganta. Sabía que Keegan y Harken hacían lo que podían con Marg, pero los gemidos de dolor de las crías y los llantos de los adultos la destrozaban por dentro. Se limpió la cara y se quedó inmóvil cuando un dragón le dejó delante, a sus pies, un cuerpo tan pequeño que debía de haber salido del huevo hacía muy poco. Incluso antes de llegar hasta el bebé, supo que el corazón ya no le latía y que su luz se había apagado.

—Lo siento. —Llorando de nuevo, lo cogió en brazos y lo meció—. Lo siento mucho.

—Ya está, dámelo a mí —le dijo Marg, y, cuando tuvo el cadáver en las manos, lo sostuvo en alto—. Ay, madre, yo también perdí a un hijo. Conozco tu dolor. Es el mío.

Mientras la madre se llevaba a su niño perdido, Breen se obligó a levantarse.

—Puedes descansar un momento —le dijo Marg.

—Esperaba poder salvar solo a uno, pero hemos ayudado a más. Y podemos hacer más. Los adultos no me dejarán tratar sus heridas hasta que hayamos curado a todos los jóvenes que podamos.

Para cuando llegaron más sanadores con pociones y ungüentos, además de poder, ya habían hecho cuanto era posible por las crías. Así que se sentó un instante con Botarate a su lado para recuperarse antes de seguir trabajando. Morena se le acercó con un odre.

—Bebe. Es del Estanque del Dragón y te reanimará un poco.

Aturdida, con la mente tan nublada como el aire, Breen la miró.

—Has vuelto.

—Llevo aquí una hora. Dejé a Amish vigilando mientras volvía para informar a Keegan. Se ha ido con Harken y otros jinetes a hacer lo que es necesario.

—¿Cómo cruzaron, Morena? ¿Cómo han podido escapársenos tantos?

—Tienen un campamento en las montañas más altas, en las cuevas, bien guarecido y abastecido. Diría que llevan allí varios meses, puede que más. Así que no burlaron a los guardias, sino que ya estaban aquí, escondidos, con sus brujas conjurando escudos y… ¿Cómo se dice? Camuflaje. Parece que hay como una docena, y los dos que huyeron de aquí me llevaron hasta el campamento.

»Ahora, bebe, Breen, y diría que ninguno de los dragones se opondría a que te laves en su estanque.

Aceptó el odre y bebió con ganas.

—Eso puede esperar. Hay muchos heridos.

—Ahora tenemos a más sanadores, y me apena decir que no quedan más pequeños a los que ayudar.

Cuando Breen dejó caer la cabeza sobre el hombro de su amiga, Morena la rodeó con un brazo.

—Nunca antes había visto un horror parecido —dijo Morena—. Ojalá esos cabrones ardan en un tormento eterno. Algunos eran todavía polluelos.

—¿Cuántos hemos perdido? ¿Lo sabemos?

—Me falta valor para contarlos. Pero, dioses, Breen, Héroe, el dragón de Brian, ha caído.

—No. No. No.

—Aisling está aquí, me lo ha contado ella. Brian lo sintió caer, porque jinete y dragón están unidos. Lo sintió caer, uno de los primeros. Estaba aquí porque su pareja está anidando. Cayó luchando para proteger al resto.

—¿Qué vamos a hacer? Ay, Morena. —Le devolvió el odre y se puso en pie—. No existe castigo suficiente para esto.

Cubierta de sangre y ceniza, se dirigió al centro de la meseta y levantó una mano. Esperó, esperó y después la cerró en torno al colgante que acudió a ella. Se lo colocó encima de la camisa mugrienta, donde brilló como un sol rojo sangre.

—¡Odran el Maldito, escúchame!

—*Mo stór.*

Breen extendió una mano cuando Marg fue a detenerla.

—Óyeme y presta atención. Óyeme y teme. Óyeme aquí, en este suelo ensangrentado y quemado. En este suelo en el que la magia vivía antes de que tú existieras y seguirá viviendo hasta mucho después. Oye mi voz, que viaja más allá de este mundo para llegar al tuyo.

Y lo hizo, Breen lo percibió y lo vio. Lo vio de pie, con ojos negro humo, sobre el alto acantilado de su mundo oscuro. Intentó tocarla, como si pretendiera llevársela con él, pero apartó la mano como si se quemara.

—Siente mi ira y no dudes de que soy tu destructora. Por todos tus pecados a través del tiempo, me cobraré un precio. Pero por este, por este y solo por este, arderás. No hay fuego de dragón más abrasador que el mío en lo que a ti respecta.

A su alrededor, los dragones se elevaron, se cernieron sobre ella y observaron.

—Óyeme y presta atención. Óyeme y teme. Óyeme hacer este juramento aquí y ahora: aunque muera, acabaré contigo y con todos los que están a tu lado. Mi luz arde más allá de esta vida, de este cuerpo, y se asegurará de que las brasas negras del tuyo queden reducidas a frías cenizas.

Sonrió cuando vio que el suelo temblaba bajo Odran, cuando vio que sus relámpagos y no los de Odran azotaban el cielo del otro lado.

—Óyeme y presta atención. Óyeme y teme. En mí verás tu final. Lo juro. —Se sacó el cuchillo del cinturón, se pasó la hoja por la palma de la mano y juntó las dos palmas—. Y esto te lo juro por la sangre de los dragones y por la mía.

Levantó la hoja ensangrentada. Los dragones alzaron el vuelo convertidos en una marea de color, de rabia y de tristeza. Y sus gritos retumbaban como truenos. Cuando se limpió el cuchillo en los pantalones y lo envainó, Marg se acercó a ella, le tomó las manos y le curó el corte.

—Lo estás tentando, Breen.

En ese momento, el rostro de la joven brillaba con la misma luz feroz que el colgante que lucía.

—Que se atreva. Créeme, yaya.

—Te creo. Vamos, hemos hecho cuanto hemos podido. Otros terminarán. Deberías irte ya.

—No hasta que todas las heridas que se puedan curar estén curadas.

Ya era de noche cuando cruzó con Botarate el bosque camino de su casa. La habían avisado, brevemente, de que Keegan se había llevado a dos supervivientes del campamento enemigo a la Capital. Lo que pasaría después no lo sabía. Por el momento necesitaba una ducha tan larga y caliente como fuera capaz de soportar.

—Vete a nadar un rato —le dijo a Botarate, y se agachó para abrazarlo—. Estás tan sucio como yo. Hoy lo has hecho muy bien, has ayudado a consolar a los bebés dragones. Tienes un gran corazón. Nada un poco.

Volvió a la casa y Marco abrió la puerta.

—Breen.

Mugrienta o no, se apresuró a abrazarlo con fuerza.

—Lo siento. Lo siento mucho. ¿Está aquí?

—Arriba. —Marco le mojó el cuello con sus lágrimas—. No quiere comer. Y no sé si he sido capaz de encontrar las palabras adecuadas. Tiene el corazón roto, Breen. Sabía que tú estabas bien porque Morena fue a contarnos lo que sucedía. Pero Brian…

—Es como perder parte de ti, de tu corazón. No sé cómo explicarlo. Pasé un miedo horrible cuando vi el ataque, antes de sentir la presencia de Lonrach.

—¿Podrías…? Mierda, sé que estás hecha polvo, pero ¿podrías…?

—Quieres que hable con él. De jinete a jinete —respondió ella, asintiendo—. Claro que sí. Botarate tendrá hambre.

—Me ocuparé de él. Está destrozado, Breen.

—Lo sé.

Subió sin saber bien qué decir. Llamó a la puerta y, al abrirla, vio a Brian sentado a oscuras junto a la ventana abierta.

—Soy yo —dijo ella al entrar, y cerró la puerta—. No me quedaré si prefieres que me vaya. Lo siento mucho.

Siguiendo un impulso, se le acercó para ponerle una mano en el hombro.

—Lo sentí caer y parte de mí murió. Lo sentí volar alto, recibir los flechazos, arder y proteger con su cuerpo a los más pequeños. Y, mientras caía, sentí que su bello corazón se paraba. —Sin decir nada, Breen le apoyó la mejilla en la cabeza—. Así que el corazón se me paró durante un instante. Sin más, como si estuviera muerto. Y no quería que volviera a latir. Pero… lo hizo, y creo que no habría vuelto a hacerlo si no llevara a Marco dentro.

La joven rodeó la silla para arrodillarse frente a él.

—No hay palabras lo bastante profundas para esto, Brian. Lo sé porque mi corazón y el de Lonrach están unidos. Puedes estar orgulloso de que Héroe salvara a otros, pero ese orgullo no mitiga el dolor. El corazón de Marco y el tuyo también están unidos. Aun así, hoy se ha roto un trozo del tuyo.

—Sí. —Brian le tomó de nuevo la mano—. Quiere consolarme, pero ese trozo roto nunca volverá a curarse del todo. Así es como debe ser.

—Cierto. Sin embargo, el resto de tu corazón y el suyo entero volverán a ser fuertes.

—¿Cuántos hemos perdido?

—No lo sé, pero sé que hemos curado y salvado a muchos. Incluso a uno tan joven y malherido que temía no poder ayudarlo. Sin embargo, mientras se curaba, lo vi. Lo había visto antes, en mi mente, y lo vi mientras sanaba. Será el dragón de Finian, el hijo de Mahon. Y volarán juntos, Brian.

—¿En serio?

—En serio.

Brian asintió.

—¿Y los que cometieron este acto deleznable?

—Muertos, salvo dos. Keegan se los ha llevado a la Capital.

—Irán a juicio. Puede que algún día me baste con eso. Algún día. Hoy, nada me basta. ¿Y Lonrach? No te lo he preguntado.

—Está bien. Está a salvo. Está…

—¿Esa sangre es suya? —murmuró él, tocándole la cara—. ¿De los dragones?

—De los curados —respondió ella, asintiendo, aunque ya no pudo reprimir más las lágrimas—. La mayoría, al menos, creo.

—Querida, ¿por qué lloras? —le dijo él mientras le limpiaba las lágrimas, la sangre y el hollín.

—Lo siento, es que estoy cansada. Debería…

Pero Brian le cogió de nuevo las manos, y las lágrimas no paraban.

—Eran muchos. Muchos. No hemos podido ayudarlos a todos. Y sostuve en brazos a uno tan pequeño, muerto, muerto mientras su madre me miraba y la esperanza le moría en los ojos. Y, cuando lloran, cuando lloran, Brian, suena como mil corazones rompiéndose.

El joven se bajó de la silla al suelo, a su lado, para abrazarse y llorar juntos.

En la Capital, Keegan estaba con su madre, su hermano, Mahon y el consejo mientras el mar golpeaba las rocas. Ya le había sacado toda la información que necesitaba a los dos *sidhe*, un varón y una hembra, que había detenido con vida.

—Habéis vivido como alimañas en las cuevas del mundo al que habíais traicionado. Habéis pasado cerca de un año, o eso decís, robando de las granjas y las aldeas. Habéis luchado y matado a vuestros iguales en la batalla que se libró aquí, y después os ocultasteis de nuevo en vuestras cuevas para tramar lo que ha ocurrido hoy. Veintiséis dragones asesinados, veinte de ellos todavía crías.

—Odran lo ordenó y Odran es el dios de todo lo que existe.

Cuando Keegan miró a la hembra, ella le devolvió la mirada con desdén. Para él era una afrenta que aquella mujer llevara una trenza de guerrera.

—Os abrasará como hemos hecho hoy con los dragones. ¡Ha sido un día glorioso! Este no es tu juicio, *taoiseach*, sino el de Odran. Y este ni siquiera es el sitio en el que te sientas en tu silla y finges tener poder sobre algo.

—Habéis confesado vuestros crímenes. Aunque yo más bien lo llamaría presumir. Pero no, esto no es un juicio, esto no es un juicio de las hadas. Porque existe una ley más antigua: la ley de los dragones.

El hombre abrió mucho los ojos.

—Somos de los *sidhe* y exigimos el juicio de las hadas. Elegimos el destierro.

—Sois de Odran y habéis rechazado a vuestra tribu. Ya no se os reconoce como hadas, y vuestros crímenes y pecados son contra los dragones. En esto nos adherimos a su ley como muestra de respeto. —Dejó caer el bastón—. Y ya está hecho.

El varón cayó de rodillas y gritó suplicando piedad, mientras la hembra escupía insultos, aunque la voz le temblaba de miedo. Habían elegido a la pareja de Héroe. Keegan la reconoció cuando ella bajó volando como una flecha, mientras Tarryn lo cogía de la mano. La de Tarryn se sacudió una vez, pero después se mantuvo firme cuando la dragona disparó su fuego. Fue rápido, y Keegan supuso que eso era, en cierto modo, un gesto de compasión. De carne y hueso a cenizas en cuestión de segundos. Y la dragona dejó escapar un grito que todavía rebosaba dolor antes de sobrevolar una vez el mar y emprender su camino de vuelta al oeste. Durante un buen rato, nadie habló, hasta que Tarryn dio un paso adelante.

—La ley de los dragones, aunque no se haya invocado desde que tengo memoria, es sagrada. La hemos cumplido. Que se sepa que en Talamh se mantendrá una semana de luto y que el estandarte ondeará a media asta durante una quincena.

—Se han ganado su destino. —Flynn miraba las cenizas achicharradas—. Aunque espero no tener que volver a ver algo así.

—Llevaré las cenizas a las Cuevas Amargas.

—No —dijo Harken, poniéndole una mano en el brazo a Keegan—. Lo haré yo. Ya has tenido suficiente. Y esta noche quiero dormir en mi propia cama. Me encargaré de esto y volveré a casa. A ti te necesitan aquí, yo me encargaré de que en el valle se sepa lo que ha sucedido.

—De acuerdo. Tengo que encargarme de algunos preparativos. Pediré que traigan a los jinetes que hayan perdido un dragón. Debemos comunicárselo formalmente y consolarlos.

—Buen viaje, cariño. —Tarryn besó a Harken en la mejilla—. Vamos, Keegan, y también los demás, entremos. Brindaremos por los caídos.

Pero Keegan se quedó un poco más, contemplando los embates de aquel mar teñido de noche.

24

El último día de luto, todo Talamh salió a los campos, a las colinas, a las cimas de las montañas y a las calles. Familias, vecinos y tribus se unieron con un único propósito: rendir tributo a los caídos.

Dragones de todos los tamaños, de todos los colores y edades, surcaban un cielo de color azul primaveral. Su propio tributo. Aquellas criaturas, tanto las que llevaban siglos volando como las que acababan de salir del huevo, volaron de norte a sur, de sur a norte, de oeste a este, de este a oeste, y sus sombras tocaron cada rincón de Talamh. Y lo hicieron en silencio. Y, en silencio, como todos los jinetes, Breen montó en su dragón y sobrevoló la tierra. En un gesto que, esperaba, fuera muestra de consideración, lucía el colgante, la diadema regalada por los troles y la pulsera de la sirena.

Vio a Keegan sobre Cróga, y el corazón de dragón de su bastón refulgía. Y a Brian, montado a lomos de la pareja de Héroe para este último viaje solemne. Nadie hablaba, salvo el viento, y Breen sabía que la tierra y los mares también guardaban silencio. Era un momento de respeto.

El joven dragón que había curado y que algún día volaría con Finian estaba al lado de su madre, en formación, con los compañeros de nido que habían sobrevivido. Madres y padres cargaban con los cadáveres de sus hijos, mientras otros formaban filas para llevar los grandes cadáveres de sus muertos en este último vuelo.

Por encima del verde, el cielo se llenó de dorado, escarlata, zafiro, esmeralda, ámbar y plata. Marg también volaba sobre su montura, y a su lado, el dragón que había pertenecido a su hijo. Breen sentía los latidos del corazón de Lonrach como si fueran los del suyo, igual que sentía los del suyo. Y sabía que eso era un consuelo.

Mientras el sol se ponía por el oeste, volaron hacia él y, por fin, salieron al mar. Volarían, según le había contado Marg, hasta donde ningún barco llegaba, hasta Eile Dragain, una isla de piedra. A ese lugar sagrado que nadie hollaba, los dragones trasladaban a sus difuntos para quemar sus restos; para que el viento transportara sus cenizas por el mar hasta su descanso eterno.

El océano rugía bajo ellos, vacío, al parecer, y se perdía en el horizonte lejano. Por encima de ese horizonte, el cielo brillaba tanto como los dragones, ya que el sol que caía pintaba el azul de rojos intensos, morados centelleantes y dorados relucientes. Eile Dragain se alzaba sobre ese mar embravecido. Lo que, en un principio, había tomado por una especie de niebla, se transformó en algo sólido, gris y grande, en el que los afilados picos de las montañas se erguían como torres. En el mar, a su alrededor, más allá de las olas que golpeaban las rocas, las sirenas esperaban.

Lonrach sobrevoló la isla en círculos, con los demás, mientras los portadores de los fallecidos los dejaban en tierra. Había muchos, pensó Breen, y algunos muy pequeños. Vio al que había sostenido en brazos, al que no pudo salvar. Y, de nuevo sumida en la tristeza, los demás jinetes y ella dejaron caer un tributo de flores sobre los cadáveres y la piedra. Cuando el último cuerpo quedó colocado y los portadores se unieron a los dragones que sobrevolaban el lugar, las sirenas cantaron. La melodía sonaba a corazones rotos, y voló por el aire, por encima del mar y de la isla de piedra que nadie hollaba. Las voces se alzaron y, en el mar, las sirenas lanzaron más flores que flotaron sobre las profundas aguas azules.

Cuando las voces se fueron apagando, cuando el último arco del sol se deslizó tras las aguas, los dragones, a una, dejaron escapar un único rugido ensordecedor. Y el mundo tembló con él. Después, el fuego.

Unos rugidos llameantes y gigantescos cayeron sobre la isla, de tal modo que pareció arder entera; la piedra se volvió roja. El calor envolvió a Breen, y el humo, al elevarse, era blanco puro, otra torre que se alzaba, como las llamas que lamían el aire. Las cenizas subieron en remolino, abrazadas por el viento que se las llevaba.

Cuando se aclaró el aire de las llamas, del humo y de las cenizas, abajo no quedó nada más que la piedra y sus imponentes montañas. Los dragones la sobrevolaron una, dos, tres veces, y después volaron hacia Talamh, justo cuando las primeras estrellas despertaron en el cielo nocturno.

La tierra seguía en silencio, respetuosa, cuando Lonrach aterrizó en la carretera, junto a la granja. Breen se quedó un momento tumbada en su lomo, acariciándole las escamas. Cuando desmontó, lo rodeó para acercarse a su enorme cabeza y lo miró a los ojos.

—Llámame cuando estés listo. Volaremos adonde necesites ir, cuando lo necesites.

El dragón giró la cabeza para mirar a Botarate, que estaba sentado en el muro, con Morena.

—Sí, por supuesto. Él vendrá con nosotros.

Dio un paso atrás y Lonrach se levantó. Tras desplegar las alas color rubí, atravesó la noche en dirección al Nido del Dragón.

—Nunca había visto nada semejante, ni nadie más, que yo sepa.

Breen asintió y se acercó al muro para sentarse con Morena, con el perro entre ellas.

—La yaya me dijo que también era la primera vez que lo vivía. Que, cuando muere un dragón, es un asunto privado.

—Sí, pero esto no ha sido una muerte por edad avanzada ni en batalla. Ha sido… Bueno, no tengo palabras para describirlo. El tributo ha sido precioso.

—Sí.

—Se han ido envueltos en luz. Se veía el fuego hasta aquí, y te juro que hasta los más pequeños guardaban silencio. —Volvió la vista atrás—. Harken necesitaba dar un paseo y estar a solas; bueno, con su otra esposa, porque esa perrita no se despega de él. Su dragón perdió a un compañero de nido, y él lo siente. Sé que no es comparable a lo que siento yo, así que necesitaba un momento de soledad.

Breen le dio la mano, encontró consuelo y también lo dio.

—Puede que no sea comparable, pero todos en Talamh lo sienten. Los dragones lo saben. Creo que por eso nos han permitido formar parte de esto.

—Opino lo mismo. Y, dioses, Breen, aunque ha sido bonito, espero no tener que volver a ver algo parecido. Debería contarte que Marco ha cruzado al otro lado con Brian. Vi a Keegan volar hacia el este con Cróga. Si quieres, estás invitada a compartir la cena con nosotros.

—Creo que Harken te necesitará cuando vuelva de su paseo. A mí tampoco me vendría mal andar un poco. Botarate y yo nos tomaremos nuestro tiempo antes de regresar a casa.

—Entraré a esperarlo. Él me esperó a mí, al fin y al cabo, y durante más tiempo que un simple paseo.

Tras repartir unas cuantas luces delante de ella, Breen empezó a caminar.

—Sé que te habría gustado venir hoy con nosotros —le dijo a Botarate—. Y sé que a Lonrach le habría gustado. Pero no estaba permitido. La próxima vez que volemos, estaremos los tres juntos.

Nunca olvidaría lo que había visto, oído y sentido ese día, pensó. Todos aquellos corazones latiendo, junto a todos los corazones que nunca volverían a latir.

Cuando salieron del bosque, se acercó a la bahía. Mientras el perro nadaba, se sentó sobre las piedras, y contempló las estrellas y la luna en miniatura. «¿Qué pasará a continuación?», se preguntaba, y deseó poder verlo. Sin embargo, había mirado en el fuego, había buscado en el orbe de labradorita, y nada se le había mostrado. Había visto el ataque demasiado tarde para salvar a los que habían fallecido. ¿Cómo podía tener ese poder y ese deber, y, aun así, no ver antes de que fuera tarde?

Botarate salió del agua y ella lo secó. Después el perro se sentó un rato a su lado, mirando el agua y las estrellas. Dentro, Marco la esperaba, solo.

—¿Brian?

—Acaba de subir. —Marco se acercó para abrazarla—. ¿Te acuerdas de cuando fuimos a la Partida en el castillo? Creía que no volvería a ver algo tan bello y desgarrador. Hoy lo he visto. —Suspirando, le dio un último estrujón—. Tienes que comer algo.

—Lo haré. Sube, vete con él.

—Lo haré. Ha sido muy doloroso para Brian, para ti, para todos, pero sobre todo para los jinetes. Lo entiendo. Creo que ya está un poco mejor. Creo que lo de hoy lo ha ayudado. Ha comido un poco y me ha dicho que sintió que Héroe se marchaba en paz. Que había dado la vida por proteger a los otros y había encontrado la paz. Y… —Se metió las manos en los bolsillos—. Le he dicho que me quedaría cuando te fueras a Nueva York.

—Podríamos retrasar el viaje —empezó a decir ella, pero Marco negó con la cabeza.

—Me ha dicho que no. Y me refiero a que ha dicho que ni de puta coña. Se… ofendió un poco, ya sabes. Me ha dicho que tenía que ir contigo y dejar de ser un capullo. Me recordó lo de Sally y su regalo de cumpleaños. —Sonrió—. Así que ahora sé que está mejor, porque se ofendió, y está muy orgulloso del regalo.

—Debería estarlo... Orgulloso, me refiero, no ofendido. Anda, ve arriba. Botarate y yo vamos a cenar y a acostarnos temprano.

Como Marco no estaba allí para regañarla, cogió su portátil y trabajó mientras comía. Quería plasmar sus impresiones y pensamientos sobre aquella jornada. No podría usarlo para el blog, se recordó, pero quizá algún día lo incluyera en un libro. O simplemente tendría algo que le recordara por qué y contra qué luchaban, por si alguna vez lo necesitaba.

Ordenó la cocina y trabajó un poco más en un borrador para la entrada del blog del día siguiente. Así ahorraría tiempo por la mañana y podría trabajar más en el libro de Botarate.

—Voy con retraso en eso —le dijo al perro, que se había acurrucado junto al fuego—. Supongo que no voy a tenerlo terminado para cuando vayamos a Nueva York. Y no debería estar pensando en la siguiente novela de fantasía, cuando todavía ni siquiera he vendido la primera. Pero empieza a asomar. Supongo que eso es bueno.

Lo guardó todo y cogió el orbe del escritorio. Le gustaba dejarlo junto a la foto de su padre y sus compañeros de banda cuando iba a acostarse.

—Es tarde, pero creo que aún no podré dormirme. —Cerró la puerta del dormitorio, y Botarate se fue derecho a su cama y su corderito de peluche—. Parece que tú sí.

Le encendió la chimenea, y guardó el collar y lo demás. Después de cambiarse, cogió el libro que le había tomado prestado a su abuela, lleno de historias sobre Talamh. Necesitaba leer más. Esperaba que la lectura le cansara la mente para dejarla al mismo nivel de agotamiento que el cuerpo. Sin embargo, los relatos la engancharon y no podía dejar de pasar una página tras otra.

Cuando Botarate levantó la cabeza y emitió un ladrido suave, se puso en pie de un salto. Con una mano cogió la espada, mientras levantaba la otra para reunir poder. Keegan abrió la puerta y entró.

—Veo que no estás dormida, como deberías. Es muy tarde y mañana tienes entrenamiento.

Llevaba días sin hablar con él, pero no era capaz de enfadarse con aquel saludo. Lo veía demasiado cansado.

—No te esperaba.

—Tenía que tomarme un descanso de la Capital. —No se acercó a ella, sino a las ventanas, que procedió a abrir, como si necesitara aire—. Hoy has montado muy bien, hija de los dragones.

—¿Qué?

—Ahora te llaman así. Hija de las hadas, los hombres, los dioses y los dragones. No estuve presente, así que no te vi interpelar a Odran, ni oí tu juramento, una promesa de sangre, nada menos, en medio de la matanza. Dicen, incluso, que la tierra tembló, igual que él. —Volvió la vista para mirarla—. ¿Tembló de verdad el suelo? ¿Y Odran?

—Sí.

—Así que ahora te llaman así.

—¿Quién? Porque...

—Bueno, los dragones, por supuesto. Te dije que puedo llamarlos y, por lo que se ve, también ellos a mí. Así que, al oírlo, supe lo que había que hacer hoy.

Se quitó la espada y la colocó al lado de la de Breen.

—Ha sido precioso. Era lo correcto.

—Todo lo correcto que podía ser. Lo has provocado —añadió Keegan, que le tocó el pelo con la punta de los dedos—. Todavía no tengo claro si fue un acto de valentía o una estupidez, así que supongo que ambas cosas.

En ese momento, ella lo recordó todo, lo que había visto, lo que había olido, lo que había sentido.

—Estaba cubierta de su sangre, Keegan. Tenía un bebé muerto en brazos y veía cómo se apagaba la luz en los ojos de su madre al comprender que no podía ayudarla. Fue superior a mí. ¿Y los prisioneros? ¿Los que capturaste?

Él apartó la vista y se volvió de nuevo hacia la ventana.

—La ley de los dragones.

—No sé qué es eso.

—Rápida, cruel y definitiva. ¿Podría haberlo impedido? No lo sé y nunca lo sabré. Pero, de haberlo intentado, ¿cuál habría sido el coste para nuestro vínculo? ¿Cuánto habríamos pagado por deshonrar a los muertos? Para los oscuros, fue un suicidio. —Se le rompió la voz, llena de rabia y asco—. En nombre de Odran, con la única intención de desmoralizar a las criaturas feéricas. ¿Una docena de ellos, con dos hechiceros, contra fuego y zarpas de dragón? Los dragones habrían acabado con cualquier superviviente, ya que no tenían forma de escapar de Talamh. Atacaron a los jóvenes, y eso es lo más doloroso para todos.

—¿Qué es la ley de los dragones? —preguntó Breen de nuevo, aunque, por cómo le latía el corazón en el pecho, creía saberlo.

—La muerte. La muerte por fuego de dragón.

Estremecida, se sentó en un lado de la cama.

—¿Es porque te pedí que me prometieras no abrir el portal para el destierro? Si…

—No, en absoluto. Esta ley es más vieja que Talamh y que la nuestra. Ya está hecho.

Más carga para él, pensó Breen, y se levantó.

—Sostuve en brazos bebés quemados, ensangrentados, y a muchos por los que ya no podíamos hacer nada. Abracé a Brian mientras lloraba por Héroe. Esto, todo esto, es culpa de Odran, Keegan, no tuya.

—Yo llevo el bastón —respondió él, sin más—. Y ya está hecho. Mientras ocurría, pensaba en que nunca comprenderán que

Odran no piensa en ellos, que sus muertes no son nada para él. Los envió aquí a morir. Lo sé. Llevan todo este tiempo escondidos en esas cuevas miserables y, a cambio, los envía a la muerte.

—No vencerá.

—A eso me aferro. —Suspiró de nuevo y casi sonrió—. Hija de los dragones.

Ella se le arrimó y, cuando le cogió las manos, él se las apretó.

—Deberías comer. Puedo calentarte...

—No, no. No tengo estómago para eso. Los sentí llorar, gracias a este don que yo mismo me busqué; así que los sentí llorar a todos mientras dejaban a sus hermanos, hermanas, hijos, hijas y parejas en esa piedra, mientras el sol se ponía. Nunca olvidaré ese sonido. No tengo estómago para comida, ni tan siquiera para cerveza. Necesito dormir, y te quería a mi lado.

—Pues ven a la cama.

Keegan asintió y se quitó las botas.

—El dragón de tu padre voló junto a Marg. Se dice que, desde que cayó Eian, su dragón solo vuela de noche y pasa sus días en Eile Dragain, esperando la muerte. Pero hoy voló a la luz del sol.

—Lo vi y lo reconocí. Lo había visto con mi padre encima, en visiones.

Observó la fotografía, a su padre, a Keegan. Al lado de la foto, unas imágenes empezaron a formarse en el orbe.

—Keegan, ven a ver esto.

—Ya he visto la fotografía y es un bonito recuerdo.

—No, en el orbe. Las sombras se mueven, las nubes se aclaran. ¿Lo ves?

Se acercó a ella y miró.

—Solo veo el orbe.

—Hay movimiento. Hay oscuridad y luz. Voces..., hay voces. Alguien grita. ¿Lo ves?

Él le dio la mano y entrelazaron los dedos. A través de ella, a través del orbe, vio lo que veía Breen. El fuego rugía en la chimenea y proyectaba una luz roja taciturna sobre una cama con postes dorados y sábanas de seda. Las velas iluminaban una habitación con ventanas abiertas a la noche. El mar azotaba las rocas de abajo, un ruido violento y enfadado, como los gritos y maldiciones de la mujer que se retorcía en la cama.

Shana agitaba los puños en el aire y se aferraba a la seda. Tenía el rostro tan contraído que no le quedaba ni un ápice de su belleza. Y gritaba.

—¡Sácamelo! ¡Sácame de dentro esta cosa!

Una mujer con el pelo recogido en lo alto de la cabeza y un collar de esclava al cuello estaba arrodillada entre sus piernas. En la cara se le veían los arañazos en carne viva que le había dejado Shana con las uñas.

—Todavía está girado.

Yseult, con la mirada fría y el rostro inflexible, observaba.

—Es demasiado pronto. El niño debe quedarse dentro de ella.

—Ha roto aguas. No puedo evitarlo. —El dolor le recorrió la cara a la esclava cuando la única piedra engarzada en su collar empezó a latir—. Me hagas lo que me hagas, no puedo evitarlo. Solo puedo procurar darle la vuelta al niño dentro del vientre. Le está haciendo daño a la madre. ¡Lo estás viendo!

—Sírvele más opio —le ordenó Yseult a una joven que esperaba cerca, temblando.

—Ten cuidado con eso —le advirtió la comadrona—. No debes presionarla ahora, no debes; le hará daño.

—Haz lo que tengas que hacer.

—¡Te mataré! —Llevada por la rabia y el dolor, Shana golpeó a la joven. La copa le salió volando de las manos, y la mejilla, por donde había cortado el anillo de la parturienta, le empezó a sangrar—. ¡Os mataré a todas y Odran os aplastará! ¡Sacádmelo!

—Sujétala —ordenó la comadrona—. Yseult, si le quitas el dolor con tus grandes poderes o le concedes unos instantes de sueño…

—Parir es sangre y dolor. Haz lo que tengas que hacer.

Los gritos, aquellos gritos horrendos, se transformaron en algo inhumano cuando la comadrona metió las manos dentro de Shana para intentar girar al bebé. Ella misma dejó escapar un grito de dolor, y sacó una mano rajada que chorreaba sangre.

—Tiene… Tiene garras. La está destrozando.

—Tú y tú, sujetadla, ¿me oís? Tú, ve a decirle a Odran que su criatura está a punto de nacer. En cuanto a ti —añadió Yseult, acercándose más a la comadrona para agarrarla por el cuello—, saca a ese bebé o muere.

Los gritos desgarraron el aire. El pelo de Shana, gris y sudado, cubría un rostro atormentado por el dolor. Hicieron falta cuatro personas para contenerla mientras la comadrona trabajaba. Aun así, la joven bramó y usó hasta su último aliento para maldecirlas a todas, para maldecir a la criatura que luchaba por nacer.

—¡Se ha girado! —Goteando sudor y sangre, la comadrona se inclinó sobre Shana—: ¡Empuja ahora! Empuja.

Pero Shana solo se reía.

—Muertas, muertas, estáis todas muertas. Me bañaré en vuestra sangre.

Sin embargo, era la sangre de Shana la que manchaba las sábanas de seda cuando la comadrona alargó las manos para ayudar a salir al bebé.

—Empuja ahora, empuja, cielo. Yseult, te lo suplico, ayúdame. No puedo hacerlo sola y a ella no le quedan fuerzas.

Yseult se colocó junto a Shana y la miró a los ojos, vidriosos y enloquecidos.

—Empuja para traer a esta criatura al mundo. —Mantuvo las manos por encima del vientre hinchado de Shana—. Dale vida.

Shana enseñó los dientes y se apoyó en los codos. Gritó, gritó de nuevo mientras empujaba.

—Ya tengo la cabeza; no empujes ahora. Por favor, Yseult, que no empuje.

En la cabeza, cubierta de sangre, se veían unos ojos alargados e hinchados, y una boca que, entre muecas y mordiscos, dejaba al aire unos colmillos cortos y afilados.

—Que los dioses nos ayuden —murmuró la comadrona, que después gritó al recibir una descarga de su collar de control.

—No hay más dios que Odran. Ahora saca a esa criatura.

El bebé se retorcía entre las manos ensangrentadas de la comadrona, tan pequeño que cabía en ellas, con el cuerpo retorcido como una cuerda. Emitió un sollozo débil como un maullido mientras arañaba con las zarpas. En la cama, pálida como la muerte, Shana dejó escapar una carcajada, un ruido sordo que sonaba como la locura que le brillaba en los ojos.

—Respira —dijo la comadrona—, pero me temo que no lo hará durante mucho tiempo. Debo cortar el cordón y sacar la placenta. Si no atendemos a la madre, morirá también.

—Dame al niño.

A la comadrona le temblaban las manos cuando Odran habló detrás de ella. Y, con aquellas mismas manos temblorosas, cortó el cordón y le entregó al bebé. Él lo miró.

—No tiene poder. Solo enfermedad, deformidad y muerte. ¿Puedes cambiar eso?

Yseult se le aproximó y examinó a la criatura que tenía en la mano.

—No sobrevivirá más de una hora; mis poderes no pueden hacer nada.

—¿Y ella?

—Nunca concebirá otro hijo.

—¿Vivirá si la curáis?

Yseult miró a Shana y después a la comadrona.

—Ha perdido mucha sangre —dijo esta última—. Y el parto la ha dejado malherida. Yo sola no puedo hacer tanto. Con ayuda, quizá sobreviva, pero… tardará, mi señor Odran. Y exigirá mucho esfuerzo.

—Quiero que viva, por un tiempo. Asegúrate de que lo haga.

Cuando dio un paso atrás, Yseult se apresuró a seguirlo.

—Mi señor, mi amo, mi mundo entero, ¿de qué va a servirte ahora, yerma y loca?

—Su locura tiene sus usos. Devuélvele la fuerza a su cuerpo, Yseult.

—Haré lo que me pides, pero puede que me lleve varias semanas. Está a punto de morir.

—Hazla más fuerte y, cuando se recupere, encuentra el modo de devolverla a Talamh.

—Todo lo que desees y todo lo que pueda ofrecerte con mi poder, pero...

Él la agarró por el cuello, como había hecho ella con la comadrona. Durante un instante, un destello rojo se abrió paso entre el gris de sus ojos.

—¿Es culpa tuya que haya engendrado a esta cosa que tengo en la mano? ¿Intentaste que muriera en el parto?

—Mi señor, jamás le haría daño a nada tuyo. Yo te la traje. Haré todo lo que esté en mi mano por cumplir con lo que me pides. Siempre te serviré a ti y solo a ti.

—Entonces hazla más fuerte. Me ha entretenido estos últimos meses y me ha resultado útil. Así que le concederé su mayor deseo. Su último deseo.

—Mi señor.

—Regresará y matará al que se volvió contra ella. Al que la traicionó. Matará al *taoiseach*. Y, con su muerte, la hija de mi hijo acudirá a mí. —Bajó la vista hacia la cosita retorcida que tenía en la mano—. Su sangre es oscura, débil y desprovista de poder.

La arrojó al fuego y se marchó mientras Shana se reía entre dientes.

En la casa, Breen dio un paso atrás, después otro y otro, hasta que se dio contra el lateral de la cama. Se sentó, despacio.

—Dios mío, Dios. —Cuando Botarate plantó las patas a su lado, ella enterró la cara en su pelaje—. Lo ha…, lo ha lanzado al fuego como si fuera un ladrillo de turba.

—Quédate con ella —dijo Keegan, que salió mientras Breen se aferraba al perro y temblaba.

Cuando regresó, le puso una copa de vino en la mano.

—El whisky sería mejor, pero no te gusta.

Como a él sí, bebió del vaso que tenía en la mano.

—¿Lo has visto? ¿Lo has visto todo? —le preguntó Breen.

—Sí, y lo he oído. Hasta ahora había conseguido evitar asistir a un parto, pero creo que si todos fueran así, nadie iría a por el segundo.

—Yo solo he visto uno, el de Kelly, y en parte, pero puedo asegurar sin lugar a duda que no son así.

—Me habías dicho que lo que había dentro de Shana era deforme y oscuro, y estaba enfermo.

—Sí.

—Tenías razón y, por lo que parece, creo que no era el primer hijo de Odran que le sale así.

A Breen le temblaba el cuerpo y, dentro de él, el corazón.

—Solo lo quería por su poder. No sentía nada en absoluto por la criatura.

Keegan se sentó a su lado.

—Odran no siente nada por nadie ni por nada, solo por el poder. Ya lo sabes.

—Lo sé, pero verlo… A su propio hijo… —Bebió un poco de vino, después un poco más—. Tenemos que acabar con esto, Keegan. Con el sufrimiento, con la crueldad. La comadrona, una de las sabias, era su esclava. Sus manos, lo que esa criatura le ha hecho… Lo que ellos le han hecho. Tiene que acabar.

—¿Crees que Shana vivirá?

—Eso parecían creer ellos. Pero pienso que había perdido mucha sangre y que estaba demasiado herida para curarla con la luz. Creo que Yseult usará la magia oscura. Dioses, más sacrificios. Para matarte. Dios, Keegan, para intentar traerla hasta aquí y que te mate. No podemos dejar que vuelva.

Él se sentó, frío; resultaba evidente que reflexionaba al respecto.

—Ninguna de esas cosas les resultaría sencilla.

—Está loca y probablemente después de todo esto y de lo que van a hacerle para mantenerla con vida, lo esté más. Odran le ha pedido a Yseult que la haga más fuerte. Debes tener cuidado. Necesitas protección. Cancelaré el viaje a Filadelfia y Nueva York. Nos…

—Ni de broma.

Breen se enfrentó a él.

—¿Crees que soy capaz de marcharme mientras Odran fortalece a una asesina demente para matarte?

—Creo que soy bastante capaz de defenderme solo de alguien como Shana.

Ella se llevó las manos cerradas al pelo y resistió el impulso de arrancárselo.

—¿Es que no lo has oído? Es el mayor deseo de Shana, y él está en lo cierto. Es lo bastante listo como para saber que lo que más desea en el mundo es verte muerto.

—Diría que tú también ocupas uno de los primeros puestos de la lista. —Hablaba con calma, como el líder de las hadas, calibrando el terreno que pisaba, evaluando al enemigo—. Así que todos tendremos cuidado, porque está lo bastante loca como para rebelarse contra las órdenes de Odran y volver a atacarte. Semanas, han dicho, en cualquier caso, y ¿qué hemos visto? No estoy seguro de que, a pesar de usar tanto la magia de la luz como la de la oscuridad, sean capaces de sanar su cuerpo. Y ¿no crees que, si lo logran, después de haber visto lo que hemos visto, estaremos preparados?

—Sí, claro. Por eso me quedo.

—No te quedas. Soy el *taoiseach*, guerrero y de las sabias. Conozco al enemigo, Breen Siobhan, y bien. Está loca, pero no es una guerrera. Y si crees que una elfa demente es capaz de vencerme, bueno, me siento insultado. Además, solo vas a estar fuera unos días. Le contaremos a quien necesite saberlo que esperamos algún truco en uno de los portales. Es una pena no saber cuál van a emplear, pero los vigilaremos todos. —Le dio un beso en la cabeza, con aire ausente—. Termínate tu vino y serénate.

—Mierda, ya estoy lo bastante serena.

—Sí. Ya no revoloteas de un lado a otro tanto como antes.

—Nunca he revoloteado. Y estás intentando cabrearme para que no discuta contigo.

—Discutir es una pérdida de tiempo y necesitamos dormir. —Depositó el vaso vacío sobre una mesa—. Confía en mí. Espero tu confianza.

—Esto no es no confiar.

Keegan la besó de nuevo y luego se levantó para desnudarse.

—Puedes preocuparte un poco, pero no demasiado. Si te preocupas demasiado, vuelve a ser insultante.

—No eres invulnerable, Keegan.

—Brujo, guerrero, jinete de dragón y *taoiseach* contra una elfa perturbada que no ha luchado jamás en una batalla.

—Mató a Loren.

—Porque él la amaba. Yo no. Vete a la cama —le dijo a Botarate—. Yo me ocupo de ella.

Le quitó la copa de vino, todavía medio llena, y la dejó en la mesa. Después la cogió y la tumbó.

—¿Sabes lo que Han Solo le dijo a Luke Skywalker?

—Me gustan esas historias. —Tiró de ella para apoyarle la cabeza en su hombro—. ¿El qué? ¿«Que la Fuerza te acompañe»?

—No, pero eso también te vale. Lo que le dijo es: «No te pongas chulo».

Keegan se rio y se colocó encima de ella.

—Ahora me has retado y se me ha puesto dura, así que dejaremos lo de dormir para dentro de un rato.

25

Aunque la preocupación no ayudaba, siguió acompañándola en segundo plano durante los días siguientes. Y, cuando subía a la superficie, intentaba ver más a través del orbe, a través del fuego. Sin embargo, el mundo de Odran permanecía envuelto en las sombras incluso después de que abril llegara y floreciera.

Preparó una maleta lo más meditada y pequeña posible, recordándose que solo estarían fuera unos pocos días. Pero, entre esos días, habría una fiesta en Sally's y reuniones en Nueva York. Y su madre.

—Lo siento, no puedo llevarte —le dijo a Botarate, que continuaba enfurruñado—. Y sabes que te lo vas a pasar bien con la yaya, Brian y Keegan. Y que pasarás mucho tiempo en la granja con los niños, Mab y Cielo.

Cuando el perro bajó la cabeza, Breen suspiró.

—En serio, solo son tres días.

Keegan entró en el dormitorio cuando ella metía una prenda más en la atiborrada maleta. Sorprendida y sintiéndose culpable, cerró la tapa.

—Creía que te vería al otro lado —le dijo Breen.

—Marg me echó una mirada.

—¿Una mirada?

—Una mirada que decía que más me valía venir para llevarte las maletas —explicó, a la vez que echaba su propia miradita a la maleta, el maletín del portátil y su bolso de lona—. Tres días, me habías dicho. No tres semanas ni un mes ni medio año.

—Tengo… actividades. Actividades de diversa índole que exigen ropa distinta. Te apuesto lo que quieras a que Marco lleva tanto como yo, si no más, así que no empieces.

—Él puede cargar con su equipaje o pedirle a Brian que lo haga.

—Podría, ya sabes, enviarlo —repuso ella, agitando una mano.

—Podrías, pero estoy aquí, ya que la magia no siempre tiene por qué sustituir al músculo. —Levantó la maleta que Breen acababa de cerrar—. Y para esto hace falta músculo. ¿Es que has metido piedras de recuerdo?

Ella pensó que, cuando tienes ropa que te gusta de verdad, cuesta decidir qué llevarte. Así que, en vez de contestar, se colgó el bolso y el maletín del hombro. Un año antes podría haber llevado tan solo el bolso, porque su ropa era beis y aburrida. Así que la maleta era un cambio positivo.

—Como estás tan servicial, puedes llevar también el regalo de Sally.

Keegan se metió bajo el brazo el paquete envuelto en papel de colores.

—Es un buen regalo. Estoy seguro de que le encantará. ¿Está ya todo o tienes otra bolsa por ahí escondida?

—Está todo, y, si sigues quejándote tanto, le pediré a Marg que te guarde una de esas miradas.

—No me importaría. Son escasas pero feroces.

Breen decidió que le hacía gracia, así que bajaron las escaleras. El perro los seguía, muy despacio. Marco y Brian estaban en el salón, besándose, con las bolsas de Marco a sus pies.

—No lleva tanto como tú —comentó Keegan.

—Porque yo tengo el regalo y… cosas de chicas.

—Si yo te dijera «cosas de chicas», creo que me llevaría otra de esas miradas feroces. ¿Estás listo, Marco?

—Sí. —Pero miró a su alrededor—. Que no se te olvide el guiso. Solo tienes que calentarlo. Y he congelado algo de salsa de tomate, por si queréis pasta. Solo hay que hervir el agua y…

—Venga, deja de preocuparte, que no nos vamos a morir de hambre. —Brian cogió la maleta de Marco—. Aunque voy a echar de menos tu cocina, te echaré más de menos a ti.

Marco se cargó al hombro el maletín de su ordenador y después cogió el regalo que llevaba Keegan. Cuando salieron, Breen miró hacia el huerto que habían plantado, las hileras y los montículos, los nuevos brotes.

—Crecí en una granja. Creo que seré capaz de encargarme de un huertito como este durante unos días —le aseguró Keegan, y, tras negar con la cabeza, tiró de la maleta hacia el bosque.

Breen había colgado carillones, fabricados en el taller de su abuela, en las ramas; tanto por su belleza y melodía como a modo de protección. Se agitaban y tintineaban con la brisa, y sus brillantes colores reflejaban el sol y las sombras. Además, los *pixies* acudirían por la noche, así que vigilarían a Keegan si se quedaba a dormir en la casa. En la granja tendría a Harken y a Morena, y a una veintena de guerreros si iba a la Capital.

Habría deseado ver si Shana se había recuperado, si habían encontrado algún modo, el que fuera, de ayudarla a cruzar. «Necesito que cuides de él —le dijo al cabizbajo Botarate, que levantó la cabeza enseguida—. En serio, es importante. Quédate cerca de él siempre que puedas, ¿vale? Hazlo por mí». El perro aligeró el paso y meneó el rabo. No lo dejaban atrás, sino que le encargaban una misión: proteger.

—Haz muchas fotos para enseñármelas cuando vuelvas —decía Brian—. De la fiesta y de la gran ciudad. Y, Breen, escribe sobre ello para que podamos leerlo en la máquina de Marco cuando vuelvas a casa.

«Volver a casa», pensó ella mientras se acercaban al árbol. No se iba a casa, sino que hacía un pequeño viaje. Y, dentro de unos días, regresaría a casa de nuevo. Cuando cruzaron y se encontraron bajo una fina llovizna de abril, vio que los esperaba un pequeño comité de bienvenida —o, mejor dicho, de despedida—: Marg, Sedric, Morena, Harken, Aisling y los chicos, sin Mahon, que estaba de patrulla. La cachorrita, que ya era el doble de grande que en Navidad, saltó alegremente sobre Botarate.

—Y aquí están los viajeros.

Ágil, Morena se apartó rápidamente de los juguetones perros. Kavan alzó los brazos para que lo cogiera Breen, así que ella dejó la bolsa para levantarlo.

—Está listo para irse con vosotros —le dijo Aisling.

—Eso sería divertido, ¿a que sí? —respondió ella, frotando la nariz con la del niño—. Un día iremos juntos. —Con él a la cadera, abrazó a Marg—. Estaremos aquí mismo, de regreso, dentro de tres días.

—Disfruta de la visita y deséale a Sally feliz cumpleaños de parte de todos nosotros.

—Lo haré. Lo haremos. —Besó a Sedric en la mejilla—. Nos vemos pronto.

Dejó a Kavan en el suelo y empezó a recoger sus bolsas, pero Keegan la cogió en volandas para darle un beso que hizo reír a Finian y carcajearse a Kavan.

—Me vas a echar de menos, ¿verdad?

—Quizá. Sí.

—Bien. Porque yo también te echaré de menos. Aquí hay mucho equipaje —dijo Keegan mirando a Sedric, que sonrió.

—No es ningún problema. Daos las manos, que será más fácil.

—Todavía podemos ir volando… Quiero decir, en avión

—aclaró Marco, pero le dio la mano a Breen de todos modos—. ¿Seguro que acabaremos de vuelta en nuestro antiguo piso?

—Ahí es donde abrí el portal —le recordó Keegan—. Meabh no estará allí, ya que sabe que vais. Y ya sabes dónde está el portal de Nueva York.

—Sí. —Breen empezó a notar el cosquilleo de los nervios por toda la piel—. Lo llevo todo escrito.

—De acuerdo. —Keegan se acercó a Marg y Sedric—. Sé que puedes hacerlo tú solo —le dijo a Sedric—, pero te echaré una mano.

—La acepto, gracias.

Los dos levantaron las manos, con las palmas hacia fuera.

—Lo que estaba abierto se cerró. Lo que se cerró se abrirá para que los viajeros crucen al otro mundo. Protegedlos en su viaje.

La luz se arremolinó en la carretera y se extendió sobre ella dando vueltas, cada vez más grande. Kavan dejó escapar un chillido de alegría, pero, a los pies de su madre, Finian lo miraba todo fijamente con los ojos muy abiertos. «Mi dulce niño mágico está contribuyendo con su poder», comprendió Breen, y respiró hondo.

—Allá vamos.

—Ay, mierda —dijo Marco, aunque se agarró a su mano y dio un paso adelante cuando lo hizo ella.

Breen oyó la voz de Kavan.

—¡Adiós! ¡Adiós! ¡Adiós!

Entonces solo hubo luz, viento y la mano de Marco. El aliento que había dejado escapar se perdió en medio. El corazón latió con fuerza una sola vez. En poco más de un instante se encontraba en su antiguo piso, y Marco se dejó caer a cuatro patas.

—¿Estás bien? Tranquilo, estoy aquí.

—Un poco mareado, sin aliento. Espera.

—Estoy aquí. Tengo una poción en el bolso.

—Solo necesito recuperar el aliento. Es que… La leche, qué subidón. No ha sido tan malo como la última vez, pero, buf.

Todavía entre jadeos, se sentó en el suelo. Tenía la mirada algo inquieta, rebotando de un lado a otro.

—Estamos aquí de verdad.

—Sí. —Breen buscó la poción en el bolso—. Dos tragos y, si la cabeza no deja de darte vueltas, otro más.

—No es tanto la cabeza como la puñetera habitación. —Bebió y bebió de nuevo—. Vale, sí, mejor. Un viaje rápido, ¿eh?

Consiguió sonreír y, dado que había recuperado el color en el rostro, ella sonrió con él.

—¡Súbeme, Scotty!

Se sentó a su lado y miró alrededor. Meabh había añadido algunas cosas y cambiado de sitio algunos muebles, pero estaba todo casi igual. Se dio cuenta de que sentía nostalgia. Nostalgia de todos los buenos recuerdos con Marco, aunque no lo echara de menos.

Aquella no era su casa, ya no.

—Tiene buena pinta.

—¿Lo echas de menos? —le preguntó ella.

—Me preguntaba si lo haría, pero no. Es agradable volver a verlo. Es como… ¿Sabes cuando pasas por al lado de tu instituto y recuerdas cosas o sientes cosas? Sean buenas o malas, el caso es que no quieres volver allí.

—¿Crees que vas a querer llevarte algo?

—No, tengo todo lo que quería, gracias a Sedric. ¿Y tú?

—Quiero llevarme la mesa, nuestra mesa de dragón. La que me pintaste para mi cumpleaños. No en este viaje, después.

—Pasamos muy buenos momentos a esa mesa.

—Sí. —Breen se levantó y le dio la mano—. ¿Listo y preparado?

—Claro que sí.

—Pues vamos a nuestro hotel.

—Suena raro y, bueno, pijo, quedarnos en un hotel en Filadelfia.

—Vamos a pasar tres días muy pijos. Nos registramos en el hotel y luego voy a ver a mi madre.

Aunque primero haría una parada rápida para ver a la de Marco.

—Debería ir contigo, chica. Deja que…

—Tengo que hacerlo y quitármelo de encima. Después nos ponemos guapos y vamos a sorprender a Sally. Cuando terminemos con esto, Marco, todo lo demás será positivo, feliz y divertido.

—Pero no vas a ir en el puñetero autobús.

—Trato hecho. Vamos al hotel como un par de turistas.

Le llegaron más recuerdos cuando llamó a la puerta de los Olsen. Barbacoas en el patio diminuto, viendo a la señora Olsen preparar una tarta en la cocina acogedora e impoluta, mientras ella se maravillaba con la música góspel. Muchos buenos recuerdos. Solo tenía que bloquear los de las lágrimas de Marco sobre su hombro cuando su familia renegó de él por ser quien era.

Annie Olsen abrió la puerta y esbozó una sonrisa educada. Después parpadeó —con aquellos ojos tan similares a los de Marco— y dio una palmada.

—¡Breen! Ay, Dios mío, es Breen Kelly. Te juro que he tardado un minuto en reconocerte. ¡Pero mira cómo estás!

—Me alegro de verla, señora Olsen.

—¡Niña! —La mujer, bajita y robusta, con una melena completamente lacia, la abrazó—. Entra, entra. ¡No sabía que habías vuelto!

—Solo un día.

La casa estaba justo como la recordaba, reluciente. La señora Olsen se tomaba muy en serio la limpieza.

—Marco y yo hemos venido para el cumpleaños de Sally,

después tenemos reuniones en Nueva York, antes de volver a Irlanda.

La sonrisa vaciló un instante, pero la señora Olsen asintió.

—Personas de la alta sociedad. Siéntate, te traeré un café.

—¿Podría acompañarla, como hacía de pequeña? Siempre me ha gustado verla cocinar. Estoy segura de que Marco ha heredado de usted su don para la cocina.

—Ven conmigo, claro. Me queda un poco del bizcocho que hice ayer, así que lo tomaremos con el café. No te vendría mal engordar un poco.

«Ni siquiera dice su nombre», pensó Breen, con un nudo en la garganta.

—¿Cómo va todo, señora Olsen?

—De maravilla. Siéntate en la encimera, como en los viejos tiempos. ¿Has dicho que tienes reuniones en Nueva York?

—Sí, con mi editora y mi agente. Y Marco tiene una reunión con la gente de publicidad con la que ha estado trabajando. Además, mi agencia está muy interesada en la idea de que escriba un libro de cocina. De hecho, va a firmar con ellos cuando estemos en Nueva York.

La señora Olsen puso el café y sacó el plato de tarta con campana de cristal en el que guardaba el bizcocho.

—Estamos muy orgullosos de que te vayan a publicar ese libro. Escribir para niños es muy bonito. Y, madre mía, Breen, estás preciosa y muy mayor. ¿Cómo está tu madre?

—Voy a verla hoy. Señora Olsen, en realidad me he pasado por aquí para hablar con usted sobre Marco.

—Rezo por él, como también rezo por ti —respondió ella mientras dejaba un trozo de bizcocho delante de Breen.

—Marco se casa este otoño —dijo Breen lo más deprisa que pudo, porque ya conocía la respuesta—. Brian Kelly, en realidad es primo mío, y…

—Breen, Dios no reconoce esas aberraciones, sino que las

condena. Me rompe el corazón que mi hijo haya rechazado la palabra de Dios, la ley de Dios, y rezo todas las noches por su alma. Ha tomado su decisión, y rezo por que se arrepienta y encuentre el camino de vuelta. —Le dio una palmadita a Breen en la mano—. Ahora prueba el bizcocho. Tienes que poner algo de carne en esos huesos.

—Tengo que contarle que es feliz. Necesito que sepa que es feliz y que está con una persona buena que lo ama. Necesito que sepa que parte de él siempre la echará de menos, pero que tiene una buena vida.

Y lo único que vio Breen en los ojos de Annie Olsen fue tristeza.

—No puede haber felicidad verdadera en el pecado, Breen, y me apena pensar en lo que sufrirá cuando llegue el día del juicio. —Las lágrimas le asomaron a los ojos, pero no cayeron—. Llevé a ese chico en mi vientre y en mi corazón. Lo crie para que conociera la palabra de Dios y viviera de conformidad con ella. Pero tomó el camino incorrecto. Esta noche rezaré más que nunca por él.

—Lo siento. Esto no sirve más que para incomodarla, debería irme. —Se levantó—. Siempre fue amable conmigo y eso nunca lo olvidaré. Marco es la persona más buena y generosa que conozco. Creo que eso es importante, muchísimo, en esta vida y en la que venga después.

Salió sola de la casa y, aunque el dúplex de su madre estaba lejos, pensó que le vendría bien el paseo para calmarse. Había albergado esperanzas, y por fin podía reconocer que había sido muy ingenua. Se recordó que Marco tenía familia; la tenía a ella, tenía a Sally y a Derrick, y a todos sus amigos de Talamh. Además ahora tenía a Brian. Y todos los miembros de su verdadera familia lo querían y lo aceptaban, no a pesar de lo que era, sino por lo que era. Se advirtió que debía recordarlo, ya que lo mismo se aplicaba a ella.

Sabía que su madre estaba en casa, lo había comprobado antes. El orbe no quería mostrarle el mundo de Shana y Odran, pero sí a Jennifer en su refinada casa, siguiendo su rutina de todos los sábados. Primero, el gimnasio con su entrenador personal, seguido de la compra de la semana. Cada cuatro sábados, tocaba salón de belleza: pelo, uñas, cara. Pero no ese sábado, cosa que había procurado comprobar antes de reservar los hoteles y concertar las citas en Nueva York.

Como abril acababa de empezar, era demasiado pronto para arriesgarse a sacar las plantas y macetas, pero Jennifer habría abierto las ventanas al menos durante una hora. Habría hecho la colada que no iba a la tintorería y se habría encargado de los recibos o de la banca online. Aunque contaba con servicio de limpieza, recorrería la casa ahuecando cojines, colocando las flores compradas esa misma mañana y demás. Algunos dirían que mataba el tiempo, supuso Breen mientras miraba la puerta del dúplex. Sin embargo, para Jennifer Wilcox, era una misión. Qué narices, era una religión tan inflexible como la de Annie Olsen. Perfección en todas las cosas, salvo en su única hija, que no había estado en absoluto a la altura.

Quizá después se tomara una copa, ya fuera con alguna amistad o, lo más probable, mientras trabajaba en alguna cuenta. Su ascenso a directora de medios de comunicación en una agencia de publicidad con mucho éxito le exigía llevarse mucho trabajo a casa.

Perfección en todas las cosas.

Se acercó a la puerta y llamó. Después dio un paso atrás para esperar en el camino de entrada. Allí no la invitarían a café y bizcocho. Sin embargo, bajo aquella fachada acogedora y educada, era lo mismo, ¿no? Te parí, te crie, pero no aceptaré que seas quien eres y lo que eres. Quien eres y lo que eres nunca serán bienvenidos aquí, a no ser que rechaces todo eso y entres en razón. A no ser que te conviertas en lo que yo puedo aceptar. Si no, ni siquiera volveré a pronunciar tu nombre.

Cuando abrió la puerta, Breen se fijó en que su madre todavía conservaba las mechas y la melena hasta la barbilla. Se había vestido de sábado, con pantalones negros ajustados, un jersey celeste, bailarinas y un maquillaje minucioso pero informal. Pendientes dorados de botón, una fina cadena de oro con una hilera de cuentitas de oro y un reloj inteligente muy sofisticado; eso era nuevo. Se fijó en todos los detalles, incluida su cara de pasmo absoluto.

—Breen. No sabía que estuvieras en Filadelfia.

—Brevemente. Para el cumpleaños de Sally.

—Ya veo. Bueno, entra.

—No, no soy bienvenida. Lo que soy, quien soy, no es bienvenido.

—Entra y lo hablamos.

—No tiene sentido hablar de algo que no puedes aceptar y a lo que yo no renunciaré. —Ladeó la cabeza cuando vio que su madre miraba hacia la casa adosada a la suya—. ¿Te preocupa lo que piensen los vecinos?

—Están pasando el fin de semana fuera, pero no pienso mantener esta conversación contigo en la puerta de la calle.

Cuando empezó a retroceder, Breen usó su poder para cerrar la puerta.

—Lo harás, no nos llevará mucho.

—Esto no te lo permito, Breen. Te lo dejé claro.

A Breen le pareció que le temblaba la voz y que era tanto por el enfado como por el miedo.

—Lo hiciste, me lo dejaste claro como el agua. No me permites ser lo que soy. Solo me permites ser lo que no soy, lo que tanto te esforzaste por crear. Me he convertido en otra cosa y soy feliz. Quería contártelo. Soy feliz. Mi vida no es perfecta. Nunca lo será, pero es mía.

—¡No lo es! Es lo que te han metido dentro y con lo que te han llenado la cabeza. Yo soy la que te ha criado, la que te dio un hogar, estabilidad, un rumbo y un objetivo.

—Todo eso era tuyo: tu hogar, tu versión de la estabilidad, tu rumbo y el objetivo que tú elegiste. Ahora he elegido yo. Mi libro saldrá pronto. Mañana voy a Nueva York y puede que venda otro. Escribir me hace feliz. Es trabajo y puede ser difícil, pero me hace feliz. Mis dones me hacen feliz. Son trabajo y pueden ser difíciles, pero me hacen feliz. Tengo mi propio rumbo, mi propio objetivo.

—Es una fantasía, y peligrosa, además.

—No te equivocas del todo, pero sigue siendo mía. Sé que trabajaste mucho para darme una vida y un hogar. He pensado mucho sobre ti, sobre nosotras, a lo largo de este último año. Me doy cuenta de que lo hiciste lo mejor que pudiste, y eso tiene que bastar.

—Abre la puñetera puerta y entra en casa. No voy a airear estas tonterías en público.

—Te abriré la puerta dentro de un minuto, aunque no entraré. —«Ni ahora ni nunca», pensó—. Me has mentido durante muchos años y, con las mentiras, me robaste algo muy preciado. Me hiciste sentir que no valía nada, que era insuficiente. Y muy desgraciada. Tenías que saber lo desgraciada que era, mamá.

—Estabas a salvo y sana, tenías una buena educación y una carrera adecuada.

—Y me sentía fatal porque intentaba encajar en el molde que me habías fabricado con tus prejuicios y tus miedos. Nunca encajé en él. He roto ese molde; no ha sido fácil, pero lo he hecho. Y ahora encajo. No puedo obligarte a encajar en el molde que preferiría para ti, así que no lo intentaré. Lo hiciste lo mejor que pudiste, lo acepto y te lo agradezco. Me mentiste y eso estuvo mal, te equivocaste al desdeñar mi felicidad hasta conseguir que creyera que no me la merecía.

»No volveré por aquí, pero tenía que decírtelo. Te equivocaste y me hiciste daño. Y te perdono.

—Que me... Si no he hecho nada más que...

—Te perdono —repitió Breen—. Y, sinceramente, espero que

tengas la vida que quieres de verdad. —Le dio la espalda y se alejó—. La puerta está abierta.

Había estado cargando con un peso enorme, que en ese momento se le cayó sin más de los hombros. Sintiéndose mucho más ligera, caminó sin parar, disfrutando de la fresca tarde de abril. Caminó ligera y, de algún modo, libre, pasó junto al estudio de tatuajes y se miró la muñeca. De nuevo, siguiendo un impulso, entró. Se lo tatuó con la misma letra que el anterior, justo debajo del hombro de su brazo de la espada. Cuando salió, Sedric la esperaba.

—Debería haber sabido que vendrías a ver cómo estaba.

—Necesitabas el paseo y, de repente, has entrado ahí. He pensado que debía esperar, aunque ahora veo que no tienes los ojos tristes.

—No. —Se le acercó y le dio un abrazo—. Pasé por casa de Marco e hice lo que tenía que hacer. Dije lo que tenía que decir. Y, cuando me enfrenté a mi madre, me di cuenta de lo mucho que se parecen en su inflexibilidad. Así que hice lo que tenía que hacer y le dije lo que le tenía que decir a mi madre. Y después la perdoné.

—Ah. —Sedric sonrío y le acarició el pelo—. Y te has quitado ese peso de encima.

—Lo hice por mí, no por ella.

—El perdón es el perdón. —Le cogió la cara entre las manos y le besó con cariño las mejillas—. Ahora tu corazón alberga más luz. Tu yaya se alegrará y también se sentirá orgullosa. Dime, ¿qué te has tatuado?

—Aquí —respondió ella, dándose unos toquecitos en el hombro—. Todavía está un poco dolorido. *Iníon na Fae.*

Sedric sonrió primero con los ojos.

—Hija de las hadas.

—Porque lo soy, y es como si después de perdonar a mi madre y despedirme de ella, y supongo que lo mismo con la de Marco, fuera más cierto.

—Siempre ha sido cierto.

—Tengo que llamar a un coche y volver. ¿Por qué no nos acompañas a la fiesta?

—No me cabe duda de que será estupenda, pero Marg me espera. Está preocupada por ti, temía que te entristecieras. Ahora puedo decirle que no tiene de qué preocuparse. Eso sí, me quedaré contigo mientras esperas el coche, y creo que a continuación iré a buscar un pretzel antes del retorno a casa. Son deliciosos.

Se apresuró a regresar a su habitación de hotel, y vio que la puerta de al lado se encontraba abierta y que Marco se paseaba entre una y otra. Le había sacado el vestido de fiesta y, como era Marco, también la ropa interior adecuada.

—Sé que me has escrito para decir que estabas bien y que solo te retrasabas un poco, pero…

—¡Estoy bien! Se me ha hecho más tarde de lo que pensaba. ¡Ya estás vestido!

—Habíamos dicho que queríamos llegar temprano para…

—Lo sé, lo sé. Me daré prisa.

—Me tienes que contar lo de la visita a tu madre. ¡Vamos, chica!

—Todo bien, resuelto.

Y no le contaría nunca que también había ido a ver a la suya. Para qué.

Recogió la ropa de la cama y corrió al baño.

—Le he dicho todo lo que necesitaba decirle; no va a cambiar, nunca lo hará. Lo acepto. Le he dicho que sabía que lo había hecho lo mejor que podía.

Breen alzó la voz por encima del tamborileo de la ducha.

—Le he dicho que me había mentido, que me había hecho daño, bla, bla, bla, y que la perdono.

—Ay, auch.

Eso le arrancó una carcajada.

—Supongo que ha tenido que picarle. Pero lo decía en serio, Marco. La perdono y ya no estoy resentida con ella. Es liberador.

Salió rápidamente de la ducha. Se iba a poner otra vez el vestido verde, el regalo de Sally y Derrick. Y no le cabía duda de que su elección había influido en que Marco se pusiera una camisa verde esmeralda con el chaleco largo de cuero que le había regalado la yaya. Para ahorrar tiempo, usó un glamour, uno gordo, porque sabía que, si no se esmeraba, Marco la incordiaría. Añadió sus pendientes de los troles y la pulsera de las sirenas, y salió corriendo.

—Breen, estoy orgulloso de ti.

—¿Porque me he duchado y vestido en menos de diez minutos?

—Ya sabes por qué. Yo he tardado mucho tiempo en perdonar a mis padres y a mi hermano, así que sé lo que cuesta. Tú lo has hecho en un año. Así que… ¡Qué coño! ¡Te has hecho otro tatuaje! ¡Sin mí!

—Lo siento, lo siento.

Se sentó para ponerse los zapatos.

—Fue en el calor del momento. Estaba paseando, sintiéndome liberada, y allí estaba el estudio, y tenía que hacerlo.

—Mierda, ¿ahora debo hacerme otro yo?

—No.

—¿Qué dice? No sé leer ese idioma.

—Hija de las hadas.

Marco sopló.

—Bueno, la verdad es que lo entiendo. ¿Por qué no está todo rosa?

—Sigue irritado, pero, como teníamos la fiesta, no quería que tuviera una pinta rara, así que…

En vez de terminar la frase, agitó los dedos.

—Buena idea. La verdad es que estamos ideales, los dos.

Ella recogió los regalos.

—Vamos a ver a mamá.

Entrar en Sally's y ver el club con la loca decoración de cumpleaños fue muy bonito. «Obra de Derrick», pensó Breen. Llegaron temprano, así que solo había ocupadas unas cuantas mesas y unos cuantos taburetes en la barra, donde una mujer de pelo negro corto y enormes ojos azules relucientes charlaba con uno de los clientes. Incluso parecía un hada, con los ojos enormes y almendrados y los pómulos prominentes. Los ojos azules relucientes se alzaron y les dieron la bienvenida. Marco no vaciló, sino que fue directamente hacia el camarero.

—Hola, Joey.

—¡Marco! —exclamó él, encantado—. Llevo un siglo sin verte. Todo el mundo decía que... ¡Breen! —Los rodeó a ambos con un brazo—. Qué bien, un reencuentro, me encanta. Ah, esta es Meabh. Es de donde venís vosotros.

—Mi sustituta.

—Bueno, nadie podría reemplazar al asombroso Marco —repuso Meabh, sonriente—. Estoy encantada de conoceros a los dos por fin.

—Prepara un Cosmo mágico —afirmó Joey.

—Me lo creo —dijo Breen, que le tendió la mano—. Desde casa te mandan saludos. Gracias —añadió en voz baja mientras Marco y Joey se ponían al día—, por todo lo que estás haciendo.

—No es necesario. Me gusta mucho el piso, y aquí, bueno, es como mi segundo hogar. Me tratan como si formara parte de la familia y así lo siento. Es un regalo.

Breen la observó y lo entendió.

—Vas a quedarte.

—Al menos por un tiempo. —Puso un dedo justo por debajo del tatuaje nuevo de Breen—. Como te ha pasado a ti, cada una en el lugar que hemos encontrado.

—Nos tomaremos algo después —le dijo Marco a Joey—. Queremos ver a Sally antes de que empiece la fiesta.

—Está en su camerino —les dijo Meabh—. Poniéndose despampanante.

—Luego vengo por aquí y montamos una competición de Cosmos —repuso Marco, señalándola.

—Acepto el reto, hermano.

Cuando se dirigían al camerino, salió Derrick. Se llevó las manos a los labios y se le saltaron las lágrimas.

—No me lo puedo creer. No me lo puedo creer. Tío, tío. Dejad que os mire. A los dos.

Tras unos abrazos largos y apretados, le tocó el pelo a Breen y le rascó la perilla a Marco.

—Estáis aquí de verdad. No sabéis lo contento que se va a poner. ¿Cuánto os quedáis?

—Solo esta noche. Vamos a coger el tren a Nueva York mañana, tenemos reuniones, y después volveremos desde allí.

—Ay, mi niña. —Se le saltaron de nuevo las lágrimas—. A Nueva York por reuniones de trabajo. No sé qué es eso —añadió, señalando el paquete grande—, pero, si es un regalo, no se acerca ni por asomo al de teneros aquí a los dos, aunque sea solo una noche.

—No podíamos perdernos el cumpleaños de Sally —respondió Marco—. Pero creo que esto va a ser un éxito.

—Pues vamos a comprobarlo. Bueno, chicos, tenéis que contárnoslo todo. ¿Dónde está ese prometido tan guapo, hijo?

—Esta vez no ha podido venir. Es un viaje exprés, aunque pienso arrastrarlo hasta aquí para que os conozca antes de la boda.

—No le saques el tema de la boda a Sally o no parará de hablar. —Derrick se detuvo frente al camerino y llamó a la puerta—. Oye, cielo, ¿estás decente?

—¡Espero que no!

Derrick asomó la cabeza.

—Tengo algo para ti.

Sally estaba sentado frente al espejo del tocador, con el pelo cubierto por un gorro, mientras se aplicaba con suma precisión unas pestañas postizas. La mano se le quedó paralizada en cuanto se encontró con los ojos de Breen en el espejo.

—Bueno, mierda, a la porra con mi maquillaje.

26

Abrazos, lágrimas y más abrazos.

«El hogar no siempre es un lugar —pensó Breen—. A veces es una persona».

—Voy a por champán. No abras esos regalos hasta que vuelva —le advirtió Derrick.

—Ese hombre me conoce. —Sally volvió a sentarse mientras se secaba los ojos dándose toquecitos con un pañuelo—. Veros aquí, a los dos, es el mejor regalo de cumpleaños de la historia. Dios, qué niños tan preciosos tengo.

Cuando se le saltaron las lágrimas de nuevo, Breen se sentó a sus pies y apoyó la cabeza en su rodilla, como Botarate solía hacer con ella.

—Te he echado de menos.

—Y yo a ti más. Y a ti, chico prometido. ¿Está tu novio ahí fuera?

—Esta vez no. Este viaje es demasiado rápido, pero te aseguro que lo conocerás pronto. Es maravilloso, Sally. Lo quiero muchísimo.

—Ay, para, que voy a llorar otra vez. Te vamos a organizar la madre de todas las bodas. Tengo muchas ideas. Frac, corbata blanca y frac. Y Breen con un vestido dorado, porque veo negro y dorado, con toques de blanco. Flores blancas por todas partes y…

—Ya le habéis sacado el tema, ¿a que sí? —preguntó Derrick, que entró cargado con una bandeja con champán ya descorchado, dentro de un cubo de hielo, y copas.

—Primero pensé en arcoíris, pero de repente lo supe: la elegancia del dorado y el negro. —Sally agitó las manos en el aire—. Y flores blancas. Más le vale ser digno de ti.

—Lo es. —Breen aceptó la copa que le ofrecía Derrick—. Feliz cumpleaños, Sally.

—Lo es —repuso él—. Ahora, a ver qué tenemos aquí. Lo que me habéis traído desde Irlanda, nada menos.

—Abre este primero —le dijo Breen, pasándole la caja más pequeña y estrecha—. Es de la yaya.

—¿Tu… abuela me ha enviado un regalo de cumpleaños?

Casi con reverencia, Sally abrió la tarjeta.

Queridísimo Sally:

Le diste mucho a Breen cuando yo no podía, y no hay regalo que brille tanto como el de la familia. Tú eres la suya —y la de Marco—, así que también eres la mía. Este pequeño obsequio va acompañado de mis mejores deseos para que la madre elegida por Breen pase el más feliz de los cumpleaños.

Lá breithe shona duit,

MARG

—Voy a necesitar un palé entero de pañuelos antes de terminar. —Mientras parpadeaba para espantar las lágrimas, Sally abrió la caja—. ¡Qué preciosidad!

Sacó el trío de estrellas que colgaban de una cadena de plata. Los dijes reflejaban las luces del tocador en un estallido de colores.

—Lo ha hecho para ti.

—¿Hecho?

—A la yaya se le da bien la… artesanía.

—Ya te digo. Es fantástico.

—Me dijo que eres una estrella, así que deberías tener estrellas.

Abrumado, Sally volvió a secarse los ojos.

—Vale, ahora estoy enamorado de tu abuela.

—Ya somos dos —dijo Derrick, que movía el cairel a un lado y al otro—. En la ventana del dormitorio, cariño, para que podamos despertarnos viendo las estrellas.

—Perfecto. Voy a escribirle a Marg una nota de agradecimiento, pero dile que esto me ha llegado al corazón.

Dejó a un lado su copa y se puso a desenvolver los regalos.

—Esto le va a llevar un rato —les advirtió Derrick—. Se van mañana a Nueva York porque tienen reuniones de trabajo.

—Son unos profesionales. Estoy orgulloso de ellos. Mira, está envuelto dos veces. —Dejó al descubierto el papel marrón—. Si tardo tanto no es culpa mía.

—Puedes arrancar ese papel, Sal. Venga.

—Vale, vale. No soporta el suspense —dijo Sally, y tiró del papel hasta que atisbó una esquina del cuadro que se escondía debajo y tuvo que parar—. Hala, ¿qué es esto?

—¡Arranca, arranca, arranca! —exclamó Breen, saltando—. Yo tampoco puedo soportar el suspense.

—Ay, cielo, eres tú. Eres tú con tu inigualable imitación de Cher. Estás increíble.

—Lo estoy. —Sally tragó saliva con dificultad—. ¿Lo… ha pintado Brian?

—Sí. Es maravilloso, ¿verdad? —respondió Marco—. Es muy bueno. Fue idea de Breen, y sacamos la foto de la página web. Brian la retocó un poco. Yo ayudé a hacer el marco, quiero el reconocimiento que merezco.

—El mismo artesano que hizo la caja hizo el marco —añadió Breen—. Los dos queríamos participar en el regalo.

En el cuadro se veía a Sally bajo el foco del escenario, con el cabello negro largo cayéndole sobre la espalda de un vestido ajustado de lentejuelas rojas. Llevaba un micrófono en una mano y se apoyaba la otra en la cadera. Había rosas por todo el escenario, alrededor de sus zapatos de aguja rojos.

—No tengo palabras... y eso no sucede nunca. Creo que quizá sea digno de ti, Marco. Está clarísimo que tiene talento. Esto... Estoy emocionado, es precioso que se os haya ocurrido algo así, que hayáis hecho esto por mí. Que hayáis venido hasta aquí desde tan lejos para dármelo y pasar este tiempo con nosotros. Os quiero a los dos más que..., más que a mi colección de Louboutins.

—La hostia —dijo Marco, sonriendo mientras arqueaba las cejas en dirección a Breen—. Hemos vencido a los Louboutins.

—Esto también es un regalo para mí —intervino Derrick—. Vamos a colgarlo en el salón. Esta noche lo sacamos y lo colgamos aquí, pero después se viene a casa con nosotros.

Sally asintió.

—Yo lo saco. Tú necesitas arreglarte el maquillaje de la cara —dijo Derrick, inclinándose para besársela—. Debes hacer tu gran entrada.

—Salgo con él —dijo Marco—, que tengo pendiente esa competición de Cosmos con la chica nueva.

—Es maravillosa. Te caerá bien.

—Ya me cae bien. —Marco se agachó para besar la mejilla de Sally—. Me gusta lo del negro, dorado y blanco.

—¿Puedo quedarme a hablar contigo mientras te maquillas? —preguntó Breen.

—Ya sabes que sí. Bueno. —Cuando se cerró la puerta, se giró hacia el espejo para empezar—. ¿Tienes algo en mente, aparte de ponernos al día?

—Unas cuantas cosas.

Le contó que había ido a ver a la madre de Marco y después

a la suya, y, cuando hubo terminado, él asintió y dejó el lápiz de ojos.

—Me parecen bien ambas cosas, porque sé que has estado cargando con mucho dolor y resentimiento por la familia de Marco, y ahora puedes olvidarte de eso. Son como son.

—Tenía que intentarlo. Y no se lo voy a contar a Marco.

—Él ya ha pasado página. Lo ha superado, así que contárselo solo serviría para remover lo que ya está resuelto. En cuanto a tu madre… —añadió, aunque hizo una pausa para beber un poco de champán—. Ya sabes que enfadarse un poco puede ser bueno, cielo. Pero ¿llegar a ese punto en el que te puedes liberar del enfado? Eso te limpia por dentro. Lo siento por ella, esa es la verdad pura y dura. Lo siento por esas dos mujeres. Y les doy las gracias porque te tengo a ti y tengo a Marco.

—Suenas como mi yaya.

—Entonces debo de sonar superinteligente, porque creo que ella lo es. Ahora dime, ¿qué es eso?

Ella se acarició con delicadeza el tatuaje cuando Sally lo señaló.

—Significa «Hija de las hadas». Las hadas son…

—Corazón, sé lo que son las hadas. Criaturas mágicas, como las de los cuentos. Tiene sentido, dado que ahora Irlanda es tu hogar. Y te pega. Irlanda. Vale, ¿qué más?

—Es sobre el dinero. Primero, mi agente cree que puede vender mi novela. Está terminada, la ha leído y…

—Bueno, ¡pero, chica! Sirve más champán.

—Lo haré, pero no… No quiero hablar mucho de eso, por no gafarlo.

—Ay, las hadas. Qué supersticiosas son —comentó Sally poniendo los ojos, cargados de pintura, en blanco.

—Total, lo del dinero.

Le contó que pensaba montar una fundación con lo que consideraba como parte de su herencia.

—Sé que los entendidos en finanzas comprenden cómo organizarlo todo, incluso cómo dirigirlo. Pero me preguntaba si Derrick y tú… Vosotros entendéis de dinero y de negocios. Me preguntaba si podríais ayudar. Me dijeron que necesitaban una junta, o algo así, y tendríamos que celebrar reuniones… Podrían ser por Zoom. Marco y yo, y si Derrick y tú…

—Breen —dijo Sally, que le cogió la mano y le dio un apretón—. Sería un honor. No conocí a tu padre, cosa que lamento, pero seguro que estaría orgulloso de lo que estás haciendo.

—Lo que hizo por mí me ha cambiado la vida. Gracias, de corazón. Es un poco abrumador. No, un poco no —se corrigió—: es absolutamente abrumador. Pero, si Derrick y tú me ayudáis, empiezo a sentir que es factible.

—Hecho. —Sally se perfiló los labios—. Y ¿qué me cuentas de ese irlandés?

—¿Qué te cuento? —Se rio—. Supongo que estamos más o menos viviendo juntos.

En el espejo, Sally entornó los ojos.

—¿Qué coño quiere decir eso?

—Lo que parece. Está funcionando, y así está bien por ahora.

—¿Lo quieres?

Nadie se lo había preguntado, así que la pilló con la guardia baja. Respondió sin pensar.

—Sí. ¡Dios mío! —Se llevó la mano al vientre—. Lo quiero. Lo sabía. No soy estúpida, aunque nunca lo había dicho en voz alta.

—¿Él te quiere?

—No estoy tan segura de eso. Le importo, y ninguno de los dos ha estado con nadie más desde… desde que empezamos. Es sincero conmigo, y eso es muy importante para mí. Trata a Marco como a un hermano… porque lo considera un hermano. Y eso también es muy importante para mí.

—Eres feliz.

—Sí.

—Eso es muy importante para mí.

Más tarde, mientras veía a Sally en el escenario, cantando a voz en cuello como Cher, la favorita del público; mientras ayudaba a juzgar quién ganaba la competición de Cosmos —un empate evidente—; mientras bailaba con Derrick, tomó una decisión.

En el tren, a la mañana siguiente, con Marco pegado a la ventanilla para echarle el primer vistazo a Nueva York, se la contó.

—Anoche decidí algo y quiero que me des tu opinión.

—Claro. Menuda noche, ¿eh? Y quedan más. Cuando soltemos el equipaje, salimos, nena. He consultado la previsión del tiempo. Soleado casi todo el día, y quince grados, no está mal.

—Se lo voy a contar a Sally y a Derrick.

—¿Lo del tiempo?

—Marco, que te estoy hablando.

—Lo siento. ¿El qué?

Con un esfuerzo evidente se apartó de la ventanilla.

—Quiero pedirles que vengan con nosotros después. Tiene que ser después, pero quiero que vengan. —«Si sobrevivo», pensó, aunque no lo dijo—. Puede que en el otoño, quizá incluso para tu boda. Tu primera boda.

—Eso es en Talamh, en la casa de Brian… —Entonces comprendió lo que le estaba contando y le cogió las manos—. ¿Lo dices en serio?

—No soporto no contárselo. Es como mentir. Es mentir. Y son nuestra familia. Creo que lo decidí cuando me alejaba de mi madre. Pero lo decidí del todo anoche. Si crees que me equivoco, dímelo.

Con los ojos cerrados, Marco dejó escapar un largo suspiro.

—Llevo con ese peso encima desde el principio. Cada vez que hablamos con ellos, cuando le pedí a Brian que me acompañara en la videoconferencia para que lo conocieran. Quiero que lo conozcan de verdad, y que conozcan a su familia, a la yaya y a todos. Pero sé que la decisión es tuya.

—No solo mía. Tengo que preguntárselo a Keegan. No solo es el tío con el que me acuesto, sino el *taoiseach*. Puede que sea demasiado y tendré… tendremos que aceptarlo. De todos modos, voy a plantearle un argumento sólido y convincente.

—Yo te apoyaré. Esto hace que la carga pese menos, Breen. Aunque, quizá, cuando se lo digas a Sally y a Derrick, cuando se lo enseñes, podrías hacerlo con menos…

Levantó ambas manos a los lados de la cara e imitó el ruido de una explosión.

—Indudablemente.

—Genial. Oye, pero seguiré teniendo dos bodas, ¿no?

—Indudablemente. Tengo tantas ganas de llevar ese vestido dorado como de verte con frac y corbata blanca. O más. Y ahí está Nueva York.

Era igual de emocionante que la primera vez, o incluso más, ya que tenía a su lado a Marco y su entusiasmo sin límites. Había reservado el mismo hotel en el que se alojó en su primer y único viaje, salvo que, esta vez, había tirado la casa por la ventana. Marco se quedó mirando, boquiabierto, tanto la suite de dos dormitorios —pequeña pero encantadora— como la vista desde la ventana.

—¡Tía, te has pasado!

—Tenemos dos noches y nos merecemos un saloncito en el que pasar el rato cuando no estemos por la ciudad.

El salón contaba con un sofá cubierto de mullidos cojines y un par de sillones muy modernos. En la larga mesa baja de centro había un cuenco con fruta, una botella de vino tinto de cortesía y un par de copas. Y las amplias ventanas abrían su mundo al sur de Manhattan. Como ya había repasado la habitación y se la conocía, cogió el mando de la tele.

—Mira esto —le dijo a Marco, y señaló el gran espejo frente al sofá.

El espejo pasó a modo televisor y apareció la pantalla del hotel.

—¡Esto sí que sí! —exclamó Marco, que, triunfante, alzó el rostro y los brazos al techo—. ¡Tecnología, he vuelto! Necesito uno igual. Cuando construyamos la casa, voy a comprarme esa maravilla. —Dio una vuelta sobre sí mismo—. Tengo que hacer una foto, para Brian. Fotos de todo. Grabaremos un vídeo. Quiero sentarme en el sofá y en esos sillones, y en el de mi dormitorio, dar botes en la cama y bailar en la ducha. Igual en tu habitación. Pero, primero, salgamos.

—Voy a deshacer la maleta. —Lo apuntó con un dedo—. Disponemos de todo el día, siempre que estemos aquí de vuelta y vestidos para las cinco y media.

—Deshaz la maleta deprisa, porque hay que darle caña a esta ciudad. ¿Qué pasa a las cinco y media?

—Es cuando tenemos que irnos a nuestra cena elegante antes del teatro.

—¡Qué! ¿Cena elegante? ¿Teatro? ¿Vamos a ver una obra?

—Ay, Marco, no cualquier obra. —Metió la mano en el bolso y sacó un sobre—. Lo que tengo aquí son dos billetes junto a la orquesta, en el centro de la tercera fila, para…, atención…, un nuevo montaje de…, atención…, *La cage aux folles*.

Marco se dejó caer en uno de los sillones modernos.

—No juegues conmigo, chica.

—Carlee me ayudó a conseguirlos. ¿Cómo iba a venir a Nueva York con mi mejor amigo gay y no comprar entradas para *La cage*?

Marco se levantó de un salto, bailó por la habitación, luego la agarró y bailó con ella por la habitación.

—Esto se pone cada vez mejor. Gracias. ¡Te quiero! Ay, flipa, ¡vamos a ver *La cage* en el puto Broadway! —La besó mientras se reía—. Deshaz de una vez las maletas, porque te voy a devolver el favor. Tu mejor amigo gay va a ayudarte a encontrar los trajes perfectos para mañana.

—Diez minutos —le prometió Breen, y se dirigió a su dormitorio—. ¿Trajes? Eso es plural.

—Necesitas uno para comida de negocios y otro para cena de negocios. Eso hacen dos.

—Pero he traído…

Marco levantó la mano e hizo el sonido de una bocina.

—No me obligues a poner mi cara superseria.

Y se fue a su cuarto cantando *Downtown*.

Marco era una fuerza de la naturaleza que nadie podía parar. Ni tan siquiera frenar, como descubrió Breen. La metió en todas las tiendas y se cameló a todas las personas que los atendían hasta que caían rendidas a su encanto. Sacó innumerables fotos y vídeos de las calles, y habló con los vendedores callejeros y los de los puestos de comida como si fueran viejos amigos. Insistió en ir en metro a la zona centro de Manhattan porque, por Dios, pensaba caminar por la Quinta Avenida con ella, igual que Fred Astaire y Judy Garland.

La arrastró con idéntico fervor a tiendas de souvenirs y boutiques, y solo se tomó un descanso para sentarse a comer una pizza de Nueva York (uno de los puntos de su larguísima lista de paradas obligadas), que calificó de excepcional. Como ella también había caído rendida a su encanto, compró demasiado y pasó uno de los mejores días de su vida.

Después le tocó a ella darle la vuelta a la tortilla para que él pasara una noche espléndida. Cena para dos a la luz de las velas, una botella de vino y comida presentada con unas florituras muy elegantes. «Otro mundo más para ambos», pensó Breen. Uno en el que ninguno de los dos permanecería mucho tiempo, pero perfecto para un día, una noche. Cuando Marco fue a encargarse de la cuenta, ella le dio un manotazo.

—No, Marco; invito yo.

—No. Tú me has dado Nueva York. Me has dado Irlanda y Talamh, y me has dado a Brian. Voy a escribir un libro de cocina y a firmar con una agente gracias a ti. Me vas a dar Broadway, así que no me obligues a poner mi cara superseria en este sitio tan elegante, Breen. Voy a invitar a mi mejor amiga y primer amor a la mejor cena de mi vida en esta ciudad.

—Gracias, Marco —repuso ella, y apartó la mano.

Él sonrió y sacó la tarjeta de crédito.

—Menos mal que me das un sueldo decente y no pago alquiler. Jamás en la vida me habría imaginado que sería capaz de hacer algo parecido. Me siento de maravilla. Todo esto no es nuestra vida, por eso es tan especial.

—Y nuestra vida, la que tenemos en Irlanda, ¿es la que quieres?

—Algún día traeré aquí a Brian, y también quiero que conozca otros sitios, como siempre hemos hablado. Y quiero uno de esos televisores increíbles. Pero te tengo a ti y tengo a alguien que me quiere y desea crear un hogar conmigo. Es lo que siempre he querido.

El espectáculo fue estupendo. Breen perdió la cuenta del número de veces que Marco la había mirado con los ojos relucientes y maravillados. Pensó que existían muchos tipos de magia en todos los mundos. Y en aquel rebosaba de color, alegría, voces y movimiento. Si podía, volvería de nuevo para ser testigo de la magia.

Y, cuando se metió en la cama, muy tarde, ya que habían compartido unas copas de vino y habían hablado sin parar sobre el día, la noche y el espectáculo, se llevó la magia con ella.

Cuando Marco despertó por la mañana, entró en el salón y vio a Breen sentada frente a una mesa con lo que había solicitado al servicio de habitaciones.

—¡Café! —Se abalanzó sobre él—. ¿Has pedido el desayuno? Creía que saldríamos a probar un deli o algo así.

—Solo bagels. Tenemos la comida a la una y media, y son más de las diez.

—No me digas que te has levantado al alba para hacer ejercicio.

—Por costumbre. Tengo que hablar contigo.

—Claro. Podemos ir andando a la agencia, como decías. Conoceré en persona a Carlee y después, glups, hablaré con Yvonne sobre el libro de cocina. Intento no pensar en ello. Después iremos a la editorial para que me la enseñen antes de reunirnos para comer. Estoy deseando conocer a la gente de publicidad, y a Melissa, de marketing. ¡Oye, qué bueno está el café!

—Marco, Carlee ha llamado esta mañana, hace como una hora.

—¿Sí? —Quitó la tapa que mantenía calientes los bagels—. ¿Con bayas? Qué bien. —Entonces levantó la vista—. Ay, no, ¿tiene que cancelarlo?

—No. Marco...

—¿Por qué tienes esa cara? Es tu cara de estar agobiada por dentro.

—No es eso del todo. Me ha dicho que acababa de hablar por teléfono con Adrian.

—La editora.

—Sí, y... Marco, han hecho una oferta por el libro.

—¡La hostia en trampolín! —exclamó Marco, y saltó de la silla como si estuviera en uno—. ¡Mimosas! ¡Ahora!

—No, Marco, no. Espera.

Cuando Breen cerró los ojos con fuerza, Marco se puso de rodillas frente a ella.

—¿Es una oferta de mierda? Vale, pero una oferta de mierda sigue siendo una oferta, ¿no?

—No, no es una mierda. Carlee dijo que es razonable, pero... Vale, dame un minuto. Dice que le da la sensación de que tira a la baja, y me ha planteado tres opciones.

—Cuéntame.

—La preventa del libro de Botarate va muy bien. Mejor de lo

447

esperado. Es por todo el trabajo que has hecho, por las redes sociales. Me lo ha dicho ella.

—De acuerdo, aceptaré parte del mérito.

—Como son buenas, cree que podemos presentar una contraoferta, que quiere que se mojen más. Así que la primera opción sería aceptar su oferta sin más. Ya sabes, pájaro en mano; y es un pájaro enorme, Marco. Publicarían mi libro, y eso... Apenas puedo respirar cuando lo pienso.

—Por ahora respiras bien. Supongo que la segunda opción será dejar que tu agente haga sus cosas de agente y les pida algo más.

—Sí, básicamente. Y hay más cosas sobre derechos secundarios y porcentajes. El caso es que esa es la puerta número dos. La tercera es dejar que lo envíe a otras editoriales. Cree que puede despertar interés si lo mueve por ahí y conseguir todavía más.

—Ahora dime lo que quiere Breen.

—Que me lo publiquen.

—Eso huelga decirlo y así será. ¿Qué prefieres hacer?

—Podría coger el dinero y ya. Y es más pasta de la que hubiese creído... Todavía no te he dicho lo que me han ofrecido.

—Ya llegaremos. No es lo más importante.

Ella cerró de nuevo los ojos porque él la comprendía. Claro que la comprendía.

—Si lo mueve por ahí, existe la posibilidad de ganar mucho más, de que lo compre una editorial mucho más grande, todo eso. Pero...

—Puerta número dos, porque confías en que ella sabe hacer su trabajo y conoces a tu editora, conoces a la gente de MacNeal Day. Tienes una relación con ellos.

—Sería como poner todos los huevos en la misma cesta.

—¿Qué tiene eso de malo si sabes que la persona que lleva la cesta va a cuidarlos bien?

—Esa es mi sensación. Me dijo que me lo pensara... Que no me apresurara a tomar una decisión solo por tener hoy esas reuniones. Por eso me ha llamado primero Adrian con la oferta, pero no debería sentirme presionada para decidir. Me he pasado una hora intentando pensar, ser lista e ir más allá de la impresión de saber que alguien quiere publicar mi libro.

—Es un libro muy bueno. Ahora me voy a sentar, me voy a comer mi bagel y me voy a beber mi café, porque te conozco y sé lo que harás. Dejarás que Carlee haga su trabajo de agente con esta oferta. Y puede que te la suban un poco más.

—Supongo que sí. Sí. Eso. Y si no me ofrecen más, aceptaré la oferta. Quiero tener todos mis huevos en la misma cesta.

Él le dio un toquecito al móvil, que estaba al lado del plato de Breen.

—Venga, llámala. No te vas a comer tu bagel hasta que lo hagas.

—Vale, tienes razón. Puede que no nos den el sí, el no o lo que sea hoy, así que intentaremos no sentirnos raros en la comida. Ni en la cena de esta noche.

—¿Por qué íbamos a sentirnos raros? —preguntó Marco, levantando los hombros—. No son más que negocios, nena.

«No son más que negocios», se repitió ella mientras se ponía la ropa que le había elegido Marco. Todavía medio aturdida, se enfundó la falda de tubo gris oscuro que le llegaba justo por encima de la rodilla y el jersey extragrande con cuello alto, que era como una nube gris pálido. Añadió los pendientes que Marco había ayudado a hacerle en Navidad: unas piedras diminutas colgantes, todas elegidas para una escritora. Después, los botines al tobillo, con unos tacones finos y cortos; rojos, porque Marco había decretado que ese día todo el mundo necesitaba zapatos rojos.

Como no lograba decidirse por un peinado, se lo dejó suelto, y después dedicó más tiempo de lo normal al maquillaje, ya que la mano no dejaba de temblarle. Marco llamó a la puerta.

—¡Sí, lo sabía! Nada de traje. Tienes el chic neoyorquino a tope. Lo has clavado.

—Como tú.

Marco llevaba una camisa de color rosa chillón, una corbata negra con estampado de flamencos rosas, pantalones negros, chaqueta *bomber* de cuero y unas deportivas de caña alta, también de color rosa chillón. Estaba despampanante.

—Marco. —Se le acercó para cogerle la cara entre las manos—. Vamos a hacer esto de verdad. Tú y yo. Pase lo que pase hoy, mañana o los días siguientes, lo estamos haciendo. Tú y yo.

—Siempre hay un yo contigo y un tú conmigo. Vamos a darles caña a esos editores.

—¿No estás nervioso? —le preguntó ella cuando iban hacia el ascensor.

—¿Ves lo que llevo puesto? ¿Ves cómo me queda? Con esta pinta tan estupenda no se puede estar nervioso.

Esta vez se paró para comprar flores, dos ramos, de camino a la agencia. Su amiga lo quiso por ello, y más incluso cuando llegaron al despacho de Carlee y le regaló uno de los ramos.

—Me estáis mimando demasiado. Gracias, Marco, qué alegría conocerte por fin en persona.

—Quería llevarle flores a la persona que cuida de mi mejor amiga.

—Me lo pone fácil.

—Y por ayudarla a conseguir esas entradas. Ha sido maravilloso, sencillamente maravilloso.

—Me alegro mucho. Yo también quiero ir a verlo. La verdad es que todo el mérito de las entradas lo tiene Lee.

—Ah, pues entonces…

Cuando fue a quitarle el ramo, Carlee se rio de nuevo.

—Las compartiremos. Lee las pondrá en agua y después te llevará a conocer a Yvonne, Marco. Pero, primero, vamos a sentarnos todos unos minutos. Danos diez, ¿vale, Lee?

—Por supuesto.

La ayudante se llevó las flores y se marchó discretamente.

Carlee se sentó a su abarrotado escritorio; llevaba unos pantalones negros ajustados, una camisa blanca almidonada y un corte pixie con mechas rubias que le recordó a la primera vez que se habían reunido allí mismo. Todo igual, todo distinto.

—¿Qué te parece Nueva York?

—Me encanta —respondió Marco—. Ayer le di a Breen una buena tunda de andar.

—Es un gran cambio, comparado con vuestra casa de Irlanda. Algunos días envidio esa tranquilidad. Está claro que os funciona a los dos, y, Marco, me cuentan que estás prometido. Así que enhorabuena, mis mejores deseos y todo lo demás.

—¿Quieres ver una foto?

Carlee se rio.

—Pues claro que sí.

Marco sacó el móvil y bajó por las fotos hasta que encontró una selfi de Brian y él con la bahía irlandesa detrás.

—Madre mía, es de esos guapos que te dejan sin aliento. Casi tanto como tú. Espero que la próxima vez te acompañe.

—Estamos planeándolo.

Guardó el móvil, se sentó, y Carlee se centró en Breen.

—Bueno, me he puesto en contacto con Adrian con nuestra contraoferta, y ella se la ha planteado a sus jefes. Acaba de responderme, mientras vosotros veníais para acá desde el hotel. Han aceptado. Así que tenemos un trato.

—Perdona, ¿qué?

—Han aceptado los términos que les hemos planteado y, por la velocidad con la que han reaccionado, creo que se esperaban una contraoferta. Tenemos un trato, si lo quieres.

Breen metió la cabeza entre las rodillas. Carlee hizo ademán de levantarse a toda prisa, pero Marco la tranquilizó con un gesto.

—Está bien.

Le dio una palmadita a su amiga en la espalda.

—Iré a por un vaso de agua —dijo la agente.

—Está bien, solo necesita un segundo. No llores ahora, que esta mañana te has esforzado mucho con ese maquillaje; no te lo cargues. Va a decirte que sí, Carlee, y que gracias, pero necesita un minuto.

—No es la reacción que esperaba —reconoció la mujer.

—Lo siento, lo siento —dijo Breen, incorporándose despacio.

—No lo sientas. No es la reacción que esperaba, pero quizá sea la mejor. Sin duda, está entre las tres primeras. ¿Quieres un poco de agua?

—No, estoy bien. Estoy bien. Y sí, gracias por negociar el trato. Aunque «gracias» no es suficiente. Has hecho realidad un sueño.

—Yo no he escrito el libro.

—Has creído en él y en mí. —Miró a Marco—. Tener a alguien que crea en ti lo es todo. —Le cogió las manos—. Como yo creo en ti. Ve a hablar del libro de cocina con tu agente.

—Tengo una agente —le dijo Marco a Carlee, sonriendo, cuando se levantó—. Bueno, me queda firmar en la línea de puntos y todo eso, pero tengo una agente.

—Y estamos encantadas de que estés con nosotras.

Breen se habría pasado el día flotando, pero había cantidad de energía alrededor. Y los brindis en la comida, por ella, por Marco, por Botarate. La charla sobre la publicación le daba vueltas por la cabeza como si fuera otro sueño. Después la cena de celebración, con la editora entusiasmada con el libro nuevo, las cuidadosas sugerencias de unos cuantos cambios y la pregunta que no se esperaba: ¿se planteaba una secuela?

—En realidad, tengo una idea.

Adrian se inclinó sobre la mesa.

—Dime que tiene que ver con Finn. No era adecuado para Mila, tomaste la decisión correcta, pero me gustaba mucho.

—De hecho, sí. Es solo una idea en la que he pensado trabajar cuando termine con el libro de Botarate con el que estoy ahora.

—¿Nos puedes contar algo?

—Es una secuela, así que repiten muchos personajes, aunque aparecen algunos nuevos. En el centro del meollo hay una bruja muy muy vieja que vive en una casa en lo más profundo del bosque, con sus gatos.

—¿Es una bruja buena o mala?

—Esa es la pregunta, y Finn tiene que encontrar la respuesta.

Y podía hacerlo, pensó Breen mientras caminaba de vuelta al hotel con Marco aquella noche de abril tan llena de sonido y movimiento. Podía escribirlo. Solo necesitaba un poco de valor para empezar. Y tiempo. Y, madre mía, su mejor amigo iba a escribir un libro de cocina.

—Tengo que preguntarte algo.

—¿Esta noche? —Breen alzó la mirada al cielo—. Te diría que sí a cualquier cosa. Así me siento.

—Genial, porque Yvonne… Ya sabes, mi agente.

Breen se rio mientras él subía y bajaba los hombros.

—Sí, lo sé. Creo que la he conocido hoy.

—Mi agente, que tiene ideas, chica, y muchas, me ha sugerido que escribieras un prólogo para el libro de cocina.

Ella se detuvo en medio de la acera.

—¿Un prólogo para tu libro? —Se puso a botar sobre las puntas de los pies—. ¡Sí, sí, eso sí que va a ser divertido! ¡Sí, sí, sí! Ay, Marco, tengo que decirlo otra vez. ¡Míranos!

—Somos dignos de ver, Breen.

Y, solo por diversión, bailó con ella media manzana.

Dejaron el hotel antes del alba y fueron en metro a Central Park. Aunque Breen había escrito la dirección, la tenía grabada en el cerebro. Siguió las indicaciones mientras tiraban de sus maletas y cargaban como podían con las bolsas de sus compras.

—Los aviones funcionan, ¿sabes?

—Puede que la próxima vez —masculló ella, porque la verdad era que la asustaba un poco recorrer aquellos senderos a oscuras.

Entonces lo vio, el castillo con las rocas en la base que se abrirían para llevarlos a Talamh.

Sedric salió de entre las sombras.

—¡Tío! ¡Mierda! Casi me da un ataque al corazón —exclamó Marco.

—Ah, venga ya, eres demasiado fuerte para eso. Ahora mismo no hay nadie por aquí, pero nos daremos prisa y lo haremos en silencio.

—Como gatos. —Sonrió Breen, aunque un poco avergonzada—. Siento tanta bolsa.

—¡No es ningún problema! Venga, pasadme algunas y, después, daos la mano.

Encendió la luz, una chispa que se extendió y ensanchó bajo el castillo falso.

—Ahora, deprisa y en silencio —repitió.

Con la mano de Marco sujetando bien la suya, Breen y él entraron juntos. Y salieron al sol y al aire templado de Talamh.

—Marco —dijo al instante.

—Estoy bien, no ha sido tan malo. Con la cabeza un poco rara, eso sí. Voy a sentarme aquí mismo, en el muro. —Lo hizo, de espaldas a la granja—. Oye, Sedric, te he traído un recuerdo.

—Ah, ¿sí?

—He traído para todo el mundo. Aunque todavía sigo con la cabeza rara.

Breen le puso una mano en el hombro mientras miraba a su alrededor. Harken y Morena estaban en el campo. Chico pastaba con los demás caballos en otro. Un dragón y su jinete volaban por el cielo. Y, corriendo por la carretera, entre ladridos de alegría, llegaba Botarate. Breen corrió a recibirlo, se agachó, abrió los brazos, y se rio cuando se abalanzó sobre ella y la tumbó.

27

Había cruzado algunos portales y la bruja inútil de Yseult había tirado de ella para meterla en otros. Uno, dos, tres. Y cada vez que cruzaba se mareaba más.

Shana despreciaba los mundos por los que viajaban, aunque fuera solo un instante. Uno tenía gruesas enredaderas rojas que rezumaban algo apestoso, el siguiente era tan luminoso que le abrasaba los ojos. Y en el mundo de los hombres, azotada por un viento salvaje, encima de una montaña, la depositó Yseult, la bruja fea. La dejó con un espía de rostro curtido que la llevó, al modo humano, en un coche que daba botes y chirriaba. Después, en un barco que atravesaba la niebla y, de nuevo, en otro coche por carreteras que no dejaban de serpentear.

La condujo hasta un pueblo con más coches que apestaban y que estaba lleno de personas que merecían acabar reducidas a cenizas esparcidas al viento. Cuando así fuera, se reiría sin parar.

Desde allí, le habían dicho que debía usar los pies. Y, ah, algún día le rebanaría el pescuezo a Yseult y derramaría su sangre para alimentar a los perros. Aunque ya no se sentía mareada y, de hecho, no había estado nunca tan fuerte, odió cada paso del viaje.

Alguien con poder de verdad la habría trasladado sin más hasta donde tenía que ir. En vez de eso, se pasó cuatro días y tres noches viajando, enfrentándose al frío cruel, a la brutalidad del calor y al tedio infinito de las carreteras. No le preguntó a Odran por qué no la llevaba de inmediato, a aquel dios de todo lo que existe al que veneraba, en vez de dejarla en manos de Yseult. No le dedicó ni dos segundos de su tiempo al bebé, aunque recordaba cada momento de dolor.

Y, como le dijo Odran al oído mientras la alimentaba con buena carne y le daba vino espumoso para beber, todo era culpa de Keegan O'Broin. El *taoiseach* había llegado hasta ella para provocarle todo aquel dolor tan terrible, para destruir al hijo que había creado con Odran, y todo por rencor y celos. Nada de lo sucedido era culpa de Shana, decía Odran. Keegan O'Broin, su traidor, su torturador, el que había elegido a una perra mestiza del otro lado en vez de a ella, toda la culpa era suya.

Así que Odran le entregó un cuchillo conjurado a partir de un veneno. Con un solo arañazo, con el corte más diminuto, mataba a cualquier criatura viva. Por diversión, lo probó con Beryl, su esclava personal, y vio cómo la chica moría ahogándose con su propia sangre.

Y se rio sin parar.

Veía aquella arma como de oro reluciente, con gemas engastadas en la empuñadura. No obstante, era por su locura, ya que la hoja, en realidad, era negra y retorcida, como su mente. Como su corazón.

Mataría al *taoiseach* y sumiría Talamh en el caos. A través de ese caos, de las lágrimas de dolor y los gritos de desesperación, Odran entraría a lomos de su caballo alado. Antes de subirla para que montara junto a él, colocaría una corona de oro y gemas relucientes en su cabeza. Después, ambos, lo quemarían todo. Atraparía a la zorra pelirroja y la convertiría en su esclava, y ella, Shana, se sentaría en un trono dorado para gobernar como diosa al lado del dios. Deseaba la corona de oro con gemas, deseaba el trono dorado, deseaba como esclava a la zorra pelirroja que la quemó. Deseaba clavarle el cuchillo a Keegan y verlo morir a sus pies como la esclava que la había servido.

Así que caminó el último trecho de su viaje esbozando una sonrisa helada de odio. Los que pasaban junto a ella la evitaban y sentían un escalofrío. Nadie le hablaba, y los padres cogían en brazos a sus hijos antes de apartarse a toda prisa.

«Haz esto por mí, mi bella Shana, y todo lo que quieras será tuyo». Su voz le resonaba en la mente rota como cuando le había dado de beber aquel vino espumoso. El vino que era su propia sangre. La sangre que ella había bebido como si fuera vino para recuperar la fuerza. La sangre que había bebido, que no era vino, y que había corrompido la poca luz que le quedaba dentro.

Mascullaba mientras caminaba y, a veces, se reía al imaginarse ataviada con uno de sus preciosos vestidos, cubierta de joyas relucientes, camino de sentarse en un trono dorado. Su cabello había perdido el lustre y le caía, enredado y mate, por la espalda. Tenía los ojos hundidos y opacos en un rostro del que la belleza había huido. En su mente rota y en cualquier espejo del mundo de Odran, solo veía esa belleza, más incluso que antes.

Entró en el bosque, y se sintió ligera como una pluma y fuerte como un caballo de tiro. Para entretenerse, corrió de árbol en árbol y se fundió con ellos. O así se veía ella. Sin embargo, el cuerpo que creía ágil y flexible en realidad todavía estaba flácido en los pechos y el vientre tras llevar y parir al hijo en el que no pensaba. Se movía deprisa, pero no con la velocidad de antes.

Vio la casa a través de los árboles y los carillones relucientes. Enseñando los dientes, con las ansias de asesinar hirviéndole en la sangre, empezó a aproximarse hasta que unas descargas intensas la repelieron y la lanzaron al suelo. Y, allí, estrelló los puños contra la hierba.

Vio el jardín y juró que aplastaría las plantas jóvenes, que arrancaría de raíz las flores. Le prendería fuego al tejado de paja y bailaría hasta que la casa que Marg había construido para la perra ardiera. Y los mataría a todos con su cuchillo dorado.

Oyó entrar a alguien; sus orejas de elfa todavía funcionaban. Y se arrastró hasta una roca para fundirse con ella.

Y observó y esperó.

Tenía que encontrar un hueco, pensaba Keegan mientras ingresaba en el bosque irlandés. Breen regresaría pronto y no había llovido ni una gota desde su marcha. Debía regar sus puñeteros jardines y las macetas, pero no había tenido tiempo —de acuerdo, venga, no lo había buscado— en los tres últimos días. Podría habérselo pedido a Seamus, que habría estado encantado, pero ¿no le había dejado muy claro a Breen que lo haría él mismo? Así que no era culpa de nadie, salvo de él, ¿verdad?

La primera noche había dormido en la casa; la siguiente, en la Capital, y la última, en la granja. Y todas había dormido mal, ya que no compartía cama con ella. Lo que era ridículo, pues se pasaba muchas noches en la Capital cuando era necesario. La diferencia estribaba —y tenía que reconocer, al menos para sí, que era una tontería— en que antes él era el que se marchaba.

Como llegaría a casa pronto, lo más razonable era dejar todo eso a un lado y no pensar en ello. Prefería ser razonable. Aparte de las noches sin dormir y de preguntarse qué estaría haciendo en las ciudades estadounidenses, el resto había sido tranquilo y productivo. Trabajar en la granja le producía satisfacción y suponía un reto al nivel de una buena sesión de entrenamiento para mantenerse en forma. El viaje al este, con varias paradas por el camino, le había enseñado la primavera en Talamh. Los jóvenes potrillos, corderos y terneros, los campos fértiles, la ropa colgada a secar y las flores recién abiertas eran una promesa cumplida. Y la tranquilidad, pensó de nuevo. Ansiaba la tranquilidad.

La percibió antes de que saliera de detrás de la roca. No le sorprendió, ya que suponía que hallarían el modo de enviarla. Aun así, verla lo conmocionó. Su aspecto, desprovista de su belleza y marchita como una flor que ha pasado demasiado tiempo sin agua. El pelo, que tanto la enorgullecía, le caía en mechones apelmazados y sin vida, y el cuerpo, los pechos generosos y respingones, la cintura estrecha, las piernas largas y esbeltas…, todo le colgaba dentro de unos pantalones viejos y una camisa sucia que antes jamás habría tocado aquella piel tan mimada.

El pasado había desaparecido, igual que ella. Y Keegan lo comprendió con lástima tras superar la conmoción. Shana empuñaba un cuchillo negro retorcido; la locura era patente en su mirada. Se rio, un sonido horrible, mientras lo atacaba con la hoja.

—¿Qué? ¿No me das un beso de bienvenida? Después del largo viaje que he hecho para volver a verte.

—Suelta eso, Shana, y deja que te ayude en lo que pueda.

—¿En lo que puedas?, ¿a mí? —Se rio de nuevo, pero la locura iba ahora acompañada de resentimiento—. Ya lo has hecho todo, ¿no, *taoiseach*? Me has usado para después librarte de mí y largarte con la puta que vive ahí mismo. ¿Está esperándote dentro de su casa? Se me ocurrió visitarla, pero ha bloqueado muy bien el camino. Después de matarte, me abriré paso a zarpazos, te lo aseguro. Odran se asegurará de ello.

—No lo hará —repuso él, de nuevo con lástima—. Te ha enviado aquí a morir.

—Me ha enviado para librar a los mundos de ti y de los de tu calaña. Habría gobernado a tu lado.

—Yo no gobierno.

—Ese es tu error, ¿verdad? Siempre lo ha sido.

Bailó en círculo. Keegan apoyó la mano en la empuñadura de la espada, pero no la desenvainó. Simplemente no podía.

—Yo habría cambiado eso, sí, lo habría hecho de haber podido. Pero me traicionaste por la zorra que no pertenece a ninguna parte. No voy a matarla. Odran la quiere sana y salva para absorber su poder hasta dejarla seca. Aunque podría haber un accidente. ¡Uy! —Echó la cabeza atrás y se rio sin parar—. Por otro lado, quizá la deje con vida, porque Odran me prometió que será mi esclava cuando me siente en mi trono dorado. Ah, aquello es precioso. Montones de gemas y de esplendor, ¡y sangre y gritos! Además, cuando me folla, hay hielo y fuego, fuego y hielo, y miedo y dulzura, dulzura y dolor, y un placer tan oscuro que es como una ceguera. Tú nunca me diste eso —añadió mientras apuñalaba alegremente el aire—. Y, aun así, ¿no he regresado para verte? He tardado días, días y noches, he atravesado enredaderas rojas, el sol hirviente y el viento frío del hombre, he viajado en las máquinas que huelen, dan botes y corren por las carreteras negras, y en barcos que cruzan la niebla. Y, aun así, después de haber viajado desde tan lejos, te quedas ahí parado. —Le sonrió—. ¿Por qué no nos das un beso?

Y se abalanzó sobre él.

Morena fue volando directamente hacia ellos.

—Bienvenidos los dos. ¡Anda, fíjate en eso!

Breen miraba las bolsas haciendo una mueca, pero Marco esbozaba una sonrisa de oreja a oreja.

—Ahí dentro hay algo para ti y para Harken.

—Ah, ¿sí? Bueno, pues dámelo ya.

—No nos vamos a poner a rebuscar ahí ahora —dijo Breen, que sabía que, si no se plantaba, se desataría la locura. Así que lo resolvió enviando las bolsas, las maletas y los portátiles a su casa—. Lo ordenaremos todo y traeremos los recuerdos mañana.

—Se nos ha puesto estricta, Marco. —Morena le dio en el hombro con el codo—. Pero no pasa nada, estoy mugrienta de tanto trabajar en el campo. Marg está con mi abuela —dijo, haciendo un gesto hacia la carretera, en dirección a la casa de

Finola—. Brian está en la cascada, y resulta que Keegan se ha ido a tu casa hace unos minutos.

—Como no me dejan repartir los regalos y no tengo que llevar nada al otro lado, puede que coja el caballo para ir a ver a Brian —dijo Marco—. Puedo traer algo de pescado a la vuelta. Tengo algunas cosas chulas para hacer trueques en las bolsas que han desaparecido, pero las sirenas me darán crédito. Esta noche, pescado con patatas fritas, Breen.

—Me parece perfecto. Adelante. Voy a deshacer las maletas y puede que a hacer algo de yoga. O a echarme una siesta.

—La hemos mantenido ocupada —explicó Marco—. De compras, por Broadway y... me voy a adelantar, Breen: brindando porque ha vendido su libro.

—¡Qué gran noticia! —exclamó Morena, que se apartó de Marco para abrazar a Breen, extender las alas y volar con ella a cinco centímetros del suelo—. Qué buena noticia. Tengo que contárselo a Harken.

Tras soltarla, salió volando.

—Estoy muy orgulloso y me alegro mucho por ti. —Sedric se inclinó para besarla en las mejillas—. ¿Se lo cuento a Marg o quieres que espere a que lo hagas tú?

—No, adelante, y cuéntale que Marco va a escribir ese libro de cocina. Os veré a ambos mañana. En estos tres días nos han pasado muchas cosas.

—Y queremos que nos las cuentes todas. ¿Te apetece compañía en ese paseo, Marco? No me importaría traerme algo de pescado, y quiero saber más sobre ese libro de cocina.

—Tengo una agente en Nueva York. —Marco se señaló con el pulgar y se rio—. La vida da unas vueltas muy raras. Vamos a ensillar y a prepararnos para los trueques. Nos vemos al otro lado, Breen.

—Vamos, Botarate. Les echaremos un vistazo al huerto y los jardines, y veremos qué está haciendo Keegan. Y desharemos las maletas, ¿vale? —añadió Breen mientras subían los escalones de piedra—. No sé qué va a pensar de ese dragón de cristal tan tonto. Marco me convenció para comprárselo, aunque al menos es mejor que la sudadera de King Kong en el Empire State que, según él, tenía que ser para Keegan.

Cruzaron de Talamh a Irlanda.

—Salimos de un mundo y entramos en otro, y otra vez, más o menos, en ¿unos veinte minutos? —Tras respirar para asimilarlo todo, se abrazó—. Marco tiene razón: la vida da unas vueltas muy raras, y nuestra vida es extraña y maravillosa, Botarate. Extraña y maravillosa.

La miró como si estuviera completamente de acuerdo y echó a correr hacia el arroyo, donde la aguileña silvestre había brotado en las orillas, a punto de florecer. Entonces se detuvo. Le cambió la mirada; enseñó los dientes, gruñó por lo bajo. Salió disparado antes de que ella pudiera pedirle que parase.

Por instinto, Breen se llevó la mano a la espada que no tenía encima. Claro que no la había cogido, pensó mientras corría. Sin embargo, si algo los esperaba más adelante, su poder era algo que siempre llevaba con ella.

Esquivó el cuchillo con facilidad. Shana era torpe y más lenta que nunca.

—Shana.

Su mente estaba perdida, su corazón se había vuelto negro como la brea, y Keegan sabía que era imposible recuperar ninguna de las dos cosas. Pero tenía que intentarlo una última vez.

—A Odran no le importa una mierda cuál de los dos caiga. Solo ansía sangre y muerte.

—Morirás tú y Talamh arderá. Me entregará a la zorra de tu madre para que la mate con mi hoja dorada, y a tu perra, sin poder, para que sea mi esclava. —Giró sobre sí misma, se tambaleó y volvió a girar—. Sí, me pagarás todo el dolor, me lo pagarás por partida doble. Puede que me lleve a tu hermano a la cama antes de destriparlo como a un pez. Se te parece, al fin y al cabo, y a su hada burlona le arrancaré las alas de la espalda mientras él mira. Ahora soy una diosa, ¿no lo ves? —Aquellos ojos dementes brillaban cuando extendía los brazos—. Tus poderes no me afectan. Soy la elegida de Odran. Acércate, puedo hacerlo deprisa o con un arañazo por aquí y un corte por allá. Solo necesito uno para matarte, pero un golpe limpio será más rápido.

Lo oyeron ambos, ella con sus orejas de elfa y él con el elfo que había estado explorando en su interior. Corría a toda velocidad por el sendero.

—¡Compañía! —exclamó ella antes de girar y desaparecer.

¿Creía Shana que no la veía? ¿Creía que había ido tan deprisa que no la había visto deslizarse en el interior del árbol con el cuchillo en alto, lista para atacar? Keegan tomó una decisión y desenvainó la espada.

Mientras el perro se acercaba corriendo por el sendero con Breen detrás, vio a Shana, su sombra en la corteza del grueso tronco. Y observó cómo el odio oscuro y la sed de sangre le asomaban a los ojos. Cuando hizo ademán de atacar, esta vez a Breen, le clavó la espada.

Shana no emitió sonido alguno, ni siquiera jadeó, aunque, por un momento eterno para Keegan, lo miró a los ojos. Y, en ellos, el *taoiseach* solo vio confusión, nada más. La elfa se derrumbó a sus pies y el cuchillo cayó al sendero.

—No lo toques. Para —le ordenó a Botarate—. Está hecho de veneno. Atrás, retrocede.

Lanzó fuego a la hoja y lo mantuvo mientras el cuchillo burbujeaba y humeaba. Miró a Breen por encima del cadáver de Shana.

—No he conseguido llegar a ella. No le quedaba nada dentro que pudiera escucharme.

—Lo siento.

—La ha enviado para esto, con la esperanza de matarme, pero sabiendo que ella nunca viviría lo suficiente para regresar al mundo condenado y sangriento que había elegido. ¿Tan empecinado está, Breen, que no ha sido capaz de advertir que ella deseaba mucho más verte muerta a ti que a mí? —Envainó la espada—. Necesito sal y no llevo conmigo. Sal para la mancha que el veneno ha dejado en la tierra. Y más, si puedes traerla, para mí y para ella. La llevaré a las Cuevas Amargas.

—Iré a por la sal y te acompañaré. Te acompañaré —repitió al ver que él negaba con la cabeza—. No vas a hacer esto solo. Iremos contigo —dijo, y le puso una mano encima a Botarate.

—Cróga nos llevará a los tres y a ella. Cuando terminemos, os traeré de vuelta. Iré a las tierras medias a contárselo a sus padres.

—No. —Breen rodeó el cuerpo y se acercó a él—. No lo hagas, Keegan.

—¿Que no le cuente a su familia que la he matado?

—Ya la han perdido, ya han llorado por ella.

—Le he quitado la vida.

—Su vida acabó cuando eligió a Odran. Tú solo has terminado lo que empezó ella, y ¿qué bien puede hacerles saber esto, lo que ha sucedido aquí? La perderían por segunda vez y una nueva pena se sumaría a la antigua. Y, peor aún, todos los recuerdos que conservan de ella quedarían empañados por este. ¿Cómo van a recuperarse de algo así?

—Sí, sí, tienes toda la razón.

Llamó a su dragón y esperó mientras Breen iba a por la sal. Y, mientras esperaba, se agachó para acariciar al perro, que permaneció a su lado.

—Me habrías protegido como la proteges a ella. Eres un buen perro, sí, Botarate el Valiente, Botarate el Leal.

Cuando Breen regresó, Keegan limpió la mancha de veneno y sangre, y, con Breen y el perro, montó en Cróga. El dragón recogió el cadáver con sus garras y volaron alto hasta llegar a Talamh. Más allá de los campamentos y las minas de los troles, y más arriba aún, hasta una montaña gris piedra que se alzaba a orillas del mar.

Breen se enteró de que las Cuevas Amargas debían su nombre tanto a su cometido como al sabor acre que impregnaba el aire de su interior, tan acibarado y, de alguna forma, tan áspero y duro que parecía capaz de romperse como el cristal al primer golpe. Dentro de ellas, el techo alto estaba repleto de estalactitas con puntas tan afiladas como espadas. La luz de Keegan era roja, lo que otorgaba a su cara la apariencia de estar bañada en sangre mientras abría el suelo de piedra para convertirlo en tumba. Colocó dentro a Shana él mismo. Después se irguió y vaciló, debatiéndose.

—No se me ocurre qué decir.

—Le desearemos la paz que no logró encontrar en vida.

—Es muy amable por tu parte. Sí, le desearemos eso.

Después retrocedió y le dio la orden a Cróga. El dragón lanzó sus llamas y redujo a Shana a cenizas. Keegan sacó la sal y la repartió sobre ellas mientras hablaba.

—Y aquí lo que descansa no se volverá a alzar, no volverá a herir, no volverá a matar. Lo que se ha ido, lo que queda, las cenizas de su cuerpo, permanecerán aquí para toda la eternidad. —Cerró la piedra sobre las cenizas y la sal—. Venga, vayámonos de aquí.

Sin embargo, al salir de la cueva, se quedó plantado en lo alto. La montaña era dura y fría, pero el mundo de abajo era sencillamente espectacular.

—Podría haberla detenido de otro modo. Estaba loca, se reía, bailaba y, dioses, estaba rota de todas las formas posibles. Me dijo lo suficiente para saber cómo consiguieron llevarla hasta ese extremo. Podría haberla detenido, pero dijo cosas que necesitábamos saber y añadió que él no te quería muerta, pero que, bueno… —Se encogió de hombros—. Odran le había prometido que te tendría de esclava después de dejarte seca. Y pensaba cortarle el cuello a mi madre… Cuánto odio a una mujer que siempre había sido amable con ella. Nunca vi esa parte de Shana. Incluso pretendía acostarse con mi hermano antes de matarlo. Y cortarle las alas a Morena.

»Lo decía todo en serio, ¿sabes? Lo deseaba, la sangre y la muerte, el fuego, el puto trono dorado que Odran le había prometido. Quería todo eso con todo su nuevo ser y, que los dioses me ayuden, con todo lo que le quedaba de su ser antiguo. Pero podría haberla detenido de otro modo.

—Te equivocas, Keegan. La he visto. No le quedaba dentro lo bastante de lo que había sido como para unirse del todo al árbol, así que la he visto. Si hubiéramos llegado por el sendero y tú no hubieras estado allí, la habría matado yo. Es lo que habría elegido hacer, era la única elección posible, Keegan, por culpa de lo que había escogido ella. —Aunque todavía no se habían tocado ni una vez, se giró para mirarlo a la cara—. ¿El destierro? Estás pensando que podrías haberla detenido, que podrías haberla retenido con tu poder para después desterrarla. Pero nunca habría parado. No podía. Y Odran habría seguido usándola si servía a sus intereses.

»De todas maneras, el destierro al Mundo Oscuro la habría destruido. Estaba rota, lo he visto, era evidente. En cierto sentido, el destierro era más cruel que la espada.

—Es verdad, y siento que haya tenido que ser así. Se lo contaré al consejo, tanto el de aquí como el de la Capital; se lo contaré todo. Llevabas razón sobre sus padres. Contárselo me quitaría un peso de encima solo para que lo soportasen ellos. —Dio un paso atrás para alejarse de Breen—. No quiero tocarte aquí, tan cerca de las cuevas que guardan tanta oscuridad bajo sus rocas. No es así como me habría gustado darte la bienvenida a casa.

—Pues vamos a abandonar la oscuridad y regresemos a casa.

Cuando montaban en Cróga, con el perro en medio, Keegan se volvió para mirarla.

—Hay que regar los jardines.

—¿En serio?

—Me encargaré yo —respondió él encogiéndose de hombros.

Breen esperó hasta que sobrevolaron los campos verdes y marrones, y las flores, y, con el perro entre ellos, se inclinó hacia delante para rodearlo con los brazos. Cuando estuvieron frente a la casa, después de que Cróga volviera volando a Talamh y de que Botarate saliera corriendo hacia la bahía, Keegan la abrazó y la besó en los labios a la luz del sol, envueltos en aquel aire de primavera que olía a hierba, tierra y flores valientes. El aire frío y duro de las Cuevas Amargas, junto con todo lo que albergaban, se alejó flotando por la cálida brisa.

—Te he echado de menos más de lo que me habría gustado —dijo él, cogiéndole el rostro entre las manos—. He echado de menos esta cara tan bonita.

—Bien. —Ella también le cogió el rostro entre las manos, encantada de ver aquellos ojos verdes suyos sin rastro de tristeza ni de culpa—. Y, como te alegras tanto de verme, tengo que pedirte algo.

—Bueno, puedes pedir lo que quieras, aunque puede que la respuesta no sea la que buscas.

—Lo sé. En primer lugar, fui a ver a la madre de Marco. No conseguí llegar hasta ella, no logré que entendiera ni que aceptara. Y no se lo contaré a Marco.

—Porque eso volvería a producirle tristeza y tendría que cargar con ello.

—Exacto. Dejé de intentarlo porque lo único que estaba consiguiendo era hacerle daño a ella. Después fui a ver a mi madre y me liberé de mi carga.

—De acuerdo. ¿Cómo se hace eso?

—Perdonándola.

—Muy sabio por tu parte —repuso él, y se volvió para dejar caer una suave lluvia sobre el joven huerto.

—Te has ido a lo fácil.

—Esta vez, para poder escucharte. Te estoy diciendo que ha sido muy sabio por tu parte y pienso que yo no he encontrado tanta sabiduría en mi interior.

—Ha servido para quitarme un peso de encima, así que, en cierto modo, lo he hecho por mí. Después me hice esto. —Tiró de su jersey para enseñarle el hombro.

Él negó con la cabeza, pero sonrió mientras recorría las palabras con un dedo.

—Te gusta decorarte, ¿eh? Pero esta es una buena forma de hacerlo, *Iníon*.

—Eso me pareció. Luego fuimos a Sally's.

—¿Me estás contando historias o quieres pedirme algo?

—Ahora llego a la petición. Está todo relacionado… Me di cuenta cuando vi a Sally y a Derrick. Ya están planificando la boda de Marco allí. O, más bien, lo está haciendo Sally. —Ladeó la cabeza—. Estarías muy bien con frac.

—¿Con qué?

—Pues es… un tipo de traje de hombre. Muy formal. En fin, quiero que tengan eso, todos ellos, una boda a la que pueda asistir la hermana de Marco y todos nuestros amigos de allí. Ah, y Meabh es maravillosa, por cierto. Quiero que todos disfruten de eso —siguió diciendo—, pero me encantaría que Sally y Derrick pudieran asistir a la boda de Marco aquí. Quiero que lo sepan, quiero dejar de mentirles, y enseñarles Talamh y quién soy.

—Pues adelante.

Ahora fue ella la que retrocedió.

—¿Así, sin más?

—No pueden cruzar por el Árbol de la Bienvenida si preten-

469

den hacer daño, y lo único que vi en Sally cuando lo conocí fue que os quería mucho a los dos. Además es una persona lista e interesante.

»Has perdonado a tu madre, ¿no? Es más que eso. Al perdonarla, has aceptado que te dio la vida, que te crio, pero que no es tu madre. Quieres que la que sí lo es forme parte de tu existencia y de la de Marco. Y esta es tu vida y la suya.

—Sí, es un buen resumen. Es justo eso. Cuando resulte seguro, quiero que vengan aquí, que vean la casa. Quiero explicárselo todo y llevarlos a Talamh para que lo vean. Quiero que conozcan a la yaya y a todo el mundo.

—Pues adelante —repitió él.

—Adelante —dijo ella, y pensó en todos los buenos argumentos que se había preparado para planteárselos. Sonrió—. Voy a deshacer la maleta. No te olvides de las flores y de las macetas.

—Ahora lo hago. No me has contado nada de los negocios de Nueva York, las reuniones y demás.

—Ha ido genial, muy bien. Han pasado muchas cosas, como que Marco ha firmado con una agente para que lo represente con el libro de cocina en proceso, que por ahora se llama *Cocinar es divertido*.

—Fantástico. Lo ayudaremos cuanto podamos probando cualquier receta que quiera incluir.

—Qué generoso. Y han comprado mi libro.

—Como te dije que harían. Esta vez no lo dices llorando, por lo que veo.

—Me mareé un segundo, pero no lloré. Mi editora va a enviarme un correo con algunos cambios.

—No leí nada que necesitara cambiarse.

—En realidad son buenos cambios. Unos cuantos días de trabajo, y será mejor, más potente. —Se tapó la boca con las manos y se rio—. He vendido mi libro.

Y se abalanzó sobre Keegan. Botarate, que quería formar parte de la diversión, dejó aprisa la bahía y se sacudió toda el agua mientras corría en círculos a su alrededor.

—*Magia de luz, magia de oscuridad*, de Breen Siobhan Kelly, estará a la venta en su librería más cercana en cuanto sepan cuándo.

—Me gusta esto más que las lágrimas.

—A mí también.

—Aunque recuerdo muy bien lo que viene tras las lágrimas y creo que merece la pena repetirlo. —Con los brazos y las piernas de Breen rodeándolo, caminó hacia la casa—. Puedes deshacer la maleta después.

—Puedo deshacer la maleta después —coincidió ella. Y, como a él se le había olvidado, al entrar en la casa envió la llovizna hacia las flores y las macetas.

28

Breen asistió a las reuniones del consejo en el valle y trabajó con Marg, Finola y los demás en los planes para el festival. También trabajó en el jardín y el huerto, y terminó su revisión —cruzando los dedos para que funcionara—. Y se concentró en escribir la siguiente aventura de Botarate. Si las ideas para el nuevo libro le gritaban demasiado, cambiaba a ese y las dejaba salir a la página, aunque no se permitía más de una hora. Entrenó con todas sus fuerzas y practicó su magia con Marg.

Con los días tan ocupados y cada vez más largos, apenas tuvo un momento que no estuviera destinado a una tarea específica. Y abril dio paso a mayo. Las grietas de los portales, todas ellas, se ensancharon. Casi imperceptiblemente, le dijo Keegan, pero así fue. Breen se preguntaba si Odran aguardaría al solsticio o atacaría antes. ¿O esperaría más aún?

Aunque atesoraba cada día, las lluvias y el sol de primavera, la manera en que el cielo permanecía iluminado cada vez más tiempo, tanto en Talamh como en Irlanda, quería que acabase de una vez. De una forma o de otra, que acabase.

Veía a las hadas empezar a construir la casa de Marco y de Brian; había muchas dedicando a ello su tiempo y sus habilidades… y dando sus opiniones.

—Nosotros podríamos haber terminado antes —le dijo Marg—, como con la tuya. Sin embargo, hay tiempo de sobra, ya que ambos dicen que se quedarán contigo hasta que acabemos con Odran.

—Ya sea despacio o lento, va a quedar estupenda. Me encanta la abertura que ha hecho Seamus, y la pérgola. Es como pasar de un país de las hadas a otro.

—Seamus tiene un don para estas cosas. —Tan encantada como Breen, Marg volvió la vista atrás para contemplar el arco alto en el que las fucsias y las rosas blancas se entrelazaban—. Y el aroma de las rosas flota de uno al otro. Tus jardines van muy bien, *mo stór*. Tú también tienes un don.

—Me encanta cultivar plantas. Eso lo he heredado de ti y de mi padre.

—El gusto, sí, pero la conexión que sientes con ellas es toda tuya. Yo tengo buena mano, como Eian, pero no tanta como tú. Ah, mira ese perro. Corriendo por ahí y metiendo el hocico por todas partes.

—Adora tener a todo el mundo a su alrededor. Para Botarate, cada día es una fiesta. Y cuando Morena y Harken traen a Cielo, es un puro festival del amor. Se lo pasará genial cuando pueda ir corriendo de una casa a la otra.

—En cuanto a la tuya, *mo stór*, ¿hay algo que desees cambiar? Es fácil de hacer.

—Me encanta tal y como está, yaya. Me enamoré de ella la primera vez que la vi. Entonces no sabía que sería mi hogar, pero lo era y lo es.

—Sí, pero... —Le dio la mano a Breen y regresó hacia la casa a través del arco—. Puede que te gustara tener un sitio de verdad para escribir o una habitación acogedora para guardar los libros y leer.

Breen entró primero y dejó la puerta abierta a modo de bienvenida, como solía hacer Marg. Pensaba preparar un té y servir algunas de las galletas de Marco. Se las tomarían en el patio, para disfrutar del calorcito del aire mientras les llegaba el bullicio del otro lado del seto.

—Bueno, si quieres, es bastante sencillo —añadió Marg—. Y es posible que, en algún momento, necesites un dormitorio más, o dos.

—Tendré el de Marco cuando Brian y él se muden a su casa.

—Cierto, aunque quizá necesites más de uno. Si hay niños. Creo que no me equivoco al pensar que te gustaría tenerlos.

—No te equivocas. —Y esperaba, ay, esperaba con toda su alma que tener niños, criarlos y quererlos formara parte de su destino—. Pero ahora no puedo pensar en eso, yaya, mientras Odran exista. Mientras no desaparezca, ningún hijo mío estaría a salvo. Si sobrevivo a esto...

—Ay, Breen...

—Hay que tenerlo en cuenta, así que, si yo sobrevivo y él no, me gustaría pensar en un futuro con hijos.

—Espero que perdones a tu abuela por meterse en tus asuntos, pero ¿Keegan y tú habéis hablado de ese futuro?

—No. —Breen sacó una bandeja y empezó a colocar encima las galletas—. No sé qué quiere él para después.

«Los jóvenes suelen moverse despacio», pensó la yaya, que suspiró mentalmente.

—¿Así que no os preguntáis ni decís lo que queréis?

—Primero necesito saber si tengo un futuro; después, supongo que le preguntaré o se lo diré. Me siento contenta tal y como estamos, y eso ya es mucho.

—Sí, por supuesto. Pero, ay, la forma en que te mira, mi niña. Cómo te mira.

—¿Sí?

Marg se rio y le dio un toquecito en la mejilla.

—Sé reconocer a un hombre enamorado cuando lo veo, lo sepa él o no. Así que me animaré proyectando dormitorios para niños y ese espacio ideado de verdad para que mi encantadora nieta escritora se dedique a sus libros. —Entró en el comedor—. Ah, y un solárium pequeñito, acristalado, para que mi Breen pueda pasar el rato al calorcito, con sus plantas, durante los fríos del invierno.

—Eso suena... —Breen se contuvo y levantó la bandeja—. Seductor, justo como pretendías. Esperaremos. Tenemos que planear un festival de varios días.

—Sí, y mira, ahí vienen Finola y Morena, listas para ayudar.

Breen dejó la bandeja.

—Iré a por más tazas.

Botarate cruzó corriendo la pérgola, muerto de emoción al ver que se aproximaba más compañía. Lo saludaron y, como Finola le ofreció algo de la cesta que llevaba, también se ganó una golosina.

—¡Qué día más bonito! ¡Ay, mira esos jardines! —Casi tan encantada como Botarate, Finola lo miraba todo con una sonrisa de oreja a oreja—. Breen, está claro que tienes el don de los *sidhe* para las plantas —comentó cuando la joven salió con la bandeja.

Finola parecía ella misma una flor, con mallas rosadas y una camisa blanca larga decorada con capullos de rosa.

—Seamus es un profesor paciente y maravilloso —repuso Breen—. ¿Hace demasiado ruido ahí fuera con la obra? Podemos tomarnos el té dentro.

—No con este día tan estupendo. He traído de la granja un queso buenísimo y pan recién horneado. —Los sacó de la cesta—. Y parte de la agenda para el festival. Lo hablaremos entre las cuatro antes de contárselo al resto, ¿verdad?

—Tenerlo más o menos organizado antes nos ahorrará tiempo, según dice mi yaya, y, sobre todo, discusiones —dijo Morena antes de coger una galleta—. En realidad, es porque no quiere que Jack y Nelly, su hermana, metan baza y acabemos planeando más que haciendo.

—Es cierto. Así que pasaremos la mayor parte de este día tan bonito dándole forma, y después Marg les transmitirá lo que hayamos acordado a ellos, a Michael Maguire y a Dek de los troles.

—¡Pero Fi, después de tantos años de amistad, me impones esa tarea! —exclamó Marg.

—Ni uno de ellos osaría chistarle a Mairghread O'Ceallaigh, y cualquiera de ellos discutiría conmigo hasta matarme.

—Sobre todo Nelly —añadió Morena—. Es la bisabuela de Mina, Breen, la joven elfa que corre por los campos y los bosques con sus amigos.

Finola puso un poco de queso sobre un trozo de pan y agitó ambas cosas en el aire.

—Hace tres años, en una feria del valle, mi tarta de melocotón ganó el primer premio, y Nelly nunca me perdonará que la venciese.

—Y tu mermelada de ciruela también ganó a la suya —recordó Marg.

—Cierto, aunque no me gusta presumir. —Entre risas, Finola se echó hacia atrás su atrevido corte de pelo de color castaño—. Está claro que celebraremos los concursos de tartas en el festival, y también, me temo, que todos perderemos ante nuestro Marco. ¿Está ahí? ¿El guapetón de Marco?

—Sí, está aprendiendo a acertar en el clavo, y no en el dedo, con el martillo.

Finola sonrió a Breen hasta que se le marcaron los hoyuelos.

—Me acercaré a saludarlo y ver cómo va la cosa. Y a regalarme la vista con todos esos hombres con martillo.

—Aunque es bien cierto que pretende regalarse la vista —empezó a decir Morena cuando Finola se fue—, en realidad quiere darnos tiempo para que hablemos de lo que no podemos comentar delante de ella. Dices que es seguro hacerlo aquí, si lo necesitamos, ¿no, Marg?

—Odran no puede ver ni oír nada de lo que se haga o diga en la Casa de las Hadas ni en sus terrenos. Nos hemos asegurado de ello, hay medidas de protección a porrillo.

—Tenemos cuidado con lo que decimos en la granja, salvo cuando celebramos las reuniones del consejo y lo mantenemos fuera. No sé si de verdad nos está observando o es que mi mente me engaña.

—Debe de ser consciente de que Shana ha fallado —dijo Breen mirando hacia el bosque—. No estoy segura de que de verdad esperase que triunfara, pero han transcurrido varias semanas, así que lo sabe. Y las grietas cada vez están más abiertas, un poquito más cada día.

—Con la magia oscura de Yseult unida a la suya, mirará a través de las grietas, a través del cristal, a través del fuego y de la niebla. Pero ¿qué verá? —preguntó Marg.

—Talamh —respondió Breen—. Preparando los festivales para celebrar el solsticio y el regreso de la hija. Más preocupados, durante esos tres días, al parecer, de la diversión que de la amenaza. Los guerreros compitiendo para demostrar sus habilidades y su fuerza, en vez de entrenando.

—Las hadas bailando y festejando, listas para el sacrificio —concluyó Morena.

—No nos conoce —dijo Marg, que escuchaba las risas, los golpes y los zumbidos que les llegaban del otro lado del seto—. En todos estos años no ha aprendido nada sobre quiénes somos y lo que podemos llegar a hacer para defender este mundo. Nunca lo hará. Envió a esa chica malvada a acabar con nuestro *taoiseach*, creyendo que, si derrotaba a Keegan con la hoja envenenada, todo Talamh se sumiría en el caos, el miedo y la desesperación. Doy gracias a los dioses todos los días por el fracaso de Shana y soy incapaz de lamentar su muerte.

»Sus padres ya la han llorado —siguió Marg, apoyando una mano sobre la de Breen—. Convencer a Keegan de que no los avisara fue un gesto de compasión. Pero si él hubiera caído ese día en el sendero entre los mundos, Odran no se habría encontrado con caos, miedo y desesperación.

—Furia y fuerza —repuso Morena, asintiendo—. Somos capaces de encontrarlas y alimentarlas incluso en los momentos más dolorosos. ¿Y lo que le dijo a Keegan en medio de sus desvaríos de loca? Lo de las enredaderas rojas; sabemos qué mundo es y lo tenemos en el mapa, como el de hielo, con su luz cegadora, y el portal que lo conecta con este. El calor y el frío, y el portal que brota del choque entre ambos.

—Sedric ha salido hoy para buscar de nuevo el portal que une el mundo de Odran con el de las enredaderas rojas.

Breen volvió la mano que tenía bajo la de su abuela para estrechársela.

—No me habías dicho nada.

—No ha ido solo. Lleva a tres personas con él.

—Pero te preocupa.

—El amor es preocupación —repuso Marg—. Me ha contado que es un mundo pequeño, brutal por culpa del calor húmedo, las gruesas enredaderas y los pantanos. Tiene un sol rojo y una única luna neblinosa. Jura que en este viaje encontrarán el portal, puesto que ya han cubierto casi toda su superficie por visitas anteriores.

—¿Lo sellarán? —preguntó Morena.

—Keegan dice que no. Prepararán una trampa. —Mientras hablaba, Breen miró hacia la pérgola, sabiendo que iba a decir algo que Finola no debía oír—. Sellarán el portal que conecta con él, una vez estén seguros de que Shana entró así.

—Ah, ya veo, ya veo —dijo Morena, que probaba el queso—. Así no tendrán manera de cruzar.

—No solo eso. La trampa se activará y, cuando vengan, cuando lo sepamos, sellaremos el camino de regreso. He estado trabajando en un hechizo —les informó Marg—. Y, gracias al don de

Sedric, podremos hacerlo. Si Odran envía guerreros por ahí, no tendrán modo de volver ni de avanzar.

—Tardarían varios días en llegar por ese camino, yaya. Tendréis que proteger este lado, ya que los que envíe por ahí atacarían aquí. Keegan y sus sabios creen que Shana accedió a Escocia desde el Mundo de Hielo, y de allí a Irlanda y estos bosques.

—Las hadas han jurado protegerlos a todos, y eso haremos. ¿Me preocupa? Por supuesto. Sedric no solo comparte mi cama, sino mi mundo entero. Lo cierto es que él le devolvió la vida a mi corazón. Pero es más listo que un gato, nunca mejor dicho, así que confío en que regresará a casa conmigo y estará a mi lado cuando celebremos el final de Odran.

»Ahora, Morena, querida, ve a por tu yaya. Hablaremos del festival y de la diversión… y, dioses, de los dolores de cabeza que da organizar la diversión. Y hablaremos sobre las defensas que montaremos en secreto y que todo Talamh debe conocer.

Cuando empezaron a planificar el festival y la diversión, Breen habría deseado que solo tuvieran que encargarse de la compleja logística. Sin embargo, cada competición y cada juego para los jóvenes y los no tan jóvenes ocultaba una defensa, un ataque o ambas cosas. Cada una de las mesas cubiertas con bonitas faldas y repletas de comida para los banquetes o artículos en competición, escondía armas bajo la tela colorida. Todos los que participaban en torneos de habilidad y fuerza estarían preparados para usar el arco, el hacha o la porra y el poder para luchar contra quien fuera necesario, cuando fuera necesario. Todos los que bailaban por todo Talamh al son de las flautas, bajo la luz del sol o de la luna, cargarían en cuanto sonara el cuerno.

Las múltiples capas de protección cegaban a Odran, de modo que no viera todo lo que tramaban, pero esas mismas capas impedían a Breen ver a Odran desde su casa, incluso en sueños. Por otro lado, sí que lo sentía empujar, hacer cuanto le era posible para quemar aquellas protecciones.

—Sí, empuja —coincidió Keegan cuando caminaban de vuelta por el bosque después de una sesión de entrenamiento maratoniana que la había dejado exhausta—. Es lo que tú llamarías su ego, ¿no?: «¡No podrán ocultarme nada!». Ya sabes.

—Pero ¿no se preguntará por qué? ¿Por qué lo hemos bloqueado?

Como Botarate le trajo un palo, Keegan se vio obligado a lanzárselo.

—Como te he dicho antes, por eso pusimos a Marg con el hechizo envolvente. Tu yaya, que se preocupa por ti, sobre todo desde que Shana intentó cruzar y estuvo a punto de llegar a la puerta de tu casa. Y, si siente curiosidad por ti, sabe que vas a Talamh todos los días para la planificación del festival.

Hizo una pausa, cogió el palo que le había llevado de nuevo Botarate y lo lanzó más lejos… Esta vez, hacia el arroyo, para distraer al perro.

—Todo el lío de qué colores elegir para las pancartas y los banderines, si va a organizarse una carrera de caballos aquí o allá, cuántas piruletas hacen falta para los pequeños… Si el premio para el arquero ganador es una flecha de oro, ¿debería haber una lanza de oro para el que gane esa otra competición? Etcétera, etcétera. Y tengo que escuchar todo eso y más, no solo en el valle, sino allá donde voy.

—Todas esas cosas son importantes y, a su modo, casi tanto como las armas de las que has hecho acopio, la forma en la que has apostado a tus guerreros y la trampa que has colocado entre los mundos por los que ha pasado Shana.

—Ah, sí, eso fue idea de Sedric. Tiene una mente aguda y astuta.

—Y una visión del mundo muy amplia. O de los mundos, mejor dicho —se corrigió Breen—. Imagina el daño que podría haber causado Odran en este lado con un puñado o un par de sus fieles, mientras los demás atacaban Talamh.

—Ahora vivirán el resto de sus días, que serán bastante cortos, entre las enredaderas, los pantanos y el calor que te empapa hasta los huesos.

—Se volverán unos contra otros —añadió Breen—. Así son las criaturas de la oscuridad.

Cuando salieron del bosque, Keegan se giró hacia ella.

—Es curioso que se inviertan los papeles.

—¿En qué sentido?

—Que tus pensamientos se tornen oscuros —respondió Keegan—. Suelen ser los míos. Pero hemos invertido los papeles.

—¿Qué piensas tú?

Keegan se dirigió con tranquilidad hacia la bahía mientras Botarate salía disparado hacia allí como una flecha, así que Breen caminó a su lado.

—Que ha llegado el momento de acabar con esto y que tenemos un plan para hacerlo, armas para lograrlo, y tú eres la más importante. Mi padre y el tuyo murieron intentándolo, igual que innumerables criaturas más desde que la primera canción o historia sobre Odran llegó a Talamh. Nunca lo hemos conseguido, y no ha sido por falta de valor, poder o unidad. Con esas tres cosas lo obligamos a retroceder.

»Hemos disfrutado de épocas de paz y tranquilidad, pero nunca le hemos atravesado el negro corazón con una espada para matarlo. Así que ha seguido haciéndose fuerte y ha logrado que las ruinas de su castillo negro vuelvan a resplandecer. Nos ha robado a nuestros niños y los ha asesinado en su altar. Nos ha arrastrado como esclavos a su mundo.

—Esos pensamientos son muy oscuros —repuso Breen.

Keegan negó con la cabeza mientras Botarate nadaba y chapoteaba.

—Eso es lo que ha sucedido hasta ahora. Hemos mantenido nuestro mundo en paz con nuestras leyes y nuestras costumbres. —La miró—. Las costumbres de la magia, Breen Siobhan Kelly.

—Lo sé.

—Quiere destruir eso porque solo se fija en el poder.

—Ve el poder como si fuera una tarta, igual que otras personas ven el amor.

Curioso, Keegan se volvió hacia ella.

—¿Como una tarta?

—Sí, una tarta. Se divide en un número de trozos concreto y, si una persona tiene uno, queda menos para ti. Como él no cree ni comprende que ese poder, como el amor, es infinito, que solo crece cuando se comparte, lo ansía.

—Una tarta —repitió Keegan—. Ja, es una buena forma de explicarlo. Es la hora de acabar con esto y con él, para que no se quede con ninguno de esos trozos que ve. Ni en este mundo ni en ninguno. Esta vez terminaremos con él, *mo bandia*, para siempre. Lo presiento como nunca antes. Así que mis pensamientos no son tan oscuros. Nos espera la luz.

—El día más largo.

—Lo sabremos pronto. El perro ha tenido una buena idea con lo de bañarse en la bahía. Una manera ideal para cerrar un día de mayo, tras una sesión de entrenamiento fácil.

—¿A eso lo llamas fácil?

—Sí, claro, porque lo era. Soy más blando contigo para que, si Odran mira, lo vea, y contemple lo deprisa que te cansas y caes, para que piense que tus habilidades son escasas.

—Botarate, y esta vez no me refiero al perro. Yo pienso concluir mi día con una larga ducha de agua caliente y una copa de vino.

—Seguro que no necesitas la ducha después de darte un baño.

La levantó en volandas y la lanzó con la misma facilidad con la que había lanzado el palo. Sorprendida, Breen consiguió insultarlo antes de caer al agua. Empapada, se puso en pie, con el agua casi hasta la cintura, mientras el perro nadaba alegremente en círculos a su alrededor y Keegan los miraba desde la orilla, sonriendo.

—¡Mierda! ¡Los hombres sois todos unos críos! —gritó Breen mientras se apartaba el pelo chorreando.

—Eso crees tú, pero yo veo a una mujer mojada con la ropa pegada al cuerpo… Ropa que, te recuerdo, no te he quitado sin permiso. Y no estoy pensando como un crío, en absoluto.

—Así que me tiras al agua completamente vestida. ¡Y está fría!

—Vigorizante —dijo él antes de desnudarse con un movimiento de las manos y meterse en el agua—. Porque es eso, vigorizante.

—Se me ha quedado el culo helado.

—Y bien bonito que es.

—Pues míralo mientras me largo. Me voy a casa.

—Ah, espera, *mo bandia*, nada conmigo un rato en esta reluciente noche de primavera, antes de que se vaya el sol.

La rodeó por la cintura y tiró de ella mar adentro hasta que la cubrió el agua.

—¿Y si te quito esa ropa y la dejo en la orilla, con la mía? Con tu permiso, por supuesto.

—No pienso bañarme en pelotas en la bahía. Marco y Brian están en la casa. Vinieron para acá antes que nosotros. ¡Y el agua está fría!

—Nadar te calentará rápidamente. —Agitó un dedo en el aire para invocar la niebla—. Ahí tienes, una cortina. Te quito la ropa mojada y las botas empapadas, y se secarán en la orilla.

La besó tras decirlo y la pegó, ya desnuda, contra su piel.

—Tu cuerpo no despierta en la sangre de los dos de la casa lo que despierta en la mía, Breen. Pero son hombres y amantes, y seguramente sospecharán lo que sucede dentro de la niebla.

—Que estamos nadando.

—Sí, pero luego, si quieres. Deja que te quite de la cabeza esos pensamientos tan oscuros.

—Nos vamos a ahogar.

—Tengo parte de sirena —dijo él— y he estado practicando. Deja que te lo enseñe.

La besó en la frente, en la mandíbula y en los labios.

Y se introdujo en ella.

—¿Quieres entregarte a mí, Breen Siobhan? En el agua y en la niebla, entrégate a mí.

La meció en el agua y en la niebla, despacio, mientras ella flotaba. Y se entregó a él. Y cuando Keegan la metió bajo el agua, no sintió miedo, sino solo el placer que conjuraban sus manos mientras, pegando su boca a la de Breen, le cedía su aliento.

Bajo el agua, con el sol reflejado en la superficie envuelta en niebla, la tomó y tomó todo lo que deseaba. Cuando ella alcanzó el clímax, no pensó en nada más, solo en las sensaciones que le recorrían la piel y lo que cubría, en el calor que le estallaba dentro.

Subieron a la superficie todavía unidos, todavía aferrados el uno al otro.

Breen sintió el aire, la niebla arremolinada y el movimiento del agua. Y a él, lo sintió a él.

Cuando se corrió de nuevo, él lo hizo con ella. Y después regresaron a la realidad flotando juntos.

Ya no podía decir que tuviera frío.

—¿Has estado practicando eso?

Él se rio contra su cuello.

—No todo eso, no. Aunque me lo he imaginado más de una vez. He estado probando cuánto aguanto bajo el agua, y cada vez es más. Mucho más ahora que cuando saqué la espada, y eso que ese día hechizan el agua para ayudarnos. No soy tan rápido como las sirenas en el agua, ni como los elfos en tierra, pero sí más que antes de intentar aprovechar ese poder. Es un buen entrenamiento. Sin embargo, esto, contigo, es algo muy diferente y un don muy distinto.

Despejó la niebla lo justo para ver que Botarate ya estaba en la orilla y lo mucho que se habían apartado, antes de que el perro volviera a zambullirse.

—Estamos muy adentro —comentó Breen, que esta vez sí sintió una pizca de miedo—. Botarate no puede alejarse tanto nadando.

—Es un perro de mar, pero iremos a su encuentro. Estoy aquí si te cansas, aunque, por el río junto a la cascada, sé que eres una buena nadadora. Te propondría una carrera, pero no me parece justo.

—Pues dame ventaja.

Breen salió hacia la orilla y le pareció que su estilo era bastante preciso. Cuando llegó hasta el perro, vio a Keegan adelantarlos como si fuera un pez.

—Puede que tengas que tirar de mí —le dijo a Botarate—, porque él está demasiado ocupado pavoneándose.

Entonces se dio cuenta de que tocaba el fondo con los pies. Andando, llamó a Keegan, ya de pie en la orilla.

—Te agradecería que volvieras a invocar la niebla antes de que salga.

—La hija de los hombres que llevas dentro se preocupa demasiado por la desnudez.

Él no, pensó ella, mientras contemplaba su cuerpo desnudo de guerrero, cubierto de agua y reluciente al sol de última hora de la tarde. Invocó la niebla ella misma antes de emerger. Después se pasó las manos por el pelo para secárselo y Keegan hizo lo mismo con Botarate. Mientras se vestían, Breen lo observó.

—¿De verdad crees lo que has dicho antes?, ¿que ha llegado el momento de acabar con él para siempre?

—Sí. Igual que creo que no tendrás que sacrificarte para conseguirlo.

—¿Por qué lo crees?

—Porque esto no acaba así —respondió él, encogiéndose de hombros.

—¿Cómo acaba?

—Con Odran destruido, Talamh en paz, y tú viviendo satisfecha en tu casa y escribiendo tus historias con el perro dormitando junto al fuego, y Marco y Brian ahí al lado. Y visitando Talamh a través del portal siempre que te apetezca.

«Mi casa», pensó Breen, como si le hubiera dado una bofetada. No la casa de los dos, sino solo la suya.

—Un final feliz.

—No para Odran. Para el resto de nosotros, ¿por qué no? Eres la llave y, cuando abras la cerradura, se terminó. Lucharemos para que puedas hacerlo y algunos caerán. Ya basta. Ya basta, Breen; eso es lo que creo. Y creer es lo que da fuerza a la magia. Así que cree.

—Lo intentaré.

Quería decirle que lo amaba, pero se contuvo. No por miedo, comprendió, sino por la misma razón por la que había evitado que les contara a los padres de Shana que su hija había muerto. ¿De qué iba a servir si, al final, no bastaba con la fe? Si era ella la que caía, ¿no le costaría a él mucho más aceptarlo si sabía lo que Breen sentía, lo que quería, lo que esperaba?

—Lo intentaré —repitió, y le dio la mano.

29

La primavera corrió a su encuentro. Breen recordaba que, en su antigua vida, mayo solía arrastrar sus bonitos pies, de modo que las últimas semanas antes de las vacaciones de verano se le antojaban interminables. Sin embargo, ahora corría como un elfo. Por mucho que intentara aferrarse a cada día, se sucedían a toda prisa.

Junio trajo consigo un conflicto interno constante. Quería que concluyera todo, quería disfrutar de la oportunidad de vivir sin miedo ni amenazas, aunque también temía lo que estaba por llegar.

Lo que tenía que llegar.

Se recordó que se le había concedido un año de maravillas, de amor y descubrimiento, de sueños hechos realidad. Si un año era lo único de lo que disponía, debía bastar con eso. Aun así, siguió mirando, en el fuego y en el humo, en el parpadeo de la llama de una vela, en el orbe y en sus sueños. Sin embargo, las visiones eran sombras silenciosas y secretas.

Trabajó en el jardín, sintió una alegría genuina observando florecer sus plantas, escardando, aporcando las patatas y aprendiendo a entutorar los tomates. Escribió, y la escritura se convirtió en una vía de escape. Terminó el siguiente libro de Botarate y después se obligó a enviarlo a Nueva York.

Como necesitaba desesperadamente esa vía de escape, apenas se tomó un respiro antes de comenzar con el siguiente. Y hacerlo la ayudó a albergar la esperanza de que viviría para finalizarlo. De que seguiría viviendo aquella vida espléndida entre dos mundos.

Entrenó, aunque sus dolores y moratones no coincidieran con la idea de lo que era fácil y ligero para Keegan. Practicó con Marg y sola. Todas las habilidades que aprendía y perfeccionaba la hacían más fuerte.

Ayudó con los planes y preparativos del festival. Hasta que, antes de darse cuenta, acabó la época de planear y preparar.

Rechazó la idea de Marco de ponerse uno de los vestidos de verano que él la había convencido para comprarse en Nueva York. Si tenía que luchar a muerte, no sería con un vestido de tirantes. Además, la espada al costado fastidiaba el *look*, detalle con el que Marco estuvo de acuerdo.

—Espero que por allí luzca el sol.

Aunque ya había entregado su contribución de jamón glaseado con miel y le había pedido a Brian que llevara unas cuantas cajas de pasteles, Marco cargaba con más todavía.

—Lo hace —le aseguró Breen.

—¿Que hace qué?

—Sol. En Talamh hace un día soleado.

—¿Cómo lo sabes? Espera. ¿Puedes verlo desde aquí? —Marco puso los ojos en blanco y le dio un codazo—. ¿Por qué narices no me lo has dicho antes?

—Una vez que me di cuenta de que podía mirar y ver, también me di cuenta de que me gustaba que fuera una sorpresa. Pero hoy sí lo he comprobado.

—Chica, sácame las gafas de sol del bolsillo y colócalas sobre mi bello rostro.

Como ella cargaba con menos bultos que él, accedió. Marco se había recogido atrás las trenzas con una cinta de cuero rojo que combinaba con su camiseta y sus deportivas de caña alta. Las deportivas tenían cordones plateados a juego con el cinturón y el pendiente de la oreja. También había adornado el copete de Botarate con lazos arcoíris. Y al perro parecían encantarle.

Se había apuntado a varias competiciones —entre las del día, estaban la de tarta de cereza y la de *shortcake* de fresa— y se encargaría del puesto de dulces cuando no estuviera haciendo de juez en el concurso de mermeladas o coordinando dos de las carreras para niños. Breen y él también ayudarían con el entretenimiento musical, ya que Marco no había aceptado un no por respuesta.

Breen pensó que su amigo se había entregado por completo a la vida de Talamh y a la comunidad del valle.

—Brian estará de guardia en el portal durante un par de horas. Le toca la primera ronda de la competición de arco y tengo que estar allí para animarlo. Ya sabes que he tenido que insistir mucho para que se apuntara.

—Lo sé, y has hecho bien. Estar ocupado ayuda a mitigar la pena. Sé que le va a costar mucho ver a los jinetes de dragón hacer sus demostraciones de vuelo.

—Estaba pensando que podíamos plantar algo en nuestra casa en honor a Héroe. Un árbol bonito o algo así, aunque quizá solo sirva para recordárselo y entristecerlo.

—Creo que es una idea perfecta, Marco, y, con el tiempo, recordarlo será un consuelo.

No necesitaba verle los ojos detrás de las gafas de sol para saber que estaba preocupado.

—¿De verdad lo crees?

—De verdad. Un árbol bonito y un banco debajo. Uno de los mamposteros podría grabarle un dragón.

—Un dragón —murmuró Marco—. Sí, sí. Es buena idea, Breen, gracias. —Cuando llegaron al árbol, reorganizó las cajas—. ¿Lista para ponerte en modo festival?

—No tanto como tú, pero sí.

Entraron y salieron a la luz del sol que Breen le había prometido. Y se encontraron rodeados de color. Muchísimo color. Breen había ayudado con algunas de las pancartas, los banderines, los puestos y las cuerdas decoradas con banderas de colores que dividían el campo en zonas de competición, y, aun así, se quedó deslumbrada.

Había hogueras encendidas cuyo humo transportaba el aroma a carne asada; puestos con toldos bonitos en los que se exhibían pasteles, frutas, verduras y artesanía. Un malabarista subió por la carretera, extendió las alas —que eran azules— y siguió con su actuación en el aire. Había niños por todas partes, ya con piruletas en la mano, masticando galletas o dándole vueltas a un aro con un palo.

Sin embargo, también vio, como estaba planeado, al menos a tres adultos moviéndose entre los grupos de niños. Aunque los guerreros parecieran pasearse tranquilamente entre los granjeros, los artesanos y los campesinos, todos ellos iban preparados por si aquel era el día.

—Tía, qué bonito. Es como el plató de una película. Escucha a esa flautista, Breen. ¡Qué marcha!

Algunas de las mujeres llevaban vestidos tan coloridos como las banderas, mientras que otras habían optado por pantalones y otras, como Breen, por mallas. Había decidido que le proporcionarían más libertad de movimiento para la batalla, aunque, en ese momento, anhelaba la feminidad vaporosa de un vestido veraniego.

Se dirigió a la feria con Marco y le dio permiso a Botarate para adelantarlos. El perro saltó por encima del muro para reunirse con Cielo, que estaba adornada con cintas y campanillas. Finola se apresuró a alcanzarlos.

—¡Ya estáis aquí! Y con más cosas ricas. Marco, hemos sacado las galletas que enviaste antes con Brian y no queda ni una migaja.

—¿Sí? Tengo más.

—Me he encargado de los trueques por ti, así que espero que te gusten. Hay que llevar tu tarta y tu pastel a la zona de competición, porque los jueces empezarán con ellas dentro de una hora o así. —Les metió prisa y se zambulló con ellos en el bullicio—. Os habéis perdido la primera ronda de la primera prueba de fuerza. Ha ganado Loga, como se esperaba, aunque nos ha sorprendido que el joven Ban se lo pusiera difícil, así que tanto él como otros tres pasarán a la siguiente ronda.

—¿Está aquí Sul? —preguntó Breen.

—Ah, sí, y anima a su pareja con el bebé a la espalda. Apenas tiene un mes y la joven Breen de los troles parece lo bastante fuerte como para competir. —Se detuvo y entrelazó los dedos de las manos—. Y aquí es donde te hemos puesto, Marco. Como te dije, es una ubicación muy popular. Y te permite ver a los arqueros cuando empiecen. Me gusta que todos los toldos que hemos instalado sean rojos y blancos. Queda muy bonito.

—Tanto como bonita estás tú —le dijo Marco, a lo que ella respondió con una mirada coqueta.

—Me sentía rosa, así que me he vestido en consecuencia. —Dio un giro rápido con su vestido rosa palidísimo, de modo que se le arremolinó en las rodillas—. Hace un día estupendo. Echaremos de menos a Keegan, claro, pero, como es el *taoiseach*, se encuentra en la obligación de inaugurar los festejos en la Capital. Aun así, esta noche no te faltarán parejas de baile, Breen.

Breen se limitó a sonreír y se colocó detrás del puesto.

—Lleva tus cosas a la carpa de las competiciones, Marco. Colocaré lo que has traído, si confías en mí para los trueques.

—¿No te importa?

—Claro que no. Desde aquí se ve todo muy bien.

—Una ubicación de primera —comentó Finola, guiñando un ojo—. Y aquí llega Morena para echar una mano.

Breen sabía que no la dejarían sola. Otra parte del plan conllevaba que hubiera siempre alguien a su lado o vigilándola hasta que volviera a cruzar a su casa.

Morena se había hecho tres trenzas con campanillas, que llevaba recogidas bien altas para que le cayeran por la espalda, y se había puesto mallas, como Breen, aunque con una camisa en varios tonos de morado. Se había decidido por una espada corta, y Breen sabía que llevaba una daga en la bota.

—Gracias a los dioses que has traído más. Los troles te han dejado limpio, Marco, antes de que los demás pudiéramos probar nada. Breen y yo nos encargaremos de esto mientras llevas el resto a los jueces.

—Te lo agradezco. ¡Ahora vuelvo!

Morena se volvió hacia el puesto y bajó la vista. Bajo la mesa había espadas, arcos y carcajes.

—Hemos empezado bien —dijo—. Los pequeños están medio locos de alegría. Aisling tiene las manos llenas organizándolos en grupos para los juegos, pero cuenta con mucha ayuda. Harken está justo ahí, ¿lo ves? Entre ayudar con los paseos en poni y organizar la carrera de caballos de hoy (la línea de salida está cerca de la casa de Marg), también tiene las manos llenas.

—Sacaba galletas de las cajas mientras hablaba—. Marg está más cerca de la casa de mi yaya, ayudando con la lana y los jerséis, los gorros, las bufandas y demás. Preferiría no volver a esquilar tantas ovejas como esta primavera.

«Me está avisando de dónde está todo el mundo», comprendió Breen.

—Tendré que echar un vistazo, no a la lana, porque mis habilidades con las agujas son nulas, pero sí a los jerséis y eso. ¿Está Sedric con ella?

—Está cerca, con su puesto de pasteles. La competición en las carpas va a ser feroz.

Hablaban como dos viejas amigas sin nada de lo que preocuparse y, al cabo de unos minutos, empezaron a llegar los clientes. Como Morena demostró ser mejor con los trueques, Breen la dejó dirigir el cotarro y se dedicó a envolver las galletas.

—Me han dicho que Tarryn vendrá mañana con algunos jinetes de dragón —siguió contándole Morena—. Pasará un tiempo con la familia. Keegan visitará los festivales de las tierras medias después de pasar la mañana en la Capital, después irá al norte, al sur y al extremo oeste antes de volver al valle para el solsticio.

Breen ya sabía todo aquello, claro, pero la consolaba oírlo.

—Siento que tu familia no pueda venir de visita para ver lo bonito que ha quedado todo —le dijo a su amiga.

—Tienen más que de sobra para mantenerse ocupados en la Capital.

Y en la Capital hacían falta guerreros preparados para luchar y otros para mantener a salvo a los pequeños. No obstante, en aquel lugar, Breen no percibía ninguna amenaza. Era todo emoción y color, un carnaval alegre en el que los padres cargaban a hombros con los niños, y la gente vitoreaba y aplaudía en las competiciones. Las parejas paseaban de la mano, y las banderas y banderines ondeaban a la cálida brisa.

Bien entrada la tarde, Marco apareció pavoneándose; llevaba una cinta con campanillas en el brazo.

—Sedric me ganó con la tarta, pero nadie supera mi *shortcake* de fresa. Y esa receta va al libro, seguro. —Le echó un brazo sobre los hombros a Breen mientras se dirigían a ver las primeras rondas del tiro con arco—. ¿Cómo vas?

—Perfectamente, a pesar de saber que me tocará volver a limpiar la cocina otra vez, porque no ha sobrado ni una de tus galletas y tartaletas.

—Voy a hacer pan de soda para el concurso de mañana. Es imposible derrotar a Finola, pero tengo que intentarlo.

Vieron a Brian y a Morena pasar a la siguiente ronda. Breen se rio hasta que le dolieron las costillas con la carrera de sacos de los niños. Animó con los demás cuando Harken dio la salida de la carrera de caballos, y los jinetes y sus monturas salieron volando por la carretera. Con Marg paseó entre los puestos e hizo trueques. Cantó con Marco cuando la tarde daba paso a la noche y bailó con Sedric, con Brian y con un adormilado Kavan, que recostó la cabeza en su hombro. Y, cuando el sol se puso en aquel día tan largo, encendieron las fogatas. Finian le dio la mano.

—Mamá dice que solo podemos quedarnos unos minutos más.

Breen miró hacia su familia y vio a Kavan dormido en brazos de Mahon, y a Kelly en el pañuelo con el que cargaba Aisling.

—Mañana habrá más juegos y diversión.

—Mañana vuelan los dragones. He soñado otra vez con mi dragón, el que me dijiste que montaría algún día.

—Ah, ¿sí? —preguntó Breen. Como tenía cara de sueño, lo cogió en brazos para que pudiera recostarse en ella.

—¿Crees que pasará pronto? Ya sé montar muy bien a caballo, aunque papá dice que nada de carreras todavía.

—Creo que será antes de lo que esperas, aunque no tanto como te gustaría. Todavía necesita a su madre.

—Lo curaste aquel día. Lo sentí —dijo el niño con los ojos medio cerrados—. Los oscuros le hicieron daño y su luz estuvo a punto de apagarse. Pero lo encontraste y lo pusiste fuerte de nuevo.

—¿Lo sentiste o lo viste?

—Las dos cosas. ¿Crees que podría montar en tu dragón algún día, contigo y con Botarate?

—Sí, si tu madre te da permiso.

Cuando iba a llevárselo a Aisling, lo vio. Lo vio en el fuego y en el humo. Vio el mundo de Odran, se vio a ella en él. El cielo terrible, el mar embravecido, el castillo negro, los acantilados abruptos. Allí estaba, con la espada manchada de sangre, y Odran, con el cabello al viento salvaje que él mismo había invo-

cado. Y Breen vio su elección en el fuego. Y el final que conllevaba.

—Te he visto —murmuró Finian, y bostezó mientras se acu-
rrucaba contra ella—. Te he visto allí. ¿Dónde estabas? No conozco ese lugar, pero no era bueno; aunque no lo he visto muy
claro, eso lo sé. Deberías quedarte aquí con nosotros, en el valle, que es bueno.

Lo había visto porque ella lo había visto y porque los poderes del niño seguían creciendo. Y era un crío que todavía no había
cumplido los cuatro años y que no debería ver lugares tan oscuros.

—Regresaré al valle mañana —le dijo mientras le besaba el
pelo y le enviaba dulces sueños.

Durmió como duermen los niños pequeños, profundamente, confiado. Ella lo condujo con sus padres y los vio llevarse a
los tres chicos a casa para acostarlos.

—No me digas que ya quieres irte a dormir —dijo Marco.

—¿Quién ha dicho eso? —preguntó Breen, volviéndose hacia él.

—Tú, normalmente.

—Me preguntaba por qué no estabas bailando conmigo.

—¿Sí?

Marco le agarró la mano, y la apartó del fuego y de las visiones para llevársela a bailar.

Aquella noche no soñó y procuró apartar los sueños que
querían colársele durante la frágil hora previa al alba. En vez de
eso, se levantó y sacó a Botarate a nadar. Prendió su luz para unirse a los *pixies* y se acercó a mirar su jardín. Cruzó la pérgola para
admirar el progreso de la casa de Marco. Su amigo había elegido
paredes de color amarillo narciso, para que fueran alegres incluso en los días más nublados. Se lo imaginó allí, trabajando en la
cocina o en la habitación para su música. Después entró en casa y
escribió en su blog sobre los jardines, sobre la casa de Marco, sobre todos los regalos que había recibido en un solo año de su vida.

Marco también se levantó temprano para ponerse a hornear. Brian le dio un beso de despedida, y Breen se encargó de los platos y las bandejas. De nuevo se llevaron varias cajas a Talamh. Se encargó con él del puesto, mientras Morena daba lecciones de cetrería. Contempló los dragones que, junto con sus jinetes, llegaron volando del este, y después le concedió su deseo a un niño y se lo llevó volando en el suyo para unirse a ellos.

—¿Me has visto, yaya?, ¿me has visto?

Cuando aterrizaron, echó a correr para abrazar a Tarryn.

—Claro que sí, ibas veloz como el viento. ¿Le has dado las gracias a Breen por llevarte?

—Sí, sí, pero gracias otra vez. ¡Ven a verme ganar el premio por lanzar la pelota!

—Ahora mismo voy —le dijo Tarryn, que le ofreció las manos a Breen mientras Finian salía corriendo—. Lo has hecho muy feliz.

—Creo que más bien ha sido Lonrach.

—Lo mismo es. Ay, me alegro de estar en el valle. Las festividades en la Capital son gloriosas, no puedo negarlo, pero estaba deseando pasar aquí este tiempo. ¿Estás divirtiéndote?

—Mucho. ¿No ha venido Minga?

—Esta vez no. La necesitan allí. Como a Keegan, me temo. Pero lo veremos aquí mañana.

«Mañana», pensó Breen, y vio a Finian ganar su premio, y a Morena y a Brian pasar a la siguiente ronda. Se sentó con Marg en un muro a comer empanadas rellenas de carne y especias. El pan de soda de Marco cayó ante el de Finola, pero su tarta de merengue de limón triunfó.

—¡Pero bueno! Dos cintas, ¿no? —dijo Marg, fingiendo un suspiro—. Nos dejas a la altura del betún, Marco.

—Espera a ver mi bizcocho de mañana. —Se sentó a su lado, rezumando felicidad—. Y, hablando de mañana, tengo que animar a Brian porque es mi amor verdadero. Breen, tú tienes que animar a Morena. Queremos que uno de los dos se lleve esa flecha dorada. Menos mal que Keegan no está aquí y que, de todos modos, no puede competir. Las desventajas de ser *taoiseach*. Brian dice que es el mejor con el arco… Además tendrías que animarlo a él porque es tu amor verdadero. Y no te molestes en negarlo.

Ella se encogió de hombros antes de darse cuenta de que eso era justo lo que habría hecho Keegan.

—Sororidad.

Marco empezó a subir y bajar las cejas, y le dio un codazo a Marg.

—Pero no lo ha negado.

Breen disfrutó de todo aquello, de cada minuto, mientras otro día más se acababa, mientras las lunas volvían a aparecer, demasiado pronto para su gusto. Y cuando nació el alba del día más largo, entró en Talamh para ver la luz salir, para escuchar el canto de las piedras. Para sentir cómo crecía la magia. No podría haber pedido nada más bello ni una señal más fuerte de que su elección sería la correcta. De que, cuando llegara de nuevo el día más largo, la luz saldría y las piedras cantarían.

Como Marco era Marco, se hizo cargo de la cocina de la granja para preparar un gran desayuno de solsticio. Breen se incorporó a la mesa con todas aquellas personas queridas, escuchó sus voces y contempló sus rostros. No, no podía haber pedido nada mejor.

—Este es el gran día —dijo Marco cuando regresaban a Talamh después de un viaje a casa para recoger la última montaña de galletas y pasteles—. Y, quién sabe, quizá no sea nada más que lo que se supone que es, una celebración. Nadie ha visto nada raro el último par de días, ¿no?

—No cuentes con eso, Marco, por favor. Tienes que estar preparado.

—Estoy preparado. Estoy preparado para ganar mi tercera

cinta, porque nadie en ninguno de los mundos ha probado nada tan bueno como mi superbizcocho.

—No te lo discuto, porque yo sí lo he probado.

—Efectivamente. Y estoy preparado para luchar contra ese psicópata si intenta arruinarlo todo. Estamos a tu lado, Breen, hoy y siempre.

Cruzaron.

—Me alegro de haber llegado hoy más temprano —dijo Marco—. Quiero ver si Loga conservaba su trofeo. Tía, ¡mira a esos malabaristas! Lanzan antorchas encendidas ahí mismo. El valle no tiene nada que envidiarle al Cirque du Soleil.

Ella lo acompañó a su puesto.

—Ahora es tu hogar, igual que lo será tu casa. Los dos hemos acabado viviendo en dos mundos, Marco, cuando la mayor parte de nuestras vidas no encajábamos en ninguno.

—Salvo en Sally's.

—Salvo en Sally's.

—Veo que empieza a entrarte la preocupación, justo por aquí —dijo Marco, poniéndole un dedo entre las cejas—. Tienes que… —Dejó la frase en el aire y sonrió. Después le dio media vuelta a Breen y señaló—: Mira ahí arriba.

Ella lo hizo y vio a Keegan volando sobre Cróga, flanqueado por dos jinetes. Los presentes empezaron a vitorearlos y ella se imaginó que así había sido de un lado del valle al otro. El *taoiseach* estaba en casa. Se quedó donde se encontraba y todos se apartaron para que Keegan se le acercase. Este examinó los dulces y señaló una tartaleta de pera.

—Me quedo con esa. ¿Qué quieres a cambio?

—Creo que, por ser el *taoiseach*, no es necesario el trueque —respondió Breen.

—No, eso no es así. Para prepararla se ha invertido esfuerzo y habilidad, y un trueque es un trueque. ¿Has colaborado en su creación?

—Si pelar melocotones y limpiar después es colaborar, pues sí.

—Claro que lo es. Bueno, te la cambio por esto.

En la palma de la mano tenía unos pendientes de zafiros, delicadas gotas que colgaban de unos alambres de plata y acababan en punta.

—Son preciosos, pero demasiado para una tartaleta.

—Acepta el trueque, mujer. Ninia, de la Capital, me ha dicho que estaban hechos para ti, así que tómalos y póntelos.

Keegan le cogió la mano, le dejó los pendientes en ella y se hizo con la tartaleta.

—Liam, ven a encargarte de este puesto, ¿vale? Póntelos —le exigió a Breen; luego la agarró de la mano y tiró de ella antes de que pudiera hacerlo—. Quiero dar un paseo y alejarme de este bullicio durante cinco puñeteros minutos.

La subió por encima del muro, después por encima de los escalones, y cruzaron al otro lado.

—¿Qué estás haciendo? ¿Qué estás haciendo? Van a pensar que me has traído hasta aquí para echarme un polvo contra un árbol.

—¿Por qué iba a echar po…? Ah, ya lo entiendo. —Se rio con ganas mientras se apartaba el pelo de un modo que le dejaba claro que estaba exhausto—. Ojalá hubiera tiempo para eso. Pero deja que lo piensen y deja que Odran crea lo mismo, ya que no me cabe duda de que, siendo el día que es, nos tiene bien vigilados en estos momentos. Estoy tan seguro de eso como de mi nombre.

Breen lo miró a los ojos, tan verdes e intensos. Y, en aquel instante, tan llenos de luz y vida.

—Es hoy.

—Lo has visto —dijo Keegan.

—Lo presiento.

—Yo también. —Se alejó de ella unos cuantos pasos—. El solsticio de verano es importante para nosotros, y él lo sabe. Cree que, por ese motivo, no estamos listos para él. Se equivoca. Quería hablar contigo donde no pueda vernos ni oírnos, y me he retrasado un poco porque Harken me ha dicho que Eryn, la yegua que apareó con Merlín, va a dar a luz.

—¿Va a tener un potrillo? ¿Necesita ayuda? Nunca he…, pero podría intentarlo.

—Él se encargará; no prevé problemas con el parto. —Se detuvo para mirarla con el ceño fruncido—. ¿Por qué no te los pones? ¿No los quieres? ¿No te gustan?

—No, claro que me gustan. Son preciosos, pero…

—Pues póntelos y así me quitas esa preocupación de la cabeza, ¿de acuerdo?

—Vale, de acuerdo. ¿Qué tenías que decirme aquí?

—Que es hoy, lo que ya sabías tú, y recordarte que no te alejaras. Quédate cerca. Tengo que alternar, ya que es lo que se espera de mí. Así que permanece cerca de los demás y no te vayas por ahí tú sola. —La sujetó por los hombros—. Procura estar preparada. Lucharemos y lo haremos cruzar, como planeábamos. Lo haremos cruzar, ya que será más débil aquí que en su mundo. Hemos llevado la batalla a su campo una y otra vez, y lo hemos detenido, pero nunca lo hemos matado.

—Lo entiendo.

—No tengas miedo. Tienes a todo Talamh contigo.

—No tendré miedo.

Le tocó los pendientes con una mano, y los zafiros se balancearon.

—Creo que te quedan muy bien. Y, aunque me encantaría echarte un polvo contra el primer árbol a mano y me aseguraría de que a ti también te encantara, por ahora hemos terminado.

La apretó contra él y se besaron en los labios. Breen deseaba saborearlo, sentirlo, olerlo, así que lo absorbió todo. Y se quedó donde estaba un segundo más de lo necesario.

—Tendrás que venir conmigo a la Capital —dijo Keegan tras

retirarse y volver a sujetarla por los hombros para mirarla a los ojos—. Sobrevolar todo Talamh y estar a mi lado, donde todos puedan verte, para que sepan que la oscuridad ha llegado a su fin.

—Todavía no ha acabado —repuso ella, y le tocó la cara—. Pero estaré contigo y con todo Talamh en cuanto lo haga.

—Después de eso disfrutaremos de la tranquilidad. Y tranquilidad es lo que quiero contigo.

Le besó la mano, un gesto poco común en él, pero de un modo ausente que dejaba claro que tenía la cabeza en otra parte. En Talamh, en la batalla, en la conclusión.

—No te alejes —dijo por última vez antes de conducirla de un mundo al otro.

Breen salió al color, a la música y al movimiento. A la magia que le había cambiado la vida; que, mejor dicho, le había dado la vida. Así que se volvió hacia él, en Talamh, le cogió el rostro entre las manos y se puso de puntillas para besarlo y que todos pudieran verlo. Después le sonrió.

—Estaré contigo y estoy preparada.

Vio caras conocidas sonriéndole cuando regresaba al puesto.

—Yo me encargo, Liam, gracias.

Vio a Keegan cruzar la carretera mientras los dragones los sobrevolaban, mientras los cultivos crecían en las tierras fértiles y el ganado pastaba. En los establos, una vida comenzaba y, al abrirse a ella, vio que sería un potro con las mismas manchas de Merlín. Le puso una mano en la cabeza a Botarate y contempló su mundo, el mundo de sus amigos. Y conoció la maravilla de la paz. Durante un momento, un momento cristalino, sintió una paz absoluta.

Cuando sonó el cuerno y todo el valle oyó la alarma, estaba preparada.

Había elegido.

—Protege a los niños —le dijo a Botarate, y desenvainó la espada.

30

Las hadas extendieron las alas para llevarse a los niños a un lugar seguro; los elfos salieron disparados con más niños cargados a la espalda o en brazos. Muchos cruzaron el portal, donde estarían a salvo, al otro lado, hasta que fuera seguro regresar a Talamh. Seguros, pensó Breen, si ganaban; no, mejor dicho, cuando ganaran aquella última batalla.

Los guerreros y todos los que podían luchar recogieron espadas, arcos, porras y lanzas que habían permanecido guardadas en sus escondites. Breen cogió un arco y se lo colgó, y también un carcaj. Varias de las sabias hechizarían las carpas de degustación para convertirlas en puestos de curación fortificados para los heridos. En los campos donde habían estado corriendo los niños, los seres feéricos formaron líneas de defensa. Así sería por todo Talamh. Aquella emboscada se encontraría con un ejército bien armado y preparado. Odran no tomaría el valle. No tomaría Talamh.

Breen metió la mano bajo el puesto donde los guardaba, y se puso el colgante y la diadema. Los llevaría a la batalla. Llamaba a su dragón, cuando los caballos y sus jinetes se alejaron por la carretera. Los dragones y sus jinetes ocuparon el cielo, todos en formación para acudir como refuerzos a la cascada. Y los exploradores se dirigieron al este para avisar si el enemigo rompía la línea de defensa en el siguiente portal. ¿Habría sellado Sedric el cruce en el mundo de las enredaderas rojas para atrapar al enemigo? Confiaba en que sí.

Cuando aterrizó Lonrach, corrió detrás de Botarate para montar en él.

—¡Espera! ¡Breen!

Marco llegó corriendo. Llevaba una ballesta y una espada.

—Voy contigo.

—Marco...

—¡Estoy preparado! Brian está en la cascada. Está en primera línea, joder, así que voy contigo.

Breen no se lo discutió.

—No te dejaremos caer —le aseguró a su amigo.

—Tú llévanos allí.

Lo sintió temblar cuando Lonrach alzó el vuelo. Ya de camino hacia la pelea, Harken y Morena, a lomos de un dragón, los alcanzaron.

—Estamos contigo —le gritó Morena—. Keegan, Mahon y una docena más van delante de nosotros. Aisling tiene a los niños a salvo en tu lado y mi yaya se ha llevado a otros al siguiente refugio.

—¿Y mi yaya y Sedric?

—Están activando la trampa, como planeamos —le dijo Harken—. No entrarán por ahí.

Vio jinetes y guerreros alados que acudían desde el extremo occidental. Las sirenas se ocuparían de la línea defensiva en el mar, lo sabía, y lucharían también desde la bahía. Oía los gritos salvajes de guerra de los troles que cargaban con sus porras y lanzas, y pensó en Sul y la hija que había dado a luz un bonito día de mayo. Notaba los fuertes latidos de su corazón martilleándole en el pecho, en la garganta. No era como la batalla del árbol de las serpientes. En aquella otra ocasión había sucedido todo demasiado deprisa, mientras que esta vez estaba planeado, coordinado; lo esperaban. Esta vez no volaba para advertir, sino para luchar. Para matar. Para terminar con aquello. Aunque le había asegurado a Keegan que no estaría asustada, lo estaba. Temía no estar a la altura, y debía estarlo. Cerró los ojos un momento y dejó que el poder brotara, lo abrazó por completo. Estaría a la altura.

Entonces entraron en el bosque, camino del rugido de la cascada, de los gritos y del estruendo de la batalla, del hedor a humo y muerte. Botarate dejó escapar un gruñido profundo y bajó de un salto para clavarle los dientes en el cuello a un cambiaformas convertido en lobo. Breen se volvió, le cogió la mano a su amigo y lo miró a los ojos.

—Mantente con vida, Marco.

Dicho lo cual, saltó detrás del perro. «No pienses, actúa», se recordó. Lanzó su poder a un elfo y le acertó justo cuando empezaba a moverse para atacar. Bloqueó una espada que vaciló cuando el hada oscura que la empuñaba la reconoció. Breen aprovechó el momento para clavarle la suya en el pecho. Cayó en la cuenta de que tenían órdenes de capturarla, no de matarla, claro. Eso le proporcionaba una ventaja. Así que la usó y luchó con la espada, con su poder, con los pies y los puños, como le había enseñado cada hora de los entrenamientos implacables de Keegan. Utilizó todo lo que tenía para que el enemigo no avanzara.

Sin embargo, no dejaban de llegar, eran muchos.

Decapitó a un perro demoniaco y todo su ser se estremeció de horror, asqueada por la sangre que le cubría las manos, por su sabor en la garganta. Se giró para enfrentarse a otro enemigo, poder contra poder, y observó a la bruja de rostro y corazón oscuros aproximarse con sigilo mientras le lanzaba diminutas bolas de fuego en ráfagas precisas. Breen notó el escozor cuando una se le coló y le rozó el costado.

—Solo un poquito de sangre —dijo la bruja, sonriente—. Odran quiere el resto.

—No lo tendrá.

Breen cruzó los brazos y se llevó una mano a la herida. Cuando volvió a abrirlos, le lanzó poder y fuego a su atacante. La bruja, ardiendo, gritó y corrió, y chilló al caer, asfixiada por las llamas y el humo.

Una gárgola encaramada en un árbol bajó de un salto y se aferró a su espalda, donde le clavó las garras. Demasiado enloquecida por la batalla y la sangre, no pudo contenerse y enseñó los dientes, dispuesta a morder. Antes de que Breen pudiera defenderse, la gárgola cayó al suelo con una flecha en la espalda.

—Estoy contigo —dijo Morena, y colocó otra flecha, y otra, que volaron hacia las gárgolas que esperaban para saltar del mismo árbol.

Botarate cargó a través del humo para acabar con la que se arrastraba por el suelo, con los colmillos al aire.

—¿Marco?

—Luchando como un poseso. Ha llegado hasta Brian. Cuidado, a tu derecha.

Breen se volvió y rajó a quien se acercaba.

—Brian está herido, no es grave. —Sin más flechas, Morena pasó a la espada—. Harken le ha curado el corte. Tú también tienes uno.

—No es nada. Hay demasiados, Morena.

—Sí. Tenemos que retroceder, dejar que nos persigan y que se encuentren con la segunda línea de defensa. Keegan… Ah, ya ha pensado lo mismo.

Breen miró hacia él, que estaba de nuevo a lomos de Cróga, volando bajo. Se agachó y agarró a Breen del brazo para subirla con él.

—Morena, retrocede ya.

Ella extendió las alas justo cuando los cuernos sonaban a retirada.

—Estás sangrando —le dijo Keegan a Breen.

—Lo arreglaré.

—Pues hazlo. Hemos acabado con muchos. —Giró a Cróga para que lanzara una ráfaga de fuego que frenara el avance enemigo—. La segunda línea los recibirá y exterminará a otros tantos. Ahora debes quedarte detrás de esa línea, ya que, una vez que lleguen a ella, sabrán que han caído en una trampa.

—Puedo luchar.

—Y lo harás, pero detrás de la línea. Algunos la cruzarán, así que tenemos una tercera.

Se elevó por encima de las formaciones de arqueros, de los que empuñaban espadas, de los que portaban lanzas; a caballo, volando con sus alas o sobre pies más ligeros que ambas cosas.

—¡Aguantad! —gritó—. ¡Aguantad hasta que dejen atrás los árboles! Cuando lo hagan, traed al equipo de rescate para que saque a nuestros heridos. ¡Jinetes! —Se volvió de nuevo hacia los dragones y jinetes que flotaban por el aire—. Nada de llamas hasta que dé la orden. —Bajó en picado—. Desmonta y ponte detrás de la línea, Breen. No bajes la guardia, pero detrás de la línea.

Ella descabalgó. Descubrió que la espera era peor, mucho peor, que luchar. El corazón le iba al galope, lo notaba en los oídos como si fuesen campanas. La energía brotaba de los guerreros en olas calientes y silenciosas. Durante un largo instante, el mundo pareció ser el mismo. Caliente y silencioso. Nada se movía bajo el reluciente sol del día más largo.

Morena, de nuevo con el carcaj lleno, se agachó a su lado.

—Bueno, ese era nuestro primer equipo. Pensarán que huimos, que han roto nuestra línea defensiva.

Harken apareció volando y Breen casi se echa a llorar al ver a Botarate montando a su lado. Los gritos y chillidos, tribales y feroces, llegaron con ellos. Y, en la segunda línea, los tambores empezaron a sonar. Brian también apareció volando, con un brazo sobre Marco.

—Le echaré una mano con nuestro amigo —dijo Morena, que también rodeó a Marco con un brazo para ayudar con el peso.

Lo dejaron al lado de Breen, Morena volando bajo, con el arco preparado, y Brian con la espada en alto.

—Brian está herido, pero es poca cosa. Está bien —le aseguró Marco.

Ella le cogió la mano, dando gracias al comprobar que la sangre que le manchaba la cara y la camisa no era suya.

—Dios mío, Breen, ya llegan.

—Arqueros —gritó Keegan desde lo alto—. ¡Aguantad! ¡Aguantad!

Salieron en tropel de entre los árboles. Por tierra y aire, una marea de enemigos que gritaban, eufóricos ante la retirada de las hadas.

—¡Ahora!

Y la marea se encontró con una tormenta de flechas que transformaron los gritos de triunfo en chillidos de dolor.

—¡Jinetes, *lasair*!

Los dragones escupieron su fuego con un rugido terrible, un horrendo calor dorado, rojo y azul fundido. Los chillidos se transformaron en alaridos. El enemigo se convirtió en varias columnas de llamas retorcidas. El humo se alzó, denso, negro y fétido, en nubes asfixiantes de hedor y muerte. Pero los que escapaban a las flechas y las llamas siguieron llegando. A la orden de Keegan, las hadas cargaron contra ellos.

—Prepárate —susurró Breen.

Luchó de nuevo, contra cualquiera que se cruzara con ella tras atravesar la línea. Luchó contra todos los que se le enfrentaban, ya fuera con alas o zarpas, lanzando poder o mordiscos. En cualquier caso, habían impedido el avance enemigo, lo percibía. Por muchos que cruzaran, habría más para enfrentarse a ellos, para hacerlos retroceder o derribarlos. Aun así, la victoria no sería el final. ¿Acudiría Odran? Su visión no se lo había mostrado. Si lo hacía, si iba a Talamh a por ella, ¿qué precio pagarían los seres feéricos por ello? A pesar de estar debilitado, no dejaba de ser un dios.

Le escocían los ojos, así que se los restregó; estaba cansada, muy cansada, de la sangre. Y entonces oyó gritar a Marco. Dejó de pensar, se volvió y vio caer a su amigo. Vio su rostro tornarse ceniciento y la sangre manarle de la camisa. Vio a un elfo que enseñaba los dientes, listo para darle el golpe de gracia. Lo que brotó del interior de Breen, lo que la lanzó hacia aquel elfo, era tanto rabia como poder. Lo que lo golpeó, convirtió al enemigo en polvo. Breen cayó de rodillas, con los ojos irritados por el humo llenos de lágrimas, y apretó la herida del costado de Marco con una mano.

Era profunda, larga y profunda.

—Lo arreglaré, lo arreglaré —dijo mientras le castañeteaban los dientes y el miedo se transformaba en furia.

A su alrededor, la batalla seguía, y Marco la miró a los ojos. Los de su amigo estaban vidriosos por la conmoción.

—La verdad es que no duele.

—Te va a doler. Lo siento. Voy a solucionarlo.

Entró a gran profundidad, sin prestar atención al dolor que le quitaba para absorberlo ella, cegada a la sangre que le cubría las manos, sorda al entrechocar del acero a su alrededor. Allí solo estaba Marco. Marco, su amigo, su hermano. Marco, que nunca le había fallado. Marco, que la había ayudado a creer en sus sueños. Marco, que había saltado a otro mundo con ella, por ella.

Le caía el sudor por la cara, mezclado con las lágrimas, con la sangre, mientras seguía entrando en él. A pesar del dolor que le quitaba, el cuerpo de Marco seguía retorciéndose y sufriendo.

—Ahora, duerme —le dijo ella, sabiendo que sería más fácil para ambos si lo hacía—. Duerme.

Cuando su amigo se quedó inerte, ella se obligó a frenar. Oyó que algo gritaba y caía detrás de ella, pero no paró. No podía.

—¡Dioses! —dijo Keegan, que ahora se hallaba a su lado—. Que los dioses los maldigan a todos mil veces —. ¿Es muy grave?

—Sí, lo es, pero mejora. —Más que decirlas, jadeaba las palabras—. Creo que mejora. Necesito más tiempo.

—Aquí no lo tienes, y los dos habéis estado a punto de morir. Llama a tu dragón y llévatelo a la primera carpa de curación.

—Si lo muevo…

—Si no lo mueves, se muere aquí cuando cualquiera que logre cruzar acabe con él y te lleve con Odran. Ponlo a salvo. ¡Mierda! —Lanzó poder y algo gritó—. Aquí no estáis seguros, Breen.

—Sí, tienes razón.

Lonrach aterrizó a su lado.

—Contén a cualquiera que se nos acerque mientras lo subo —dijo Keegan—. Defiéndete.

Haría algo más que defender, pensó Breen. Los aniquilaría. Levantó la espada para atravesar a un perro demoniaco que los atacaba y, antes de poder hacerlo, Botarate salió del humo como una flecha y le desgarró el cuello al animal. Sin detenerse, saltó a lomos de Lonrach y colocó las patas sobre Marco. Y aulló.

—Ponlo a salvo —dijo Keegan—. No vamos a perderlo hoy.

—No, no lo perderemos.

Breen voló con las manos de nuevo sobre Marco para mantenerlo dormido, para seguir curándolo. Cuando se acercaban a la carpa, vio a su abuela, a Sedric y a unos cuantos más luchando contra los que se habían colado. «No muchos —pensó mientras bajaba con Lonrach—, pero demasiados». El mal siempre encontraba a más.

—Lo tenemos. Lo tenemos, hija —dijo uno de los sanadores mientras bajaba a Marco del dragón. Un viejo padre, pensó, más fuerte de lo que parecía—. Le has dado el sueño y ha empezado a curarse. Eso está bien, muy bien. Te tenemos, Marco.

Dentro había más heridos, algunos en recuperación, otros sumidos en un sueño profundo mientras los sanadores trabajaban.

—Vamos a ver lo que hay aquí, vamos a echar un buen vistazo. —Con los ojos cerrados, el anciano colocó sus finas manos sobre Marco—. La espada entró bastante. Veo su sombra y el corte en el hígado. Pero eso ya lo has reparado tú, y ha comenzado a coserse y cerrarse.

—¿Puedes...? ¿Vivirá?

El anciano sanador abrió los ojos, y las manos, delicadas como alas de mariposa, flotaron sobre la herida. Con la mano de Marco entre las suyas, Breen sintió su poder y la calidez que extendía por el cuerpo de su amigo.

—Pues claro que sí. Es joven y fuerte, nuestro Marco, y la hija en persona se encargó de empezar a curarlo. Ahora déjamelo a mí, déjamelo a mí. ¡Con, necesito una poción para la pérdida de sangre y la conmoción!

—Gracias. Tengo que ir a ayudar. Algunos están demasiado cerca de la carpa. Botarate, quédate con Marco. Quédate. Protege.

—Hija, deberías sentarte un rato y recuperar fuerzas después de lo que has hecho por Marco.

—No puedo. Mi abuela.

Cuando salió corriendo, se decidió por la varita en vez de por la espada, porque el anciano estaba en lo cierto: su fuerza física había disminuido. Bajó por la carretera, la que había recorrido tantas veces a lo largo del último año, y vio que su ayuda no era necesaria. Marg y Sedric estaban solos, mientras otros se repartían por el campo detrás del enemigo en retirada. Y los demás enemigos yacían muertos en el suelo.

Fue a llamar a su abuela para preguntarle si podía ayudar al anciano sanador con Marco. Sucedió muy deprisa. En un abrir y cerrar de ojos, en una fracción de segundo. Marg se volvió, puso cara de alivio durante un instante al ver a Breen y se llevó una mano al corazón para acompañar la expresión. Entonces, una niebla se arremolinó detrás de ella, y de allí salió Yseult para lanzarle una ráfaga de poder rojo, violento y afilado. Veloz como un gato, Sedric se colocó entre las dos y, con los brazos rodeándola con fuerza, protegió a Marg con su cuerpo.

Y se llevó el golpe mortal.

Mientras Breen gritaba y atacaba, la niebla volvió a arremolinarse e Yseult desapareció. Sedric yacía en la carretera y Marg cayó al suelo para sostenerlo.

—¡No, no, no! Mi amor. Mi vida.

—Lo arreglaremos. —Aunque Breen sabía que no había poder en el mundo suficiente para lograrlo, se lanzó al suelo a su lado—. Juntas, yaya.

Marg se limitó a negar con la cabeza mientras las lágrimas le caían por el rostro; se llevó una de las manos de Sedric a la mejilla, porque él no podía levantarla.

—Marg... —dijo él.

—Estoy aquí, *mon chroí*. Estoy aquí.

Cuando Breen le cogió la mano, los dedos no tenían fuerzas, pero intentaban entrelazarse con los suyos.

—Mis dos bellezas. Marg —repitió, y murió en sus brazos, en la carretera cerca de la casa en la que habían construido su vida.

El desgarrador gemido de Marg se elevó por el aire y pareció sacudir el cielo. Bajo ella y su amado, la tierra tembló.

—¿Cuánto?, ¿cuánto más nos robará? Juro que esa mujer no llegará viva al final del día. Lo juro por los dioses de la luz y de la oscuridad: no llegará viva al final del día.

—Lo siento, lo siento —dijo Breen, entre sollozos, mientras abrazaba a su abuela.

—Ha muerto por mí, por Talamh. —Marg lo mecía y le besaba el pelo plateado—. Durante muchos años vivimos el uno por el otro y por Talamh. Ella me lo ha robado, igual que me robaron a mi hijo. Y se hará justicia.

Se agachó para besar a Sedric en los labios y después se limitó a llorar con él en brazos.

—No puedes quedarte aquí. Voy a buscar ayuda para alejarlo de la carretera. Buscaré ayuda, yaya.

Apenas había recorrido un metro cuando la rodeó la niebla.

Oyó a su yaya gritar, muy a lo lejos. Así que así sería, pensó fría y tranquila. Yseult pretendía matar a Marg, tanto por su mezquina rivalidad como para distraerlas, y, en vez de eso, había matado al que había sido un padre para su padre y un abuelo para ella. Sí, resolvió, se haría justicia.

—¡Muéstrate, Yseult!

—Primero tenemos que hacer un viaje. —La voz parecía brotar de su alrededor, formar parte de la niebla—. Ha llegado el momento de ir a casa.

—El mundo de Odran jamás será mi casa y mi verdadero abuelo yace muerto por tu culpa. —Sabía que se movían, que se deslizaban como aquella niebla, pero permitió que Yseult la creyera en la ignorancia—. No iré contigo.

—Niña, niña, niña estúpida, te crearon con este mero objetivo en mente; tu destino te espera. Todo esto se diseñó mucho antes de tu primer aliento.

—¿Lo predijiste? ¿Todo lo que ha sucedido desde mi primer aliento hasta ahora?

—Por supuesto.

Mentirosa. Una mentirosa débil y cobarde.

—Si lo predijiste, ¿por qué me dejaste cortarte la piel a tiras?

—Tu poder superó mis expectativas. Mi pequeño sacrificio solo servirá para granjearme más recompensas cuando Odran obtenga ese poder y lo haga suyo.

—Sus guerreros yacen muertos, abrasados y ensangrentados por todo Talamh.

—Sí, eres una niña —repuso Yseult, riéndose—. ¿De qué le iban a servir cuando te tenga a ti? La llave que abre la cerradura, por fin.

Breen percibía que ya se encontraban cerca del bosque. La lucha continuaba en distintas zonas. Oía los tambores, el acero, los gritos. Pero ya casi había acabado.

Ya casi había acabado todo.

—¿Te da miedo mostrarte?

—Pronto verás cuanto has de ver —dijo la bruja.

—Enviaste a Shana a matar a Keegan.

—Una niña estúpida con la mente rota y débil. Es una lástima que fallara, aunque tampoco me sorprendió.

—Has fracasado una y otra vez. Y ahora te da miedo enfrentarte a mí. Sabes que soy más poderosa que tú.

—¿Sí? Aun así, no eres capaz de disipar la niebla, ¿verdad? No fuiste capaz de evitar que atacara con mi poder, y ahora Marg gime y llora. Ah, es como música para mis oídos.

Ya estaban junto al río, el agua verde, la luz verde. Allí la batalla ya había concluido. Sintió la piedra junto a su corazón, latiendo en su camino por el río hasta la cascada. «Por Talamh y por las hadas», pensó, y, encerrada en la niebla, cruzó al mundo de Odran.

Los niños jugaban por la hierba de la casa, en la orilla de la bahía, como deben hacer los niños. Aisling observaba, rezando con toda su alma por que pudieran regresar pronto, por que su mundo les diera la bienvenida. Por que su marido estuviera a salvo. Y sus hermanos, su madre, sus amigos. A salvo. Entonces, Finian se le acercó.

—Se ha ido al lugar oscuro, mamá, el que no conozco.

—¿Qué quieres decir?

—Breen. Breen Siobhan está allí ahora, como vimos la primera noche del festival. En el fuego.

Alarmada, Aisling se agachó a su lado.

—¿Qué viste, Fin?

—Estaba medio dormido y se veía borroso, pero la vi a ella en el sitio malo, y ella también lo vio.

—Dame las manos y regresa en tu cabeza, recuerda lo que viste para que puedo verlo contigo.

—Era malo —repitió él, y le dio las manos.

Los ojos del niño se volvieron oscuros y profundos; su poder brotaba con fuerza, pensó Aisling, para ser tan pequeño. Y con él, a través de él, lo vio. Se levantó a toda prisa.

—Liam, Liam, cuida de los niños.

Aunque estaba irritado por tener que encargarse de aquella tarea, se apresuró a su encuentro.

—¿Qué ocurre?

—Tengo que cruzar al otro lado ahora mismo. Tengo que contárselo a Keegan.

—No puedes volver hasta que vengan a decirnos que es seguro.

Ella se sacó el cuchillo del cinturón con una mano y la varita con la otra.

—¿Crees que no soy capaz de hacer lo que hay que hacer? Cuida de los niños.

Morena voló hasta Marg.

—Me han dicho que Marco... Dioses, Sedric. Marg...

—Yseult. Tiene a Breen.

—No, está con Marco. Keegan dijo...

—Yseult la tiene. Yseult ha hecho esto. No sé con certeza cuánto tiempo ha pasado, porque el rastro de su maldita niebla me ha dejado aturdida. No lo dejes así, Morena. Llévalo a un refugio.

—Deja que vaya a buscar a Keegan.

—No sé cuánto tiempo ha pasado —repitió mientras su dragón aterrizaba en la carretera—. Esta parte empezó conmigo y no permitiré que se la lleven. No.

Montó y se alejó a toda velocidad justo cuando Aisling llegaba corriendo por la carretera.

—¡Detenla, Morena! Breen ha cruzado al mundo de Odran. ¡Detenla! Ay, no, no, Sedric...

—Por todos los infiernos. Marg ha ido tras Yseult, que ha hecho esto y se ha llevado a Breen. Debo ir a por Keegan, así que, al final, habrá que llevar la batalla hasta Odran. Aisling, por favor, no dejes aquí a Sedric. La carpa de curación está justo ahí, como ves. Marco está dentro.

—¿Herido?

—Sí, por favor. Tengo que...

—Ve, ve. Me ocuparé de Sedric y de Marco. ¡Vete!

El aire había cambiado. Incluso a través de la niebla, Breen lo percibía. Era más denso, más frío. Y, como usaba la niebla de cobertura tanto como lo hacía Yseult, supo que parte de las fuerzas de Odran se habían retirado a ese mundo. También sabía que, llevado por la ira, había matado a muchos de sus soldados.

Oyó el enfurecido batir del mar, el torbellino del cielo. Como así lo deseaba, se vio a sí misma envuelta en la niebla, cruzando hacia los acantilados más allá de los muros y del estanque para los sacrificios de aquel lado, cuyas aguas todavía estaban teñidas de rojo. Vio los acantilados, dentados y altos, y los cadáveres repartidos por ellos. Trepó por encima del cuerpo de Toric, muerto sobre las rocas, como ella le había dicho que acabaría. Así que, como esperaba Keegan, Odran había liberado a los desterrados para conducirlos a su muerte.

Y siguió subiendo, como si fuera incapaz de resistirse. Hasta que se encontró en el acantilado más alto, frente a Odran, y la niebla empezó a disiparse. Breen tenía sangre en las manos, en la cara. Parte era de Marco, parte de Sedric. Y el que había provocado todo aquel derramamiento se hallaba allí, impoluto, vestido de negro, con la melena dorada reluciente.

—Aquí estás, nieta.

—Mi abuelo está muerto y es un héroe de Talamh. Y tú eres un asesino de niños a cuyos seguidores hemos derrotado.

—Siempre hay más. Yseult, me has servido bien. Ahora, vete,

sella el portal para que pueda disfrutar de estos momentos con mi nieta sin que nadie me interrumpa.

—Como desees, mi rey, mi señor, mi mundo entero.

«Sí, hazlo —pensó Breen—. Porque esto concluye ahora».

—Mi abuela trae la muerte con ella. Ningún sello podrá parar a Mairghread O'Ceallaigh.

—Puede que no. —Sonriente, hizo un gesto despreocupado con la mano—. Pero, como he dicho, siempre hay más. Las criaturas como Yseult nos sirven y, cuando dejan de resultar útiles, las desechamos. Te ofrecí mundos y poder, los mundos y el poder de los dioses.

—Mentías.

Él se rio y se echó hacia atrás la melena dorada.

—Las mentiras nos son útiles. Entra en mi castillo y empezaremos.

—Creo que me quedaré aquí y acabaremos.

Desenvainó la espada y se la clavó. Odran dio un paso atrás, pero Breen se percató de que había sido por la sorpresa, ya que se limitó a suspirar, decepcionado, y sacó su espada. No sangraba. Aunque Breen reconocía su error, tampoco era algo inesperado. Solo una última esperanza.

—¿Una espada? ¿Eres tan tonta como para pensar que una hoja, una hoja común, puede matarme? ¿Que puede herirme? ¡Aquí lo soy todo!

Alzó los brazos y disparó un rayo por el cielo; después giró las muñecas para que el rayo cayera sobre un demonio alado, que, ardiendo, acabó entre las aguas turbulentas del mar. Con los ojos oscuros como el ónice, la miró.

—Te arrebataré tu poder, pero despacio, para que aprendas y sientas su pérdida, hasta que supliques adorarme. Y cuando tu luz esté a punto de extinguirse, te convertiré en mi mascota. Durante un tiempo.

Breen sabía que podía y que, si se lo permitía, no dudaría en hacerlo. Si se lo permitía, Talamh ardería y otros mundos caerían uno a uno.

—Ese no es mi destino. Porque lo he visto. Lo he visto en el humo y en el fuego. Lo veo ahora. Soy Breen Siobhan O'Ceallaigh. Soy la llave, pero no para abrir, sino para cerrar, para siempre. Y conmigo finaliza el linaje.

Lanzó todo su poder, todo lo que llevaba dentro, para detenerlo. Y saltó por el acantilado. «Una vida a cambio de todas las vidas —pensaba mientras caía—. Una luz a cambio de toda la luz. Por Talamh y por los mundos. Esta es mi elección».

Oyó el grito de rabia de Odran y cerró los ojos.

Keegan la atrapó al vuelo, a pocos metros de la roca asesina.

—¿Qué demonios haces?

El mundo daba vueltas.

—Esto no lo vi venir —dijo ella, que dejó reposar la cabeza en su hombro y se habría reído al ver a Botarate detrás de él, a lomos del dragón, de no estar tan mareada.

—Tenía que… mantener mi promesa. He…

Entonces vio a Marg saltar de su dragón para enfrentarse a Yseult.

—Dios mío, yaya.

—Necesita hacer justicia, y tú necesitas salir de este infierno.

—No, no, espera. —«Piensa», se ordenó. Era el momento de pensar, no de actuar. «Piensa»—. La espada no puede hacerle daño, aquí no. Por eso no ha acabado nunca, esa es la razón. —Se agarró a la camisa ensangrentada de Keegan. Había ofrecido su vida de buen grado, pero no era ese su destino. Así que seguía siendo la llave—. Es el bastón, Keegan, no la espada. Es el bastón, la justicia. Tienes que traerlo aquí. Llámalo, tráelo aquí. Es tu bastón.

—Espero que estés en lo cierto.

Sin dejar de mirarla, levantó la mano. Y, en tierra, Marg se bajó de su dragón.

—Ya has intentado antes matarme —le recordó Yseult—, sin

éxito. Ahora tengo mucho más, un poder más intenso y oscuro, y, a mi lado, al dios de todo lo que existe.

El rostro de Marg era de piedra; sus ojos, de hielo azul.

—Ya has intentado antes matarme, sin éxito. Ahora tengo mucho más, más de lo que tú nunca hayas tenido. Y me cubre la sangre de mi amor. Entregué la espada y el bastón, y aun así me robaste a mi hijo. —La rodeaba mientras hablaba, mientras más hadas entraban por el portal para destruir los vestigios del ejército de Odran—. Al intentar destruir a la hija de mi hijo para robarle todo lo que es, en nombre de ese dios por el que lo traicionas todo, me has arrebatado a mi amor, a mi corazón.

—Mi intención era destruirte. —Yseult agitó una mano y le lanzó una llama que Marg apartó sin esfuerzo. El viento aumentó de intensidad, se arremolinó—. Él se interpuso en mi camino, nada más.

—Típico de ti verlo de ese modo.

Yseult lanzó otra llama, como burlándose de ella.

—Veo tus puntos débiles, Mairghread. Veo que tu poder disminuye y tu luz se apaga. Te veo lágrimas todavía por secar en las mejillas. Las quemaré por ti.

—Inténtalo —la invitó Marg, y movió una mano que agitó el viento para apagar sus llamas—. ¿Pretendes jugar conmigo para ganar tiempo? No seas cobarde. Enséñame esa oscuridad tan profunda de la que presumes, Yseult. Enséñame lo que tienes por última vez.

—Eso haré.

La bruja también empezó a caminar en círculos y, mientras hacía girar y girar las manos, mientras sus ojos adquirían el color de la medianoche, mientras el aire entre las dos se ennegrecía, Marg aguardó.

Cuando un aire negro, espeso y ardiente como la brea voló hacia ella, aguardó. Miró a los ojos relucientes de Yseult y oyó su risa acompañando al infierno negro que se abalanzaba sobre ella. Y, levantando los brazos, Marg liberó su dolor, dejó que le saliera del corazón desgarrado, del vientre, de los huesos. Lo sacó en forma de luz, de una luz de un blanco cegador, clara como el agua. El aire se estremeció; el mar embravecido se elevó creando muros de agua salvaje. El choque de la oscuridad contra la luz reverberó como mil cañonazos, pero Marg siguió en pie, impávida.

—Yo te maldigo, Yseult. Todo lo que envíes, lo recibirás por partida doble.

Y le devolvió su oscuridad.

La negrura densa y ardiente cubrió a la bruja de Odran, de modo que se vio ahogada en su propia maldad. Por un instante se quedó inmóvil, como una columna de brea humeante. Solo se le veían los ojos, hasta que al final incluso ellos desaparecieron bajo la oscuridad. Cuando lo único que quedó fue un charco de cieno hirviente, Marg bajó la vista.

—Se ha hecho justicia.

—La yaya —murmuró Breen— ha…

—Ha hecho lo que tenía que hacer —repuso Keegan.

—Date prisa, por favor. Hoy no quiero más muertes.

—Tiene que cruzar de un mundo a otro. No es como traer una taza de otra habitación.

Entonces, con el ruido de madera contra carne, el bastón apareció en su mano.

—Vamos con Marg —dijo Keegan.

—No, ¿no lo ves? Tengo que ser yo… Siempre he sido yo. Dios contra dios, sangre contra sangre. Justicia contra maldad. Tienes que dármelo, Keegan. Confíamelo. Elegí dar la vida. Tú me has salvado. Ahora confía en mí.

—Lo haré. —Le puso el bastón en la mano—. Pero no te perderé ni hoy ni nunca.

—Llévame de vuelta. Deja que haga con él lo que mi abuela ha hecho con Yseult. Deja que gire la llave, que cierre. Deja que acabe con esto.

Voló hacia el castillo negro donde Odran seguía sobre el acantilado, lanzando fuego y rayos. Cuando se los lanzó a Cróga, Keegan los apartó de un manotazo. Pero el poder le vibró en el brazo.

—Aquí es más fuerte, *mo bandia*.

—Y yo también. Ahí dentro hay inocentes. El niño de la jaula, esclavos. Debes sacarlos.

—Las cadenas de los esclavos y los hechizados han desaparecido con la muerte de Yseult. Todos saldrán y se marcharán.

Como confiaba en él tanto como él en ella, saltó del dragón, y Botarate la siguió. Tras una última maldición al aire, Keegan hizo lo mismo.

—Ah, el *taoiseach* y el fiel sabueso. Me has traído regalos.

—No son asunto tuyo. Tu bruja se ha convertido en un charco de cieno.

—Ya veo. Si elegí a Mairghread fue por un motivo. El poder y la luz son deliciosos cuando pasan al otro bando. La convertiré en mi esclava y será más poderosa que Yseult o que cualquier otra adoradora. Y lo hará bien dispuesta, siempre que prometa perdonarte la vida.

—No volverás a tocarla. Ni a ningún otro de mis seres queridos.

—¿No?

Como si aquello le hiciera gracia, Odran apuntó con un dedo al perro. Breen levantó la mano y empujó contra su poder hasta hacerlo pedazos.

—No —respondió Breen.

El poder se elevó y se extendió a su alrededor a través de ella. Y, al volverlo contra él, Odran se quedó inmóvil, y el colgante que Breen llevaba al cuello ardió como un sol rojo. El corazón de su interior latió fuerte contra el suyo. La llave encontró la cerradura, por fin.

—Soy Odran —rugió él—. El dios de todo lo que existe. Te inclinarás ante mí o todos arderán, todos morirán, todos maldecirán tu nombre.

—No —repitió Breen, y dio un paso adelante—. Soy Breen Siobhan O'Ceallaigh. —Mientras lo gritaba, sus ojos se tornaron oscuros y profundos—. Soy la hija de las hadas, la hija de los hombres, la hija de los dioses. La hija de los demonios. A ella la llamo, a esa criatura inocente.

—Es mía.

Odran se liberó del poder que lo atenazaba y empujó. Ella rechazó su avance y empezó a brillar.

—No es tuya. Solo es tuyo lo que corrompiste. Llevas su marca, Odran el Maldito. No la de los dioses que te expulsaron, sino la del demonio, la de su luz, la de su inocencia. La llamo a ella en este, el más largo de los días, en este día de luz. Soy la llave y con ella abro tu cerradura, demonio brillante, te libero de tus cadenas y acabo con esto.

—Te devoraré, quemaré cuanto amas.

Cuando Odran enseñó los dientes, aparecieron colmillos. Golpeó el aire y el poder entre ellos, de modo que la oscuridad y la luz se enfrentaron. Y ese mismo aire se incendió hasta que los muros del castillo emitieron un fulgor rojo. «Aguantad», había ordenado Keegan en el campo de batalla, así que ella aguantó hasta tenerlo casi encima.

—No —dijo por tercera vez.

El calor y la oscuridad, los gritos del demonio, de la inocencia y de la corrupción, todo la rodeó, se elevó dentro de ella. En ese instante, lo que llevaba dentro despertó. Breen se convirtió en algo más. Y eligió por última vez.

—Soy la nieta de una *taoiseach*, la hija de un *taoiseach*, la amante de un *taoiseach*. Y con su bastón, con su justicia, acabo contigo para siempre jamás.

Apretó el corazón del dragón contra el pecho de Odran, contra su marca, y le pareció oír un chasquido, como el de una llave en una cerradura. Y, mientras él abría mucho los ojos, conmocionado, ella la giró.

El grito de Odran fue el de miles, los chillidos de todos aquellos que había consumido. No sangró, pero se abrió como un recipiente roto y vacío por el lugar en el que lo había golpeado la gema. El pelo dorado se volvió negro y se desprendió del cráneo carbonizado. La piel se le agrietó como fragmentos de cristal y a través de las grietas salió algo oscuro. Por encima de ellos y bajo tierra se oyó un rugido interminable que hizo temblar la roca.

Breen no sabría decir qué fue lo que salió volando de él, pero, al vaciarlo, quemó el aire como azufre. Remolinos de llamas y de humo ardían sobre el mar. A continuación él también ardió, Odran, el dios, como un vendaval que soplaba hacia ella, a través de ella, tanto que Keegan tuvo que sujetarla para mantenerla firme.

—Termina con él, *mo bandia*. Termina.

Encendida por dentro y por fuera, alzó la voz por encima del viento y del trueno.

—Eres Odran el Maldito y, por la sangre de tu sangre, cumplo con mi destino. Soy la hija, y, por la sangre de tu sangre, a los mundos doy la libertad. Demonio largo tiempo atrapado, sal a la luz y ayúdame a acabar con esta larga noche de oscuridad. —Lo vio venir, un destello, una sombra, una chispa—. Hermana, la luz te espera, la puerta está abierta. La oscuridad cede ante mis palabras, despierta. Aquí concluye tu largo padecer. Tal es mi orden, así debe ser.

La chispa ardió cada vez con más fuerza. Salió disparada hacia el cielo, y esa única chispa se convirtió en miles que estallaron como una fuente contra el cielo. Lo que fuera Odran acabó reducido a huesos. Lo que fueran huesos acabó reducido a cenizas. E incluso las cenizas desaparecieron de todos los mundos para siempre.

Breen dio un paso atrás y le entregó el bastón a Keegan. Él lo estrelló contra la roca para que el sonido reverberara.

—Está hecho.

Le dio la mano a Breen y se la apretó con fuerza.

—No te besaré en este sitio.

Todavía rebosante de poder, ella dejó escapar una risa sin aliento.

—Eso ya lo he oído antes, así que repetiré lo mismo: vámonos a casa. Dios mío, Keegan, vámonos a casa.

La ayudó a montar en Cróga, esperaron a que Botarate se subiera y alzaron el vuelo para regresar.

—Los que había dentro ya son libres. Vamos a arrasar este lugar malvado, tú y yo, aquí y ahora. ¡Hijos de las hadas! —gritó el *taoiseach*—. Habéis luchado y sangrado, habéis defendido la luz desde la luz. Habéis sido testigos del final de Odran, sed ahora testigos de cómo sus muros caen y arden. Este mundo será purificado y sus portales sellados. Aquí no entrará más vida, ni de la luz ni de la oscuridad. —Extendió los brazos—. Tus manos con las mías, Breen Siobhan. Tu poder con el mío.

Se unió a él y contempló la destrucción del castillo negro.

EPÍLOGO

Las campanas sonaron el día más largo por todo Talamh, desde la Capital hasta el extremo occidental. Las oyó cuando Keegan cruzó por el portal. Se había corrido la voz. El *taoiseach* la dejó en el bosque verde.

—Me gustaría ir contigo, pero…

—Todavía tienes obligaciones. Al otro lado.

—Hay que purificar y sellar. Cuando termine, te buscaré. Tengo mucho que decirte.

—Bien, porque yo también tengo mucho que decirte. Primero, antes de que te vayas, he de darte las gracias por no dejarme caer.

—Cuando caíste, se me paró el corazón. Saltaste del acantilado como si… Creía que no llegaría a tiempo. —Negó con la cabeza—. Bueno, ya está hecho. Está hecho y te buscaré cuando acabe. Llama a tu dragón. Ha luchado con gran valentía. Y ahí llega Marco, y lo mismo puedo decir de él.

—¡Marco! —Muerta de alivio, de gratitud, estuvo a punto de caer de rodillas antes de salir corriendo, casi volando, hacia él.

Marco desmontó del caballo y se reunió con ella, la cogió en volandas y giraron juntos.

—Estaba asustado y pasmado contigo. Te encendiste como el solsticio. —Se apartó de ella—. ¡Y me dejaste sopa!

—Tenía que hacerlo, pensaba… —Breen le puso una mano en el costado—. Deja que vea.

—No hay nada que ver, ni siquiera una cicatriz pequeñita. Dagmare me ha avisado de que me dolerá de vez en cuando durante una temporada. Me ha dicho que la herida era grave y que me has salvado la vida.

—No me quedaba más remedio. Eres mi vida. —Lo abrazó—. Sedric…

—Lo sé. Lo sé. —Con un sollozo ahogado, Marco dejó caer la cabeza en el hombro de su amiga—. Lo llevaron a la carpa cuando yo empezaba a despertarme. No tengo palabras. Se me retuercen todas dentro. Lo quería. Lo quería mucho.

—Hemos perdido a nuestro abuelo, Marco, pero tenemos que ayudar a la yaya. Estaremos a su lado.

—Claro que sí, joder. —Se secó los ojos y volvió la vista atrás, hacia la cascada—. Ha terminado de verdad.

—Sí. ¿No lo notabas?

—He visto lo que has hecho y toda esa porquería que le salió de dentro. Muy feo, chica.

—El mal es feo, adopte la forma que adopte.

—Es verdad. Después vi esa especie de chispas que se convirtieron en fuegos artificiales antes de desaparecer. Y Odran se hizo pedazos y murió. Brian ha dicho que ayudaría a limpiar, ya sabes. Está bien. Su herida no era tan grave. Keegan también tenía algunas —continuó diciendo mientras caminaban.

—¿Sí? Estaba cubierto de sangre, ¿parte de ella era suya?

—Le dieron unas cuantas veces, pero siguió adelante. Escucha esas campanas. Es la música perfecta. ¿Y si vamos a limpiarnos y después volvemos y buscamos algo de vino? Bueno, una buena cantidad de vino.

—Sí, por favor.

—¿Te llevo? Mi fiel corcel es capaz de cargar con los dos, y también con Botarate, el perro guerrero.

—Estoy llamando a Lonrach. Otro guerrero.

—Entonces iré a caballo bajo vosotros. Con dos vuelos en dragón tengo suficiente para toda la vida.

Tardaron bastante en ir a limpiarse. Tenían muchas personas con las que hablar, a las que abrazar y consolar. Y a Marg. Breen estrechó a su abuela.

—¿Quieres venir a casa con nosotros? Podrías quedarte unos días o el tiempo que quieras. No tienes que volver a tu casa tú sola.

—Ay, *mo stór*, no estaré sola. Sedric estará conmigo, su corazón. Y eso es un consuelo.

—Fue tan rápida, yaya, tan rápida…

La furia de su abuela lanzaba chispas que ardían junto a su tristeza.

—Por la espalda, como una cobarde.

—Vi lo que hiciste, cómo acabaste con ella. No sabía que fueras capaz de reunir tanto poder.

—Por la espalda, como una cobarde —repitió Marg—. Y me arrebató al amor de mi vida, porque él lo era y siempre lo será. Volví contra Yseult lo que ella era, lo que había decidido ser. Nada más y nada menos. Vete ya. Voy a sentarme un rato con Finola para ver a los niños jugar a la luz del sol, ya sin nada que temer. Eso es lo que has hecho por tu padre, por mí y por Sedric, por las hadas y por ti. No lo olvides nunca.

—¿Podemos enterrar las cenizas de Sedric junto a las de papá?

Marg se limitó a apretar la mejilla contra la de Breen.

—Le encantaría saber que lo has preguntado. Sí, eso haremos, porque ellos dos se querían como padre e hijo. Anda, vete, y regresa para que hagamos lo que ambos habrían deseado.

—¿Y eso qué es?

—Bailar a la luz del sol hasta que acabe el día más largo. Y después bailar un poco más.

Esperó a que Marco llevara su caballo a la granja y abrazó a Morena.

—Solo vi el final, solo vi cuando lo fulminaste, y me bastó con eso. ¿Estás herida?

—Algunos cortes y moratones, creo. ¿Y tú?

—Lo mismo. Nos curaremos. Me siento muy mal por Sedric, todavía no me hago a la idea de que ya no esté. Era como de mi familia.

—Lo sé. ¿Y Harken?

—Apenas un rasguño. Juro por todos los dioses y las diosas que, para ser un granjero, lucha como un salvaje. Lo perdí de vista un montón de veces y sentí un miedo... Un miedo que no volveremos a sentir. Viviremos como hemos elegido. Creo que tendré media docena de bebés. Al menos, eso estoy pensando ahora mismo. —Volvió la vista atrás—. Está en los establos ahora mismo, cuidando de la madre reciente y del potro llamado Solas, en honor de este día. Quiere decir «luz».

—Un nombre estupendo. Voy a lavarme, pero después vuelvo.

—A mí tampoco me vendría mal bañarme. Ahora estoy pensando que me voy a llevar a mi marido conmigo para darme ese baño. En algún momento tendremos que empezar a hacer esos bebés.

Breen cruzó con Marco y, mientras Botarate nadaba, ella se regaló una ducha muy larga. Descubrió más cortes y moratones de los que había sentido en el fragor de la batalla, así que dedicó un tiempo a curarlos. Después se puso un bonito vestido de verano. Se examinó en el espejo, con el vestido azul, los pendientes que Keegan le había regalado inexplicablemente y las preciosas —y poco prácticas— sandalias de verano.

—No tengo pinta de guerrera. Tampoco me siento como una, y espero nunca volver a serlo ni a sentirme así.

Cuando bajó, Keegan estaba sentado a la mesa del patio con una botella de vino. Tenía una copa en la mano y otra esperándola. Botarate dormía a sus pies. El *taoiseach* siguió mirando hacia la bahía cuando Breen salió.

—Marco ha cruzado de nuevo, vestido con sus mejores galas.

La joven se fijó en que no se había cambiado, sino que todavía llevaba su ropa de combate y las manchas de sangre.

—Se me ha ocurrido que te apetecería una copa de vino y unos minutos de tranquilidad antes de regresar. A mí me vendría bien pasar un rato lejos del bullicio.

—Me va bien —repuso ella.

Cuando rodeó la mesa, él la miró y se puso en pie.

—Estás muy guapa.

—Gracias. Quería algo completamente distinto a lo de antes. Puede que queme lo que me he quitado.

—Debería haberme lavado y cambiado —dijo Keegan.

—Has estado ocupado. —Breen arqueó las cejas cuando él le retiró la silla—. Gracias. Y esto es perfecto.

—Botarate el Valiente y Leal ha luchado hoy con valor y lealtad. Está cansado.

—Entiendo cómo se siente.

—Todas las pérdidas son dolorosas, pero Sedric… Es una herida profunda.

—Para todos nosotros.

—Sin duda. Siento tener que pedirte que regreses, pero es importante. Mi madre se está ocupando de todo ahora, pero… es importante.

—Oh, no te preocupes, quiero regresar… Pero sentarnos antes aquí un momento es justo lo que necesito. Quiero regresar, formar parte de ello. Estar allí si la yaya me necesita, ver al nuevo potro.

—Es una belleza.

—Lo he visto mentalmente. Se parece a su padre.

—Sí, es verdad.

—Quiero ver a todo el mundo. Quiero escuchar música y

ayudar a tocarla. Quiero ver todo lo que sucede a continuación. —Breen bebió un poco de vino—. Lo que sucede a continuación. Por fin.

—Celebraciones por todo Talamh. Te necesito a mi lado en la Capital dentro de una semana. Querrán verte. Festejarte.

—Festejarme.

Keegan alargó el brazo para darle la mano.

—Sé que te gusta tan poco como a mí, pero es importante, Breen, para todos. Escribirán canciones e historias sobre esto, sobre ti. Sobre el fin de Odran. Ahora podemos elegir vivir en paz. —Se levantó, caminó unos pasos, regresó y se sentó de nuevo—. Saltaste del acantilado.

—Fue mi elección, la elección correcta. La única posible.

—Aisling dice que lo sabías, que lo viste la primera noche del festival. Finian lo vio, o vio una parte, contigo. Pero no dijiste nada.

—¿Qué podía decir, Keegan? No podía deciros nada ni a Marco ni a la yaya ni a ti ni a nadie. En el fondo de mi corazón entendía que debía acabar así. Daba igual lo que los demás hicieran o intentaran hacer, todo me llevaría a ese instante y a esa elección.

—Podríamos haberlo atraído para que cruzara.

—No. Si mi elección hubiera sido diferente, jamás habría disfrutado de una vida de verdad. No tendría futuro si siguiera temiéndolo, no tendría valor. —Se restregó la muñeca—. Nunca me habría arriesgado a tener una criatura que él pudiera robarme.

—Hiciste lo que había que hacer, pero luego me regañas a mí porque no te explico las cosas que tengo que hacer antes de hacerlas.

—Llevas razón —reconoció ella tras beber otro trago—. Si te digo que, simple y sinceramente, sabía que tenía que ser así, ¿confiarás en mi palabra?

Keegan guardó silencio un segundo.

—Sí, me parece justo.

—Y creo que, como lo hice, tú estabas allí para salvarme.

—Me gusta esa parte. Vale, arreglado entonces.

—Supongo que sí, salvo… ¿Qué viene ahora, Keegan? ¿Qué sucede a continuación? Tengo que saber lo que quieres, lo que esperas. Si seguimos como estamos, lo que me parece bien si… No, te seré sincera, no me parece bien. Quiero más.

—¿Más qué? ¿Más que qué?

—Más que dejarnos llevar. Quiero promesas, planes, compromisos y lo que eso conlleva.

Él se quedó mirándola.

—¿Acaso no te regalé los pendientes y, además, delante de todo aquel que tuviera ojos para mirar? ¿Acaso no los aceptaste?

—Sí, y gracias de nuevo, pero…

—A la porra las gracias, los aceptaste, los llevas puestos, así que eso también está arreglado.

—¿El qué? —preguntó ella.

—No se regala algo así, y menos de zafiros, para que se lo ponga alguien si no estás… cortejándola, acostándote con ella o como quieras llamarlo, no ante testigos, a no ser que sea un compromiso entre ambos.

—Perdona, ¿qué?

—Te llevé las gemas de compromiso y te las di de ese modo porque pensé: «No, no esperaré a después, ya que no deja de hablar del después». —Estrelló un puño en la mesa con tanta fuerza que las copas temblaron—. Nos comprometeremos a la luz del sol, y antes, y eso es fe. Es tener fe en que nos sentaríamos aquí, justo como estamos ahora, juntos. Después.

Ella cogió la copa de vino y bebió despacio. Cuando terminó, dejó la copa con cuidado en la mesa.

—¿Me estás diciendo que estos pendientes son como un anillo de compromiso?

La impaciencia se apoderó de él por completo, de cada centímetro de su cuerpo.

—Son joyas, ¿no? En Talamh es en la boda donde hay anillos.

Pero tú también formas parte de este mundo, así que te compré otra joya distinta. Que tú aceptaste ante testigos. Punto.

—Y una mierda —repuso ella, levantándose—. Y una mierda.

Botarate abrió los ojos, pero decidió quedarse callado bajo la mesa.

—Por todos los dioses, ¿es que quieres otra cosa? Vale, guárdate esos y te buscaré lo que quieras.

—No me lo preguntaste. —Cuando él le señaló las orejas, ella gruñó—. Y una mierda, de nuevo. No me lo preguntaste, no me has dicho ni una vez que me quieres ni que desees un futuro conmigo.

—¿Por qué te iba a dar los zafiros, los pendientes, delante de testigos, y comprometerme contigo si no te quisiera?

—Quiero que me lo digas, joder. Tengo derecho a escucharlo y, si no eres capaz de decírmelo…

Se llevó las manos a los pendientes.

—No te los quites así, te lo suplico. Me romperías el corazón, y hoy ya lo tengo destrozado de sobra.

Se levantó, le cogió las manos y se las bajó.

—Mírate, después de todo lo que has hecho hoy, con ese precioso vestido y esas cosas en los pies que nadie con sentido común llamaría zapatos. Con lágrimas ardientes en los ojos que estás demasiado enfadada para derramar. —Se llevó las manos a los labios—. Me quieres. Lo veo y lo siento, lo sé. No me lo has dicho, Breen Siobhan.

—Porque…

—Porque quieres escucharlo de mí primero. Necesitas que lo diga primero, y me parece justo. No quiero a nadie más que a ti. Creo que nunca pude querer a nadie, no de verdad, porque siempre supe que vendrías. Te quiero por todo lo que eres, y ha sido un camino accidentado para mí porque sabía que podría suceder lo que ha sucedido hoy y temía no estar allí para salvarte. Que no fuera mi destino hacerlo, ¿entiendes? —Se llevó de nuevo las manos de Breen a los labios y la miró a los ojos por encima de ellas—. ¿Quererte y no poder disfrutar de una vida contigo? El amor y el deber tiraban de mí. Hice un juramento.

—Lo sé.

Su ira se disipó como la niebla bajo el sol. Aquel era el hombre al que amaba, el que se debatía entre el amor y el deber, el que nunca jamás olvidaría que había hecho un juramento a Talamh, a las hadas.

Y a ella.

—En cuanto a los niños, como has dicho, ¿cómo íbamos a traerlos al mundo para ponerlos en el camino de Odran? —preguntó Keegan, apoyando la frente en la de Breen. —Ella cerró los ojos, agradecida de que él hubiera pensado en lo mismo—. Sin embargo, hoy quería que lo supieras, que lo supieran todos. Esta es mi elección. Te elijo porque eres dueña de mi corazón, y solo quiero que me elijas y me ofrezcas el tuyo a cambio. Te juro que pensaba que lo habías hecho cuando te insistí en que te pusieras los pendientes.

«Tengo amor, aquí mismo», pensó Breen, maravillada. Tenía amor, una oportunidad, una elección.

—Te elegí la noche que nos acostamos en tu cama, en la cama del *taoiseach*, con el mural de Talamh sobre nosotros. Elegí a Keegan Byrne. Elegí al *taoiseach*. Elegí todo lo que eres. Pero empecé a quererte mucho antes.

—Nos queremos. Tú me quieres, yo te quiero. —Le besó de nuevo las manos—. Pero esta vez nos vamos a asegurar. Te lo estoy pidiendo, y tú me respondes que te comprometerás conmigo.

—Sí, puedes estar seguro.

Keegan tiró de ella para abrazarla, pero se frenó.

—¿Qué pasa ahora? —preguntó Breen.

—Estoy cubierto de sangre, vísceras y los dioses saben qué más.

—Da igual.

—No da igual. Al infierno con ella. —Chasqueó los dedos y cambió la ropa sucia por lo que él entendía como sus mejores galas: una camisa limpia, pantalones y un chaleco, que, a su manera, servía para darle un toque elegante al conjunto—. Así mejor, ¿verdad?

Tiró de nuevo de ella para abrazarla y besarla con fuerza.

—Me gusta lo que sucede a continuación, Keegan.

—Tendremos más, mucho más. —La besó con ternura en la frente—. Una vida entera. Una casa aquí, para tu trabajo, con nuestros estupendos vecinos, y Talamh para la familia, el deber y la magia. Y paz. Te querré con toda mi alma en ambos mundos, Breen Siobhan.

La hizo girar hasta que Botarate salió de debajo de la mesa y levantó las patas delanteras para bailar con ellos. Y, al final del día más largo, tras ganar la batalla, bajo la luz de las lunas, entró con él en Talamh, hija de dos mundos.

Preparada para lo que sucediera a continuación.